NÖRDLICHES EISMEER
Spitzbergen
OST SPITZBERGISCHES MEER
Franz Josef Land
Nowaja Semlja
KARISCHES MEER
Kolgujew
Waigatsch
Archangelsk
Kotlas
Taimyr Halbinsel
K. Tscheljuskin
Neusibirische I.
Turuchansk
Jenisseisk
Tobolsk
OSTJAKEN
Tjumen
Perm
Kurgan
Omsk
Tomsk
Barnaul
Krasnojarsk
Irkutsk
Baikal See
Kiachta
Semipalatinsk
Akmolinsk
WEST SIBIRIEN
OST SIBIRIEN
Turgai
Kasalinsk
Balchasch S.
Semirjetschensk
Kuldja
Urumtschi
Taschkent
Samarkand
Ferghana
Jarkand
Cholan
Kobdo
Uliassutai
Karakorum
MONGOLEI
Gobi
HSIN-TSCHIAN
Altai
Tannu-ola
Orenburg
Orsk
Amu-Darja
Syr-Darja
Hindukusch
CHINESISCHES

Christa Hein
Der Blick durch den Spiegel

Christa Hein

DER BLICK DURCH DEN SPIEGEL

Roman

Büchergilde Gutenberg

Lizenzausgabe für die Büchergilde Gutenberg
Frankfurt am Main und Wien
mit freundlicher Genehmigung der
Frankfurter Verlagsanstalt, Frankfurt am Main

Typographie Katja Holst, Frankfurt am Main
Umschlaggestaltung Uta Schneider, Frankfurt am Main
Satz Fotosatz Reinhard Amann, Aichstetten
Druck und Bindung Franz Spiegel Buch GmbH, Ulm
Printed in Germany 1998 · ISBN 3 7632 4810 2

RIGA, 1900.

I

Die Fenster waren geöffnet, Insekten summten in der warmen Luft. Der Duft der schon verblühenden Kastanienbäume im Grüngürtel vor dem Polytechnikum vermischte sich mit dem Geruch von Bohnerwachs, kein Wind regte sich. Die feuchte Kreide bröckelte beim Schreiben von der Tafel, löste sich in winzig kleine Kalkbestandteile auf, hinterließ Pünktchen statt eines durchgehenden Strichs. Sophie trat einen Schritt zurück und las laut vor, was sie angeschrieben hatte: »Die Funktion y = f(x) heißt stetig für einen Wert von x, wenn einer unbeschränkt gegen Null abnehmenden Änderung Delta x eine unbegrenzt gegen Null abnehmende Änderung Delta y entspricht.« Dann drehte sie sich zur Klasse zurück. »Bitte, meine Herren, schreiben Sie sich dies auf.«

Wie im vergangenen Jahr hatte sie sich den interessantesten Stoff für die Woche vor den Sommerferien aufgehoben. Ihre kleine Studentenschar, fast alles junge Männer um die zwanzig, saß in ihren Anzügen in den stufenweise übereinandergebauten Tischreihen und kopierte die Gleichung in die Hefte. Diese inzwischen so vertraute Situation: das Heben der Köpfe in unregelmäßigen Abständen, konzentrierte Blicke, die sich dann wieder auf das Papier zurücksenkten, so, daß nur die Haare, blonde, braune, schwarze, zu sehen waren. Am Ende der Vorlesungszeit, nach eineinhalb Stunden, würden sie sich mit einem Schlag in andere Wesen verwandeln, lebhaft und laut redend durch die Gänge des Polytechnikums laufen, die Mappen unter dem Arm, einen anderen Hörsaal betreten.

Sie stellte sich ans Fenster. Brummend flog eine Hummel an ihr vorbei in den Raum, kreiste über den Köpfen, verschwand durch ein anderes Fenster. In der Scheibe entdeckte sie ihr eigenes Spiegelbild: groß und schlank in dem langen Rock, die schwarzen Haare hochgesteckt. Direkt über ihrem Kopf schwebte eine kleine, wunderschöne weiße Sommerwolke.

Aus der zunehmenden Unruhe im Raum schloß sie, daß die meisten mit dem Abschreiben fertig waren. Sie ging zum Pult zurück. »Wenn auch Naturvorgänge im allgemeinen stetig verlaufen, so ist man doch nie vor Überraschungen sicher. In der Sprache der Mathematik nennt man sie Unstetigkeitsstellen.«

»Aber wie kann man sich eine Unstetigkeitsstelle vorstellen, Fräulein Berkholz?«

»Das ist es doch gerade, Anzis«, sagte Sophie zu dem weißblonden Jungen, einem der wenigen Letten im Semester, Sohn eines Schuhmachers, der sich auf die Architektenlaufbahn vorbereitete. »Sie i s t unvorstellbar. Ein plötzlicher Sprung. Eben noch haben sich alle y-Werte stetig mit den x-Werten verschoben. Plötzlich die Katastrophe. Bei einem bestimmten x-Wert spielt y verrückt, es fliegt davon –«, sie suchte nach Worten, »wie ...«

»Wenn man sich verliebt?« ergänzte Anzis prompt. Alles lachte. Anzis aber insistierte. »Ich meine, der Moment. Ist das eine solche Unstetigkeitsstelle? Davor und danach ist alles stetig.«

Sie spürte Röte in ihrem Gesicht aufsteigen, beantwortete seine Frage nicht sofort. »Ja, so etwa kann man es beschreiben«, sagte sie nachdenklich und drehte sich etwas abrupt zur Tafel zurück. Sie spürte die Blicke der jungen Männer in ihrem Rücken. Sie war sieben, acht Jahre älter als die meisten, wurde aber oft sehr viel jünger geschätzt. Sie war die einzige Frau im Raum. Wie sah sie von hinten aus in diesem Moment? Lösten sich ihre Haare, heute morgen etwas hastig aufgesteckt, aus der Spange? An manchen Tagen schon hatte sie ihr Haar, so stark gekraust und widerspenstig, abschneiden wollen. Jetzt, zum Abschluß des Semesters, sollte sie es vielleicht endlich tun.

Nach Vorlesungsschluß kam Anzis noch einmal zu ihr. »Augenblick«, sagte Sophie, noch mit einer Eintragung in ihr Notizbuch beschäftigt. Schließlich sah sie auf. »Was gibt es?« Der junge Mann schien verlegen. Dann aber zog er eine kleine gelbe Stoffrose aus der Tasche seines Jacketts. »Ich finde, sie paßt zu Ihren grünen Augen«, sagte er. »Alles Gute für Sie.«

*

Einer jener seltenen nordischen Junitage, an denen die Sonne aufs Pflaster brannte und in der Hitze des Mittags die Konturen zu flimmern begannen. Man versuchte sich im Schatten zu halten, der senkrecht einfallenden Sonne auszuweichen. Nur in den Vorstädten spielten die Kinder auf den Straßen, froh, aus den engen Häusern ans Licht zu kommen. Die Innenstadt von Riga aber war wie leergefegt. Die wohlhabenderen Bewohner aus dem Stadtkern hatten sich bereits in ihre Sommerhäuser zurückgezogen, ans Meer nach Jurmala, Dubbeln und Majorenhof, nach Oger und Vecaki. In den kleinen Altstadtrestaurants, deren mittelalterliche Mauern noch immer Kühle ausstrahlten, sah man höchstens Börsenmakler und Geschäftsleute beim Lunch.

Am frühen Nachmittag lief Sophie mit ihrer Kamera quer durch die Stadt, an der Synagoge vorbei, vorbei am Schwarzhäupterhaus und dem Dom mit dem Herderdenkmal. Die Ausrüstung wog schwer, und der Tragriemen des Stativs schnitt in ihre Schulter. Doch sie hatte ein ganz bestimmtes Motiv im Kopf: das Treppenhaus eines der neu entstehenden Jugendstilhäuser hinter dem Grüngürtel. Es hatte einen Fries aus blaugrünen Kacheln mit weißen Schwänen darin. Erst vor kurzem hatte sie es entdeckt, nur jetzt war es frei zugänglich. In wenigen Tagen würde auch sie mit ihrer Familie ans Meer fahren, und danach war es zu spät.

Sie verließ die Altstadt durch das Tor am Pulverturm, der auch im vollen Sonnenlicht noch düster wirkte, überquerte die hölzernen Brücken im Wöhrmannschen Park mit den weißen Seerosen in den Teichen. An einem schönen Tag wie heute war wenigstens der Park belebt. Überall saßen Menschen in Sommerkleidung auf den Bänken vor den duftenden Rosenbüschen. Viele hielten Papiertüten auf dem Schoß, aus denen sie mit abwesender Bewegung Sonnenblumenkerne hervorholten, die Schalen abknipsten, die Kerne aßen, während um sie herum allmählich ein kleiner Kranz leerer Hülsen entstand.

Ein Mädchen kam plötzlich auf Sophie zugelaufen und rief ihr etwas auf französisch zu.

»Voulez-vous prendre des photos, Mademoiselle?« Den Rest der Wörter verstand sie nicht. Lachend war das Kind an ihr vorbeigelaufen, winkte ihr zu, während es einen großen Bogen über den Rasen zog. Sein rotes Kleid leuchtete in der Sonne. Warum nicht? Auch das war doch ein Bild.

In aller Hast drehte sie die Flügelschrauben des Stativs los, klappte den Holzboden der Kamera aus, zog den Balgen hervor und fixierte ihn. Die Blende war richtig, nur die Schärfe ließ sich nicht einstellen. Dazu war zuviel Licht auf der Mattscheibe. Sie schlüpfte unter das Tuch der Kamera. Sofort spürte sie die Hitze wie in einem Zelt, roch das ranzig gewordene Fett, mit dem sie die Bodenführung gängig gemacht hatte. Es nahm ihr fast den Atem.

Übermütig lief das Mädchen mit seitlich ausgestreckten Armen über den Rasen. Es gefiel sich darin, photographiert zu werden. Sophie verzweifelte. Mit ihrer veralteten Technik würde dieses Bild nie gelingen. Alles dauerte viel zu lange. Endlos verwischte Achten. Sie gab auf, nahm den Apparat vom Stativ, verstaute ihn. Sie sollte sich eine der modernen Kameras kaufen, warum nicht gar eine Kodak-Rollfilm. Sie ließ sich viel leichter tragen, hundert Bilder paßten auf einen einzigen Film, und sie könnte endlich Photographien machen, die auch Bewegungen festhielten. Momentaufnahmen. »Schnappschüsse« hatte der Photohändler sie genannt. Als sie den Park verließ, lief das Mädchen noch immer seine Bahnen über den Rasen. Seiner

Gouvernante auf der Parkbank rief es zu: »Venez, Mademoiselle, c'est très joli ici.«

Wenig später bestieg sie die Pferdetram und ließ sich erleichtert auf einen der gepolsterten Sitze im Schatten des Baldachins fallen. Noch stand der Kutscher auf dem Trottoir im Gespräch mit einem Kollegen. Das warme Fell der Tiere verströmte einen intensiven Geruch, der sich mit dem trockenen Staub der Polster mischte, mit dem scharfen Geruch nach Leder und dem Schweiß des Kutschers. Plötzlich der Duft von Himbeeren. Verwundert schaute sie auf.

»Möchten Sie ein Eis?« Ein Eisverkäufer in blauweißgestreifter Jacke war an den Wagen getreten. Er hatte sie auf lettisch gefragt, als sei das selbstverständlich. Eis. Himbeereis.

»Paldiez«, antwortete sie und kaufte dem hochgewachsenen jungen Mann eine der roten Kugeln ab. Im Geiste hörte sie das Echo ihres Vaters: Eis – unsere wunderbarste neue Errungenschaft! An manchen Sonntagen ließ der Legationsrat sich eine ganze Schüssel voll ins Haus bringen.

Sie löffelte das Eis, während der Lette sein Wägelchen weiterschob. »Eiscreme Dzintars« hatte er darauf geschrieben, sein Name wohl. Im Lettischen bedeutete es Bernstein. Ging es den Leuten wirklich besser, wie ihr ältester Bruder Jan kürzlich behauptet hatte? Das Polytechnikum würde jedenfalls schon bald mitten in einem Häusermeer liegen. Überall in der Stadt wurde gebaut. Viele Bürger hatten zum Beginn des neuen Jahrhunderts den Grundstein für ein Haus gelegt. Und jedes, so schien es, sollte schöner und größer werden, eine noch prächtigere Fassade haben als das des Nachbarn. Man ließ die besten Architekten kommen, Künstler gestalteten unzählig viele kostbare Details: formschön geschwungene Giebel, Linien im Mauerwerk, die sich als knospende Pflanzen emporschwangen und in Kelchen aufblühten; vergoldete Pfauen, Karyatiden, schmiedeeiserne

Balkone. Eingangssäulen aus nachgebildeten Palmbäumen, deren Fächer sich über die Decken der Treppenhäuser breiteten, Friese aus buntem Marmor und Gold, die sich um die Fenster legten, reich geschnitzte Holztüren.

Riga ist inzwischen der drittgrößte Markt Europas, hatte Jan gesagt. Knotenpunkt zwischen den alten Wegen der Hanse und den Handelsstraßen des Russischen Reichs, bis hin nach Asien; die Schiffe kommen von weit her über die großen Flüsse, vom Schwarzen Meer und von der Krim. Sieh dir die alten Speicher und die neuen Lagerhäuser doch an. Bis obenhin voll mit edlen Hölzern, Metallen und rosa Daugava-Lachs. Dazu Pelze und Edelsteine aus Sibirien, Seide, Tee und Porzellan aus dem Fernen Osten, Granatäpfel, Melonen, Datteln aus Turkmenistan und Samarkand. Ein unschätzbares Kapital, auch für den von uns verehrten Zaren. Er weiß schon, weshalb er uns Deutschbalten so lange politischen Einfluß gelassen hat, wenn es damit jetzt auch vorbei ist. Wie alle Männer ihrer Familie waren ihre Brüder Jan und Jonathan als Juristen im Bankgeschäft. Entwicklungen in der Wirtschaft und bei den Börsenkursen gehörten zu Hause zum täglichen Gespräch.

Die Pferde hatten die Uferstraße an der Düna erreicht. Ein angenehm kühler Wind wehte von der Ostsee her. In der Mitte des Stroms lagen Frachtschiffe zum Löschen vor Anker, kleine Boote fuhren hin und her, brachten die Waren an die Quais vor den Marktbuden. Immer lag hier der Geruch von Tee und Tabak in der Luft, von Kaffee, Pfeffer und Zimt. Auf dem Markt war alles zu kaufen, und in den Hotels der Stadt residierten die Kaufleute aus St. Petersburg und Moskau, aus Japan und Amerika, Paris, London und Venedig.

Sie sah die kleine Flußfähre vom anderen Ufer ablegen und ging zum Anleger hinunter. Sie liebte diese paar Minuten auf dem Wasser, auch wenn es schneller sein mochte, zu Fuß über die Brücke zu gehen. Drüben lief sie weiter, Richtung Norden.

Nach einer Weile sah sie am Horizont den mit Buchen bestandenen Hügel auftauchen, auf dem eine kleine Kirche stand. Von dort, erinnerte sie sich, hatte man eine wunderschöne Aussicht aufs Meer. Aber es war nicht die Aussicht, die die alte Kirche so faszinierend machte, sondern ein Fenster darin, das ein Geheimnis barg. Es befand sich oben in der Südmauer der Kirche und war nur von außen zu sehen. Blind lag das dunkle Glas das ganze Jahr über zwischen den dünnen Bleistegen. Nur an wenigen Morgenden um die Johanniszeit, wenn die Sonne bei klarem Himmel den nördlichsten Punkt ihrer Bahn erreichte, fiel ihr Licht so durch einen schmalen, auf der Nordseite gelegenen Mauerspalt, daß es durch den Innenraum der Kirche hindurch dieses Fenster erleuchtete. Dann sollte, so hatte man ihr seit der Kindheit erzählt, ein Wunder geschehen. Ein flammend rotes Kleid würde sichtbar. Eine Frau erschien, die Beeren von einem grünen Strauch pflückte und sie einem Mann in den Mund steckte. Die Legende verhieß denen, die zur richtigen Zeit kamen, besonderen Mut.

Wie oft hatte sie sich schon vorgenommen, den Weg bis ans Ende zu laufen, um das Fenster aufleuchten zu sehen. Und hatte es doch nie getan. Die Legende, so war es überliefert, beruhte auf einer wahren Begebenheit: Die schöne Frau, die dem jungen Mann die Erdbeeren reichte, war seine Braut. Frühmorgens an Johannis, dem Tag ihrer Hochzeit, war sie in den Wald gegangen – niemand wußte warum – und nicht zurückgekehrt. Der Bräutigam fand nur ihr rotes Kleid auf den von der Sonne beschienenen Erdbeeren. Manche sagten, ein wildes Tier sei gekommen und hätte sie fortgeschleppt. Andere hegten Vermutungen, die sie dem Bräutigam gegenüber nicht zu äußern wagten. Der junge Mann hatte in seinem Schmerz das Fenster in Auftrag gegeben, welches das Paar schließlich doch noch vereinte. Nur zum Zeitpunkt der einst festgesetzten Hochzeit konnte es sichtbar werden. Sie mußte wieder an Anzis denken. Seine Frage.

Mitten im Hörsaal heute morgen hatte sie auf einmal das Gefühl gehabt, auch ihr Leben nähere sich einem Punkt, an dem die Dinge sich schlagartig verändern würden.

Jetzt war sie nahe genug, um Einzelheiten zu erkennen. Das Fenster war dunkel, das Motiv eher zu ahnen. Natürlich. Es lag an der Tageszeit. Morgen früh würde sie es wieder versuchen.

*

Die Sonne stand bereits knapp über dem Horizont. Doch immer noch lag das Fenster im Schatten. Als solle das Licht das Glas nie erreichen. Jedesmal aber, wenn sie wieder unter den Blendschutz aus schwarzem Tuch tauchte, merkte sie, daß sich etwas verändert hatte. Sie beobachtete dann noch angespannter, glaubte zu sehen, wie der Lichtstreifen vorankroch, so langsam, daß man die Bewegung kaum messen könnte. Stillstand, je länger sie hinsah. Sie hob den Kopf, dachte an etwas anderes, gab ihre Konzentration einen Augenblick auf. Als sie wieder unter das Tuch blickte, um die Mattscheibe zu kontrollieren, sah sie sofort: Der Widerschein des Lichts war intensiver geworden.

Ihre silberne Taschenuhr, die sie bei ihren Ausflügen mit der Kamera stets bei sich hatte, zeigte kurz nach vier. Alles war vorbereitet. Die Blende klein gestellt für die größte Tiefenschärfe. Noch einmal blickte sie auf die grünlich milchige Mattscheibe. Höchste Zeit, die Kassette mit der Filmplatte einzulegen. Sie stülpte die schwarze Verschlußkappe auf das Objektiv und zog die Trennscheibe heraus.

In ihrer Phantasie hatte sie das Fenster schon oft gesehen. Durch das undurchdringlich schreckliche Dunkel ihrer Kindertage hatte es zu ihr herübergeleuchtet wie eine geheimnisvolle Botschaft. Als Mädchen hatte sie geträumt von dem roten Kleid. Eines Tages, so schien es ihr zu versprechen, würde für sie das Dunkel ein Ende haben.

Die ersten direkten Strahlen trafen auf das Glas. Wie bei einer Mondfinsternis, wenn der Mond sich wieder aus dem Erdschatten herausbewegt. Vor Aufregung stieß sie fast ihr hölzernes Stativ um. Nun plötzlich viel zu schnell schob sich das Licht weiter, und nach wenigen Sekunden stand das Fenster in Flammen. Hastig nahm Sophie die Verschlußkappe von der Linse, belichtete, setzte den schwarzen Deckel wieder auf, zog die Kassette heraus, drehte sie um, schob sie wieder in die Metallschiene zurück. Das Licht traf das Gesicht der Frau, auch ihr Kleid schien Feuer zu fangen. Während sie die leuchtend roten Erdbeeren von dem grünen Strauch pflückte, lächelte sie auf rätselhafte Weise. Der Mann, der vor ihr im Gras kniete, wirkte unterwürfig, in sein Schicksal ergeben. Einmal noch konnte Sophie den Auslöser betätigen, dann schon erlosch das Lächeln auf dem Antlitz der Frau. Das Licht glitt weiter, die zuerst angestrahlte Hälfte fiel wieder in die Dunkelheit zurück.

II

Wie in jedem Jahr zogen sie zu Beginn des Sommers aus der Stadtwohnung fort in das Familienhaus am Strand. So war es seit ihrer Kindheit gewesen. Auch wenn das hell gestrichene Holzhaus Sophie inzwischen um vieles kleiner und überschaubarer vorkam – wie hatte sie als Kind glauben können, unendliche Fluchten erstreckten sich in den oberen Stockwerken? –, konnte sie sich doch keinen Ort vorstellen, an dem sie die heißen Tage lieber verbracht hätte.

Der Tag des Aufbruchs beendete das große Durcheinander in der Wohnung, in der man überall über gepackte Koffer und Körbe stolperte und nichts wiederfinden konnte, vor allem nicht die wichtigsten Dinge. Als dann endlich alles verstaut war und sie Platz genommen hatten, schloß der Kutscher die Wagentür und setzte sich auf den Bock, gewohnt, daß man nun noch dreimal würde umkehren müssen, um etwas Vergessenes zu holen. Die Pferde trabten los. Vom Wohnzimmerfenster aus winkte ihnen die Sommerfrau nach, die, während sie fort waren, die Pflanzen goß, den Papagei versorgte und aufs Haus aufpaßte.

»Sie ist eine sehr ordentliche Person«, sagte Corinna und lehnte sich zufrieden in den Sitz zurück. Sophie mußte lächeln, weil es aus dem Mund ihrer so ungestümen Schwester seltsam vernünftig klang. Im selben Moment rief diese schon: »Kutscher, noch einmal anhalten bitte!« und sprang aus dem Wagen, um ein paar Minuten später mit ihrer neuen Pelzstola zu erscheinen, die sie in diesen Sommerwochen wohl kaum würde tragen können.

Die Fahrt nach Jurmala dauerte drei Stunden. Von Hagensberg aus, dem neu entstandenen Wohnviertel auf der anderen Seite der Düna hinter dem Peterpark mit dem Kaiserlichen Yachtclub, ging es in nordwestlicher Richtung aus der Stadt hinaus über sanfte weiche Wege durch Kiefernwälder. Immer aufs neue wanderten rötlich schimmernde Stämme am Fenster der Droschke vorbei, fielen zurück, verströmten einen betäubenden Harzgeruch. Am Sund wehte ihnen die erste Brise vom Meer entgegen, und das Schilf am Ufer raschelte. Enten flüchteten bei ihrem Kommen von der Böschung des Fahrwegs, und die bunten Holzboote der Angler schaukelten auf dem Wasser. Corinna und Marja, die Kinderfrau, die Corinnas erst wenige Monate alten Sohn im Arm hielt, redeten in einem fort. Man hätte die beiden für Schwestern halten können. Corinna mit ihren dunklen Locken und den fein geschwungenen Brauen im blassen Gesicht, Marja ebenfalls blaß, aber blond. Sophies Schwester schien nicht weniger aufgeregt als in ihren Kindertagen. Nur wenige Sommer zuvor noch war sie in Schürzenkleid und Stiefelchen, ein Kätzchen im Arm, herumgelaufen, jetzt war aus ihr eine lebhafte junge Frau geworden. Ihren Mann, der sich wieder einmal auf Geschäftsreise befand, schien sie nicht besonders zu vermissen.

»Nun sieh doch, Sophie, findest du nicht, daß die Boote alle aussehen, als hätten sie sich seit dem letzten Sommer nicht von der Stelle gerührt?«

Als sie nun auf den Weg nach Majorenhof in den Wald einbogen, schlug auch Sophie das Herz höher. Gleich würde zwischen den Föhren der Giebel des Hauses zu sehen sein, die Wetterfahne auf dem winzigen Holztürmchen, morgens und abends von der Sonne vergoldet.

»Ich glaube, die Bäume sind gewachsen!« rief Corinna. »Das Dach will ja überhaupt nicht auftauchen.«

Die Kinderfrau lachte. Sie hatte den Kleinen hochgenommen und versuchte ihm die Stelle zu zeigen, von der man gleich das Sommerhaus sehen würde.

»Da«, rief Corinna und zeigte in den Wald. »Da ist es!«

Langsam tauchte der cremefarbene Holzbau mit den kleinen Fenstern im oberen Stock auf, deren Eckquadrate mit violettem und grünem Glas ausgelegt waren.

»Ach, Kutscher, fahren Sie doch zu!«

Wenig später sprang Corinna von der fahrenden Kutsche und rannte den Weg zum Haus.

»Ihre Schwester wird nie erwachsen werden«, sagte Marja, die jüngere der beiden. Sie schüttelte den Kopf, eine ihrer weichen blonden Haarsträhnen fiel ihr ins Gesicht.

Das Haus sah aus, wie sie es im letzten Jahr verlassen hatten. Und doch hatte sich einiges verändert. Sand war vor die Türen geweht, lagerte auf den eisernen Trägern vor den Fensterluken. Eine alte Föhre war umgestürzt und hatte mit einem Ast Holzverzierungen von den Fenstern gerissen. Während Corinna den Weg zum Meer hinablief und der Kutscher die Kisten vom Wagen abzuladen begann, ging Sophie mit dem Schlüssel voraus. Sie steckte ihn ins Schloß, die schwere Holztür ächzte in den Angeln, und sie betrat den dunklen Raum.

Ein modriger Geruch schlug ihr entgegen, die feuchte Kälte langer Wintermonate. Er enthielt ihre ganze Kindheit: Wie sie als Mädchen über den bloßen Holzboden in diesen Raum gelaufen und in seiner dunklen Mitte stehengeblieben war. Die Möbel, die man mit Tüchern verhängt hatte, sahen aus wie Lebewesen aus einer verlorenen Welt. Neben der Sesselgruppe hatte sie darauf gewartet, daß der Vater endlich von außen die Holzluken entriegelte. So hatte sie stocksteif gestanden, während um sie her sich allmählich Fenster auf Fenster öffnete, das Licht in Bahnen, in denen der Staub bunt flimmerte, ins Zimmer fiel. Es war der Übergang der Welt vom Dunklen zum Licht, und viele endlose Wochen lagen plötzlich darin, das köstliche Gefühl von heute und heute und heute, viele Male hintereinander, einer Zeitlosigkeit, wie man sie nur als Kind erlebt. Wenn dann die Kinderfrau kam, mit Körben bepackt, die Köchin, die sich in der Küche zu schaffen machte und bald dem Haus mit Eimern voll Wasser und feuchten Tüchern zu Leibe rückte, die Holzböden scheuerte, die Sofas ausklopfte – dann glaubte sie, sie allein müsse das Dunkle, den Geruch der einsamen Wintermonate, wie er noch an dem einen oder anderen Plüschsessel haftete, in sich aufbewahren.

*

»Und wie geht es meiner Lieblingstochter?« Der Legationsrat, der mit seiner Frau ebenfalls auf ein paar Tage aus Riga nach Jurmala herausgefahren war, lehnte sich in seinen Korbsessel zurück. »Warum blickt sie so streng in die Landschaft?«

Sie saßen auf der mit Fliegengittern geschützten Veranda. Monotoner Regen fiel seit dem Vormittag, tropfte auf die wie gewachst aussehenden dunkelgrünen Blätter des Rhododendron.

Sophie sah ihn erstaunt an. Streng? Hatte sie tatsächlich streng ausgesehen? Sie hatte an ihre Arbeit gedacht, an das nächste Semester, ob sie endlich dazu käme, die ersehnte Doktorarbeit in Angriff zu nehmen. Im Herbst würde sich eine neue Schar von Polytechnikern einschreiben, Differentialrechnung. Zum ersten Mal könnte sie auf ihre alten Unterrichtsvorbereitungen zurückgreifen.

»Nun?« Der alte Herr räusperte sich. »Zukunftssorgen?«

»Nein, Vater, überhaupt nicht. Ich dachte nur gerade an das Herbstsemester. Ich werde dieses Mal wesentlich mehr Zeit haben.«

»So, so«, sagte er skeptisch. »Immer nur deine Arbeit im Kopf. Es scheint fast, meine Tochter hat die richtige Wahl getroffen.«

Sie betrachtete ihren Vater von der Seite. Sein Profil mit der stark gebogenen Nase, das jetzt dem seines Vaters immer ähnlicher zu werden schien, eine männliche Matruschka. Das dichte, noch immer dunkle, leicht gewellte Haar. Die entschlossene Linie um den Mund, auf der linken Gesichtshälfte tiefer eingegraben. Er schien mit seinen Gedanken inzwischen ganz woanders. Aber jedenfalls hatte er verstanden, was freie Zeit für sie bedeutete.

Der Regen rauschte nur noch ganz leise. Silbrige Tropfen lagen auf der wuchernden Kapuzinerkresse, und der falsche Jasmin duftete übersüß. Ein Stieglitzpärchen flog mit schrillem Zwitschern von einem Zweig auf.

»Und warum nicht so wie Corinna? Ein Mann? Ein Kleines? Wäre das überhaupt nichts für dich?«

Sie zuckte zusammen. Auf eine solch direkte Frage war sie nicht gefaßt gewesen.

»Schließlich hast du viel zu bieten. Siehst gut aus, bist von bester Gesundheit, hast Erziehung, bist ein unabhängiger Geist, wirst eine beachtliche Mitgift bekommen. Ein Geschenk des Himmels für einen verdienten Mann.«

»Ich liebe meine Arbeit, Vater«, sagte sie gezwungen. »Ich wüßte nicht, weshalb ich mir etwas anderes wünschen sollte.« Sie haßte diese Beteuerungen.

Der Alte schlug die Börsenseite der Rigaer Tageszeitung auf. Das Signal, daß das Gespräch beendet war. Ihre Gedanken wirbelten durcheinander. Weshalb wieder diese Fragen, wo sie glaubte, ihre Eltern hätten endlich verstanden. Eine Ehe, wie ihre Brüder sie führten, käme für sie nie in Frage; die Frau für den Haushalt, die Kinder, Gesellschaften. Ausgerechnet der Vergleich mit Corinna. Ihre Schwester war ein ewig verspieltes Mädchen, sie hatten so wenig gemeinsam. Sophie spürte, wie Ärger in ihr hochstieg auf diesen allzu selbstsicheren Mann dort, ihren Vater, der, wie sie langsam begriff, nur im Auftrag der Mutter mit ihr geredet hatte. Die Mutter, die solche Dinge nicht gern selbst anzusprechen pflegte. Was wußte er denn eigentlich von ihr? Sie hatte ihm nie viel von sich erzählt. Er hatte sie nie gefragt.

»Nun, ich sollte nachsehen, ob der Kutscher mit Mister Ashton nicht endlich kommt.« Er wandte sich ihr zu und sagte wie nebenbei: »Übrigens solltest du dir unseren Gast einmal genauer ansehen. Er ist nicht nur reich und zuverlässig, sondern durchaus auch attraktiv.« Schwerfällig erhob er sich aus seinem Sessel. Augenblicklich verflog ihre Wut, wich im Gegenteil einem Anflug von Zärtlichkeit beim Anblick dieses Mannes, der jetzt so deutlich alterte.

»Sophie, du sitzt neben unserem Gast.« Die Mutter wies ihr mit einer Handbewegung den Stuhl am Tischende zu. Auch im Alter war die Legationsrätin noch eine bemerkenswerte Erscheinung. Ebenso groß wie ihre Töchter, das gewellte graue Haar füllig. Ihr Blick stets aufmerksam, wenn nicht sogar wachsam. Sie war es ihr Leben lang gewohnt, anderen zu befehlen.

»Und was beabsichtigst du damit?« Sophie wußte, daß ihr Ton gereizt klang, doch noch immer ärgerte sie die Bemerkung ihres Vaters. Gerne hätte sie die Mutter damit konfrontiert, doch die war bereits wieder aus dem Zimmer, denn das einzige, was sie im Augenblick interessierte, waren ein gut gedeckter Tisch und zufriedene Gäste. Einladungen und Tischordnungen waren ihre Leidenschaft. Sie gaben ihr Gelegenheit, ihr schönes altes Porzellan zur Schau zu stellen, die Mokkatäßchen und Gläser hervorzuholen und das schwere, von ihrer Mutter ererbte Silber, das sie den ganzen gestrigen Tag mit dem stinkenden Silberputzmittel bearbeitet hatte. Großmutter, eine Hofdame mit adligem Stammbaum, hatte einen Bürgerlichen geheiratet, insgeheim hatte ihre Tochter ihr das nie verziehen.

»Habe ich auch an alles gedacht? Es müssen acht Gedecke sein.« Die Mutter stand im Türrahmen und zählte noch einmal auf: »Dein Vater, deine Schwester, deine Schwägerin Lisa, dein ältester Bruder mit seiner Frau, der Gast, du und ich. Jetzt sieh doch bitte einmal hin!« Ihre Mutter war aufgeregt. Als sie die Wasserkaraffe absetzte, schwappte sie über.

Beinahe trotzig ließ Sophie den Blick über den Tisch gleiten. In den hohen, zweiarmigen Silberleuchtern steckten weiße Kerzen wie blinkende Hellebarden. Ihre Flammen flackerten im Luftzug und spiegelten sich als winzige Pünktchen in den geschliffenen Kristallgläsern und den Goldrandtellern. Die ordentlich gestaffelten Silberbestecke schienen wie exerzierende Soldaten auf das »Rührt-euch«-Kommando der Hausherrin zu warten, und auch die silbernen Messerbänkchen fehlten nicht. Als Kinder hatten sie sie bei den endlos sich hinziehenden Mahlzeiten zu langen Zügen zusammengebaut. Eisenbahnen, die über das frisch gebügelte Tischtuch fuhren, Sibirien im Winter, die Stationen Salzfäßchen, Pfeffer, Kerzenleuchter. Auf einer der weißen Damastservietten ein Fleck. Das durfte man der Mutter nicht sagen, sonst gäbe es womöglich wieder Aufregung.

»Es ist so perfekt wie immer, Mutter.«

»Gut. Dann bitte deinen Vater, daß er sich um den Wein kümmert, und sei so lieb, mir ein paar Tischblumen zu besorgen.«

Als Sophie in den Garten hinaustrat, hörte sie, wie der Korken aus der Weinflasche gezogen wurde. Ein Geräusch, das der Legationsrat liebte. Sie sah ihn in diesem Augenblick genau vor sich: wie er an der Flasche Rotspon roch, die er seit dem vorigen Tag gewärmt hatte, dann ein Gläschen einschenkte, es verglich mit seiner Probeflasche, von der er seit Mittag schon von Zeit zu Zeit ein Schlückchen genommen hatte, um die ideale Temperatur zu ermitteln, wie er zu sagen pflegte. Und plötzlich hatte sie das Gefühl, es seien diese Gesten, in denen sich einmal das Bild ihres Vaters für sie erhalten würde.

Der Regen hatte aufgehört, es war merklich kühler geworden, der Himmel von einem klaren Blau. Zwischen den dunklen Föhrenstämmen hindurch sah man das Meer, ein dünnes, glänzendes Band. Die Blüten des Jasminbusches waren alle zu Boden gefegt, eingerissen, grau lagen sie auf der Erde. Sie hörte den Kutscher in den Weg einbiegen, das längst erwartete Schnauben der Pferde, das Rollen des Wagens. Die Mutter rief. Im Haus öffnete man die Tür, und der Legationsrat trat hinaus, um den verspätet eintreffenden Gast zu begrüßen. Sophie schnitt drei weiße Rosen, die noch nicht voll aufgeblüht waren. Ihre Bewegungen so langsam, als habe jemand ihr Blei in die Adern gegossen.

Mister Ashton, mit zweiundvierzig Jahren im besten Alter, wie ihr Vater behauptet hatte, trug einen braungestreiften Reiseanzug und eine Melone. Er war ein bißchen kleiner als Sophie, von gedrungener Statur, und bewegte sich so eckig wie sein Stock, mit dem er ungeduldig auf den Boden schlug. Er wirkte abgehetzt, auf seiner bleichen Stirn standen feine Schweißtröpfchen wie die Regentropfen auf den welken Jasminblättern im Garten, und ähnlich wie diese erfüllte der Geruch seines süßlichen Rasierwassers die Luft. Sophie war die erste, die der Vater vorstellte: »Hier, lieber Ashton, ist meine älteste Tochter Sophie. Ich habe Ihnen ja bereits von ihr erzählt.« Dann wandte er sich an Sophie und sagte mit übertriebener Betonung: »Dies, meine Liebe, ist Mister Ashton aus London.«

Als sei er kurzsichtig, fixierte er Sophie geradezu; um die graue Iris seiner Augen ein dunkler Ring, der seinem Blick etwas hoch Konzentriertes, Aufmerksames gab. »Very pleased to meet you«, sagte er steif und reichte ihr seine feuchte Hand. Heimlich wischte Sophie sich die ihre hinter dem Rücken ab, was die Mutter mit mißbilligendem Blick quittierte. Jetzt kam Corinna, den Kleinen auf dem Arm, gefolgt von den zwei Schwägerinnen und Bruder Jan. Auch sie wurden umständlich vorgestellt, wobei Corinnas Sohn in seinem Matrosenanzug augenblicklich in ein ohrenbetäubendes Gebrüll ausbrach, so als quälte ihn die metallisch klingende Stimme Mister Ashtons. Du jedenfalls kannst deinen Gefühlen freien Ausdruck verleihen, dachte Sophie. Nervös rief die Mutter, Marja solle das Kind versorgen, dann lächelte sie Mister Ashton zu und sagte: »Der Kleine hat eine Magenverstimmung.«

Mister Ashton widmete sich der Prozedur des Händeschüttelns mit solch übertriebener Sorgfalt, daß Sophie darin die Bemühung des Engländers um die Einhaltung deutscher Sitten zu erkennen glaubte. Endlich war es vorbei, und sofort schlug die Mutter vor, sich zu Tisch zu begeben. Ihre fleckig geröteten Wangen verrieten ihre Angst, das Essen könnte in dieser Sekunde verkochen. Jan schenkte den Wein ein. Ungeschickt wie er war, berührte er jedesmal mit dem Flaschenhals die Gläser. Ein Klang, als wäre man bereits dabei, feierlich anzustoßen. Ausgerechnet am Platz des Gastes goß er überdies ein paar Tropfen daneben. Sowohl seine Frau als auch seine Mutter preßten die Lippen zusammen. Die Köchin brachte die Gemüsesuppe, und nachdem alle den Teller gefüllt vor sich stehen hatten, sagte der Legationsrat: »Wir wollen anstoßen auf Ihren Besuch, Mister Ashton. Ich hoffe, Sie werden die weite Fahrt hier heraus nicht bereuen.« Er hob sein Glas. Hatte sie es sich eingebildet, oder hatte der Vater dem Gast tatsächlich unmerklich zugezwinkert? Dieser, durstig von der Fahrt, hob ebenfalls sein Glas, blickte erst Sophie neben sich an, dann in die Runde, beugte sich vor und lächelte der Frau des Hauses zu. Überdeutlich war jetzt ein schorfiger Fleck an seinem Hals zu sehen, als sei die Haut dort wundgescheuert.

»Well – ich bedanke mich für die Einladung«, sagte er in einem stark akzentgefärbten Deutsch und fügte mit vielsagendem Lächeln hinzu: »Hintern hoch«, woraufhin er den Wein mit einem ordentlichen Schluck hinunterstürzte. Sophie saß Corinna gegenüber, die zu kichern anfing, während die Mutter und Jans Frau sich erstaunte, wenn nicht sogar pikierte Blicke zuwarfen.

»Die etwas freie Übersetzung des englischen Trinkspruchs bottoms up«, sagte Lisa. Sophie blickte die Frau ihres jüngeren Bruders, der zur Zeit noch in Paris war, an. Woher wußte Lisa solche Dinge? Sie hatte es verstanden, ein Geheimnis um ihre Herkunft zu wahren. Plötzlich war sie in Riga aufgetaucht, keiner wußte, was sie davor gemacht hatte. Sie stammte aus der Gegend von Frankfurt, weigerte sich, Näheres über ihre Familie zu erzählen. Bislang war sie immer tadellos aufgetreten und bei allen beliebt. Jonathan betete sie an.

»Ist die Suppe auch nicht zu heiß?« hörte sie ihren Vater fragen. Alle wußten, was nun kam. Es war das der Mutter verhaßte und dem Vater doch nicht abzugewöhnende Ritual, die Suppe auf seine Art abzukühlen. Dabei hob er löffelweise die Flüssigkeit auf Augenhöhe, um sie von dort wieder in den Teller zurückzugießen, wobei allmählich auf der Tischdecke ein kleiner Kranz von Flecken entstand. Mister Ashton, offenbar erstaunt über diese Zeremonie, sah Sophie fragend an und sagte so leise, daß nur sie es verstehen konnte: »Eine Suppenkorona.« Im selben Moment zog er die eine Schulter in einer merkwürdig verrenkten Bewegung hoch. Daher seine wunden Stellen am Hals?

»Nun, mein Lieber, was gibt es Neues zu berichten aus der weiten Welt? Sie kommen soeben aus Spanien?«

Ihr Vater fragte in seiner jovialen Art und begann seine Suppe zu essen. Mister Ashton, der seinerseits gerade einen Löffel in den Mund geschoben hatte, schluckte schnell hinunter. Sophie mußte innerlich lachen über diese schon so oft erlebte Situation. Alle durften sich schweigend auf ihr Essen konzentrieren, nur der arme Gast mußte zwischen zwei schnell heruntergewürgten Bissen erzählen.

»Aus Spanien, ja. Von meiner zweiten Finsternisreise. Die erste ging nach Japan ...« Er begann zu husten, weil er sich verschluckt hatte.

»Nicht so hastig«, sagte der Legationsrat und klopfte dem Engländer so vertraulich auf die Schulter, als gehöre der bereits zur Familie. »Sie haben also wieder mal Ihrer Leidenschaft gefrönt und sind zu einer Sonnenfinsternis gereist.«

Mister Ashton, der ganz rot angelaufen war, brachte nur ein Nicken zustande. Dann fing er sich wieder.

»Es gibt nichts Geheimnisvolleres als eine Sonnenkorona«, sagte er, zu Sophie gewandt. »Eine vollkommen geschwärzte Sonnenscheibe, die mit Würde einen bläulich strahlenden Feuerkranz trägt.«

Jetzt erst verstand sie seine Bemerkung von vorhin.

»Auf den wunderbaren Photos, die man mit der Jumbo-Kamera gemacht hat, ist viel davon zu sehen.«

»Jumbo-Kamera?« fragte Sophie nun doch interessiert.

In diesem Moment kam die Köchin herein, um die Suppenteller abzutragen. Mister Ashton beeilte sich, zu antworten: »Ein wahres Monstrum. Die Brennweite des Objektivs mißt zwölf Meter, und es wiegt mehrere Tonnen. Wenn es erst einmal eingestellt ist, kann niemand es mehr bewegen.«

Dann löffelte er seine kalt gewordene Suppe schnell aus. Sophie fing den vorwurfsvollen Blick ihrer Mutter auf. Sie wußte, was er bedeuten sollte: Nun laß wenigstens du unseren Gast in Ruhe essen.

Der Lachs kam auf den Tisch, silbrig, rosa und grau, ein Grandseigneur unter den Flußfischen. Die Köchin hatte ihm eine halbe Zitrone ins Maul geschoben und inmitten von Petersilienbüscheln so auf die Platte gelegt, als solle er gleich wieder davonschwimmen. »Daugava-Lachs«, sagte der Hausherr stolz und erhob sich, um ihn eigenhändig zu zerlegen. »Das macht er immer sehr appetitlich«, sagte die Mutter mit Nachdruck. Ein Satz, den Sophie aus frühester Kindheit kannte und aus dem sie inzwischen nichts anderes mehr heraushörte als den Versuch der Mutter, ihren Ekel vor allem Fleisch, allem Lebenssaft, eingeschlossen dem des Vaters, zu beschwichtigen. Am ungenauen Klang ihrer Stimme konnte Sophie hören, daß sie bereits mehr als ein Glas Wein getrunken haben mußte. Ihr Gegengift zum befleckten Tischtuch, zur Aufregung, in die die Bewirtung von Gästen sie immer versetzte.

»Und geschäftlich?« fragte der Legationsrat, nachdem alle etwas auf dem Teller hatten. »Vor Spanien waren Sie doch im Fernen Osten?«

Die Runde aß nun schweigend, während Mister Ashton der Aufforderung Folge leistete und eine ausführliche Beschreibung seiner langen Reise in den Fernen Osten gab, wo er am Yalu-Fluß in Korea unter abenteuerlichen Umständen Lizenzen für den Holzimport ausgehandelt hatte.

»Wirklich interessant«, ließ sich der Legationsrat schließlich vernehmen. Der knappen Bemerkung war anzuhören, daß das Essen seine Aufmerksamkeit die ganze Zeit weit mehr in Anspruch genommen hatte. »Und zum Nachtisch?«

Mister Ashton schien das Stichwort richtig zu deuten, denn plötzlich begann er hastig sein Stück Fisch zu attackieren. Sophie, Lisa und Corinna standen auf, um der Köchin beim Hinaustragen des Geschirrs zu helfen. Auch die Mutter erhob sich. Steif und aufrecht ging sie zur Vitrine und zählte die Glasschälchen für den Nachtisch ab. Immer diese übermäßige Korrektheit, wenn sie etwas getrunken hatte. Nach dem Dessert folgte Sophie Vater und Bruder, die den Gast ins Herrenzimmer führten. Amüsiert registrierte sie, wie der Engländer sofort nach dem rosafarbenen Meißener Pralinenschälchen griff und sich, offenbar immer noch hungrig, eifrig bediente. Sophie nahm sich eine Zigarette aus dem Silberetui ihres Vaters, das auf dem kleinen Tischchen lag. Der Gast gab ihr Feuer.

»Sagen Sie, Mister Ashton, ist es nicht gefährlich für einen Engländer, jetzt, kurz nach dem Boxeraufstand, durch China zu reisen?«

»Man sollte nicht ohne weibliche Begleitung reisen, das ist wahr.« Dabei klopfte der Engländer auf eine Tasche seines Jacketts und lachte über seinen Witz. »Ich meine damit: nicht ohne Begleitung einer Waffe. Eine kleine Pistole, das wirkt allemal einschüchternd.«

»Gefährlich war es schon immer, Sophie«, warf ihr Bruder ein. Sie ärgerte sich über Jans belehrenden Ton. Ausgerechnet er wollte ihr etwas von Gefahren erzählen. »Du weißt doch, vor drei Jahren wurden die deutschen Missionare in Tsingtao ermordet.«

Statt einer Erwiderung hielt sie ihm ihr Weinglas hin. »Da. Noch einmal vollschenken bitte.« Er folgte ihrer Aufforderung nur widerwillig. »Der Westen ist doch zu stark für China«, sagte Sophie. »Des deutschen Kaisers Geraune von der Gelben Gefahr hat wirkungsvoll die Gemüter aufgeheizt.«

Der Legationsrat warf ihr einen Blick zu, als wolle er seine Worte auf Sophie bezogen wissen: »Langfristig betrachtet werden die Chinesen sich mit dem Boxeraufstand selbst am meisten schaden.« Sophie erkannte auf einmal, daß es ihrem Vater um nichts anderes ging als um den geregelten Gang der Dinge. Für ihn war seine Älteste eine Art rebellischer Chinese. »Schon jetzt hat China die gesamte Welt gegen sich«, schloß er und wirkte sehr zufrieden über seine Feststellung.

»Genau«, warf Jan schnell ein. »Die Ermordung des deutschen Botschafters in Peking war sehr ungeschickt.«

Ihr Bruder hörte sich an wie das fade Echo ihres Vaters. Sophie wußte wohl, daß der alte Herr sich manchmal wünschte, sein Ältester möge aggressiver sein, vor allem auch als Geschäftsmann. Er schien ganz dem Willen seiner Frau zu unterstehen. »Japan ist seit dem Chinesisch-Japanischen Krieg wachsam.«

»Well«, begann Mister Ashton, »die Kämpfe in Peking haben in Europa den Eindruck hinterlassen, die asiatischen Soldaten seien als Kämpfer nicht effektiv.«

»Sind Sie also auch der Meinung, Rußland solle sich militärisch einschalten?« unterbrach Sophie mit Nachdruck. Sie schob ihren Ärger über die Haltung des Vaters einfach beiseite. So schnell würde sie sich nicht unterkriegen lassen. Mochte ihre Frage auch angriffslustig klingen und daher seinen gequälten Blick provozieren. Sie wußte genau, was ihm jetzt durch den Kopf ging: Wie bedauerlich, daß sie so wenig weibliche Gedanken hegte. »Viele hier scheinen der Auffassung zu sein, die Besetzung der Mandschurei durch die Russen sei der richtige Gegenzug«, fuhr sie fort.

Der verblüffte Gesichtsausdruck ihres Vaters reizte Sophie zum Lachen, und demonstrativ biß sie in eine Cognacbohne. Die Flüssigkeit lief ihr über das Kinn.

Der Engländer aber wurde plötzlich lebhaft. Ihm schien es zu gefallen, daß Sophie sich an dieser Diskussion beteiligte. Er wandte sich direkt an sie: »Damit ist die russische Präsenz in Ostasien aus der Sicht Japans und Koreas zu mächtig. Wenn es bei dieser Politik bleibt, muß es neue Konflikte geben.«

»Eine jahrtausendealte Kultur – im Handumdrehen zerstört von den Europäern, vor allem den Engländern ...«

»Ich bitte dich ... Sophie!« stöhnte der Vater.

Mister Ashton sah sie bewundernd und zugleich betreten an. Sophie lächelte ihm zu. »Ich möchte gerne einmal nach China. Mister Ashton, brauchen Sie nicht jemanden für Ihre Buchführung?«

Der Mann machte wieder diese merkwürdige Kopfbewegung, die seine ohnehin schon wunde Haut weiter aufscheuern mußte. Dann sagte er zu seinem Gastgeber: »What do you think of the young lady's plan?«

Ihr Vater, der wohl gemerkt hatte, daß zwischen Ashton und seiner Tochter kein echter Funke übergesprungen war, hob die Hände in einer Weise, die auszudrücken schien: Ich bin ohnehin machtlos. Soll sie tun, was sie will. Sophie hielt ihrem Bruder wieder ihr Weinglas hin. »Dann trinken wir darauf«, sagte sie: »Hintern hoch!«

Es war spät geworden, als sie ihr winziges Zimmer unter dem Dach betrat. Dorthin hatte man sie nach der Geburt von Corinnas Sohn ausquartiert. Das Fenster stand offen, der Regen hatte wieder eingesetzt. Die kühle Luft tat ihrem heißen Gesicht wohl, ihrer Haut, die vom Wein und Likör und von den Gesprächen glühte. Ashtons Erzählungen hatten etwas in ihr geweckt, eine Sehnsucht nach der Weite, unbekannten Zielen. Die geschwungenen Dächer fremdartiger Tempel, das Licht der Mandschurei, die wilden Gesichter verwegener Männer schwirrten ihr durch den Kopf, Wörter wie Baikal, Peking, Tokio. Sie würde einmal im Leben eine solche weite Reise unternehmen. Mit oder ohne Ashton. Das stand fest. Nackt legte sie sich aufs Bett. Ein leichter

Wind bewegte die Gardine, strich über ihre Haut. Durch das Fenster hörte sie den Regen. Er ließ sie in den Schlaf gleiten, und sie träumte, wie das Meer anstieg und den alten Garten überschwemmte. Wasser rauschte, stieg bis zu den Simsen im ersten Stock, über die Wipfel der Föhren, durch deren Geäst Lachse schwammen. Blitzende Schwärme schnellten durch ihr Fenster, zu flink für das Netz des Schlafs. Und in der Ferne darüber lag ein grüner Himmel aus Tinte, blaugrün wie jene im Faß auf ihrem Pult, mit der sie in gestochen scharfer Schrift ihre Korrekturen in die Mathematikhefte schrieb.

III

Als sie Monate später am frühen Nachmittag – der Dezemberhimmel war bereits dunkel und sternenklar – aus der Pferdetram in Hagensberg stieg, quer durch den Peter-Park ging, den Schnee unter ihren Schuhen knirschen hörte und auf der anderen Seite der Düna den Glanz der dünnen Mondsichel in den Linien der Dächer und Türme sah, hatte sie plötzlich das Gefühl, die Zeit sei wie klebriger, zäher Honig, in dem ihr Leben steckenzubleiben drohte. Wie oft hatte sie solche Klausurhefte im Packen unter dem Arm nach Haus getragen, korrigiert, zurückgegeben. Immer leiteten sie einen Abschluß und zugleich einen neuen Anfang ein. Zum wievielten Mal jetzt. Wieder hatte Anzis ihr eine gelbe Stoffrose geschenkt – Alles Gute zum neuen Jahr! –, ein Scherz vielleicht, oder er war sich der Wiederholung nicht bewußt, und noch immer hatte sich für sie nichts verändert. Die Stapel dieser Hefte wie die Jahresringe ihres Lebens.

Nur wenige Gaslaternen brannten, anders als in den Stadtteilen jenseits der Düna, wo die Sternbilder von Orion und den

Plejaden längst hinter den neuen elektrischen Laternen verschwanden. Ungewöhnlich viele Menschen waren unterwegs. Von allen Seiten kamen sie, zu zweit, zu dritt, auf der Schneefläche im Park ein Muster aus Spuren. Alle strömten sie in Richtung Agenskalns Tirgus, dem Marktplatz ihres Stadtteils. Neugierig, froh um eine Ablenkung von ihren melancholischen Gedanken, beschloß sie, einen kleinen Umweg zu machen. Auf dem Platz vor dem roten backsteinernen Marktgebäude eine Ansammlung von Menschen in dunklen Wintermänteln und Pelzkappen. In ihrer Mitte stand auf einem kleinen Podest ein Mann und hielt eine Rede. Sie konnte jedoch nichts verstehen, der Wind kam aus der falschen Richtung. Jemand drückte ihr ein Pamphlet in die Hand. »Kundgebung gegen die Politik des Zaren im Fernen Osten« stand darauf. »Wir fordern den Rückzug Rußlands aus der unrechtmäßig besetzten Mandschurei. Die gegenwärtige Expansionspolitik kann nur zum Krieg führen.« Der Wind drehte, und für einen Augenblick trug er ihr Fetzen der Rede zu. Sie wurde auf lettisch gehalten. Sätze über die unerträgliche zaristische Zensur der Presse. Die Menschen murmelten zustimmend.

Als sie die Tür zu Haus aufschloß, wurde sie gleich von Corinna abgefangen, die einen Turm von Päckchen in Geschenkpapier und Schleifen durch den Flur balancierte.

»Sophie, wann entwickelst du endlich die Photographien vom Sommer! Ich möchte Ludwig Bilder schenken von unseren Tagen in Jurmala. Weihnachten steht vor der Tür.«

»Eine sehr gute Idee, Schwesterchen! Sowie ich mich durch die hier« – sie drehte sich Corinna zu, um ihr den Stapel Klausurhefte zu zeigen – »durchgearbeitet habe. Aber spätestens Heiligabend hast du sie.«

Corinna verschwand in einer Abstellkammer. Sophie konnte hören, wie mehrere Pakete zu Boden polterten. »Aber Weihnachten nach der alten Datierung, bitte ja?« kam die Stimme ihrer Schwester von dort. »Weihnachten ist Weihnachten!« rief Sophie zurück, erhielt aber keine Antwort.

Sie brachte ihre Hefte ins Arbeitszimmer, prüfte, ob noch ausreichend Tinte in dem kleinen Faß der Schreibgarnitur aus Zink war und blies in die herabgebrannte Glut im Samowar. »Trinkst du einen Tee mit mir, Corinna?«

»Ja, gerne. Aber ich habe nicht viel Zeit. Ludwig kommt morgen zurück, und ich will die Wohnung herrichten.«

Stimmt, dachte Sophie. Eigentlich war die Schwester immer hier im elterlichen Haus, als hätte sie keine eigene Wohnung in der Stadt. Aber offensichtlich war ihr der Gedanke fern, allein dort zu sein, während der Mann, mit dem sie ihr Leben teilte, sich auf Reisen befand.

Sophie schüttete Kohlen auf die Glut, mußte warten, bis das Wasser heiß war. Sie nahm die Zeitung. Wie jeden Advent waren die Seiten randvoll mit Anzeigen, wie jedes Jahr bot die Spielwarenfabrik Vierecke & Leutke aus der Theaterstraße ihre Waren an, mit kleinen Zeichnungen versehen. Indianerfestungen, Jagden, Menagerien, Musikkreisel, verschiedene Modelle einer Laterna Magica, Puppenmöbel. War denn wirklich schon wieder ein ganzes Jahr vergangen? Das Englische Magazin Redlich annoncierte Eskimokappen und Schneeschuhe, Schlittschuhe mit dazugehörigen Segeln. Das wäre etwas für Corinna und ihren Sohn. Aber letztlich würde sie einfach wie in jedem Jahr in die Kalkstraße gehen, zur Dampf-Schokoladenfabrik Riegert, wo es jetzt täglich frisches Konfekt gab. Ihre süße Verwandtschaft freute sich immer über gute Pralinen.

»Hast du gelesen, daß im Stadtpark Griesenberg die Schlittschuhbahnen geöffnet haben? Das Plakat verspricht elektrische Illumination und Militärmusik bis zehn Uhr abends«, rief Corinna von oben. »Und auch im Zirkus beginnt die neue Saison.«

Sophies Blick fiel auf die Anzeige: »Im Zirkusgebäude Slamonski eröffnen die Gebrüder Truzzi die Saison mit einer Truppe aus Künstlern und Künstlerinnen, welche in Riga zum ersten Mal auftreten. Grandioses Corps de Ballet. Non plus ultra! Außerordentlich dressierte Pferde. La Elvira mit elegantem Drahtseilakt.« Sie mußte lächeln über ihre Schwester. Diese Zeit war für Corinna die schönste – dem Vergnügen war in diesen Tagen keine Grenze gesetzt. Manchmal beneidete Sophie sie darum, alles so sorglos genießen zu können, einfach in den Tag hineinzuleben. Es war eine Kunst, in der sie selbst es nie sehr weit bringen würde.

Das Wasser kochte. Sie nahm den silbernen Teacaddy, den Mister Ashton mit einem Extragruß an sie aus London geschickt hatte, schüttete die Teeblätter in die kleine Kanne, goß Wasser darüber, stellte den Sud zum Ziehen auf den Samowar und wartete, bis der Tee dunkel genug war. Die tägliche Zeitungsspalte »Angekommene Fremde« war heute bereits besonders lang. Das Hotel Bellevue meldete den Orgelvirtuosen Adam Ore aus Petersburg, der auch im letzten Jahr im Dom gespielt hatte, Comptoirist Micislaw Tschernansky aus Kiew, Ritterschaftsrevisor Leopold Intelmann aus Jurjew, Gutsherrn Baron Paul Ungarn-Sternberg nebst Gemahlin, Garderittmeister Baron Roemme aus Warschau, viele Kaufleute aus Baku, Charkow, Wien. Sie dachte an die Stoffrose. Sie würde sie in ihrer Tasche lassen. Sie wollte nicht, daß Corinna oder ihre Mutter sie fanden.

Der Sud war jetzt stark genug, sie goß zwei Tassen halb voll damit, ließ das kochend heiße Wasser aus dem Samowar dazulaufen. »Corinna, dein Tee ist fertig!«

»Tut mir leid, Sophie-Schwester, ich muß gleich los. Marja wartet schon mit dem Kleinen auf mich.«

Noch einmal lief Corinna die Treppe hoch. Sophie sah ihr nach. Wie verschieden waren sie doch. In vielem glich die Schwester der Mutter. Beide liebten Gesellschaften. Über Weihnachten und Neujahr würde es davon für Sophies Geschmack zu viele geben. Das Familientreffen, am zweiten Weihnachtstag des Vaters Haus der offenen Tür, der traditionelle Sylvesterball im Kaiserlichen Yachtclub, der Opernbesuch am Neujahrsmorgen. Die Vorstellung, daß die schöne freie Zeit bei einem solchen Programm viel zu schnell vergehen würde, bedrückte sie. Aber sie würde sich nicht aus allem heraushalten können. Schließlich wohnte sie noch immer bei den Eltern. Die Haustür klappte, sie hörte ihre Mutter hereinkommen.

»Möchtest du Tee, Maman?«

»Gerne«, kam es zurück, während ein Mantel auf einen Bügel an der Garderobe gehängt wurde. Dann trat die Legationsrätin ein. Beim Anblick des Stapels Hefte auf dem Tisch sagte sie: »Ach du lieber Himmel. Du kommst von deinen Zahlen wohl nie los.« Mit ablehnendem Gesichtsausdruck ließ sie sich in den Sessel fallen.

»Ganz genau gesagt, chère Maman, geht es bei diesen Arbeiten weniger um Zahlen als um Unstetigkeit.«

»Aha«, erwiderte ihre Mutter mit Betonung auf der zweiten Silbe und nahm ihre Tasse entgegen. Mit hochgezogenen Augenbrauen trank sie den Tee, als hätte ihr dieses Wort die Sprache verschlagen.

»Das ist ein Phänomen«, konnte Sophie sich nicht verkneifen, »das du – ob in der Mathematik oder in der Natur – so gar nicht liebst.«

Ihre Mutter preßte die Lippen zusammen, fuhr sich mit der Hand prüfend durchs Haar, ob ihre Frisur auch ordentlich saß. »Da hast du recht, Sophie. Ich hasse Überraschungen.«

»Was uns beide eben unterscheidet – für mich sind sie gerade das Wichtige –, auch wenn ich mich damit beschäftige, sie vorauszuberechnen.«

Corinna verabschiedete sich mit lautem Türenknallen. Leise davonzugehen gelang ihr nie.

»Deine Schwester ist in puncto Überraschungen kaum zu überbieten. Aber wenigstens ist sie verheiratet.«

*

Im März waren in Bolderaa Streifen von Schlammeis in der See zu sehen. Im April baute man die Buden von der Düna ab, tauschte die Kufen der Pferdeschlitten gegen Räder aus und schloß wie jedes Jahr Wetten ab, wann der Fluß eisfrei werde. Im Mai, Pfingsten war schon vorüber, wirbelte der Schnee wieder in dichten nassen Flocken vom Himmel.

Als Sophie das Haus verließ, konnte sie kaum die Augen offenhalten. Eiskristalle verklebten ihr die Wimpern, prickelten im Gesicht, näßten ihr den Nacken zwischen Mantelkragen und Mütze. Über Nacht hatte der Schnee noch einmal alles verwandelt. Die gewohnten Linien waren verschwunden, die Ziegel auf den Dächern, die Wege, sonst unabänderlich gültige Strukturen, verwischt. Als habe der Winter eine letzte Anstrengung unternommen, unter seinen dichten weißen Tüchern den Frühling wieder zum Verschwinden zu bringen. Es lag durchaus etwas Liebevolles in diesem Versuch, denn kein einzelner Gegenstand, nicht das kleinste Detail war ausgelassen worden: Jede Zaunspitze, jeder Stein, selbst die letzten Äpfel, die sich den Winter über beharrlich an den kahlen Ästen gehalten hatten, trugen eine weiche, flache Kappe aus Schnee.

Doch die Strenge der frostklirrenden Februartage, in denen es keinen Laut, keine Gerüche gegeben hatte, war vorbei. Die Luft erwärmte sich schnell, unverkennbar der Duft feuchter Erde und junger grüner Pflanzen. Die ersten Vögel sangen, und in wenigen Stunden würde alles getaut sein, der nasse Schnee auf den Ästen der Obstbäume bald abgelöst vom duftenden Schnee der Blüten. Die Sonne kam hervor, ließ die weiße Pracht ein letztes Mal aufglitzern. Unwillkürlich beschleunigte Sophie ihren Schritt. Am liebsten hätte sie laut gerufen.

Einen Monat später war nichts mehr vom Winter zu spüren. Die frischen Blätter der Buchen glänzten in der Sonne. Aus dem Hof des Polytechnikums kamen die Studenten, viele lachend, die Jacken lose über die Schultern gehängt und die Hemdsärmel nach oben gerollt. Alle waren angesteckt von der Freude über den Beginn des Sommers. Für viele war es das letzte Semester, und sie würden nun bald einem Beruf nachgehen, um eines Tages Besitzer der neu entstehenden Bürgerhäuser hinter dem Grüngürtel zu sein. Mitten unter ihnen Sophie, im hellen Leinenkostüm, die Mappe unter dem Arm, ins Gespräch vertieft mit einem sommerlich gekleideten Herrn. Sein gelbes Stoppelhaar ließ ihn trotz Anzug und Hemd mit weißem Stehkragen wie einen Jungen aussehen. Sie bogen gemeinsam in die Elizabetes iela, gingen unter den Buchen am Wöhrmannschen Park entlang.

Wie in jedem Jahr in den ersten warmen Tagen saßen Menschen in leichter Kleidung auf den Bänken. Endlich konnte man die schweren Winterstoffe gegen helle Musseline, Leinen, Batist und Seide tauschen. Ein Eisverkäufer kam ihnen entgegen, und Sophies Begleiter unterbrach seinen Redefluß. »Mögen Sie auch eines?«

Sie warf den Kopf zurück und blinzelte in die Sonne. »Ein Glas Sherry wäre mir lieber.«

»Also gut, Sherry. Hauptsache, Sie bleiben noch ein bißchen.«

Sophie versuchte ihre Überraschung über diese Bemerkung zu verbergen. Sie steuerten auf den kleinen Pavillon im Park zu, drängten sich an vornehm gekleideten Damen und rauchenden Herren vorbei, die in dicken Zeitungen blätterten, und ließen sich an einem der freien Tischchen nieder.

»Und warum, Herr Utzon, sind Sie so ungern allein?«

Jetzt war er der Überraschte. »Ungern? Woher wollen Sie das wissen?«

»Weil Sie mich zu Eis oder Sherry einladen, ganz egal, nur damit ich bleibe.«

»Ach, so meinen Sie.« Wie er sich mit scheinbar übertriebener Gestik den Schweiß von der Stirn tupfte, wirkte er auf geradezu komische Weise erleichtert. Dann winkte er den Kellner herbei und bestellte: »Zwei Sherry, medium dry.« Er blickte Sophie an und lächelte. »Das ist doch sicher in Ihrem Sinne, weder zu trocken noch zu süß.«

»Sie sind also direkt aus Dänemark hierhergekommen, um den Vortrag über angewandte Triangulation zu halten?«

»Aus Stockholm«, erwiderte er.

»In Stockholm wollte ich ein Jahr studieren«, sagte Sophie. »Bei Professor Kowalewski. Weihnachten 1890 hatte ich bereits ein Zimmer dort, aber bevor das Semester anfing, starb sie an einer epidemischen Grippe. Sie war gerade einundvierzig Jahre alt.«

»Sonja Kowalewski. Stammte sie nicht aus Petersburg?«

»Aus Moskau, lebte aber lange in Petersburg.«

»Eine ungewöhnliche Laufbahn für eine Frau, muß ich zugeben. Seit Anfang der 80er Jahre arbeitete sie über die Fortpflanzung des Lichts im kristallinen Medium. Ein ziemlicher Blaustrumpf.«

»Das nehmen Sie besser zurück«, sagte Sophie streng.

Er stutzte einen Augenblick. Dann sagte er ergeben: »Zurückgenommen. Das war typisch männliche Arroganz. Es ist wahr – sie erhielt den Prix Bordin der Französischen Akademie der Wissenschaften für ihre Arbeit über die Rotation fester Körper um einen fixen Punkt –, aber obendrein war sie selbst auch ein solcher Punkt, ein Glanzlicht der Petersburger Gesellschaft, um das die Künstler und Literaten wie um eine Sonne schwärmten, eine begehrenswerte Frau.«

Sophie nippte an ihrem Glas und nickte.

»So wie Sie«, fuhr er fort, als wolle er weiteres Terrain gutmachen und lächelte sie vieldeutig an.

Sophie warf ihm einen Blick zu, in dem Skepsis und Versöhnung sich mischten.

»In Stockholm wurde auch Poincaré vom König für seine Arbeit preisgekrönt«, nahm er das Gespräch noch einmal auf. »Das schwierige Drei-Körper-Problem.«

»Der wichtigste Sonderfall, da er Erde, Mond und Sonne betrifft.« Wollte er ihr etwas beweisen? Und sie ihm? »Aber bleiben wir lieber auf der Erde«, schlug Sophie vor. »Sie sind öfter in Riga?«

»Riga, Stockholm, Kopenhagen, Petersburg. Gewissermaßen ja. Seltsam, daß wir uns zuvor noch nie begegnet sind.«

Hellbraun wie Honig glänzte der Sherry in den Gläsern. Die Sonne brach sich in den Kristallfacetten und zauberte Spektralfarben auf die Tischdecke.

»Einfallswinkel gleich Ausfallswinkel. Der einfallende und der zurückgeworfene Lichtstrahl liegen in einer Ebene, die auf der spiegelnden Ebene senkrecht steht.« Er hob sein Glas in die Sonne, drehte den Stiel zwischen den Fingern, wobei blaue und lila Streifen über sein Gesicht glitten. »Nennen Sie mich doch einfach Albert.«

Er sah Sophie aufmerksam an, so daß sie das Gefühl bekam, sie sei die spiegelnde Ebene, die seinen Blick zurückwarf.

Sophie nahm ebenfalls ihr Glas.

»Einen meiner ersten Kontakte mit diesem Winkelgesetz hatte ich als Junge. Ich ließ Steine über unseren See hüpfen. Damals schon hatte ich den Wunsch, Brücken zu bauen, Brücken mit vielen Pfeilern, die den Abgrund überwinden. Es gibt Brücken, deren Bögen wie die Sprünge solcher Steine sind.«

Sophie meinte zu spüren, welch anziehende Kombination

von Nüchternheit und Poesie in diesem Mann steckte. Sie hob ihr Glas, prostete ihm zu. Faulig süß lief der Sherry über ihre Zunge, schon der Geruch machte sie ein wenig schwindlig, zum Lachen aufgelegt.

»Reflexion«, wiederholte sie, aber sprach den Rest des Satzes, der ihr durch den Kopf ging, nicht aus: das Zurückwerfen der Wellenbewegung des Wassers, des Schalls, des Lichts – und des Geistes in sich selbst. Sich zurückzuziehen auf die nach innen gewendeten Tätigkeiten des Verknüpfens, Vergleichens und Verarbeitens von Empfindungen und Anschauungen zu Gedanken und Erkenntnissen.

»Und zu welcher Erkenntnis sind Sie mit Ihrer Reflexion gekommen?« setzte er nach einer kurzen Pause hinzu.

»Woher wissen Sie …?« Sie brach mitten in der Rede ab, als sie sein Gesicht sah.

»Neugierig geworden?«

»Ich bin von Natur aus nicht neugierig!« Sie wunderte sich selbst, wie sie auf einen solchen Satz kam. »Also gut, Albert«, sagte sie schließlich. »Ich heiße Sophie.«

Als sie den Pavillon verließen, die Barona iela zum Opernhaus liefen, schlug er vor, sich bald wieder zu treffen.

»Wie wäre es in drei Tagen, wenn ich aus St. Petersburg zurück bin? Zum Beispiel in den Wein- und Austernstuben von Otto Schwarz in der Altstadt?« Das hatte er bereits herausgefunden: Sie liebte Austern.

»Aber gibt es um diese Jahreszeit denn überhaupt welche?«

»Warum probieren wir es nicht einfach aus?«

*

Der Mann schüttelte den Kopf. »Nicht um diese Jahreszeit.«

»Ich hatte also recht?« Sophie sah Albert enttäuscht an. Er

winkte den Kellner, der eine Goldrandbrille trug und eher aussah wie ein Universitätsprofessor, näher zu sich, flüsterte ihm etwas ins Ohr. Daraufhin lächelte der Mann und sagte: »Einen Augenblick, bitte.«

»Nur in Monaten mit R, stimmt's?« sagte Sophie.

»Abwarten und den Mosel trinken.«

Der Kellner kam zurück. »Wieviel Dutzend dürfen es denn sein?«

»Na, drei Dutzend können wir wohl vertragen.«

»Aber woher...?« Sie verstummte.

»Direkt aus der Bretagne. Frisch aus Cancale. Das Geschenk eines Freundes, exklusiv für uns. Als ich ihm erzählte, nur mit Austern könne man das Herz einer sehr spröden Dame gewinnen, ließ er sofort einige nach Riga senden.«

»Spröde wie Austernschalen?« fragte sie konsterniert.

»Sie wollen von mir jetzt nur die Geschichte mit der Perle darin hören«, sagte Albert und hob sein Glas. »Fishing for compliments.« Sie lachte. Nein, das war keinesfalls ihre Absicht gewesen. Aber mit diesem Mann schien jedes Gespräch eine solche Wendung zu nehmen.

Die Austern kamen. Eine Zeitlang saßen sie schweigend, schlürften das Meerwasser aus den Schalen, das Fleisch kühl und glatt, jedesmal ein kleiner aufregender Schauer.

»Allerdings hat mein Freund eine Bedingung gestellt.«

»Und die wäre?«

»Sie photographieren doch.«

»Ein Bild von Ihnen?«

»Mein Konterfei interessiert ihn nicht. Aber er würde gern die Dame sehen, für die er die Austern geschickt hat.«

Sie nahm ihr Glas in die Hand, zögerte.

»Treffen wir uns morgen für eine Aufnahme? Am Hafen vielleicht? Ich reise abends nach Kopenhagen ab.«

»Sie sind ein vielbeschäftigter Mann. Ständig auf Reisen.«

»Nur im Augenblick«, beeilte er sich zu sagen, als hätte er eine Kritik herausgehört. »Eigentlich bin ich seßhaft. Darf ich mit Ihnen rechnen?«

»Der Hafen gehört zu meinen Lieblingsorten.«

Sie hatte ihn längst gesehen. Seine große, kräftige Gestalt, die so wie jetzt manchmal diese jungenhafte Ausstrahlung hatte. Auf seiner goldenen Uhrkette glänzte die Sonne. Einen Arm auf dem Rücken, stand er – Silhouette auf der Kaimauer am Fluß – und rauchte, ganz so, als befände er sich im eigenen Garten. Ein Genießer, dachte sie. Souverän, selbstbewußt. Zumindest versuchte er, diesen Eindruck zu erwecken. Jemand, der etwas besaß, was ihr fremd war; der das Leben leichter nehmen konnte als sie selbst. Er schien Entfernungen mit einer Unbeschwertheit zurückzulegen, nach der sie sich sehnte. Brückenbauer, auch im Leben. Seine Nähe tat ihr wohl.

Noch immer hatte er sie nicht bemerkt. Sie näherte sich zwischen den Marktbuden bis auf wenige Schritte und schob die Kamera auf das Stativ. Dann tauchte sie unter das Tuch. Ungeduldig spazierte er auf der Mattscheibe auf und ab, blieb stehen, zog die Uhr an der goldenen Kette hervor, steckte sie wieder ein. Man sah, daß er Verspätungen nicht liebte. So schnell sie konnte, brachte sie die Filmkassette an und belichtete. Einen Augenblick später drehte er sich in ihre Richtung. Das Photo war gemacht. Hoffentlich war er nicht aus dem Ausschnitt herausgelaufen.

»Sophie!« rief er. »Sie sind ja längst da!« Er kam zu ihr. »Was für eine schöne Kamera Sie haben!« Mit der Fingerkuppe fuhr er über die Einlegearbeiten aus Messing im Holz. Winzige Blüten, deren Blätter sich zu einer endlosen Ranke verflochten.

»Mahagoni. Aus England, furchtbar altmodisch, es gibt heute wesentlich modernere. Magazinkameras, zum Beispiel. Oder

Rollfilmkameras, man braucht nur die Kassetten einzuschicken. Nach dem Motto You press the button, we do the rest. Aber ich hänge an diesem alten Modell.«

»Jetzt das Photo von Ihnen. Ich möchte ein Andenken. Für die Zeit, wenn ...«, er unterbrach sich, weil er merkte, daß sie ihn mißtrauisch ansah. Schließlich hatte er ihr erzählt, die Photographie sei für den Freund bestimmt, »... für die Zeit, wenn Sie in Jurmala in Ihrem Strandhaus sind und ich auf der Krim.«

»Krim?« Von der Krim hatte er nie gesprochen. Der Mann gab ihr ständig neue Rätsel auf. Vielleicht ein Fall von Unstetigkeit, dabei höchst solide verkleidet. Sie merkte, daß ihr Interesse an dieser Person gewachsen war.

»Ja«, fuhr er fort, »um die Konstruktion eines Schwimmkrans zu leiten. Seit dem Krieg werden in Sewastopol die Hafenanlagen ausgebaut.«

Sie hörte nur halb zu. Sie wollte es gar nicht hören. Statt dessen erklärte sie ihm, worauf er achten müsse, und stellte sich unsicher in Positur. Selbst vor der Kamera zu stehen, war ungewohnt. Als Albert unter dem Tuch verschwand, glaubte sie, seinen Blick durch das Objektiv auf sich zu spüren, und ihr wurde beklommen zumute. Als müsse sie irgendwie von sich ablenken, rief sie ihm zu: »Und denken Sie dran: Die Rohmaterialien der Photographie sind Licht und Zeit! Das hat unvorhersehbare Folgen.«

»Besonders, wenn das Motiv sich so heftig bewegt«, klang es gedämpft zurück.

Die tiefe Sirene eines ablegenden Dampfers ließ die Luft vibrieren. Erst jetzt wurde sie sich ihrer Umgebung bewußt. Dieser Mann, der sich auf eine so freie Art bewegte, ihre ungewohnte Rolle als Objekt hatten sie vollkommen gefangengenommen. Irgendwo wurde auf Metall gehämmert, kurz, hell, schnell. Die Ladebäume der Schiffe, die gelöscht wurden, rasselten, Bootsmannspfeifen schrillten, eine Dampfpfeife heulte. Ganz in der Nähe schrie ein Esel, der Lasten auf einem Karren zog.

Albert hatte sich ihre Kamera umgehängt und trat neben sie. »Wenn ich unterwegs bin, sehne ich mich manchmal nach einem festen Ort, an den ich zurückkehren kann«, sagte er. »In einer Hafenstadt fühle ich mich immer zu Hause. Vielleicht gefällt es mir dort deshalb so gut. Das kann Sewastopol sein, Genua, Kopenhagen oder – Riga.«

In wie vielen Städten mochte er wohl schon gewesen sein. Wie wenig dagegen kannte sie von der Welt. Die Segel einer Viermastbark, die majestätisch den Fluß hinunterkam, knatterten im Wind; in unmittelbarer Nähe wurde laut geflucht, dann flog ein Holzscheit durch die Luft, verfehlte knapp eine fette Ratte, die unter den Marktbuden verschwand.

»Kommen Sie«, sagte Albert und zog sie ein Stück weiter. »Sehen wir uns das Ablegemanöver dort drüben an.«

Ein Offizier in Uniform stand in der Nähe der Ankerwinde und rief den Arbeitern auf dem Quai unten etwas auf englisch zu. Noch einmal die Dampfersirene.

»Die Beaufort«, sagte Albert. »Aus South Carolina, dem tiefen Süden. Irgendwann einmal möchte ich dorthin.« Die Festmacherleinen klatschten aufs Wasser.

»Sehen Sie, die Frau an der Reling?« rief Sophie aufgeregt. »Finden Sie nicht, daß sie mir ähnlich sieht?« Und wirklich, da stand eine große, lachende junge Frau an der Reling, die ihr weißes Hütchen festhielt, als würde sie bereits den Fahrtwind erwarten. Zwei Schlepper zogen den Dampfer in den Fluß hinaus. Der Abstand zum Quai vergrößerte sich schnell. Ein großer schillernder Ölfleck schwamm auf dem Wasser. Violett, grün, himmelblau. Ein Schwan mitten darin. Jetzt schlug er mit den Flügeln, streckte den Hals weit vor, flog über den Fluß davon, kam zurück in einem weiten Bogen, dicht an ihnen vorbei. Eine feine weiße Feder schwebte zwischen ihnen herab. Albert fing sie auf. »Die ist für Sie. Zart wie Wind und weiß wie Schnee – heißt es nicht so ähnlich in einem Märchen?«

Weiß wie Schnee und rot wie Blut, dachte Sophie.

»Ach, ich liebe das Meer dort, wo es in die Häfen mündet«, sagte Albert. »Nirgendwo sonst gibt es diesen schönen Schmutz, solch dunkles schwappendes Wasser.«

Und schwarz wie Ebenholz. Was hatte er eben gesagt? Schöner Schmutz? Dunkles schwappendes Wasser? Sie mußte lächeln über seine Begeisterungsfähigkeit. Er schien seine Bemerkung ganz ernst gemeint zu haben. »Und wo sonst«, setzte sie hinzu, »gibt es diese wundervollen Gerüche von Markt und Meer? Orangen, Zitronen und Feigen neben Tauwerk, Öl und Segeltuch.«

»Leider bin ich für Gerüche völlig unbegabt. Ich bewundere, wie Sie sie unterscheiden können. Sagen Sie mir, was riechen Sie noch?«

Sophie lachte. »Ich glaube, ich könnte Ihnen sagen, was dort hinten in den hölzernen Versandkisten lagert.«

»Bitte ...«

»Wirklich?«

Er nickte.

»Also gut. Da ist einmal der Holzgeruch der Kisten selbst, rein und scharf, wie im Sägewerk. Dazwischen Tropendüfte: Ananas, Bananen. Nüsse. Gestank von einem faulenden Kohlkopf, eine verschimmelnde Orange. Da hinten rauher warmer Kalkgeruch von Hühnern, daneben schwerer Geruch von kalten Fischen, Krebsen und ...« Sie brach ab.

Albert hatte aufmerksam zugehört. »Austern?« fragte er.

Sie sah ihn erstaunt an. »Ja, tatsächlich, Austern. Wie kann das sein mitten im Juni?«

»Wunderbar. Eines der Geheimnisse auf dieser Welt. Machen Sie weiter«, bat Albert, als könne er nicht genug bekommen.

»Dann sind da feuchte grüne Ackergerüche, Gartendüfte, von

Lauch und Salat, Petersilie, Sellerie, beißender Geruch von Zwiebeln und Knoblauch, rotvioletten Zwiebeln, weißen Zwiebeln, ein bitterer Duft wie von getrockneten roten Bohnen, Duft von reifen goldenen Melonen, die in Stroh gebettet sind.«

»Was kommt dort aus der Richtung?« Er zeigte zur Werft. Sophie drehte sich um, das Spiel gefiel ihr.

»Da ist Holzgeruch, die Schuppen, Teer, Terpentin, Harz, Leim, Geruch von Kisten, Brettern und alten Bohlen; eingefettetes Segelmachergarn, frisch gespleißtes Manila; und Zuckerrübensirup, Zimt«, sie lachte übermütig, »Curry, alte Säcke, Tee, frisch gerösteter Kaffee, Ingwer, der Geruch von Hafer, von Eiern und Fleisch – Rind. Schwein. Leber. Hirn. Pansen. Nieren. Wild. Und – einer Uhr, die seit unserer Ankunft über eine Stunde weitergerückt ist.«

»Jetzt habe ich Sie beim Schwindeln ertappt, der Wind weht in diese Richtung«, sagte er und hakte sie einfach unter. Es fühlte sich gut an. »Mein Schiff geht erst in zwei Stunden.«

Sie gingen den Quai entlang, an den langen Reihen der Marktbuden vorbei. In der Strommitte ankerten die größeren Schiffe; am Ufer der Mastenwald von Ewern, Schonern und Seglern; dahinter die Ostsee mit den Frachtdampfern und den sauberen weißen Küstendampfern, die in einer Nacht die Fahrt nach Lübeck oder Petersburg machten; die größeren, dunklen, stumm und mächtig mit Messing und Lichtern und reich eingerichteten Salons lockend ... Wie vertraut war das seit jeher. Und doch, an diesem warmen Sommertag neben Albert auch irgendwie neu. Er wollte sie in ein Café einladen, doch Sophie lehnte ab, drängte zum Aufbruch. Ihr war nicht wohl, sie hatte plötzlich das Gefühl, sich zu sehr auf ihn eingelassen zu haben. Sie hatte an Corinna denken müssen. Was sollte sie mit jemandem anfangen, der ständig fort war?

Albert bestand darauf, wenigstens ihre Photoausrüstung zur Pferdetram zu tragen. Sie mußte ihm versprechen, die Photographien so bald wie möglich zu schicken. Er wolle ihr Bild auf der Krim bei sich haben. Sie nickte, natürlich, seine Adresse habe sie ja, und war froh, als der Wagen kam. Sie wollte ihm die Hand geben, er umarmte sie statt dessen. Einen Augenblick fühlte sie sein Gesicht an ihrem, wie er ihr einen Kuß auf den Hals gab. Trocken, fast rauh. Er roch nach Vanille. Sie stieg ein, ging bis ans hintere Ende des Wagens. Von ihrem Sitz aus winkte sie ihm noch einmal zu. Sein runder gelber Strohhut war bald zwischen den Hüten der anderen verschwunden. An der Stelle, wo seine Lippen sie berührt hatten, ein leichter Juckreiz. Sie hätte ihn mit einem Fingerstrich beseitigen können.

Am nächsten Morgen gegen vier Uhr, die Dämmerung hatte schon eingesetzt, war sie hellwach. Lief den Hügel hinab, an der kleinen russisch-orthodoxen Kirche vorbei direkt an den Fluß. Setzte sich auf das Geländer eines Bootsstegs und sah zu, wie die Sonne aufging, die Silhouette des Schlosses und der Türme scharf hervortreten ließ. Auf der Krim, so hatte er gesagt, gäbe es wunderbare Gärten, viele direkt am Meer. Als das Licht schließlich auf das Wasser traf, reflektierten Millionen kleiner Wellen die Strahlen. Einfallswinkel gleich Ausfallswinkel. Auf dem Rückweg hatte sie plötzlich das Gefühl, der ganze Park mit seinen Wiesenflächen und Bäumen werde indirekt erleuchtet. Als habe jemand den Spiegel des Flusses auf diese Gegend gerichtet.

IV

Im Nebenzimmer knarrte der Fußboden, einen Augenblick später klopfte Corinna an die Badezimmertür. »Sophie, wie lange brauchst du noch? Ich muß die Wäsche waschen.«

Sophie ließ den dunkelroten Seidenvorhang wieder vor das Fenster gleiten und trat einen Schritt ins rötliche Dämmerlicht des Bads zurück. Im Spiegel tauchte ihr Gesicht auf. Eine Maske. Fremd, wie die Frau, die Albert erst vor wenigen Tagen am Hafen photographiert hatte. Wer ist ich? dachte sie. Welches Gesicht gehört zu mir?

»Bitte, gib wenigstens eine Antwort.« Corinna klang ungeduldig.

»Ich bin fertig, Schwesterchen, du kannst hereinkommen.« Sophie schloß ihr die Tür auf.

»Daß du es in dieser Höhle überhaupt immer so lang aushältst. Zeig! Was hast du gemacht?«

Wortlos wies Sophie auf die Bilder, die noch in der Schale schwammen.

»Wer ist das?« Corinna beugte sich darüber. Dann, mit einem Ausruf des Erstaunens: »Das bist ja du! Jetzt hätte ich dich beinah nicht erkannt. Prächtig siehst du aus!«

Sie richtete sich auf und sah ihre Schwester an, als sähe sie sie zum ersten Mal. »Wer hat die Photographie gemacht?«

Sophie tippte auf ihr Bild von Albert. »Der da hat es gemacht. Ich glaube, ich habe ihn ganz gut getroffen.«

»Darf ich?« Corinna hatte das Papier schon aus dem Wasser genommen und studierte es eingehend. »Sieht interessant aus. Aber schon etwas älter, oder?«

»Wieso?« Sophie spürte Verteidigungsbereitschaft in sich erwachen. »Gerade über vierzig.«

Corinna lachte, als sie das Gesicht ihrer Schwester sah. »Verliebt, mein Täubchen? Wie schön für dich. Ich dagegen werde mich jetzt um meine Wäsche kümmern.«

Sophie räumte die Sachen fort, stülpte die Haube über den Vergrößerungsapparat, goß die Fixierer- und Entwicklerflüssigkeiten durch Trichter in die lichtgeschützten Flaschen zurück. Auf der Kachelwand neben dem Spiegel ihr eigenes Portrait. Sie erinnerte sich ihrer Empfindungen im Moment der Aufnahme: das Gefühl, seinem taxierenden Blick ausgeliefert zu sein, zu einem toten Gegenstand zu werden, einer Struktur aus Licht und Schatten. Ach, immer deine Überempfindlichkeit, schalt sie sich. Freu dich doch einfach, alte Jungfer.

Albert hatte geschrieben. Er dankte für die Photographien. Sein Bild von ihr sei sehr gut gelungen, befand er. Er selbst hätte sich allerdings kaum wiedererkannt. Einen solchen Ausdruck kenne er gar nicht an sich. Übrigens habe er sich die preisgekrönte Arbeit Professor Kowalewskis bestellt. »Über die Rotation eines festen Körpers um einen fixen Punkt.« Vielleicht könnten sie bei seiner Rückkehr darüber reden. In wenigen Tagen reise er auf die Krim. Ihr Photo solle ihn begleiten. Ob sie noch an ihn denken würde? Ob er sie sehen könne, sobald er wieder in Riga sei?

Sophie hatte den Brief, kurz wie er war, ein zweites und drittes Mal gelesen. Dann faltete sie ihn zusammen, steckte ihn in ihre Rocktasche. Holte ihn wieder hervor. Roch an dem lindgrünen Papier. Ein schwacher Duft von Vanille – oder bildete sie sich das ein? Seitdem der Brief gekommen war, verspürte sie eine stetig wachsende Ungeduld. Nie zuvor in Jurmala hatte sie sich das Ende der Sommerferien herbeigewünscht.

Auch der Besuch Mister Ashtons, der sich vor seiner Anreise ausdrücklich erkundigt hatte, ob Sophie anwesend sein werde, und nur ihretwegen die weite Fahrt hierher machte, würde daran kaum etwas ändern. Die Riesenschachtel belgischer Cognacbohnen, die er allein für sie durch halb Europa geschleppt hatte, war allerdings wundervoll. Ihre gemeinsamen Strandspaziergänge entlang der blühenden Rosenbüsche bis zu der Stelle, wo der Fluß in flachen Schlaufen über den Sand ins Meer lief, würden jedenfalls Mister Ashton, wie er immer wieder betonte, in unvergeßlicher Erinnerung bleiben.

»Kann man denn glücklichere Moment erleben als wir beide

hier und jetzt, Sophie?« fragte der Engländer. Seit seinem letzten Besuch habe ihr Vorschlag, ihn auf einer Reise in den Fernen Osten zu begleiten, ihm keine Ruhe gelassen. Immer wieder habe er darüber nachgedacht, und daß es doch eine wunderbare Gelegenheit wäre. Sophie streifte ihn mit einem schnellen Blick. Seine wunde Stelle am Hals schien sich vergrößert zu haben. Vielleicht hatte er, wenn er aufgeregt war, viele solcher Flecken; vielleicht war sein ganzer Körper damit bedeckt.

»Ich werde Sie auf Händen tragen, Sophie. Ihnen alle Tempel und Kostbarkeiten der Welt zeigen. In der alten Kaiserstadt von Mukden weiß ich geheime Orte, an denen Götzen mit Zauberkräften das Innere hüten …« Er unterbrach sich und sah sie an, als überlege er, womit er sie am besten verführen könnte. »Und ich werde Ihnen die größte Kamera der Welt zeigen.«

»Ihre Begeisterung ist ansteckend, Mister Ashton. Die Kamera würde mich tatsächlich sehr interessieren. Wann brechen Sie denn zu Ihrer nächsten Finsternisreise auf?«

»Sophie, Sie meinen, Sie würden …« Ashton unterbrach sich und zog eilig einen kleinen Kalender aus seiner Jackentasche. Immer wenn er aufgeregt war, bildeten sich feine Schweißtröpfchen auf seiner Stirn, und sie konnte sein süßliches Rasierwasser riechen. »Ich habe hier den Kanon der Finsternisse«, sagte er. »Lassen Sie mich sehen. Dieses Jahr ist es zu spät, 10. Mai in der Südsee. Das nächste Mal im September 1903 am Südpolarkreis. Nein. September 1904 im Stillen Ozean. August 1905 …«

Er sah auf, weil sie lachte. »Südsee. Südpolarkreis. Stiller Ozean. Sie wollen mich nicht zur Finsternis verschleppen, sondern mitten in sie hinein!«

»1905 in Spanien«, beeilte er sich. »Im August.«

»Bis dahin ist es noch viel Zeit.«

»Zuviel Zeit«, sagte Ashton und wurde ernst. »So lange können wir nicht warten. Sophie, ich sehe das doch deutlich. Sie müssen endlich etwas Wirkliches erleben, mehr als Ihnen hier gestattet wird. Endlich herauskommen aus Ihrem engen Kreis, Ihrer Familie, um andere Erfahrungen zu machen, als Sie es an diesem Ort je können.« Seine Stimme versagte fast. Doch dann fuhr er mit neuem Selbstbewußtsein fort: »Ich kann Ihnen dazu verhelfen, Sophie. Sie haben Sehnsucht nach der Ferne – ich nach Ihrer Nähe. Ergänzt sich das nicht wunderbar?«

Sein Atem ging schneller. Und bevor Sophie es verhindern konnte, kniete er ungeschickt im Sand vor ihr nieder: »Heiraten Sie mich, Sophie.«

Es fiel ihr schwer, die Fassung zu bewahren, nicht zu lachen. Die Situation grenzte ans Lächerliche und machte sie zugleich traurig. »Lieber Mister Ashton«, sagte sie und beugte sich zu ihm. »Sie sind ein wunderbarer Mensch. Aber bitte, nehmen Sie es mir nicht übel, heiraten – das kommt für mich nicht in Frage. Bitte, stehen Sie wieder auf.« Sie reichte ihm ihre Hand, damit er sich erheben konnte. Stumm stand er auf und begann sich den Sand von den Hosen zu klopfen. Weshalb sie eine Heirat so weit von sich wies, wollte er schließlich wissen.

»Es hat mit den Eigenschaften der Sonne zu tun. Sie leuchtet nur, wenn nichts sie verdeckt.«

Er reiste noch am selben Abend ab. Untröstlich, wie er selber sagte, aber doch in der Hoffnung, daß noch nicht alles verloren sei. Die Zeit, meinte er, würde für sie beide arbeiten. Der Besuch des Engländers aber hatte sie vollends aus dem Gleichgewicht gebracht. Diese Bemerkung von ihm ging ihr nicht aus dem Kopf. Die Zeit. Welche Zeit? Die Zeit, die sie kannte, verging, Sommer um Sommer, ohne daß etwas geschah. Wohin trieb dabei ihr Leben?

Sie versuchte, sich ganz auf ihre Arbeit zu konzentrieren, doch innerlich angespannt reagierte sie auf jedes Geräusch. Corinnas schrecklich lauter Sohn, das beständige Klappern und Klirren aus der Küche, was nicht ausbleiben konnte, wenn die ganze Familie beisammen war. Gegen ihren Willen horchte sie auf jeden Schritt im Haus; die Vormittage vergingen damit, daß sie immer wieder in den Garten lief, weil sie glaubte, der Postbote sei gekommen. Mit jedem neuen Morgen sah sie ungeduldiger auf den Kalender. Kein Tag, von dem sie nicht dachte, er vergehe unnatürlich langsam. Dieser endlose, heiße Sommer! Oft lief sie den Weg zwischen den Föhren zum Strand hinab, badete in ihrem weißroten Trikotanzug. Aber die Abkühlung hielt nie lange vor.

*

Es wurde September, bis sie sich endlich wieder begegneten. Sophie hatte mehr Zeit als üblich vor dem Spiegel verbracht, viele ihrer Röcke an- und wieder ausgezogen, immer aufgeregter, immer unruhiger. Schließlich entschied sie sich für ihr ältestes Kleid aus dunkelblauer Baumwolle, und sofort sagte Corinna, sie sähe darin aus wie ihre eigene Großmutter.

Der Zug fuhr ein, Albert winkte ihr bereits von der Plattform aus, sprang herab, kaum daß die Türen geöffnet waren, und umarmte sie. »Sophie«, sagte er. »Welch schönes Kleid Sie anhaben.« Auf dem Weg vom Bahnhof in die Altstadt kam Albert ihr vor wie ein alter Freund, in den sie früher einmal verliebt gewesen war. Den ersten Abend verbrachten sie in den Wein- und Austernstuben von Otto Schwarz; wohin denn sonst hätten sie gehen sollen, sie suchten sich in gemeinsamen Erinnerungen wiederzufinden. Auf der Tafel mit der Speisekarte waren »Prima Whitstable Native Austern« angeschrieben, schließlich war dies ein Monat mit R. Der Abend begann damit, daß Albert von einem Mathematiker-Kongreß in Odessa im Jahre 1893 schwärmte, an dem Sonja Kowalewski teilgenommen hatte. Und er endete damit, daß Sophie, vom Mosel beschwingt, der Satz herausrutschte: »Und warum heiraten wir eigentlich nicht?« Sie hatte die Worte kaum ausgesprochen, als Albert neben ihr stand, ihr Gesicht in seine Hände nahm und sie in aller Öffentlichkeit auf den Mund küßte. Die Kellner applaudierten, nachdem Albert ihnen die Ankündigung seiner Verlobung mitgeteilt hatte, und wenig später brachte ihnen Otto Schwarz persönlich eine Flasche Champagner.

Sophie mußte an Ashtons Kniefall am Strand denken. Wenn er sie jetzt erleben könnte – eine Welt würde für ihn zusammenbrechen. Die Zeit war rasend schnell geworden. Sie erschrak über ihre eigene Kühnheit, zugleich empfand sie Stolz, diese Frage gestellt zu haben. Sie hatte nicht auf Alberts Antrag gewartet. Der Druck, den sie in den vergangenen Wochen immer stärker verspürt hatte, hatte sich einfach gelöst, war einer angenehmen Müdigkeit gewichen. Während Albert mit Otto Schwarz und dann jedem einzelnen Kellner anstoßen mußte, lehnte sie sich bequem zurück und schloß die Augen.

Die Eltern waren von Sophies Ankündigung vollkommen überrascht. Sie hatten, so ließ sich unschwer aus ihren Mienen ablesen, Ashton bereits als den idealen Schwiegersohn betrachtet. Beim zweiten Überlegen aber siegte die Freude über den plötzlichen Sinneswandel ihrer Tochter. Sie luden Albert zu sich ein. Die Mutter bemühte sich, ihr machte er einen äußerst angenehmen Eindruck. Auch der Vater hatte nichts einzuwenden. Vor versammelter Familie fragte Corinna spitz, ob Sophie sich die Heirat mit diesem Mann auch gut überlegt habe. Ein solcher Schritt könne ihr Leben vielleicht stärker verändern, als ihr lieb sei. Empört brachte man sie zum Schweigen. Sophie lachte nur. Hochzeit halten – das hieß in anderen Worten auch freien. So, wie diese Heirat für Albert die langersehnte Ankunft in einem Hafen sein mochte, so erschien sie ihr selbst als ein Weg hinaus aufs offene Meer.

Sie verlobten sich offiziell im Herbst, planten die Hochzeit für das Frühjahr des folgenden Jahres. Endlich stellte sich bei Sophie die Ruhe ein, die sie so lange vermißt hatte. Die Tatsache, eine – auch für sie selbst überraschende – Entscheidung getroffen zu haben, wirkte sich aus. Noch einmal mußte Albert nach Sewastopol. Zum Abschied schenkte er Sophie eine Kamera, ein leichtes, modernes Modell mit Zentralverschluß, das sogar in ihre Handtasche paßte.

»Du meinst, ich solle damit lebendigere Bilder von dir machen?«

Doch Albert hatte anderes im Sinn. Er bat sie in sein Arbeitszimmer. Dort entrollte er seine Konstruktionspläne für sie auf dem Schreibtisch. Ein kleines Kunstwerk in sich, diese exakten Linien aus Tusche auf dem durchscheinenden Papier. Stahlträger von geradezu luftiger Zartheit. Das Modell des Schwimmkrans. Erstaunlich, wie viele gezeichnete Ansichten von einem Objekt nötig waren.

Albert, stolzer Schöpfer dieser Welt aus Linien, fragte: »Kannst du mir hiervon Aufnahmen machen?« Seine Hände glitten über das Papier, an schwebende Vögel erinnernd. Sophie hatte den Eindruck, sie sähe sie zum ersten Mal.

»Natürlich«, sagte sie. »Warte, ich bin gleich mit der Kamera zurück.«

Albert war ihr williger Assistent. Er leuchtete den Hintergrund aus, baute einen kleinen Schirm aus Ölpapier vor die Lampe, schüttete für das Blitzlicht aus zwei Kästen Magnesium- und Kaliumpulver zusammen, mischte es mit der scharfen Kante einer Spielkarte auf einem metallenen Tablett und probierte aus, ob das Pulver gut zündete. Einen ganzen Film verbrauchte Sophie und verschwand gleich damit in der Dunkelkammer. Als sie ihm das Ergebnis vorlegte, glaubte er, nicht recht zu sehen: seine Hände bei der Arbeit, wie sie das Papier glattstrichen, eine Linie nachbesserten, ruhig dalagen. Seine

Pläne erkannte er auf diesen Photographien nur unscharf im Hintergrund. Verzweifelt sah er Sophie an. »Wirst du mir meine Zeichnungen noch einmal ablichten? Wenn ich Negative hätte, die man vor Ort wieder auf Papier vergrößern kann ... eines der Hauptprobleme auf meinen Reisen wäre dann gelöst. Die aufgerollten Pläne sind immer sperrig wie Besenstiele, die Skizzenbücher schwer wie Backsteine.«

»Es liegt an der Kamera«, entschuldigte sich Sophie, »ich muß sie erst richtig kennenlernen.«

»Aber deine schönen Hände hat sie sehr gut herausgebracht, das mußt du ihr lassen«, versuchte Corinna ihn zu trösten. Noch am gleichen Abend erhielt Albert neue Negative, die er mit der Lupe prüfte und für gut befand.

*

Ende Mai 1902 erschien die Hochzeitsannonce in den Rigaschen Zeitungen, am selben Tag stand zu lesen, daß Baron von der Recke aus Schloß Neuburg und Baron Rosen als Gäste im Metropol abgestiegen waren, im Hotel de Rome Adelsmarschall Fürst Tzerteleff nebst Gemahlin aus Moskau und Rechtsanwalt von Lemorius aus St. Petersburg. Barone und Baronessen aus der Verwandtschaft der Mutter fanden sich zur Hochzeit ein, Jurisconsul von Huebberet aus St. Petersburg, der Chef des Rigaschen Hafens, Fürst Uchtomski, der Bankiersbruder des Vaters, Onkel Heinrich aus Paris, Ministerialbeamte aus St. Petersburg, Alberts Professor aus Kopenhagen und ein als Ingenieur bereits international bekannter ehemaliger Studienfreund. Auch der dänische Botschafter kam, Geschäftsleute aus Sewastopol und natürlich Kollegen vom Polytechnikum. Die Eltern hatten den Yachtclub gemietet und auf dem Rasen an der Düna ein weißes Zelt errichten lassen mit einer Holzbühne für die Musiker. Krocket, Federball und andere Sommerspiele waren vorbereitet. Eine kleine Heerschar von dunkelblau gekleideten Bediensteten mit weißen Hemden, Schürzen und Häubchen putzte und ordnete Kristallgläser, schichtete die weißen Porzellanteller zu Türmen, rieb die Bestecke blank. Legationsrat Berkholz kümmerte sich persönlich um die Lieferanten, die am Vormittag Roastbeef und Pasteten, Brathuhn und Fisch brachten, Krebse und Austern, Salate und Gemüse, Gebäck und Wein, Körbe voll mit Himbeeren, Avocados, Melonen und Ananas, Eis und Sorbet. Frühmorgens am Hochzeitstag schon waren große Sträuße weißer Lilien eingetroffen, die man auf hohe Bodenvasen verteilt hatte, dazu ganze Büsche von Jasmin, dessen Blüten sich wie ein Brautschleier über das Grün legten, um mit ihrem Duft den Herren in Zylindern und den Damen in langen Kleidern Geschichten vom Paradies zuzufächeln. Die Mutter und Corinna waren mindestens so nervös wie Sophie, ihr Vater als einziger bewahrte vollkommen die Ruhe. In seinem schwarzen Frack, mit Chapeau claque und weißen Handschuhen machte er eine stattliche Figur und war überall dort, wo jemand gebraucht wurde. Als Sophie schließlich an seinem Arm den Dom betrat, den Gang entlang auf den Altar zuschritt, war ihr alles zugleich traumhaft und überdeutlich: der Stoff seines Fracks, rauh wie die Schale einer Muschel gegen die zarte Haut ihres Unterarms; das honigfarbene Licht der Sonne, das durch die hohen Fenster fiel, die Gesichter der Hochzeitsgäste, die sich alle gleichzeitig umwandten, weiße Blüten eines Strauchs im Wind. Das mächtige Brausen der Orgel brach ab, und Albert trat neben sie. In diesem Moment fiel die Sonne durch ein neues Fenster im Dom und warf einen rötlichen Schimmer auf das weiße Bäffchen am Talar des Pfarrers.

Man sprach von dieser Hochzeit, diesem wunderbar gelungenen Frühlingsfest. Noch Tage später trafen Glückwünsche und Blumen ein, die die Mutter, in eigenen Erinnerungen schwelgend, bei sich im Haus verteilte. Sophie und Albert befanden sich zu diesem Zeitpunkt längst auf der Hochzeitsreise. Kurz nach Mitternacht hatten sie sich von ihrem Fest verabschiedet, in den Kabinen des Yachtclubs die Hochzeitskleider gegen Reisegarderobe getauscht und unter Zurufen und guten Wünschen die bereitstehende Kutsche bestiegen, in der bereits ihre Koffer und Schachteln verstaut waren. Sophie photographierte diesmal nur mit den Augen: die Schar der Gäste, die ihnen im Schein der chinesischen Laternen und Gartenfackeln nachwinkte und allmählich kleiner wurde, bis schließlich allein die Lampions als orange- und lilafarbene Punkte im Dunkeln leuchteten wie die kolorierten Stellen eines Lichtbildes.

Auf dem Bahnhof bezogen sie eines der mit Mahagoni ausgestatteten Luxuscoupés der Wagon-Lits-Compagnie für den Zug Moskau–Paris. Anders als in den einfachen Abteilen gab es ein kleines Bad. Ein livrierter Bediensteter verstaute das Gepäck für sie, fuhr noch einmal mit einem Tuch über das Marmorbecken und den vergoldeten Spiegel an der Wand und ging erst, als Albert ihm ein reichliches Trinkgeld gegeben hatte. Sophie hatte eiskalte Füße, ihr Herz pochte. Sie bemerkte nicht, daß an die Abteiltür geklopft wurde, entdeckte den Kellner mit einer Flasche im Kübel erst durch den Blick in den Spiegel. Erleichtert sah sie die Gläser.

»Hast du das bestellt, Albert?«

Statt einer Antwort zog er die Karte, die an der Flasche steckte, hervor. »Ein Geschenk von Lisa.«

»Lisa«, wiederholte Sophie. Wie wenig sie ihre Schwägerin kannte!

In diesem Moment fuhr der Zug ratternd auf die Brücke über die Düna. Sophie trat ans Fenster. Der Himmel über der Mündung draußen noch hell, der Widerschein des Wassers der Ostsee. Hinter ihr das leise Klirren, mit dem Albert die Gläser auf das Tischchen stellte, der dumpfe Knall des Korkens, das Schäumen des Champagners in den Gläsern. Er trat hinter sie, reichte ihr ein Glas über die Schulter.

»Auf uns, Sophie.«

Sie wandte sich ihm zu. »Auf unsere Reise in ein neues Leben.«

Sie leerte ihr Glas bis auf den letzten Tropfen. Die kalte perlende Flüssigkeit hinterließ das aufregende Gefühl zu schweben. Einen Moment lang schloß sie die Augen.

»Und jetzt?« flüsterte er ihr ins Ohr. Es kitzelte. Lachend warf sie den Kopf in den Nacken.

Im selben Moment spürte sie seinen warmen Atem auf ihrer Haut, seinen Geruch. Er faßte sie um die Taille, sie ließ sich von ihm näherziehen, als sei die Schwerkraft in ihr aufgehoben. Sie schloß die Augen, näherte ihr Gesicht seinem. Ihre Lippen berührten sich, sie spürte Alberts Zungenspitze in ihrem Mund, lange küßten sie sich; noch immer hielt sie ihr Glas in der Hand. Dann schlug sie die Augen auf. Alberts Gesicht so nah, daß seine Augen ineinanderliefen. Er hatte sie offenbar schon eine Weile betrachtet. Sie wich vor ihm zurück. Wie verändert er aussieht, dachte sie. Und plötzlich wußte sie, was es war: Albert sah glücklich aus.

»Komm, laß dir nachschenken, der Champagner soll nicht warm werden«, sagte er und nahm ihr endlich das Glas ab. Sie hörte das Eis knirschen, als er die Flasche in den Kübel zurückstellte.

Wie schön die Perlen aufstiegen und zerplatzten. Sie spürte es im Gesicht. Mit zitternder Hand führte sie das Glas an die Lippen. Sie hatte das Gefühl, sie müsse sie kühlen.

»Und wie, meine Liebe, möchtest du schlafen?«

Sie lehnte ihren Kopf an seine Schulter.

»Am liebsten im oberen Bett«, sagte sie. So wie als Kind in Jurmala, setzte sie für sich hinzu. Beim Einschlafen hatte sie da die Wärme gespürt, die sich unter der Zimmerdecke staute, vermischt mit dem Rauch der Zigarren aus dem Wohnzimmer. Sie hatte Corinna unter sich liegen sehen können in der Nacht, wenn sie aufwachte, den dunklen Wimpernbogen ihrer geschlossenen Augen, das im Traum zerwühlte Haar. Oben fühlte sie sich sicher.

»Gut«, sagte Albert zu ihrer Erleichterung. »Dann schlafe ich unten.«

*

Die grünen Holzläden vor dem offenen Hotelfenster bewahrten dem hohen Raum eine angenehme Kühle. Durch ihre Rippen drangen die Rufe der italienischen Zeitungsjungen, die bereits die Abendblätter verkauften. Albert atmete in tiefen regelmäßigen Zügen. Drei Wochen waren wie im Flug vergangen. Unbeweglich lag sie unter dem weißen rauhen Bettzeug. Und doch konnte sie die Stadt dort draußen vor sich sehen: die eng ineinandergebauten Häuser mit ihren rosa und orange gestrichenen Fassaden, dem Muster der sie unterteilenden, dunkelgrünen Fensterläden, die, so wie auch ihres, geschlossen waren gegen die Mittagshitze. Jeder Blick auf die Stadt ergab ein kleines Gemälde.

»Pomeriggio« – leise, fast zärtlich sprach sie das italienische Wort aus.

Albert wachte auf. »Hast du etwas gesagt?«

»Pomeriggio«, wiederholte sie.

Er seufzte. Seit Tagen schon war er, was die sprachlichen Dinge betraf, auf ihre Fähigkeiten angewiesen. Es glückte ihm einfach nicht, auch nur die einfachsten Redewendungen zu behalten. »Wo wollen wir heute abend essen gehen?«

Sophie mußte lachen. Das war anscheinend die einzige Frage, die ihn jeden Tag aufs neue beschäftigte. Konnte man unbeschwerter sein?

»Bleib liegen«, sagte sie. »Ich möchte ein Bild von dir machen.«

Sie holte ihre Kamera, stieß die Fensterläden auf, das Licht, schon vom Nachmittag gemildert, sickerte herein. Warm die Luft auf ihrer Haut.

Albert verschränkte die Arme hinter dem Kopf, betrachtete sie. »Mein Stieglitz.«

Einer der Kosenamen, die er auf dieser Reise für sie erfunden hatte. Seit der Ausstellung mit den Photographien von Alfred Stieglitz, Davison, Steichen, Demachy und anderen, die sie in Paris besucht hatten. Sophie war durch die Ausstellung gelaufen wie in einem Taumel. Lichtbilder, wie sie sie erträumt hatte: flatternde Wäschestücke auf den Leinen in der Altstadt von Genua. Ein Frühlingsschauer in New York, eine Windbö, daß sich die kahlen Bäume biegen und man den Hut festhalten muß. Eine junge Frau beim Briefeschreiben am Tisch. Das Sonnenlicht fällt durch die Jalousie, teilt den Raum in Streifen aus Licht und Schatten auf. Das war etwas Neues. Einige dieser Photographen hatten nicht versucht, mit den ausgewogenen Kompositionen der Maler zu konkurrieren. Vielmehr hatten sie sich der Wirklichkeit mit der Absicht genähert, sie in scheinbar banalen und zufälligen Ausschnitten zu charakterisieren. Das, dachte Sophie, war der richtige Weg. Die Emanzipation des Lichtbildes vom Gemälde. Wenn diese Bilder auf einer Ausstellung gezeigt wurden – könnte nicht das eine oder andere von ihr selbst ebenfalls dazwischen hängen? Immer wieder war sie vorausgelaufen, von einzelnen Bildern magisch angezogen, wieder zurückgekehrt zu Albert, der bei Ausstellungsbesuchen wie auch bei allem anderen gründlich und systematisch vorging. Ach, wenn sie es in der Photographie doch zu etwas bringen könnte!

»Glaubst du wirklich, ich könnte es schaffen?«

»Wieso nicht? Du hast doch gelesen, daß Stieglitz vom Maschinenbau in dieses Metier gewechselt ist. Warum solltest du nicht aus der Mathematik wechseln? Du hast deinen eigenen Kopf, Sophie. Bist eigen, um nicht zu sagen: stur. Deine Aufnahmen sind schon jetzt besser als die jener Photographen der Kulissen und schummrigen Dämmersujets. Nimm nur zum Beispiel die Portraits, die du von mir und Corinna gemacht hast. Ich sehe da eine echte Begabung.«

Wie ernst meinte er, was er sagte? Vielleicht wollte er ihr nur aus Liebe Mut machen. Aber ihre Portraits waren tatsächlich anders als die Photos aus den Ateliers mit gemalten Stränden oder Setzstücken von Zimmerpalme, Portiere und Teppich. Sie waren realistischer und traumhafter zugleich.

»Weißt du«, sagte sie unvermittelt. »Diese gepolsterten Tropen in den Ateliers, die so groß in Mode sind, sind mir ein ewiger Greuel. Sie sind ein Abbild der inneren Befindlichkeit unserer Welt, meinst du nicht? Ich bekomme Erstickungsgefühle, wenn ich das sehe. Es macht mich krank. Alles, was hilft, ist eine Desinfektion der Atmosphäre.«

»Meine kluge kleine Frau.« Albert richtete sich im Bett auf. »Du solltest dein Hobby ausbauen. Vielleicht in Riga eine kleine Privatausstellung machen.« Enttäuscht sah sie ihn an. Er hatte nur die Hälfte verstanden. Dann sagte sie bestimmt: »Ich werde meine Bilder an die Hamburger Kunsthalle schicken.«

Sie stand noch immer am Ende des Bettes, Kamera in der Hand. »Jetzt bleib, wie du bist. Das Licht fällt genau richtig: Die Schatten des Bettuchs wie die Hügel draußen hinter der Stadt.« Als sie durch das Objektiv blickte, sah sie ein ganz neues Bild. Alberts Fuß, der das ganze Zimmer zu überragen schien.

Der Nachmittag ging allmählich in den Abend über. Langsam flossen Licht und Schatten ineinander, verschleierte sich der Himmel draußen.

Nichts in dieser Stadt war dem Zufall überlassen. In den engen, hohen mittelalterlichen Gassen Genuas berührten sich die vom Ruß und der Zeit geschwärzten Hauswände fast. Von der Gasse aus erschien der Himmel als eine schmale Regenrinne zwischen den Dächern. Photographieren ließ sich hier nichts. Die Gärten der Palazzi waren von steinernen Balustraden eingefaßte, kleine grüne Rechtecke. In künstlich angelegten Teichen schwammen Goldfische, und die Palmen waren so exakt abgezirkelt, als hätten Architekten sie entworfen. Jedes Bild, das sie durch das Auge ihrer Kamera erfaßte, wirkte in sich geschlossen wie die Gemälde der mittelalterlichen Künstler in den Galerien. Ein Problem, wie sie erkannt hatte. Sie gab sich Mühe, die Motivkomposition zu zerstören, zumindest aufzulockern. Eine Katze am Fuß eines steinernen Satyrs.

Als Albert einmal unbeabsichtigt in einen Ausschnitt geriet, erschrak sie so heftig, daß sie die Kamera verriß. Warum? fragte sie sich verwundert. Abends in einer Trattoria am Meer bei Weißwein und Scampetti kam er auf diese Situation zu sprechen.

»Du willst mit deinen Photos erreichen, daß ein Augenblick im wahrsten Sinne des Wortes verewigt wird, aber das ist unmöglich. Wenn du dir dann aller Vergänglichkeit in einem Moment bewußt wirst, hast du Angst, stimmt's?«

Sie war ihm dankbar für seine Versuche, sie zu verstehen. Ja. Ihre Heirat war richtig gewesen. Das genau war es. Sie mußte ihm nicht jede Facette ihrer selbst erklären.

»Du hast schon recht – und auch wieder nicht. Augenblick und Ewigkeit, beides sollte vom Lichtbild getroffen werden, vereinigt sozusagen. Als würden Vergangenheit, Gegenwart und Zukunft miteinander verschmelzen. Die Dinge zum völligen Stillstand zu bringen, ohne sie erstarren zu lassen. Aber wenn sich dann etwas bewegt, wie dein Kopf vorhin, gerät auf einmal alles ins Wanken.«

Die Küste verschwand im Dunst, und in diesem Moment hätte es jede Küste sein können. Sie bestellten noch eine Flasche. Der Kellner kam, schenkte ein, die Gläser beschlugen. Plötzlich glaubte sie, es auf den Punkt bringen zu können: »Weißt du, was das eigentliche Faszinosum der Photographie ist? Daß sie mit zwei gegensätzlichen Arten der Vergangenheit zu tun hat und sie versöhnt. Zum einen ist das Ereignis selbst schon im Augenblick der Aufnahme vorbei. Das andere ist der Schock – und der Triumph«, setzte sie nach kurzem Zögern hinzu, »der angehaltenen Zeit. Zwischen dem wirklichen und dem photographierten Augenblick liegt ein Abgrund. Eine gute Aufnahme überwindet ihn.«

Albert spielte mit dem Stiel seines Glases, zog Kreise über die weiße Tischdecke, die sich zu einer endlosen Schlaufe verbanden. Er sah aus, als überlege er etwas, wisse aber nicht recht, wie er es sagen solle. Sophie roch den Duft der kleinen weißen Orangenblüten, der leeren orangerosa Schalen der Scampetti.

»Kennst du Roger Fenton?«

»Nur dem Namen nach«, antwortete sie, stolz darauf, daß dieser Mann für Albert ein Begriff war.

»Als Junge bekam ich eine seiner Photographien geschenkt. Sie steht noch in meinem Zimmer. Er wurde mit seinen Photos aus dem Krimkrieg berühmt, gerade weil sie so viel vom tatsächlichen Leben zeigen.«

»Hast du die Kalotypien von seiner Rußlandreise einmal gesehen?«

Albert schüttelte den Kopf. »Ich weiß nur, daß er Jurist war und seinen Freund, einen Tiefbauingenieur, der den Bau von Brücken leitete, als Amateurphotograph begleitet hat. Ein Bild von diesem Freund steht in meinem Zimmer. Vielleicht könnten wir ein ähnliches Gespann werden – du der Amateurphotograph und ich der Brückenbauer.«

»Hast du denn eine weite Reise vor? Wohin? Auf die Krim?«

Albert schwieg, bevor er endlich sagte: »Wer weiß, vielleicht auch auf die Krim. Aber Stieglitz«, fuhr er in verändertem Tonfall plötzlich fort, »du wirst in diesem Sommer noch viel Zeit haben, deine Ziele zu verfolgen. Und ich hoffe, mit Erfolg. Nur«, er nahm sein Glas und forderte sie mit einem kurzen Nicken auf, das ihre ebenfalls in die Hand zu nehmen, »jetzt sind wir auf unserer Hochzeitsreise, und ich hoffe, du vergißt nicht alles andere darüber.«

Sie konnte seinem plötzlichen Stimmungsumschwung nicht folgen. »Was meinst du?«

»Nun, mich zum Beispiel.«

Sie lachte. Er strahlte in seinem Lächeln eine ihr ganz neue Nachdrücklichkeit aus.

Rouen, Paris, Marseille, Genua, Pisa, Florenz – fast alles Hafenstädte. Überall waren sie an die Quais gelaufen, hatten zugesehen, wie die Schiffe beladen wurden, ausliefen. Sophie hatte Albert an seinen Satz vom schönen, schmutzig schwappenden Hafenwasser erinnert, den er ihr in Riga gesagt hatte, er wollte nicht glauben, daß ihm so etwas über die Lippen gekommen war. In jeder Stadt hatte er ihr etwas geschenkt, eine Dose aus Muscheln, die Photographie eines weiblichen Akts, einen kleinen Spielzeugelefanten aus dem 18. Jahrhundert.

Wie viele leuchtende Tage lagen hinter ihnen. Und nun noch Venedig. Am letzten Morgen – nachts würden sie den Zug nach Riga nehmen – wachte Sophie früh auf. Waren es die Rufe der Zeitungsjungen, die sie geweckt hatten? Das Fenster stand offen, die weiße Gardine wehte hinaus, als wolle sie das Licht mit ihrem Netz hereinziehen. Albert schlief neben ihr. Vorsichtig, ihn nicht zu stören, schlüpfte sie aus dem Bett. Im Dämmer des Morgens, mit geschlossenen Augenlidern, erschienen ihr die ebenmäßigen Bögen seiner Brauen, das flächige Gesicht künstlich wie die gemalten Züge einer Porzellanpuppe.

Draußen kehrten Straßenfeger den Müll zusammen. Tauben flogen aus den kühlen Schatten auf die Dächer in der Sonne. Es hatte geregnet in der Nacht, das Pflaster war noch dunkel vom Wasser, hier und da spiegelte sich der Himmel blau in einer Pfütze. Sie spürte die Kälte durch die dünnen Sandalen hindurch. In nur wenigen Stunden würden die Steine wieder grau und warm sein, Tausende von Füßen darüber gehen. Jetzt aber, an diesem Morgen, schienen die Straßen ihr allein zu gehören. Sie atmete tief ein, lief bis an die Lagune, starrte hinaus zum Horizont. Sie dachte an die kommenden Monate, ihr neues Leben mit Albert, ihre Arbeit. Was würde sich nun in Riga alles für sie verändern. Im Gefühl der Vorfreude auf die nächste Zeit lief sie zurück ins Hotel. Albert wartete schon auf sie. »Ich habe dich vermißt, meine Liebe. Wo warst du so lange ohne mich?«

»Ich habe mich herumgetrieben«, sagte sie, um ihn zu ärgern. »Am Rande der Stadt.«

Mit gespielter Empörung warf er sich auf sie. »Meine Frau hat sich herumgetrieben? So ganz ohne meine Erlaubnis?« Sie lachte, während er seinen Kopf auf ihren Bauch preßte. Dann ließ sie sich von ihm aufs Bett ziehen und aufschnüren wie ein Geschenk. In ihren Gedanken war sie an der Lagune mit ihrem schier unwirklichen Blau.

V

In der Morgensonne glich der Fluß einem Band, das ihnen zur Begrüßung zuzuwinken schien. Gleich würden sie auf der Brücke über die Düna fahren.

»Ich bin froh, nach Hause zu kommen«, sagte Albert. »Hotels, so schön sie sein mögen, sind auf die Dauer doch recht anstrengend, selbst wenn sie in Hafenstädten liegen.«

»So wie das süße Nichtstun. Il dolce far niente. Nach einer gewissen Zeit fehlt mir meine Arbeit. Und ich brenne auch darauf, endlich die Bilder zu entwickeln, um sie nach Hamburg zu schicken.«

»Hamburg?« Albert wußte nicht, wovon sie sprach.

»An die Kunsthalle, du weißt doch. Die Photoausstellung.« Enttäuscht sah sie ihn an. Er hatte es schon vergessen.

Die Holzvilla nahe dem Peterpark war Wochen vor ihrer Abfahrt gemietet worden, doch hatten die Handwerker gerade erst mit der Arbeit begonnen. Kein einziger Raum, in dem sie sich niederlassen konnten. Allein das hellgrau und gelb tapezierte Wohnzimmer neben dem Wintergarten war fertig geworden. Allerdings türmten sich dort Holzkisten und Kartons, Alberts große Mädler-Koffer und die Hochzeitsgeschenke. Wohl oder übel richteten sie sich provisorisch im Wintergarten ein, Alberts Schreibtisch, ihr Bett, ein Schrank, zwei Stühle. Sophie servierte ihnen das Essen auf der schnell freigeräumten Arbeitsplatte, stellte Gläser neben die Teller.

»Und bist du immer noch der Meinung, Hotelzimmer seien recht anstrengend?« fragte Sophie. Sie lachten.

»Jedenfalls habe ich das Gefühl, unsere Reise geht weiter«, gab Albert zurück und schenkte ihnen ein Glas Wein ein.

»Darauf hatten wir doch auch zu Beginn getrunken«, sagte Sophie. »Auf unsere Reise ins Leben.«

»Trinken wir also noch einmal darauf!«

»Na, hoffentlich ist diese Enge kein Vorzeichen für deine Ehe«, bemerkte Corinna ein wenig schadenfroh, als sie zu Besuch kam. Sophie versuchte ihre eigene Beklemmung abzuschütteln und wuchtete die gußeiserne Pferdeplastik aus Irkutsk, die der Kutscher ihnen geschenkt hatte, zur Seite. Ganz zuoberst auf den Kisten thronte wie ein boshafter kleiner Gott die schwere chinesische Jadefigur von Mister Ashton. »Wenn mich nicht alles täuscht, dann ist dies ein chinesischer Rachegott«, hatte Albert, der von Ashton nichts wußte, vermutet.

Ihr Garten entschädigte sie. Blühende Rosenbüsche, Mandelbäumchen, Spaliere mit Wein und Birnen bis zu den Fenstern im ersten Stock. Sophie konnte nicht genug davon bekommen und lief immer wieder hinaus. Albert saß im vollgestellten Wintergarten am Schreibtisch, öffnete seine Post. In Gedanken versunken wippte er dabei mit dem Fuß die Kufe ihres alten Schaukelpferds hin und her, das ihnen ständig im Wege war. Gleich nach der Reise hatte ihre Mutter – der Wink war klar – den Apfelschimmel mit dem kleinen blauen Sattel und dem roten Zaumzeug höchstpersönlich gebracht, als würde man hier auf nichts anderes warten.

Sie lief zurück, öffnete die Glastür. Albert starrte, den Kopf in die Hände gestützt, auf ein mit einem Siegel versehenes Blatt Papier.

»Du siehst aus, als ob du dir Sorgen machst.«

»So?« Abwesend schüttelte er den Kopf, griff nach dem nächsten Brief, schlitzte ihn auf mit dem chinesischen Holzmesser, der Griff ein Drache, der statt des Feuers die Klinge spie, oder vielleicht war die Klinge auch die Zunge – auch das ein Präsent von Mister Ashton. Anscheinend hatte er seine Geschenke mit großer Sorgfalt als Ausdruck für seine Mißbilligung dieser Ehe gewählt. Albert besann sich.

»Komm zu mir.« Sie ließ sich auf seinen Schoß ziehen. »Du liest meine Gedanken. So gut kennst du mich schon. Ich lese deine nicht ...«

Sophie zeigte auf den Siegelbrief. Stumm reichte er ihr das Blatt. Es kam vom Außenministerium und war an den Höchsten Stab der Kaiserlichen Marine gerichtet. VERTRAULICH stand in großen Lettern quer über eine Ecke geschrieben. Halblaut las sie den Text ab: »Vorläufige Ergebnisse der in Auftrag gegebenen geheimen Studie über die neue japanische Flotte. Vollständige Resultate werden erst in einigen Monaten veröffentlicht werden, aber schon jetzt läßt sich eindrucksvoll belegen, daß die Japaner eine Seekriegsmacht von nicht zu unterschätzendem Ausmaß sind. Seit 1895 haben sie von den fünf Millionen Pfund Sterling, die China ihnen als Reparation für den verlorenen Krieg zahlen mußte, in England eine Flotte bauen lassen. Über dreißig neue Schlachtschiffe ...«

Sie ließ das Papier sinken. Es war mit Listen von Kriegsgerät und vielen Zahlen bedruckt.

»Und – was hast du damit zu tun? Mit der japanischen Flotte?«

Er nahm ihr das Blatt aus der Hand. »Streng vertraulich«, sagte er und bedeckte ihre Fingerspitzen mit Küssen. »Streng vertraulich, vertraulicher geht's nicht mehr.«

Gegen ihren Willen mußte sie lachen. Aber etwas in seinem Verhalten verursachte ihr Unbehagen. War Albert offen zu ihr? »Ich glaube, es ist besser, wir gehen an die Arbeit«, sagte sie und versuchte, sich aus seinem Griff zu lösen.

Er hielt sie fest. »Versprichst du mir etwas?«

Sie sah ihn an. Seine Augen in diesem Moment so klar, melancholisch. »Streng vertraulich?«

Sie wußte nicht, ob er es ernst meinte. »Niemals, wenn ich nicht weiß, um was es geht.«

»Eis oder Sherry«, sagte er plötzlich.

»Wie bitte?«

»Bei unserem ersten Treffen war es nebensächlich, ob Eis oder Sherry. Hauptsache, du warst bei mir. Versprich mir, daß du auf meiner nächsten Reise mitkommst.«

»Wir sind gerade erst zurückgekommen.« Sie entzog ihm ihre Hand. »Willst du schon wieder fort?«

Unter den Briefen in der Post befand sich auch ein Schreiben an Sophie. Es kam vom Polytechnikum und enthielt den Bescheid, daß man ihren Lehrvertrag leider nicht würde verlängern können. Man hatte statt dessen einem Mann aus Moskau den Vorzug gegeben.

Sie begriff zunächst nicht, was die Mitteilung bedeutete. Dann traf es sie wie ein Schock. »Das können sie doch nicht einfach machen«, empörte sich Sophie in der Familie. »Ich habe doch gute Arbeit geleistet. Was soll denn jetzt mit mir werden, das ist doch mein Beruf.« Aber niemand schien ihren Kummer ernst zu nehmen.

»Du hast bald sowieso keine Zeit mehr für solche Dinge«, sagte die Mutter spitz. »Jetzt kommen ganz andere Aufgaben auf dich zu.«

Eine überflüssige Bemerkung. Der Mutter war ihr Beruf ohnehin immer nur ein Dorn im Auge gewesen. Sie wehrte sich dagegen, daß ihre Tochter mehr Erfahrungen machen sollte als sie selbst. Ihr Vater pflichtete der Mutter bei. »Sicherlich ist es so das beste für euch. Glaub mir, Sophie, in einigen Jahren siehst du das ganz anders.« Sie konnte sich des Eindrucks nicht erwehren, er habe mehr mit dieser Absage zu tun, als er hätte zugeben können.

Albert brachte wenig mehr Mitgefühl auf. »Es ist doch vielleicht auch eine Chance!« versuchte er sie aufzumuntern. »Du kannst etwas Neues versuchen. Denk an deine Photographien zum Beispiel.« Sie fühlte sich verraten, als habe die ganze Welt sich gegen sie verschworen.

Nur zwei Wochen nach ihrer Ankunft befanden sie sich auf dem Weg nach Dänemark. Sophie war froh, dem Haus und ihrer Familie so schnell wieder entkommen zu können. Albert hatte mehrere Tage in Kopenhagen zu tun, zwischendurch fuhren sie nach Kolding nahe der jütländischen Ostseeküste, zum Gutshof der Utzons. Die weißen Segel der Schiffe leuchteten auf dem Fjord, Buchen säumten die Allee zum Hof, das Haus lag an einem von Kastanien umstandenen See.

»Hier also hast du zum ersten Mal davon geträumt, Brücken zu bauen«, meinte Sophie.

»Daran erinnerst du dich?« Albert küßte sie aufs Ohr.

»Ich merke mir alles, was du erzählst.« Sie lächelte ihn an. »Ob es dir lieb ist oder nicht.«

Erschrocken sah er sie an. Sophie bemerkte es zufrieden.

Sie wohnten in Alberts ehemaligem Kinderzimmer unterm Dach. Noch immer stand sein Spielzeug im Regal: eine von Hand geschnitzte Holzeisenbahn, die über eine Brücke fuhr, Bücher, Roger Fentons Portrait seines Freundes, des Brückenbauers Vignoles, von dem Albert ihr in Genua erzählt hatte. Daneben hing eine sorgfältig mit Tusche gezeichnete Konstruktion. »Die Ewigkeitsmaschine« stand in Kinderschrift darüber. Sie nahm das Bild von der Wand, ging ans Fenster, um besser sehen zu können.

»Das war eine meiner ersten Erfindungen«, sagte Albert. »Ein sich selbst antreibendes Rad. Ich war vielleicht elf.«

Eine Art Mühlrad war zu sehen, auf dem kleine Schalen angebracht waren. Durch das Wasser, das von der einen in die andere rinnen konnte, sollte sich das Rad drehen. Die fließenden Wassertropfen waren bunt und schön gemalt, wie perlendes Licht.

»Natürlich funktioniert es nicht, weil es leider so etwas wie Reibung auf der Welt gibt. Daran scheitert jedes Perpetuum mobile. Zweiter Thermodynamischer Hauptsatz.« Albert hatte sich auf dem Bett niedergelassen und zog seine Stiefel aus. Er sah unglücklich aus, als habe er der Welt die Existenz der Reibung bis heute nicht verziehen. Sophie spürte, wie ein warmes Gefühl für ihn sie überkam. Sie war stolz auf die Heirat mit diesem nach außen so souverän wirkenden Mann, in dessen Kern sie solche

Dinge wie die Ewigkeitsmaschine verborgen wußte. Am liebsten hätte sie die Zeichnung mitgenommen.

Er hatte ihr nichts über seinen Auftrag in Kopenhagen erzählen wollen, doch Sophie empfand seine Unruhe, eine unterschwellige Angst, die nur damit in Zusammenhang stehen konnte. Je länger sie sich in der friedlich ländlichen Umgebung aufhielt, je vertrauter sie mit allem wurde, was zu Alberts Kindheit gehört hatte, desto paradoxer erschien ihr dieser Widerspruch. Er machte sich bei ihr in einem unerträglichen, körperlich spürbaren Druck bemerkbar, so stark, daß sie manchmal das Gefühl hatte, der Atem werde ihr abgeschnürt. Schließlich hielt sie es nicht mehr aus. Er versuchte nicht, ihr auszuweichen. Daß es um den Bau einer neuen Flotte ginge, wisse sie ja bereits. Ob sie etwas mit dem 8. Oktober 1903 verbinden würde – Stichwort Chinesisch-Japanischer Krieg? Sophie brauchte nicht lang zu überlegen. Von diesem Datum war in ihrer Familie des öfteren gesprochen worden. Es war jener Tag, an dem die Börsenkurse nach oben schnellen sollten. »Der Zeitpunkt, bis zu dem die Russen sich aus der Mandschurei zurückgezogen haben sollen, stimmt's?«

Albert nickte. Er lief in dem kleinen Zimmer auf und ab. In dem niedrigen Raum stieß er mit dem Kopf fast gegen die Decke. »Bis dahin ist es noch ein ganzes Jahr, kein Grund zur Aufregung eigentlich. Aber alle Anstrengungen von russischer Seite scheinen eher auf den Ausbau der bestehenden Strukturen ausgerichtet als auf Abbau. Die Flotte jedenfalls wird zur Zeit unter Hochdruck modernisiert.«

Als er ans Fenster trat, zog er die Schultern hoch. Hier hat er schon als Junge gestanden, dachte Sophie. Und von großen Bauten zum Wohle der Menschheit geträumt ... Sie ahnte, daß es Selbstzweifel waren, die ihn plagten.

»Es geht also um die Mandschurei«, sagte sie mehr zu sich selbst.

»Und natürlich um den eisfreien Hafen Port Arthur, Korea, um die Pescadores und Formosa«, ergänzte Albert, der erleichtert war, daß er mit Sophie so nüchtern über diese Dinge reden konnte. »Japan hatte all diese Gebiete von China erobert und im Frieden von Schimonoseki 1895 zugesprochen bekommen.«

Sophie nickte. »Ich weiß.«

»Dann weißt du auch, daß der Abschluß nur zehn Tage hielt? Daß Japan auf Druck von Rußland, Frankreich und Deutschland, um des Friedens willen, wie sie sagten, fast alles wieder abtreten mußte, inklusive der strategisch so wichtigen Liaotung-Halbinsel mit dem Festungshafen Port Arthur.«

»Geld statt Land für Japan. Mein Vater hat oft gesagt, die französischen Banken hätten an den Reparationsgeldern, die Japan statt dessen bekam, außerordentlich gut verdient.«

»Das stimmt. Und für die von Japan eroberte Liaotung-Halbinsel erzwang Rußland von China einen günstigen Pachtvertrag ...«

»Weshalb das Inselreich jetzt mit Argusaugen über die Einhaltung der Verträge zur Mandschurei wacht.«

Sie blickten sich an. Schließlich sagte Sophie: »Ich möchte zurück. Endlich in unser eigenes Revier.«

*

Fünf Zimmer waren einzurichten neben Wintergarten, Küche und Bad. Die plötzliche Enge, jetzt, wo ihre Arbeit am Polytechnikum beendet war, machte ihr angst. Mit jedem Raum würde sie unweigerlich ein Stück ihres Lebens, mit den Grenzen dieses Hauses die Grenzen ihrer Welt festlegen. Doch obwohl Albert sie drängte, weil der Wintergarten ihm längst zu unbequem war, begann sie nicht mit der Einrichtung des ehelichen Schlafzimmers, sondern mit einer Kammer auf halber Treppe, im Zentrum des Hauses zwischen Erd- und Obergeschoß. Dieser Raum, der eigentlich als Nähzimmer gedacht war, verfügte über einen Wasseranschluß, ideal für eine Dunkelkammer. Sie schlug die undichten Holzwände mit schwarzem Tuch aus, verhängte das winzige Fenster mit dem von Experten empfohlenen dunkelroten Seidenstoff und stellte eine Petroleumlampe mit rotem Glaszylinder hinein.

Corinnas Kritik war ihr sicher. »Für dich gibt es wohl nichts anderes mehr als deine Photographie. Denk doch mal an Albert! Höchste Zeit, daß ihr aus dem Wintergarten heraus kommt!«

Nur zu gern ließ Sophie sich von der Schwester helfen. Im Gegensatz zu ihr liebte Corinna es, einzukaufen und in den Geschäften der Altstadt nach passenden Stoffen, Lampen oder Teppichen zu suchen. Während sie im Vorhanggeschäft standen, Corinna entschieden zu einem gelben Rosenmuster riet, entglitt Sophie die Gegenwart, und andere Momente blitzten auf: das gelbe Rosenmuster der Tapete in dem sonnendurchfluteten Landgasthof an der Seine, wo sie auf ihrer Hochzeitsreise frühmorgens, mit großen Kaffeetassen in der Hand, barfuß und noch in ihrem Nachtzeug durchs taunasse Gras an den Fluß gelaufen waren, von dem sich gerade der Nebel lichtete, silbern und weiß. Im Geruch des Terpentins, mit dem ein Handwerker seine Farbflecken vom Boden wischte, sah sie das kleine Karussell wieder vor sich. Verlassen hatte es am Quai einer Hafenstadt gestanden, Holzklappstühle drumherum, und unter der schlecht verzurrten lila Plane hervor sahen schwarze und weiße Holzpferdchen, ein mächtiger gelber Löwe, von dessen Auge die Farbe blätterte. Übermütig hatten sie sich auf die Figuren gesetzt und gewinkt und gelacht, als spiele die Musik, als drehe sich das Karussell. Es hatte zu regnen begonnen, und sie waren unter den verblichenen türkisfarbenen Sonnenschirm vor einem Café gerannt, ihre Gesichter plötzlich einander nah im grünen Licht wie unter Wasser. »Fische«, hatte Albert gesagt und sein

Gesicht ihrem genähert, bis ihre Augen ineinanderschwammen, »Fische, unsere frühen Brüder.«

Noch im Oktober wurde Albert per Telegraph ins Marineamt nach St. Petersburg berufen. Sophie fühlte sich unwohl. Bleierne Müdigkeit quälte sie, eine ständige Erschöpfung. Es dauerte eine Weile, bis sie selbst diese Zeichen sah. Ihre Mutter dagegen hatte mit einem Blick festgestellt: Sophie war schwanger.

Im November erhielt sie die Mappe mit ihren Photographien von der Hamburger Kunsthalle zurück. Leider habe man ihre Bilder bei dieser Ausstellung nicht berücksichtigen können. Man hoffe, sie würde dies nicht als Werturteil auffassen, und freue sich darauf, in Zukunft wieder einmal etwas von ihr zu sehen zu bekommen. Sophie stopfte den Brief mit zitternden Händen in die unterste Schublade ihres Schreibtischs. »Banausen«, flüsterte sie heiser. »Ihr habt keine Augen im Kopf.«

Es wurde Weihnachten, bis alles fertig war. Corinna platzte vor Stolz. Albert lobte sie, nicht ohne einen komisch verzweifelten Blick auf seine Frau zu werfen. Der Christbaum stand stramm wie ein Gardeoffizier. Die gesamte Familie fand sich ein zum Fest. Alles gestaltete sich so überaus harmonisch, daß es Sophie bereits wieder gekünstelt vorkam. Sie war heilfroh, als die Zeit vorbei war.

»Ich beneide dich, Schwesterchen«, seufzte Corinna, als Sophie pünktlich am sechsten Januar den Weihnachtsbaum auf die Straße warf und in ihrer Dunkelkammer verschwand. »Für mich kommt jetzt die langweiligste Zeit des Jahres. Warten darauf, daß es endlich Frühling wird!«

JURMALA, 1903.

I

Die gestreiften Liegestühle standen auf dem Strand, Händler verkauften Zuckerwatte und Limonade. Sophie saß in einem hellen weiten Kleid im Schatten und betrachtete das Meer. Träge lag es in der flachen Sichel der Bucht. Kinder spielten am Wassersaum, zerrten eine tote Möwe hinter sich her, fasziniert von den starren Flügeln, den ausgelaufenen Augen. Ein Mädchen legte Stück für Stück zerbrechliche Muscheln in sein Strandeimerchen, rosafarben und gelb. Doch da sich der Eimer gar nicht füllen wollte, packte es schließlich ungeduldig die blauschwarzen Miesmuscheln dazu. Als es sie seiner Mutter in den Schoß schüttete, waren etliche der kleinen unter dem Gewicht der großen zerbrochen, nur Splitter und Perlmutt übrig. Sofort gab es Tränen. Wind kam auf. »Eine Brise«, sagte das Mädchen, schon wieder getröstet. Erleichtert griffen die Frauen nach ihren Strohhüten. Das Wasser kräuselte sich, wurde grau bis an den Horizont. Ein paar Jungen hatten aus Sand eine Burg gebaut, trugen Wasser heran, begossen sie, klopften die Kanten fest. Die Jungen kamen herbeigelaufen. »Wie findet ihr unsere Burg?«

»Ja«, sagten die Mütter, »schön, sehr schön.«

»Kommt doch, seht sie euch an!«

»Ja, wirklich«, sagten die Mütter müde und beschatteten die Augen mit der Hand. »Sehr schön.«

»Wir haben sie mit Muscheln geschmückt!«

Die Mütter schwiegen und lehnten sich erschöpft in ihre Liegestühle.

Über Nacht, dachte Sophie, wird der Wind alles verwehen, die Formen verwischen. Nichts bleibt, wie es ist. Sie befühlte ihren großen schweren Bauch. Ihr Unterleib war eine faßgroße pralle Melone geworden. Manchmal träumte sie davon, sie aufzuschlitzen mit einem Messer, alles auslaufen zu lassen. Sie war sicher, daß es ein Mädchen wurde. Nur ein Mädchen konnte ihr diese Angst einflößen.

Sophie beugte sich über die Kante ihres Stuhls, fuhr mit der Hand durch den Sand. Warm, weiß rieselte er durch die Finger, jedes einzelne Sandkorn ein winziger Kristall. Kleine rosafarbene Muscheln dazwischen, mit hellen Halbmonden wie Kinderfingernägel. Sie spürte die rauhe Schale wie Stellen schorfiger Haut. Die glatten Muscheln sind mir lieber, dachte sie und warf die Schalen fort; die alten, die schon von Kieseln abgewetzt sind und glänzen. Der Himmel bezog sich. Als es zu regnen begann, klappten die Frauen in aller Eile ihre hellen, mit Spitzen verzierten Sonnenschirme zusammen, riefen ihre Kinder herbei. »Kommt, schnell! Wir wollen nicht naß werden! Sophie, was ist mit dir!«

Sie liefen davon mit wehenden Kleidern, in die kleinen Holzhäuschen, die Strandkabinen, die jeden Sommer aufgestellt wurden, bald war der Strand leer. Sophie blieb sitzen, wurde naß. Sie liebte den Regen, die ersten winzigen Tropfen, die allmählich größer wurden und schließlich wie durchsichtige Kirschen auf sie herabfielen. So ein Regen war vor Monaten vor dem offenen Fenster auf die späten Rosen gefallen, von der Dachrinne in die Pfütze tropfend. Alles war kühler geworden damals im Zimmer, auch die Haut seines Rückens unter ihren Händen.

*

So viel Zeit, die so langsam vergehen wollte. Sie fühlte sich zum bloßen Warten verurteilt, konnte nichts anderes als ein Gefäß bilden für jenes neue Leben in ihr, war ein Körper, der Nährstoffe lieferte. Zum ersten Mal seit ihrer Entlassung hatte sie sich wieder Mathematikbücher vorgenommen. Es gab soviel zu lesen und zu lernen, wenigstens konnte sie in Ruhe nachdenken.

Ashton hatte ihr schon vor zwei Jahren ein Buch geschickt, begeistert, »von einem Mann, der eine neue Ära in der Geschichte der Himmelsmechanik eingeläutet hat«. Es war Poincaré, das Drei-Körper-Problem, seine Versuche, periodische Lösungen zu finden. Endlich hatte sie Ruhe, es genau zu studieren. Wenn sie auch noch nicht wußte, wofür. Und wenn nicht Corinna gewesen wäre. Immer wieder kam sie ins Zimmer, stöhnte über die Hitze.

»Kann sich überhaupt jemand erinnern, je einen solch heißen Juni erlebt zu haben? Ich habe das Gefühl, ich werde mich gleich auflösen.«

Sie lehnte sich gegen das Fenster, durch das die Abendsonne violette und honigfarbene Schatten auf ihr weißes Kleid warf. Fabelhaft sah sie aus. Ihre weiche gebräunte Haut ein wenig feucht unter dem dünnen geflochtenen Goldkettchen, das die Schwester – abergläubisch wie sie war – so gut wie nie mehr ablegte. Ludwig, ihr Mann, hatte es ihr geschenkt. »Bald werden die Nächte wieder länger«, versuchte Sophie zu trösten. »Dann wird es kühler.«

»Ich weiß«, sagte Corinna. »Ich weiß. Sag, was liest du?«

Sophie sah auf ihr Buch. »Interessiert es dich wirklich?«

Corinna nickte heftig.

»Es ist ein neues Gebiet der Mathematik. Es geht um Himmelsmechanik. Sonne, Mond und Sterne also«, setzte sie für ihre Schwester hinzu. »Wenn ein System von Planeten oder Sternen mit einer vollständigen Angabe ihrer Positionen und Relativgeschwindigkeiten zu einem bestimmten Zeitpunkt gegeben ist, erhebt sich die Frage ...« Sie brach ab, weil Corinna aufgesprungen war.

»Die Nachbarn, entschuldige«, sagte sie und lief weg. Schon stand sie drüben unter den Bäumen und bog sich vor Lachen, ihre Stimme war weithin zu hören.

»... erhebt sich die Frage«, fuhr Sophie zu sich selbst fort,

»unter welchen Bedingungen dieses System zu einem späteren Zeitpunkt in seine Ausgangslage zurückkehrt und so seine Umläufe unendlich wiederholt.«

»Hast du dir überlegt, nach welchem Kalender du die Geburt deiner Tochter bekanntgeben willst?« rief Corinna ihr zu.

Auch Corinna sprach immer nur von einer Tochter. Ein Sohn passe einfach nicht zu ihr, fand sie.

»Ich meine, wegen der Kalenderfrage«, rief die Schwester. »Willst du sie nach dem Gregorianischen oder dem Julianischen Kalender taufen lassen?«

Außer Atem vom Lachen kam sie bei Sophie an. »C'est trop drôle. Ce n'est pas vrai. Haben wir heute den 21. Juni, oder ist es bereits der 4. Juli? In dem Fall, meine Liebe, hätten wir nämlich das Johannisfest verpaßt.«

»Zeig mal.« Sophie wollte nach der Zeitung greifen, aber Corinna drehte sich schnell fort. »Ich les dir vor. Also, ich zitiere: Es scheint Fortschritte zu geben! Nachdem die Kalenderfrage noch im Februar dieses Jahres fast unlösbar erschien, darf man nach dem letzten Erlaß des Heiligen Synods jetzt doch wieder hoffen, daß die Einheit des Datierungsstils erreicht wird. Für drei Jahre oder auch mehr soll eine doppelte Datierung angewendet werden.«

»O Gott! Vom Julianischen zum Gregorianischen Kalender. Das wird für Verwirrung sorgen!«

Corinna winkte ab: »In Klammern wird das Datum des alten Stils dem des neuen hinzugefügt. Also: Neujahr würde nur nach neuem Stil zu feiern sein am 1. Januar statt am 19. Dezember. Dann würden folgen Weihnachten am 7. Januar...« Sophie unterbrach sie. »Also sollen wir erst Neujahr und dann Weihnachten feiern?«

»Ich sehe schon unsere arme Mamsell alles komplett durcheinanderbringen. Sie wird uns zwei Weihnachtsgänse vorsetzen, wie ich sie kenne. Da, Schwesterchen, fang auf!« Mit einem

Schwung warf Corinna ihr die Zeitung zu und lief ins Haus, die Neuigkeiten mitzuteilen. Sophie überflog die wenigen Seiten. Der Zar befand sich zur Zeit auf einer Reise in den Westen. Paris, Wiesbaden. Und der japanische Botschafter erwartete vergeblich Antwort auf die Note seiner Regierung. Sie legte die Ausgabe fort, klappte das Mathematikbuch zu und erhob sich schwerfällig. Würde ihr Körper jemals in seine ursprüngliche Lage zurückkehren?

Am nächsten Tag, spät am Nachmittag, kam ein etwa zehnjähriger Junge aus der lettischen Nachbarschaft in die Küche zu Marja und gab einen Brief für Sophie ab. Bevor man ihm etwas für seinen Botendienst geben konnte, war er schon wieder verschwunden. Das Kuvert trug den Stempel des Marineamts in St. Petersburg. Albert hatte geschrieben. Er sei von höchster Stelle aus beordert worden. »Ich komme nach Jurmala, sowie es mir möglich ist. Leider bin ich zum Schweigen verpflichtet, aber ich lege dir einen Kommentar aus der Presse bei, aus dem du sicher alles verstehen wirst, meine Liebe.«

Sie überflog den Artikel, der »Zur Mandschureifrage« überschrieben war. An einer Stelle hatte Albert mit blauem Stift ein Ausrufezeichen gesetzt. Sie las: »In Rußland ist Gott sei Dank endlich die Leibeigenschaft abgeschafft. Aber was bedeutet das? Es bedeutet, daß nun mehr Land gebraucht wird.« Von der japanischen Halskette von Inseln war die Rede, die das Zarenreich im Osten strangulierten. Von blühenden russischen Städten am Gelben Meer – und daß kein Japaner die Zeit zurückdrehen könne. Wenn dies die allgemeine Stimmung in der Residenzstadt wiedergab, konnte Alberts Abberufung nur im direkten Zusammenhang mit dem Bau der Flotte stehen.

Sie war zu unruhig in dieser Nacht, um Schlaf finden zu können. Als alle anderen längst zu Bett gegangen waren, verhängte sie das Fenster im Bad mit dem Seidenstoff, zündete die kleine Petroleumlampe mit dem Zylinder aus Rubinglas an. Im selben Moment wieder die rote Maske ihres Gesichts im Spiegel. Ihre Wangenknochen hoben sich jetzt stärker hervor, betonten die dunklen Augen. Die Schwangerschaft hatte sie verändert. Klarer war ihr Gesicht geworden, auch härter. Hatte etwas Vogelartiges bekommen. Als gäbe es da bald auch Schnäbel und Krallen; Drachenschuppen, wie die auf den Wänden zerfallender Tempelbauten in der Mandschurei.

Plötzlich spürte sie eine Bewegung des Kindes. Ein Stoß gegen die Bauchdecke. Vielleicht drehte es sich gerade jetzt auf die andere Seite, wandte sich ab, während ihr Blick immer noch prüfend auf dem Gesicht im Spiegel lag. Wie dieses Ei in ihr sich drehte und rollte, immer wieder. Groß, weiß und oval, bis es eines Tages ausgereift wäre! Dann würde sie einen jungen Vogel zur Welt bringen, mit winkligen langen Gliedern, an denen feiner Flaum und Ansätze von Federn wuchsen. Die Füße eine vierzehige Kralle, von der ein Zeh nach hinten zeigte, die gelbliche Haut geschuppt. Wie er sie betrachten mochte aus seiner dunklen Höhle, ohne daß sie seine Augen sehen konnte.

Während sie die flachen Schalen aufstellte, die Flaschen mit den Chemikalien öffnete, hörte sie wieder die Worte des Verkäufers im Geschäft in der Dünastraße. »Sie müssen«, hatte er zu dem Kunden vor ihr gesagt, »die Platten im Entwicklerbad gleichmäßig bewegen. Sonst bekommt Ihr Bild häßliche Streifen.« Wie Schwangerschaftsstreifen, dachte sie irritiert, während sie die Flüssigkeit in die Schalen goß.

Heute nacht endlich wollte sie eine alte Photographie abziehen: die Frau im flammend roten Kleid. Zu lange war das Negativ liegengeblieben. Sie schob es in den Vergrößerungsapparat und plazierte das rauhe, lichtempfindliche Papier darunter. Dann belichtete sie. Das Kirchenfenster von jenem Junimorgen vor drei Jahren stand ihr wieder vor Augen. Die Legende vom

Bräutigam ohne Braut. Sie sah auf die Uhr. Es war wichtig, den Belichtungsvorgang im richtigen Augenblick zu unterbrechen. Belichtete sie zu lange, versank alles in tiefer Nacht. Brach sie die Belichtung zu früh ab, wurde alles weißlich konturlos – ein optischer Embryo.

Schließlich schob sie den Rubinglaszylinder zurück und legte das Papier in den Entwickler. Der chemische Vorgang war ihr vertraut. Die Lösung griff die Bromsilberteilchen an, die vom Licht getroffen waren. Sie verwandelten sich in metallisches Silber, das sich in schwarzen Punkten niederschlug. So entstand das Bild: aus lauter einzelnen Fragmenten der Erinnerung.

Grau bildeten sich jetzt die Stege des Bleiglasfensters, die Falten im Kleid. Sie wartete mit der Zange in der Hand. Allmählich nahmen auch die Gesichter, am stärksten lichtundurchlässig, Konturen an. Sie waren auf dem Negativ fast schwarz. Als die Augen der Braut dunkel wurden und über das Kinn des Mannes der Saft der Erdbeeren zu rinnen begann, zog sie das Bild heraus, wässerte es, legte es ins Fixierbad. Sie würde es mit Diaphanlack transparent machen und mit einer Nadel feine Löcher in den Glashimmel stechen, damit Licht hindurchkäme. Wenn sie es dann kolorierte – Grün für den Strauch, Karmesinrot die Beeren, Scharlach für das Kleid –, hätte sie ein wunderschönes »Halt-gegen-das-Licht-Bild«.

Noch einen zweiten Abzug wollte sie machen: eine Aufnahme von Albert. Wenn er bei der Geburt nicht bei ihr sein konnte, würde sie ihn wenigstens auf diesem Weg herbeiholen. Eine Photographie, die sie auf einem ihrer gemeinsamen Abendspaziergänge in Riga gemacht hatte. Sie legte das Negativ ein, belichtete, wartete. Schließlich das Entwicklerbad. Schatten erschienen, aber bevor sie etwas erkennen konnte, war das gesamte Bild schwarz angelaufen, nur der Umriß von Alberts großem Sommerhut war zu erkennen. Sie warf es fort, unternahm einen zweiten Versuch, verkürzte die Belichtungszeit.

Doch wieder lief das Papier, kaum war es im Entwickler, so dunkel an, daß sich nichts erkennen ließ. Ein schwarzer Fleck unter einem grauen Hut. Erschöpft setzte sie sich auf den Rand der Wanne. Ihre Schultern waren verkrampft, ihr Rücken schmerzte vom Stehen. Sie drehte den schweren Porzellanknauf, heiß schoß das Wasser aus dem metallenen Hahn, der Dampf beschlug die Kacheln. Nach einer Weile zog sie sich aus, stellte sich nackt vor den Spiegel. Als sie in die Wanne stieg, fühlte das Wasser auf ihrer Haut sich an wie ein Seidentuch. Langsam ließ sie sich hineingleiten. Die spiegelnde Fläche allmählich höher, bedeckte ihre Füße, ihren gespannten Bauch, stieg zwischen ihren Knien empor, zwischen ihren großen Brüsten. An der Leine über ihr hingen die Bilder, auch das mißglückte Portrait von Albert, das sie nicht einfach fortwerfen mochte. Sie ließ sich tiefer gleiten, kitzelnd fuhr das Wasser ihr in die Ohren, über das Gesicht. Wohltuende Wärme, das Verlangen, ganz unterzutauchen, bis sich das Wasser über ihren Haaren schloß. Hier herrschte eine künstliche Stille. Nur das Pulsieren ihres Blutes konnte sie spüren. Als sie die Augen öffnete, sah sie den Umriß ihres Körpers so verschwommen, als sei er dabei, sich aufzulösen.

*

Jeden Morgen brannte die Sonne aufs neue auf die Sandwege mit den dösenden Katzen, auf die Föhren, die in der Hitze wie aus Blei gegossen schienen. Der helle Sand ist der Schnee des Sommers, dachte Sophie. Sie verkrochen sich in die kleinen Holzhäuser wie in Höhlen, tranken den im Mai gesammelten milchigen gegorenen Birkensaft zur Kühlung. Alles schien kleiner geworden, geschrumpft. Führten die Wege, die sich in den tanzenden Schatten verloren, überhaupt noch irgendwohin? Nur einmal am Tag zog ein Pferdewagen mühsam über die eingefahrenen Spuren. Fuhr zum Bahnhof Majorenhof, Körbchen voller Erdbeeren zu liefern für den Zaren. Rote, süße saftige Erdbeeren, die man mit dem Expreß nach Peterhof schickte. Der Zar fand, es seien die besten Erdbeeren im ganzen Reich.

Am Tag, an dem Corinna gegen Mittag die Hebamme benachrichtigte – viel zu früh natürlich, für Stunden saß die Frau, ein Buch lesend, im Nebenzimmer –, war Albert nicht da. Die Fenster im Haus standen weit offen, doch vergeblich wartete man auf einen Luftzug. Man hatte nach dem Arzt geschickt. Ein Gewitter lag in der Luft, die Fliegen wurden unerträglich. Sophie lag im Dämmerlicht des abgedunkelten Raums. Wie schwül es war. Wenn sie die Augen aufschlug, sah sie die Fliegen über ihr Nachthemd laufen, verscheuchte sie mit einer Handbewegung, aber zwecklos. In kleinen Kreisen flogen sie summend davon und kehrten zur alten Stelle zurück.

Wetterleuchten. Es schien näherzukommen. Das Laken fühlte sich feucht an, sie konnte nicht unterscheiden, ob es von innen kam oder von außen. Glitten nicht ganze Bahnen gelatineartiger Folien aus ihr heraus? Und als sei es gar nicht ihr Körper, schiebt sich langsam, nein, nicht die Kralle eines Vogels, sondern ein Huf aus ihr, ein zweigliedriger Hornfuß, dann noch einer, und dann der Kopf eines Kalbes mit schwarzweißem Fell. Seine langen weichen Ohren zucken, die runden blaubraunen Augen sind von einem bläulichen Häutchen überzogen. Atemlos sieht sie zu, wie der ungelenke Körper eines Kälbchens nachfolgt. Es blickt sie an mit einem irren, schnell kreisenden Blick. Die Hebamme hebt es auf und legt es ihr in den Arm. Es ist warm und schön, aber im gleichen Augenblick haben sich schon Fliegen auf das gekräuselte lockige Fell gesetzt, bedecken die feuchten Augen und das rosa Maul. Ach, sie ist hilflos, kann ihr Kälbchen nicht schützen. Auch auf die Nachgeburt setzen sie sich, und wie gelähmt sieht sie sie auf der Bahn der Nabelschnur langsam in ihren Körper hineinkriechen. Ihre Angst, ein Ungeheuer zur Welt zu bringen. Die Hebamme legte ihr einen kühlenden nassen Lappen auf die Stirn und sprach beruhigend auf sie ein. »Verkrampfen Sie sich nicht. Jetzt sind Sie soweit.«

Alles war feucht, das Fruchtwasser hervorgeschossen. Die Wehen kamen immer schneller, doch sie sah nur das Kälbchen vor sich, die schlagenden kleinen Hufe, die kreisenden Augen mit den Fliegen auf den Lidern. Corinna nahm die Hand ihrer Schwester, strich ihr das Haar aus der Stirn. Endlich kam das Gewitter mit Blitz und Donner. Sophie hatte das Gefühl, ihr Leib reiße auf. Als prasselnd der Regen einsetzte, konnte auch sie sich endlich entspannen. Es wurde kühler, sie roch den nassen Staub auf den Wegen, den Duft der Föhren, so wie bei ihrer Ankunft. Das Rauschen des Regens wurde gleichmäßiger. Hinter den geschlossenen Lidern sah sie noch einmal das Meer steigen, den Garten im Wasser versinken, Wellen in den Wipfeln der Föhren, durch deren Geäst silberne Fische schnellten.

Als die Hebamme ihr endlich ihre Tochter in den Arm legte, hatte sie das Gefühl, sie schon ewig zu kennen.

Gemeinsam, so stellte Sophie sich vor, warteten sie nun, sahen das Licht, den Schatten über die Wände gleiten. Stunden um Stunden, Tage und Nächte. Lina schlief, in einem Überfluß von Zeit, unbelastet von Erinnerungen außer der, daß jemand sich über sie beugte, wenn sie die Augen öffnete und schrie, um sie zu füttern, sie trockenzulegen.

Nur in der Vergangenheit war die Zeit aufgehoben. Und so glitt Sophie in dem Dämmerzustand zwischen den Momenten des Wachseins in die eigene Kindheit zurück. Der Dachboden. Heiß im Sommer, zu kalt im Winter. Niemand störte sie zwischen aufgerollten Teppichen und Kisten. Wenn man nach ihr rief, verhielt sie sich besonders still. Sie sah den Staubteilchen zu, die im Sonnenlicht auf einer leuchtenden Bahn in den Farben des Prismas umeinander tanzten wie eine Versicherung, daß das

Leben nicht aufhörte. Sie las die Geschichte einer Braut: In den schönen warmen Mainächten vor der Hochzeit lag sie wach, lauschte den Nachtigallen und dachte an das weiße, mit Spitzen besetzte Hochzeitskleid, das die Großmutter ihr nähen ließ. Im Garten reiften die roten Kirschen, von denen noch der Geruch des Saftes im Haus hing, der Mond war rund und voller Glanz. Alles war wunderschön, und doch wurde sie nicht froh. Blaß lief sie durch das Haus, ohne Freude auf das bevorstehende Ereignis, und die Großmutter legte Trüffeln ein und ließ Putenbrust braten, damit die Braut frisch und rotwangig sei.

Inzwischen war das Sonnenlicht über die schwarze Naht auf das nächste breite Dielenbrett des Speichers gewandert. Das Licht wanderte, weil die Erde sich drehte, wußte sie damals bereits. Die Erde um die Sonne, der Mond um die Erde, und die Planeten zogen ihre ganz anderen eigenen Bahnen. Niemand konnte sagen, wie groß das All war. Das gefiel ihr am besten. Sie stellte es sich vor wie einen Speicher mit unergründlichen Winkeln und Ecken, in die man sich nicht hineinwagte aus Angst vor dem Dunklen. Da plötzlich ging die Tür auf. Ihr Cousin kam herein. Er war mit seinen Eltern zu Besuch, und sie sollte mit ihm spielen, obwohl sie ihn nicht leiden konnte. Bei der ersten Gelegenheit hatte sie sich auf dem Speicher versteckt. Doch er hatte sie gefunden. Erschrocken sah sie ihn an. Er lachte grob. »Hier versteckst du dich also.« Sie bat ihn, nichts zu verraten. Er versprach es, wenn sie ihm ihre Spielzeugpistole schenken würde. Danach war alles anders – der Ort hatte seine geheime Kraft, in der sie sich geborgen fühlte, verloren. Kaum war er fort – hing es mit ihm zusammen, oder hatte sie es vorher nicht bemerkt? –, sah sie, daß der Boden bedeckt war mit unzähligen toten Wespen. Hunderte der gelbschwarzen Insektenkörper lagen im Staub, woher kamen sie alle auf einmal? Hatte es ein Nest auf dem Dachboden gegeben? Vorsichtig berührte sie einen mit der Fingerkuppe. Die schwarzen Beine bewegten sich und begannen wieder zu krabbeln. Schnell zog sie die Hand zurück. Nachts träumte sie von den Eindringlingen. Wie die Wespen aus den Ritzen und Fugen zwischen Holzbalken und Schindeln hervorkrochen, unter den Türen hindurch. Vorm Schlafengehen zog sie einen Kreis aus Wasser um ihr Bett, in dem die Wespen ertrinken sollten. Das französische Fräulein wurde böse, wenn Sophie das Glas auf dem Boden ausgoß. Dann kam der erste Frost. Im Garten fand sie einen starren blauen Schmetterling, auch die Wärme ihres Zimmers weckte ihn nicht, kein Zittern der Flügel mehr, vom graublauen Staub auf ihnen kaum mehr etwas übrig. Jetzt waren auch die Wespen tot.

*

Albert kam. Mit ihm Ludwig, Corinnas Mann, der von seiner Inspektionsreise ans Schwarze Meer zurückgekehrt war. Er hatte angekündigt, einen Gast mitbringen zu wollen, einen Architekten aus Odessa, der mit ihm zusammengearbeitet hatte.

Schon seit dem frühen Morgen schürte die Köchin das Feuer in der Küche, briet Putenfleisch auf Sophies ausdrücklichen Wunsch und legte Kirschen ein, hackte Petersilie und backte Kuchen. Wenn Sophie oder Corinna, in Erinnerung an alte Kindertage, den guten Duft schnuppernd in die Küche kamen, um zu probieren, verscheuchte die Alte sie und schimpfte, es würde kein ordentliches Festtagsessen geben, wenn man sie ständig störte.

»Und überhaupt«, hörte Sophie im Nebenraum den jungen Mann aus Odessa in flottem Ton zu Corinna sagen, »ideales Wetter dort. Angenehmeres Klima könnten Sie sich nicht wünschen. Mandelbäume auf den Bergen, blühende Orangenhaine bis ans Meer.«

Ihre Schwester klatschte in die Hände und erwiderte etwas, das Sophie nicht verstand. Aber ihre Stimme klang aufgeregt, so, wie sie schon lange nicht mehr geklungen hatte. Sie sah heute abend bezaubernd aus in ihrem weißen Kleid. Dem jungen Mann schien das nicht zu entgehen. Sophie bereitete alles für eine kleine Feier vor, stellte Gläser auf den Tisch, holte Porzellanuntersetzer aus dem Büffet. Diese Handgriffe waren ihr von der Mutter her vertraut, seit Jahren standen die Gegenstände an ihren angestammten Plätzen, nur die Personen hatten gewechselt, waren gelandet in einer neuen Zeit. Alle hatten sich voranbewegt wie Kreisel, sich um sich selber drehend und dabei doch den Ort verändernd. Nur sie selbst war stehengeblieben.

Ludwig, braungebrannt und unverändert, als werde er nie älter, kam mit Albert vom Garten herein. »Man könnte meinen, in zwei verschiedenen Welten zu leben«, sagte er.

»Natürlich!« Albert stieß das Wort geradezu hervor. »Die Russen spielen alles herunter.«

Sophie sah ihn fragend an. »Gibt es etwas Neues? Wir leben hier so abgeschnitten von der Welt, daß ich mich manchmal frage, ob wir noch dazugehören.«

»Immer nur das alte Lied.« Ludwigs Blick fiel immer häufiger auf seine Frau. Auch er bemerkte, daß sie heute abend in einer besonderen Verfassung war.

»Wir haben dir Zeitungen mitgebracht. Ich weiß doch, wie ausgehungert du nach Nachrichten bist«, sagte Albert und legte den Arm um Sophie.

»Sind wir jetzt eine Familie?« flüsterte er ihr ins Ohr. Sie mußte lachen. Es kitzelte. »Und wem, glaubst du, kommt unsere Tochter nach: dir oder mir?«

Diese Frage schien ihn zu beschäftigen. Als er nachmittags ankam, schon hundert Meter vorm Haus von der Kutsche absprang und ihr entgegenlief, so, wie Corinna es sonst zu tun pflegte, wollte er als erstes ins Kinderzimmer.

»Ich habe Lina bei Marja gelassen«, sagte Sophie und zog ihn mit sich. Es klang gut. Lina. Zum ersten Mal hatte sie den Namen Albert gegenüber ausgesprochen. Wie selbstverständlich. Kein fremder Name mehr, schon verwachsen mit dem winzigen Etwas. Marja saß zwischen den beiden Kinderbetten und bewachte den Schlaf der Kleinen. Sophie nahm ihre Tochter hoch, legte sie Albert in den Arm. Lina murrte kurz auf, ließ das Köpfchen auf Alberts Schulter rollen und schlief weiter, als könne es keine behaglichere Lage geben als in des Vaters ungeschickt haltenden Händen.

»Mir scheint, sie hat einen außerordentlich ausgeprägten Räumlichkeitssinn«, sagte er stolz. »Sieh nur, wie sie die Balance hält. Sicher wird sie einmal eine wunderbare Tanzpartnerin.«

Sophie wußte nicht recht, was sie davon halten sollte. »Vielleicht auch Mathematikerin?« fügte sie hinzu. »Oder Photographin?«

Wieder hörte man Corinna und den Architekten lachen. Unvermittelt laut, als wolle er auch seinen Gast und seine Frau zum Zuhören zwingen, sagte Ludwig: »13 Millionen Rubel hat man jetzt zum Ausbau der Festung Port Arthur bewilligt. Wenn das keine eindeutige Sprache ist. Aber hierzulande scheint man die Hinhaltetaktik des Zaren ja als diplomatisch zu empfinden. Dabei ist es schlicht eine Provokation. Die Engländer und Amerikaner rechnen mit dem Krieg, noch vor Ende des Sommers.«

»Du meinst, Japan würde es wagen, einen Krieg gegen Rußland zu beginnen?« Sophie ging zu ihm. »Ein solch kleines Inselreich gegen den riesigen russischen Bären?«

Beide Männer zuckten die Achseln. Sie starrte auf Albert. Dachte an den Nachmittag kurz nach ihrer Rückkehr aus Italien, an seinem provisorischen Schreibtisch im Wintergarten. Jenes Dokument, streng vertraulich. Es war ein Papier über die Aufrüstung der japanischen Flotte gewesen. Natürlich hatte Albert damals alles gewußt. Eine unbekannte Angst stieg plötzlich in ihr auf. Etwas schien sie erdrücken zu wollen. Weshalb hatte er ihr nichts anvertraut? Warum war er nicht ehrlich mit ihr? Zählte sie in seinen Augen nicht, weil sie eine Frau war?

»Kommt das perfekte Spionagenetz der Japaner hinzu, weit bis nach Rußland hinein.« Der Gast aus Odessa, der das Gespräch mitgehört hatte, trat zu ihnen. »Getreu dem konfuzianischen Spruch: Man muß Vorbereitungen treffen, bevor der Regen fällt.« Seine roten Locken ringelten sich bis über den weißen Hemdkragen. Mit seinem gewinnenden Lächeln und seiner sportlichen Figur hatte er sicher alle Damen in Odessa bezaubert. Corinna lehnte im Türrahmen und fragte, ob er nicht seine aus Odessa mitgebrachte Flasche Wein öffnen wolle. Natürlich, die hatte er ganz vergessen. Corinna lief, ihm persönlich den Korkenzieher zu holen.

»Johannes.« Ludwig wirkte erleichtert. »Wie würden Sie Kurinos Ausspruch interpretieren? Moment mal, ich hab den Wortlaut hier irgendwo gedruckt liegen.« Ludwig begann zwischen den Blättern zu suchen.

Corinna kam zurück. »Kurino – Corinna. Wer ist Kurino?« Sie war stolz auf ihr sinnloses Wortspiel.

»Der japanische Gesandte in St. Petersburg«, antwortete Ludwigs junger Kollege, als sie ihm den Flaschenöffner reichte. Sie lächelte ihn an dabei, daß es sogar ihren Mann durchaus hätte beunruhigen können.

»Für wie wahrscheinlich halten Sie denn den Krieg?« fragte Sophie den Gast. Bevor der eine Antwort geben konnte, sagte Ludwig: »Hier, ich hab's wörtlich. Kurino sagt: Wir Japaner wollen keinen Krieg – er kostet zuviel, und wir haben nichts zu erwarten, selbst wenn wir gewinnen. Aber wir dürfen auch nicht zu lange Frieden halten, sonst verlieren wir womöglich unsere eigene Existenz.«

»Nun? Wonach klingt das: Krieg oder kein Krieg?« Albert sah in die Runde. Corinna klatschte in die Hände. Als ginge es um eine Wette, rief sie: »Nichts sagen, bitte, schreiben Sie Ihre Meinung auf ein Blatt Papier. Für das Ja ein Plus, für das Nein ein Minus. Oder, besser anders herum vielleicht, kein Krieg ein Plus. Der Frieden ist schließlich etwas Positives.« Sie wollte aufspringen, um Papier und Stifte zu holen, als sie das ärgerliche Kopfschütteln ihres Mannes wahrnahm. In diesem Moment brachte Marja ihnen die Suppe, und sie setzten sich zu Tisch.

»Und was haben Sie von einem Spionagenetz gesagt, Johannes?« Corinna war offensichtlich von der Gefahr, die von dem Wort Spionage ausging, und von dem Klang des Namens Johannes gleichermaßen fasziniert.

»Tausende Japaner haben ihre Identität gewechselt – haben russisch sprechen gelernt und sich in Kantonesen verwandelt. So haben sie Zugang zur Bahn, zu strategisch wichtigen Punkten bis nach Westsibirien ...«

»Kantonesen?« unterbrach ihn Sophie.

»Sie hängen sich falsche Zöpfe in den Nacken oder lassen das Haar wachsen wie Chinesen. Kaum zu unterscheiden. Der erste Test, den die russischen Soldaten im Zweifelsfalle machen, ist die Haarprobe. Sie ziehen am Zopf, oft genug gibt der nach.«

»Echte Spione eben«, stellte Corinna fest, als gälte es auch noch zwischen echten und falschen Spionen zu unterscheiden. »Haben Sie selbst mal einen kennengelernt?«

Johannes lachte. »Dann säße ich bestimmt nicht mehr hier.«

Sophie, ohnehin schon beunruhigt, zog sich zurück. Albert flüsterte ihr zu, er werde bald folgen. Sie nahm die Zeitungen mit nach oben, setzte sich ans Fenster, zündete die Petroleumlampe an. Die Überschriften waren durchaus nicht geeignet, ihr die Sorgen zu nehmen.

Nach einer Weile die so vertrauten Geräusche von unten: das Schließen der hölzernen Läden vor der Glastür der Veranda; das Zischen, mit dem die weißen bodenlangen Vorhänge zugezogen wurden; das Aufsetzen der Weinflaschen auf die Steinfliesen, das leichte Klirren der Gläser, die jemand auf ein Tablett stellte. Einen Augenblick später die Tür, der Geruch gelöschter Kerzen und Zigarillos. Sie faltete die Zeitung zusammen, drehte den Docht der Lampe herab. Am Fliegengitter hingen, angelockt vom Licht, Käfer und Falter mit graubraunen Flügeln, weißen Bäuchen, die hakenartigen Füße im Draht festgekrallt. Die Treppenstufen knarrten. Albert. Einen Augenblick fragte sie sich, ob er auf die Idee kommen würde, ins Zimmer der Tochter zu sehen. Sie hielt den Atem an, hörte genauer hin; die Schritte schienen angehalten zu haben. Im gleichen Augenblick wurde die Klinke zum Schlafzimmer gedrückt, daß sie erschrocken zusammenfuhr. Nein. Er war also an der Kinderstube vorbeigegangen. Die Tochter war für ihn noch gar nicht wirklich.

»Ich bin froh, endlich wieder hier zu sein.« Albert ließ sich neben Sophie auf der Bettkante nieder. »Hier draußen lebt man noch in einer anderen Welt.«

Sein Gesicht im Schein der Lampe glatter und weniger müde, als habe die Nacht die Linien und Muster der Spannungen, die der Tag hineingearbeitet hatte, wieder aufgelöst. Sie strich ihm mit der Hand über die Schläfe. »Ich auch«, sagte sie leise. »Auch ich bin froh. Es wird dir guttun. Dir und mir und Lina«, setzte sie hinzu. »Du bleibst doch ein paar Tage?«

Albert lockerte seinen Hemdkragen, zog den Binder ab, streifte die Schuhe von den Füßen, sagte nichts. Sie hatte sich vorgenommen, ihn erst morgen zu fragen, doch nun konnte sie doch nicht warten. »Glaubst du wirklich, daß es zu einem Krieg kommen wird?«

Albert seufzte. »Das Ministerium schweigt. Du weißt, wie schwach der Zar ist. Witte hat vor dem Krieg gewarnt, und der

Zar hat Witte entlassen. Seine jetzigen Berater halten den Krieg für ausgeschlossen. Du weißt, wie Berater sind. Auf der Newski-Werft jedenfalls arbeitet man inzwischen Tag und Nacht.«

Er gähnte und streckte sich, stand auf, goß Wasser aus dem Krug in die Waschschüssel. Wußte er wirklich nicht mehr, oder wollte er sie nicht noch mehr beunruhigen?

Sophie betrachtete das Bild des Zaren, das ihr Vater vor Jahren aufgehängt hatte. In einem vergoldeten Rahmen hing es an der Wand: Sanft und höflich schien er, ein frommer, schöner Monarch, wohlmeinend und unehrlich, gefühlvoll und vergeßlich, seiner Familie über alles zugetan. Ein Vater des Volkes, ein Politiker? Beim Tod seines Vaters war er sechsundzwanzig Jahre alt gewesen, unvorbereitet und ungeeignet für den Thron. Kein Halt für Rußland. Ein schwacher Charakter mit Geltungsbedürfnis. Ein militanter Expansionist und Antisemit. Gott spielte die Hauptrolle in seinem Leben.

Sie blies das Licht der Petroleumlampe aus, öffnete das Fenster und schlüpfte neben Albert ins Bett. Im Widerschein der um diese Jahreszeit nie ganz dunklen Nacht sah sie die Linie seiner Brauen, seine im Nacken verschränkten Arme. Er wandte ihr den Kopf zu, ihre Gesichter berührten sich.

»Hab keine Angst, Stieglitz«, flüsterte er und fuhr ihr mit dem Zeigefinger die Stirn entlang, die Nase herab, über den Mund, das Kinn, ihren Hals. Sie erwiderte nichts. Schloß die Augen, spürte seinen Atem auf ihrem Gesicht, seine Hand auf ihrem Bauch. Sie öffnete den Mund, als sie seine Lippen auf ihren spürte. Dann liebten sie sich. Ihre Haut wurde im Dunkeln eine endlose Landschaft. Weit zog sie sich über den Horizont hinaus. Nur am äußersten Punkt, dort, von wo es nur noch ein Schritt hinaus war ins All, löste die Angst sich endlich auf.

Als Sophie einige Wochen später mit Lina, mit Corinna und deren Sohn David, mit Marja, der Köchin, dem Kutscher und vielen Kisten zurückkehrte nach Riga, ahnte sie, daß sie einen solch ungestörten Sommer nie wieder erleben würde. Die Stadt im klaren Licht schien ihr wie von Glas überzogen. Der Himmel zum Zerspringen dünn.

Wie schnell es in diesem Jahr Herbst werden sollte! Sie spürte es daran, wie die Sonne brannte und sie trotzdem fröstelte; wie im Blau die Vogelschwärme sich verloren, japanischen Schriftzeichen gleich. Hart blendete das Weiß der in der Sonne liegenden Hausmauern. Als sie die Augen schloß, ritzten sich die Fenster darin in ihre Netzhaut, rotgrünes Negativ. Alles schien ihr aufs äußerste angespannt. Wo war die Vertrautheit der langen, hellen Sommertage, die Wärme? Alles schien sich verwandelt zu haben in eine angespannte Erwartung, die sich wie ein Reif um ihr Leben legte.

II

Schnee war gefallen. Früher Oktoberschnee, der ein helles Tuch über die Stadt geworfen hatte für wenige Stunden. Der Wind schmeckte nach Eisen.

Es hatte Sophie nicht im Haus gehalten. War es der Wind, der die ersten dürren Blätter über das Pflaster trieb, in einem Kreis herumwirbelte, braun und rot, ohne Anfang, ohne Ende? Sie war mit der Kamera unterwegs, wollte alles in Bildern festhalten. Nur die Gegenwart war gültig, die Zukunft ausgeschaltet. Mit Hilfe ihrer Photographie, so hoffte sie, könnte sie den Momenten Beständigkeit verleihen. Es waren immer nur die Dinge, die überdauerten. Zum Zentralmarkt. Violette Astern,

Dahlien und Chrysanthemen in allen Schattierungen von Gold bis Kupfer ließen die Menschen dazwischen wie eine besondere Spezies Halbgötter aussehen: über einem Meer von Blumen schwebten nur Oberkörper. Sie machte das Bild. Zum Bahnhof, wo die dickbäuchigen, bärtigen Iswóschtschik in ihren schwarzen Hüten und den langen schwarzen Faltenmänteln standen. Sie photographierte die Pferde, graue, braune und schwarze, manche mit stumpfem, andere mit glänzendem Fell. Dampfend standen die gerade angekommenen in der Kälte, schnaubten ungeduldig, schickten weißgefrorene Atemblüten aus ihren weichen Nüstern in den Morgenhimmel. Bald würde man die Räder der Kutschen wieder gegen Kufen austauschen.

»He – was machen Sie da eigentlich?«

Eine sehr tiefe Stimme direkt neben ihr. Ohne aufzusehen sagte sie: »Ich mache Bilder von Ihnen und Ihren Pferden.«

»Sie machen Bilder von meinen Pferden? Sie benutzen meine Pferde, ohne einen Rubel dafür zu zahlen?«

Jetzt richtete Sophie ihre Kamera auf den Mann, und der Iswóschtschik, halb geschmeichelt, halb belästigt, im schrägen Licht der Herbstsonne ein markantes Profil mit rötlich wallendem Kinnbart, drehte sich seinen Kollegen wieder zu, als existiere sie gar nicht. Weiter, in die Vorstadt, das Dünaufer entlang, zum Hafen. Eine Unruhe trieb sie voran, die sie sich nicht erklären konnte. Je länger sie unterwegs war, je mehr Momente sie einfing, desto schärfer wurde ihr das unerbittliche Verfließen der Zeit bewußt. Sie ließ sich nicht anhalten.

Wieder zu Hause, sie hatte kaum den Mantel abgelegt, klingelte es. Dann vollzog sich alles unabänderlich wie im Traum: Sie lief die Treppe hinab, trat in den Windfang, öffnete die Haustür; ein Mann in dunkler Uniform davor, das kaiserliche Abzeichen am Ärmel, winzige Schneeflocken tauten in seinem Pelzkragen. Ein Brief in seiner Hand. Ein Schreiben aus St. Petersburg, für Albert. Ein mit dickem Wachssiegel versehener Brief. Direkt vom Zarenhof. Sie trug ihn in den Flur zum Garderobentisch unter dem Spiegel, stellte ihn aufrecht gegen das Messingtablett, auf das sie die Post für Albert zu legen pflegte. Das Kuvert im dunklen Flur wie ein weißer Schatten Drohung. In der Küche blies sie auf die Glut im Samowar, schüttete Tee aus der silbernen Büchse in die Sudkanne, wartete, daß das Wasser kochte. Das Zifferblatt der Uhr so aufreizend unbeweglich. Sie hätte es zertrümmern mögen, die Gewichte aus dem Glaskasten reißen, die Zeiger verbiegen. Noch einmal die Haustür. Alberts Schritte auf der Holzdiele. Das Geräusch, mit dem er einen Bügel von der Garderobe nahm, um den Mantel aufzuhängen. Die Verzögerung, als er sich zum Spiegel beugt, den Taschenkamm aus der hinteren Hosentasche zieht, sich einmal durchs Haar fährt. Sich umdreht, die Post durchzusehen. Jetzt nimmt er den Brief in die Hand, öffnet ihn, liest. Gleich wird er hereinkommen und sie von dem Inhalt in Kenntnis setzen. Sie wird sich alles schweigend anhören, ohne fragen zu müssen. Er wird der Aufforderung des Zaren, sich unverzüglich nach Port Arthur zu begeben, Folge leisten.

Herrgott! Sie sprang auf. Was veranstaltete denn Marja mit dem Kind! Dies Geschrei war ja nicht auszuhalten. Sophie lief aus der Küche, rannte über den Flur ins Kinderzimmer, ohne Albert anzusehen, und fuhr das Mädchen an.

»Was machst du denn mit ihr! Merkst du gar nicht, daß das Kind brüllt und brüllt.«

Erschrocken wich Marja zurück. Sophie hob Lina vom Wickeltisch, nahm sie in die Arme, küßte das winzige rosa Ohrläppchen, das ihre Wut verrauchen ließ. Marja solle gehen, deutete sie mit einer Kopfbewegung an.

Lina beruhigte sich langsam unter Sophies geflüsterten kleinen Worten, weinte nur noch leise vor sich hin, so, wie Sophie am liebsten selbst geweint hätte. Als Albert mit dem Brief ins

Zimmer trat, war sie ganz gefaßt. Ruhig stellte sie die einzige Frage, die sie jetzt interessierte: »Wann wirst du abreisen?«

Er wußte nicht, wie er sie trösten könnte. Er sah, wieviel Mühe es sie kostete, sich zu beherrschen.

»Du mußt das verstehen. Du mußt vernünftig sein. Die Dockarbeiten dort sind auf meinen Schwimmkran angewiesen. Ich werde übernächste Woche reisen.«

Sophie blickte starr vor sich hin, fuhr mit den Lippen über das weiche blonde Haar ihrer Tochter. Heiß ihr Atem. Sie war ganz ruhig, o ja. Sie hatte sich völlig unter Kontrolle. Was erwartete man von ihr? Daß sie in Weinen ausbrechen würde? Nein, nein, sie nicht. War sie nicht immer selbständig gewesen, gewohnt, allein mit den Problemen fertig zu werden? Schwimmkran, hallte es durch ihren Kopf. Krimschwan. Schwinkram. Sie lachte auf. Albert sah sie verwirrt an. »Krimschwan«, sagte sie in sein ratloses Gesicht. »Dein Krimschwan soll also die Flügel spreizen.«

Sie war sie selbst, ganz allein. Schon hatte sie sich von ihm abgelöst, war unberührbar geworden; wer war dieser Mann? Gut, daß sie so schnell in sich zurückkehren konnte. In ihr eigenes Universum, in das jetzt Lina mit eingeschlossen war, die sich endlich beruhigt hatte und an ihrer Schulter eingeschlafen war.

»Du wirst mir nachreisen, Sophie. Sobald es möglich ist.«

Das Echo dieses Satzes pflanzte sich fort in ihrem Kopf. Der Schnee mußte gänzlich in Regen übergegangen sein. Hart prallten die kleinen Tropfen gegen die Fenster, es klang wie das Trippeln von Hundefüßen auf Parkett. Sobald es möglich ist. Sie würde die Rosen im Garten abdecken müssen, sie würde den Wintergarten verschließen müssen. Sie würde sich um alles selbst kümmern müssen. Sobald es möglich war. Sobald es möglich ist. Albert sah sie an, als warte er auf eine Antwort.

III

Seither erschrak sie jedesmal, wenn es klingelte. Doch jetzt war es nur Corinna, die atemlos, mit unnatürlich geröteter Haut, den Silberfuchspelz über die Schultern geworfen, zu Besuch kam.

»Hör zu!« rief sie. »Drei deutsche Beamte des Postamtes in Tientsin und ein chinesischer Postbote haben zur Feier der ersten über Sibirien geleiteten Post eine Ansichtskarte aus Tientsin geschickt.« Corinna hatte sich in Positur gestellt wie ein mittelalterlicher Herold und deklamierte: »Von Ost zum West, vom West zum Ost! Das große Werk ist nun vollbracht. Und schneller, ehe wir's gedacht, sind wir der Heimat nah gerückt – Und Ost und West ruft hochbeglückt: Hurra die Eisenbahn und Post! Hurra!« Sophie war wenig beeindruckt.

»Sind das nicht die wahren Dichter!« setzte Corinna nach. »Ich dachte, meine Nachricht würde dich glücklich machen. Stell dir doch vor, wenn Albert in China ist, könnt ihr euch schreiben. Aber«, sie holte ein Paket aus ihrer Tasche, »ich habe noch etwas ... Da, mach auf, ich bin gespannt, wie er dir steht.«

Während Sophie das Paket aufriß, beobachtete sie Corinna aus den Augenwinkeln. Was war mit ihrer Schwester los? Aus dem Papierwust kam ein Kimono aus grüner Seide, bestickt mit rotgoldenen Blüten.

»Gefällt er dir? Wunderbar! Japanische Artikel sind jetzt ganz große Mode! Im Hotel Metropol gibt es sogar Teezeremonien nach japanischem Vorbild. Ich habe mir schon Seidenpantöffelchen gekauft und grünen Tee!«

Sophie zog den Mantel über und trat vor den Spiegel. Eine Fremde, die ihr entgegenblickte. Als Kind war sie in die paillettenbesetzten Kleider ihrer Mutter geschlüpft, hatte die langen schwarzen Handschuhe übergestreift. Das Bild in dem grünlich schimmernden Spiegel hatte ihr Angst eingejagt. Angst vor der

Notwendigkeit einer Wahl, vor jeder endgültigen Festlegung. Nie hatte sie aufgehört zu glauben, daß nicht noch ganz andere Leben bereitlagen, in die man hineinschlüpfen konnte wie in ein fremdes Kleid. Sie war bemüht, sich nichts anmerken zu lassen vor ihrer Schwester. Schnell drehte sie sich zurück. »Du hast bestimmt ein Vermögen bezahlt, Corinna! Er ist wunderschön.«

Ihre Schwester hatte sich in den Sessel geworfen, nahm sich einen Apfel aus der Schale auf dem Tisch. »Willst du mir nicht etwas anbieten? Ein Glas Rotwein vielleicht?« sagte sie in einem Ton, der keinen Zweifel daran ließ, was sie von den gastgeberischen Fähigkeiten ihrer Schwester hielt.

Sophie ging, Gläser zu holen, schenkte beiden ein, schnitt ein Stück von dem Kuchen, den sie für Albert gedacht hatte. Corinna trank ungewohnt hastig, Sophie schenkte ihr noch einmal nach. Selbstverloren drehte die Schwester den Stiel ihres Glases zwischen den Fingern. Plötzlich sagte sie: »Ich habe mich verliebt.«

Sophie ahnte, von wem die Rede war. Der junge Architekt aus Odessa, der ihrer Schwester so gut gefallen hatte.

»Wir haben sogar schon ein richtiges Verhältnis.«

»Weiß Ludwig davon?«

Corinna schüttelte den Kopf, plötzlich kleinlaut. »Was soll ich bloß machen?«

Sophie setzte sich zu ihrer Schwester auf die Lehne, so wie früher. Sie spürte, Corinna war dem Weinen nah. Sie streichelte ihr übers Haar. Schweigend blieben sie nebeneinander sitzen. Als habe jemand die Horizontlinie zu beiden Seiten einfach abgeschnitten, dachte Sophie. Die einfachsten Dinge bekamen eine unaussprechliche Dimension. Die Wörter, die sie bezeichnen sollten, wurden plastisch und schwer, standen im Wege, ließen nicht mehr über sich verfügen. Jedes einzelne erschien wie ein Gegenstand, den sie durch das Objektiv ihrer Kamera erfaßte, versehen mit einem Lichtsaum: Ehe, Familie, Zuhause, Glück.

Sophie sah sich und Albert, Corinna und Ludwig. Alles erschien ihr in eine ungreifbare Ferne entrückt. Würde nicht auch Albert fortgehen und sie zurücklassen?

Sie sah der Schwester vom Fenster aus nach, spürte die kühle Glasscheibe gegen ihre Stirn. Im Nebenzimmer spielte Marja mit ihrer Tochter. Gut so. Lina sollte sich an das Kindermädchen gewöhnen, nicht nur von ihr abhängen. Nichts schrecklicher als Abhängigkeiten. An Tagen wie diesen hatte sie das Gefühl, die Dinge um sie herum sich verändern zu sehen. Dinge, die sich zuvor nie bewegt hatten, deren Veränderung in langsamen, nahezu unsichtbaren Prozessen stattfand. Vom einen Augenblick auf den anderen konnte sich alles verwandeln – Ruhe in Unruhe, Zufriedenheit in Sinnlosigkeit.

Ein Vogel hüpfte durch den Garten, hinterließ Spuren im Schnee; unvermittelt begann das kleine Krallenmuster, endete dort, wo er plötzlich davongeflogen war. Déjà vu, déjà vu. Schriftzeichen einer Sprache, die sie immer wieder neu zu lesen versuchte. Sophie verstand, daß es darauf ankam, den Dingen ihren eigenen Lauf zu lassen. Ursache und Wirkung in keinem Zusammenhang. Vielleicht war der Punkt, an dem auch ihrer aller Spuren sich kreuzten oder plötzlich aufhörten, längst bestimmt. Sie müßten nur die Wege bis dahin ablaufen.

IV

Die Tage bis zu Alberts Abreise verrannen. Am letzten Morgen wachte sie auf, sah im Dämmer der meergrünen Vorhänge sein schlafendes Gesicht, das Gesicht eines fremden Kindes. Aber sie wollte es nicht mehr näher kennen. So hüllte sie sich leise in seinen Bademantel, lief barfuß über die kalten Fliesen auf die Glasveranda; öffnete ein Fenster, hockte sich, die Füße unter den Körper gezogen, in den Korbstuhl. Die weiche, neblige Luft ein dämpfender Schleier, der sich tröstend um alles legte, sie fühlte ihre Locken feucht werden, eigene schwere Gebilde. Als sie das Eßzimmer betrat, saß Albert bereits beim Frühstück. Sophie nahm dem Mädchen die Teekanne aus der Hand und schenkte selbst ein.

»Willst du wissen, was man heute unter der Rubrik Inland/Ferner Osten lesen kann?« empfing er sie.

Wozu, dachte sie. Albert ging ohnehin. Doch schon las er ihr vor: »Heute heißt es: Es gibt keinen Krieg. Gestern sagte man: Der Krieg ist unvermeidlich. Morgen wird vielleicht behauptet, wir stünden am Vorabend kriegerischer Verwicklungen mit Japan.« Mit sichtlichem Unmut faltete er die Zeitung zusammen. »Die Russen behaupten, alles sei nur Gerede, das aus ausländischen Blättern stammt, und die würden bekanntlich mit englischen und amerikanischen Geldern unterstützt.«

Sophie schwieg. Als sie sich wenig später umarmten, sah sie sich selbst dabei zu, wie sie ihn küßte, ihm hilflose kleine Dinge zuflüsterte: Paß gut auf dich auf! Sei vorsichtig, mein Lieber. Und: Ich vermiß dich schon so. Sie spürte ihr Leben an jenem Wert von x angelangt, an dem die y-Werte außer Kontrolle gerieten. Eine plötzliche Offenheit, die bisher nicht gedachte Möglichkeiten enthielt. Alles lag gleichzeitig darin. Erleichterung. Angst.

Vom Fenster oben sah sie zu, wie Albert die Kutsche bestieg, noch einmal heraufsah und ihr zuwinkte. Bald waren die Pferde mit dem Wagen verschwunden. In ihrem Blickfeld statt dessen die kupferfarbenen Chrysanthemen vom Novembermarkt. Dunkle Sonnen. Ihr herber Duft, der sich nun mit dem Gefühl von Abschied verband.

Mechanisch stellte sie das Frühstücksgeschirr zusammen, die Teller und Tassen, kleine Satelliten auf der Umlaufbahn ihres Lebens. Verpackte das Brot und den Wabenhonig. Bewegungen der Gewohnheit, die ihr helfen würden. Bewegungen, die weder Traumzeit noch Wachzeit angehörten, sondern sich irgendwo verselbständigt hatten zwischen diesen beiden Ringen von Zeit; die in diesem Zwischenraum zu Hause waren wie Vögel, die man am Himmel zufällig wahrnimmt, dunkle Umrisse bloß, keine Einzelheiten. Sie gehörten zu ihr wie ihre Haut.

Sie trug den in Leder gebundenen und mit Goldschrift geschmückten Atlas zum Tisch, wie viele Male schon, Andrées Handatlas aus Leipzig, schlug die große Doppelseite vom Russischen Reich auf und fuhr mit dem Zeigefinger von Petersburg nach Moskau, die Bahnlinie entlang zum Ural, von Omsk über Irkutsk bis an den Baikalsee, von dort durch die Mandschurei Richtung Süden nach Charbin, Mukden, die Liaotung-Halbinsel hinab bis ans Gelbe Meer. An ihrer Spitze lag Port Arthur, östlich der Bucht von Tientsin, nicht weit von Peking, vis-à-vis Korea. Wie in Venedig mußte das Wasser dort ein roter Spiegel sein, wenn die Sonne aufging.

Später an diesem Tag, eine milchige Sonne strahlte durch die Nebelschleier, als habe jemand Goldfäden in ein leichtes weißes Tuch gewebt, schob sie ihre Tochter im Korbwagen über die nassen glitzernden Wege des Wöhrmannschen Parks – wer konnte wissen, wann das Erinnerungsvermögen einsetzt, vielleicht würde Lina sich einmal an diesen Tag erinnern –, eine Schaukel schwang vor und zurück wie von Geisterhand angestoßen, ein

Kind, unsichtbar jetzt, war herabgesprungen, fortgelaufen, nur seine Bewegung erhalten geblieben. Als müßte die Bewegung fortgesetzt, das Unsichtbare wieder sichtbar gemacht werden, kaufte sie in der Papierwarenhandlung ein aus Japan importiertes Tagebuch, das sich mit einer Kordel und einem Bambusstückchen verschließen ließ. Der apfelsinenfarbene Einband fühlte sich rauh an. Jede der losen Seiten aus handgeschöpftem, weichem Reispapier.

Sie schrieb: Die Tage sind mir wie Löwen geworden, die uns anspringen mit weit aufgerissenen Mäulern. Und wir drohen in diesen schwarzroten Schlünden zu versinken, der Sog ist so stark, und nichts schützt uns. Ach, wenn wir Stoffbahnen uns zu einem Zirkuszelt nähen könnten! Blaurotes Dach, und drunter drehn sich Akrobaten. Dann könnten wir auch die Löwen bändigen, die Zeit einsperren in dies dunkle Rund mit Luft aus Sand und Tiergeruch, Tag um Tag.

Sie nahm das Papier, das sich anfühlte wie feuchtes Laub und das Licht förmlich aufzusaugen schien, legte es zu den unbeschriebenen Blättern in die Mappe zurück, verknüpfte die Kordel mit dem Bambusstäbchen. Jetzt sollten diese Seiten sich ansammeln, Zeilen aus grünblauer Tinte in ihrer gestochen scharfen Schrift. Sie waren wirklicher als die Gegenwart, genaue Photographien ihrer Gedanken.

V

Im Schlafzimmer war es fast dunkel. Nur der Ankleidespiegel vor der Schrankwand reflektierte das Abendlicht. Sie lag auf dem Bett. Wochen waren vergangen, seitdem sie hier Albert zugesehen hatte, wie er Anzug und Halsbinde heraussuchte, sich ankleidete, die Manschetten anlegte, schließlich die Jacke über die Weste zog, mit einem prüfenden Blick auf seine Haare sich umdrehte, die goldene Taschenuhr in die Westentasche gleiten ließ und dann auf sie zukam, ihr einen Kuß gab: Bis heute abend, meine Liebe. Wer war der Fremde, der ihr so nah gekommen war? Immer weniger vorstellbar, daß etwas sie noch verband.

Das dunkle Holzgestell des Ehebetts spiegelte sich, ein massiges vorsintflutliches Tier auf dem Grund eines Meeres. Ihr Gesicht auf dem Kissen verschwindend klein – eine Insel –, plötzlich von einem Sog herabgezogen ins Innere eines Schiffs, durch dessen löchrige, metallene Bordwände das Wasser flutete. Längst hatte sie keinen Boden mehr unter den Füßen, glitt vorbei an großen Holzkisten, deren Gewicht sie noch am Boden des Schiffsrumpfes hielt. Bald aber würden auch sie schwerelos im Wasser treiben. Hunderte von Vögeln mit grauen Schwingen, die schlaff am Körper herabhingen, lösten sich von der Decke, an der sie geklebt hatten. Wie auf eine geheime Vereinbarung hin bewegten sie sich dem Ausgang zu, um mit ihren ausgestochenen Augen direkt auf Sophie loszufliegen. Sie wollte schreien, aber kein Laut kam über ihre Lippen. Sie war machtlos angesichts der grauen Kompanie und ließ sich rückwärts ins Wasser gleiten. Sie spürte nicht die Kälte, die außerhalb der Schiffswand herrschte, sah nur, wie über ihr die Welt sich schloß mit Wellen, die aus Gelee gemacht schienen.

Die Uhr im Korridor, vier dünne Schläge. Von der entfernt gelegenen Straße her das Getrappel von Pferdehufen. Eine Kutsche fuhr vorüber, das Geräusch verklang. Was war die Wirklichkeit? Sophie suchte ein Maß für die Zeit zwischen sich und Albert. Riga und Port Arthur. Doppelt gelegte Zeit. Alberts Leben bewegte sich einen halben Tag vor ihrem eigenen. Wenn es dort Nacht war, war hier noch Tag, wenn es hier dunkelte, wurde es dort bald wieder hell – als arbeite ein riesiger Lichtbildner abwechselnd mit den beiden Hälften der Welt.

Sie hatte das Gefühl, immer gerade dann den Schauplatz zu betreten, wenn das Licht bereits auf den anderen Teil der Erde fiel. Ein Leben in ständiger Dämmerung, aus der die Farben verschwunden waren und alle Gegenstände ihre eigentliche Gestalt verloren hatten. Sie allein schien übriggeblieben auf der dunklen Hälfte, während alle anderen rechtzeitig ins Helle gelangt waren. Sie konnte sich nicht entschließen, ebenfalls die Seiten zu wechseln. Hatte sie nicht vorgehabt, ihren eigenen Weg zu Ende zu gehen? Aber wie kalt es ihr dabei wurde. Es half nichts, sich in eine Wolldecke zu wickeln. Die Kälte kam von innen.

Endlich erhielt sie Nachricht von ihm. Ein ganzer Packen lindgrüner Umschläge, säuberlich mit einer Schnur zusammengebündelt, traf ein – alle Briefe gleichzeitig, der letzte bereits in Port Arthur datiert. Dabei hatte er von mehreren Stationen unterwegs geschrieben. Wieso waren alle auf einmal gekommen? Hatte man sie im Zug zwar eingesammelt, aber erst in Mukden zum Postamt gebracht, nach Wochen Fahrt wieder Wochen zurück?

»Liebe Sophie«, schrieb Albert, »sei mein Roger Fenton und reise mir nach. Während ich arbeite, machst du deine Photographien.« Er habe ihr einen mandschurischen Reisebegleiter ausgesucht, schrieb er im letzten Brief, sein Name sei Tung, sie solle es wie »Tong« aussprechen. Ein gezeichnetes Portrait von ihm – übrigens von einem japanischen Künstler – liege bei. Doch sie suchte vergeblich danach, Albert mußte es vergessen haben. Was ihm das Wichtigste sei, beteuerte er in jedem seiner Briefe: »Sophie, reise mir nach!«

Sie legte die Briefe zusammen, bündelte sie wieder sorgsam mit der Schnur. Ihr Blick fiel auf den Wohnzimmertisch, wo noch immer die Strohsterne und die Papierketten aus Glanzfolie, der Klebstoff und das silberne X der Schere lagen. Dazwischen eine ihrer ausgeschnittenen Zeitungsnotizen: »Die Ausweisung der Japaner aus den Rayons der mandschurischen Bahn ist verfügt worden und längs der ganzen Strecke unerbittlich in Ausführung gebracht. Mit Repressalien Japans ist zu rechnen.«

VI

»Liebste Tochter!« Ihr Vater räusperte sich und hakte sie unter beim Gehen. »Du solltest dir ernsthaft Gedanken machen über dein Leben.«

Wieso nahmen die Gespräche mit dem Vater unweigerlich diese eine Richtung? Nie ein unbeschwertes Wort zwischen ihnen. Sie seufzte innerlich. Sein Gewicht lastete schwer auf ihrem Arm, unsicher ging er auf dem gefrorenen Schnee.

»Du darfst nicht vergessen: Lina ist ganz und gar auf dich angewiesen. Albert weiß, was er will. Er ist ein Mann und kommt auch ohne dich zurecht.«

Es war einer dieser Sonntagnachmittagsspaziergänge nach dem Mittagessen und vor dem Kaffeetrinken, wie sie ihr seit frühester Kindheit vertraut waren. Ein dunstiger später Dezembertag.

»Stell dir nur vor, daß es zu einem Krieg kommt.«

»Lieber Vater«, sagte Sophie. »Erstens habe ich diese Gedanken selbst. Zweitens bin ich noch gar nicht entschieden. Und drittens finde ich, daß Corinna recht hat, wenn sie sagt, eine solche Reise wäre einer der Höhepunkte in meinem Leben. Ich bin eben keine geborene Hausfrau.«

Ihr Vater schüttelte besorgt den Kopf. »Du weißt ja, wie deine Mutter darüber denkt. Sie . . .«

»Bitte, Vater«, unterbrach Sophie ihn.

»Vielleicht wäre es besser gewesen, vor Jahren mit Mister Ashton zu reisen.«

»Oder weiter am Polytechnikum zu bleiben«, sagte Sophie scharf. Ihr Vater verstummte. Ohne daß sie je offen darüber gesprochen hätten, war ihr durch verschiedene Bemerkungen allmählich klargeworden, daß er – in welcher Weise auch immer – an ihrer Entlassung mitgewirkt hatte. Schweigend liefen sie nebeneinander. Dann hob Sophie die Kamera. »Ich möchte hier die Aufnahme machen, mit den drei Birken und dem Fluß im Hintergrund.« Ihr Vater blieb stehen, während sie das Stativ auf die Böschung am Fluß trug. Die vertrockneten Gräser vom Sommer waren gefroren, die schwarzen Blütenstände reizvoll im Schnee. Die dunkle Silhouette ihres Vaters vor der weißen Fläche, die schwarzweißen Stämme der Birken. Wie die Kamera es ihr immer wieder ermöglichte, sich außerhalb einer Situation zu begeben. In diesem Augenblick kam die Sonne hinter einer Wolke hervor, verwandelte den trüben Winterdunst in ein silbernes Gespinst, ließ den Fluß aufleuchten. Lichtreflexe glitten über die Böschung am Ufer, über die Stämme der Birken, über den dunklen Mantel des Vaters – eine einzige spiegelnde Ebene. Einfallswinkel gleich Ausfallswinkel, mußte sie plötzlich denken. Und ohne ihr Zutun sah sie wieder die Lichtreflexe auf der Seine damals, frühmorgens auf ihrer Hochzeitsreise, als sie und Albert barfuß, mit Kaffeetassen in der Hand, durchs taunasse Gras an den Fluß gelaufen waren. Seine Ewigkeitsmaschine. Sie blickte erneut auf die Mattscheibe. Geduldig wartete ihr Vater darauf, daß sie das Bild machte. Der Ausdruck auf seinem Gesicht spiegelte eine Müdigkeit, die neu an ihm war. Beinahe tat er ihr leid, in diesem Augenblick, während sie hinter der Kamera stand. Wie würde er reagieren, wenn sie ihm sagte, ihre Entscheidung, zu Albert zu reisen, sei genau in diesem Augenblick gefallen?

*

Vieles, an das sie jetzt zu denken hatte. Ihre Zugfahrkarten, Reservierung eines Abteils Erster Klasse, Empfehlungsschreiben, die für alle möglichen Fälle in diesen drei Wochen, die die Reise dauerte, benötigt würden; ein Erlaubnisschein für photographische Apparate. Ohne Genehmigung könnte man ihre Kameras beschlagnahmen. Ein Vorrat an Magazinen. Ihre Dunkelkammer, deren Einzelteile sie sorgfältig in Pappe schlug und in Holzkisten vorausschickte. Alberts Fernrohr, sein Zeichengerät, um das er sie gebeten hatte. Geschenke für die Frau in der dänischen Mission. Pelzmantel, Sommerkleider, Bücher. Die ganze Welt ein riesengroßer Koffer, der blaue Deckel des Himmels über der eingepackten Landschaft gewölbt.

Alberts merkwürdig verklausulierte Bitte, ihm Aufzeichnungen in ihrem Reisegepäck mitzubringen, ließ sie eine Weile herumrätseln: Bitte nicht verschicken, alles Originale, die unter keinen Umständen verlorengehen dürfen! hatte er geschrieben. Sie wisse schon, die aus dem Arbeitszimmer, sperrig wie Besenstiele und schwer wie Backsteine. Diesmal würden seine Hände ja automatisch aus dem Spiel gelassen, so Albert. Auch die des Mannes, der sie – darauf solle sie sich gefaßt machen – bald aus der Residenz aufsuchen würde, wären nicht weiter von Interesse.

Sophie hatte schließlich verstanden, was Albert wollte. Aber wieso hatte er nicht einfach geschrieben: Bitte bringe mir Negative meiner Konstruktionspläne, nicht aber die Pläne selbst mit. Tatsächlich erschien schon einen Tag später ein Ministerialbeamter aus der Residenz, bepackt mit sperrigen Dokumenten. Der Beamte jedenfalls sprach von strikter Geheimhaltung. »Geben Sie sie unter keinen Umständen vor Ihrer Ankunft in Port Arthur aus der Hand«, schärfte er ihr ein. Achselzuckend photographierte Sophie sämtliche Unterlagen. Schließlich entwickelte sie die Filme, steckte die Negative in eine Ledermappe. Immer wieder stand sie gedankenverloren zwischen ihren Sachen. Seit Mister Ashtons Besuch damals in Jurmala, vor beinahe vier Jahren, hatte sie von einer solchen Reise geträumt. Manche Träume verwandelten sich in Wirklichkeit. Andere schwebten weiterhin ungreifbar zwischen Wunsch und Ahnung wie das Bild in einem dunklen Teich.

In der Nacht träumte sie, jemand habe ihr die Mappe gestohlen. Sie wachte auf, verließ unruhig ihr Bett. Alles lag, wie sie es verlassen hatte. Aber wie würde es auf der Reise sein? Sah eine solche Mappe nicht förmlich nach wichtigen Dokumenten aus? Sie blickte sich suchend im Zimmer um. Vom Regal her starrten sie stumm aus runden schwarzen Augen die sieben Matruschkas an. Wie jedesmal empfand sie ihre Blicke als vorwurfsvoll. Als man ihr diese ineinandergesteckten Puppen einst schenkte, hatte sie gleich am ersten Tag das winzige klappernde Holzbaby darin verloren. Ihre Mutter hatte sie gescholten deswegen und gesagt, man könne ihr nichts Wertvolles in die Hand geben. Sie selbst aber hatte die fette Alte verdächtigt, die größte der sieben, die ein schwarzes Tuch mit roten Rosen trug, es heimlich aufgefressen zu haben. Nur weil die Puppen die wertvolle Schnitzarbeit eines kirgisischen Künstlers darstellten, standen sie noch immer bei ihr. Vielleicht sollten sie jetzt endlich einen Sinn bekommen. Sophie nahm die zweitgrößte in die Hand, drehte die Figur an der Naht um ihren runden Holzbauch auseinander. Der Hohlraum war beträchtlich – groß genug für mehrere Rollen Filmnegative. Sie entnahm sie der Mappe, wickelte sie zu engen Röllchen auf und stopfte sie in den Puppenbauch. Eine Negativschwangerschaft, dachte sie. Dann nahm sie die Alte, drehte sie auseinander, steckte die schwangere Puppe hinein und setzte das obere Teil mit dem vorwurfsvollen Gesicht wieder auf.

»Guck nicht so!« sagte sie und verdrehte der Alten den Kopf nach hinten, so daß das Rosentuch auf ihrem Busen einen Riß bekam. Kein Mensch würde hier wichtige Dokumente vermuten.

»Schwesterchen, ich hab was für dich.«

Sophie hatte Corinnas Eintreten nicht bemerkt. Ärgerlich fuhr sie sie an. »Mußt du dich denn so anschleichen, Corinna!«

»Ich habe mich lauthals angekündigt, meine Liebe, aber du bist in letzter Zeit dermaßen tief in Gedanken versunken, daß man sich ernstlich Sorgen machen muß, wie du eine solche Fahrt heil überstehen willst. Du mußt unbedingt besser auf dich aufpassen. Deshalb habe ich dies hier für dich gekauft. Aber ich wollte es dir nicht unter den Weihnachtsbaum legen.« Sie zog ein in graues Papier gewickeltes Päckchen hinter dem Rücken hervor.

»Was soll das darstellen?« Sophies Stimme klang rauh.

»Sieh selbst nach. Und sei nicht gleich aufgebracht!« Corinna gab ihr das Päckchen. Es fühlte sich hart an. Aus dem Papier hervor kam eine Pistole. Klein, schwarz, mit einem Griff aus Perlmutt. Sie lag in der Hand wie die Spielzeugpistole, die sie einst ihrem Cousin als Schweigepfand hatte abtreten müssen.

»Die brauchst du unbedingt. Wie willst du dich verteidigen, falls ihr angegriffen werdet?« sprudelte ihre Schwester hervor. »Und heute nachmittag werden wir schießen üben.«

Sophie starrte das Ding in ihrer Hand an. Damals, an jenem Tag auf dem Speicher, so war ihr später bewußt geworden, hatte die Kindheit – die reine, ahnunglose Kindheit, die nichts von sich weiß und die sich nicht wiederholen läßt – für sie aufgehört. Schießübungen. Corinna hatte ein Talent dafür, alles dramatischer zu machen.

»Ist sie etwa geladen?«

Corinna lachte. »Natürlich nicht. Aber das läßt sich nachholen. Also, denk dran, heut nachmittag.«

Widerwillig betrachtete Sophie die Waffe. Sie war leicht und handlich. Sophie zielte auf die Vitrine mit dem Hochzeitsgeschirr, auf das Eisbärenfell am Boden, dann auf den Spiegel, richtete die Mündung direkt auf ihre Stirn.

»Was machst du denn da?« Ihre Mutter trat hinter ihr ins Zimmer. Einen Augenblick lang waren ihre beiden Köpfe eingefroren im Glas des Spiegels – merkwürdige Verdopplung. Sophie drückte ab. Ein leises Klicken. Dann wandte sie sich zu ihrer Mutter um.

»Corinna ist der Meinung, ich solle schießen lernen.«

»Das ist eine ausgezeichnete Idee. Wenn ich weiß, daß du eine Pistole bei dir hast, ist mir gleich bedeutend wohler.«

Womit du sagen willst, dachte Sophie, daß du auf diese Weise jedenfalls aller Verantwortung enthoben bist und dich nicht zu kümmern brauchst, stimmt es etwa nicht, chère Maman? Aber sie sprach den Satz nicht aus. Ihre Mutter würde einen solchen Gedanken empört von sich weisen.

»Sie dürfen sich vor allem nicht verkrampfen. Versuchen Sie, ruhig durchzuatmen, dann zittert die Hand nicht.«

Er legte ihr seine Hand schwer auf den Arm, als wolle er ihr Ruhe einflößen. Dabei kam er so nah, daß sie die braunen Pünktchen im Grün seiner Augen sehen konnte.

»Nun macht, ich bekomme kalte Füße«, rief Corinna von hinten.

»Sind Sie bereit?« Der junge Mann sah Sophie an, seine rötlichen Locken kamen unter der dunkelbraunen Pelzmütze hervor. Sie nickte. Er trat einen Schritt zurück.

»Also los.«

Sie hob den Arm, zielte auf die mittlere der drei Birken, an der Corinnas hübscher Freund ein Stück rotes Papier angebracht hatte. Sie drückte ab. Der Schuß knallte so laut, daß sie selbst erschrak. Im nächsten Moment sah sie Corinna auf die Birke zulaufen, das rote Papier zu untersuchen. Dort, nur wenige Tage war es her, hatte sie hinter der Kamera gestanden und das Portrait des Vaters gemacht. Einen Augenblick lang sah sie die Bilder aus Erinnerung und Gegenwart wie zu einer Doppelbelichtung verschmelzen. Die Kugel saß genau im Herz des Vaters. Blattschuß.

»Gar nicht so schlecht, liebe Schwester. Der letzte Einschlag ist direkt neben dem Papier. Du lernst schnell.« Atemlos kam Corinna zurück. »Jetzt darf ich auch einmal. Schließlich war das Ganze meine Idee.«

Sophie gab ihr die Pistole. Der junge Architekt aus Odessa lud die Patrone nach. Mit einem strahlenden Lächeln nahm Corinna die Waffe aus seiner Hand. Sophie spürte, wie ihr ein Schauer über den Rücken lief. Wie sollte diese Geschichte enden?

*

Als niemand aus der Familie im Hause war, nahm sie ihre Tochter aus Marjas Obhut und setzte sich mit ihr auf das Sofa. Sie hatte alles genau arrangiert: die Blende eingestellt, die Belichtungszeit ausgerechnet, die Blitzschaufel befestigt. Alles war bereit. Schließlich nahm sie ihre Tochter, die sie mit ernsten Augen anblickte, in den Arm, belichtete.

Die Reise.

Riga – Port Arthur, 1904.

I

Die Januarsonne glitzerte auf den Eisflächen. Wellen waren mitten in der Bewegung festgefroren, die weichen, grauen Blütenstände des Schilfs wiegten sich an den Ufern im Wind. Ihr schräg gegenüber im Abteil saß ein Mädchen, vielleicht sieben Jahre alt. Blonde Zöpfe fielen über sein rotes, mit Monden besticktes Kleid, neben sich auf dem Sitz eine blonde Puppe im gleichen Kleid aus blauem Stoff. In Riga hatte eine ältere Frau in einem Pelzmantel das Kind in den Wagen gehoben, ihm eingeschärft, nicht auszusteigen, bevor die Station Sigulda käme und die Großmutter es abholen würde. Jetzt biß es in sein Käsebrot, sah aufmerksam aus dem Fenster wie ein erwachsener Mensch. Es erschien Sophie plötzlich gar nicht so lange her, daß sie selbst ein solches Mädchen gewesen war.

Obwohl sie das Hotel von früheren Besuchen kannte, betrat sie ihr Zimmer mit dem Gefühl, zum ersten Mal hier zu sein. Der Lüster, den sie bei ihrem Eintreten in Schwingungen versetzt hatte, ließ das Licht über die Wände kreisen. Hatte alles immer so schäbig ausgesehen wie jetzt? Oder hatte man ihr, als alleinreisender Frau, eines der schlechteren Zimmer gegeben? Sie blieb einen ganzen Tag in St. Petersburg. Erst am Abend würde sie Tung treffen, den Chinesen, den Albert zu ihrer Begleitung engagiert hatte. Ziellos lief sie durch die Straßen, die Teatrálnaja Uliza, die Theaterstraße, entlang, mit den zwei sich gleichenden, langgestreckten Bauten des italienischen Architekten Rossi, im Norden das Alexandrinsky-Theater, im Süden der kleine Platz zum Quai der Fontánka. Die Straßen rein und weiß von frischem Schnee, die dunklen Gestalten wortlos vorübereilender Menschen vor den hohen Toreinfahrten wie in einem Film.

Im Schaukasten des Marijinski-Theaters hing ein buntes Plakat von Leon Bakst für ein russisches Märchen-Ballett: »Konjok Gorbonok – Das kleine Buckelpferd«. Wenn Lina älter war, würde sie sie ins Ballett mitnehmen. In einem Spielzeuggeschäft in der Petersburg-Arkade kaufte sie einen Drachen aus Buntpapier, schenkte ihn einem ärmlich gekleideten Jungen, der ihr seit einiger Zeit gefolgt war. Lief an den Fluß aus grauem Eis, vom Schnee verweht. Männer hatten Löcher in die Eisfläche gehackt, saßen mit ihren Angeln davor, in dicke Pelzmäntel vermummt. Der Hafen draußen an der Mündung. Kaum konnte sie die Masten der Schiffe, die Arme der Kräne sehen, Kronstadt vom Nebel verschluckt. Mit Albert war sie ein, zwei Mal auf der Werft gewesen. Die baltische Flotte. Der kleine Kreuzer Aurora. Dort draußen arbeiteten Leute, die Albert gut kannten.

Eine halbe Stunde vor der verabredeten Zeit wartete sie in der Hotellobby, deren Marmorsäulen, Springbrunnen und Palmen von goldumrahmten, großen Spiegeln auf verwirrende Weise vervielfacht wurden.

»Lady Utzon? My name is Tung.«

Sie zuckte vor Schreck zusammen, hatte ihn nicht kommen sehen. Ganz plötzlich stand der zierliche junge Mann vor ihr, verbeugte sich so tief, daß sie seine mit einem silbernen Drachen bestickte Seidenkappe von oben betrachten konnte. Auch sie verbeugte sich – streng nach dem chinesischen Sittenkodex – mit gesenkten Augen, wie man es ihr eingeschärft hatte. Seine pflaumenblauen Hosen wurden unten von einem schwarzen Filzband zusammengehalten. Als sie sich aufrichtete, verbeugte Tung sich wieder. Das Ende seines schwarzen Zopfes berührte seine Schuhe. Es würde Sie erniedrigen, wenn er Ihnen direkt in die Augen sehen müßte, hatte Johannes, Corinnas Architekt, ihr erläutert. In China brauchen Sie vor allem Geduld. Sophie richtete sich auf. Schließlich waren sie noch nicht in China.

»Wir werden erst ab Moskau zusammen reisen. Vorher habe

ich noch etwas anderes zu erledigen«, sagte der junge Mann in nahezu akzentfreiem Englisch. Wieder verbeugte er sich. »My pleasure to be at your service.«

Fast erleichtert sah sie ihn in der Drehtür des Hotels verschwinden. Sein Zopf wippte bei jedem Schritt über der Hüfte. Warum hatten sie sich dann nicht gleich in Moskau verabredet? Zwecklos, jetzt darüber nachzudenken. Hoffentlich würde sie ihn überhaupt wiedererkennen. An sein Gesicht konnte sie sich nicht erinnern, er hatte ständig nach unten geblickt. Ein ungutes Gefühl. In spontanem Entschluß drehte sie sich um und ging nicht auf ihr Zimmer, sondern in die Hotelbar, die sie durch die gläserne Wand der Lobby sehen konnte. Dies war ihr letzter Abend. Sie ertappte sich bei dem Gedanken: in kultivierter Umgebung. Jedenfalls wollte sie sich amüsieren. Damals, auf ihrer Hochzeitsreise, hatten sie jeden Abend vor dem Zubettgehen einen Grappa genommen.

»Einen Grappa, bitte«, rief sie dem Barkeeper ein wenig zu laut zu. Der Mann in seiner knappen roten Jacke nickte und holte eine Flasche aus dem verspiegelten Regal. Die Tische waren besetzt. Nach kurzem Zögern zog sie einen mit dickem Leder gepolsterten Barhocker unter der Theke hervor, hielt sich an der Messingstange des Tresens fest und erklomm den Sitz. Und wenn schon, dachte sie trotzig, als sie den erstaunten Blick des Mannes neben sich auffing, der in diesem Moment sein Monokel aus dem Auge gleiten ließ, als wolle er sie näher in Augenschein nehmen. Mochte er ihr Verhalten ungewöhnlich finden, aber war ihre Situation etwa gewöhnlich?

»Sie wollen tatsächlich in das Land der Affen fahren?«

Jetzt war sie es, die erstaunt war. »Land der Affen?«

»Nach Japan, meine ich. Die Japaner stammen vom Affen ab. Wissen Sie das nicht? Im vierten Jahrhundert strandete auf ihrer Insel ein Schiff mit kleinen gelben Affen, den Vorfahren der heutigen Bewohner.«

»Sie sind also, so entnehme ich Ihren Worten, überzeugter Darwinist?«

Er lachte. Dabei blitzten in seinem großen Mund mehrere Goldzähne auf. Dem olivfarbenen Teint nach zu urteilen, mochte er Franzose oder auch Italiener sein. Wenigstens schien er Humor zu haben. »Kein Zweifel«, fuhr sie fort, »der Mensch, und somit natürlich der Japaner, aber auch der Affe haben die gleichen Vorfahren. Allerdings meine ich, bemessen Sie die Evolutionszeit etwas knapp.«

Der Barkeeper stellte ein randvoll gefülltes Glas an ihren Platz. Es war unmöglich zu trinken, ohne etwas zu verschütten.

»Ah, Sie sind streitlustig. Sehr schön, sehr schön. Sehen Sie – das ist es ja gerade. Im Falle der Japaner ist die Evolutionszeit tatsächlich sehr kurz. Woraus einzig und allein zu schließen ist, daß sie sich nicht besonders weit entwickelt haben. Sie werden sich kaum persönlich an diesen Vorfall vor Jahren erinnern, aber er ist ja bekannt.«

Sie sah ihn fragend an. Schlückchenweise trank sie. Der Schnaps brannte auf der Zunge und hinterließ den typisch bittersüßen Geschmack, den sie so mochte.

»Unser Zar, damals noch das Söhnchen, unser Nicki, besuchte auf seiner ersten Fernostreise auch Tokio. In einem Tragstuhl beförderte man ihn durch die gaffende Menge – als plötzlich einer von diesen Affen ihn von hinten mit einem Samuraischwert anfiel. Es passierte ihm zwar nichts, und er benahm sich diplomatisch geschickt, aber seitdem haßt er die Japaner. Und mit gutem Grund, wenn Sie mich fragen.«

Sie erinnerte sich nur undeutlich.

»Sie kennen doch den Archäopteryx«, sagte ihr Nachbar, wobei er auf seinem Stuhl immer näher zu rücken schien. »Den Vogel mit Reptilienschwanz. Der wurde im Jahre 1861 in Bayern gefunden. Das ist gerade mal vierzig Jahre her. Vielleicht wird man demnächst den Menschen entdecken, dem ein Affenschwanz zu wachsen beginnt.«

Sie mußte sofort an Tungs langen schwarzen Zopf denken. Zeichen der Mandschu-Dynastie, wie Johannes ihr ebenfalls erklärt hatte. Zur Unterscheidung zwischen Freund und Feind.

»Das ist gar kein schlechter Gedanke. Vielleicht wäre die Welt dann etwas weniger menschlich.«

Er sah sie fragend an. »Affen«, setzte sie etwas provozierend hinzu, »führen schließlich keine Kriege.«

Sie trank den letzten Schluck aus ihrem Glas.

»Und was, wenn ich fragen darf, wollte dieser Japaner in seiner Verkleidung von Ihnen?«

»Das war ein Chinese. Wissen Sie, auch in Asien sind nämlich nicht alle nur gelb.« Warum verteidige ich das Land schon, bevor ich es je gesehen habe, dachte sie verwundert.

»Wenn das ein Chinese gewesen sein soll, laust mich der besagte Affe. Ich bin oft genug in Asien gewesen, um gelernt zu haben, zwischen diesen verdammten Japanern, Chinesen und Koreanern zu unterscheiden.«

Sie hatte wieder ein beklemmendes Gefühl. »Zahlen, bitte«, rief sie dem Barkeeper zu. Er kam sofort.

»Bedauernswert«, ließ sich ihr Nachbar vernehmen. »Ich hatte gehofft, ich befände mich in interessanter Gesellschaft.«

Sophie schob den Betrag und ein Trinkgeld über den Tresen. »Warum«, sagte sie im Fortgehen über die Schulter zurück, »versuchen Sie es dann nicht einmal mit einem Besuch im Zoo?«

An der Tür zur Hotelhalle drehte sie sich noch einmal um. Wie sie richtig vermutet hatte, starrte er ihr nach. Wie ein Karpfen. Und vorhin hatte sie noch geglaubt, es sei ihr letzter Abend unter zivilisierten Menschen.

In Moskau hatte sie wieder viel zu lange Aufenthalt. Die Warteräume der 1. und 2. Klasse waren voll und auch im Teeraum war jeder der gelbgepolsterten Stühle besetzt. Der Speisesaal dagegen wie ausgestorben. Die gedeckten Tische mit den leeren, umgedrehten Gläsern, die schwarzen Flechtmuster der Stuhllehnen vor den blendend weißen Tischdecken – als wäre es jemandem gelungen, Warten in eine Photographie zu bannen.

Erst nach geraumer Zeit entdeckte sie eine alte Frau neben dem Samowar, einen grauhaarigen Kellner in Livree, eine verloren wirkende Japanerin im weißen Kimono – alle eingefroren im Spiegel hinter der Theke. In wenigen Wochen würde sie in ihrer neuen Umgebung ebenso fremd wirken wie jene Frau mit der weißen Blüte im streng zurückgekämmten Haar. Doch nun taute das Bild: Die Japanerin lächelte ihr zu, winkte dem Kellner, der kam mit seinem Tablett hinter der Theke hervor; eine Schiebetür zum Nebenraum glitt auf. Mongolen in langen, mit Brokat besetzten Gewändern hatten gerade ihr Essen beendet und lagen nun auf dem Diwan, rauchend, leise miteinander sprechend. Keinerlei Ungeduld erfüllte den Raum. Niemand, der jetzt hereinkäme, könnte vermuten, daß all diese Menschen bald aufbrechen würden, um eine Reise um die halbe Erde anzutreten.

Sophie bestellte einen Darjeeling. Die Luft in dem warmen Raum war staubtrocken, keinerlei Gerüche, alle Geräusche klangen gedämpft, als befände man sich in einem Museum. Einen Augenblick später öffnete ein untersetzter Mann in der Uniform eines Bahnbeamten die Tür zum Speiseraum und sagte mit monotoner Stimme Städtenamen an: Tomsk, Irkutsk, Baikal, Charbin, Mukden, Port Arthur. Sie zuckte zusammen. Zum ersten Mal hörte sie den Namen Port Arthur wie etwas wirklich Existierendes ausgesprochen. Die Mongolen erhoben sich, glitten in ihren rötlich glänzenden Gewändern aus dem schwarzweißen Speisesaal hinaus wie farbige Schattenfiguren eines alten Spiels. Gedankenverloren sagte sie zum Kellner, bei dem sie ihren Tee bezahlte: »Es gibt diese Stadt also tatsächlich.«

Teilnahmslos strich er sich über sein gewelltes graues Haar: »Welche Stadt, Madame?«

Am Faß mit Trinkwasser, in dessen dicke Eisschicht jemand ein Loch gehackt hatte, so wie die Angler an der Newa, holte sie ihren lederüberzogenen Reisebecher und die silberne Flasche hervor. Während sie das Wasser schöpfte, baumelte plötzlich das Ende eines schwarzen Zopfes neben ihr.

»Sie haben schon auf mich gewartet?«

Tungs häßlich hohe Stimme ließ sie wieder zusammenfahren. Etwas zu schnell richtete Sophie sich auf, erschrocken über seine lautlose Art, sich zu nähern.

»O nein, Sie sind sehr zuverlässig. Hören Sie? Gerade jetzt wird zum ersten Mal die Glocke geläutet.«

Tung verbeugte sich. Als er wieder aufrecht stand, hielt er ein kleines Messer in der Hand. Er ließ es aufschnappen und begann sich die Fingernägel damit zu reinigen.

Sie faltete ihr neues Nachthemd auseinander, dessen feine Spitze sie zum Kauf verführt hatte, legte es auf das bereits für sie bezogene Klappbett. Auf die kleine Tischplatte am Fenster stellte sie eine Photographie: sie und Lina. Dann nahm sie die Matruschka mit den Negativen in die Hand. Wohin damit? Vom Gang draußen Stimmen, englisch, französisch, dazwischen ein russischer Baß. »This train is by far less comfortable than the international one«, klagte eine ältere Frauenstimme. »True, but you don't have to book a month in advance.« Eine tiefe, wohlklingende Stimme, amerikanischer Akzent.

In diesem Augenblick wurde mit lautem Knall eine Sektflasche entkorkt, die Dame schrie auf, theatralisch, als sei sie über ein Malheur entzückt. Schnell schob Sophie die Holzpuppe hinter eine Wolljacke, verstaute ihr Waschzeug und öffnete neugierig die Tür. Ein regelrechtes Gedränge draußen, kaum daß sie hinaustrat, rief jemand ihr auf deutsch zu: »Und wohin geht Ihre Reise?«

»Nach Port Arthúr.« Betonung von Arthur auf der zweiten Silbe, so, wie Albert es immer ausgesprochen hatte.

»Einer mehr im Club«, sagte die amerikanische Stimme direkt hinter ihr. Sie wandte sich um und fand sich einem kräftigen großen Mann gegenüber, Anfang Vierzig. Dunkle Locken, erstaunlich blaue Iris, ein winziger Leberfleck auf der Unterlippe. Er hielt die überschäumende Sektflasche in der Hand und musterte sie mit einem solch aufmerksamen Blick, daß sie das Gefühl hatte, er sehe direkt in sie hinein. Sie konnte sich gerade noch zwingen, nicht verwirrt die Augen niederzuschlagen. Eine kleine Pause war entstanden.

»Willkommen im Club der weisen Narren«, sagte er in seinem amerikanisch gefärbten Deutsch und lächelte ihr zu. »Darf ich mich vorstellen: Charles Stanton aus Chicago, als Korrespondent für Reuters Telegram Company nach China unterwegs. Und dies ist Monsieur Consul für Peking und seine Frau, Madame le Consul, nicht zu vergessen Sissy, ihr süßes kleines Hündchen.«

Das süße kleine Hündchen war ein weißer Foxterrier auf dem berüschten Arm einer zierlichen Frau undefinierbaren Alters. Graue kleine Ringellöckchen umrahmten ihre Stirn, zitterten bei jeder Bewegung. Monsieur war in den Fünfzigern und hatte ein glattes, vom Weintrinken stark gerötetes Gesicht. Sissy kläffte wie besessen. Jemand reichte Sophie ein Sektglas, Stanton schenkte es mit Schwung voll. Sie hatte ihre Fassung wiedergefunden und stellte sich ebenfalls vor.

»Die anderen Reisenden werden uns bereits irgendwo vor Port Arthur wieder verlassen«, sagte der Reuters-Korrespondent und legte seine große Hand auf die wattierte Schulter seines drei Köpfe kleineren Nachbarn, eines Mannes mit roten Haaren und einem ebenso feurigen Backenbart von enormem Ausmaß. »So zum Beispiel Cecil, John Hutson Cecil the Third, grandson of J. J. Cecil's Insurance Empire in San Antonio, Texas.«

»Company, Insurance Company«, verbesserte Cecil the Third ein wenig verlegen und verbeugte sich.

»Lovely Mrs. Rose aus London«, fuhr Stanton fort, und eine ältere Dame in einem gestreiften Trägerkleid winkte ihr zu, »and Mr. Randolph Cox, engineer, Manchester.« Ein Mann, der bislang aus dem Fenster gesehen hatte, drehte sich kurz um. Die eckige Form seines Gesichts wurde durch sein kurzgeschnittenes Haar noch betont. Er erinnerte sie an Albert. Vielleicht lag es auch nur am Beruf. »Außerdem mit von der Partie zwei russische Offiziere, die aber bereits den Speisewagen aufgesucht haben.« »Na dann«, sagte Sophie und hob übermütig ihr Glas, während sie Stanton zulachte: »Bottoms up!« Sie trank einen großen Schluck Sekt. Überrascht sah der Amerikaner sie an. »Hintern hoch?«, übersetzte er langsam ins Deutsche. Im Grunde war ihr nicht nach Menschen zumute, aber sie würde in den nächsten Tagen sicher mehr als genug Zeit haben, allein zu sein. »Hat denn niemand einen photographischen Apparat dabei?« fragte Mrs. Rose enttäuscht. Sophie öffnete die Tür zu ihrem Coupé, vor dem sie alle standen, und holte ihre Kamera. Natürlich war es zu dunkel – aber versuchen konnte sie es jedenfalls. »Einmal lächeln, bitte«, sagte sie, und zur Freude der Engländerin stellten sich die Passagiere nebeneinander und lachten in die Kamera. Schließlich ging ein Ruck durch den Zug, und er rollte langsam aus dem Bahnhof. Alle standen am Fenster, während die Lichter Moskaus vorbeizogen. »Das Abenteuer nimmt seinen Lauf«, sagte Stanton neben ihr. »Sind Sie aufgeregt?«

»Wegen der Reise eigentlich gar nicht mehr«, entgegnete sie kühn. »Schließlich befinde ich mich in bester Gesellschaft.«

»Wie beruhigend, eine mutige Frau in der Nähe zu wissen. Das nimmt einem doch die Angst vor der Zukunft.« Sie konnte sein Gesicht nicht sehen. Wollte er sich über sie lustig machen?

Es war spät geworden, als sie sich in ihre Abteile zurückzogen. Obwohl sie müde war, nahm sie noch einmal ihr Tagebuch zur Hand. Doch als sie es aufschlug, ihr Blick auf die alten Eintragungen aus Riga fiel, wußte sie plötzlich nicht mehr, was sie hatte schreiben wollen. So notierte sie Stantons Satz, der ihr aus der Seele gesprochen war: Das Abenteuer nimmt seinen Lauf. Eine Reise um den halben Kontinent, schrieb sie nun doch weiter. Von einer Welt in eine andere. Zwar sind die Endpunkte jeweils festgelegt – was aber bedeutet die Reise selbst? Alles existiert nur in dem Übergang von Vergangenheit in Zukunft – in der Gegenwart. Ich habe das Gefühl, ich verändere mich bereits. Überrascht über ihre Worte hielt sie inne und klappte dann das Buch mit einem kleinen Knall zu.

Noch einmal kam der Kondukteur, brachte Mrs. Rose im Nachbarabteil eine Flasche Wasser. Dann war nur noch das Stampfen des Zuges zu hören, der durch die Nacht rollte, von Moskau nach Irkutsk.

*

Die russischen Offiziere saßen bereits rauchend im Speisewagen. Sie sahen aus, als hätten sie die ganze Nacht hier verbracht. Sophie wählte den Tisch neben dem Klavier, gegenüber dem großen Spiegel. Von hier aus überblickte sie den ganzen Waggon. Unwillkürlich suchte sie Spiegelflächen, als müsse sie sich beweisen, daß sie existierte. In den schräg geschliffenen Glasrändern glitt die Landschaft als bunter Streifen vorbei. Gedankenverloren folgte sie der Bewegung, bis sie plötzlich einem direkt auf sie gerichteten Paar blauer Augen darin begegnete. Sie drehte sich um. Es war Stanton, der Journalist aus Chicago. Er faltete seine Zeitung zusammen und stand auf. Erst jetzt bemerkte sie, wie groß er war. Ein Sportler, hätte Mister Ashton gesagt.

»Darf ich mich zu Ihnen setzen?« Ohne ihre Antwort abzuwarten ließ er sich ihr gegenüber nieder. Plötzlich dachte sie an ihre Reaktion von gestern abend. Dieser Mann hatte es fertiggebracht, sie aus dem Gleichgewicht zu bringen. Wie nach einem Rettungsanker griff sie nach der Speisekarte.

»Das übliche üppige russische Frühstück, immerhin geeignet, eine Zeitlang von der Gegenwart abzulenken«, sagte Stanton. »Eier und Schinken, Kwas, heißer Kleiebrei, Sauerrahm und Kompott.«

»Kennt man das auch in Chicago?« Sie legte die Karte wieder zurück. Täuschte sie sich oder hatte er eben wieder über sie gelächelt.

»Alaska«, sagte er. »Meine Familie lebte dort, schon bevor die Russen den Amerikanern das Land verkauften.«

»Klingt ja interessant. Sie sind somit Nachfahre von – Jägern? Trappern? Goldsuchern?«

»Alles, was Sie wollen. Mein Großvater, reich geworden durch Gold, gründete die Zeitung in Juneau, mein Vater erweiterte das Imperium und ging als Verleger nach Chicago.«

»Und Sie liefern jetzt die Storys für Vaters Zeitung?«

»Eine Zeitlang war es so, ja. Inzwischen habe ich mein eigenes Unternehmen.« Ungeduldig drehte er sich nach dem Kellner um. Seine Haare im Nacken ringelten sich über dem Hemdkragen wie bei Johannes aus Odessa. »Man braucht viel Geduld auf einer solchen Reise«, sagte er und wandte sich ihr wieder zu. »Eine endlose Fahrt.«

»Warum reisen Sie dann mit der Bahn?«

»Es ist nun mal der schnellste Weg.«

Sophie lachte. Sie hatte das Gefühl, es sei ihm weniger um das Erscheinen des Kellners gegangen als darum, das Thema zu wechseln. Kurz darauf stand ein Samowar mit sprudelndem Wasser auf dem Tisch, der frisch gebrühte Tee duftete, Toast, Eier, Schinken und Rahm türmten sich neben Brei, Kompott und Brot, und Sophie nahm alles von Stanton entgegen, so selbstverständlich, als säße sie mit Albert beim Sonntagsfrühstück. Erst als eine Frau im blauen Kopftuch mit einer schwarzen Ziege über das Schneefeld lief, wachte sie aus ihrem Traum auf.

Als sie zu ihrem Abteil zurückkehrte, sah sie sofort, daß die Tür einen Spaltbreit geöffnet war. Sie hörte etwas rascheln, ihr Atem stockte, jemand mußte sich in ihrem Coupé befinden. Sie zögerte nur einen Augenblick, dann riß sie die Tür auf. Tung fuhr hoch.

»Was machen Sie hier?« fragte sie ärgerlich. »Wie sind Sie hereingekommen?«

»Lady Utzon.« Er hielt die Augen gesenkt, während er sich tief verbeugte. »The door was open. You let me know if you need anything, please?«

Hatte sie es sich eingebildet, oder war er wirklich erschrocken. Es war ihr vorgekommen, als sei sein ganzer Körper zusammengezuckt bei ihrem Eintreten. Die bestickte Seidenkappe, die gebeugten Schultern. Er schien auf einen Auftrag von ihr zu warten. Obwohl sie es sehr gut selbst hätte holen können, bat sie ihn um einen Krug mit heißem Wasser. Mit einer weiteren Verbeugung verschwand er aus der Tür und lief zum Ende des Waggons, wo über einer Glut aus Holzkohlen ein Samowar jederzeit heißes Wasser lieferte. Im Nu war Tung zurück.

»Anything else you need me to do for you?«

Sophie dankte etwas ungeduldig.

»And then – here is an egg for you.« Zu ihrer Verwunderung zog er ein weißes Ei aus den Falten seines Kittels hervor und legte es auf das kleine Pult. »From now on I prefer to travel with my people, if you don't mind. I will wait for you at every important station. The next one is Ufa.«

Nach dem, was geschehen war, war Sophie erleichtert, daß sie ihn nicht während der ganzen Reise neben sich hatte. Sie nickte. Ein letztes Mal verbeugte er sich, im nächsten Augenblick war er fort. Sie nahm das lauwarme Ei in die Hand. Hatte er sie damit ablenken wollen? Nachdenklich betrachtete sie die Ecke, aus der er hochgefahren war, als sie so plötzlich das Abteil betreten hatte. Weshalb hatte er nicht draußen gewartet? Sie sah in ihrem Schrank nach. Die dunklen lackierten Augen der alten Matruschka starrten sie an. Hatte sie die Puppe nicht unter ihrer Jacke versteckt? Sie drehte sie auseinander. Die zweite Puppe starrte sie an. In ihrem Bauch befanden sich, säuberlich aufgerollt, die Negative.

Probeweise schob sie die Abteiltür von außen zu. Mit einem Klicken schnappte das Schloß ein. Ohne Schlüssel ließ sich die so verriegelte Tür nicht öffnen. In Zukunft würde sie darauf achten, sie ordentlich zu schließen. Vom Speisewagen her näherten sich Leute. Sie erkannte die Stimme von Mrs. Rose. Um Gottes willen, jetzt nicht wieder dieser Small talk. Schnell ging sie zurück in ihr Abteil. Wenig später hörte sie, wie die Tür des Nebencoupés geöffnet und wieder geschlossen wurde. Dann ein Knarren, ein Aufseufzen. Mrs. Rose mußte sich auf dem Bett niedergelassen haben. Wenn man will, dachte Sophie, kann man sehr genau über das Kommen und Gehen in den Nachbarabteilen unterrichtet sein. Kein Problem, ein Abteil genau zu beobachten. Der Gedanke, daß Tung sich gewaltsam Zutritt zu dem ihren verschafft haben könnte, ließ ihr keine Ruhe.

In der folgenden Nacht wachte sie auf von einem mächtigen Rauschen und Rollen. Barfuß und nur im Nachthemd stellte sie sich ans Fenster, hob das Rouleau an. Eine große Brücke. Tief unter ihnen eine mächtige Eisfläche, nur in der Mitte ein schmaler Streifen offenen Wassers, in dem weiße Schaumkreise vorbeiwirbelten: die Wolga, der heilige Strom der Russen. Wenige Dampfer lagen wie Spielzeugschiffe an den Ufern im Eis, Luxusschiffe, die, wie erzählt wurde, ihren Passagieren auf der Reise nach Astrachan am Kaspischen Meer alle nur wünschenswerten Annehmlichkeiten boten; Schleppdampfer mit Holzflößen, an allen Enden mit fröhlichen Fähnchen abgesteckt. Sie blickte auf ihre silberne Taschenuhr. Ganze sechs Minuten brauchten sie, um ans andere Ufer zu gelangen – eine kleine Ewigkeit. Im gleichen Augenblick ahnte sie, daß sie mehr überquerte als einen Fluß: Alles, was jetzt vor ihr lag, würde sich nicht mehr messen lassen an ihren gewohnten Verhältnissen, würde sich ihrem vertrauten Maßstab entziehen.

Im ersten Morgengrauen sah sie Bauern neben den Gleisen auftauchen mit Hacken über den Schultern. Obwohl sie in ihrem dünnen Nachthemd fröstelte, konnte Sophie sich nicht vom Fenster losreißen. Wie in einem Film zog die Welt dort draußen vorbei. Ins Blickfeld kam jetzt eine unförmige Gestalt auf dem Erdwall neben der Bahnlinie. Als Mantel trug sie eine Tierhaut, deren Pelz nach innen gekehrt war, die Füße steckten in groben Männerstiefeln. Unter dem Pelz sah man einen zerrissenen Baumwollrock über einem ehemals wohl weißen Petticoat. Auf dem Kopf ein grüner Stoffetzen, von einem roten Schal umwickelt. Sie waren jetzt so nah, daß Sophie ihr Gesicht sehen konnte. Ein Frauengesicht, schwarz vor Schmutz. Für einen Sekundenbruchteil begegnete sie dem Blick der Frau. Dann verdeckte ein Pfeiler die Sicht. Sophie überlief ein Schauer. Solche Augen hatte sie noch nie gesehen. So leer und haßerfüllt und zugleich trostlos. Die ganze Leidensgeschichte der russischen Bauern schien sich in diesen Augen zu spiegeln, die Jahrhunderte der Leibeigenschaft. Sie ließ das Rouleau sinken, schämte sich für ihr feines weißes Spitzennachthemd, das die Frau angestarrt hatte. Später, als sie sich anzog, die weiche Unterwäsche, den Rock aus gekämmter Wolle, die seidene Bluse, empfand sie so etwas wie Dankbarkeit.

Sie würde Corinna einen Brief schreiben. Ihrer Schwester irgend etwas vermitteln von ihren Gefühlen, vielleicht auch nur, um selbst mehr Klarheit zu bekommen, was sie sich eigentlich von dieser Reise erhoffte. Sie überlegte die ersten Sätze: Dieser Zug, liebe Corinna, fährt weiter als in unbekannte Regionen des Russischen Reiches. Jede Grenze, die wir überqueren, scheint einer Grenze in mir selbst zu entsprechen – als ob ich ...

»Samara!« rief der Kondukteur direkt vor dem Abteil und störte damit ihre Konzentration. Jemand auf dem Gang fragte: »Der Kurort?« Sie erkannte Stantons Stimme. Plötzlich hatte sie keine Geduld mehr, den Brief fortzusetzen.

»Genau. Die berühmten Kumyß-Anstalten, Mister«, hörte sie den Kondukteur antworten. »Mit Stutenmilch für Blutarme und Schwindsüchtige, und« – seine Stimme senkte sich zu einem Flüstern, das Sophie trotzdem verstehen konnte – »für alleinreisende Damen. Ein berauschendes Getränk, das wahre Wunder wirken soll.«

Sie trat auf den Gang hinaus. »Was für Rezepte werden Ihnen da anvertraut?« fragte sie den Amerikaner. Der Kondukteur hatte es plötzlich sehr eilig.

Die grünen Dächer der ersten Häuser und die Kuppeln der Alexander-Newski-Kathedrale kamen in Sicht. Stanton lachte: »Möchten Sie sie vielleicht ausprobieren?«

Wie einfach es jetzt wäre, dem Gespräch diese Wendung zu geben: eine charmante Bemerkung darüber, daß ihr alles willkommen sei, was diese Fahrt ein wenig abwechslungsreicher mache. Viele Möglichkeiten denkbar nach einem solchen Satz, eine Unstetigkeitsstelle par excellence. Sie die x-Achse, er die y-Achse. Zusammen bildeten sie dann eine Funktion. Nicht auszuschließen, daß sich bei einem bestimmten Wert von x der Wert von y ins Unendliche verlor. Wie schnell Beziehungen sich herstellen und wieder zerstören ließen, besonders auf einer Reise wie dieser. Hier waren sie alle – fern von ihrem Zuhause – Teil einer neuen Welt, die es nur so lange geben würde, wie diese Fahrt dauerte. War es nicht das, was sie Corinna eben noch hatte schreiben wollen?

Stanton war bereits ausgestiegen und sah noch einmal verwundert zur Tür herein. »Was ist? Kommen Sie nicht mit hinaus?« Schnell zog sie sich Pelzmantel und Kappe über und lief hinterher. Stanton bot ihr seinen Arm. Ach, sie war ja albern. Ohne zu zögern, hakte sie sich bei ihm ein.

»Und was passierte, nachdem Sie sich mit Ihrem Vater zerstritten hatten?«

Überrascht, als hätte man ihn bei etwas ertappt, sah er sie an. »Woher wissen Sie das?«

»Sie sagten doch selbst, Sie hätten Ihr eigenes Unternehmen gegründet. Obwohl es schon ein Imperium in Chicago für Sie gab ... Man muß nur zwei und zwei zusammenzählen.«

Plötzlich sah er verletzlich aus, nichts mehr von der überlegenen, so gewinnend selbstsicheren Art. »Verstehen Sie mich nicht falsch. Ich wollte damit sagen«, setzte sie hinzu, »es beeindruckt mich, wenn es jemandem gelingt, sich selbständig zu machen. Unabhängig, ohne Kompromisse zu schließen, etwas Eigenes zu versuchen.«

Er hatte sich wieder gefaßt, drückte ihren Arm. »Sie brauchen keine Fürsprache für mich zu leisten, Sophie. Ja, Sie haben recht, mein Vater und ich sind zerstritten ...« Er brach ab. Unvermittelt fügte er hinzu: »Und Sie haben es ganz richtig gespürt. Ich habe – weil ich keine Kompromisse mehr schließen wollte – den Kontakt zu meiner Familie abgebrochen. Das mag für einen Außenstehenden schrecklich klingen«, er zögerte, als falle es ihm nun doch schwer, darüber zu sprechen, »aber ich bin überzeugt, es ist besser so.«

»Wenn auch bestimmt nicht einfacher.«

»Nein, genau!« Er wirkte erleichtert. »Die meisten glauben, ich hätte den bequemsten Weg für mich gewählt. Doch darum geht es mir nicht, eher im Gegenteil. Ich konnte die Lebenslüge, in die meine Eltern, meine Geschwister sich verstrickt haben, nicht einfach mehr ignorieren. Es gibt einen Punkt, ab dem man seine eigene Freiheit korrumpiert. Wenn kein ehrliches Wort mehr möglich ist, ist es besser, man geht getrennte Wege.«

Seine Offenheit ihr gegenüber ließ sie verstummen. Nie würde sie selbst es fertigbringen, jemandem, von dem sie kaum etwas wußte, solche Dinge von sich zu erzählen. Obwohl er, und das gab ihr das Gefühl, sie würden sich schon lange Zeit kennen, in Worte faßte, was sie selbst schon manches Mal empfunden hatte. Wie oft hatte sie sich als Person übergangen, nicht wahrgenommen, ja sogar verraten gefühlt, wenn man von ihr, der ältesten Tochter des Hauses, der Schwester, sprach. Die Rolle der Tochter, so wie ihre Eltern sie sich vorstellten, hatte nie zu ihr gepaßt. Manchmal kam sie sich vor wie zwei Personen in derselben Haut. Doch sie hatte darüber nie gesprochen. Sie war sich sicher, man würde sie nicht begreifen, würde abschwächen, würde ihr erklären, das bilde sie sich ein, sie habe alles mißverstanden. Um so mehr bewunderte sie Stanton für seine Klarheit.

»Leben Ihre Eltern noch?« fragte er. Sie erzählte ihm ein wenig von ihrer Familie, von den Eltern, von Corinna, ihren Brüdern. Auch von Albert und Lina. »Da hat Ihr Vater es gut mit seinen Söhnen«, sagte er. »Beide in seinen Fußstapfen. Und Sie?«

»Ich habe Mathematik studiert«, sagte sie, »und auch eine Weile unterrichtet.« Sie schwieg. Sollte sie ihm erzählen, weshalb sie nach der Hochzeit aufhören mußte? Er war der erste, bei dem sie das Gefühl hatte, er würde ihre Enttäuschung über die Gleichgültigkeit ihrer Familie damals, auch über Albert, verstehen. Warum nicht. Sie hatte es lange genug in sich begraben.

»Aber das ist jetzt alles vorbei«, schloß sie. »Inzwischen ist unsere Tochter ein halbes Jahr auf der Welt, und ich würde am liebsten als Photographin arbeiten.«

In diesem Moment schlug die Glocke, und sie mußten umkehren. Als sie in den Waggon kletterten, drückte Stanton ihr ganz leicht den Arm. »Schön, auf dieser langen Reise jemanden gefunden zu haben, mit dem man sprechen kann«, sagte er. »Das nächste Mal erzählen Sie mir mehr von Ihren Plänen als Photographin. Das finde ich – und ich spreche nicht nur als Journalist – hochinteressant!«

Allein in ihrem Abteil, mußte sie an ihre Brüder denken. Jan war etwa im selben Alter wie Stanton – aber welche Welten trennten die beiden! Jan hatte nie etwas in Frage gestellt, trat das geschäftliche Erbe automatisch an. Jonathan ebenfalls, auch wenn er sich häufig in Paris aufhielt. Als Tochter war sie für diese Rolle gar nicht erst in Betracht gezogen worden, obwohl, so hatte sie früher oft trotzig gedacht, sie es darin weiter hätte bringen können als ihre Brüder. Wenn es sie zunächst auch gekränkt hatte, inzwischen war sie heilfroh. War es ihr nicht Schritt für Schritt gelungen, sich etwas Eigenes aufzubauen? Der Preis ihrer Arbeit war ihre Unabhängigkeit von den Eltern. Sie hätte mit ihren Brüdern nicht mehr tauschen mögen.

Am dritten Tag erreichten sie im letzten Licht des Nachmittags die alte Tatarenstadt Ufa. Es gelang Sophie gerade noch, die Moscheen und Kirchen zu photographieren, bevor sie in die dunkle Bahnhofshalle eintauchten. Im nächsten Moment ertönte ein ohrenbetäubender Knall, gleich darauf rannten zwei barfüßige und zerlumpt aussehende Männer davon. »Haltet sie!« schrie jemand, und plötzlich sah Sophie ihren Kondukteur draußen auf dem Bahnsteig den Männern nachsetzen. »Was ist denn passiert?« Madame le Consul blickte erschrocken um sich und nahm ihr Hündchen auf den Arm, um es zu schützen. Aber es schien eher so, als solle der kleine Terrier ihr Schutz geben. »Man hat durch ein Fenster hindurch in einen Waggon der dritten Klasse geschossen«, rief der rothaarige Texaner, der von wer weiß woher immer bessere Informationen zu erhalten schien als die anderen. »Ein Streit unter Bauern.«

In dem düsteren Licht waren Massen von Menschen auf den Bahnsteigen zu erkennen. Plötzlich aber bildete sich eine Gasse. Die Menge wich zurück vor einem Mann mit rotem Türkenfez, auf dem eine weiße Feder wippte. Sein knielanger dunkelblauer Mantel mit dem Astrachanbesatz wirkte gebieterisch, blankgeputzte Sporen glänzten an seinen schwarzen Stiefeln.

Was für eine Phantasieuniform, dachte Sophie.

»Sehen Sie«, sagte Cecil im selben Moment zu ihr, »ein einfacher Polizist, aber er tritt mit Stolz und Würde auf. Das imponiert diesen Auswandererhaufen.«

Ohne Begleitschutz würde sie hier jedenfalls nicht aussteigen. Sie nahm ihre Kamera und ging zum Ende des Wagens. Wie verabredet stand Tung draußen. Er sprach mit einem kleinen, drahtig wirkenden Mann. Kaum sah er, daß sie ihn entdeckt hatte, scheuchte er den anderen fort und kam auf sie zu.

»You want to follow me?« Sie stieg zu ihm auf den Bahnsteig hinab. Im Nu wurde sie von leisen, scheuen Männern umringt, die ihr die Hände entgegenstreckten, um Geld zu erbetteln. Als jemand Sophie von hinten berührte, fuhr sie herum. Erschreckt sprang ein Junge zurück, kam dann wieder näher und hielt seine schmutzige Hand auf. Sie gab ihm eine Kupfermünze, die er schnell mit der Faust umschloß. Ein zweiter Junge mit einem schüchternen Lächeln im schmalen Gesicht schob sich vor, seine bloßen Füße, lediglich mit Zeitungspapier umwickelt, rotgefroren von der Kälte. Bevor sie reagieren konnte, schlug der erste ihm mit der Faust auf den Kopf und spuckte ihn an. Der Kleinere lief davon. Stolz wandte der andere sich ihr wieder zu und lachte sie an. Hatte er ihr doch seiner Meinung nach einen guten Dienst für ihre Münze erwiesen. Tung seinerseits verpaßte dem Jungen einen kräftigen Stoß, so daß der zur Seite taumelte. Dann bahnte sich der Chinese rücksichtslos den Weg. Er hielt auf eine dunkle Ecke des Bahnhofs zu, als sie übermütiges Gelächter ganz in der Nähe hörte. Deutsche, englische, französische und russische Satzfetzen, schon bekannte Stimmen. Im Schein der Laternen erkannte sie ein paar ihrer Mitreisenden, die um eine Gruppe junger Mädchen in Rüschenkleidern und Stiefelchen herumstanden.

»Tung«, rief sie dem jungen Mandschuren zu und zeigte auf die Gruppe, »I'd like to go over there and take a picture.« Einen Augenblick lang hatte sie das Gefühl, sie habe ihm einen Plan durchkreuzt, doch nach kurzem Zögern führte er sie hinüber. Die Mädchen traten von einem Bein aufs andere und schienen erbärmlich zu frieren. Kaum eine trug einen warmen Mantel. In ihrer Mitte stand eine fette alte Frau in einem mit großen Blumen bedruckten Kleid und einer weiten Strickjacke. Ihre ausladenden Armbewegungen ließen ihr mächtiges Décolleté unter den Rüschen erzittern. Die Männer, die sie umringten, machten grobe Scherze, stießen sich gegenseitig in die Rippen vor Lachen. In dem einen erkannte Sophie den britischen Ingenieur Cox aus ihrem Zug. Als sie die Kamera vor die Augen hob, wandte er sein Gesicht erschrocken ab, als hätte er Angst, photographiert zu werden. Und auch sie verließ jetzt der Mut. Sie brachte es nicht über sich, diese Mädchen abzulichten.

»Ist die Alte nicht schamlos?« Stanton stand auf einmal neben ihr, seinen Notizblock in der Hand. »Betreibt ihr widerliches Verkupplungsgeschäft mit einer Gier… Alles Geld, das die Mädchen einnehmen – Sie können sich denken, wie –, muß abgeliefert werden. Sie bekommen ganze fünfzig Kopeken am Tag zugeteilt, das reicht gerade für eine warme Mahlzeit oder Strümpfe. Die meisten sind keine sechzehn Jahre alt.« »Woher wissen Sie das alles?« »Recherche. Von dieser Sorte Unternehmerin findet man heute viele im Russischen Reich. Sie fahren in die armen Bauerndörfer und locken die Mädchen mit Versprechungen von zu Hause fort. Sind die jungen Dinger erst bei ihnen, beuten sie sie gnadenlos aus. Auch die hier werden bis nach Port Arthur geschleppt, zuvor allerdings zu den Goldsuchern im Ural, die gerne bereit sind, ihr Geld für sie auszugeben.«

Tung drängte sich zu ihnen vor. »You can go now«, rief Sophie ihm zu. »I will expect to meet you at the next station.« Jetzt war er wirklich ärgerlich.

»Ihr Begleiter macht ja nicht gerade einen fröhlichen Eindruck.«

»Das ist sein Problem«, meinte sie kurz angebunden.

»Haben Sie Aufnahmen von den Chansonetten gemacht?« Er deutete auf ihre Kamera.

»Ich habe das Blitzlicht nicht dabei.«

»Dieselben Probleme wie sie Ihr Kollege Jacob Riis hatte.«

»Ein Däne?«

Stanton nickte. »Er kam als junger Mann vollkommen mittellos nach New York, wurde Reporter bei der Sun und schrieb dort über die Leiden der Einwanderer. Vergeblich suchte er einen Photographen, der ihn in die düsteren Elendsquartiere der Lower Eastside begleiten würde. Keiner traute sich mit ihm in die engen unheimlichen Straßen, weil ihnen das Vorbereiten des Blitzlichts zu lange dauerte und sie nicht schnell genug wieder fortlaufen konnten. Riis kaufte sich schließlich eine eigene Kamera – und wurde mit seinen Reportagen berühmt. Sein Buch ›How the Other Half Lives‹ hat Amerika schockiert – Anklagedokumente von unwiderlegbarer Beweiskraft. Sogar Sozialgesetze wurden daraufhin geändert.« Sophie spürte einen Stich in ihrem Inneren. Von solchen Bildern war sie meilenweit entfernt.

»Ich habe das Gefühl, auch Sie werden noch dahin kommen.«

Als habe er ihre Gedanken gelesen. »Wie kommen Sie darauf?« Sie war ihm dankbar für diese Ermunterung.

»Ich habe Sie beobachtet. Sie betrachten Ihre Umgebung mit genauem scharfem Blick – ohne deswegen kalt zu sein.« Er lächelte sie an. Sie lächelte, fasziniert von seiner Aufmerksamkeit, zurück.

Stunden später fuhr der Zug langsam in die Dunkelheit. Im Lichtkreis der Bahnhofslampen standen noch immer die Chansonetten wie kleine graue Nachtfalter. Männer aus anderen Zügen waren jetzt bei ihnen. Noch einmal nahm Sophie den Brief an Corinna in die Hand. Wieviel sie schreiben müßte, um ihre Eindrücke zu vermitteln. Wie behütet sie und die Schwester doch aufgewachsen waren. Meter um Meter entfernte der Zug sie von ihrem alten Leben.

War es der Tee, der sie nicht einschlafen ließ? Sie wälzte sich von einer Seite auf die andere. Immer wieder Stimmen von Leuten, die vom Speisewagen in ihre Waggons zurückliefen. Das Schlagen von Türen im Gang, die Selbstgespräche von Mrs. Rose. Und dann das quälend gleichförmige Rattern des Zuges. Noch im Halbschlaf glaubte sie, jede einzelne Umdrehung zu hören, beharrlich, als habe jemand die Räder an einer bestimmten Stelle gekerbt. Sie träumte. Albert kam auf sie zu, mit diesem Lächeln, das ein Siegerlächeln war und dem sie nicht widerstehen konnte. Er streckte seine Hand nach ihr aus, und sie ergriff sie, froh darüber, nichts anderes mehr entscheiden zu müssen. So folgte sie ihm durch eine dunkle Menschenmenge. Als er sich schließlich nach ihr umdrehte, konnte sie sein Gesicht nicht mehr erkennen. Seine Züge lösten sich auf wie Lack, den man von einem Möbelstück abbeizt mit scharfer Lösung. Bald sah sie nur noch eine eierschalenartige Fläche, auf der sich Hautfurchen bildeten.

II

Über zwanzig Photographien hatte sie bereits gemacht, jede für sich etwas ganz Besonderes, Motive, die sie nie zuvor gesehen hatte – dabei erreichten sie gerade erst den Ural. Sie war voller Erwartungen. Dunkelviolett lagen die Bergrücken, wie große schlafende Tiere. Der Zug hatte sein Tempo wegen der Steigung verlangsamt, man hätte mit ihm Schritt halten können. Immer war sie eine der ersten, die morgens aufstanden. Eine Unruhe, die sie nicht schlafen ließ, weshalb? Irgend etwas arbeitete in ihr, ohne daß sie es mit dem Verstand erfassen konnte. Auch heute. Sie trat auf den Gang. Bis an den eben erst heller werdenden Horizont zogen sich Schneeflächen, Zwergkiefern und Birkenwälder. Die kahlen weißen Stämme glitten vorbei, ihre dünnen Zweige wirre Haare. In diesem Augenblick schob sich etwas Dunkles vor ihren Blick, unterbrach die Monotonie der verschneiten Landschaft so unvermittelt, daß sie erschrak. Der massige Leib einer Lok. Sie mußte auf der eingleisig verlegten Strecke auf einer Ausweichschiene gewartet haben. Jetzt folgten die Waggons. Güterwagen, Personenwagen, in deren grüne Eisenwände sich der Rost eingefressen hatte. Eine endlos scheinende Fläche, es sah aus, als rolle der andere Zug dahin, vorgetäuschte Bewegung. Der Himmel wurde heller, das Licht intensiver. Alle Fenster des Zuges gegenüber waren vergittert – und dahinter... im Zwielicht Umrisse, Mäntel, die weißen Flecken von Gesichtern. Plötzlich stand ihr Zug. Die beiden Waggons einander so nah, als seien sie festgekeilt. Drüben hinter den vergitterten Fenstern sah man mehrere Männer, von einem bewaffneten Soldaten im Gang daneben bewacht. Wie hypnotisiert starrte Sophie auf die Szene, die sich vor ihren Augen abspielte, lautlos, wie in einem Alptraum: Ein Mann, von dem sie nur den kahlen Kopf im Profil sah, kniete offenbar auf dem Boden. Immer wieder preßte er die Augen zusammen und schien vor Schmerz zu schreien. Hinter ihm ein anderer, bärtig, mit vollem Haar, der in ruckartigen Bewegungen im Fenster auftauchte. Schließlich stand er vom Boden auf, knöpfte sich die Hose zu und einer der Männer, die drumherum gestanden hatten, trat vor. Seine Hose fiel herab, auch er ließ sich hinter dem anderen nieder. Wieder sah sie die Linie seines gebeugten Rückens, die ruckartigen Bewegungen, die lautlosen Schreie und das Zucken des unteren, bis der Mann von ihm abließ, aufstand, einen Augenblick sein heller Hintern, schon knöpfte der nächste sich die Hose auf. Endlich fuhr der Zug wieder an, vom einen Augenblick auf den andern verschwand der letzte Waggon mit einem scharfen Schnitt. Nur noch die Schneefelder mit Kiefern und Birken. Gleich einer Projektionswand warf nun die weiße Schneefläche das Bild vor ihrem inneren Auge zurück.

Sie atmete hörbar aus. Am Ende des Ganges das Aufglühen einer Zigarette. Sie war nicht allein.

»Haben Sie das gesehen?« fragte sie heiser in die Stille hinein.

»Stalipinskij heißt so ein Zug«, sagte die Stimme von Stanton. Wie erleichtert sie war bei dem vertrauten dunklen Klang. »Ein Gefängniszug des Zaren auf dem Weg nach Jekaterinburg.«

»Mein Gott«, brachte Sophie hervor. »Mir ist schlecht.«

»Lassen Sie uns auf die Plattform hinausgehen.« Er kam auf sie zu, streckte ihr seine Hand entgegen; sie ergriff sie, folgte ihm, wie sie in ihrem Traum Albert gefolgt war, durch die Gänge bis ans Ende des Zuges. Erst als sie auf die kleine überdachte Plattform hinaustraten, ließen sie sich wieder los. Die Kälte schnitt durch ihre Kleider. Schwelle um Schwelle zwischen blanken Schienensträngen versank hinter ihnen. Der Gefangenenzug schon außer Sicht. Sie zitterte.

»Warten Sie, ich hole Ihnen meinen Mantel.« Er lief zurück.

Wieder fuhren sie so langsam, daß man mit dem Zug hätte Schritt halten können. Blaue und grüne Steine lagen neben den Gleisen. Sich auf diese Steine konzentrieren, sich zwingen, nur sie anzusehen, die anderen Bilder daran abprallen, gar nicht ins Bewußtsein lassen. Man konnte sie aufheben, diese Steine, sammeln wie Muscheln. Wie viele hatte sie nicht schon gesammelt, sinnloserweise, irgendwann im Winter kamen sie aus irgendwelchen Taschen wieder zum Vorschein, nicht mehr glänzend wie im Moment des Aufhebens, sondern grau, abgestoßen, uninteressant. Wurden fortgeworfen, irgendwann kam wieder der Sommer. Benommen stieg sie von der Plattform hinab. Der Boden so weich, so nachgiebig. Kein Rütteln mehr, kein Geratter, absolute Stille. War nicht die Ebene wie das Meer. Die Schienen der Strand, eine Linie, die sich in Buchten hinzog, zwangsweise in kleinere Buchten mündend, jede Welle schuf weitere ... Langsam und stetig bewegte sich der Zug darüber weg. Wie eine Seeschlange. Und doch hatte sie das Gefühl, er würde sich nie mehr einholen lassen. Asymptote, der nachzulaufen sinnlos war. Die ganze Welt kalt, starr. Hinter Glas.

Etwas riß sie fort. Umklammerte ihren Arm, daß es schmerzte, Kopfschmerzen im Arm, dachte sie erstaunt, während sie dahinstolperte. Ein Gesicht direkt vor ihr, ein verschwimmendes weißes Oval, warmer Atem auf ihrer Haut, an ihrem Hals, auf ihren Lippen. Ihr wurde schwarz vor Augen. Jemand rief ununterbrochen ihren Namen. Sollte man sie rufen. Befand sie sich nicht ohnehin längst auf der anderen Seite? Hatte sich die gläserne Schicht nicht schon um ihren Kopf, ihre Augen, die Augenbälle gelegt? Sie konnte hören, wie das Glas zu wachsen begann. Auch um ihren Gaumen legte es sich, verschloß den Mund von innen her, das Zäpfchen im Rachen, wuchs weiter bis in den Gehörgang, hinter die Schnecke.

Stanton neben ihr schrie auf sie ein, zerrte sie mit sich, zog sie die Stufen zur Plattform hoch. Ihre Lippen brannten. Er schob sie voran durch den Zug, zum Speisewagen, befahl ihr, sich zu setzen, verschwand, kam zurück mit einer Tasse schwarzem

Kaffee. Sie trank ihn mechanisch in kleinen Schlucken. Die heiße Flüssigkeit kühlte ihre brennenden Lippen.

»Sophie! Sophie, kommen Sie zu sich.« Sie hörte ihren Namen in einem fort. Seine Lippen bewegten sich unaufhörlich.

Der Kaffee rann durch sie hindurch, ließ sie frösteln.

Er brachte sie, untergehakt und sie beim Gehen stützend, in ihr Abteil. Half ihr, sich aufs Bett zu legen. Deckte sie zu. Sie schlang die Arme um seinen Hals, zog ihn herab. »Küssen Sie mich«, sagte sie. »Küssen Sie mich.« Und er küßte sie auf die Augenlider, auf die Stirn. Dann auf den Mund. Lange spürte sie seine Lippen auf ihren. Schlief ein im Gefühl, ihn zu küssen, endlos, auf ewig.

*

Auf dem seidenbezogenen Sofa sitzt ein Mädchen. Es wippt mit den Füßen, die in weißen Lackschuhen stecken. Sein lilaweiß gestreiftes Kleid hat einen steifen Spitzenkragen, der ihr ins Gesicht sticht, wenn sie den Kopf zu weit nach unten beugt. »Halt dich gerade!« kommt die Stimme der Mutter. Sie steht in Abendrobe vor dem Toilettenspiegel, durch den sie das Mädchen hinter sich kontrollieren kann. »Du mußt lernen, dich in Gesellschaft zu benehmen.« Das Mädchen sieht das dämmrige Abendlicht im Spiegel, den Himmel hinter der Gardine. Vielleicht gibt es keine Spiegel ohne Himmel. Wenn sie könnte, würde sie direkt durch das grünlich silbrige Glas gehen auf die andere Seite, so wie das Mädchen in dem Buch, aus dem die Gouvernante mit den weißen Händen ihr manchmal vorliest. Auf der anderen Seite, so stellt sie sich vor, ist eine Welt, in der alle Gegenstände durchsichtig sind. Sie fangen das Licht ein in ihren Linien, und niemals wird es dunkel.

»Wenn du dich nicht ordentlich benehmen willst, dann bring ich dich ins Bett«, sagt die Mutter, während sie ihren Schmuck anlegt. »Das kannst du dir aussuchen.«

»Nicht ins Bett«, bittet die Kleine, »ich werde ganz still sein.« Sie hat Angst allein im Schlafzimmer mit den schweren Vorhängen. In der Dunkelheit wird das Zimmer größer, die Wände verschwinden wie in dem Saal ihres Onkels. Der Schrank neben dem Bett bekommt Gesichter, Hände greifen nach ihr. Manchmal wacht sie auf, und der widerlich schlaffe Stoff des Vorhangs hängt ihr ins Gesicht.

»Gut, dann komm«, sagt die Mutter, und das Kind rutscht vom Diwan herunter und folgt ihr auf die große Gesellschaft mit glitzernden Damen und schwarzen Herren.

Noch im Schlaf wußte sie: Das Mädchen auf dem Sofa war sie selbst. Die Mutter ihre Mutter. Aber zugleich sah sie im Spiegel auch ihre eigene Tochter, die jetzt nachts allein aufwachte und sich ängstigte. Und sie selbst war die Mutter. Angst. Namenlose Angst. Die Angst bewegte sich durch die Zeit, ein schwarzer unterirdischer Fluß.

III

Was ist in mich gefahren? schrieb sie in ihr Tagebuch. Dann zögerte sie. Selbst diesen Seiten mochte sie den Vorfall nicht anvertrauen. Als befürchte sie noch immer, alles würde heimlich von ihrer Mutter gelesen werden, wenn sie fort war. Als Mädchen hatte sie deswegen das Tagebuchschreiben aufgegeben. Küssen Sie mich, hörte sie sich selbst wieder sagen und spürte, wie sie bis unter die Haarwurzeln errötete. Sind die Regeln, wie ich sie kenne, auf einer Fahrt wie dieser außer Kraft gesetzt? schrieb sie statt dessen. Selbst meine Schrift scheint sich zu verändern. Eine Unruhe hat mich erfaßt. Das vage Gefühl, viele meiner früheren

Entscheidungen seien zufällig, nicht durchdacht, vielleicht falsch gewesen. Als ob vieles, von dem ich glaubte, es gehöre untrennbar zu mir – so, daß ich es sei –, auswechselbar ist. Viel tiefer, als ich bislang mich getraut habe zu sehen, liegt eine noch gänzlich unangetastete Schicht. Dort, so habe ich im Moment das Gefühl, setzen die wirklichen Kräfte an. Mein eigentliches Sein, mein Ich, das mir selbst nur in Schatten bekannt ist. Manchmal, und vielleicht gab es solche Momente der Ahnung schon, wenn ich in den Spiegel sah – manchmal habe ich Angst vor mir selbst.

Es klopfte. Sie zuckte heftig zusammen. Bloß nicht Stanton, dachte sie erschrocken. Einen Augenblick lang wußte sie nicht, ob es ihr Herz war oder ein nochmaliges Klopfen an der Tür. »Sophie?« Das war nicht Stanton. Sie antwortete, erkannte nun die Stimme von Monsieur: »Wir veranstalten eine kleine Feier zu Ehren meiner Landsleute im Speisewagen. Und Sie und Ihren Photoapparat hätten wir gerne dabei.« Sie gab sich einen Ruck. »Ich komme gleich.« Nach einem Augenblick des Überlegens schrieb sie: Wann ist der Zeitpunkt erreicht, an dem alles wieder in seine ursprüngliche Lage zurückkehren kann? Mathematisch gesprochen: Läßt das Drei-Körper-Problem sich überhaupt lösen?

Ein weißblonder Knabe mit einer flachen rosa Kappe auf dem Kopf lächelte in ihre Kamera. Er schien genau zu wissen, wie hübsch er aussah in seinem grauen Mantel mit den Goldlitzen, den hellblauen Hosen und Lackschuhen mit Silbersporen. Die große Frau neben ihm lächelte ebenfalls, die beiden hatten keine andere Sprache als die, sich mit Blicken zu verständigen. »Auf unsere große russische Bahn!« rief ein offensichtlich angetrunkener Russe mit feistem Gesicht, dessen Wangen schlaff über seinen Hemdkragen hingen. Die Stimmung war bereits beträchtlich angeheizt, lautstark prostete man ihm von allen Seiten zu. »Auf unseren großen Strategen und meinen persönlichen Freund, Sergej Witte, den genialsten Kopf des Reiches!« rief er nun. »Der hat ein Vermögen im Holzgeschäft in Korea gemacht«, hörte Sophie den Briten neben sich sagen. »Besitzt jetzt schon eine Mine im Ural.«

Stanton konnte sie nirgendwo entdecken. Monsieur brachte Sophie ein Glas. »Schön, daß Sie gekommen sind. Meine Landsleute da drüben«, er wies zur anderen Seite des Speisewagens, wo eine Gruppe junger Männer stand, »verlassen uns demnächst. Sie wollen ihr Glück in den Goldminen des Ural versuchen.« Sein Gesicht glühte. »Auf unsere Goldjungen!« rief jetzt der Texaner Cecil, wie üblich zu laut, und begeistert rissen alle ihre Gläser in die Luft: »Auf unsere Goldjungen.« Sophie machte ein Bild.

Der jüngste der Gruppe, zart und fast noch kindlich, schien dem ihm bevorstehenden Abenteuer mit Unbehagen entgegenzusehen. Seine Miene drückte jedenfalls alles andere als Vorfreude aus. »Der stirbt fast vor Angst, was?« bemerkte die Frau neben dem schmucken Uniformierten zu Sophie. »Angst vor der eigenen Courage.« Sie sprach mit Berliner Dialekt. »Na ja. Ist Asien von Europa aus gesehen nicht so etwas wie ein Abgrund?« Sophie konnte die Angst des Jünglings durchaus nachfühlen. »Und Sie?« wandte sie sich an die große Frau, die ihr volles schwarzes Haar hochgesteckt trug. Ihr rot geschminkter Mund glich einer Seeanemone. »Ich bin Modistin, auf dem Weg von Berlin nach Irkutsk. Mein Bräutigam und ich werden ein Hutgeschäft dort eröffnen.« »Ein Hutgeschäft in Irkutsk«, wiederholte Sophie ungläubig. Sie schätzte die Frau ungefähr so alt wie sie selbst. Wenn sie sich vorstellte, modische Hüte mitten in Sibirien verkaufen zu sollen – der Mut der Frau imponierte ihr. »O, wonderful!« rief der kleine Versicherungsgigant. Er strich schon die ganze Zeit um die Berlinerin herum. »Ich möchte einen Sommerhut bestellen. Fürs nächste Jahr.«

Ein texanischer Satyr, dachte Sophie. Jemand drängte sie beiseite. »Platz bitte für Madame. Wir brauchen Musik.« Die Gattin des Konsuls in Peking setzte sich ans Klavier, doch kaum hatte sie ein paar Takte gespielt, begann ihr kleiner Foxterrier zu jaulen. »Oh, Sissy!« rief sie verzweifelt aus. »Mon rossignol.« Sophie spürte, wie sich ihre Spannung allmählich löste. Nicht umsonst wird auf dieser Fahrt so viel getrunken, dachte sie. Es ist fast das einzige Mittel, mit der klaustrophobischen Enge fertig zu werden.

Der feiste Russe, der vorhin den Toast auf den genialsten Kopf des Reiches ausgebracht hatte, stand plötzlich neben ihr. Sie sah, daß er fast an jedem Finger einen goldenen, mit Juwelen besetzten Ring trug. »Es ist noch gar nicht so lange her, da spielten Witte und ich mit dem Gedanken, den ganzen verdammten Osten bis hin ans Japanische Meer russisch zu machen. Ich ...«, ein leiser Rülpser hinderte ihn am Weiterreden, »ich war bei der Grundsteinlegung in Wladiwostok dabei, damals auf Nickis Fernostreise.« Er war ihr so nahe gekommen, daß sie seinen schweren, sektsauren Atem roch. Doch kaum wich sie zurück, verringerte er den Abstand wieder. »In diesem Jahr soll die Baikalumgehung fertig werden – und dann, geben Sie's zu: China wird unser!« Die letzten Worte rief er wieder laut in den Raum und taumelte nun, die kleine, fette, goldberingte Hand hoch erhoben, in die Mitte des Speisewagens. Sophie nutzte die Gelegenheit, sich zurückzuziehen.

In ihrer Coupétür steckte ein gefalteter Zettel. Sie zog ihn heraus. Er war von Stanton. Augenblicklich fühlte sie, wie ihr Puls sich beschleunigte, ihr ganzer Körper unter den Einfluß des Adrenalins geriet. Noch im Gang las sie: »Liebste Sophie. Jetzt war ich zum dritten Mal vergeblich bei Ihnen. Sie sind doch hoffentlich nicht wieder ausgestiegen, mitten auf der Strecke? Mir ist nicht nach vielen Leuten zumute, aber bitte, wenn Sie mögen, kommen Sie mich doch in meinem Abteil besuchen. Ihr Charles Stanton.«

Erschrocken zerknüllte sie den Zettel. Nein. Sie wollte ihn nicht sehen. Nicht jetzt. Sie war noch immer vollkommen durcheinander. Und in welchem Wagen reiste er überhaupt? Sie wußte es ja gar nicht. Schnell schloß sie sich in ihrem Coupé ein.

Zum Glück hatte sie ihre Bücher. Die neuen Methoden der Himmelsmechanik von Poincaré, Romane, Berichte über Nansens Polarexpedition, Aufsätze über Photographie und Licht. Sie setzte sich ans Fensterpult neben die Petroleumlampe mit dem grünen, gesprungenen Glasschirm und versuchte zu lesen. Zwischendurch nahm sie ihr Tagebuch. Das japanische Papier fühlte sich noch immer so sanft und feucht an wie ein Laubblatt, dasselbe beruhigende Gefühl wie am Tag, als sie es gekauft hatte. Auf diesem Papier fiel es ihr leicht zu schreiben: Manche physikalischen Gesetze, so scheint mir, beschreiben zugleich einen Teil unserer Seele. Lichtquellen sind feste glühende Körper wie Fixsterne, wie Sonnen. Durchsichtige Körper lassen das Licht durch sich hindurch, undurchsichtige halten es auf. Nichtleuchtende Körper aber können nur gesehen werden, indem sie Licht zerstreut zurücksenden. Und lassen sich nicht auch die Körper der Menschen auf diese Art unterscheiden? Ist nicht Corinna zuweilen einer jener durchsichtigen Körper, zart wie Zwiebelhaut? Ich selbst einer von denen, die das Licht zerstreut zurücksenden – ein Planet also. Stanton.

Sie hielt inne. Stanton könnte ein Fixstern sein. Was war mit Albert?

In diesem Moment hörte sie Schritte auf dem Gang, dann klopfte jemand an die Tür ihres Abteils. Erschrocken hielt sie inne, verhielt sich absolut still.

»I believe your friend has gone to the dining car«, sagte die Stimme von Mrs. Rose. »I have seen her there about half an hour ago.«

»Thank you«, hörte sie Stanton sagen, und im nächsten Moment entfernten sich Schritte von ihrer Tür.

Sie ließ ihre Feder sinken. Am liebsten wäre sie unsichtbar geworden.

IV

»Tscheljabinsk!« rief der Kondukteur. Sophie beeilte sich, zu Ende zu lesen. Die letzte Seite des Romans von der besten aller Welten. Schon klappten überall die Abteiltüren auf und zu, wurde es laut draußen auf dem Gang. »Tscheljabinsk!« rief er noch einmal. Hatte seine Stimme tatsächlich gezittert oder war es ihre Einbildung? Vom einen Moment auf den nächsten verwandelte sich der bislang so schläfrige Rhythmus der Reise. Er wurde schnell, fast reißend. Auch sie war von plötzlicher Ungeduld erfaßt, warf das Buch aufs Bett, zog sich den Mantel über, setzte die Pelzkappe auf den Kopf, griff nach ihrer Kamera. Sie begegnete ihrem Blick im Spiegel – ihre Augen leuchteten. Es ist doch nicht allein Sibirien, sagte sie zu sich selbst, das dich in diese Aufregung versetzt.

»Sind Sie bereit für den neuen Kontinent, Sophie?« Ihre Hand zitterte, während sie das Abteil verschloß. Stanton hatte auf sie gewartet. Ihre Stimme versagte beinahe, als sie zurückfragte: »Und Sie?« Gleich würde er wissen wollen, weshalb sie auf seinen kleinen Brief nicht reagiert habe.

»Ich glaube, ich muß mich noch einmal stärken, bevor Sibirien uns verschluckt.« Sibirien also. Einen Moment lang war sie sich nicht sicher gewesen, welchen Kontinent er gemeint hatte. Je länger diese Reise dauerte, desto stärker hatte sie das Gefühl, ihr Inneres sei das eigentlich Unbekannte. Die Seele als terra incognita der Person, Quelland unbekannter Ströme des Gefühls. Sie versuchte sich forsch zu geben. »Wie wäre es mit kandierten Zedratfrüchten, Mokka und Pistazien«, schlug sie vor, noch ihre Lektüre im Kopf.

»Das klingt wunderbar. Ich stelle mich ganz unter Ihren Schutz. Obwohl – sollte Ihr chinesischer Begleiter nicht eigentlich jetzt auf Sie aufpassen – und nicht Sie auf mich?« Sie nickte, sagte aber nicht, daß sie im Grunde froh war über Tungs Ausbleiben. Sie gab sich keine Mühe, ihn im Gedränge zu finden.

Mit ohrenbetäubendem Zischen ließ eine Lokomotive Dampf ab, gegenüber rangierte ein Zug mit Rasseln und Pfeifen. Unmöglich, sich zu verständigen. Trotzdem schrie Stanton ihr etwas zu, von dem sie nur Fetzen verstand. »Die inneren Landschaften«, glaubte sie zu hören, »lassen auf dieser Reise manchmal die realen draußen vorm Fenster verblassen.« Sprach er etwa von ihr? Die Kamera eng an sich gedrückt, versuchte sie sich neben ihm zu halten. In dem Gedränge war es ausgeschlossen, Aufnahmen zu machen.

Sibirien. Immer wieder hörte sie das Wort. Es schwirrte durch die Luft wie Eisregen. Ob vermögende Reisende oder russische Bauern, ob Bettler und Kranke oder Deportierte und Zwangsarbeiter, ob Tataren, Baschkiren und Sarten oder andere Auswanderer, allen, die sich auf diesem Bahnhof drängten – allein in der letzten Woche, hatte der Kondukteur gesagt, sollten dies mehr als eine halbe Million Menschen gewesen sein – ließ das Wort Sibirien den Atem stocken.

»Vorsicht!« rief sie Stanton zu, aber da war es schon zu spät. Das Äffchen eines bunt gekleideten Gauklers, das auf einer Kiste saß, hatte dem Amerikaner eine Handvoll kleiner Kiesel an den Kopf geworfen. Jetzt hüpfte es an einer langen Leine davon. Stanton rieb sich die Schläfe. In diesem Moment rief Cecil ihnen zu: »Ein Unglück ist geschehen! Der Stationsvorsteher hat es mir eben erzählt. Ein paar Werst von hier ist ein Zug entgleist. Wir müssen warten, bis die Räumungsarbeiten beendet sind.«

Er lief fort, sie folgten zum Ende des Bahnsteigs. Andere Mitreisende standen hier und warteten auf weitere Informationen. Es hieß, Hunderte von Menschen seien umgekommen. Ein Zug der 5. Klasse, einer, in denen die Ärmsten der Armen auf dem Boden hockten, zwischen Ziegen und Hühnern. Gerade kam ihr Kondukteur aus dem Häuschen des Stationsvorstehers. »Es stimmt. Ein Güterzug ist entgleist«, bestätigte er. »Fünf Tote. Machen Sie sich auf mehrere Stunden Aufenthalt gefaßt.«

»Ach Gott, wie furchtbar!« stieß Madame schrill hervor, wobei unklar blieb, ob sie das Eisenbahnunglück meinte oder die Aussicht, so viel Zeit auf diesem Bahnhof zubringen zu müssen. »Wollen wir die Gelegenheit nicht nutzen, in die Stadt zu fahren, Sophie?« Stanton ergriff einfach ihre Hand. »Sie liegt etwa eine halbe Meile vom Bahnhof.« »Aber wie sollen wir dahinkommen? Ich sehe weit und breit keine Kutschen hier.« »Das überlassen Sie nur meiner journalistischen Spürnase.« Und schon zog er sie mit sich fort.

Welch unerwartete Wendung der Dinge. So froh sie anfangs über das Gedränge gewesen war, weil es sie einem Gespräch mit Stanton enthob, atmete sie nun doch auf, als sie sich in einer Droschke inmitten eines Birkenwäldchens auf einer ungepflasterten Straße wiederfand, über die ein schweigsamer Kutscher sie zu einem Restaurant fuhr, das angeblich berühmt war für sein wunderbares Essen.

»Mokka, kandierte Früchte und Pistazien – war es das, was Sie vorhin so schön sagten?« »Zedratfrüchte«, wiederholte Sophie leise. Seine plötzliche körperliche Nähe, die ungewohnte Stille in dem Wäldchen um sie her machten sie nun doch wieder befangen.

»Oder Persimonen«, sagte er plötzlich träumerisch. »Reife Persimonen, wie sie in unserem Garten wuchsen.«

»Ich kenne das Wort aus einem orientalischen Märchenbuch.« Sie war froh, ein Gesprächsthema zu haben. »Ich habe es immer gemocht, ohne eigentlich zu wissen, was es bedeutet. Ich stellte mir kleine goldene Kugeln darunter vor von unbeschreiblichem Duft.«

»Mein Großvater hatte zwei dieser Bäume aus China geschenkt bekommen. Eine veredelte Sorte. Sie trugen wunderbar aromatische Früchte mit glänzender gelber Haut. Als Kinder kletterten wir in den Baum, pflückten sie und bissen direkt hinein. Sophie«, er beugte sich näher zu ihr, sie sah direkt auf den winzigen Leberfleck auf seiner Lippe, der ihr schon so vertraut geworden war. »Ich wünschte, ich könnte Ihnen jetzt eine solche Persimone schenken.«

In diesem Moment hielt der Wagen vor einem großen Flachbau. Ein Kellner kam herbei, grüßte ihren Kutscher wie einen alten Bekannten und streifte sich schnell eine fleckige, ehemals weiße Jacke über, als sie ausstiegen. Er führte sie durch mehrere Räume, deren Luft abgestanden roch. Stanton warf Sophie einen skeptischen Blick zu. Schließlich gelangten sie an ein Büffet mit einer Auswahl von Hors d'œuvres, die der Kellner als Delikatessen anpries, die aber bereits faulig waren. Sie sahen sich an. Ohne ein weiteres Wort machten sie kehrt.

»Das war nicht gerade, was ich mir vorgestellt hatte«, sagte Stanton enttäuscht. »Aber ich wette, irgendwo gibt es einen Speisesaal. Schließlich müssen sämtliche Siedler hier Station machen wegen der Paßkontrolle und ihren Erwerbsscheinen.«

Er legte seinen Arm um sie. Doch wegen der holprigen Straße, auf der der offensichtlich verärgerte Kutscher jedes Loch anzusteuern schien, war es so unbequem, daß er ihn bald wieder fortzog. Erleichtert nahm sie es zur Kenntnis. Als sie zum Bahnhof kamen, schlug ihnen schon von weitem der penetrante Geruch von Kohlsuppe entgegen. »Nun, was sagt Ihre journalistische Spürnase jetzt?« Sie konnte sich die Bemerkung nicht verkneifen. Sofort fiel ihr Alberts Unfähigkeit ein, Gerüche wahrzunehmen. Stantons Miene verriet, daß er nicht wußte, was er von ihrer Bemerkung halten sollte. Eine plötzliche Verengung seiner Pupillen, eine kaum merkliche Veränderung seiner Stirn. »Ich glaube, Sie machen sich über mich lustig.« Doch bevor sie etwas erwidern konnte, fragte er: »Waren das wirklich Sie vor ein paar Tagen, die zu mir sagte: Küssen Sie mich?«

Sie fühlte, wie ihr das Blut in die Wangen schoß. Gegen alle Vernunft hatte sie gehofft, er möge es vergessen haben. In diesem Moment brachte der Kutscher die Pferde zum Stehen und verlangte sein Geld.

*

Kaum hatte sie ihr Abteil wieder betreten, stand plötzlich Tung hinter ihr wie aus dem Boden gewachsen. Wieder hatte sie ihn nicht kommen hören oder sehen, und sie konnte einen kleinen Aufschrei nicht verhindern. Sein langer Zopf fiel ihm über die Schulter, sein Gesicht, obwohl ihr zugewandt, lag im Schatten. Seine dunklen Augen funkelten im Licht einer Laterne draußen vorm Fenster, Schatten glitten über sein Kinn und verliehen seiner ganzen Gestalt ein unheimliches Aussehen.

Bevor sie etwas hervorbringen konnte, sagte er in vorwurfsvollem Ton: »I have been waiting for you. It is my job to provide protection for you. But what can I do if you keep running off with that American?«

»When I needed your protection you were gone.«

Tung ignorierte den Vorwurf. »This station is dangerous. I want you to stay in your compartment until we leave!« Das war deutlich eine Drohung. Hatte ihn Albert deswegen bestellt? Sie gab Tung zu verstehen, er solle verschwinden.

Nur wenig später sah sie ihn draußen auf dem Bahnsteig auf denselben Mann zulaufen, der auch schon in Ufa neben ihm gestanden hatte. Aufgeregt redeten sie miteinander. Der andere war klein, trug eine Brille und hatte kurzes schwarzes Haar. Sie wußte nicht, was sie an dem Treffen dort draußen störte. An Tung störte sie alles. Sie mißtraute ihm. Als er jetzt aus dem Schatten der Laterne in ihre Richtung zeigte, zog sie sich erschrocken vom Fenster zurück.

In diesem Moment setzte sich auf dem Gleis gegenüber ein Zug Richtung Unglücksstelle in Bewegung, und in der Hoffnung, daß es endlich weiterginge, kamen von überall Passagiere herbeigerannt. Der Kondukteur aber winkte ab. »Die da drüben sind zehn Stunden vor uns angekommen. Sie werden am Ort des Unglücks aussteigen und auf der anderen Seite in die Wagen umsteigen, die dort auf sie warten. Wir müssen uns noch gedulden; so viele Ausweichwagen stehen nicht zur Verfügung.«

Kurz nach Mitternacht flirrten Lichter vor dem Fenster ihres Coupés und weckten sie. Sie sah hinaus. Noch immer standen sie im Bahnhof. Ein Zug hielt, die Türen wurden aufgerissen, und heraus stiegen die Mädchen aus Ufa. Mit hochgezogenen Röcken trippelten sie unter aufgespannten Regenschirmen im Schneegestöber über den aufgeweichten Boden Richtung Wartesaal, wurden prompt von Mitreisenden erfreut begrüßt, eingeladen, sich zu ihnen zu setzen. Bald hörte sie ausgelassenes Lachen und Gläserklingen.

Man ergriff wirklich jede Gelegenheit, sich zu amüsieren. Als sei es die letzte. Die Angst vor Sibirien war überall spürbar. Auch ihr erging es nicht anders. Und dann war da noch Stanton. Er wollte ihr nicht aus dem Kopf gehen. Sie hatte ihn mehr oder minder ohne weitere Erklärung stehengelassen – wußte sich nicht anders zu helfen. Zu nah, so hatte sie das Gefühl, war er ihr gekommen. Wo mochte er jetzt sein? Saß er allein in seinem Abteil, oder befand er sich irgendwo in Gesellschaft? Sie fühlte sich hin- und hergerissen. Verspürte den Wunsch, zu ihm zu gehen, verwarf den Gedanken im gleichen Moment wieder. Was wollte er von ihr? Oder, dachte sie nach einer Weile, vielleicht wäre es richtiger zu fragen: Was wollte sie von ihm?

Erst um vier Uhr nachts setzte der Zug sich wieder in Bewegung, erreichte im Schrittempo die Unglücksstelle. Man konnte die riesige schwarze Lok sehen, die den Damm hinuntergestürzt war. Noch immer schienen die Räder sich in der Luft zu drehen. Fünf Waggons waren mitgerissen worden, lagen zur Seite gekippt ineinander verkeilt. Überall zerbrochenes Glas. Mit Äxten hatte man die Fenster und Türen eingeschlagen, um Passagiere zu befreien.

Sie mußten aussteigen. Ein Bahnbeamter ging mit einer brennenden Fackel voraus und wies ihnen den Weg, sie folgten durch die eisige Nacht. Die Schienen auf diesem Streckenabschnitt waren aus ihrem Unterbau gerissen und wie Draht verbogen. Überall rannten Männer umher. Eine Krankenschwester schrie, man möge ihr sofort einen Arzt schicken. Auf ihrem Schoß hielt sie ein Kind mit blutüberströmtem Kopf. Nicht weit vom Bahndamm standen notdürftig aufgebaute Zelte, in denen Ärzte und Schwestern in größter Hektik hantierten. Hunderte von Arbeitern aus der nahe gelegenen Auswandererstation mühten sich, die Strecke freizuräumen.

»Die Lokomotive ist explodiert«, sagte der Brite Cox kopfschüttelnd. »Unter dem Druck des Wasserdampfs ist sie hochgeschleudert und auf den Tender der ersten Maschine gekracht. Daraufhin ist alles den Damm hinuntergestürzt. Es können keine vernünftigen Kessel gewesen sein. Eine unglaubliche Schlamperei.« Monsieur wollte wissen, ob das auch mit ihrem Zug hätte passieren können. Cox gab keine Antwort.

*

Stanton hatte sie abholen wollen, aber sie hatte ihm gesagt, sie fühle sich nicht wohl, wolle allein im Abteil sein, auch wenn es ihr vorkam wie eine Tortur. Draußen seit Tagen nichts als Schneefelder, schneebedeckte Steppen, Schneefelder. Die Zeit legte sich schwer auf das Gemüt, machte sich bemerkbar selbst noch im Schlaf. Immer wieder hielt der Zug nachts an, stand lange und ohne ersichtlichen Grund. Sofort wachte sie auf. Die Weite des Landes, das nirgendwo Grenzen zu haben schien, flößte ihr Angst ein. Angst, verlorengehen zu können. Angst, sich selbst zu verlieren. Ihre Träume Alpträume. Und draußen nur immer wieder die leere, mondblasse Ebene. Mrs. Rose hatte ihr, bevor sie ausgestiegen war, ein Buch über Australien geschenkt. Es sei die beste Ablenkung. Eine Weile reiste Sophie durch warme Landschaften, Meeresbuchten, auf deren Felsen weiße Anemonen wuchsen. Doch es gelang ihr nicht, sich durch Lesen ihrer Umgebung zu entziehen. Die Landschaft von draußen drängte sich dazwischen, ließ sich nicht ausblenden, zwang sie geradezu, das Buch zur Seite zu legen. Kaum hörte sie zu lesen auf, füllte die Weite sich mit Bildern: Stantons Gesicht, als er meinte, sie mache sich wohl über ihn lustig. Linas Blick, als sie abreiste.

Der Zug war merklich leerer geworden, in ihrem Waggon reiste nur noch der Brite Cox mit. Die Goldsucher, Abenteurer, Bauernfamilien und Unternehmer, Soldaten, Beamten und Offiziere waren ausgestiegen, viele in Omsk. Die Eintönigkeit der Strecke machte den stark überheizten Speisewagen attraktiver als sonst, und als der Kondukteur den Kopf ins Abteil steckte, um zu sagen, es sei sein Namenstag und es werde zur Feier Pascha, geschlagene Sahne, und süße, rosa glasierte Kuchen geben, kamen alle zum Gratulieren. Doch statt sich über die Glückwünsche zu freuen, seufzte der Kondukteur nur laut auf und tupfte sich mit seinem stark parfümierten rosa Taschentuch die Stirn. »Geben

Sie mir ein Blatt Papier, Madame!« bat er die Konsulsgattin, die zwischen Sophie und Stanton stand. Neugierig sahen alle ihm zu, wie er, den großen roten Kopf über das Blatt gebeugt, seltsame Kreise und Linien darauf malte. Schließlich hörte er auf und sagte: »Wissen Sie, Sie wünschen mir jetzt ein langes Leben. Aber ich habe Nachricht bekommen«, und dabei deutete er auf die Zeichen vor sich, »daß ich innerhalb der nächsten zehn Jahre sterben werde. Es gibt da gar keinen Zweifel.« Sein Gesicht nahm einen bekümmerten Ausdruck an. »Ach, wenn Sie sich etwas mehr Bewegung verschaffen, dann machen Sie's auch noch zwanzig Jahre«, ließ sich ein hagerer Mann, ein Deutschrusse mit Schmissen auf der Wange, vernehmen und zog damit nicht nur die Antipathie des Kondukteurs auf sich. »Seien Sie doch still!« erwiderte der traurig. »Ich weiß, wovon ich rede. Ich kannte den Innenminister, der vor kurzem erst in Petersburg ermordet wurde. Und ich kannte die schottische Königin und stehe mit französischen Dauphins in Verbindung.« Der Deutschrusse lachte still in sich hinein, die anderen hörten etwas ungläubig aber gebannt zu. Nun bewegte der Kondukteur seine Hände über den kabbalistischen Zeichnungen und erklärte, der Strom, der zwischen seinen Fingern hindurchfließe, rufe die Geister an. Alle rückten näher. Die Spannung wuchs. Sophie fing einen Blick von Stanton auf, der zu besagen schien: »Und wann treten wir wieder in Kontakt?«

»Schon viele königliche Geister haben mich des Nachts besucht, Madame«, wandte der Kondukteur sich wieder an die Konsulsgattin, als gehöre gerade ihr sein ganzes Vertrauen, »ich kenne sie alle.« Madame beugte sich zu Sophie und flüsterte ihr ins Ohr: »Ein ganz erstaunlicher Mann, finden Sie nicht?« Der Hagere konnte sich eine weitere, abfällige Bemerkung nicht verkneifen. Irgend etwas von parfümierten Schaffnern in nächtlichen Séancen. Madame hatte es gehört. »Wenn Sie nur Streit suchen, verschwinden Sie doch besser in Ihr Abteil!«

Der Hagere erwiderte empört, sie solle sich nicht einmischen. Seine Sätze wirkten wie der Funke in einem schon lange schwelenden Streit, und im nächsten Moment wurde in allen Sprachen durcheinander geschrien, bis keiner mehr sein eigenes Wort verstand.

»Charles.« Sophie trat zu ihm. »Endlich haben Sie mich beim Vornamen genannt, Sophie. Ich dachte, es würde auf dieser Reise nicht mehr passieren. Wie überstehen Sie bloß dieses Sibirien? Es macht mich ganz krank. Die einzige Art, mich zu schützen, ist meine Arbeit. Ich habe Artikel geschrieben, Notizen gemacht, ein ganzes Heft voll.« Er hielt ein in rotes Leder gebundenes Notizbuch in der Hand. »Worüber?« »Ein Versuch, die Angehörigen der jeweiligen Nationen auf gemeinsame Verhaltensweisen hin zu beobachten. Ein altes Lieblingsprojekt von mir – ich habe da so eine Theorie entwickelt. Ist Ihnen beispielsweise aufgefallen, daß die Mongolen drei Wagen weiter sich wie Hühner niedergelassen haben? Nichts bringt sie aus der Fassung, kaum einmal verlassen sie den Zug. Während die Russen … entweder sie sind dabei, alles zu parfümieren« – er hielt ihr seinen Ärmel unter die Nase, der intensiv nach einem schweren, süßlichen Parfüm roch. »Unvorsichtigerweise stand ich in der Tür meines Abteils, als ein Bahnangestellter mit einem großen Flakon vorbeikam … oder sie sind andauernd mit Essen beschäftigt. Den ganzen Tag sitzen sie im Speisewagen. Kaum hält der Zug, stürzen sie nach draußen, um nach einem Büffet zu suchen.« Sophie fiel ihm ins Wort: »Während die Amerikaner beständig und lautstark von technischen Dingen reden, besonders von der Pazifischen Bahn, und im übrigen alles mindestens schon einmal irgendwo gesehen haben.« Er blickte sie überrascht an: »Meinen Sie?« Es klang ein wenig hilflos. »Nun fühlen Sie sich nicht gleich persönlich getroffen. Aber haben Sie Cecil the Third gehört?« »Wußten Sie, daß er taubstumm geboren wurde? Als er fünf war, operierte man ihn, er lernte das Sprechen in einer Klinik und ...« Seine Worte gingen unter in lautem Geschrei.

»Was will dieser gelbe Mensch bei uns«, schimpfte der feiste Mann, der Korea hatte russifizieren wollen. »Es gibt doch eine dritte Klasse für diese Art von Individuen!« Sophie sah gerade noch, wie Tung kehrtmachte und davonlief. Verwundert sah sie ihm nach. Weshalb war er gekommen? Warum hatte er sich nicht an ihre Abmachung gehalten, sich nur an den Stationen zu treffen? Sie rief seinen Namen, aber er hörte nicht hin oder wollte nichts hören. Der Russe schimpfte laut. »Was erlauben Sie sich gegenüber meinem Reisebegleiter!« protestierte Sophie, nur um diesem Mann endlich einmal etwas entgegenzuhalten. »Was, der gehört zu Ihnen? Ich hätte Sie für einen vernünftigeren Menschen gehalten.« Hilflos blickte sie zu Stanton. »Gehen wir. Ich muß Ihnen etwas sagen«, flüsterte der und zog sie einfach mit sich fort. Sein Abteil sah genauso aus wie ihres, nur spiegelverkehrt. Auf dem kleinen Pult vorm Fenster ein Stapel abgenutzter Notizbücher. Er hielt ihre Hand noch immer in seiner. Sie entzog sie ihm. »Woher kennen Sie eigentlich Ihren Begleiter, Sophie?« »Tung? Er wurde mir von meinem Mann geschickt. Im Hotel in Petersburg stellte er sich vor und reist seit Moskau mit mir. Wieso?« »Weil etwas mit ihm nicht stimmt! Ich wundere mich zum Beispiel über seine guten Sprachkenntnisse.« »Er hat vorher bereits einem Engländer gedient.« »Ich meinte nicht sein Englisch. Eher seine Kenntnisse im Japanischen. Er scheint es fließend zu sprechen.« »Wie kommen Sie darauf? Sprechen Sie denn Japanisch?« Stanton schüttelte den Kopf. »Hundertprozentig kann ich es natürlich nicht beschwören. Aber ich bin ziemlich sicher, daß er mit einem Japaner gesprochen hat, und es war kein Englisch.« Wäre das denn so ungewöhnlich, fragte sie sich. Dann fiel ihr Tungs Drohung ein, sie solle ihr Abteil nicht verlassen. Wenig später hatte er mit einem Mann gesprochen. Als er in ihre Richtung sah, hatte sie Angst verspürt. Jetzt plötzlich wußte sie, was sie damals erschreckt hatte: Der Mann hatte kurzes schwarzes Haar gehabt. Keinen Zopf. Die Chinesen aber trugen die Haare doch lang. Das mußte der Japaner sein, von dem Stanton jetzt sprach.

»Sie meinen also …« Sie brach ab, als bedeute das Aussprechen ihres Verdachtes schon die Bestätigung. Man muß Vorbereitungen treffen, bevor der Regen fällt. Ganz deutlich hörte sie Johannes diesen Satz sagen. Damals, vor ewigen Zeiten, so schien es ihr jetzt. Bei Linas erster Geburtstagsfeier im Sommerhaus in Jurmala. Die Worte waren ihr im Gedächtnis geblieben, obwohl sie damals nicht sonderlich aufmerksam zugehört hatte: »Die Japaner haben ein kompliziertes Spionagenetz aufgebaut«, hatte er zu Albert und Ludwig gesagt. »Alle hohen Militärs sprechen russisch. Viele haben sich bis nach Westsibirien hin angesiedelt. Sie sehen aus wie Kantonesen.« Corinna hatte noch Witze gemacht.

»Sie wissen doch, wie vieles möglich ist«, sagte Stanton in diesem Moment. »Sie sind doch bestens informiert. Auf jeden Fall sollten Sie ihn auf die Probe stellen.«

Von Anfang an hatte sie Tung mißtraut. Eine Art Instinkt, dann hatte sie ihn in ihrem Abteil überrascht. Plötzlich schlug sie sich mit der Hand auf den Mund vor Schreck. Alberts Aufzeichnungen! Die Konstruktionszeichnungen für den Hafen von Port Arthur, um die er soviel Aufhebens gemacht hatte! Der Beamte aus der Residenz. Geheimsache, geben Sie sie nicht aus der Hand. Wieso hatte sie sie nicht gleich in Zusammenhang mit Tung gebracht? Wenn er ein Spion war und nicht der chinesische Begleiter, als der er sich ausgab! Ohne ein Wort der Erklärung lief sie zu ihrem Coupé. Riß die Tür auf, öffnete den Schrank, griff ins Regal hinter ihrer Wolljacke. Die dickbäuchige Matruschka mit dem roten Rosentuch stand am alten Platz zwischen den Wäschestücken. Sie schraubte die erste auf, die zweite. »Gott sei Dank!«

Stanton war mitgekommen. Jetzt sah er die Negative, die sie in der Puppe aufbewahrte. »Sind das die Dokumente Ihres Mannes?« Sie nickte. Sie hatte ihm bereits von Alberts Arbeit erzählt. »Ein Puppenbauch als Versteck. Darauf kann nur eine Frau verfallen.« »Meinen Sie?« »Sicher. Ein Mann denkt anders – versetzt sich nicht in einen solchen Körper hinein, betrachtet ihn eher von außen.« Auf Albert trifft das bestimmt zu, dachte sie unwillkürlich. »Dann wäre es unter den gegebenen Unständen ja ein bombensicheres Versteck.« »Ich glaube schon. Auch Negative wird man nicht vermuten.«

Er stand direkt neben ihr, sie fühlte seinen Arm gegen ihren Arm. So nah war sie ihm seit Tagen nicht mehr gewesen. Als sie sich umwandte, berührten ihre Gesichter sich in dem engen Abteil beinahe. »Mir wäre es sehr lieb, wenn ich Sie ab jetzt ständig in meiner Nähe wüßte«, sagte er. Ihr Mund schien wie ausgetrocknet. Als könne sie kein Wort mehr hervorbringen. Die Aufregung über die Entdeckung mit Tung. Aber, wenn sie ehrlich war, nicht nur die. »Wäre es nicht besser«, fuhr der Amerikaner fort, »wenn Sie die Puppe mir überlassen? Solange die Männer nicht gefunden haben, was sie suchen, sind Sie in Sicherheit.«

Es ging ihr alles viel zu schnell. Erst allmählich ahnte sie die Gefahr, die vielleicht von diesen Dokumenten für sie ausging. Dabei wußte sie nicht einmal, um was es sich überhaupt handelte. Ob Albert ihr wirklich etwas so Wichtiges anvertraut hatte, etwas, das die japanische Seite unbedingt in ihren Besitz bringen wollte? Er würde sie doch nicht ohne ein Wort einem solchen Risiko aussetzen! Oder vielleicht doch? Sie war unsicher. Er hatte ihr zu wenig erzählt. Von Beginn an. Alles war so schnell gegangen, seine Entscheidung, sein Fortgehen. Sie spürte, wie ihre Angst sich in Empörung zu verwandeln begann. Sie suchte ihre Pistole. In der Schublade war sie nicht. Sie fühlte in den Taschen ihres Mantels, öffnete die Reisetasche, bückte sich, um den Schrankboden abzutasten. Nichts. Sie sah sich um. Es gab doch keine weiteren Möglichkeiten.

»Fehlt etwas?« »Ich hatte eine Reisepistole bei mir.« »Puppe und Pistole«, sagte Stanton nachdenklich. »Die Pistole hat er mitgenommen.«

Sie hörte ihm nicht mehr zu. Ihr Blick war auf das Bild von Lina und ihr selbst gefallen. Ihr wurde plötzlich übel. Alles schien sich zu drehen, und sie mußte sich setzen. Diese Reise, die kein Ende nehmen wollte. Sie dachte an Lina. Die Imagination in diesem Moment so wirklich, als würde sie tatsächlich mit den Lippen das warme Gesicht ihrer Tochter berühren, über die weichen blonden Haare pusten. Lina in ihrem Arm, wie sie einschlief; das kleine, schwere Köpfchen ruhte auf Sophies Schulter. Sie hörte nicht, wie Stanton hinausging, leise die Tür hinter sich schloß.

*

»Tomsk wurde von Boris Godunov gegründet.« Die geschulte Stimme des Texaners vor ihrem Abteil weckte sie. »War das nicht das Gefängnis der Frau Peters II.?« fragte die Berliner Modistin zurück. »Richtig.« Cecil klang eifrig. »Aber heute leben hier neben den Russen viele Finnen, Deutsche und Juden. In Tomsk steht die einzige Universität Sibiriens. Juristische und medizinische Fakultät, außerdem eine bedeutende archäologische und mineralogische Sammlung.« »Logisch mineralogisch, bei so vielen Bodenschätzen.« Jetzt war Sophie hellwach. Stanton. Seine Stimme. Hatte er die ganze Zeit draußen ihr Abteil bewacht? Wache gehalten wie ein Soldat? Plötzlich fiel ihr alles wieder ein. War sie etwa dabei, hysterisch zu werden? »Sie haben gesehen, was für Edelsteine in den Buden an den Kohlebahnhöfen verkauft werden«, sagte Stanton gerade. »Malachit, Diamanten, Lapislazuli.« »Und Saphire, Rubine, Amethyste, groß wie Walnüsse«, ergänzte der Texaner eifrig. »Raten Sie mal, für wieviel!« »Ich habe keine Ahnung«, antwortete die Frau. »Wenn ich mich mit Edelsteinen auskennen würde, müßte ich mit meinem Bräutigam kein Hutgeschäft in Irkutsk eröffnen.« Ihren Bräutigam hatte noch niemand zu Gesicht bekommen. Er lag angeblich mit einem verdorbenen Magen in einem eigenen Abteil. Vielleicht hatte er einfach Angst vor dem Umzug nach Irkutsk.

Sophie trat auf den Gang hinaus, den von der anderen Seite der Konsul entlangkam, den Foxterrier, der vor Kälte am ganzen Leibe zitterte, hinter sich herziehend.

»Ein merkwürdiges Land. So viele Schätze unter der Erde«, sagte die Berlinerin gerade. »Und solche Häßlichkeit auf der Erde. Sehen Sie doch nur hinaus: Destillen, Sägemühlen, Sodamühlen. Das ist schon das ganze Leben. Welches Vergnügen bleibt einem hier, nicht wahr Monsieur?« »Vollkommen richtig, Mademoiselle«, erwiderte der Konsul erfreut. »Das einzige Vergnügen hier besteht in der Jagd. In einer einzigen Nacht erlegt ein Jäger bis zu dreihundert Enten, nichts für zarte Gemüter.« »Das grenzt ja an Schlächterei«, sagte Stanton. »Was wollen Sie. Hier befindet man sich nicht mehr unter zivilisierten Menschen. Viens, Sissy.« Herr und Hund verließen den Gang in Richtung Speisewagen. »Vielleicht können wir ein wenig Entenleberpastete auftreiben.« Stanton schüttelte den Kopf. »Seien Sie nicht so streng mit ihm«, sagte die Berlinerin zu ihm und machte sich zu Cecils Kummer auf, dem Franzosen zu folgen. »Er ist ein sehr sympathischer Monsieur.«

»Charles!« Sophie war wenig nach Scherzen zumute. »Mir ist etwas eingefallen. Wegen Tung, meine ich. Die Briefe meines Mannes, die er von seiner Reise nach Port Arthur schrieb, trafen damals alle auf einmal bei mir ein. Als habe man sie gesammelt und schließlich weitergeleitet. Die Zeichnung von Tung, die er mir darin angekündigt hatte, war nicht dabei.« »Wir brauchen

Gewißheit, keinen bloßen Verdacht. Und Tung darf nichts davon bemerken. Hört sich aber an, als sei alles von langer Hand vorbereitet.« Wieder betrat jemand den Gang. Der Kondukteur. Er nickte ihnen zu und rief: »Krasnojarsk!«

»Gehen wir doch lieber hinaus«, schlug Sophie vor.

In der Teebude waren sie ungestört. Sophie bestellte inzwischen ganz selbstverständlich für beide. »Ich habe bereits eine Idee.« Stanton faßte ihren Arm. »Als erstes machen wir eine Aufnahme von Tung. Benutzen Sie den Mann als Modell, als Vordergrund. Versuchen Sie, sein Gesicht abzulichten. Das ist das Wichtigste. Und dann das zweite.« Er klang, als habe er alles generalstabsmäßig durchdacht. »Wir werden bald den Jenissei überqueren auf einer bedeutenden Brückenkonstruktion. Lassen Sie Tung wissen, daß eine Photographie davon wertvolles Material für Ihren Mann sei und daß Sie bereits andere Konstruktionen für ihn photographiert hätten. Danach brauchen wir nur abzuwarten. Wenn unser Verdacht begründet ist, wird er Ihr Abteil noch einmal durchsuchen – diesmal nach Photographien und Negativen anstelle von großen Mappen, Büchern und Pergamentrollen. Dann schnappen wir ihn uns. Die Negative wird er nicht finden, denn bis dahin habe ich alles längst in Verwahrung genommen.«

Sophie schwieg. Ihr war nicht wohl bei dem Ganzen, wenn der Plan auch nicht schlecht klang. Übertrieb Stanton die Situation nicht? Vielleicht ging es ihm um etwas ganz anderes. Jetzt hatte Cecil III. die Teebude ebenfalls entdeckt. Er stürzte auf sie zu. »Phantastisch. Es gibt hier Museen, ein Theater, Krankenhäuser, eine Bibliothek und Zeitungen. Jede Menge! Ein geradezu intellektuelles Klima, und das mitten in Ostsibirien.« »Wenn man von der Zensur absieht«, warf Stanton ein, doch tat dies der Begeisterung des Texaners keinen Abbruch. »Ich habe alle Zeitschriften und Zeitungen gekauft, Sie können sie bei mir ausleihen.« Plötzlich sahen sie Tung auf dem Bahnsteig. Er näherte sich ehrerbietig, legte die Handflächen aneinander. Schließlich blieb er mit gesenktem Kopf fünf Schritte vor Sophie stehen, als erwarte er ihre Anweisung. »Ich brauche Sie gleich beim Wechsel der Kassetten in meinem Abteil.« Tung sah sie fragend an. »Ich will Aufnahmen machen von der Brücke über den Jenissei.«

V

Die beiden glänzenden Schienenstränge liefen auf jenen Punkt der Horizontlinie zu, wo sie sich schnitten. Immer wieder neu, mit jedem Werst, den sie näherkamen, um dieselbe Strecke entfernt. Euklids vierter geometrischer Hauptsatz: das Parallelenaxiom. Zwei Geraden schneiden sich in der Unendlichkeit. Hier, vom Zugfenster aus, wurden die Ursprünge der Geometrie wieder bildlich: in erster Linie eine Feldmeßkunst.

Hinter der Kurve war die große Stahlbrücke zu erkennen, Albert hatte ihren Blick für solch besondere Konstruktionen geschult. Der mächtige Jenissei darunter, weiß zugefroren von Ufer zu Ufer. Sie hatte die Kamera schußbereit in der Hand. Noch bevor er wußte, wie ihm geschah, hatte sie Tung photographiert. Auf seine Reaktion war sie nicht vorbereitet. Wütend, mit erhobener Faust ging er auf sie los, hätte sie wohl wirklich geschlagen, wenn nicht in diesem Moment der Zug gehalten hätte. Die Türen flogen auf, zwei schwer bewaffnete Uniformierte kamen den Gang entlang und riefen auf russisch: »Kontrolle!« Tung wich zurück. Er versuchte zu lächeln, aber es konnte nicht über die maßlose Wut, ja, den Haß, der einen winzigen, unkontrollierten Augenblick unverkennbar gewesen war, hinwegtäuschen. Jetzt suchte er sich hinter Sophie zu verstecken. »Kontrolle! Sie haben eine Kamera dabei, Madame? Ihren Erlaubnisschein.« Während Sophie in ihr Coupé lief, um den Schein zu holen, überlegte sie fieberhaft. Tungs Verhalten erhärtete ihren Verdacht. Die Beamten hatten ihr die Kamera gelassen. Im Abteil wechselte sie eilig den belichteten Film gegen einen unbelichteten aus. Schon klopfte der Mann im dunklen Uniformmantel ungeduldig gegen die Tür. Sie reichte ihm den Schein hinaus.

»Haben Sie die Brücke photographiert?« fragte er. Sie sah Tung hinter ihm stehen. Ihm war nichts anzumerken. »Ja«, antwortete sie. »Ich habe zwei Aufnahmen gemacht.« »Ihr Schein ist in Ordnung. Aber den Film müssen Sie uns geben. Im Grenzgebiet ist es nicht erlaubt, Brücken zu photographieren.«

Ohne sich ihren kleinen Triumph anmerken zu lassen, nahm sie den Film aus der Kamera. Sie sah, wie Tungs Gesicht sich entspannte. »Ich hätte die Konstruktion so gern meinem Mann gezeigt«, sagte sie zu dem Beamten. »Er ist Ingenieur. Ich habe schon viele technische Anlagen für ihn photographiert.« »Spassiba.« Der Beamte mit der Figur eines Schwergewichtsboxers ließ den Film in seiner Manteltasche verschwinden. »Das ist verboten. Die Grenze nach China ist nicht weit. Es sind gefährliche Zeiten. Überall Spione. Der Mann da«, er wies mit dem Daumen auf Tung, »gehört der zu Ihnen?« Sie nickte. »Er begleitet mich nach Port Arthur.« Der Kontrolleur lief mit schnellem Schritt den Gang hinunter. Sie stand Tung allein gegenüber. Jetzt schien er wieder die Freundlichkeit in Person. Sophie lächelte zurück. Ob sie wenigstens von ihm ein neues Portrait machen dürfe, fragte sie auf englisch. »Please do not«, sagte er. »You must not take my soul.«

Sollte das der Grund gewesen sein? Tungs Aberglaube? Daran hatte Stanton mit seinem klugen Plan wohl nicht gedacht. Doch letztlich sagte ihr Gefühl, daß es Tung weniger um seine Seele als um seine Identität gegangen war.

Sie fand Stanton beim Nachmittagstee im Speisewagen. Der langhaarige junge Mann, den sie für einen Priester hielt, saß noch beim Frühstück, der Goldminenbesitzer nahm bereits das Dinner ein. Niemand wußte mehr, wann man essen, wann man schlafen sollte. Sie hatten inzwischen einen Zeitunterschied von vier Stunden überwunden. In den Bahnstationen galten selbstverständlich die Ortszeiten, doch im Zug lief noch immer alles nach der Petersburger Zeit. »Der erste Teil des Plans ist ausgeführt«, sagte Sophie und ließ sich neben Stanton nieder. »Ich habe jetzt jedenfalls die Aufnahme von Tung, und er weiß, daß ich im Auftrage meines Mannes technische Anlagen photographiert habe. Um ein Haar hätte er mich niedergeschlagen. Der Mensch ist gefährlich.«

Stanton erschrak, ergriff ihre Hand. »Um Gottes willen, Sophie. Und das ist auch noch meine Schuld. Ich hätte damit rechnen müssen. Daß ich Sie in eine solche Situation habe bringen können.« Er wirkte ehrlich verstört. Der Kellner kam mit einem Teller Suppe für sie. Sie brauchten keine Zeugen, und schweigend griff sie zur Serviette. Wieder legte Stanton seine Hand auf ihren Arm, wie so oft in letzter Zeit. Fest ruhte sie dort, ein Reif aus Fleisch und Blut. »Lassen Sie die Serviette liegen«, sagte er. »Abends werden die Tücher zwar eingesammelt, aber nur, um sie mit ein bißchen Wasser zu besprengen, damit man die Falten hineinpressen kann. Morgens liegen sie – angeblich frisch gewaschen – wieder für uns bereit.«

Angeekelt schob sie alles von sich. Oft genug hatte sie gesehen, wie jemand in die Serviette geschneuzt hatte.

»Ich könnte mich ohrfeigen. Vor solchen Nichtigkeiten kann ich Sie bewahren, Sophie. Aber wenn es um die wichtigen Dinge geht, stürze ich Sie fast ins Unglück.«

Auf dem Bahndamm näherten sich Jungen und Mädchen mit Körben über dem Arm. Immer wenn der Zug auf freier Strecke hielt, kamen sie in Scharen direkt an die Waggons, um den Reisenden Milch, saure Sahne, Säfte, Eier und Kaviar zu verkaufen. Auf Zehenspitzen reichten sie das Gewünschte nach oben, fingen die Münzen auf, die ihnen die Passagiere herunterwarfen, suchten das Wechselgeld zusammen.

»Wollen Sie sich nicht lieber bei den Händlern dort versorgen?« schlug Stanton ihr vor. »Eine ausgezeichnete Idee. Damit haben Sie alles wieder wettgemacht.« Sie lächelte ihm zu, während sie aufstand und zur Tür ging. Kaum war sie auf den Gang hinausgetreten, der voll war von Kaufwilligen, fragte die Berlinerin Sophie: »Haben Sie schon gehört? Man hat den reichen Russen bestohlen. Sein ganzer Schmuck ist weg, Ringe, Uhren, Krawattennadeln. Gerade ist jemand zur Apotheke im vorderen Zugteil, um ihm Brom zu besorgen, damit er sich beruhigt.«

Da hat es ja wenigstens den Richtigen getroffen, dachte sie ohne besondere Anteilnahme. Der Mann, der so oft mit seinen guten Beziehungen geprahlt hatte, war ihr von Anfang an unsympathisch gewesen. »Hat man den Dieb ermitteln können?« Die Modistin schüttelte den Kopf. »Er beschuldigt die Kinder da.« Sie nickte mit dem Kopf in die Richtung der jungen Händler.

Am Ende des Ganges wurden wütende Stimmen laut. Cecil schrie etwas von einem Sklavenhalter, der bestohlene Russe schimpfte auf den verhaßten amerikanischen Pionier mit seinem lächerlichen Sendungsbewußtsein. Offenbar hatte der Texaner dem Russen – als der die Kinder des Diebstahls beschuldigte – eine Predigt über die Würde des Menschen gehalten und sich daraufhin eine Ohrfeige eingehandelt. Eine Art Ringkampf entbrannte zwischen ihnen. Der französische Konsul versuchte die beiden zu trennen. »Messieurs«, rief er ein ums andere Mal. »Bitte, nehmen Sie doch Vernunft an.« Er mußte aufpassen, nicht selbst in den Kampf verwickelt zu werden. In diesem Moment fuhr der Zug wieder an, schlagartig ließen die beiden Männer voneinander ab. »Sofort wieder anhalten!« wurde draußen gerufen. »Man muß den Lokführer benachrichtigen, irgend etwas ist passiert«, rief ein Engländer aus dem Speisewagen. Neben den Gleisen rannte schreiend und gestikulierend ein Mann. Immer wieder gab er Zeichen, man solle die Lokomotive anhalten. Schließlich blieb der Zug mit quietschenden Bremsen stehen. Alle drängten zur Tür des Waggons, beugten sich weit vor, um nichts zu versäumen. Ganz am Ende der Wagen sah man den Kondukteur. Er zerrte einen alten Bauern mit seiner Ziege von der hinteren Plattform herunter, wo er sich versteckt hatte. Im nächsten Augenblick gab der Beamte ihm eine schallende Ohrfeige. »Die hat er aber verdient«, sagte Cecil, offenbar zufrieden, daß es diesmal jemand anders ereilt hatte. »Sich einfach in Lebensgefahr zu begeben.« »Was?« Sein Gegner geriet schon wieder in Wut. »Eine solche himmelschreiende Ungerechtigkeit wollen Sie einfach mitansehen?« Zornig stürzte der Russe nach draußen und rannte auf den Kondukteur zu. Seine Stimme war weithin zu hören. »Wie können Sie es wagen«, herrschte er den armen Beamten an. »Ein Mensch muß menschlich behandelt werden, selbst wenn es ein Chinese oder ein Bauer ist!« Und zum Erstaunen aller holte er, der eben noch die kleinen Händler als Gesindel und Diebe beschuldigt hatte, seinen Geldbeutel hervor und schenkte dem Opfer menschlicher Ungerechtigkeit drei Rubel Schmerzensgeld. »Da sieht man's wieder«, stichelte Cecil. »Almosen zu verschenken an Abhängige hebt den Wert der eigenen Person.« Bevor die Fahrt weiterging flüsterte Stanton Sophie zu: »Bitte Sophic, verriegeln Sie Ihre Abteiltür gut heute nacht!«

War es der Sturm, der heulte und an den Waggons riß, daß es klapperte? Nein, es war kein Sturm. Sie horchte in die Dunkelheit. Da. Wieder dieses Geräusch. Leiser als beim ersten Mal, wie ein Kratzen. Sie stützte sich im Bett auf. Da war es wieder. Es kam von der Tür, die sich jetzt zu bewegen schien. Mit einem

Satz war Sophie aus dem Bett, stieß dabei die Petroleumlampe um. Klirrend zersprang der Glasschirm. Bildete sie es sich ein, oder hörte sie eilige Schritte den Gang hinunterlaufen? Vom Nebenabteil klopfte es gegen die dünne Wand, jemand fragte auf russisch: »Alles in Ordnung?« Das war der junge Priester mit den ewig entzündeten Augen. »Spassiba«, rief sie zurück. Sie stand an die Schrankwand gepreßt, ihr Herz klopfte. Das Geräusch an der Tür hatte aufgehört. Auch bewegte sich nichts mehr. Sie glaubte, die Tür des Waggons klappen zu hören. Wenn jemand vor ihrem Abteil gewesen war, hatte er zweifellos Zeit genug gehabt zu verschwinden.

Mit ihrer Nachtruhe war es vorbei. Ihre silberne Taschenuhr stand auf halb fünf. Sie zog sich den Morgenmantel über. Nach Stantons Zeitrechnung müßte es für ihn auf jeden Fall schon Zeit zum Aufstehen sein. Sie ging zu ihm hinüber. Er öffnete ihr nicht sofort, sichtlich aus tiefstem Schlaf geweckt. Sie machte nicht viel Worte. »Es war wirklich jemand an der Tür, hat versucht sie zu öffnen. Ich habe Angst allein«, sagte sie. »Ich dachte, ich könnte vielleicht...« Er trat in sein Abteil zurück, um sie hereinzulassen, klappte wie selbstverständlich das obere Bett für sie herunter, nahm eine Wolldecke aus dem Schrank. »Legen Sie sich ruhig hin, und versuchen Sie zu schlafen.«

Sie stieg die kleine Leiter hinauf, er löschte das Licht, und legte sich ebenfalls wieder. »Ich bin froh, daß Sie gleich zu mir gekommen sind.« Ihr fiel ein, wie sie schon einmal im Zug im oberen Bett gelegen hatte, damals, auf der Strecke von Riga nach Paris. »In unserem Sommerhaus habe ich auch immer im oberen Bett geschlafen. Meine Schwester Corinna hatte Angst, hinunterzufallen. Ich hatte das Gefühl, wie in einem Ballon über der Welt zu schweben.« Als sie dachte, daß er schon schlief, weil kein Laut mehr von unten kam, bat er: »Erzählen Sie mir mehr von sich, Sophie. Wo liegt dieses Sommerhaus? Wie ist Corinna?« Sie hatte das Gefühl, daß er sich sein Kissen in den

Nacken stopfte, so, als mache er es sich zum Zuhören bequem. Sie begann zu erzählen, zuerst stockend, dann immer fließender, Bilder ihrer Kindheit, die Eltern, Corinna, der Geruch des Hauses in Jurmala zu Beginn des Sommers ... Ihre Photographien, das Licht um die Johanniszeit, wie es durch das Fenster der kleinen Kirche fiel und eine Frau in einem flammend roten Kleid erschien. Sie wunderte sich nicht einmal über ihr Vertrauen zu diesem Mann, der nichts sagte, der nur zuhörte, oder der vielleicht über ihrer Erzählung eingeschlafen war. Wäre sie darüber enttäuscht? versuchte sie sich selbst zu befragen. Aber bevor sie die Antwort finden konnte, hatte der Schlaf sie eingehüllt.

Sie wachten spät auf. Stanton holte ihnen Tee und Brote aus dem Speisewagen, und während der Zug ein baumloses ödes Hochplateau durchquerte, saßen sie beim Frühstück.

»Leider gibt es keine Erdbeeren im Zug.«

Fragend sah sie ihn an.

»Im Dunkeln habe ich Ihrer Stimme gelauscht, Sophie. So wie früher, wenn ich nicht einschlafen konnte und meine Mutter mir durch die geschlossene Tür hindurch Geschichten erzählte. Damals sah ich aus dem Dunkel des Zimmers auf den hellgelben Lichtstreifen unter der Tür, der von der Lampe im Wohnzimmer zu mir herüberschien. Ich wußte, dort saß meine Mutter, und das Licht verband mich mit ihrer Welt, schützte mich vor den Gespenstern in meinem Zimmer. Bis heute nacht war diese Erinnerung vollkommen aus meinem Gedächtnis gelöscht – erst, als ich Sie mit ihrer sanften Stimme erzählen hörte, von dem Licht auf dem Meer, dem Junimorgen, dem Paar im Kirchenfenster, tauchte all das wieder auf. Ich schmeckte sogar die Erdbeeren in meinem Mund, als sei ich selbst jener unglückliche Bräutigam. Und dann auf einmal war ich zurückgekehrt in meine Kinderzeit: Ich sah meine junge schöne Mutter vor mir in einem langen Kleid, spürte die Wärme ihrer Haut, roch den Duft ihres Haars.

Ein Heimweh überkam mich plötzlich ...« Er brach ab. Dann fuhr er fort: »Ich habe mir heute nacht vorgenommen, ihr zu schreiben. Vielleicht ist es doch möglich, noch einmal zueinander zu finden. Man weiß nicht, wie lange sie noch lebt. Irgendwann gibt es keine Gelegenheit mehr.«

Draußen vorm Fenster nichts als Schnee. Plötzlich, wie kleine rote Blutströpfchen, die zu Boden fallen, wenn man sich mit der Spindel in den Finger sticht, erblickte sie die Erdbeeren darin. Und sie hatte gedacht, er sei über ihren Worten eingeschlafen.

Eine kleine Stille war enstanden. Dann hörte sie das mechanische Zirpen eines Räderwerks. Stanton zog seine Uhr auf. »In einer Stunde müßten wir eigentlich in Irkutsk einlaufen. Absolut kein einladender Ort, das kann ich Ihnen versichern. Alexander-Zentralgefängnis und Nicholas-Eisen-Werke – sagt Ihnen das was? Dort arbeiten die zu Schwerarbeit Verurteilten. Die Stadt ist voll von Strafgefangenen und Zwangssiedlern. Eintausend Exilierte kommen pro Jahr nach Irkutsk, hat mir der Goldminenbesitzer erzählt. Allein im letzten Herbst gab es zweihundertvierzig Morde in einem einzigen Monat.«

»Ob die junge Frau aus Berlin das weiß?«

Sie aßen die Brote. Plötzlich ein Schrei ganz in ihrer Nähe. So durchdringend, daß Sophie vor Schreck ihren heißen Tee verschüttete und sich die Finger verbrannte. Wieder rannte der Kondukteur draußen auf dem Gang vorbei. Stanton steckte den Kopf aus dem Abteil.

»Passen Sie auf die Dame auf«, rief der Mann ihm zu. »Lassen Sie sie nicht nach hinten gehen.«

»Haben Sie gehört?« Er drehte sich zu Sophie um. Sie nickte, froh darüber, sitzenbleiben zu können. Stanton trank seinen Tee im Stehen aus, zog sein Jackett über. »Ich werde einmal nachsehen.« Vorsichtig schloß er die Abteiltür hinter sich, als verlasse er ein Kinderzimmer.

Der Zug rollte das Ufer eines breiten Flußtals entlang. Das Ufer der Angara. Sophie setzte sich auf Stantons Bett. Sie glaubte, darin noch die Wärme seines Körpers zu spüren, seinen Geruch. Ihr Herz schlug schneller. Wie nah war sie diesem Mann gekommen, wie vertraut war er ihr inzwischen. Als hätten sie sich schon ewig gekannt. Niedrige Bäume tauchten auf, Holzhäuser dazwischen. Das grüne Dach einer Kirche, auf dessen First eine Glocke schwang, aus dem Schatten ins Licht, ins Dunkel zurück, lautlos hinter der Doppelverglasung. Das Licht der Spätnachmittagssonne glitt über die Schienen, den Fluß, erfaßte plötzlich einen Mann, der vom Zug fortrannte. Voller Unruhe verließ sie das Abteil, lief den Gang hinab in die Richtung, in die Stanton verschwunden war. Eine offene Tür, durch die sie Schluchzen hörte. Ein junger Mann, den sie noch nie gesehen hatte, lag auf dem Bett und weinte hemmungslos. Es mußte der kranke Bräutigam der Berlinerin sein. Dann plötzlich auf dem Teppich vor ihr ein sich vergrößernder dunkler Fleck. Und da war auch Stanton.

Es mußte sie selbst gewesen sein, die geschrien hatte. Stanton hatte noch versucht sie abzufangen, aber ein Blick Sophies hatte genügt, alles zu erfassen: den blutbesudelten Teppich, die aufgerissenen Augen der Berliner Modistin, die in einer Blutlache auf ihrem Bett lag, die große Wunde am Hals klaffend, daß man die Speiseröhre sah. Rot alles, wie in einem Schlachthaus. Als Kind hatte sie zugesehen beim Schweineschlachten in der Nachbarstraße. Sophie zitterte am ganzen Körper. Dann wurde sie von einem Weinkrampf geschüttelt, schluchzte, ohne innehalten zu können. Sie schlug die Hände vor die Augen, als könne sie den Anblick damit auslöschen. Zwischen den Fingern hindurch sah sie den Blutfleck auf dem Teppich, plötzlich vom Licht der Abendsonne erfaßt, die ihn aufleuchten ließ wie eine große widerliche Blüte.

Stanton legte den Arm fest um sie. Sie atmete tief durch, mußte wieder weinen. Hinter ihnen trat der Kondukteur aus dem Abteil, verschloß, nachdem er den Tod zweifelsfrei festgestellt hatte, umständlich die Tür. »Sie müssen sofort den Zug durchsuchen lassen«, sagte Stanton. »Der Mörder hält sich hier noch irgendwo versteckt.« »Damit will ich nichts zu tun haben. Das ist ein Fall für die Polizei in Irkutsk.« Die Hand des Kondukteurs zitterte derart, daß er nur mit Mühe den Schlüssel ins Schloß stecken konnte. »Hören Sie, die Frau liegt nicht lange so. Nicht einmal eine halbe Stunde, das Blut ist noch nicht trocken«, sagte Stanton. Er klang wie ein Kriminalbeamter. »Wer reist noch mit in diesem Waggon?« »Nur die beiden. Dann kommt ein leerer Wagen. Dann schon die dritte Klasse. Ihr Bräutigam war in seinem Krankenabteil nebenan.«

Die Sätze drangen nur langsam in Sophies Bewußtsein. Vor ihren Augen die in Licht getauchte Ebene mit dem rennenden Mann. Wie er plötzlich vom Schatten verschluckt wurde. Sie mußte den Mörder gesehen haben, aber alles, an was sie sich erinnern konnte, war die Bewegung, mit der er aus dem Licht in den Schatten gerannt war, begleitet vom Schwingen der Kirchenglocke auf dem Dach.

Sofort nach Ankunft des Zuges lief der Kondukteur zur Polizeistation und kam mit zwei Uniformierten zurück, die ihn anscheinend nur widerwillig begleiteten. Der Wagen wurde versiegelt, der junge Bräutigam zur Station gebracht. Sophie blieb in Stantons Abteil. Der Kondukteur hatte gesagt, man würde ihre Aussagen vielleicht noch brauchen. Sie hörten, wie Cecil nach der Berlinerin suchte, um sich von ihr zu verabschieden. Die anderen Passagiere wußten noch nicht, was passiert war.

»Sie ist wohl schon ausgestiegen«, sagte spöttisch Madame le Consul draußen auf dem Gang zu dem Texaner. »Zum großen Leidwesen der Männerwelt.« Und um Cecil zu ärgern, fügte sie hinzu: »Nur der schöne, junge Priester mit den langen Haaren durfte ihr noch einen Abschiedskuß geben.« Stanton und Sophie sahen sich an. Auch Madame le Consul verfolgte ihre kleinen Intrigen, wie es schien. »Aber weshalb trägt niemand unsere Paßnummern ein?« fragte sie jetzt. »Sonst ist das doch jedesmal als erstes geschehen. Ich fand es immer sehr beruhigend, so konnte doch wenigstens niemand verlorengehen.« »Ganz einfach«, ertönte der Baß des Goldminenbesitzers. »Hier ist Korruption an der Tagesordnung, und die Polizei ist nicht besser als das Pack. Wenn hier erst einmal Personalien aus der Hand gegeben werden, kann daraus schnell ein Verbrechen entstehen. Es ist zu gefährlich.« »Was meint er damit?« fragte Madame ängstlich. Cecil ergriff seine Chance, sich an der Frau zu rächen. Mit spürbarer Genugtuung setzte er ihr auseinander: »Nun, Madame, er sagt, hier gibt es viele Menschen ohne Papiere, die sich etwas Besseres vorstellen könnten, als den Rest ihres Lebens in Irkutsk zu fristen. Hat man erst mal einen Paß, dann wird sich auch schon ein geeignetes Photo dazu finden. Ein Paß ist viel wert, wenn man sicher sein kann, daß sein Inhaber nicht mehr existiert.« »Iih!« schrie Madame auf, und man hörte, wie sie sich in ihrem Coupé verbarrikadierte.

Nach einer guten Stunde kam der Kondukteur mit den zwei Polizisten zurück. Stanton und Sophie wurden tatsächlich geholt. Während Stanton mit dem einen in einem Seitentrakt des Bahnhofsgebäudes verschwand, wurde Sophie von dem anderen in eine enge, feuchte Amtsstube gebracht. Eine seltsame Prozedur, dachte sie, während sie darauf wartete, daß jemand käme, um ihre Aussage zu Protokoll zu nehmen. Die Wände der kleinen Kammer waren in einem grellen Grün gestrichen. Durch ein niedrig gelegenes Fenster fiel der Lichtschein einer Laterne. Sie schaukelte offenbar an einem Draht hin und her, denn die Lichtschatten bewegten sich über die Wände wie Wellen, so daß sie sich vorkam wie in einem Aquarium. Kein Laut war zu hören. Hatte man sie vergessen? Die Schritte und Stimmen, die

Stanton den Gang hinunter begleitet hatten, waren längst verklungen. Leider hatte sie ihre Uhr nicht dabei. Schließlich stand sie vom Stuhl auf und trat ans Fenster. Sie mußte sich ein wenig bücken, um hinauszusehen. Ein Blick schräg auf den Bahnhof, ein Holzkarren mit Säcken beladen stand auf dem Bahnsteig, ein paar Bettler hockten vor sich hin starrend am Boden und warteten offenbar auf die Ankunft eines neuen Zuges. Und dann plötzlich Tung. Er stand ganz in der Nähe, sie konnte sein Profil im Schein der Laterne erkennen. Im ersten Moment wollte sie gegen die Scheibe klopfen, um sich bemerkbar zu machen, doch plötzlich von diesem unguten Gefühl befallen, unterließ sie es. In der Hand, so erkannte sie erst jetzt, hielt er sein kleines scharfes Messer. Gerade wandte er den Kopf in ihre Richtung, und mit einer blitzschnellen Bewegung drehte sie sich zur Seite, tauchte förmlich vom Fenster fort und preßte sich dicht daneben an die Wand. Im nächsten Augenblick fiel ein Schatten von draußen in den Raum. Jemand stand am Fenster, legte die Hand gegen die Scheibe, um besser hineinsehen zu können. Sophie wagte kaum zu atmen. Sie war genau im toten Winkel, man konnte sie von außen unmöglich sehen. Schließlich verschwand der Schatten, bald wieder nur die Wellen des Lichts. Eine Weile noch blieb sie wie versteinert stehen. Was hatte Tung gesucht?

Nach einer endlos langen Zeit hörte sie etwas auf dem Gang. Eine aufgebrachte Stimme. Jetzt erkannte sie Stanton. Er schien wütend, schrie jemanden an. Eilige Schritte bis vor ihre Tür. Dann wurde ein Schlüssel im Schloß gedreht, die Tür öffnete sich. Sie war also eingeschlossen gewesen? Ein Beamter mit Petroleumlampe in der Hand trat ein, hinter ihm Stanton. »Sophie«, rief er erleichtert und stieß den Beamten beiseite. »Kommen Sie«, er nahm ihre Hand. »Auf dieser Station ist der Teufel los.« »Bringen Sie uns sofort zum Zug«, befahl er dem Beamten. Sie folgten ihm im Schein seiner Lampe über den Bahnsteig. »Ich bin gar nicht verhört worden«, meinte Sophie verwundert.

»Niemand ist gekommen.« »Man hat Sie verhaftet. Und Sie wären auch noch nach der Abfahrt des Zuges festgehalten worden, wenn ich nicht gewesen wäre. Einfach eingesperrt in der Annahme, es würde keiner merken.« »Und warum um Himmels willen?« Ihr wurde im nachhinein eisig vor Schreck. Stanton legte den Arm um sie, zog sie näher zu sich. »Ich mag gar nicht daran denken.«

»Aber warum hat man mich denn festhalten wollen? Und wo ist Tung? Hat er nicht nach mir gesucht?« Stanton ließ sie wieder los, schüttelte den Kopf. »Keine Spur. Und er hat sich nirgendwo gemeldet, scheint einfach verschwunden. Das läßt natürlich einiges vermuten. Seien Sie bloß froh, daß Sie ihn los sind.« »Aber ich habe ihn am Bahnhof gesehen.« »Sicher, daß das Tung war?« Sie nickte. »Das ist allerdings interessant. Immerhin – wenn er sich frei auf dem Bahnhof bewegt, kommt er ja wohl kaum als Täter in Betracht.« »Ich weiß nicht genau warum, aber er hat mir einen riesigen Schreck eingejagt.«

In der offenen Waggontür stand der Kondukteur und winkte ihnen erleichtert zu. »Na endlich«, rief er. »Alle Mann wieder an Bord. Wir müssen weiter.«

Ein rötlicher Mond war inzwischen im Süden über den Horizont gestiegen, doch gab er kein Licht ab, schien es vielmehr noch zu verschlucken. Bald ging er wieder unter, und es wurde eine der finstersten Nächte überhaupt. Sophie lag auf Stantons Bett und versuchte Klarheit in ihre Gedanken zu bringen: Tung war also verschwunden. Wenn er nun mit dem Mord an der Frau zu tun hatte? Wußte er, daß man sie verhaftet hatte? Schlimmste Befürchtung: War er dafür verantwortlich, steckte womöglich selbst dahinter?

Sie fühlte sich elend. Der Schreck war ihr auf den Magen geschlagen. Auch wurde sie dieses furchtbare Bild nicht los, sah es so deutlich vor sich wie eine Photographie: Jetzt gerade, so stellte sie sich vor, lag die Berlinerin zur Obduktion in einem der kahlen, ungeheizten grünen Räume der Polizeistation in Irkutsk. Ihr großer roter, künstlich wirkender Mund. Ihr volles Haar wie ein Kranz schwarzer Wellen auf dem Metalltisch. Immer noch schön unter dem Leichentuch. Männer in Uniform betraten den Raum, einer zog das Tuch von dem nackten Leichnam.

Die Nachricht vom Mord an der jungen Frau hatte sich auf eine fast stumme Art unter den Passagieren verbreitet. Als ob die Grausamkeit, mit der sie getötet worden war, allen die Sprache verschlagen hätte. Diejenigen, die von Tungs plötzlichem Ausbleiben erfuhren, werteten es ohne Zögern als Eingeständnis seiner Schuld. Es machte Sophie die Situation nicht leichter. Der einzige, mit dem sie darüber sprechen konnte, war Stanton. Sie hatte sein Abteil nicht verlassen. Mühsam gelang es ihm, sie ein wenig zu beruhigen. Nicht ihr in ihrer Vertrauensseligkeit sei die Verantwortung zu geben, sondern den gräßlichen Verhältnissen, in denen in einer Stadt wie Irkutsk ein freier Paß zweifellos ein Vermögen wert war. Der Zug rollte durch die pechschwarze Nacht, das letzte Stück der Strecke Moskau–Baikal. Jetzt erst ging Sophie in ihr Abteil zurück, um ihre Sachen zu packen.

Kaum hatte sie die Tür zu ihrem Coupé geöffnet, sah sie, daß es in ihrer Abwesenheit durchsucht worden war: Die Photographie von Lina und ihr auf dem kleinen Pult stand verkehrt herum, zeigte dem Eintretenden die lederne Rückseite des Rahmens. Jemand mußte sie in die Hand genommen und achtlos wieder abgestellt haben. Im Fenster des Abteils spiegelten sich ihre Gesichter: Tochter und Mutter, durchscheinend, geisterhaft. So schnell sie konnte, warf sie ihre Sachen in die Tasche. Wie trügerisch die Geborgenheit des Zugs war.

VI

In der Ferne der kreisende Lichtschein eines Leuchtturms. Wie die Finger einer weißen Hand griff er in den Nachthimmel. Dort lag der See. Die Lichtquelle hinter dem Horizont, schwarz hob sich bei jeder Drehung die Erdrinde davor ab. Auf Sophie wirkte der Anblick der riesigen gefrorenen Wasserfläche irritierend. Sie konnte das Gefühl nicht bezwingen, alles, was sie nun taten, alles, was sie nun sagten, habe einen doppelten Boden.

Wenig später stolperten die Passagiere schlaftrunken den Gepäckträgern entgegen, die wie Gestalten aus einer Schattenwelt auftauchten, um Koffer, Kisten und Säcke auf Schlitten zu verladen. Noch durfte niemand an Bord, die Reisenden mußten neben der um diese Stunde verschlossenen Teebude am Seeufer warten. Cox, der wortkarge Brite, redete jetzt ununterbrochen: »Und die Gleise, die man über das Eis des Sees legt, sind nicht vor dem 28. Februar zu benutzen. Also werden wir mit dem kleinen Eisbrecher, der Angara, fahren, so weit es geht. Dann reisen wir in Schlitten weiter. Der große Brecher, die Baikal, hat schon vor Tagen abgelegt. Ein ausgezeichnetes Schiff. In England gebaut, in Einzelteilen hertransportiert und hier unter Aufsicht eines britischen Ingenieurs zusammengesetzt.« Schließlich wurde allen klar, weshalb er so aufgeregt war. »Ich selbst habe an den Konstruktionsplänen mitgearbeitet.« Stolz klang aus seiner Stimme. »Die Baikal ist ganz aus Siemens und Martin Stahl, konstruiert wie eine Walnußschale, ganz ähnlich der Fram des Norwegers Nansen. Eispressungen können ihr nichts anhaben, sie wird durch den seitlichen Druck einfach nach oben gehoben und das, obwohl sie bei jeder Fahrt bis zu dreißig Eisenbahnwagen, eine Lokomotive und zweitausend Personen über den See bringen kann.« Die Trompete, die jetzt am Ufer ertönte, schnitt seinen Wortschwall ab, endlich konnten sie über eine hölzerne Brücke an Bord gehen.

Der Morgenhimmel war klar, übersät mit Sternen, ein erster Streifen Dämmerung, die Luft eiskalt. Fest in ihre Pelze gehüllt sahen die Reisenden vom Oberdeck aus zu, wie die letzten Schlittenladungen verstaut wurden. Gerade verschwand eine riesige Kiste mit der Aufschrift Port Arthur in einer Luke. Der Anblick kam Sophie beinahe grotesk vor in diesem Moment. Konnte es überhaupt Ziele geben? Schließlich erklang das tiefe Schiffshorn, und sie legten ab. Das Ufer entfernte sich rasch, die Lichter der Holzdocks wurden kleiner, mit lautem Krachen und Knirschen fraß die Angara sich ins Eis. Wie Scherenschnitte lagen die scharf gezackten Berge um den See. »Das Reich des Weißen Gottes«, sagte jemand. »Schamanen und Lamas bringen hier ihre Opfer.« »Wir fahren über einen Abgrund von 1700 Meter Tiefe«, verschaffte Cox sich wieder Gehör. »Da unten wächst ein harter Schwamm. Die Silberschmiede in Irkutsk verwenden ihn zum Metallpolieren.« »Und seit kurzem findet man hier das kostbare Lazurit«, ergänzte Monsieur. »Azurinum Ultramarinum – Blau von jenseits der Meere.« »Aber das interessanteste Phänomen des Sees ist der Spinnenfisch.« Cecils überlaute Stimme schallte durch die kalte Luft. »Riesiger Kopf, lange dünne Brustflossen. Er lebt an den tiefsten Stellen des Sees, unter einem gewaltigen Atmosphärendruck. Dem Außendruck entspricht eine ebenso große Spannung im Innern des Tiers.«

Wie bei ihm selbst, dachte Sophie. Sie hatte das Gefühl, alle redeten plötzlich um ihr Leben. Als müßten sie das unheimliche Geräusch des berstenden Eises, das auch ihr in Mark und Bein gefahren war, übertönen.

»Bei den vielen starken Stürmen hier wird der Fisch an die Oberfläche gewirbelt und zerplatzt in der Luft wie ein Ballon, den man zu fest aufgeblasen hat. Niemand hat ihn je lebend gesehen, immer nur seine zerrissenen öligen Fetzen am Ufer. Sie schillern in den schönsten Regenbogenfarben.«

War es ihre Müdigkeit oder veränderte sich wirklich alles auf seltsame Weise um sie her? Ihr schien, die Berge am Horizont schmolzen ineinander, schillernde Fische mit riesigen Augen sprangen in die Luft, und jedesmal, wenn sie die Lider schloß, zerplatzten sie in tausend winzige Fetzen. Seit dem Mord, so kam es ihr vor, hatte die Welt sich verschoben, war krank und verunstaltet. Nichts mehr schien zueinanderzupassen, alle sonst als selbstverständlich wahrgenommenen Verbindungen waren aufgelöst, disparate Partikel die Welt, Orte, Personen – sie selbst. Es war ihr, als sei der Wahnsinn der Wirklichkeit schwerer zu begreifen als ein Traum. Sie ging zum Bug, als könne sie sich dort neu orientieren. Von oben sah sie zu, wie der Eisbrecher sich voranarbeitete, die Schollen unter Wasser drückte. Krachend verschwanden die Platten in der dunklen Tiefe, blaugrüne Linien schossen unter dem Eis entlang, wenn die feste Decke aufbrach. Hinter ihnen schloß sich die Rinne sofort wieder, bald schon würde niemand mehr erkennen können, daß hier ein Schiff passiert hatte.

Die wenigen Spuren, die man hinterläßt. Der Nachmittag aus Riga fiel ihr ein, an dem sie vom Fenster aus einer Amsel zugesehen hatte, die über den Schnee gehüpft war. Krallenmuster im Weiß, Spuren wie Schriftzeichen. Plötzlich hörten sie auf, dort, wo der Vogel davongeflogen war. Damals hatte sie zum ersten Mal gedacht, das Leben bestehe aus keiner anderen Ordnung als der des Zufalls.

Nach Cox' Schätzung hatten sie eine Strecke von etwa acht Meilen zurückgelegt, als sie sich der Baikal näherten. Die Signalhörner starrten ihnen mit ihren großen Öffnungen entgegen, aus vier riesigen, gelben Schornsteinen wehte schwarzer Qualm nach hinten wie auf einer Kinderzeichnung. Und nicht viel anders als ein kleiner Junge, der sein verloren geglaubtes Spielzeug wiedergefunden hat, freute sich der Brite über diesen Anblick. »Kommen Sie. Das müssen Sie sich unbedingt ansehen.« Er zog Stanton, der kaum wußte, wie ihm geschah, am Ärmel mit sich fort. »Drei Kessel von 6000 Pferdestärken und drei Schiffsschrauben. Zwei arbeiten hinten, die vordere saugt das Eis an, drückt es nach unten und zerstückelt es dann. Die drei Maschinen werden durch fünfzehn zylindrische Kessel geheizt. Ungeheure, geballte Kraft.«

Auf der Angara verstummte auf einen Schlag das dumpfe Dröhnen, das das Schiff schon erschüttert hatte, als sie an Bord gingen. Die Maschinen waren abgestellt worden, und augenblicklich schien man sich in einer anderen Welt zu befinden. Das Gefühl, alles sei weiter und größer geworden. Nur die Rufe der Kutscher in der Stille, das Schnauben der Schlittenpferde. Gangways wurden von Bord gelassen. Sophie packte ihre Kamera aus, aber das Glas des Objektivs beschlug in der Kälte sofort. Durch den Nebel hindurch sah sie, wie die Passagiere die schwankende Treppe hinabstiegen, deren letzte Stufe eine kleine Holzkiste war. Wie vorsichtig sie aufs Eis traten! Als könne es unter ihrem Gewicht brechen.

Fast schmerzhaft klar ritzte sich ihr der Anblick ins Gedächtnis: die schwarzen Silhouetten der Schlitten vor der Kulisse des festgefrorenen Schiffs, die dick vermummten Gestalten der Kutscher, die rauchend beieinander standen, so wie die Kutscher in Riga; die Pferde, die mit den Hufen scharrten, weiße Atemblüten durch die Nüstern schnaubten. Sie stiegen in den Morgenhimmel auf, der jetzt aussah, als habe jemand eine Kanne blauer Milch darin verschüttet. Die Passagiere des Schnellzugs hatten Anrecht auf einen Platz in einem Schlitten, den die Eisenbahn zur Verfügung stellte. Er sei aber so schwerfällig, hatte Sophie gehört, daß er für die gut vierzig Werst zwischen den Stationen Baikal und Mysowaja fast den ganzen Tag brauchte. Und es war kalt. Fünfzehn Grad Réaumur, hatte Monsieur vorhin verkündet. Die meisten entschieden sich also lieber für eine der Troikas, vor denen unter einem hohen Holzbügel drei flinke Pferde liefen.

»N'est-ce pas trop dangereux?« Madames besorgte Stimme war weithin zu hören. Jemand übersetzte den Satz für den Kutscher ins Russische. Der Mann lachte auf, hatte offenbar einen Galgenhumor, zum Glück konnte die Konsulsgattin kein Wort verstehen. Er erzählte, immer wieder würden Schlitten einfach im See verschwinden, wenn plötzlich Spalten von mehreren Metern Breite und hundert Metern Länge sich auftaten, die kein Kutscher vorhersagen konnte. Wenn es einen nicht gleich verschlinge, könne man schnell mit einem Beil eine Rinne um den Schlitten herum schlagen, bis man auf einer im Wasser frei schwimmenden Scholle in Sicherheit sei. Damit müsse man wie auf einem Schiff hinüber zur nächsten festen Eiskante paddeln und dann mit einem großen Satz weiter. Aber, wie gesagt, nicht immer und nicht jedem konnte dies gelingen. »Das Eis ist doch fest genug?« fragte Sophie einen Schlittenkutscher ängstlich. »Natürlich«, antwortete der Mann, dessen Gesicht von einem schwarzen Bart so zugewachsen war, daß die Augen darin kaum zu sehen waren. »Was der da hinten erzählt, geschieht erst im Frühjahr, im Mai, wenn das Eis weich wird.«

Sie wartete noch immer auf Stanton. Als er endlich zurückkam, waren nur noch Einzelschlitten übrig. »So ein Pech!« Vergeblich lief er von Kutscher zu Kutscher und versuchte, einen Doppelsitzer aufzutreiben. Warum hatte sie nicht einfach einen Schlitten reserviert, fragte Sophie sich selbst. Es war nichts zu machen. Unbeholfen umarmten sie sich in ihren Pelzmänteln. »Haben Sie Angst, Sophie? Vielleicht können wir die Kutscher bitten, in Sichtweite voneinander zu fahren.« »Ich weiß nicht. Zumindest werde ich das Gefühl nicht los, daß sich alles in einer Art Traumlandschaft abspielt, die verschwinden könnte in dem Moment, wo ich die Augen öffne.« Stanton, der wie sie in den mit Strohbündeln und Fellen ausgelegten Weidenkorb auf dem

Schlitten stieg, sah sie an, als wisse er damit nichts anzufangen. »Oder, mathematisch ausgedrückt: Hier liegt eine potentielle Unstetigkeitsstelle verborgen. Der Punkt, an dem die Entwicklung umschlagen kann in eine Katastrophe.« Ihr Satz ging unter in den Anfeuerungsrufen der Kutscher. Schon rannten die Pferde los, ihre Glöckchen klingelten ohrenbetäubend. Sophie wandte sich noch einmal um. Auf der Angara stand die Schiffsbesatzung an der Reling. Ein paar letzte Passagiere liefen zu ihren Troikas mit den geduldig wartenden Pferden davor. Vor der Küchenbude drängten sich nun die Reisenden der dritten Klasse. Als sie kurz darauf die Baikal passierten, hörte sie das Stampfen der Maschine und das Krachen und Splittern von Eis. Glitt nicht der Schlitten in viel zu geringem Abstand vom Schiff dahin? Der Kutscher schwang die Peitsche. »No no no ovah!« trieb er die Pferdchen an. Von überall her erscholl dieser Ruf über den See.

Die Sonne ging auf. Die Berge des gegenüberliegenden Ufers schienen in der frostklaren Luft zum Greifen nahe. Man meinte, die kleinsten Mulden des Kammes zu sehen, und in ihnen Anflüge von Schnee. In Wirklichkeit mußten es tiefe Schluchten sein, in deren Schneemassen ganze Städte hätten begraben sein können. Sophie hatte die anderen Schlitten, auch Stantons, längst aus dem Blick verloren. Nach etwa fünf, sechs Werst verfiel ihr Schlitten in Trab und der Kutscher drehte sich zu ihr herum: »Höre, Herrin! Auf halbem Weg ist eine Schänke. Willst du für mich ein Gläschen ausgeben?« »Wenn Sie gut fahren, dann kann ich's ja tun!« rief Sophie zurück. Daraufhin stieß er einen Pfiff aus, und die Ponys stoben dahin, daß der Eisstaub hinter ihnen hochwirbelte. Stundenlang nichts anderes als das Klingeln der Glöckchen, das Knarren des Holzschlittens! Sie zog die Decken um sich, versuchte sich warmzuhalten, so gut es ging. Wenn Corinna sie sehen könnte in diesem Augenblick, dachte sie. Ihr würde diese Fahrt Vergnügen machen. Als Kinder waren sie oft mit dem Pferdeschlitten unterwegs gewesen. Manchmal hatten sie an einsamen Stellen die Wölfe heulen hören.

Plötzlich erhob sich der Kutscher vom Bock und begann auf die Pferde einzuschlagen. Halb sitzend, halb stehend schwang er die Peitsche, feuerte sie an, indem er mit gepreßter Stimme unverständliche Worte hervorstieß. Immer wieder sah er zur Seite, wo am Horizont ein schwarzer Fleck wie eine Fata Morgana aufgetaucht war. Schließlich meinte Sophie eine Gruppe von Reitern auszumachen, die schräg auf sie zuritten. Doch auf einmal drehten sie ab, eine hohe weiße Wolke aus Eis wirbelte auf. Nicht viel später kam ein hölzernes, weiß gestrichenes Gebäude in Sicht, das mit seinen Türmchen und Zinnen wie ein kleines Schloß wirkte. Eine Rauchfahne stieg aus dem Schornstein auf, es mußte die Schenke sein. Die Pferde schnauften, der Kutscher schien nicht minder erschöpft, als sie die Gaststätte erreichten, die auf Kufen stand, man hatte das ganze Haus direkt über das Eis bis an diese Stelle gezogen. Auf einem ovalen Blechschild vor der Tür war mit Schwung »Zarskoje Selo« gemalt, ausgerechnet der Name der Sommerresidenz des Zaren. Wenn sie nicht so müde gewesen wäre, hätte sie lachen müssen.

Dichter Tabakqualm schlug ihnen entgegen, als sie die Tür öffneten, Schwaden von heißem Tee, der Geruch von Wodka und Pferden. Es nahm ihr fast den Atem. Das Häuschen war gedrängt voll mit Menschen, und obwohl die Wärme ihr wohltat, hatte sie augenblicklich ein ungutes Gefühl. Aber erst, als ihr Kutscher mit rauher Stimme zwei Wodka bestellte, wurde ihr bewußt, weshalb: Niemand hier sprach ein Wort. Es war so still, daß man die Mäuse in der Ecke mit einem Stück Papier rascheln hörte. Ihr Kutscher stürzte den Wodka hinunter, ohne nur einen Blick mit den anderen vor sich hin starrenden Kutschern zu wechseln, und drängte bald wieder zum Aufbruch, obwohl sie sich gerne länger aufgewärmt hätte. Schließlich lag nochmals dieselbe Strecke vor ihnen. Ihr Versuch, ihn zum Reden zu bewegen, scheiterte. Wortlos bestieg er den Kutschbock, blieb dort so unbeweglich sitzen, als sei er aus Stein gemeißelt, und wartete, daß sie sich setzte. Es blieb ihr nichts anderes übrig. Bevor sie hineinkletterte, fragte sie ihn: »Sagen Sie, trägt das Eis wirklich?« Ganz langsam wandte er ihr seinen Blick zu: »Glauben Sie mir, das Eis, auf dem Sie sich in Ihrem Leben sonst bewegen, ist sehr viel dünner.« Verwirrt über seine Antwort stieg sie ein. Wieder setzte das monotone Trappeln der Pferdehufe ein, das ununterbrochene Geklingel der Glöckchen.

Stunden später, in Mysowaja, kletterte sie aus dem Schlitten. Es gab keinen Aufenthaltsraum für die Reisenden. Nur ein paar zusammengenagelte Holzplanken als Windschutz, hinter denen die, die bereits angekommen waren, fröstelnd und ratlos herumstanden. Auch Monsieur und Madame gehörten dazu. Als ein untersetzter kleiner Mann in Uniform auftauchte, stürzten sie sich auf ihn. Abwehrend hob er die Hände und sagte »Njet«, wie um allem zuvorzukommen. Seine Augen waren vom selben Blau wie das Eis. »Sie müssen warten, bis der Eisenbahnschlitten mit den anderen kommt«, war seine einzige Auskunft. Dann wollte er gehen. »Aber das kann ja noch Stunden dauern!« rief Madame, und ihre Stimme schnappte fast über. Er blickte auf die Uhr und meinte ungerührt: »In sechs Stunden ist er sicher da.« Damit ließ er sie stehen und verschwand in einer winzigen Hütte, aus deren Schornstein kerzengerade Rauch aufstieg. Die Passagiere liefen aufgeregt hinter ihm her, drängten sich ebenfalls durch die Tür des Wachhäuschens in den überheizten Raum, wo an einem Schreibtisch der Stationsvorsteher vor einem Berg gelbglänzender Piroggen saß. »Das lassen wir uns nicht gefallen«, empörte sich Monsieur, und plötzlich wedelten alle mit ihren Empfehlungsschreiben herum. Sie drohten, sofort nach St. Petersburg umzukehren und alles dem Zaren zu erzählen, der Amerikaner würde Präsident Roosevelt einschalten. »Wenn ich zurückkehre, werde ich Kuropatkin erzählen, daß sein Name in der Mandschurei nicht mehr gilt als Abfall!« drohte der Goldminenbesitzer. Es half nichts. Erst, als Madame schrie: »Andernfalls bleiben wir einfach alle hier!« reagierte der Mann, leckte sich die fettigen Finger ab, nahm einen Schluck aus einer dunklen Flasche, faltete sorgfältig das Pergamentpapier zusammen und verstaute es in einer Aktentasche. Dann gab er dem Beamten, der sie vorhin einfach abzufertigen versucht hatte, mit der Hand einen Wink. Der brummte etwas, erhob sich widerwillig, verließ aber die Hütte, um sie an ein hinter den Güterwagen verdeckt liegendes Gleis zu führen. Dort stand bereits der Expreß der Ostchinesischen Bahn. »Wieder mal eine Demonstration der Macht des kleinen Mannes«, schnaubte Monsieur wütend. Alle stiegen ein, Sophie nahm das Abteil neben dem Konsulspaar. Noch bevor sie zu Ende überlegt hatte, ob sie nicht auf Stanton warten solle, war sie, den Pelzmantel fest um sich gezogen, schon eingeschlafen.

Vor ihrem Fenster der Schatten eines großen Mannes. Sie fuhr hoch, erkannte gar nichts. Wo war sie überhaupt?

»Sophie, bitte erschrecken Sie nicht.« Stantons Stimme. Sie entspannte sich. »Verzeihen Sie mir, daß ich hier so eingedrungen bin. Aber Ihr Coupé war wieder nicht verriegelt«, sagte er. »Fahren wir etwa schon?« »Nein, der Eisenbahnschlitten ist nicht einmal in Sicht. Aber draußen gibt es etwas Interessantes zu sehen. Schauen Sie.« Sie stand auf und ging nah an die Scheibe. Ein Zwiebelturm mit vergoldetem Kreuz ragte vom Dach eines Waggons auf, dessen Fenster die Form gotischer Spitzbögen hatten und dessen Wände mit Reliefs verziert waren. Gerade erklommen zwei Männer mit steifen schwarzen Hüten die hölzerne Treppe, neben der eine Glocke hing. »Die beiden sind mir schon in Irkutsk aufgefallen. Sie haben außergewöhnlich gute Kameras bei sich mit 40 x 50-Platten, wie nur die Berufsphotographen sie benutzen.« »Den Großen kenne ich. Pioniertouristen, liebe Sophie, die Agenten von Cook & Sons und von Baedeker.« »Und die beiden reisen zusammen?« »Einer der Zufälle, die das Leben so bereithält. Sie haben sich gefunden, als hätten sie aufeinander gewartet. Sie besuchen alle Sehenswürdigkeiten gemeinsam, Hotels und Restaurants entlang der Bahn, immer bemüht, Sterne zu vergeben für den Sibirischen Baedeker.« »Das klingt wie ein Widerspruch in sich: Sibirischer Baedeker.« »Im Augenblick vielleicht noch. Aber glauben Sie mir – wenn die beiden erst einmal ihre Arbeit abgeschlossen haben, werden die Touristen ins Land strömen. Dies hier ist ohne Zweifel nur die Vorhut einer großen Armee.« »Nicht, bevor die Baikal-Umgehungsstrecke fertig ist.« Ihr steckte die frühmorgendliche Schlittenpartie noch in den Knochen. »Darauf wette ich einen Korb Sekt mit Ihnen.« »Die Wette gilt.« Stanton streckte die Hand aus. Sie schlug lachend ein. Einen Augenblick länger als nötig behielt er ihre Hand in seiner. »Also, gehen wir und sehen uns die rollende Kirche an?« Sophie nahm ihre Kamera.

Der Geruch von Weihrauch kam ihnen entgegen, als sie den Wagen betraten. Im Halbdunkel war kaum etwas zu erkennen. Sophie stolperte und stieß gegen jemanden. Sie entschuldigte sich. Es war einer der beiden Photographen. Dann schob man sie weiter. Durch die dicken Bleiglasfenster fiel ein gedämpftes gelbliches Licht in den Raum, das alles in einer eigenen Welt zusammenzufaßte: die Gesichter der Heiligen auf den großen, von Goldplättchen schimmernden Bildern, Männer mit langen Bärten, die auf den orientalischen Teppichen knieten, Betende vor der Ikonostase, die den Altarraum abtrennte. Kaum verließ einer die Kirche, rückte jemand anderes nach, bekreuzigte sich, bevor er in den Wagen stieg. Ein ständiges Kommen und Gehen.

»Achten Sie auf die Silberleuchter«, flüsterte Stanton ihr zu, als sie hinausgingen. »Jeder einzelne ist fest angeschraubt.« »Damit sie nicht umfallen. Wie auf einem Schiff«, flüsterte Sophie zurück. Als sie wieder draußen waren, sah sie, daß er lachte. »Was ist denn?« »Ach Sophie. Sie glauben noch an das Gute im Menschen. Unverbesserlich!« Es paßte ihr nicht, daß er sie für naiv hielt. Gauner und Diebe sahen anders aus. »Was glauben Sie denn, was für Leute sich hier Glück von Gott erbitten?« »Siedler, würde ich sagen. Solche, die aufgeben mußten, weil ihnen das Vieh gestorben ist oder die Ernte verdorben, solche, die noch alles vor sich haben. Alltagsgeschichten in diesem Teil der Erde.« »Arme, ehrliche Bauern also«, sagte Sophie mit Nachdruck.

Sie ging ein paar Schritte zur Seite, hockte sich auf den Boden um den richtigen Ausschnitt für ihr Bild zu ermitteln. Sie wollte das Kreuz auf dem Waggondach in voller Größe haben, wartete nun darauf, daß jemand die Kirche betrat. Erstaunt sah Stanton ihr nach. Einen solch streitsüchtigen Ton kannte er nicht an ihr. Nachdem sie die Aufnahmen gemacht hatte und wieder zu ihm zurückgekehrt war, fragte er: »Möchten Sie lieber allein sein?« Wie er genau zu spüren schien, was in ihr vorging! »Ja«, sagte sie. »Ich muß etwas aufschreiben.« Er breitete die Arme auseinander, als wolle er sagen: Ich möchte nicht im Wege stehen.

*

»Lieber Charles, Sie sind in diesen Zug gestiegen und haben etwas zu finden gehofft, von dem Sie selbst nicht wußten, daß Sie es suchten. Mir geht es vielleicht sehr ähnlich. Ich glaubte, ich befände mich auf der Fahrt zu meinem Mann, und nun befinde ich mich auf einer Reise, deren Ziel um so dunkler wird, je länger wir fahren. Wenn ich Sie sehe, eine fremdvertraute Gestalt, dann bin ich kurz davor, die Frage, die sich so heftig in meine

Gedanken drängt, aussprechen zu können. Eine von der Art, die ihre eigene Antwort enthält.« Sie brach ab, nahm einen neuen Bogen. Ein Brief an ihre Schwester. Den würde sie jedenfalls abschicken.

»Liebste Corinna! Wenn ich dich doch manchmal bei mir haben könnte! Aber allein die Möglichkeit, dir jetzt zu schreiben, hilft mir – das Bewußtsein, daß es noch jemanden gibt außerhalb dieser engen Welt der Reise, dieser klaustrophobischen Welt – trotz der Weite! –, die einen ganz und gar in Anspruch nimmt. Wir haben heute den Punkt passiert, von dem aus eine chinesische Poststraße in südlicher Richtung abzweigt zur Grenze nach Kiachta – Heimat von Dschingis-Khan und heutiger Hauptsitz des Teehandels zwischen China und Rußland. Im Norden von uns Sibirien, im Süden die Mongolei. Es ist zugleich die Wasserscheide zwischen Ost und West, und die Russen haben Wegweiser aufgestellt: Zum Stillen Ozean und Zum Atlantischen Ozean. Ozean! Hier, wo es nur Polarkatzen, Luchse, Wölfe, Tiger, Klapperschlangen und Eidechsen gibt, wo Wildpferde und Kamele gefangen werden, wohin man seit fast zweihundert Jahren verurteilte Männer in die Silberminen schickt. Nichts erscheint hier unwirklicher als das Meer.«

Sie hielt inne. Das war doch nicht, was sie Corinna hatte schreiben wollen. Sie sah ihre Schwester plötzlich vor sich: wie sie, an den Kachelofen gelehnt, ihren Brief in der Hand hielt und sich fragte, ob dieser Stanton noch bei ihr war, von dem Sophie schon ein paarmal geschrieben hatte. Klopfenden Herzens würde Corinna die Zeilen noch einmal lesen, auf der Suche nach versteckten Bekenntnissen; sie, die einsame Ehefrau mit einer heimlichen Affaire aus Odessa, wünschte sich doch nichts sehnlicher als eine Verbündete.

»Es leben Buriaten hier«, schrieb Sophie statt dessen weiter, deren Sprache kein Alphabet hat, so daß sie nichts schriftlich festhalten können. Ihre alte Geschichte ist jetzt im Verschwinden begriffen. Und dabei weiß man noch so wenig über den Transbaikal! Das wird sich allerdings, da hat Stanton wohl recht, mit dem Bau der Bahn verändern. Es gibt hier so viel gutes Weideland für die Tausende von Kamelen, die man für den Teexport benötigt.

Wieder hielt sie inne, überlas die letzten Sätze, bemerkte, daß sie Stanton tatsächlich erwähnt hatte. Doch es war ein Bericht. Der Versuch, übertrieben neutral zu klingen. Corinna allerdings würde sich davon nicht täuschen lassen.

Da es in den Bahnhöfen der Mandschurei keine Büffets mehr gegeben hatte und ihnen in Tschita nur noch eine sauer gewordene Suppe und Steak von einem Hund – wenn man den Russen glauben durfte – serviert worden war, freuten sich alle, als der Speisewagen im Zug endlich wieder öffnete. Sophie traf auf den Baedeker-Agenten, ausnahmsweise allein und ohne Beschäftigung.

»Darf ich mich zu Ihnen setzen?«

»Bitte. Sie haben auf der ganzen Strecke Photos gemacht, nicht wahr? Chuck hat mir von Ihnen erzählt.« »Chuck?« »Charles, Stanton. Für wen arbeiten Sie?« »Es wäre zwar mein Traum, als Photographin zu arbeiten – aber bislang habe ich noch nie ein Bild verkauft. Private Photos also. Ich hoffe, das ändert sich bald.« »Private pictures – well.« Sophie verstand nicht, was er meinte. »Ich hoffe, in Port Arthur einen Auftrag zu bekommen«, fuhr sie fort. »Ich habe meine Dunkelkammer mitgebracht.« »Port Arthur?« Er stieß einen Pfiff aus und betrachtete sie mit ganz neuer Aufmerksamkeit. »Direkt ins Krisengebiet! Da haben Sie allerdings allerbeste Chancen, die Bilder zu machen, die Sie auch verkaufen können. Alle großen und selbst die kleineren Zeitungen entsenden zur Zeit Korrespondenten nach Japan und Peking. Man rechnet mit Krieg.« »Da habe ich ja vielleicht Glück«, sagte sie, ohne sich der Ironie bewußt zu werden.

»Ich sehe, ihr habt bereits Bekanntschaft geschlossen.« Stanton kam an ihren Tisch, sein rotes Notizbuch in der Hand, und zog sich einen Stuhl vom Nebentisch heran. »Etwas stimmt nicht mit meiner Kamera«, sagte Sophie. »Die Schärfe läßt sich nicht mehr einstellen. Würden Sie einen Blick darauf werfen?« Sie reichte dem Baedeker-Agenten den Apparat über den Tisch und bestellte beim Kellner: »Eine Flasche Champagner und drei Gläser.« »So kenne ich Sie ja noch gar nicht«, sagte Stanton überrascht. »Denken Sie übrigens noch an unsere Wette? Ein Korb Sekt ...« »... den ich von Ihnen bekommen werde! Natürlich, wie könnte ich das vergessen!«

Der Photograph betrachtete sie belustigt. »Ohne Trinken könnte man diese Fahrt nicht überstehen, stimmt's? Es hilft, das Bewußtsein gelegentlich in einen Dämmerzustand zu versetzen. Ich kann Sie übrigens beruhigen. Nur ein Schräubchen hat sich gelöst. Deshalb verkantet sich die Balgenführung. Kein Problem mit meinem Spezialgerät.«

Er zog einen Lederbeutel aus der Tasche. »In Port Arthur«, sagte er, während er einen winzigen Schraubenzieher hervorzauberte, »gibt es zur Zeit die aufregendsten Lokale.« »Ach ja?« fragte Sophie höflich. Sie nahm sich vor, sich bei nächster Gelegenheit auch solch ein Werkzeug zuzulegen. »Sag mal, Ed. Du kennst doch die Strecke nach Chabarowsk. Wie lange braucht man da?« »Die Amurstrecke? Per Schiff – eine Katastrophe.« »Wieso? Eine Schiffsreise stelle ich mir ganz abwechslungsreich vor als Teil dieser Strecke«, sagte Sophie.

»Eine echte Schiffsreise ist es auch nicht. Ständig sitzt man fest. Der Fluß ist so flach, daß er ohnehin nur ein Drittel des Jahres schiffbar ist. Überall Kiesbänke. Perikatts!« Er stieß das Wort geradezu verächtlich hervor. »Auch von den Geübtesten nicht immer zu umschiffen. Es dauerte Tage, bis man uns wieder freigeschaufelt hatte. Wenn nicht die vielen netten Mädchen an Bord gewesen wären… zwölf von einundzwanzig Reisetagen haben wir auf den Perikatts verbracht.«

»Nicht zu fassen!« Stanton klang begeistert.

»Nachts ist es unmöglich, auf dem Fluß zu navigieren. Also machte das Boot abends fest. Romantische Nächte, sag ich dir. Richtiges Dorfleben. Die Frauen wuschen Wäsche im Fluß, die Kinder spielten, die Männer machten Feuer, die Paare zogen sich zurück, Wetten wurden abgeschlossen.« Der Kellner kam, stellte eine Schüssel mit Teigtaschen in roter Sauce und Stäbchen auf den Tisch. »Ah, Won-tons.« Der Agent fischte sich mit den Stäbchen geschickt eines aus der Schale. »Wir sind China einen Schritt näher gekommen.« Sophie schenkte die Gläser voll, versuchte, so wie der Photograph es eben souverän vorgemacht hatte, eine der Teigtaschen mit den Stäbchen zu essen. Es mißlang. »Sie müssen die Chop-sticks so in die Hand nehmen«, sagte Stanton. Sie brachte es nicht fertig. Er nahm ihre Hand, steckte die Stäbchen zwischen ihre Finger und führte sie zur Schüssel. Sie spürte die Wärme seiner Haut auf ihrer, sein Gesicht dicht neben ihrem. »Japaner verstehen viel von Erotik«, sagte der Photograph augenzwinkernd, »bitte einmal lächeln!« Bevor sie sich versah, hatte er ein Bild mit ihrer Kamera gemacht. »Schönes Paar im Akt des Essens lautet der Bildtitel, bitte, ich hätte gern einen Abzug davon.« Mit einem anzüglichen Lächeln gab er ihr ihre Kamera zurück. Verwirrt legte sie die Stäbchen zur Seite, fischte sich das Won-ton mit der Hand aus der Schale.

»Was waren das für Wetten?« fragte Stanton, an das Gespräch von vorhin anknüpfend. »Wer zuerst am Ziel sein würde – das Postboot, das drei Tage vor uns losfuhr, oder wir. Wir überholten es, als es auf einem Perikatt festsaß und ließen es mehrere Tagesfahrten hinter uns. Die Wette aber gewannen die, die aufs Postboot gesetzt hatten.« »Und ich dachte, unsere Reise sei schon abenteuerlich.« Sophie nippte an ihrem Glas. Der für diese Tageszeit ungewohnte Sekt stieg ihr zu Kopf. Eine luftgefüllte gläserne Kugel, die sie zum Lachen reizte. Gleich würde sie davonschweben.

Andere Reisende betraten den Speisewagen. Ed musterte die Damen mit so neugierigem Blick, daß die sich empört abwandten. »Das ist sie auch«, sagte er unvermittelt. »Der Zug, der einen Tag vor uns losfuhr, wurde überfallen.« »Überfallen?« platzte Sophie heraus. »Pst!« Der Photograph legte den Finger an den Mund. »Ich mußte schwören, es nicht auszuplaudern.« »Ist klar«, sagte Stanton. »Wir sagen nichts. Erzähl.« Im Spiegel sah Sophie ihre drei Köpfe wie Masken über dem Tischtuch zusammenrücken – Stantons dunkle Locken, der rote Schopf des Photographen, ihre hochgesteckten Haare.

»Bei der Überquerung des Baikal ist die Karawane, die vor uns loszog, von Tataren überfallen worden. Sie wollen sich den Postdienst von der Bahn nicht nehmen lassen. Nicht einer der Reisenden hat überlebt. Auch unser Zug war ohne soldatischen Begleitschutz. Weshalb er nicht angegriffen wurde, weiß niemand.« »Ed, jetzt erzählst du Märchen. Du willst sagen, man hat uns diesem Risiko so einfach ausgesetzt?« »Was hätten sie machen sollen? Auf Militärs warten? Bei diesen Minusgraden, wo es nicht mal Aufenthaltsräume, geschweige Verpflegung für alle gibt?«

Sophie starrte aus dem Fenster. Schnee. Eis. Bis an den Horizont. Reiter, die eine Weile auf sie zuhielten, plötzlich wieder abdrehten. Riga, dachte sie. Lina. Wie weit fort alles war. Dann sah sie ein Mädchen vor sich: wie es am Strand von Jurmala sein Eimerchen mit Muschelschalen füllte. Als es sie ausleerte, brach es in Tränen aus; die unteren Schalen vom Gewicht der anderen zerdrückt. Nur noch feiner bunter Muschelbruch übrig. Nein, ihre Tochter konnte es nicht sein, die doch noch in der Wiege lag.

Der Photograph hatte sich inzwischen eine Zigarette angezündet, sog gierig den Rauch ein. Stanton vermerkte etwas in seinem Notizbuch. Neben dem Zug galoppierte ein wildes Pferd mit flatternder Mähne entlang, als wolle es mithalten, sie überholen. Sophie winkte dem Kellner, er brachte eine neue Flasche, sie schenkte die Gläser nach, randvoll.

»Auf die Zukunft!«

Sie tranken schnell, füllten wieder nach.

»Apropos Zukunft. In Port Arthur steht das berühmte Freudenhaus ›Zu den lustigen Samurai‹, fing der Baedeker-Agent wieder an. »Geführt von zwei heruntergekommenen Dichtern aus Paris, die ihre Lust in den Fernen Osten zog. Sie tragen Frauenkleider, aber haben Schnurrbärte im Gesicht. Mädchen haben die da ...« Er schnalzte mit der Zunge. »Solch rosige Popos und weiße Schenkelchen ... Kleine Kätzchen, die das Streicheln der Nagaika lieben.« Sophie merkte, wie sie allmählich alle betrunken wurden. »Die schönsten Titzchen, feuchte Fötzchen ... ah, wie sie das Peitschen lieben.«

Stanton bedeutete dem Photographen, er solle endlich den Mund halten. Wortlos erhob sich der Mann. »Aufdringlicher Mensch«, sagte Stanton ärgerlich. Nach einer Weile bat er: »Lassen Sie uns auch gehen, Sophie.« Sie legte einen Hundertrubelschein auf den Tisch. Auf dem Gang draußen hakte er sie unter und geleitete sie bis vor ihr Coupé. Niemand war zu sehen. Sie schloß auf. Als habe sie ganz einfach nicht länger die Kraft, sich zu beherrschen, zog sie ihn zu sich ins Abteil. Einen Augenblick später küßten sie sich. Als sie einmal die Augen halb öffnete, sah sie die Schatten ihrer beiden Köpfe auf dem weißbezogenen Bett. Nach einer Ewigkeit, so kam es ihr vor, ließen sie einander los. In diesem Moment ritt draußen vor dem Fenster ein Mann in roter Bluse und hohen schwarzen Stiefeln auf einem Kamel heran, das Mausergewehr geschultert. Sie erschrak. Er starrte ihr direkt ins Gesicht. Dann machte der Zug eine Biegung, alles vorbei wie ein Spuk.

Sie zog das Rouleau herab, als könne sie die Außenwelt damit aussperren. Und im nächsten Augenblick, als müsse alles so sein, begannen sie sich auszuziehen. In ihren ungeschickten Bewegungen stießen sie immer wieder gegeneinander in dem engen kleinen Raum. Stanton legte sich aufs Bett, verschränkte die Arme hinter dem Kopf, sah ihr zu, wie sie sich das Leibchen aufknöpfte, schließlich nackt vor ihm stand. Ihr Herz klopfte, ihre Füße waren eiskalt. Als sie zu ihm wollte, stoppte der Zug mit einem scharfen Ruck, so daß sie regelrecht auf ihn fiel. Er fing sie auf, preßte sie an sich. Augenblicklich wurde sie sich des fremden Körpers bewußt. Er glich einem vertrauten – so, wie eine verschobene Schablone immer noch dem Umriß gleicht, den sie hinterläßt. Seine Hände glitten über ihre Schultern, ihren Nacken, ihren Rücken hinab, packten sie in den Hüften, schoben sie langsam höher. Sein Atem feucht und warm, seine Lippen an ihrem Ohr, an ihrem Hals, zwischen den Brüsten. Allmählich wurde ihr wärmer. Seine Haut unvermutet weich und glatt, der Geruch seines Haars … alles neu, unvertraut. Ganz allmählich fühlte sie die Anspannung weichen. Vorsichtig, um ihr nicht weh zu tun, legte er sich auf sie, sie wandte den Kopf zur Seite. In dem ovalen Spiegel gegenüber sein weißer Rücken, die Schulterblätter wie Schatten. Im nächsten Augenblick eine Hand, die darüberhin strich, schützend, das imaginäre Blatt fortnehmend von dieser Stelle, die so verwundbar war. Drachenblut, Drachenblut, ging es ihr durch den Kopf, während sie im Spiegel sah, wie diese Hand über den Rücken hinabstrich, die Lenden. Wessen Hand war das. Sie schloß die Augen.

Im selben Moment sah sie das Mädchen. Diesmal war es ihre Tochter, Lina, der ernste Ausdruck des Babygesichts, das trotzdem schon Ähnlichkeit hatte mit dem des Vaters. Rot. Alles war rot. Wie aus einer blutenden Wunde ergoß die Wintersonne ihre letzten Strahlen gegen das Rouleau. Sophie wandte den Kopf, sah ihm direkt in die Augen. Beinahe erschrocken richtete er sich auf. »Sophie, was ist?« Sie antwortete nicht. Er hielt inne mit seinen Zärtlichkeiten, stützte den Ellbogen auf, strich ihr mit einer behutsamen Bewegung eine Strähne aus dem Gesicht. Dann zog er die Decke über sie beide, stumm lagen sie nebeneinander, als der Zug wieder anfuhr, bald wieder das gleichmäßige Rattern der Räder zu hören war, als hätte jemand sie an einer bestimmten Stelle gekerbt.

VII

Aus dem Dunkel tauchten in kurzen Abständen Lichtpunkte auf. Flackernde Feuerzeichen, einige näher, andere weiter entfernt. Sophie verließ ihr Bett, um besser sehen zu können. Kamen sie auf sie zu? Jetzt wünschte sie, daß Stanton noch bei ihr wäre, daß sie ihn nicht gebeten hätte, zu gehen.

»Ist es wegen der Leute?« hatte er gefragt. »Nein, es ist wegen mir.« Sie starrte in die Dunkelheit. In diesem Moment hob jemand eine brennende Fackel in unmittelbarer Nähe in die Höhe, und im Widerschein der rötlichen Flamme gewahrte sie einen großen Kosaken in knöchellangem Uniformmantel. Er stand auf dem Bahndamm, schwenkte eine Stange, an der brennende, pechgetränkte Wergstücke hingen. Die Schatten flackerten über sein Gesicht, in dem gespenstischen Widerschein des Feuers sah er aus wie einer der Götzen, die die Chinesen zum Schutz gegen böse Geister aufstellten. Russen, beruhigte Sophie sich und legte sich wieder hin. Die ganze Nacht lang diese Feuerzeichen.

Als es endlich hell wurde, konnte jeder sehen, daß die gesamte Strecke von Militärs bewacht wurde. Seit dem Grenzpunkt Mandschurija kamen alle paar Werst steinerne Wachtgebäude mit Schießscharten in Sicht, wie Vorposten auf einem

Feldzug. Flatternde Fähnchen markierten Pferdeställe, Küchengebäude und Pulvermagazine, und auf jedem erhöhten Punkt, den Wassertürmen, Dächern oder Anhöhen standen Kosaken mit aufgepflanzten Gewehren. Durch Ferngläser beobachteten sie den Horizont, als befänden sie sich in ständiger Erwartung eines Angriffs. Jetzt am Tage lösten Flaggen die Feuersignale ab. »Laut Aussage des Zaren ziehen sich seine Untertanen doch aus der Mandschurei zurück.« Monsieur le Consul mußte direkt vor ihrer Tür auf dem Gang stehen. »Davon ist hier nichts zu sehen. Dieses Aufgebot an Soldaten kann doch kaum nur der Bewachung der Strecke dienen. Meiner Meinung nach haben die Japaner allen Grund dazu, den russischen Zusagen zu mißtrauen. Was sagt unser Engländer?«

Sophie trat aus ihrem Abteil. Monsieur und der Brite machten ihr Platz. »Wenn Rußland seine Zusagen nicht einhält«, sagte Cox gerade, »wird Japan den Krieg beginnen.« Lautes Lachen vom anderen Ende des Wagens. Der russische Holzexporteur konnte sich kaum beruhigen. »Japan, der Zwerg! Will dem russischen Bären den Krieg erklären!« Der Mann wollte sich ausschütten vor Lachen. »Niemals wird dies kleine Land es wagen.« »Da wäre ich mir an Ihrer Stelle nicht so sicher.« Cecil III. aus San Antonio konnte es nicht lassen, sich einzuschalten. Der Russe schien auf ihn zu wirken wie ein rotes Tuch. »Der Koloß Rußland steht doch wohl auf recht tönernen Füßen. Der Zustand der Marine ist desolat. Die Offiziere wissen gut zu feiern, aber nicht zu kämpfen. Ihre schönen weißen Uniformen, so sagt man, sind oft rot – vom Margaux und St. Emilion, nicht aber vom Blut.« Der Russe machte eine wegwerfende Handbewegung. »Was weiß man davon in Texas. Ihr Amerikaner und Engländer wollt euch doch nur den eigenen Vorteil sichern.« »Nun, ich behaupte, die Japaner haben sich zehn Jahre lang auf den Krieg vorbereitet. Haben Waffen produziert, Kriegsschiffe gebaut und ein perfektes Spionagenetz eingerichtet, wie jeder, mit Ausnahme der Russen, zu wissen scheint. Vor allem aber haben sie den Kampfgeist geweckt. Jeder Schulbub in Japan hat etwas vom Soldatentum verstanden. Sie sind kriegsbereit bis zum letzten Hosenknopf. Die Russen dagegen sind unvorbereitet, und ich wette, heute oder morgen geht es los.« »Das werden sie niemals wagen. Es wäre ja für sie ein reines Vabanque-Spiel.«

»O!« Der spitze Schrei von Madame ließ alle zusammenfahren. Ihr Terrier begann zu kläffen. »Sehen Sie doch nur! Dieses wunderhübsche Häuschen. Schmiedeeiserne Affen und Drachen auf dem gezackten Dach. Jetzt sind wir wirklich in China!«

Die Herren, die eben noch miteinander gestritten hatten, lächelten sich verschwörerisch zu. Monsieur schneuzte hörbar in sein Taschentuch. Das Kreischen der Bremsen setzte ein, gleich würden sie wieder anhalten. Sophie befand sich nach der schlaflosen Nacht in einem Zustand erschöpfter Überwachheit. Sie sah sich selbst von außen, hatte das Gefühl, ihre eigene Existenz sei durchaus nicht sicher. Hatte sie wirklich nackt, Haut an Haut, mit Charles auf dem Bett gelegen? Es kam ihr ungeheuerlich vor.

Wie in einem Traum bewegte sie sich über diesen Bahnhof, der nur aus ein paar Bretterbuden auf dem hartgefrorenen Boden bestand. Kulis hockten mit rauchgeschwärzten Gesichtern vor ihren Erdhütten, hielten kleine Feuer unter den Kesseln in Gang. Wer war sie überhaupt? Zwei Gaukler zeigten ihre Kunststücke, liefen auf den Händen ineinander verkeilt, klein und plump wie Kröten. Jetzt verwandelten sie sich in eine Schlange, kamen direkt auf Sophie zu, umtanzten sie, nahmen sie in ihre Mitte, wie um sie zu beschützen, mit dem untrüglichen Gespür für Erschütterungen in einer Person, wie sie es bei jenen, die am Rande der Gesellschaft lebten, so oft beobachtet hatte. Doch als nun zwei Polizisten in ihren roten Jacken sich näherten, rannten die Gaukler davon. Hinter dem Bahnhof standen Zelte, große

Lager von Kosaken und Zigeunern. Frauen mit dicken schwarzen Zöpfen, in deren Enden Silberstücke eingeflochten waren, liefen umher und boten ihre Waren an. Sophie registrierte alles unbewußt, die bemalten Fächer von geringem Wert, Zigaretten aus abscheulichem Bauerntabak, Melonen, weiße Mäuse, holzgeschnitztes Spielzeug und kleine Holzmesser, bunte Wedel, wie man sie brauchte, um Fliegen zu verscheuchen oder sie den Pferden auf die Köpfe zu stecken.

Einige der Fahrgäste bauten ihre Kinoras auf, kleine Apparate, durch die man bewegliche Bilder betrachten konnte. Die Freude, mit der die jungen Kosaken und Mandschuren in den schwarzen Kasten blickten, sich wie die Kinder davor drängelten und schubsten, war für die Besitzer längst das amüsantere Schauspiel als die Bilder selbst. Ein junges Mädchen tanzte mit erhobenen Armen, drehte sich, daß die Röcke flogen. Fast abwesend lichtete Sophie sie ab.

Da spürte sie, daß jemand sie am Ärmel zupfte. Sie drehte sich um und blickte in das Gesicht einer alten Frau, deren buntes Kopftuch fast ihre ganze Stirn verdeckte. Sie hielt Sophie am Ärmel fest, machte mit den Fingern Zeichen, daß sie ihr etwas zeigen wollte. Ihre Augen sind wie die eines Raubvogels, dachte Sophie noch, als sie der Alten beinahe willenlos in einen abgelegenen Winkel des Bahnhofs folgte. Ganz am anderen Ende stand ihr Zug, und dort, viel zu weit fort, um zu rufen, sah sie Stanton. Vielleicht suchte er sie. Die Alte hatte Sophies Hand in die ihre genommen und redete beschwörend auf sie ein. Fremde Worte. Sophie machte einen schwachen Versuch, sich ihr zu entziehen, aber die Alte hielt mit ungewöhnlicher Kraft fest. Mit ihrem schmutzigen braunen Zeigefinger, dessen Nagel schwarz und eingerissen war, begann sie, den Kopf tief gesenkt, über die Linien von Sophies Hand zu streichen.

Niemals hätte sie von sich aus die Dienste einer Handleserin in Anspruch genommen, lehnte eine solche Voraussage der Zukunft ab. Aber in einem Gefühl der Schwäche, dem Gang der Dinge ohnehin nichts entgegensetzen zu können, wie sie es in den letzten Tagen empfunden hatte, dem Gefühl, daß das Schicksal unbeeinflußbar seinen Lauf nahm, fand sie nicht die Kraft, sich von dieser Frau loszureißen, die ganz vertieft war in das Betrachten ihrer Handfläche. Wie gebannt blickte sie schließlich auf die drei Linien ihrer Innenhand, die nun stark hervortraten. So hatte Sophie ihre eigene Hand noch nie gesehen.

Nach einer Weile hob die Frau den Kopf und sah ihr mit ihren Raubvogelaugen direkt ins Gesicht. »Die Liebe«, sagte sie in einem klaren Russisch, »die Liebe hat zwei Herzen, zwei Münder und vier Augen. Ihre Sprache ist unerklärlich.«

Sophie fühlte ihr Herz klopfen, merkte, wie ihr der Schweiß auf die Stirn trat. Das Abteil mit dem herabgezogenen Rouleau, gegen das sich rot das Licht der Wintersonne ergoß, stand vor ihrem inneren Auge. Noch einmal versuchte sie, ihre Hand fortzuziehen, aber die Alte fuhr mit rauher Stimme fort: »Der Weg ist voller Steine und endlos lang. Jeder Stein ist schwarz von dieser Seite und weiß von der anderen. Wer die schwarzen Steine sieht, wirft selbst keinen Schatten. Nur wer die weißen Steine sieht, wird im Licht stehen. Es gibt einen Punkt in Raum und Zeit, da verwandelt das Licht die schwarzen in weiße Steine. Viel Glück, Frau!« Mit diesen Worten verschwand sie, wie sie gekommen war, lautlos, ohne Geld für ihre Dienste zu verlangen.

Benommen ging Sophie den Weg entlang der Gleise zurück. Ganz allmählich spürte sie Wut in sich aufsteigen. Dieses alberne Gerede von Liebe, Schatten, Licht. Wieso war sie nicht einfach weggegangen? Sie fühlte sich schmutzig von den Berührungen der Frau, suchte nach ihrem Spiegel in der Tasche. Doch vergeblich. Der kleine Handspiegel mit dem Elfenbeingriff, den die Großmutter ihr vor vielen Jahren geschenkt hatte, war fort. Sie hätte heulen können vor Wut. Deswegen also war die Zigeunerin so schnell verschwunden. »Sophie.« Das war Stantons Stimme, vorwurfsvoll. »Ich habe mir Sorgen gemacht.« »Wieso, haben Sie auf mich gewartet?« Sie siezte ihn also wieder, stellte sie fest. Er schien einen Augenblick zu zögern, bevor er fragte: »Wo waren Sie so lange?« »War es denn so lange?« »Fast eine Stunde.«

Sie war sich sicher gewesen, ihre Begegnung mit der Frau habe nur ein paar Minuten gedauert. Als sie jetzt Stantons Blick gewahr wurde, schlug sie sofort die Augen nieder. Die Liebe hat zwei Herzen und zwei Münder, hörte sie die Alte sagen. Sie weigerte sich, einen Zusammenhang herzustellen. Aber es kam ganz von selbst. Ach. Es war falsch gewesen, Stanton in ihr Abteil zu ziehen. Falsch alles, was sie getan hatte. Warum konnte sie nicht einfach verschwinden. Auf die schwarze Seite der Steine, dachte sie. Dort, wo kein Licht ist und man keinen Schatten wirft.

»Es ist wohl besser, wenn ich gehe« sagte er.

»Nein, warten Sie, Charles«, sagte sie schnell. »Lassen Sie uns etwas trinken in einer der Buden da.« Warum fiel ihr nichts Besseres ein, schalt sie sich selbst. Er nickte. Wie zwei Reisende, die sich eben zufällig getroffen hatten, machten sie sich auf die Suche. Doch alles war inzwischen geschlossen. In diesem Moment stieg ihr Kondukteur aus dem Zug. Als er sie sah, steuerte er direkt auf sie zu. Für ihn sind wir ein Paar, durchfuhr es Sophie.

»Der Mord im Zug, vor Irkutsk«, rief er und machte sofort eine Pause, als sei es ihm nun peinlich, dieses Thema anzusprechen, »der Mord ist noch nicht aufgeklärt. Aber man geht davon aus, daß es ein Japaner war.« »Gibt es dafür Hinweise?« Stanton hatte bereits seinen Notizblock gezückt. »Bloß keine Mitteilung an die Presse, bitte.« Stanton steckte den Block wieder ein. Er würde sich auch so alles merken. »Der Hals wurde offenbar mit einem Samuraischwert durchtrennt. Außerdem hat der Mörder in der Haut des Opfers oberhalb des Brustbeins ein winziges japanisches Symbol eingeritzt. Ein Ritualmord, sagt die Polizei.« Stanton schüttelte zweifelnd den Kopf. »Es ist doch eigentlich eher unsinnig, eine Frau umzubringen. Jedenfalls sind die verurteilten Zwangsarbeiter, die einen Paß bitter nötig haben, alles Männer.« »Genau. Das habe ich der Polizei auch gesagt.« Der Kondukteur wirkte froh, seine Überlegungen endlich jemandem mitteilen zu können. »Es scheint aber, daß ihr Bräutigam für einen der mächtigsten russischen Holzbarone tätig ist. Er war bereits ein paarmal in Korea. Vermutlich haben die beiden nicht wenige Feinde, besonders auf japanischer Seite.«

Sophie sah Stanton an. Tung hatte sich seit Irkutsk nicht mehr bei ihr gezeigt. Müßte er ihren Verdacht jetzt nicht melden? Sie hatte sein Gesicht auf ihrem Film.

»In unserem Zug jedenfalls reisten keine Japaner«, betonte der Kondukteur nun, sichtlich erleichtert, »und damit bin ich für diesen Vorfall unter gar keinen Umständen zuständig. Übrigens müssen Sie hier Ihre Wagen noch ein letztes Mal wechseln«, sagte er laut im Fortgehen. Seine Worte hatten einen Sturm der Entrüstung zur Folge. »Was?« riefen alle, die in der Nähe standen. »Man hat uns in Irkutsk doch versichert, wir könnten unsere Wagen bis zum Ende der Reise behalten.« Der Beamte wollte sich davonmachen, doch die Reisenden ließen ihn nicht durch. »Es tut mir leid«, rief er und hob hilflos die Arme, »die Company wird Ihnen neue, wenn nicht sogar bessere Wagen zur Verfügung stellen und alles umräumen. Sie brauchen sich um nichts zu kümmern.«

Als verschaffe ihr die Aufregung mehr Klarheit, sah Sophie auf einmal alles ganz deutlich vor sich: den albernen Haufen beleidigter Passagiere auf einem verschneiten Bahnsteig irgendwo in der tiefsten Mandschurei, den großen Amerikaner in seinem langen, blauen Wollmantel mit der Biberpelzkappe auf dem Kopf, stumm, traurig, neben einer vor sich hinschweigenden

Frau in Wintermantel und Pelzkappe – sie selbst. »Charles.« Sie nahm seinen Arm, zog ihn mit sich den Bahnsteig entlang. Er fühlte sich sperrig an, als ziehe sie ihn gegen seinen Willen mit sich. »I am sorry about what happened«, sagte sie. »Ich hatte plötzlich solche Angst.« Der unberührte Schnee unter ihren Füßen knirschte, überdeutlich die einzelnen Kristalle. »Auf einmal konnte ich an nichts anderes mehr denken als an meinen Mann und Lina. Vor allem Lina. Sie hätten nicht wirklicher sein können, wenn sie im Abteil gestanden hätten.«

Sie blieb stehen, blickte ihn an. Als sie sein Gesicht sah, ließ sie seinen Arm los. Statt einer Antwort zog Stanton seinen Mantel enger um die Schultern. Seine Schulter, die weiße Haut, nackt, verletzlich, ein Schatten im Oval des Spiegels. Noch einmal spürte sie diese Mischung aus Freude und Angst. Sie wollte ihn umarmen, ihm irgend etwas sagen. Sagen, daß sie nicht einmal mehr wisse, ob sie ihren Mann noch liebe. Daß jetzt er, Charles, ihre Gedanken so stark beherrsche. Er schien irgendeinen Punkt in der Ferne zu fixieren. So mochte er ausgesehen haben, als er noch ein Junge war in Alaska. Auf einmal sah sie ihn in seinem dunklen Zimmer, den Lichtstreifen unter der Tür. Sie wußte so wenig von ihm. Was ging jetzt in ihm vor? Er war kein Draufgänger. Keiner dieser flüchtigen Frauenhelden.

In diesem Augenblick machte er einen Schritt von ihr fort. Sie fühlte sich hilflos. Schließlich fügte sie leise hinzu: »Ich möchte nicht, daß wir uns verlieren. Ich habe noch nie einen solchen Freund gehabt. Ist es nicht möglich, daß wir so wie vorher, ich meine, bevor…« Der Kondukteur rief schon zum zweiten Mal. Er hatte die Passagierliste dabei und wollte die Wagen einteilen. Stanton atmete tief durch. »Ich glaube, wir sollten zu ihm gehen, Sophie«, sagte er.

Sie liefen zurück. Ihrer beider Abdrücke im Schnee neben den Gleisen einmal hin, einmal zurück. Die ganze verfahrene Situation hier aufgezeichnet in unseren Spuren, dachte sie.

Der Kondukteur teilte ihnen die neuen Wagen zu. Sophie und Stanton waren nicht im selben untergebracht. Es kam ihr so vor, als sei Charles mit dieser Entscheidung des Zufalls sehr zufrieden.

Ein letztes Mal bezogen sie ihre neuen Abteile. Als Sophie Linas Photographie in die Hand nahm, zögerte sie, sie wieder aufzustellen. Sie spürte: diese Reise hatte etwas in ihr verändert. Ihr Leben hatte aufgehört, selbstverständlich zu sein. Lange betrachtete sie das Bild, bevor sie es wieder in der Tasche verstaute. Nachdem sie ihre Sachen in den schmalen Schrank geräumt hatte, legte sie sich aufs Bett. Was genau hatte sich denn verändert? Sie konnte es nicht sagen, wußte selbst nicht mehr, an welchem Punkt sie sich befand. Weder auf der x- noch der y-Achse im Koordinatensystem des Lebens, dachte sie. Und schon gar nicht an dem Punkt, an dem das Licht die schwarzen in weiße Steine verwandelte. Vielmehr an einem Ort, an dem undurchdringlicher Nebel sich ins Zentrum aller Dinge schob. Nichts wollte mehr zusammenpassen. Sophie und Lina, probierte sie, zwar die Lippen bewegend, aber die Namen nicht wirklich aussprechend. Sophie und Albert. Lina und Albert. Sophie und Charles.

Auch in diesem Abteil hing ein kleiner ovaler Spiegel an der Wand. Die Lichter der Station draußen huschten darin vorbei, ließen das Glas plötzlich aufleuchten, hell, leer. Worauf sollte ihr Leben hinauslaufen. Nichts zeichnete sich ab. Nicht nur, daß sie Albert und Lina betrogen hatte. Genauso auch Charles und sich selbst. Falsch, falsch alles was sie tat. Sie holte tief Luft, atmete lange aus, versuchte vergeblich den Druck, der auf ihren Schultern, ihrem Nacken, ihrem Brustkorb lastete, abzuschütteln. Als sei das Atmen unmöglich geworden. Sie drehte sich um, vergrub das Gesicht in den Kissen. Was sollte sie Albert erzählen! Wie könnte sie ihm in Port Arthur unter die Augen treten? Würde er etwas begreifen davon, wie sie sich gefühlt hatte? War dies überhaupt die richtige Frage? Ging es ihr nur um die andere Möglichkeit? Oder mußte sie sich fragen, ob vielleicht Stanton der Mann war, den sie zu lieben begann – jetzt, wo es fast schon wieder zu spät schien? Stanton und Albert. Albert und Charles … vom einen zum andern, Charles und Albert, Ringlein Ringlein, du mußt wandern … Im Rhythmus der Räder kreisten die Worte durch ihren Kopf, betäubend, jeden präzisen Gedanken verhindernd. Wenn sie diesen Kreis durchbrechen könnte. Vielleicht sollte sie ihr Tagebuch wieder führen. Längen- und Breitengrade eintragen zur Positionsbestimmung, Temperatur und Niederschlag festhalten im Verhältnis zur eigenen Befindlichkeit, Geschwindigkeit und Windstärke zur Berechnung der Zukunft. Welche Sehnsucht sie auf einmal verspürte nach solchen Daten, eine Sehnsucht nach Genauigkeit. Irgendwo mußte es doch einen Punkt geben, an dem auch sie das Gefühl haben konnte, angekommen zu sein, am richtigen Platz zu stehen. War es die Ankunft am Ende der Reise? War es Albert?

»Charles«, sagte sie plötzlich laut, sehnsüchtig.

Auf einem schmutziggrünen Meer, das zwischen den Hinterhöfen einer großen Stadt brandete, auf und ab und auf und ab, trieben vom Salz zerfressene Zitronenhälften, junge schreiende Kätzchen, Unrat aller Art. Dazwischen zwei schwarze, massige Ungeheuer, Seekühe oder Schlangen, sie kamen direkt auf sie zu. Sie versuchte zu fliehen, doch die zwei Köpfe, die zwei Münder, die zwei Herzen zogen sie in entgegengesetzte Richtungen, so daß sie nicht von der Stelle kam. Alles war doppelt in diesem Traum, sie der Nabob, der in der Wüste schwamm …

Sie wachte auf von ihrem eigenen Schluchzen, hielt den Atem an, hörte aber nichts. Zum Glück schien sich niemand in den Abteilen nebenan zu befinden. Sie schämte sich vor sich selbst.

VIII

Das Chinagebirge lag vor ihnen. In Irekte spannte man eine zweite Lok vor den Zug, und auf zickzackförmig verlegten Gleisen zogen die Maschinen die Waggons bergauf. Über eintausend Meter Höhenunterschied waren zu überwinden, die Blicke atemberaubend: breite Täler und schroff aufragende Felsen mit jähen Abgründen neben der Strecke. Oben auf der Paßhöhe gab es eine kleine Station, an der eine Frau Postkarten aus ihrem Bauchladen verkaufte. Im Nu war sie von Passagieren umlagert. Wenig später standen überall Paare: einer vornübergebeugt, während der andere auf dem Rücken des Vordermannes das Kärtchen schrieb, schließlich Rollenwechsel. Sophie suchte vergeblich nach Stanton. Als sie ihn dann entdeckte, gab es ihr einen Stich: Auch er hatte eine Karte gekauft, stand mit einer jungen Frau zusammen, die sich in diesem Moment lachend umwandte, den Rücken beugte und sich ihm als Schreibunterlage zur Verfügung stellte.

»Haben Sie auch solchen Appetit auf etwas Besonderes?« Der langhaarige junge Priester war neben sie getreten. Diese Frage paßte gar nicht zu ihm. »Glauben Sie denn allen Ernstes, in diesem Winkel der Welt etwas Besonderes auftreiben zu können?« Sie merkte, sie klang fast aggressiv. »Ja, doch. Ich habe schon etwas gefunden. Die herrlichsten kalifornischen Pfirsiche. Nur…« Er brach ab. Sophie konnte sich denken, was der Grund war. Sie kosteten bestimmt ein kleines Vermögen. »Wo denn?« fragte sie. Sein Gesicht hellte sich auf. Sie war dankbar für seine Zuwendung. Wenn es sie nur aus ihrer Niedergeschlagenheit riß. Er führte sie an einen Stand, der vor allem Zwiebeln feilbot. Mitten dazwischen tatsächlich eine Dose mit einem Etikett, auf das dunkelorange Früchte gemalt waren. Welch seltsamen Weg sie gegangen sein mußte, um hier auf der Paßspitze zu landen. Den ganzen langen Weg einmal um die halbe Welt, so wie sie alle, nur aus der anderen Richtung. Stantons Heimat, dachte sie im selben Moment. Die Frau mußte ihr angesehen haben, wieviel diese Pfirsiche ihr jetzt bedeuteten. Sie verkaufte sie sündhaft teuer. »Löffelchen habe ich im Abteil«, sagte der Priester unerwartet fürsorglich. »Einen Dosenöffner auch.« Wenig später, als der Zug wieder Fahrt aufnahm und in drei großen Kehren bergab fuhr, saßen sie in Sophies Abteil und löffelten die glatten, in dickem Sirup schwimmenden Früchte. Wenn sie sie mit Stanton hätte essen können. Sie schluckte die Tränen, die sie aufsteigen fühlte, mit einem großen Stück Pfirsich hinunter.

Als sie sich der Stahlbrücke näherten, die den Nonni-Fluß überspannte, verabschiedete sich der junge Mann von ihr, um seine Sachen zu packen. Er wollte in Tsitsikar aussteigen, wo es zur Zeit viel gute Arbeit für einen Zimmermann gäbe – das nämlich war sein wirklicher Beruf. »Fehlt ja nur noch, daß Sie Joseph heißen«, bemerkte Sophie. Er starrte sie an. »Woher wissen Sie das denn?«

Schon liefen sie in die Ebene ein, die wie eine riesige Baustelle aussah. Man konnte nicht übersehen, daß die Russen hier in Windeseile eine ganze Stadt zusammennagelten. »Auf chinesischem Terrain«, konstatierte Cecil in Richtung des Russen. »Was sagt unser Pazifist dazu?« Er wurde nicht müde, den Holzbaron mit den Goldminen herauszufordern.

Zahlreiche Reisende stiegen neu hinzu, auch Sophie mußte ihr Abteil mit einer Frau teilen, die sich allerdings sofort nach ihrer Ankunft ins Bett legte und nicht wieder aufstand. Zwei Amerikanerinnen, eine über achtzigjährige Mutter mit Tochter, bekamen keinen Platz mehr in den Wagen der ersten oder zweiten Klasse. Ihnen blieb nur die Wahl zwischen der dritten Klasse oder dem Gefangenenzug. Auch Cecils Fürsprache hatte keinen Erfolg. Angewidert kam er vom Kondukteur zurück. »Wer sich die dritte Klasse angesehen hat, weiß, daß das für jeden Europäer eine Zumutung ist. Einfache Holzbänke in einem Schuhkarton. Vor allem aber das Publikum dort! Schmatzt, rülpst und furzt ohne Hemmungen. Sich Flöhe dort zu holen, ist wahrscheinlich noch das geringste Übel.« »Na ja – für Europäer ist das etwas anderes«, entgegnete ihm sein russischer Widersacher triumphierend. Erwartungsvoll sahen alle den Goldminenbesitzer an, der lange Zeit erbittert geschwiegen hatte. Worauf wollte er hinaus? »Was für einen zivilisierten Europäer eine Zumutung sein mag«, sagte er mit Genugtuung, »das ist für einen Amerikaner doch allemal gut genug.«

Sophie begann zu wünschen, die Fahrt möge endlich vorüber sein. Gleichzeitig hatte sie fast Angst davor, da dieser Zustand des Schwebens, in dem sie sich aller festen Verbindungen enthoben fühlen und alle Möglichkeiten gleichzeitig spielen konnte, am Ende der Reise unweigerlich in eine Entscheidung münden mußte.

Stanton begegnete sie überhaupt nicht mehr. Als gehe er ihr bewußt aus dem Weg. Sie hatte versucht ihn in seinem Wagen zu finden, doch niemand hatte auf ihr Klopfen hin geöffnet. Ob er mit der anderen Frau jetzt so zusammen reiste wie vorher mit ihr? Eine Zeitlang hatte sie kaum noch Bilder gemacht. Es war ihr unmöglich gewesen, sich anderen zu nähern, sich auf eine Situation einzulassen, die nicht sie selbst betraf. Jetzt zwang sie sich geradezu, die Außenwelt abzulichten, festzuhalten. Die Kamera half ihr, sich Distanz zu verschaffen, die Rolle der Photographin erschien ihr die einzige wirkliche Möglichkeit.

Mongolen ritten auf kleinen Pferden über die Ebene. Über ihren blau-roten Uniformen trugen sie die Mausergewehre. Eine Jurte, halb vom Schnee verweht. Eine Kamelstation. Der Sungari-Fluß, eine breite Schleife in der Landschaft. Sie wartete, bis das Eis im Gegenlicht aufblitzte, und hielt das Bild fest. Die erste Dschunke. Ein Segel aus gesteptem Reisstroh wie eine große Jalousie quer am Mast, gelb leuchtete es in der Sonne.

Etwa zehn Werst vom Fluß lag Charbin, die neue große Stadt, in der die Eisenbahnen von Wladiwostok und Dalni zusammenliefen. Schon von weitem sah man ein gewaltiges Meer flacher Häuser, auf deren Dächern die Sonne glänzte. Fabrikschlote erhoben sich wie Leuchttürme, Kirchenkuppeln fehlten ganz. »Das nenne ich eine Großstadt«, sagte jemand, dessen Stimme sie schon lange nicht mehr gehört hatte. Ed, der Baedeker-Agent. »Dabei wird Charbin gerade erst sechs Jahre alt.« »Steigen Sie hier aus?« fragte sie verbindlich. Er nickte. »Ein heißes Pflaster.« Laut schnalzte er mit der Zunge. Ach du lieber Himmel. Nicht schon wieder diese Phantasien. »Es gibt hier mehr verkommene und korrupte Subjekte als irgendwo sonst. Im Boxeraufstand hat Charbin sich einen unrühmlichen Namen gemacht.« Eigentlich widerstrebte es ihr, ihn zu fragen. An seinen letzten Auftritt erinnerte sie sich mit gemischten Gefühlen. Aber er verband sie auch mit Stanton. »Wieso?« fragte sie. Er lächelte, als habe er ihren Gedankengang erraten. Sein Mund wurde dabei noch breiter, die Lippen schmäler. »Sechstausend Chinesen aus der Umgebung belagerten diese Stadt, die von nur hundertfünfzig immerhin gut bewaffneten Ausländern gehalten wurde. Nach zwei Monaten kamen die Russen zur Unterstützung der Belagerten, die Phalanx der sechstausend Boxer löste sich auf wie Nebel in der Morgensonne. Einer hatte den anderen verraten. Besiegt von ihrer eigenen Feigheit und Niedertracht. Als hätte es sie nie gegeben.« Der Zug fuhr in den Bahnhof ein. »Die Verruchtheit dagegen«, sagte er, bereits zum Gehen gewandt, »wie die Wirts- und Freudenhäuser von Charbin sie bieten, ist leider selten geworden in dieser Welt.«

Kaum hielt der Zug, wurde er von dienstbeflissenen Chinesen gestürmt, die das Gepäck der Passagiere an sich rissen. Ein regelrechter Kampf um die Koffer entbrannte, wobei Püffe und Fußtritte wenig halfen. Der Baedeker-Agent, offenbar erprobt in derlei Situationen, drohte mit seiner Kosakenpeitsche, worauf die Chinesen wie eingeschüchterte Hunde flohen, um, sobald sie sich in Sicherheit wähnten, in kicherndes Gelächter auszubrechen.

Auch dieser Bahnhof war überflutet von Menschen. Wilde Gesichter, Chinesen aller möglichen Regionen, Koreaner, Zigeuner, Mandschus. Wie ein Fels in der Brandung drei persische Kaufleute in schönen langen Gewändern, die auch nicht aus der Ruhe zu bringen waren, als zwei schmutzige Straßenköter zwischen ihnen hindurchliefen. Die Sonne hatte bereits erstaunliche Kraft. Viele der einfachen Leute trugen zum Schutz halb zerrissene moderne Strohhüte, ein merkwürdiger Kontrast zu ihrer Aufmachung. Einige stolzierten mit Regenschirmen umher, der glänzende Gloriastoff geplatzt, die Gestelle verbogen. Relikte von der Bahnlinie, von Reisenden unterwegs aus dem Zug geworfen.

Der Baedeker-Agent, den sie eben schon auf dem Bahnsteig gesehen hatte, kehrte noch einmal zurück. Wenn sie nicht alles täuschte, machte er ihr Zeichen. Sie ging zur offenen Tür am Ende des Waggons. »Seien Sie vorsichtig hier«, rief er ihr zu. »Der Chef der Russisch-Chinesischen Bank hat mir eben erzählt, letzte Nacht seien sieben Männer erstochen worden. In einer einzigen Nacht!« »Das gleiche gilt für dich, Ed«, rief Stanton, der jetzt zum ersten Mal wieder in Sophies Waggon auftauchte. »Besonders in den Spelunken, in denen du dich rumzutreiben pflegst!« »Willst du mitkommen, Chuck?« Und mit einem Blick zu Sophie verabschiedete sich Ed: »Glauben Sie mir, früher war er da ganz anders.« »Ach, scher dich zum Teufel!« Baedeker verschwand winkend. »Man darf Ed nicht alles glauben«, versuchte Stanton das Gesagte abzuschwächen. »Er phantasiert gerne. Das liegt am Beruf.« Sophie war zu gern bereit, ihm zu glauben. Sie war einfach nur froh, ihn endlich wiederzusehen. Er lehnte sich aus dem Waggon nach draußen. »Die russischen Soldaten haben ihre liebe Not, die Ordnung hier aufrechtzuerhalten.«

Nachdem sie sich ihm in seiner Abwesenheit in Gedanken so nah gefühlt hatte, schien er jetzt, wo er direkt neben ihr stand, unendlich weit fort. Sie sah ebenfalls hinaus. Ein russischer Soldat verpaßte einem Kuli einen Streich mit der flachen Klinge, ein anderer ohrfeigte einen jungen Chinesen. Doch niemand, eingeschlossen die Opfer dieser willkürlichen Justiz, empörte sich über die rüde Behandlung. »Hier bleibt man wohl besser im Zug«, sagte Stanton. »Ich gehe in den Speisewagen. Kommen Sie mit?«

Im Moment, als sie den Waggon betraten, wußte sie, es war kein glücklicher Vorschlag gewesen. Der Raum war brechend voll. Die russischen Offiziere, Stammgäste seit Moskau, fühlten sich offensichtlich belästigt, denn wie zur Verteidigung rauchten sie alle gleichzeitig Zigarren. Lautstarke Engländer, Cecil mitten unter ihnen, schlossen Wetten ab, wer der Sieger des Hundekampfes werde, der unter dem Tisch zwischen Sissy und einem Golden Retriever entbrannt war. Sophie konnte sich gerade noch vor einem wütenden Angriff an die Theke flüchten, die überladen war mit Kerzenleuchtern und Weinflaschen, Schüsseln mit Kuchen, kandierten Früchten und rohem Fisch, dazwischen überfüllte Aschenbecher und Teegeschirr. Stanton landete bei den Engländern auf der anderen Seite. Keine Chance, sich jetzt zu ihm durchzuschlagen. Sie hatte auf ein längeres Gespräch gehofft, damit sich ihre Gedanken nicht im Kreis bewegten. Ihr war zum Weinen zumute. Da verrann die Zeit, und sie benahmen sich, als hätten sie einander nie gekannt.

Vor den Scheiben des Speisewagens tauchten die Gesichter neugieriger Bauern auf. Sie schubsten sich, preßten ihre Nasen gegen die Fenster, um besser sehen zu können. Auf sie mußte der ganze Waggon wie ein verückter Zoo wirken. Plötzlich glitt dem vordersten der Karton, den er getragen hatte, aus den Händen und fiel auf die Erde. Es waren Eier darin gewesen. Jetzt schwammen die gelben Dotter in der klaren Flüssigkeit auf dem

Boden. Der Mann stand starr vor Schreck, während die anderen um ihn herum sich vor Lachen bogen und auf die Schenkel klopften. »Gott, der Ärmste!« rief Madame. »Das muß ein schrecklicher Verlust für ihn sein.« »Aber diese Leute sind glücklich, auch wenn sie arm sind«, belehrte sie ein Landsmann, der auch schon den Kondukteur vor kurzem auf unangenehme Art von oben herab behandelt hatte. »Ich traf vorhin einen Chinesen, der ausgezeichnet französisch parlierte. Mit seinen drei Frauen und mehreren Kindern lebt er, so erzählte er mir, komfortabel von dreieinhalb amerikanischen Cents pro Tag. Bei uns doch undenkbar! Was beweist: Das Glück hängt nicht am Geld allein.«

Straßenköter balgten sich jetzt um die zerbrochenen Eier und leckten die klebrige Masse auf. Was heißt hier denn komfortabel, wollte Sophie einwenden. Als ob ein solch armer Mensch sich eine Vorstellung von europäischer Bequemlichkeit machen könnte. Zu verhungern braucht er hier nicht, weil er das zweifelhafte Glück hat, an einer Bahnstation zu leben – sehen Sie das denn nicht? stritt sie mit ihm in Gedanken. Aber sie unterließ es, irgend etwas zu sagen. Bei gutsituierten Leuten, die entschlossen waren, sich nicht beunruhigen zu lassen und die Welt in harmonischer Ordnung zu sehen, war es ohnehin zwecklos. Ihre Vorstellung der Welt war wirksamer gegen die Realität geschützt als jeder in Träumen verborgene Schatz.

Als der Zug sich wieder in Bewegung setzte, war es fast Abend geworden. In der Stadt wurden die Papierlaternen entzündet, die an langen gebogenen Stangen weit auf die Straßen hinaushingen. Lampions in allen Formen und Größen leuchteten auf, rosa und orange, türkis und weiß. Schwebten im Abendhimmel, Apfelblüten und Sterne – ein märchenhaftes Bild, das Schmutz und Dreck vergessen ließ.

Sophie mußte an den Baedeker-Agenten denken. Irgendwo

dort lief er eine Straße entlang, betrat ein Gasthaus, saß vielleicht schon längst in einem der Häuser mit einem roten Lampion. »Halt! Stop!« riefen mehrere Stimmen plötzlich aufgeregt. »Anhalten!« Vom hinteren Ende des Bahnsteigs rannten schreiend und gestikulierend zwei verspätete Passagiere dem Zug hinterher. Es half nichts. Die Lok fuhr weiter. »Was geschieht denn jetzt mit ihnen? Ihr Gepäck reist doch in diesem Zug?« Aufgeregt umringten sie den Kondukteur. Der zuckte die Achseln. »Die Leute scheinen zu glauben, daß Reisen im wesentlichen darin besteht, den ganzen Tag irgendwo zu sitzen und Tee oder Champagner zu trinken. Es kommt häufiger vor, als man denkt. Aber keine Sorge. Die Bahnhofspolizei wird sich ihrer annehmen, und dann müssen sie vierundzwanzig Stunden auf den nächsten Zug warten. Angekommen sind noch die meisten.« »Wie anders als mit Trinken soll man diese Reise denn auch ertragen«, sagte jemand. Den Satz kannte sie. Es war Stanton. Sophie entdeckte ihn hinter dem Kondukteur. Jetzt trat er zu ihr. »Auf der nächsten großen Station«, sagte er, »in Mukden, erbitte ich mir eine Stunde.« Es kam ihr vor, als fiele ein schwerer Mantel, der sie umfangen gehalten hatte, von ihr ab. »Darüber wäre ich sehr glücklich.«

Sie blickte seiner großen Gestalt nach, als er ging. Stimmte, was Ed über ihn gesagt hatte? Sie mochte es nicht glauben.

IX

Seitdem sie am Morgen einen anderen Arm des Sungari-Flusses überquert hatten, befand sich der Zug auf dem direkten Weg nach Süden. Zwar war es kaum die Zeit, Anzeichen des Frühlings auszumachen – doch trotzdem glaubten alle, eine Veränderung in

Landschaft und Klima zu spüren. Aufregung verbreitete sich unter den Passagieren, jetzt, da sie die großen, einsamen Gegenden hinter sich wußten und Mukden nicht mehr weit war, und märchenhafte Vorstellungen von Tälern voll blühender Kirschbäume wurden laut, von zarten weißen Blütenmeeren, so weit das Auge reichte.

Aus derselben unbestimmten Vorfreude heraus hatte Sophie ihr neues helles Wollkleid angezogen. Prompt bemerkte Monsieur: »Sie sehen aus wie eine Braut heute, liebe Sophie. Aber...«, er brach ab, denn kaum hatte er es ausgesprochen, wurde sie feuerrot, schien den Tränen nahe. Verunsichert trat er neben den britischen Ingenieur ans Fenster. Sophie lief in ihr Abteil zurück, die Kamera zu holen. Der Apparat verschaffte ihr Beruhigung. Unbemerkt photographierte sie Cox und Monsieur im Gang, die sich inzwischen mit dem Russen über die Zustände in Port Arthur stritten. »Alexejew, der Statthalter, wurde nur Vizeregal, weil er einen Onkel des Zaren bei einer Schlägerei in Marseille herausgehauen hat«, schnappte sie auf. »Die Befehlsgewalt im Osten erhielt er als Dank für diese Heldentat.« Während sie die Chinesen photographierte, die jetzt in den Zug kamen, um Goldmünzen von den Passagieren zu kaufen – fünf Rubel Gold gegen fünf Silberrubel und 50 Kopeken in Papier –, hörte sie Cox sagen: »Der Statthalter liebt nur Berichte, in denen es heißt: Alles in Ordnung. Dann kann er alleruntertänigst melden, daß die ihm anvertraute Flotte in Gefechtsbereitschaft ist, und braucht sich um nichts zu kümmern.« »Stimmt. Alexejew ist ein wichtiges Stimmungsbarometer. Sollte es in Port Arthur wirklich gefährlich werden, gehört er zu den ersten, die verschwinden. Bis dahin sind die Geschäfte sicher.« Sie hörte mit gemischten Gefühlen zu. Albert hatte ihr kaum von den dortigen Verhältnissen erzählt. Vielleicht hatte er es nicht wissen können.

Inzwischen hatte der Zug eine beträchtliche Länge erreicht. Über dreißig Güterwaggons waren angehängt worden, in denen fast nur Männer reisten. Dicht aneinandergedrängt saßen sie in den Türen und ließen die Beine baumeln. Der Kondukteur hatte Sophie vor ihnen gewarnt. Viele seien ehemalige Sträflinge, die ihr Glück als Goldsucher und Ginseng-Sammler versuchen wollten und zu allem bereit waren. Für die meisten Passagiere war Mukden das Ziel. Von dort aus zweigte eine Bahnlinie nach Peking ab. Nur noch dreihundert Meilen bis Port Arthur, wurde ihr klar. In Vorfreude auf das Ende seiner Fahrt redete Cecil auf sie ein wie ein Wasserfall. »Die alte Kaiserstadt ist die zweitgrößte Palastanlage nach der Verbotenen Stadt in Peking, wissen Sie. Acht doppelbögige Tore kontrollieren den Zugang zur inneren Stadt, wo seit 1644 die Ch'ing-Dynastie der Mandschus über ganz China herrscht, nachdem zuvor die Ming-Dynastie die Herrschaft der Mongolen abgelöst hatte. Mukden zählt jetzt über zweihunderttausend Einwohner.« Weshalb glaubten die Leute, die anderen müßte alles genauso brennend interessieren wie sie selbst, dachte sie ärgerlich. Man konnte die Stadt nur aus der Ferne sehen, graue, verfallende Stadtmauern. Die Station Mukden, an der sie jetzt hielten, war dagegen eine neue kleine Festung. Sie stand inmitten seltsam geformter, bewachsener Hügel, auf denen überall Männer und Frauen saßen. »Wissen Sie, was Sie da im Begriff sind zu photographieren?« rief Cecil ihr nach, während sie die Belichtungszeit schätzte. Um Gottes willen. Er hatte sich doch bereits von ihr verabschiedet. »Eine alte chinesische Friedhofsanlage. Die Menschen dort drüben sitzen an den Gräbern ihrer Ahnen. Sie können die offenen Särge erkennen. Im Boxeraufstand waren diese Friedhöfe Hauptursache des Streits – die Chinesen wollten die Fremden vertreiben, die ohne Respekt das Gelände ihrer Ahnen bebauten. Die Bahnlinie führt mitten hindurch. Leben Sie wohl!«

Ein paar vornehm in Seide gekleidete Mandarinfrauen fühlten sich gestört, als Sophie ihren Apparat auf sie richtete. Obwohl sie sich sofort wieder abwandte, verschwanden sie in kleinen Kutschen über Straßen, die breit und sauber wirkten.

Sie hatte schon unruhig nach Stanton Ausschau gehalten, dessen große Gestalt inmitten der vielen kleinen Chinesen doch auffallen müßte. Jetzt endlich sah sie ihn kommen, er schwebte förmlich über der Menge. Sie hob die Kamera und photographierte ihn, wenn auch nur aus einiger Entfernung, weil sie nicht wollte, daß er es bemerkte. Das einzige Bild, das sie von ihm gemacht hatte. »Ich will Ihnen etwas Außergewöhnliches zeigen«, sagte er, als er bei ihr war. Unweit vom Bahnhof erhob sich der massive kugelförmige Turm einer Pagode aus rotem Lehm. Er deutete mit der Hand in ihre Richtung. »Das ist unser Ziel.«

Am Eingang an der alten Lehmmauer wachte ein Chinese mit dünnem weißem Haar. Stanton gab ihm eine Münze in die Hand, und er ließ sie eintreten. Das Innere der Pagode lag im Halbdunkel, ihre Augen brauchten eine Weile, um sich an das Licht zu gewöhnen. Ein fremder, schwerer Geruch hing in diesen Räumen. Leise ging Stanton voran, sie folgte. In einer Zelle hockten zwei Männer am Boden, die teilnahmslos vor sich hin starrten. Ein weiterer Mann saß neben ihnen und las mit halblauter Stimme aus einem alten Folianten. Ab und zu hielt er inne und warf mit der rechten Hand getrocknete Blätter in ein glühendes Kohlebecken. Dichter starker Rauch, nicht unangenehm, stieg davon auf, und der Geruch, den sie bereits beim Eintreten wahrgenommen hatten, wurde intensiver. Dann entdeckte Sophie die Opiumpfeifen auf dem Boden.

Stanton winkte sie vorwärts. Sie folgte ihm ins Heiligste des Tempels. Auf einem freistehenden Holzpodest war ein kostbar verzierter Glasschrein befestigt, in dem sich ein kleiner Götze befand. Die Figur, aus heller und dunkler Jade gearbeitet, zeigte eine Gestalt halb Mensch, halb Drache. Der Oberkörper war der eines Mannes, ab der Hüfte abwärts verwandelte er sich in einen schuppigen Panzer. »Gehen Sie einmal ganz herum«, forderte Stanton sie auf.

Offenbar war es das, was er mir zeigen wollte, dachte Sophie. Wozu? Langsam lief sie einmal um die Statuette.

»Sehen Sie, was passiert?«

Jetzt erkannte sie, was er meinte: Aus einer Perspektive waren Kopf und Gesicht eines Mannes zu sehen, aus einer anderen der Kopf eines drachenartigen Wesens. »Ein Meisterwerk an Inspiration, Menschenkenntnis und Handwerkskunst«, geriet Stanton ins Schwärmen. »Der Mensch im Kampf mit sich selbst.« Sie beugte sich ganz nah zu der Statuette, um sie besser deuten zu können, ging noch einmal um sie herum: Tatsächlich schien das Gesicht sich ständig zu verändern. Wirkte der Drache bedrohlich, erschien das Gesicht des Menschen verzagt, fast verzweifelt. Wirkte der Drache aber schwach, spiegelte der Ausdruck des Menschen Wut und Entschlossenheit. Sie hatte das Gefühl, die Figur beobachte sie. Aber es war Stanton, dessen Blick sie nun begegnete.

»Nachdem ich diese Figur zum ersten Mal gesehen hatte, habe ich verstanden, wie wenig man sich selbst eigentlich kennt«, sagte er. »Das ist die Wirkung, die man diesem Werk zuschreibt. Der Künstler hat gewußt, daß man manchmal seine eigenen Grenzen überschreiten muß, Sophie.«

Die eigenen Grenzen überschreiten. Sie machte einen Schritt auf Stanton zu, wollte seine Hand berühren. Doch tauchte in diesem Moment der Chinese mit dem Folianten im Türbogen auf. Bitte, so schien seine Geste zu sagen, verlassen Sie jetzt diesen Ort.

»Uns bleibt nicht mehr viel Zeit, Sophie«, sagte er, als sie wieder draußen standen. »Der Zug fährt gleich.«

»Charles«, sagte sie und ergriff seine Hand. »Ich möchte, daß wir uns wiedersehen. Ich weiß, daß ich Sie verletzt habe. Es war nicht meine Absicht. Ich denke oft an das, was Sie mir von sich erzählt haben.« Sie stockte. »Ich würde gerne mehr Zeit mit Ihnen verbringen«, setzte sie nach einem kurzen Zögern hinzu. Er zog sie an sich, näherte sein Gesicht dem ihren. Unwillkürlich schloß sie die Augen. Nichts geschah. Sie schlug die Augen wieder auf, sah, daß er lächelte. Ihr war wieder zumute wie ganz am Anfang ihrer Begegnung, als sie sich nie sicher war, ob er sich nicht über sie lustig machte. Dann ließ er sie los. »Kommen Sie, Sophie, wir müssen uns beeilen.« Er tippte ihr mit dem Zeigefinger auf die Nasenspitze. »Höchste Zeit.« Schon begann er zu laufen, sah sich nach ihr um, winkte ihr, sie folgte. Aber bei jedem Schritt, den sie machte, hatte sie das Gefühl, gegen ihren eigenen Willen zu laufen. Plötzlich dachte sie: eine Unstetigkeitsstelle. Wenn wir diesen Zug einfach verpassen würden? Einfach stehenbleiben ... die Grenze überschreiten. Sie blieb stehen. Aber Stanton hatte bereits dem Stationsvorsteher zugerufen, man solle den Zug noch aufhalten. Zu spät, dachte sie, während auch sie auf den Bahnsteig rannte, die Stufen zum Zug auf die Sekunde genau erklomm. Zu spät.

Langsam rollten sie auf den Brücken über sumpfiges, ausgewaschenes Terrain Richtung Süden. Kasernen überall zum Schutz der Brücke gegen räuberische Überfälle, von Kosakenpatrouillen bewacht. Keine dreißig Kilometer mehr bis Liaoyang. Von dort aus würden nur noch diejenigen weiterreisen, deren Ziel Dalni oder Port Arthur war, und als gäbe es eine Absprache, fanden sich die letzten Reisenden noch einmal mit Champagner im Speisewagen zusammen. »Conducente!« rief Monsieur. »Setzen Sie sich zu uns. Wir tauschen Adressen aus.« Der Kondukteur ließ sich mit einem Seufzer nieder. Auch Stanton war gekommen, setzte sich neben Sophie. »Ach, wenn Sie wüßten, wie mich das wieder mitnimmt!« Der Kondukteur tupfte sich die Stirn mit seinem rosa Tuch. »Man sollte denken, daß es mit jedem Mal leichter würde. Aber das Gegenteil ist der Fall. Je öfter ich diese Strecke fahre, desto schwerer wird der Abschied!« Er streichelte den kleinen Foxterrier. »Mit meinen Adressen könnte ich längst die ganze Welt bereisen.« »Versprechen Sie, uns in Paris zu besuchen«, warf Madame blitzschnell ein. »Wenn ich dann noch lebe.« Dieses Mal machte keiner eine Bemerkung.

»Warum so weit fort mit den Gedanken?« fragte Stanton sie leise. Sie ertappte sich dabei, wie sie ihre Hand mit dem Ehering unter der anderen zu verbergen suchte. Hatte er es bemerkt? Er lächelte ihr zu, hob sein Glas, forderte sie auf, ihres in die Hand zu nehmen. »Bottoms up«, sagte er fröhlich und trank das Glas auf einen Zug leer. Die anderen verließen den Speisewagen, sie blieben allein zurück.

Das Tischtuch vor ihren Augen schien zu verschwimmen. Das Muster der gewebten Fäden so übergroß, als könne sie sich an ihnen festhalten. Stanton zog mit einem kleinen Silberlöffel Linien darüber hin, von Flecken zu Flecken. »Braun«, sagte er plötzlich, »braun ist Port Arthur.« Er umrundete mit dem Löffel einen Soßenfleck. »Rot – Japan.« Der Löffel umkreiste einen noch feuchten Rotweinfleck. »Dazwischen liegt das Meer.« »Das blaue Gelbe Meer«, sagte Sophie. »Über das die Schiffe fahren: Fähren, Dampfer, Schwimmkräne. Von Japan, von Tientsin.« Vorm Fenster tauchten die flachen Gebäude einer chinesischen Stadt auf. »Ist das etwa schon der Bahnhof? Das kann doch nicht sein.« »Sieht ganz so aus. Sie müssen mich begleiten und Ihre Matruschka wieder an sich nehmen. Ich glaube nicht, daß jetzt noch Gefahr besteht.«

Sie nickte erschrocken. An die Negative hatte sie gar nicht mehr gedacht. Wie überhaupt erst jetzt die Außenwelt ihr wieder in den Sinn kam. Albert. In nur wenigen Stunden würde er sie in Empfang nehmen. Der Zug verlangsamte sich. Auf der ungepflasterten Hauptstraße sah man zu beiden Seiten die erleuchteten Papierlaternen an den Gebäuden. Aber als habe ihr der Anblick die Sprache verschlagen, brachte Sophie keinen Ton hervor. Zu vieles auf einmal, das sie hätte sagen wollen. Die Stimmen in ihrem Kopf schienen sich gegenseitig zu übertönen.

Die Gänge waren verstopft mit Gepäckstücken. Vor dem Abteil des französischen Konsuls türmten sich Madames Körbe voller Andenken von unterwegs. In einem von ihnen saß unter einem Deckel der Foxterrier und winselte. Im Abteil von Cox sah sie eine junge Frau in einem viel zu dünnen Kleid. Der Engländer gab ihr mehrere Geldscheine. Als das Mädchen bemerkte, daß Sophie durch den Spalt ins Abteil blickte, zog sie schnell die Tür zu. Der Zug hielt. Schon stürmten Kulis herein, das Gepäck abzuholen. Endlich stand sie in Stantons Abteil. Er gab ihr die Puppe, in eine amerikanische Zeitung gewickelt, zurück. Sophie nahm sie, drehte ihm ihr Gesicht zu, und plötzlich küßten sie sich, leidenschaftlich, nicht gewillt, einander je wieder loszulassen. Dann wurde ihre Abteiltür aufgerissen, ein Chinese schrie etwas herein. Sie trennten sich. Stanton nahm seinen Koffer, stieg aus. Vom Fenster aus sah sie ihm nach, wie betäubt. Er drehte sich noch einmal um, suchte sie mit den Augen, winkte; sie hob ihre Hand, die schwer geworden schien plötzlich, winkte noch, als er sich bereits wieder umgedreht hatte. Mit jedem Schritt von ihr fort schien er ihr näher zu kommen, sie sah seinen Rücken, die Linie seiner Schultern, die verwundbare Stelle unter dem Schulterblatt … Alles tanzte vor ihren Augen, die Menschen um sie herum, der Chinese in seinem blauen Kittel auf dem Bahnsteig, der eine Reverenz nach der anderen machte, als wolle er Stanton bis in alle Ewigkeit verabschieden.

In dem Augenblick, als Stantons große Gestalt im Bahnhofsgebäude verschwunden war, drehte der Chinese draußen auf dem Bahnsteig sich um. Sie hätte beinah aufgeschrien vor Schreck: Dort stand, im blauen Kittel, die Seidenkappe auf dem Kopf, Tung! Er sah ihr Entsetzen, sein Gesicht verzog sich zu einem bösen Grinsen. Es nützte nichts, daß sie schnell vom Fenster wegtrat. Er lachte, zeigte noch einmal in die Richtung, in die Stanton verschwunden war, lief über den Bahnsteig davon.

In den Wagen der ersten Klasse war es vollkommen still geworden. Abteiltüren standen offen, die Coupés waren leer. Auch im Speisewagen niemand. Sie hatte Angst. Warum war Tung wieder aufgetaucht? Versteckt hatte er sich also. Wie sollte sie sich jetzt verhalten? Am sichersten war sie in ihrem Coupé. Sie packte die Holzpuppe zuunterst in ihre Tasche, verriegelte die Tür, legte sich aufs Bett. Ihr war übel. Das Gesicht der Jadefigur, Stantons Gesicht, während sie sich küßten, das grinsende Gesicht von Tung schienen zu einem einzigen zu werden. Angst, Traurigkeit, alles spürte sie gleichzeitig. Was dachte er von ihr? Aber hätte er sie geküßt, wenn sie ihm gleichgültig wäre? Hätte er sich die Mühe gemacht, sie zu dieser Figur zu führen? Wie hatte sie soviel Zeit verstreichen lassen können, ohne zu einem Entschluß zu kommen, ohne noch einmal mit ihm zu reden. Aber sie wußte, es war ihr nicht anders möglich gewesen. Es lag nicht nur am mangelnden Mut. Wie gelähmt hatte sie sich selbst beobachtet. Sie mußte sich über sich selbst klar werden. Herausfinden, was sie überhaupt wollte im Leben.

Trotz ihrer inneren Unruhe mußte sie eingeschlafen sein. Als sie die Augen öffnete, wußte sie nicht mehr, wo sie sich befand. Die Sonne schien. Die baumlosen Hügel vorm Fenster sahen fast golden aus in diesem Licht. Albert, dachte sie. Gleich würde sie ihn wiedersehen. Plötzlich hatte sie das Gefühl, diese Reise, deren Ende sie herbeigesehnt hatte, sei zu schnell vorüber. Das Ereignis überholte die Erwartung. Vor dem Fenster tauchte das Meer auf, erst zur Rechten, dann zur Linken: die Korea-Bai und der Golf von Liaotung. Die Sonne warf ein silbernes Netz aufs Wasser. In unruhiger Erwartung begann sie zum letzten Mal ihre Tasche zu packen.

PORT ARTHUR, 1904.

I

Albert war nicht gekommen. Sophie hob ihren Rock an und stieg mit gesenktem Blick die drei Stufen hinab auf den Bahnsteig. Sie fühlte sich beobachtet. Ohne irgendwohin zu sehen, drehte sie sich wieder um. Mechanisch, als bewege jemand anders ihre Beine, ihre Arme, nahm sie die Reisetasche in Empfang, die der Kondukteur ihr herausreichte.

»Ihr Valise wird Ihnen später gebracht«, sagte er. Sie dankte ihm. Ihre Lippen Sprechwerkzeuge.

Als sie sich dem Bahnhof zuwandte, hatte sie das Gefühl, die Senkrechte des Gebäudes finge zu schwanken an. Die eisernen Pfeiler, die das Dach trugen, kamen näher, entfernten sich wieder. Nur der harte Griff ihrer Reisetasche, den sie fest umklammerte, gab ihr Halt. Endlich ordnete sich das Bild. Menschen, unzählig viele Gesichter. Wo war Albert? In ihrem Traum hatte sie sein Gesicht nicht mehr erkennen können. Eine ovale weiße Fläche mit Hautfurchen. Sie schüttelte das Bild ab und ging den Perron hinab, vorbei an Kulis, Sänftenträgern, Bonbonverkäufern. Vielleicht wartete er in der Halle. Die eisernen Zeiger der Bahnhofsuhr standen auf zwölf. Erstaunlich. Da waren sie nach dieser ganzen langen Reise tatsächlich auf den Tag, auf die Stunde genau angekommen.

Er war auch nicht in der Wartehalle. Auf den breiten, terrassenförmig angelegten Stufen, die vom Bahnhofsvorplatz zum Hafen hinunterführten, blieb sie stehen. Die Hügel um die Stadt glänzten in der Sonne. Das Eis schien zu schwitzen, blendete wie polierte Glasur. Sie beschattete die Augen mit der Hand. Einige Schiffe lagen vor dem Hafen unter Dampf. Ein Gewirr von Masten. Auf der Straße türmten sich im Schneematsch meterhoch hölzerne Wodkakisten. Schon begann sich das Gewimmel aus Rikschas und Droschken zu lichten. Sie konnte ihre Enttäuschung nicht unterdrücken. Hätte er sie nicht abholen können nach dieser langen, strapaziösen Fahrt? War etwas passiert und sie hatte nicht benachrichtigt werden können? Unruhig stellte sie die Reisetasche ab, suchte nach dem lindgrünen Umschlag mit seiner schnörkeligen, umständlichen Schrift. Als sie den zerknitterten Briefbogen mit der Adresse gefunden hatte, zupfte jemand ganz leicht an ihrem Umhang.

»Madam?« Ein junger Chinese in wattiertem Baumwollkittel stand vor ihr mit aneinandergelegten Handflächen. »You Lady Utzon?« Er verneigte sich tief. Wie damals Tung, dachte sie und nickte. Er reichte ihr einen Umschlag, auf dem sie ihren Namen in Alberts Schrift erkannte. »Liebste Sophie«, schrieb er, »dringende Geschäfte haben mich abberufen nach Tschifu. Es ist ein Trauerspiel, aber es war mir unmöglich, heute hier zu bleiben. Der Diener heißt übrigens Wei-Min. Er wird dich in dein neues Zuhause geleiten. Ich komme, sowie ich kann.«

Wei-Min führte sie zu einer Rikscha. Während er ihre Tasche hinten befestigte, ließ sie sich in den ausgepolsterten, schräg gestellten Sitz sinken. Dann stellte er sich zwischen die Griffe, wand sich ein Seil um den Leib und lief in leichtem Trab die Straße hinunter. Kahopp, kahopp, der Klang seiner Holzpantinen, nicht unähnlich den Hufen eines Pferdes. In Riga hatte sie noch verkündet, nie würde sie es über sich bringen, sich von einem Menschen ziehen zu lassen wie von einem Esel. Der Zopf des Dieners wippte im Rhythmus seiner Schritte, die Stadt ein überdimensionales Stück Leinwand, das jemand auf und ab bewegte: verschneite Hügel mit Festungsanlagen, ein glitzerndes Meer vor der Hafenbucht, von Felsen umrahmt. Vor einem einfachen zweigeschossigen Gebäude aus Stein hielten sie, Sophie folgte Wei-Min die zwei Stufen ins Haus. Im Erdgeschoß befand sich der Empfangsraum. Mit seinen pistaziengrünen Vorhängen, einer spiegelblanken Vitrine, einem Aquarium und dem olivfarbenen Mobiliar erinnerte er an einen grünen, mit Algen bewachsenen Meeresgrund, der versunken und entrückt wie ein Traumland zu sein schien. Eine der Türen öffnete sich, und eine schmale, langbeinige Frau trat ihr entgegen. Auf ihrem Gesicht lag ein rätselhaftes Lächeln. In diesem Moment kam die Sonne hervor und ließ ihr blondes Haar aufleuchten, als seien Goldfäden hineingewebt, glitt über ihr rotes, besticktes chinesisches Seidenkleid ... unwirklich, alles ein Traumbild, dachte Sophie, als die Frau in dem ihr so vertraut klingenden Deutsch der Dänen jetzt sagte: »Ich freue mich, Sie endlich kennenzulernen. Albert hat so viel über Sie erzählt. Herzlich willkommen bei uns in Port Arthur.« Sophie blieb stumm. Es war wie ein Schock. Fast mißtrauisch wartete sie. Die andere nahm einfach Sophies Hand in ihre. »Albert hat mich gebeten, Sie heute hier zu empfangen. Er mußte in einer dringenden Angelegenheit nach Tschifu. Ich«, hier, so kam es Sophie vor, zögerte sie einen winzigen Augenblick, »ich bin Johanna Andersson. Albert ist oft unser Gast.« Die dänische Mission, natürlich. Albert hatte ihr von Johanna geschrieben, gebeten, etwas für sie mitzubringen. Endlich erwiderte sie die Begrüßung. Ein alter Chinese in langem, weißem Rock und weißem Kittel näherte sich mit endlosen Verbeugungen. Er sagte etwas in seiner Sprache. »Er möchte Sie durchs Haus führen«, dolmetschte Johanna. »Ich werde inzwischen veranlassen, daß man uns Tee und etwas zu essen bringt. Sie werden nach der anstrengenden Reise eine Stärkung brauchen.«

In ihrem neuen Schlafzimmer trat Sophie ans Fenster. Man konnte das Meer von hier sehen, beinahe wie in Jurmala. Das war lieb von dir, Albert. Probeweise sein Name. Sie kleidete sich aus, legte sich aufs Bett. Die unberührte weiße Daunendecke neben ihr eine kühle, fremde Landschaft. Wie sie duftete. Sie nahm es gerade noch wahr.

Als sie aufwachte, lag auf dem Spiegel grünlich der Widerschein des letzten Lichts. Sie war schweißgebadet. Etwas hatte ihr auf der Brust gehockt im Schlaf, dunkel und groß, gegen das sie mit dem Atmen nicht ankam. Ein Druck wie in frühester Kindheit. Ihre Angst vor der Dunkelheit. Man konnte nicht fortlaufen davor, mußte reglos mitansehen, wie das Licht der Sonne sich allmählich zurückzog, die Winkel, die eben noch rötlich geleuchtet hatten, verblaßten, von Schatten aufgefressen wurden, die sich des ganzen Raums zu bemächtigen drohten. Schatten, die nicht schwarz oder violett oder blau waren, sondern einfach nur dunkel. Luft. Sie mußte hinaus, um nicht zu ersticken. Die Treppenstufen knarrten überlaut, als sie hinabstieg. Urplötzlich stand der alte Chinese vor ihr in dem dunklen Flur. »Bitte, geben Sie mir meinen Mantel.« Ihre Stimme klang rauh vor Schreck. Was mußte er so schleichen. Wortlos brachte er ihren Pelz. Plötzlich fiel ihr die Dänin ein. Ihr Angebot, etwas zu essen zu besorgen. Wie unhöflich von ihr, nicht darauf eingegangen zu sein.

Unten im Empfangszimmer war gedeckt. Ein kleiner Lacktisch mit blauweißen Porzellanschälchen. Darin schwarze wolkenartige Pilze, weißliche Teigbällchen, eine Art Kuchen, der wäßrig aussah. Johanna Andersson saß in einem Sessel, die langen Beine gekreuzt, und rauchte. Als Sophie eintrat, legte sie ihr Buch zur Seite, stellte einen Aschenbecher darauf und machte eine Geste mit der Hand, Sophie solle sich setzen. »Haben Sie sich ein wenig ausruhen können?« fragte sie. Sie stand auf, ging zur Tür und rief dem Diener in der Küche zu, er möge ihnen jetzt den Tee bringen.

Sophie ließ sich auf einem der Stühle am Eßtisch nieder. Ihr Blick fiel auf das Buch. Es war die dänische Ausgabe der Anna Karenina, die sie selbst einmal in Kopenhagen für Albert gekauft hatte. Dem Lesezeichen nach zu urteilen, hatte Johanna anscheinend schon die Hälfte des Buches gelesen. »Ich denke, Albert wird heute nacht eintreffen«, sagte Johanna. »Er hatte es jedenfalls so angekündigt.« Der Diener brachte den Tee, Johanna schenkte beiden ein, nahm im Stehen nur einen kleinen Schluck aus ihrer Tasse und sagte dann: »Ich muß leider gehen. Ich werde in der Missionsstation gebraucht.«

Es war Sophie recht. Sie hatte ohnehin einen Spaziergang machen wollen.

Das Meer lag fliederfarben unter dem früh dunkelnden Januarhimmel. Die Positionslichter der Hafeneinfahrt spiegelten sich im Wasser, grazile Tänzerinnen auf den Wellen. Fehlt nur noch, daß sie rauchen, dachte Sophie. Auf den Hügeln, wo die Forts sich befinden mußten, sah sie Lichtschein, vor einigen der Häuser in der Bucht hingen bereits Lampions. Sie folgte der Straße bergauf. Tief atmete sie die kalte, klare Luft ein, die jetzt von den Hügeln herabfiel und die Nacht ankündigte. Es roch nach Meer. Tang, Salz, Eisen. Dazwischen Essensdünste, ganz aus der Nähe der bittere Duft roter Bohnen, Ingwer. Der Atem dieser neuen Stadt. Allmählich wurde ihr wärmer, ihre Hände durchblutet von der Anstrengung des Bergaufgehens. Wie gut das tat. Sie dachte an Stanton. So oft war sie mit ihm um diese Stunde zusammengewesen. Es war der erste Abend, den sie fern voneinander verbrachten. Sie wünschte, auch er möge jetzt an sie denken, sie vermissen.

Sie hörte Schritte. Erschrocken drehte sie sich um. Jemand kam hinter ihr die Straße herauf, lief schnell. Sie sah kein Licht mehr in der Nähe, die letzten Häuser lagen längst unterhalb von ihr. Wie leichtsinnig war sie gewesen, allein loszugehen in dieser fremden Stadt, in der es zugehen mochte wie in Irkutsk. Sie dachte an Tung. Wenn sie verfolgt wurde? Sollte sie fortlaufen? Aber wohin? Sie kannte sich nicht aus, der Weg führte irgendwo hinauf in die Hügel, wo es noch einsamer war.

Ein Mann, kein Chinese, der Größe nach zu urteilen. Einen Augenblick hob sich seine Silhouette gegen den noch schwach erhellten Spiegel des Meeres ab. Er trug einen Hut, sie sah die

Krempe gegen den Himmel. Ihre Augen tränten vor Anstrengung, sie hörte das Blut in ihren Ohren rauschen. Ihre Haut am Rücken war vom Laufen feucht geworden, sie fröstelte. Er kam direkt auf sie zu. Fieberhaft überlegte sie. Vielleicht könnte sie ihm einfach ihre Tasche überlassen, ihm versprechen, nichts zu melden – da rief eine vertraute Stimme ihren Namen.

»Albert!« entfuhr es ihr. Vollkommen überrascht und zugleich befremdet von der seltsamen Situation, starrte sie die Gestalt an. Sie näherte sich mit kräftigen Schritten. »Meine Liebe!« Jetzt erkannte sie ihn. »Es ist für dich zu gefährlich, allein hier herumzulaufen.«

»Albert«, wiederholte sie, als könne sie es nicht glauben. Wie gut er aussah. Sie hatte sein Gesicht tatsächlich nicht mehr genau in Erinnerung gehabt. Seine blauen Augen, sein blondes Haar, der freche Ausdruck eines kleinen Jungen, der ihr von Anfang an so gut gefallen hatte. Dann war er bei ihr. Sie schlossen sich in die Arme; ungewohnt fühlte er sich an, die harten kleinen Härchen seines Pelzkragens stachen ihr ins Gesicht. »Sophie. Ich bin so froh, daß du da bist.«

Wenig später betrat sie das Haus zum zweiten Mal. Albert fragte mit Stolz in der Stimme: »Gefällt es dir hier?«

Sie nickte, immer in der Erwartung, jeden Augenblick aus einem der Räume Johanna in ihrem roten Kleid kommen zu sehen. »Du wirst hungrig sein. Komm, unser Koch hat es sich nicht nehmen lassen, etwas für dich vorzubereiten.« Albert führte sie ins Speisezimmer. Ein Tisch mit einer Vielzahl kleiner Schüsseln war gerichtet, in einem schwarzen Lacktopf dampfte weißer Reis. Albert reichte ihr ein Paar elfenbeinerner Stäbchen, deren obere Enden als Drachenköpfe geschnitzt waren. »Kannst du mit Chop-sticks umgehen?«

Sie nickte wieder. Spürte, wie ihr das Blut ins Gesicht stieg. In diesem Augenblick griff Albert nach ihrer Hand, umschloß sie, ließ sie erst los, als der Boy den Raum betrat. »Du bist noch schöner geworden, Sophie«, flüsterte er. »Oh, da fällt mir etwas ein.« Er stand auf und verschwand im Nebenzimmer, kehrte zurück mit einem Papier in der Hand. »Da. Lies selbst.« Sie nahm das Blatt entgegen. Ein Telegramm von Corinna. »Erstes Mausezähnchen zeigt sich – stop«, hatte die Schwester telegraphiert. »Großes Geschrei – stop – Alles in Ordnung Corinna.« Sophie starrte das Wort »Mausezähnchen« auf dem gelblichen Telegraphenpapier an. Ein typisches Corinna-Wort. Wie von ferne hörte sie die Stimme ihrer Schwester, ihr Lachen. Dann sah sie vor sich die winzige weiße Spitze im roten Mündchen ihrer Tochter. War es Sehnsucht, was sie empfand?

Albert schien es zu vermuten, denn wie um sie abzulenken streichelte er ihre Hand und sagte: »Nun erzähl mir von deiner Reise. Bist du mit dem Begleiter, den ich dir geschickt habe, zufrieden gewesen?« Ungläubig sah sie ihn an. Aber natürlich, woher sollte er denn etwas wissen.

Es wurde spät, bis sie ihm die ganze Geschichte erzählt hatte. Angefangen mit Tungs Auftritt in St. Petersburg, die Kommentare des Mannes in der Hotelbar, Tungs sonderbares Benehmen im Zug, sein Verschwinden nach dem Mord, ihr Verdacht, Alberts spät eingetroffene Briefe, das Fehlen des angekündigten Portraits des Chinesen und schließlich Tungs Wiederauftauchen gegen Ende der Reise.

»Und das alles läßt du mich jetzt erst wissen? Warum hast du mir nicht sofort telegraphiert?« Albert war aufgesprungen. »Mordverdacht«, murmelte er, während er aufgeregt im Zimmer auf und ab lief. Unvermittelt blieb er stehen. »Nein. Dann wäre er doch kaum wieder vor dein Fenster gelaufen. Hast du ihn auch in Port Arthur noch einmal gesehen? Ist dir jemand hierher gefolgt?« Sophie schüttelte den Kopf. Sie war viel zu durcheinander gewesen, um darauf zu achten. »Die Unterlagen hast du aber dabei?« Sie nickte. »Wir müssen sofort etwas unternehmen.« Albert lief zum Telephon, nahm den Hörer in die

Hand, wählte, legte wieder auf, bevor die Verbindung hergestellt war. Dann kam er zurück an den Tisch und setzte sich zu ihr. »Laß uns in Ruhe überlegen. Es hat keinen Sinn, etwas zu überstürzen. Wenn ich jetzt Stössel anrufe, den Kommandanten der Festung, und alle wegen dieses Mannes verrückt mache, weiß es morgen die ganze Stadt. Das kann die Ermittlungen behindern, du weißt ja nicht, wie es hier zugeht. Nichts kann geheimgehalten werden, alle wichtigen Informationen, besonders jene Dokumente mit dem Stempel ›Geheim‹, machen sofort die Runde.«

Ihr fielen die Gespräche aus dem Zug ein. Dasselbe hatten Cox und der Konsul erzählt.

»Wir kennen ja nicht einmal die Dimension des Ganzen. Wenn dieser Tung wirklich Japaner ist, besteht wohl der berechtigte Verdacht, daß es um Spionage geht. Aber ob der Mord zufällig passierte oder womöglich mit Tung in Zusammenhang zu bringen ist ...« Er betrachtete Sophie plötzlich, als sähe er sie jetzt erst wirklich. »Was hast du?« fragte sie. Seine Augen hatten sich geweitet, als sei ihm ein schrecklicher Gedanke gekommen. »O Gott«, murmelte er. »Sophie.« Er stand auf, lief im Zimmer auf und ab, die Arme auf dem Rücken verschränkt. »Albert, sag mir die Wahrheit. Um was für Unterlagen geht es überhaupt? Wenn diese Ereignisse wirklich in einem Zusammenhang stehen, müssen es wichtige Dokumente gewesen sein. Ich habe mir diese Frage auf der Fahrt bereits gestellt. Einerseits konnte ich nicht glauben, daß du mich ohne mein Wissen als Kurier benutzen würdest ... andererseits ...« Sie brach ab. Albert war vor dem Aquarium stehengeblieben, starrte auf die blaugrünen und orangefarbenen Fischchen, die sich mit ihren transparenten Seidenflossen voranfächelten. Sie war nicht sicher, ob er sie überhaupt gehört hatte. Eine lange Zeit blieb er stumm. Dann drehte er sich abrupt um und sagte: »Ich werde dem Kommandanten morgen persönlich Bescheid geben. Es muß Wege geben, diesen

Japaner, der sich ja möglicherweise in der Stadt aufhält, zu fassen.«

Jetzt erst fiel ihr das Photo ein, das sie von Tung gemacht hatte. Sobald sie ihre Dunkelkammer aufgebaut hätte, könnte sie das Bild entwickeln. »Wunderbar, Sophie! All deine Kisten sind schon eingetroffen. Sie lagern noch am Bahnhof. Du kannst sie morgen in Empfang nehmen und sofort anfangen. Wie ich dich kenne, hattest du das sowieso vor.« Er wirkte gelassener, als er sich nun zu ihr setzte und beiden ein Glas Wein einschenkte.

»Gibst du mir die Dokumente heute noch?«

Sie holte die Matruschka mit dem Rosentuch aus ihrer Tasche. »Darin hast du die Negative aufbewahrt? Was für ein sonderbarer Einfall.« »Aber es hat funktioniert«, sagte sie, während er sie in einem Geheimfach des Mahagonisekretärs versteckte.

Später, als sie zu Bett gingen, legte er seine Hand auf ihre nackte Schulter. Sie zuckte zusammen bei der Berührung. Einen Augenblick lag Sophie reglos, dann schob sie ihn sanft von sich. »Ich bin furchtbar müde, Lieber.« Er küßte sie auf die Stirn, rollte sich in seine Decke. Bald sein regelmäßiger Atem. Wie vertraut das klang. Sophie hörte es mit einer gewissen Erleichterung. Sie war hellwach.

II

Schwarze Rauchfahnen trieben über die Bucht. Die Kreuzer des Geschwaders, auf denen die russische Flagge wehte, lagen unter Dampf. Jedes einzelne Schiff der Flotte war von ihrem Schlafzimmerfenster aus zu erkennen, im Gegenlicht so exakt, als habe jemand alles mit scharfer Schere aus dem Horizont geschnitten.

Albert hatte ihr einen seiner kleinen Briefe auf die Frisierkommode gelegt: »Ich habe dich schlafen lassen, meine Liebe. Du hast es gebraucht. Hier ist eine Skizze von der Stadt. Direkt neben dem Kreuz ist mein Büro. Komm bald, ich warte auf dich.« Er hatte alles mit spitzem Bleistift gezeichnet, akkurat wie auf dem Meßtischblatt eines Architekten. Sie schob es beiseite. Da bist du also angekommen, sagte sie in den Spiegel hinein. Hier. Im Jetzt. Bei Albert. Dieselben schwarzen Locken, dieselben grünen Augen, dieselbe Haut – äußerlich alles wie in Riga. Aber wie vieles hat sich verändert seitdem. Sie näherte ihr Gesicht dem Glas, es beschlug unter ihrem Atem.

War das Leben tatsächlich nichts anderes als eine Reihe von Zufällen? Jede Entwicklung ein irreversibler Prozeß? Um wieviel mehr kam es dann darauf an, zur richtigen Zeit am richtigen Ort zu sein. Sie nahm ihre Kamera, betrachtete sie liebevoll. »Du wirst mir helfen, hier Fuß zu fassen«, sagte sie. In der Photographie jedenfalls hing alles davon ab, im entscheidenden Augenblick zu reagieren.

Der Hafen, eine natürliche Felsenbucht mit einer engen Durchfahrt zum Meer, bildete das Herz der Stadt. Wie die Tribüne eines Amphitheaters erhoben sich drumherum die kahlen Berge. Südlich, zum Meer hin, wurde er von einer langen, schmalen Halbinsel begrenzt, auf deren Innenseite Quaianlagen und hölzerne Güterschuppen standen. Sie las Alberts Wegbeschreibung, versuchte, die Punkte zuzuordnen: Bahnhof, Goldener Berg mit Telegraphenstation, Signal Hill, Electric Hill, Old Town mit den Chinesenquartieren und New Town. Die schmale Halbinsel hieß Tigerschwanz. Die breite Promenadenstraße mit schönen zweistöckigen Häusern direkt am Hafen mußte der Bund sein. Dort, wo ein Gebäude thronte, das wie ein schottisches Schloß aussah, stand Palais. Die Residenz des Statthalters. Vor dem Bahnhof entdeckte sie die hochgestapelten Wodkakisten. Alberts Büro war ganz vorn am Hafen eingezeichnet.

Er kam ihr schon von weitem entgegen, sie erkannte ihn an seinem Gang, forsch, ein wenig unregelmäßig. »Ich hatte befürchtet, du hättest dich verlaufen«, rief er. »Wie könnte ich. Bei deinen exakten Beschreibungen.« Sophie beschattete die Augen mit der Hand. »Dieses Port Arthur muß ja der Stolz der Russen sein«, sagte sie, als sie neben ihm stand. »Endlich ein eisfreier Hafen im Osten. Auf allen Seiten von der Natur gut geschützt, dazu auf den Bergen die Forts. Eine uneinnehmbare Festung, was?«

Albert erwiderte nichts.

»Du bist anderer Meinung?«

»Berge, Meer und Festungsmauern allein machen eine Stadt nicht sicher. Wie du weißt, läßt sich alles von innen her aushöhlen. Womit wir auch schon beim Wichtigsten wären. Komm. Wir müssen die Sache mit Tung klären.«

Ein Betrunkener torkelte ihnen entgegen, ein Seemann von einem der Handelsschiffe. In dem Moment, als er an Sophie vorbeikam, rülpste er laut.

»Und hier hast du auch gleich die andere schlechte Seite von Arthur. Die zwanzigtausend Seeleute, die sich in diesem Hafen aufhalten, haben Mädchen und Schnaps in Hülle und Fülle. Die halbe Stadt besteht aus Bars und Grog-shops, du wirst es ja erleben.« Die Chansonetten. Auch ihr Ziel war Port Arthur. Damals hatte Stanton sie untergehakt und zu einem Chai eingeladen. »Woran hast du gerade gedacht?« fragte Albert. »Du hast eben vor dich hingelächelt.« Erschrocken erfand sie irgend etwas. Sie würde sich besser konzentrieren müssen. Niemand sollte merken, daß sie noch gar nicht angekommen war.

Vor ihnen am Ostbassin befand sich das Militärhafenbecken, an dessen einer Seite das Trockendock gebaut wurde.

»Und dein Kran? Schwimmkran, Krimschwan?« fügte sie zu ihrer eigenen Überraschung leise hinzu. Albert mußte lachen. »Ach Sophie. Wie froh bin ich, daß du da bist. Mein schöner Krimschwan ist noch weit davon entfernt, die Flügel zu spreizen. Russisches nitschewo.« Plötzlich hakte er sie unter, als habe er ihre Gedanken vorher gelesen. »Du wirst ohnehin nicht viel sehen. Wir müssen unsere Arbeit vor den Blicken der Öffentlichkeit verbergen. Die Zusammenarbeit mit den Russen ist schwierig.«

Sie waren an seinem Büro angekommen, einem kleinen flachen Gebäude aus Felssteinen. Beim Eintreten sagte Albert: »Ich habe Stössel schon heute früh informiert. Er läßt gleich einen Haftbefehl ausstellen. Sowie er die Photographie von dir hat, wird er ihn herausgeben. Außerdem braucht er noch ein paar Angaben von dir, Zugnummer, Wagennummer und so weiter, den Namen des Hotels in St. Petersburg. Du warst wahrscheinlich im Hotel de l'Europe?« Sie nickte und setzte sich an den Schreibtisch, um die Informationen für Albert aufzuschreiben. »Von dem Mord an der Frau wußte Stössel übrigens auch. Offenbar ein merkwürdiger Fall, noch nicht aufgeklärt.« Sie reichte ihm ihren Zettel, Albert las ihn durch. »Und in welchem Abteil warst du bis Irkutsk?« Sie zögerte. In jener Nacht war sie zu Stanton ins Abteil gezogen, hatte ihr Coupé verlassen. Wie sollte sie ihm das jetzt erklären. »Na, egal.« Albert klang ungeduldig. »Wichtig ist, daß man die Wagennummer hat. Aber eins ist mir noch eingefallen heute nacht, Sophie. Hast du denn keinen Ausweis, keinen Brief von dem Mann verlangt, als du ihn in St. Petersburg trafst?« Sie schüttelte den Kopf. »Das begreife ich einfach nicht. Ich bin gar nicht auf die Idee gekommen, dir das sagen zu müssen. Das ist doch selbstverständlich.«

Ärgerlich fast seine Stimme, dachte sie. Für sie war die Tatsache, daß der Mann zur verabredeten Zeit in die Empfangshalle des Hotels gekommen war und ihren Namen kannte, Beweis genug gewesen. Aber wenn Albert sie wirklich ohne ihr Wissen etwas hatte risikieren lassen, dachte sie jetzt, hätte er doch bessere Vorkehrungen treffen müssen. Versuchte er hinter seinem Ärger nur sein schlechtes Gewissen zu verbergen?

»Ich werde deine Angaben gleich durchtelephonieren, dann gehen wir gemeinsam zum Bahnhof, damit du deine Kisten bekommst. Du kannst draußen auf mich warten, wenn du magst.«

Sie setzte sich auf einen Felsvorsprung, hielt das Gesicht in die Sonne, schloß die Augen. Vom Hafen her eine tiefe Sirene, dreimal kurz hintereinander, das Signal zum Rückwärtsfahren; das Rasseln eines Ladekrans, Rufe von Hafenarbeitern. War es wirklich erst drei Jahre her, daß sie mit Albert am Quai in Riga gestanden und er ihr gesagt hatte, in einer Hafenstadt fühle er sich immer zu Hause? Damals hatte sie sich in ihn verliebt. Er hatte sie gebeten, ihm die Gerüche um sie her zu beschreiben, es waren fast dieselben wie jetzt: Tauwerk und Teer, Holz, Manilahanf, rostendes Eisen, Terpentin, der Geruch von roten Bohnen und Zwiebeln, von Curry, Salz, Fisch, Tee, Pfeffer, Zimt. Ein süßlicher, schwerer Geruch dazwischen, nicht völlig unbekannt. Es dauerte, bis sie ihn als Opiumrauch erkannte. Automatisch lieferte ihr Gedächtnis die Bilder: die rote Pagode von Mukden, der Chinese mit dem alten Folianten, die Jadefigur, Stantons Satz: Manchmal muß man seine Grenzen überschreiten.

Sie spürte einen Schatten auf ihrem Gesicht. Im selben Moment hörte sie Albert sagen: »So, da bin ich. Laß uns gehen.«

Als habe er sich vorgenommen, liebenswürdiger zu sein, erklärte er ihr alles, was sie unterwegs sahen, mit fast übertriebener Genauigkeit. Die blau-rot gestreifte Kuppel also war Baratowskys großer Wanderzirkus aus Europa. Er gastiere praktisch das ganze Jahr in der Pushkinskaja. Dahinter die Pferderennbahn und die Eislaufbahn. Der Neubau am Berghang gegenüber sei eines der prächtigsten Hotels. In wenigen Monaten solle es das Grand in Yokohama, das als bestes Hotel im Fernen Osten gelte, übertreffen. Sophie aber ließ sich nicht täuschen von Alberts Erklärungswut. Sie spürte, sie verbarg einen Ärger, über dessen Ursache sie sich nicht im klaren war.

»Und der Vizeregal?« fragte sie.

»Alexejew? Nun, im Zirkus hat er seine eigene Box. Falls es dich nach Majestäten gelüstet! Überall rühmt man seinen erlesenen Geschmack. Antike Möbel, prächtig bestickte orientalische Seidenvorhänge, feinstes chinesisches Porzellan ... sein Schreibtisch ist gefertigt aus einer soliden Jadeplatte. Beutekunst. Du solltest ihn dir nicht entgehen lassen.«

Sie kannte Albert zu gut, um nicht seinen Unmut über die Verhältnisse gerade dieser Schilderung zu entnehmen. Und richtig, sie mußte nicht lange auf seinen Kommentar warten.

»In diesem entlegenen Teil des Russischen Reiches gilt ganz besonders, was auch die vergnügungssüchtigen Rigenser so gerne anbringen: Der Himmel ist hoch, und der Zar ist weit. Du weißt, was damit gemeint ist.«

*

Als sie endlich das enge stickige Bad in ihre Dunkelkammer verwandeln konnte, hatte sie zum ersten Mal seit Wochen das Gefühl, wieder ganz bei sich zu sein. Nur hier, in ihrem eigenen Revier, das niemand betreten würde, fühlte sie sich wohl. Sie kannte jeden Handgriff, jede Einzelheit, als sie die Kisten auspackte, das Vergrößerungsgerät aufbaute. Alles war mitgekommen: die flachen Schalen und Entwicklerflüssigkeit, Goldtönung, Fixiersalz, Uhr, Papier, Mohnöl, Pottasche, Pinsel, Kalium und Magnesium für das Blitzlicht. Das Leder vom Balgen ihrer alten Kamera hatte sich gelöst, aber das bedurfte nur einer winzigen Reparatur. Ein paar Glasplatten waren auf der langen

Fahrt zerbrochen, aber es gab auch hier ein Photogeschäft. Sie würde welche kaufen. Glasplatten gaben noch immer die besseren Bilder, auch wenn sie schwer waren.

Nachdem sie die Negative von der Zugfahrt am Jenissei entwickelt und an der Leine zum Trocknen aufgehängt hatte, suchte sie im trüben Rot des Rubinglaszylinders die Negative heraus, die sie und Stanton für Albert durch halb China transportiert hatten. Ein paar andere Aufnahmen waren darunter, Bilder aus Riga, von ihrem Vater, ihrer Tochter. Wie ein photographisches Schattenreich der Toten, dachte sie plötzlich mit unbehaglichem Gefühl. Kraft des gebündelten Lichtstrahls könnte sie jeden zurückholen ans Licht, das Negativ ins Positiv verwandeln. Über wieviel Macht sie mit ihrer Arbeit verfügte!

Sie machte sich an das Bild von Tung. Eine Gegenlichtaufnahme. Kaum daß sie es im Entwicklerbad hatte, wurde ihr deutlich, daß Tungs Gesicht zu dunkel geraten war. Jemand, der ihn kannte, würde ihn wiedererkennen. Aber als Fahndungsbild war es sicher nicht besonders gut geeignet. Es war ihm am Ende also doch gelungen, sein Gesicht zu verstecken. Ein Meister der Camouflage.

Albert war enttäuscht, hatte er sich doch eine schnelle Ergreifung des Mannes mit Hilfe der Photographie erhofft. Aber immerhin gab sie einen Anhaltspunkt. Sophie reichte ihm die Abzüge seiner Zeichnungen, und er dankte ihr überschwenglich.

»Dafür wirst du morgen mit mir nach Tschifu kommen. Wir werden im Beach Hotel wohnen, mit dem Speisesaal in der riesigen verglasten Terrasse direkt über dem Strand. Und rate, was es dort gibt.« Er schnalzte mit der Zunge. »Monate mit R?«

»Und zwar die besten Austern der gesamten Küstenregion! Otto Schwarz würde vor Neid erblassen.«

Wie charmant ihr Mann sein konnte, stellte sie für sich fest. Nur: Warum empfand sie es nicht immer so?

In dieser Nacht ließ Albert sich nicht abweisen. So lange sei sie fortgewesen. Ob sie denn gar keine Sehnsucht nach ihm habe. Sein Körper, so vertraut einmal, nun fremd gegen einen anderen. Sie mußte ihre Haut zwingen, geduldig zu sein. Zeit, vielleicht brauchte sie einfach Zeit.

Albert schlief bereits, da spürte sie noch immer seine Küsse auf ihrem Hals. Reglos lag sie am äußersten Rand des Bettes. In der Mitte des Lakens ein kalter nasser Fleck.

III

Stössels Reaktion auf seine Meldung versetzte Albert in Unruhe. Die russische Geheimpolizei hatte bestätigt, daß eine ganze Schar von Spionen auf Port Arthur angesetzt war. Ob er denn nicht wisse, daß die Japaner sich brennend für die Fortschritte beim Bau des Hafens interessierten? Dock und Schwimmkran seien doch von unmittelbarer Bedeutung. Als Albert andeutete, seine Frau habe auch noch Dokumente für die Marine dabei gehabt, allerdings ohne ihr Wissen, fragte der General ihn nur: »Lieben Sie eine andere, haben Sie deshalb Ihre Frau dieser Gefahr ausgesetzt?« Gegen seinen Willen hatte Albert einen roten Kopf bekommen. Seine Reaktion war undiplomatisch gewesen: »Mein Privatleben geht niemanden etwas an. Auch Sie nicht!« Um keinen Preis wollte er Sophie jedoch jetzt allein in Port Arthur zurücklassen. In Tschifu wäre er mit ihr sicher.

Das Beach Hotel war wunderschön, Sophie genoß die Zeit, ohne zu ahnen, welche Ängste Albert plagten. Für ihren letzten Abend hatte sein Geschäftspartner Wu einen Besuch im Chinesischen Theater vorgeschlagen. Albert versuchte ihr zu erklären, daß das Theater ausschließlich den Männern vorbehalten war, sowohl bei den Schauspielern wie beim Publikum; doch sie sah nicht ein, weshalb sie allein im Hotel bleiben sollte. Einige Europäerinnen hatten längst mit den landesüblichen Sitten gebrochen, und, so gab sie Albert zu verstehen, europäische Frauen waren in den Augen der Chinesen ohnehin keine richtigen Frauen. Albert, froh, daß alles glimpflich abgelaufen war, wollte ihr den Wunsch nicht abschlagen. »Aber mach dich auf Schmutz und Gestank gefaßt. Im Bühnenraum wird auch gegessen, und du weißt, wie es da zugehen kann.«

Das Theater befand sich in einem kleinen Gebäude in der Chinesenstadt. Die ungepflasterten Wege dienten offenbar zugleich als Abort und Müllkippe, der Gestank von faulendem Gemüse und Urin war nur zu ertragen, weil die Kälte ihn abschwächte. Eine hölzerne Vorhalle beherbergte die Kasse, dahinter ein steinerner Bau mit kleinen Türmchen und geschwungenen Dächern. Ein Chinese führte sie in einen schwach erhellten Raum, an dessen hinterem Ende sich die Bühne befand. Kellner brachten ihnen tulpenförmige Gläser mit Reisbranntwein an ihren Platz, Erdkastanien, Kandiszucker, Melonenkerne, kleine apfelähnliche gelbe Früchte, Kuchen und grünen Tee; dann reichte man ihnen in heißes Wasser getauchte Leinenhandtücher, damit sie sich Gesicht und Hände abreiben konnten. Neugierig sah Sophie sich um. Ihre Kamera in dies Heiligste mitzubringen, hatte sie sich nicht getraut. Sie hätte aber, so dachte sie nun, wunderbare Aufnahmen machen können. Auf den Kanapees entlang der Wände saßen ausschließlich Männer. Mit Verwunderung und auch mit Ablehnung, wie Sophie empfand, wurde sie registriert. Der Geruch von Knoblauch und Opiumrauch stieg ihr in die Nase. Wu war noch immer nicht erschienen, als sich auf der Bühne ein Orchester mit flachen Trommeln, Gongs und merkwürdigen Geigen formierte. Zum Auftakt stießen die Musiker lange nasale Laute aus, bizarre Glissandi, die sich für europäische Ohren grauenvoll anhörten; ein Gong ertönte, ein schnelles lautes Trommeln und etwas, das wie Kuhglocken klang. Von allen Seiten her ertönten Rülpser als Applaus, Händeklatschen war hierzulande nicht üblich.

Schließlich kam eine Dame in einem mit Gold reich bestickten Seidenkleid auf die Bühne, dessen Pracht im krassen Kontrast zum sonstigen Schmutz stand. Dem Schauspieler war nicht anzusehen, daß er keine Frau war. Die äußere Erscheinung perfekt – die langen Haare, die schmale Figur, die zarten Hände, sogar die weiche Stimme. In der kunstvoll gelegten Frisur blitzte geschliffenes Glas wie Diamanten. Mittels eines Handspiegels hielt die Figur stumme Zwiesprache mit sich, ein Lichtreflex huschte über das Publikum hin, glitt auch über Alberts Gesicht, so daß er die Hand schützend hob. Unbemerkt war ein Mann hinter die Dame getreten. Erst als er seinen dunklen Umhang fallen ließ, bemerkte sie ihn hinter sich im Glas des Spiegels, zu Tode erschrocken. Hilfesuchend blickte Sophie zu Albert. Verstand er den Gang der Handlung? Aber er verfolgte offenbar kaum, was auf der Bühne gespielt wurde. Wieder und wieder sah er sich um, ob Wu nicht endlich käme.

»Bist du sicher, daß Wu dieses Theater gemeint hat, Albert? Es gibt doch mehrere in der Stadt.« »Ganz sicher. Er wird seine Gründe haben. Und ich ahne, daß er uns mit seiner Abwesenheit etwas demonstrieren will.« »Du glaubst, er kommt absichtlich nicht?« Statt einer Antwort preßte Albert die Lippen zusammen. Was könnte der Grund sein? überlegte Sophie. Die Männer hatten über eine Lieferung Stahltrossen verhandelt, Wus Partner in Shanghai sollte sie mit dem nächsten Schiff nach Port Arthur schicken. Das Geschäft war abgeschlossen, und eigentlich galt es nur noch – nach alter chinesischer Tradition – die gute Beziehung zu besiegeln. Hatte es mit ihrer Anwesenheit zu tun? Weil sie die chinesischen Sitten verletzte?

Sie fühlte sich elend. Von den Kleidern der Männer im Raum

ging ein ekelhaft ranziger Geruch aus. Wo das Zopfende auf dem Rücken auflag, war bei fast jedem ein großer Fettfleck im Kittel. Im Publikum herrschte größte Zufriedenheit über die Darbietungen. Sophie jedoch wurde fast schwindlig von dem säuerlichen Geruch. Sie trank von ihrem Reisschnaps in der Hoffnung, daß er das Ekelgefühl fortbrenne. Sie bedauerte jetzt, so auf diesem Besuch insistiert zu haben. Würde Albert ihr Vorwürfe machen, wenn sie dies zugab?

Akrobaten kamen auf die Bühne, schlugen Räder und rissen Possen. Ein Kellner wurde zu den Kanapees gerufen, man zeigte ihm etwas in einem blauseidenen Büchlein, darauf ging er zur Bühne und sprach mit den Schauspielern. Die Zuschauer, so hatte Albert ihr vorher erklärt, konnten sich andere Stücke auswählen, wenn ihnen das Angebotene nicht gefiel. Die Theaterleute beherrschten ein Repertoire von bis zu dreihundert Dramen, und das alles ohne Souffleur. Gegen einen kleinen Obolus spielten sie das Gewünschte. »Was haben sie denn eben gegeben?« versuchte Sophie ein Gespräch anzufangen. »Es heißt ›Der betrogene Ehemann‹, wenn sie gespielt haben, was Wu mir sagte.« Er blickte auf seine Uhr. Sophie war zusammengezuckt, griff nach ihrem Glas. Was wußte Albert? Aber er schien gar keine Notiz von ihr zu nehmen. In diesem Augenblick hob die Musik erneut an, mißtönend und schrill. Ein Mann kam auf die Bühne, roch an imaginären Gefäßen, plötzlich hielt er ein bläulich verfärbtes Ei in der Hand.

Sophie versuchte sich zu konzentrieren. Ihren eigenen Gedankenstrom abzuschalten. Wer hatte ihr noch erzählt, daß diese verfaulten Eier als kulinarische Kostbarkeit galten? Vierzig Tage lang legte man sie in Essig und Sodaasche, bis sie vollkommen verändert waren; das Dotter zähflüssig wie Sirup im Winter, der Rest des Eis rissig und durchsichtig wie Bernstein mit Einschlüssen ... Ach ja, der Baedeker-Agent. Ausgerechnet an ihn wollte sie jetzt nicht erinnert werden.

Die Kellner kamen zurück, und mit Widerwillen sah sie, wie man ihnen nun Schälchen mit glänzenden Früchten, Fleisch und Gemüse vorsetzte. Wenn sie nicht alles täuschte, stand direkt vor ihr eine schwarze Soße mit Hühnerfüßen. Albert rückte an den Tisch, wünschte guten Appetit. Sie trank einen dritten Reisschnaps, merkte, daß sie allmählich betrunken wurde. Mechanisch griff sie nach den Stäbchen. Reis. Eine Art Nüsse, die nach Algen schmeckten. Dann biß sie auf etwas Weiches, das sich zugleich schuppig anfühlte, und reflexartig spuckte sie es wieder aus. Sie hatte das Gefühl, sich jeden Moment übergeben zu müssen.

»Bitte, Albert, laß uns gehen.«

Mit einer heftigen Bewegung legte er seine Stäbchen beiseite. Schließlich standen sie wieder draußen auf der mit Kot und Gemüseabfällen bedeckten Straße. »Ich hätt's mir denken sollen. Das war nichts für dich. Deine Idiosynkrasien gegen schlechten Geruch und Schmutz«, sagte er. Den ganzen Weg nach Haus wechselten sie kein Wort. Idiosynkrasie. Der Klang dieses Wortes mit jedem Auf und Ab der Rikscha. Wäre sie bloß im Hotel geblieben. Es hatte einmal eine Zeit gegeben, da hatte Albert sich daran begeistert, wie intensiv sie Gerüche wahrnehmen konnte.

In der hell erleuchteten Empfangshalle des Beach Hotels warteten die chinesischen Diener. »Noch etwas zu trinken?« fragte Albert. Sie schüttelte den Kopf. »Wie du willst«, sagte er, den Griff der Drehtür in der Hand. »Ich gehe noch auf einen Drink an die Bar.«

Sie lief auf ihr Zimmer, öffnete das Fenster zum Meer hinaus. Die Wellen schlugen leise auf den Strand. Alles, was in die Bucht hereintrieb, wurde dicht neben dem Hotel angespült. Gestank von verwesenden Fischen, Algen, Muscheln. So allein wie in diesem Moment hatte sie sich nicht einmal auf der Zugfahrt gefühlt. Und das, obwohl Albert jetzt in ihrer Nähe war. Oder vielmehr: Gerade weil sie jetzt bei ihm war. Weshalb diese gereizte Spannung zwischen ihnen? Lag es an ihr? Spürte er, daß sie ihm gegenüber nicht ehrlich war? Würde überhaupt je wieder Vertrauen zwischen ihnen entstehen?

*

Käfer kriechen über ihren Körper. Kleine, emsige Käfer, die nichts anderes kennen als die Last des glänzenden Panzers auf dem Rücken. Manche sehen aus wie winzige Drachen, schimmern grünlichgolden. Andere sind braun, wie gestrählt, und krabbeln mit ihren schwarzen, strichdünnen Beinen über sie hin, chinesischen Schriftzeichen gleich. Sie blickt an sich herab: Auch unter den Brüsten haben sie sich niedergelassen, sie pflückt sie mit den Fingern fort, wirft sie zu Boden, flügellahme Insekten. Sie kann sie brummen hören, diese Chitinpakete, deren Deckflügel beim Öffnen ein zweites Paar Flügel preisgeben. Durchsichtig, schwarz, zerbrechlich. Da fühlt sie ihre Haut am Rücken weit werden. Ein Paar schwarzer, feuchtglänzender Flügel entfaltet sich dort.

In diesem Moment wachte sie auf. Verwirrt im ersten Moment, wo war sie. Dieses China, das ihr den Verstand raubte mit seiner Gewalt, seinem Schmutz. Albert war noch nicht zurück. Sollte sie sich noch einmal ankleiden und nach ihm sehen? In diesem Moment wurde der Schlüssel umständlich ins Schloß gesteckt, die Klinke niedergedrückt. Sie schloß die Augen und tat, als schliefe sie. Es dauerte lange, bis er sich neben ihr ins Bett fallen ließ. Er roch nach Whisky.

IV

Fast während der gesamten Überfahrt lief Albert unruhig an Deck auf und ab, Sophie hatte das Gefühl, daß es nicht nur der Ärger war über den geplatzten Abend mit Wu. Als die Festung von Port Arthur in Sicht kam, sagte er: »Sieh dir das doch an. Wie soll dieser Hafen in einem möglichen Krieg je standhalten. Die schmale Einfahrt kann doch in einer einzigen Blockade-Aktion lahmgelegt werden. Man müßte das Ende der Tigerhalbinsel wegsprengen.«

Sie wußte, er hatte dieses Projekt mehrfach vorgeschlagen, aber kein Gehör damit gefunden. Die Einfahrt war so schmal, daß das Auslaufen der Flotte mehrere Tiden dauerte. Oft blieb das ganze Geschwader deshalb draußen auf Reede liegen. Auch jetzt lagen das Flaggschiff des Admirals und eine Reihe Kreuzer vor dem Hafen. Die Schiffe für Albert längst wie alte Bekannte. Aber auch sie konnte sie inzwischen auseinanderhalten, konnte die Eigenarten und Mannschaften darauf unterscheiden. Im Hafenbecken leuchtete auf einer Seite ein breiter Sandstreifen. Nur die kleinen Sampans der Chinesen, beladen mit Säcken und Gemüse, vermochten das flache Wasser zu überqueren. Sie nahm die Kamera zur Hand.

»Ja, halt nur diesen traurigen Anblick fest. Du siehst ja, was los ist. Die Ebbe kann jedes Kriegsschiff im Hafen gefangen halten, besser als der stärkste Feind. Auf alle Vorschläge, den Hafen ausbaggern zu lassen, schreibt der Statthalter mit seinem in den Kanzleien Ostasiens berüchtigten Grünstift ›Nein, noch nicht!‹ Es könnte ja als Kriegsvorbereitung gedeutet werden.« Müde sah er aus. Eine tiefe Furche um den Mund, die steile Stirnfalte über der Nasenwurzel. Waren diese Linien neu in seinem Gesicht? Oder fielen sie ihr jetzt erst auf? War es ihr eigenes schlechtes Gewissen, ihr Schuldgefühl, das sie ihm gegenüber aufmerksamer machte? Sie war froh, als sie endlich von Bord gehen und in die

Rikscha steigen konnten. Unterwegs im schneegrauen Himmel plötzlich ein silberner Schimmer von großer Leuchtkraft. Die Wolken schienen von innen heraus zu glänzen. Magische Momente. Ein solches Licht... Sie hätte alles stehen- und liegenlassen mögen, ihre Kamera nehmen und nur noch photographieren. Dies doch war es, was sie festhalten wollte, die augenblickliche Verwandlung von Licht in Schatten, von Schatten in Licht: Übergänge. Unstetigkeitsstellen. Waren das nicht die einzig gültigen Momente. Sie trugen ihr Negativ bereits in sich – so wie sie selbst den Schatten des Zweifels, bei allem, was sie jetzt tat.

An diesem Abend konnte sie lange nicht einschlafen. In die Dunkelheit hinein fragte Albert plötzlich: »Sophie, was hat sich geändert zwischen uns?«

Geändert. Das Wort schien weit weg. Wie meinst du. Wieso. Nein. Wie müde sie plötzlich war. Unendlich müde.

»Antworte mir. Ich muß es wissen.«

Ihr Gesicht starr. Ihre Lippen bewegten sich mechanisch. Ein Stück Holz, wo der Mund war. Dann unendlich langsam: »Ich weiß es nicht. Nein. Geändert hat sich eigentlich nichts.«

Ihr Herz schlug bis zum Hals. Jetzt nicht reden müssen mit Albert. Nicht ausgerechnet zu diesem Zeitpunkt, an dem sie selbst nichts wußte. Nicht jetzt. Noch nicht. Beschwichtigen. Nichts, nichts hatte sich verändert. Er blieb stumm.

Nach einer Weile seine Hand auf ihrer Schulter. Er zieht sie an sich, streichelt sie. Wärme, die sie im ganzen Körper spürt. Die Spitzen ihrer Brüste sind schmerzhaft geschwollen. Sie läßt sich näherziehen. Seine feuchten Lippen. Sein Geruch. Einkrallen der Fingernägel in seinen Rücken, sein Gesicht verschwunden, nur sein Haarschopf zu sehen, wenn sie den Kopf hebt. Das Blut rast durch ihren Körper. Der Wunsch, ihn zu schlagen, ihn zu küssen, gleichzeitig. Ihre Haut von innen nach außen kehren. Weich, seidig, abkühlungsbedürftig. Umstülpen, als wolle man sie ihr abziehen. Hinter den geschlossenen Lidern ein Gesicht.

Eine Stimme von weit her. Die Nähe eines Mannes, der Geruch seines Haars. Stanton, Stanton, Stanton. Die Augen öffnen. Höhepunkt seiner Lust in diesem Moment. Erschöpfung. Streicheln über sein Haar. Sein schwerer, müder Kopf an ihrer Schulter. Weinen, nach innen. Tränenflut. Stanton. Ich habe an Sie gedacht gestern nacht. Nacht für Nacht.

»Ich bin so froh, Sophie.« Albert atmete tief aus. »Ist dies nicht das einzige, was zählt?« Sie fühlte sich, als wäre sie hundert Jahre alt.

Später an diesem Tag wurde ein Brief aus der Stadt abgegeben für Albert. Der alte Chinese nahm ihn an der Tür in Empfang, Sophie erkannte den Stempel der dänischen Missionsstation, eine großzügige, etwas kindliche Schrift. Als Sophie näher trat, ließ der Chinese das Kuvert in seinem Gewand verschwinden. Gerne hätte sie gewußt, ob es von Johanna war, aber dieser Mann würde ihr nichts sagen.

Abends war Albert eher zurück als sonst. Er saß bereits im Eßzimmer, als sie kam. »Hast du dich von Tschifu erholt?« fragte er in ungewöhnlich munterem Ton. Hatte sie es sich eingebildet, oder hatte er wirklich mit einer blitzschnellen Bewegung einen Umschlag fortgesteckt? »Denn dann kannst du dich gleich für die nächste Einladung bereitmachen. Am 8. Februar feiert Admiral Stark den Namenstag seiner Frau und seines Töchterchens. Es wird dir sicher Spaß machen, die Starks sind berühmt für ihre glanzvollen Feste, auch an Bord des Flaggschiffs. Der Admiral, mußt du wissen, gilt im ganzen Fernen Osten als tonangebend in gesellschaftlichen Dingen.« Albert reichte ihr ein großes weißes Kuvert mit der Admiralsflagge. Eine gestochen scharfe Schrift. Dies war ein anderer Umschlag als der von heute morgen. Sie hatte Albert danach fragen wollen. Aber plötzlich, sie wußte selbst nicht weshalb, scheute sie davor zurück.

Die Villa der Starks erstrahlte im Schein unzähliger Kerzen und neuer elektrischer Lampen. Auch in den umliegenden Häusern waren viele Fenster illuminiert, als habe man alles für den Namenstag mit besonderem Lichterglanz geschmückt. Über die Straßen glitt der Schein vieler kleiner Lämpchen von den Rikschas, auf den Schiffen im Hafen und am Quai brannten die Laternen. Der dunstige Nachthimmel über der Stadt spiegelte das Licht meilenweit wider.

Vielleicht an die hundert Gäste waren gekommen. Das Kindermädchen der Starks empfing die Eintreffenden mit einem Knicks. »Miss Massey«, flüsterte Albert ihr zu, »eine ehemalige englische Krankenschwester.« Danach stellte er ihr so viele Leute mit Namen vor, daß Sophie bald der Kopf schwirrte: Me-Lyng, eine kleine Chinesin in gelber Seide, deren Mann der Direktor der Russisch-Chinesischen Bank war; zur Mühlen, ein Ingenieur aus Libau, Merveille, französischer Korrespondent, Jack, ein junger amerikanischer Reporter mit einer gestrickten Baskenmütze auf dem Kopf, der hier vollkommen aus dem Rahmen fiel, aber in Amerika bereits Romane veröffentlicht haben sollte; Moses Ginsburgh, ein zuvorkommender eleganter Herr, der eine ganze Geschäftskette im Fernen Osten gegründet hatte, russische Offiziere, Madame Stark, ihr Töchterchen, Johanna Andersson, Mrs. Snow... Sophie nutzte die erste Möglichkeit, ins Gästebad zu flüchten, um einen Augenblick allein zu sein. Vor dem Spiegel zog sie die Lippen nach, darauf konzentriert, das Rot nicht über den Rand hinauszumalen. Mrs. Snow ging ihr nicht aus dem Kopf. Die kühle große Engländerin, kaum älter als sie selbst. Affektiert hatte sie ihr die Hand gereicht und gesagt: »Ah, Alberts reizende kleine Frau.« Dann war die blonde Dänin dazugekommen. Albert hatte sie untergehakt, ihr etwas in ihrer Sprache gesagt, daß sie laut auflachte. Einen Augenblick hatte Sophie gemeint, sich selbst und Stanton vor sich zu sehen, und in diesem Moment hatte Mrs. Snow anzüglich bemerkt: »Ah, eine zweite kleine reizende Frau.«

Die Tür öffnete sich, und ein ganzer Schwarm junger Damen drängte herein. Augenblicklich war das Bad voll und hallte wider von kichernden Stimmen. Sophie machte die Lippen schmal, preßte sie aufeinander, um das Rot zu verteilen. »Haben Sie mitbekommen, wie aufgeregt unsere Männer sind?« hörte sie eine kleine rotblonde Frau hinter sich fragen. Es mußten Offiziersgattinnen sein. »Reden von nichts anderem als dem Stand der diplomatischen Verhandlungen. Die Telegraphenschreiber zwischen Tokio und Petersburg sollen heute heiß gelaufen sein.« »Ach, dieses ewige Gerede von einem möglichen Krieg... Ich kann es nicht mehr hören. Wir können ja doch nichts ändern daran. Heute möchte ich mich amüsieren.«

Sophie kehrte in den Festsaal zurück, wo gerade die Musiker eines Streichquartetts ihre Instrumente stimmten. Albert stand nicht weit von ihr, sie wollte zu ihm gehen, als sie bemerkte, daß er mit Johanna sprach. Die beiden lachten schon wieder. Automatisch blieb sie stehen. So ausgelassen und fröhlich hatte sie Albert lange nicht mehr erlebt.

»Na, wo sind Sie mit Ihren Gedanken?« Mrs. Snow mußte sie beobachtet haben. »Sie sind vor kurzem erst angereist, nicht wahr? Man erkennt die Neuen hier sofort. Gefällt Ihnen Arthur?« Im ersten Moment dachte Sophie, sie meine einen Mann. Sie nickte. Dann, als sie ihren Irrtum begriff, nickte sie noch einmal. Albert kam, wollte sie zu der kleinen Gruppe holen, bei der er stand. Der junge Amerikaner mit der bunten Mütze war dabei, eine Flasche Whisky in der Hand. Mrs. Snow folgte unaufgefordert. Als ein Tablett mit Austern vorbeigetragen wurde, fischte sie sich betont lässig zwei herunter. Jack nahm ihr einfach eine davon weg, schlürfte sie aus und warf die leere Schale auf den Teller von Mrs. Snow.

»Leider vertrage ich nicht mehr als eine von diesen Crustaceans«, sagte er zu der Engländerin. »Ich bekomme davon Hautausschlag.« »Igitt!« Mrs. Snow wandte sich angewidert ab. »Das wollen wir hier aber gar nicht hören.« Er grinste und nahm einen Schluck aus seiner Flasche.

»Doch, doch«, sagte Albert im Gespräch mit zur Mühlen. »Europäer kaufen in Shanghai chinesische Dschunken, heuern eine Besatzung aus aller Herren Länder an, und lassen sie für ein geringes Handgeld Raubzüge unternehmen.« »All you need is the stinkpot«, sagte der junge Amerikaner, der selbst aussah wie ein Pirat. »Ein Tonkrug voll mit Brandraketen und Stinkbomben. Vor dem Enterangriff wird er an Bord, möglichst in die Kajüte geworfen, und erstickt alles in der Umgebung.«

»Entsetzlich.« Johanna schüttelte sich. »Wie bei der dänischen Brigg aus Hongkong«, warf Mrs. Snow mit einem schnellen Blick auf die Dänin ein. Die Tatsache, daß es sich bei den Opfern um Johannas Landsleute handelte, schien ihr Spaß zu machen. »Sie wurde nämlich genau auf diese Weise vor dem Hafen gekapert. Die Piraten töteten den Kapitän, verwundeten den ersten Offizier und fesselten die Besatzung im untersten Schiffsraum. Nachdem sie die Ladung auf ihr eigenes Schiff geschafft hatten, bohrten sie Löcher in den Rumpf der Brigg. Das weitere kann man sich vorstellen.«

»Um Gottes willen.«

»Keine Angst, liebe Johanna. Diese Matrosen konnten sich befreien und ihr Schiff sogar retten. Aber neun von zehn Schiffen, die verlorengehen, sind Piraten zum Opfer gefallen.« Die Engländerin nahm eine Auster und schlürfte das Fleisch aus der grauen Schale. »Viele Frachtschiffleichen bedecken dort den Meeresgrund. Erschreckt Sie das, Johanna?«

Die Dänin richtete sich zu ihrer vollen Größe auf. »Wissen Sie, Mrs. Snow, als Missionarin bekommt man oft tiefere Einblicke in die Abgründe der Seele als die meisten sich vorstellen. Homo homini lupus – das ist leider die Wahrheit. Bitte«, wandte sie sich an Jack, der sich gerade eine Zigarette angezündet hatte, »geben Sie mir Feuer.«

»Sorry, mir sind die Streichhölzer ausgegangen.«

»Hier«, beeilte sich Albert und war mit einem brennenden Zündholz zur Stelle, »ich habe Feuer.«

Mrs. Snow wandte sich Sophie zu. »Tiefe Einblicke in die Abgründe der menschlichen Seele, nicht wahr?« sagte sie bedeutungsvoll.

Das Streichquartett begann zu spielen, und die Nichte des Admirals sprang von ihrem Platz auf. Ungeduldig erwartete sie den Beginn des Balls, auf den sie sich seit Wochen gefreut hatte. Ihr Kleid war eine kleine Wolke aus glänzender hellblauer Seide mit vielen Schleifchen und Glitzerbändern, extra für diesen Abend genäht. Auch ein Verehrer fehlte nicht an ihrer Seite, ein junger, etwas linkisch wirkender Franzose, der sie offensichtlich anbetete. Während die Miene des Mädchens zwischen Freude, Aufregung und Ungeduld wechselte, je nachdem, ob ihr Blick den Gästen, den Musikern oder ihrem Begleiter galt, hielt dieser sich ängstlich neben ihr, als müsse er befürchten, sein schöner Schmetterling könne jeden Augenblick auf und davon schweben.

»Und wir?« flüsterte Sophie. »Wirst du mit mir tanzen?« Albert sah sie an. »Willst du denn?«

»Wenn du willst.«

Sie begann das Fest zu genießen. Sie tanzte mit Albert, dann mit vielen anderen Herren, die ihr der Reihe nach vorgestellt wurden. Gegen Mitternacht kam ein dumpfes Grollen von draußen, einem aufziehenden Gewitter nicht unähnlich. Doch eigentlich gab es um diese Jahreszeit keine Gewitter, und erstaunt sah man sich an. Die Musik brach ab, und alles lief an die Fenster. Der Hafen lag im Dunkeln. Die Positionslichter der russischen Flotte waren zu sehen, die vor dem Leuchtturm auf der Tigerhalbinsel hin- und herfuhr.

»Das klang wie Geschützdonner«, sagte Sophies Tanzpartner, ein älterer Herr, den Mrs. Snow mit »Lordie« angeredet hatte. »Aber eine nächtliche Gefechtsübung?«

In diesem Moment stiegen von der Signalstation am Goldenen Berg drei Raketen in den Nachthimmel auf.

»Ein Feuerwerk!« rief die Nichte des Admirals entzückt aus. »Der Onkel läßt ein Feuerwerk aufsteigen als Glückwunsch zum Namenstag!«

Der Onkel war Admiral Stark, der sich an Bord seines Schiffs befand und zunächst nicht an der Feier für seine Frau und seine Tochter teilnehmen konnte. Unschlüssig blieben die Gäste an den Fenstern stehen und sahen in die Nacht hinaus. Doch nichts weiter geschah. Die Nichte, die in ihrem dünnen Seidenkleid fröstelte, ging zu den Musikern auf das Podium und forderte sie auf, eine flotte Melodie zu spielen. Schließlich wurden die Fenster wieder geschlossen, und man kehrte zu Sekt und Tanz zurück.

Der Admiral, den seine Frau nach Mitternacht erwartet hatte, blieb aus. Die chinesischen Bediensteten, bekannt dafür, daß ihre Nachrichtenübermittlung schneller lief als jeder Telegraph, hatten vom Palais des Statthalters erfahren, es habe sich tatsächlich um eine nächtliche Gefechtsübung gehandelt. Alexejew, der in seinem Salon über einem Buch gesessen hatte, habe ebenfalls seinen Diener ausschicken müssen, um die Ursache des Feuerns zu erkunden.

Sophie bemerkte, wie einige Gäste, darunter der junge Amerikaner und der französische Korrespondent, heftig debattierend in den kleinen Salon neben dem Tanzsaal gingen. Sie folgte ihnen und blieb an der Tür stehen.

»Könnte es sich nicht um einen Angriff der Japaner gehandelt haben?« fragte gerade der Mann, der ihr den Rücken zukehrte. Sein Haar lag wie ein weißer dünner Kranz um seinen Kopf. Korona, würde Mr. Ashton sagen.

»Aber es liegt doch keine Kriegserklärung vor!«

»Wenn die Japaner eine Chance haben – dann den Präventivschlag. Sie wären ja saublöd, die Situation nicht zu nutzen.« Jacks Whiskyflasche war inzwischen halb leer.

»Offenbar hat man heute die diplomatischen Verhandlungen abgebrochen … aber zugleich versichert, daß sie in einigen Tagen fortgesetzt werden.«

»Wer's glaubt, wird selig. Was haben sie denn 1894 gemacht? Der Chinesisch-Japanische Krieg begann auch ohne ihre Kriegserklärung.«

»Immerhin hat vor zwei Tagen der japanische Gesandte Kurino den russischen Außenminister Graf Lamsdorff um die Erlaubnis ersucht, St. Petersburg verlassen zu dürfen«, gab der Franzose zu bedenken.

Der Mann mit der Korona erzählte, wie er ebenfalls am 6. Februar den kleinen britischen Dampfer Foochoow beobachtet hatte. »Lautlos lief der aus dem Hafen auf die offene See. Hatte wahrscheinlich alle Japaner der Stadt dabei. Ich habe vorher noch gesehen, wie viele von den bessergestellten Kaufleuten und Händlern an Bord gingen, jedenfalls den Astrachankappen, Pelzmänteln und Lederhandschuhen nach zu urteilen. Die Frauen trugen ihre Babys auf den Rücken gebunden, die Männer saßen auf Kisten und ließen die Sakeflaschen kreisen. Es sah nach einer regelrechten Evakuierung aus.«

»Und heute abend gab es die größte Festbeleuchtung gratis«, sagte der Franzose.

Albert erschien an der gegenüberliegenden Tür. Er winkte Sophie. Sie nickte. Ja, es war Zeit zu gehen. Sie hörte, wie die Journalisten sich für den morgigen Tag verabredeten. »Bei Effimoff dann, wie immer.«

»Was ist Effimoff?« fragte sie Albert auf dem Heimweg.

»Eines der beiden Hotels am Ort, in dem vor allem Presseleute absteigen. Es befindet sich in der Alten Stadt. Seit neuestem, so war heute abend zu hören, bekommt es vom Nikobadze in der Neuen Stadt Konkurrenz.« Effimoff. Sie sollte hingehen. Vielleicht könnte sie dort jemandem ihre Photos zeigen. »Und was war das für ein seltsam kurzes Feuerwerk?« Albert lachte kurz auf, schüttelte den Kopf. »Das war es wohl nur in der Phantasie des jungen Mädchens.« »Die Journalisten vermuteten einen Angriff der Japaner.« Er zuckte die Schultern, schwieg aber.

Während sie wie die meisten Zivilisten bald schliefen, erwachte ein anderer Teil der Stadt. Gruppen von Soldaten zogen durch die Vergnügungslokale und Kasinos, sie holten alle Offiziere und Männer mit Landurlaub auf die Schiffe. Die Nachricht von den nächtlichen Gefechtsübungen wurde bald durch eine neue Information richtiggestellt: Die japanische Eskader hatte angegriffen.

Im Schneefall dieser Nacht, der über dem Wasser so dicht wurde, daß man von der Brücke nicht bis zum Bug eines Schiffes sehen konnte, näherten sich die feindlichen Fahrzeuge ein paar Stunden später noch einmal. Doch da verzogen sich die Wolken allmählich, der Mond kam zum Vorschein und nahm den japanischen Schiffen die Deckung. Diesmal waren die russischen Mannschaften hellwach.

Von dem ins Zimmer fallenden Licht war Sophie aufgewacht. Sie zog sich eine Jacke über und ging ans Fenster. Der fahle Mond beleuchtete eine geisterhafte Szenerie. Anders als zu Beginn dieser Nacht waren sämtliche Laternen an Schiffen und Hafenanlagen gelöscht. Schwarze Schatten huschten über die glitzernde Wasserfläche, auf den Quais schien es von Menschen zu wimmeln.

V

Der nächste Morgen war eiskalt, Himmel und Meer ein einziges Rot. In Pelze und Schals gehüllt liefen Sophie und Albert schweigend nebeneinander ans Wasser. Bald würde die Sonne aufgehen. Sie mußte an den Morgen am Baikalsee denken.

Von überall her strömten Menschen zum Hafen, um die Ursache für das nächtliche Schießen herauszufinden. Auf den ersten Blick konnte man zwei beschädigte russische Schlachtschiffe erkennen.

»Retwisan ausgerechnet«, sagte Albert. Das Schiff lag quer mitten in der schmalen Einfahrt, Bug auf Grund. Nicht weit davon Zesarewitsch, die schwer nach steuerbord krängte, ihr ganzes Heck unter Wasser. Westlich der Tigerhalbinsel auch noch die Pallada. Schlepper und Barkassen waren um die Zesarewitsch versammelt und versuchten, sie von der Stelle zu bewegen. Sie hatte sich selbst auf Grund gesetzt, um Retwisan nicht zu rammen, war zu hören.

»Verdammt.« Albert kickte einen Stein aus dem Weg. »Die Japaner haben einen ausgezeichneten Zeitpunkt abgewartet. Die russische Seite ist so gut wie unvorbereitet!« Noch einmal versetzte er dem Stein einen Tritt.

Sophie photographierte bereits. Die Umrisse der Kriegsschiffe im Gegenlicht von Meer und Himmel, die Matrosen, die ratlos an Land standen. Dies, so fühlte sie instinktiv, waren Bilder von historischem Wert.

»Die Japaner hätten sogar keinen besseren Zeitpunkt finden können. Sie wären geradezu dumm gewesen, die Situation nicht zu nutzen. Jetzt, wo der militärische Nachschub am Baikalsee am problematischsten ist.« Albert ließ seinem Ärger freien Lauf.

Sie liefen um die ganze Bucht herum zum Goldenen Berg. Nahe der Signalstation ritt ein Ordonnanz-Kosake in den Steigbügeln stehend auf sie zu. Ob sie wüßten, wo die Telegraphenstation sei. In diesem Augenblick kam von See her Geschützfeuer. Albert blieb stehen, sah durchs Fernglas. Ein Schiff hielt in schnellem Tempo auf die Küste zu. »Die Boyarin. Signalisiert mit den Flaggen ...« Einen Augenblick zögerte Albert, dann übersetzte er: »Feindliche Streitkräfte in Sicht. Und dahinter folgt Askold. Sie feuert nach hinten und signalisiert, Moment ... Feindliches Gros im Anmarsch –« Albert wollte Sophie das Glas geben. »Ach du lieber Himmel. Die brauchen nicht mehr zu signalisieren. Die Japaner sind ja bereits mit bloßem Auge zu erkennen.«

Tatsächlich tauchten graue Schatten am Horizont auf. »Vorneweg die Mikasa, das Flaggschiff von Admiral Togo«, sagte Albert. Er sah noch einmal durchs Glas. »Ich kann es nicht erkennen, aber dahinter kommen sicher Yashima, Asahi ... die schweren japanischen Linienschiffe.« Der Hafen hallte wider von Rufen und Befehlen, in Panik rannten die Soldaten an Bord hin und her, die Männer auf den Quais schrien – doch die russische Flotte rührte sich nicht. Wie gelähmt starrte alles auf das Flaggschiff des Admirals, das sich nicht vom Fleck bewegte. »Wollen sie vielleicht warten, bis die Japaner Port Arthur im Sturm übernehmen?« Albert war außer sich.

Nach einer Ewigkeit, so schien es, lief die Petropawlowsk schließlich aus, die anderen in Kiellinie hinterher. In diesem Moment legte ein kleines Dampfschiff von der Mole ab, das mit voller Kraft auf das Flaggschiff zufuhr. Alles ging so schnell, daß Sophie kaum das Geschehen in Bildern festhalten konnte. Das Schiff drehte bei, jemand kletterte über die Jakobsleiter an Bord, die Flagge mit dem Andreaskreuz wurde gehißt – das Zeichen, daß Admiral Stark höchstpersönlich an Bord gegangen war. Jetzt erst begannen die Russen das Feuer zu erwidern. Plötzlich fielen erste Granaten draußen vor dem Hafen ins Meer.

»Sophie.« Albert legte ihr die Hände auf die Schultern. Er sah bleich aus. »Ich hätte dich wohl nie herbitten sollen, das wird mir jetzt klar. Aber natürlich ist es dafür zu spät. Hör zu. Du mußt sofort umkehren und dich in Sicherheit bringen. Kein Mensch kann wissen, was als nächstes passiert.«

»Und du? Willst du etwa hierbleiben?«

»Ich verspreche dir zurückzukommen, sowie ich kann. Aber erst muß ich auf die Werft. Du siehst ja, was los ist. Für dich ist es am besten, wenn du direkt in die dänische Mission läufst. Sie liegt geschützt hinter der ersten Hügelkette, dorthin wird keine Granate fallen, und du bist in Sicherheit. Versprichst du mir das?«

Seine Aufregung schien übertrieben, denn auf dem Weg zurück zur Stadt kamen ihr Scharen von neugierigen Leuten entgegen, die hofften, vom Goldenen Berg aus einen besseren Blick auf das Geschehen zu haben. Aber daß Albert ihr dieses Versprechen abnehmen wollte, bewies, daß er sie besser kannte, als sie glaubte. In die Mission wollte sie auf gar keinen Fall.

Auf der Terrasse des Bürgermeisters entdeckte sie eine festlich gekleidete Gesellschaft, mit Ferngläsern ausgerüstet. Lebhaft verfolgten und kommentierten sie die Vorgänge auf See. Sophie richtete das Objektiv auf eine Dame, die durch ihr perlmuttbesetztes Opernglas die japanische Flotte beobachtete. Im nächsten Moment explodierte unweit von der Gesellschaft eine Granate, und schreiend rannten die Gäste auseinander. Aus ihrer immer noch sicheren Entfernung photographierte Sophie den Rauch, der von der Einschlagstelle aufstieg. Eine dünne Säule, die der Wind schnell verwehte.

Das Geschützfeuer wurde stärker, und bald schlugen nicht nur auf dem Signalhügel, sondern auch in Old Town, New Town und mitten auf der Promenade am Bund Geschosse ein. Nun verwandelte die Stadt sich mit einem Schlag: Der amerikanische Juwelier oberhalb des Hafens kam mit einer Perlenkette in der Hand auf die Straße gerannt. Seinen verdutzten Angestellten und der Kundin, die ihm aus der Ladentür nachschauten, rief er zu: »I'm out of here.« Eine junge Chinesin, die ihnen seit einer Weile durch die Schaufensterscheiben zugesehen hatte, schlug ihr Baby in ein Tuch und stürzte wimmernd davon. Die Neugierigen, die eben noch scharenweise ans Meerufer gelaufen waren, kamen jetzt zurück und rannten auf die Berge hinter der Stadt zu. Ein barfüßiger kleiner Chinesenjunge nutzte die allgemeine Verwirrung und kletterte auf einen hölzernen Gemüsewagen, auf dem Melonen gestapelt waren. Er schnappte sich soviele Früchte, wie er tragen konnte. Als er wieder herabsprang, geriet der ganze Wagen ins Schwanken, kippte schließlich um, so daß die Melonen die Straße entlangkullerten und die Davonlaufenden zum Stolpern brachten. Sophie arbeitete so schnell, daß sie immer nur eine der beiden Platten in jeder Kassette belichtete, die Kassette dann neben sich auf den Boden warf aus Angst, in der Aufregung einen Film doppelt zu belichten. Sie befand sich wie im Fieber. Als würde die Kamera ihr Schutz bieten, fühlte sie sich hinter dem Objektiv so sicher wie hinter einer Mauer. Das einzige, was ihr zum Bewußtsein kam, war die Tatsache: Wenn nicht sie diese Bilder festhielt, würden sie auf immer verloren sein.

Wenig später waren die Straßen menschenleer, allein die Sikhs vor Ginsburghs Kontor und vor der Russisch-Chinesischen Bank harrten aus, als sei gar nichts geschehen. Die Pushkinskaja ausgestorben, die Zirkusleute samt ihren Elefanten und Kamelen waren fort, die Gebäude des Novy Krai nicht besetzt, die Zeitungsreporter verschwunden. Effimoff, dachte sie. Dort würde sie vielleicht mehr erfahren. Vor dem Postgebäude debattierten ein paar Leute, die immer wieder in die eine oder andere Richtung blickten, als könnten sich die Granaten wie Fahrzeuge über die Straßen auf sie zubewegen.

Dann erreichte sie das Hotel. Die Türen in dem einstöckigen barackenähnlichen Gebäude standen sperrangelweit offen. Inhaber, Geschäftsführer, Koch, Kellner – alle verschwunden, nur zwei verängstigte junge Chinesen in Pagenuniform hielten sich im Foyer auf. Sie blätterte im Gästebuch auf dem Tresen. Offenbar waren alle vierundzwanzig Zimmer belegt. Der Korrespondent der Daily Mail, ein Agent von Reuters, ein amerikanischer und zwei französische Journalisten – andere englische und deutsche Namen. Da niemand sich um sie kümmerte, lief sie in den Gang, von dem aus sie in dunkle, schmutzige Zimmer blickte. Die Einrichtung war überall die gleiche: Tisch, Feldliege, Krug und Waschschüssel, von der die Emaille abgeplatzt war. Ein Spinnennetz aus schwarzen Rissen überzog sie. In einem Zimmer hing als Dekoration eine amerikanische Bierreklame an der Wand, auf dem Tisch darunter das gerahmte Photo einer lächelnden, jungen, dunkelhaarigen Frau. Sophie nahm es in die Hand. Der Stempel eines Photoateliers aus Iowa in der rechten unteren Ecke. Plötzlich flatterte mit lautem Gegacker ein Huhn vorm Fensterbrett auf, und zu Tode erschrocken stellte sie den Rahmen wieder zurück.

Sie verließ das Effimoff, bog in die Artilleriskaja ein, hinüber zur Neuen Stadt. Dort lag das Nikobadze, das andere Ausländerhotel, und tatsächlich traf sie hier auf die Leute, die sie zu finden gehofft hatte. Anscheinend war dieser Teil der Stadt bisher von Angriffen verschont geblieben, denn man redete in einer Gelassenheit miteinander, als fände die Kriegshandlung weit fort von hier statt. Ein breitschultriger Amerikaner in dunkelblauer Jacke, dessen rotes Haar zu leuchten schien, hob die Hände gen Himmel. »Weiß Gott, ich verstehe die Russen nicht!« rief er aus. »Einige Stunden bevor Kurino die Entscheidung seiner Regierung, ihn nach Hause zu beordern, vortrug, sind zwei russische Handelsschiffe von Japanern gekapert worden. Zwischen Kwantung und Korea. Das war schon am 6. Februar. Zur gleichen Zeit gingen japanische Transporte und Truppen nach Tschemulpo in Korea. Diese Nachrichten waren weltweit zu lesen, aber in den russischen Zeitungen sind sie überhaupt nicht erschienen. Die russische Regierung hat ihnen einfach keine Bedeutung beigemessen. Aus meiner Sicht völlig unverständlich.« Er bemerkte Sophie, machte eine Art Verbeugung. »Kollegin?« Er deutete auf die Kamera.

»Ach, Sie und Ihre ausländischen Zeitungen!« erregte sich ein kleiner untersetzter Russe, der eine fleckige weiße Schürze um den Bauch gebunden trug. »Sie hetzen sowieso bloß. Ihnen ist es doch nur recht, wenn Sie auf unserem Zaren herumhacken können.«

Der Amerikaner ließ sich von dem Mann nicht beeindrucken. »Herr Nikobadze, das sind Fakten, dafür haben wir in meinem Land ein besonderes Faible.« Er wandte sich an seinen Nachbarn, einen gebrechlich wirkenden Mann mit einer goldgefaßten Brille, der in seinem langen, schwarzen Wintermantel zu versinken schien. »Herr Titularrat, ist Ihnen nicht aufgefallen, daß die Japaner vor Ort ihre Waren in den letzten Tagen erstaunlich günstig verkauft haben?« Der Angesprochene nickte. »Man könnte sogar von Totalausverkauf sprechen. Und was man sich von gestern erzählt, wird wohl auch seine Richtigkeit haben: Der japanische Konsul, der gestern an Bord der Foochoow Port Arthur einen Besuch abstattete, wurde von einem Konsulatsdiener begleitet, der in Wirklichkeit ein japanischer Marineagent war. Während der Dampfer auf der Reede vor Anker lag, gingen Konsul und Diener an Land. Durch seine Verkleidung getarnt, konnte der Marineagent in aller Seelenruhe die Ankerplätze der russischen Schiffe in seine Karte eintragen. Auf See traf die Foochoow dann an einem verabredeten Treffpunkt auf das japanische Geschwader und setzte den falschen Diener mit all seinen Nachrichten über.«

»Das hat ihnen auch nichts genützt«, warf Nikobadze ein. Der Amerikaner lächelte über den Eifer des Russen. »Ich glaube, wenn die Japaner nur eine Ahnung davon gehabt hätten, w i e schwach es in Wirklichkeit um die russische Abwehr bestellt war, hätten sie sich nach dem ersten Angriff heute nacht nicht zurückgezogen. Wenn ich meine bescheidene Meinung hierzu abgeben darf: Mit dieser Attacke hätte ihnen gleich der vernichtende Schlag gelingen können. Jetzt sind die Russen zwar leicht lädiert, aber gewarnt.« »Lädiert? Leicht lädiert sagen Sie?« Nikobadze lief rot an vor Wut. »Ein ganzes Kriegsschiff ist in den Boden geschossen, und Sie nennen das leicht lädiert! Da sieht man, wohin der Journalismus führt! Und überhaupt! Niemand regt sich auf, daß es keine Kriegserklärung gab. Unser Zar Nikolaus wollte bestimmt keinen Krieg!«

Sophie hob die Kamera, wartete so lange, bis der Mann in der weißen Schürze genau zwischen den beiden dunkel gekleideten, größeren Herren stand. Dann photographierte sie ihn.

»Was fällt Ihnen ein? Wofür machen Sie die Aufnahmen?« Der Russe schoß so wütend auf sie los, daß sie Angst bekam, er könnte tätlich werden. »Rein private Erinnerungen«, beeilte sie sich zu erklären. »Den Ausbruch eines Krieges erlebt man nicht alle Tage.«

In diesem Augenblick schlug ein paar Gebäude weiter eine Granate ein und riß ein Loch in die Straße. »Das hätte auch uns treffen können!« kreischte Nikobadze, offenbar erst jetzt von der Wirklichkeit des Angriffs überzeugt, und verschwand in seinem Hotel. »Gehen Sie nicht ein zu großes Risiko ein?« fragte der Amerikaner Sophie. »Noch ist das Gefecht nicht beendet.« »Daran habe ich, ehrlich gesagt, kaum gedacht. Je näher ich an der Situation bin, desto besser werden meine Aufnahmen.« »Da haben Sie zweifellos recht. Das nenne ich eine professionelle Einstellung«, meinte er anerkennend. »Ich folge der gleichen Devise. Ich heiße Campbell. Schreibe für den Herald Telephone, die Chicago Tribune und verschiedene andere Blätter.« War dies vielleicht ein Kollege von Stanton? Sie schwankte nur kurz, ob sie ihn fragen sollte. »Stanton? Reuters' Korrespondent in Japan, nicht wahr?« sagte er. »Soweit ich weiß, hatte er vor, nach Arthur zu kommen. Soll ich ihm eine Nachricht von Ihnen übermitteln?«

Damit hatte sie nun am wenigsten gerechnet. Er bemerkte ihre Verwirrung.

»Solange die russischen Feldschreiber meine Botschaften nämlich noch weiterleiten, kann ich das.« Er hielt ihr einen kleinen Notizblock hin, ähnlich dem, den Stanton benutzt hatte. Als sie merkte, daß Campbell sie beobachtete, kritzelte sie schnell die Worte »Habe gelernt, mit Chop-sticks zu essen. Wann sehen wir uns wieder?« und gab den Zettel zurück. Taktvoll, ohne ihn zu lesen, steckte er ihn ein. In seinem glatten, jungenhaften Gesicht zeichnete sich um die Augen bereits ein Strahlenkranz feiner Fältchen ab. Sie war sich jetzt fast sicher, daß es sein Zimmer gewesen sein mußte, in dem sie das Bild mit der so vertrauensvoll lächelnden Frau aus Iowa gesehen hatte. Die Erinnerung machte ihr Mut. »Könnten Sie nicht auch Bilder zu Ihren Artikeln gebrauchen?« »Natürlich. Was für eine Kamera ist das, die Sie da haben?«

Sie zeigte sie ihm. »Ich arbeite nach Möglichkeit mit Glasplatten. Etwas beschwerlich, aber dafür von bester Qualität. Meine Dunkelkammer ist ebenfalls hier. Wenn Sie wollen, zeige ich Ihnen Material von heute morgen.« »Das wäre phantastisch! Bis wann könnten Sie es fertig haben?« Er überlegte, zog dann einen Kalender hervor, als befänden sie sich in irgendeinem Büro. »Würden Sie es bis übermorgen schaffen?« »Und wo?« »Ich schlage vor, zehn Uhr morgens im Effimoff. Das ist mein Hotel. Kennen Sie das?« Sophie nickte. »Sagen Sie«, meinte sie unvermittelt, »haben Sie eine hübsche, dunkelhaarige Frau mit einem kleinen Leberfleck auf der Wange?« Verblüfft starrte er sie an. »Hat Ihre Kamera etwa auch hellseherische Fähigkeiten?« Sophie lachte. Sie fühlte sich siegessicher. Ihre Photos waren gut, daran hatte sie keinen Zweifel. Vielleicht war dies der Einstieg in eine ganz neue Welt! Eine Explosion unten am Hafen brachte beiden die prekäre Situation wieder zu Bewußtsein, und sie trennten sich.

Sophie ging zum Hafen zurück. Welche Veränderung hatte sich hier in weniger als zwei Stunden vollzogen: Von den unzähligen kleinen Booten, die sonst unterwegs waren mit Bohnen und Zwiebeln, Säcken voll Mehl, Tee oder Gewürzen, war nicht eines mehr zu sehen. Die Wellen plätscherten an die sonst zu jeder Tageszeit belebten Quaimauern, als sei es ein verödeter Strand. Kein Mensch auf den Werften, wo sonst Hunderte von Männern in ihren grauen Anzügen arbeiteten. Nur einzelne Posten waren zurückgeblieben zur Bewachung der Vorräte an Wodka, Getreide und Lebensmitteln. Auf den Wellen trieb das Wrack eines zerschossenen Rettungsboots. In mehrere Gebäude auf dem Bund, auch ins Büro des Feldtelegraphen waren Granaten eingeschlagen. Die doppelten Scheiben zur Wasserfront zerborsten, Glassplitter bedeckten die Straßen. Putz bröckelte, die leeren Fensterhöhlen ließen die Häuser tot aussehen. Noch nirgendwo hatten die Aufräumarbeiten begonnen.

Gerade als sie an der russisch-orthodoxen Kathedrale vorbeiging, öffneten sich die schweren Eichenholztüren, und heraus kam eine Hochzeitsgesellschaft. In Weiß und Rot gekleidete Scharen von Kindern, die Blumen streuten, das Hochzeitspaar in großem Staat. Auf ihren Gesichtern spiegelte sich das Entsetzen über den veränderten Anblick. Die Kirchenfeier hatte – typisch für eine russische Hochzeit – offenbar Stunden gedauert, länger als der ganze erste Angriff. Schnell richtete Sophie die Kamera aus, gerade noch rechtzeitig, um das Bild zu machen. Auch das – oder vielleicht gerade das – gehörte zu einem Kriegsausbruch: die Groteske. Immer waren es die kleinen Dinge, in denen sich das Große spiegelte. Und dies war, so resümierte sie, der Beginn des Russisch-Japanischen Kriegs.

*

»Sophie, bist du zu Haus?« Das war Albert. Aus der Dunkelkammer rief sie zurück: »Ich bin gleich fertig.«

»Sehen Sie«, hörte sie eine andere Stimme sagen, die ihr bekannt vorkam, »kein Grund zur Aufregung.«

»Gott sei Dank.« Albert klang erleichtert. Jetzt erst fiel ihr ein, daß er ihr das Versprechen hatte abnehmen wollen, in die dänische Mission zu gehen. Vielleicht hatte er sie dort vergeblich gesucht. »Trinken Sie einen Sherry, Lapas?«

Lapas, richtig. Der Mann hatte schon in Kronstadt mit Albert zusammen gearbeitet.

»Den kann ich gebrauchen. Wissen Sie, alle beschuldigen jetzt Admiral Stark, er habe die Flotte nicht in Alarmbereitschaft gehalten, dabei ist der Geschwaderchef nicht verantwortlich.«

»Ach was«, erwiderte Albert ärgerlich. »Mit allen Lichtern auf Reede zu liegen, ohne Dampf aufzumachen, ohne Netze für Treibminen, ohne Fahrzeuge auf Vorposten.«

Sophie hörte, wie der Glaspfropfen von der Sherrykaraffe gehoben und zwei Gläser vollgeschenkt wurden.

»Genau für die Nacht vom 8. auf den 9. war bei uns eine Abwehrübung angesetzt. Vier unserer Torpedoboote waren deshalb in See gegangen. Doch plötzlich verschob man die Übung, und die Boote erhielten den Befehl, statt dessen nach Dalni zu fahren. Allerdings erfuhr unser Geschwader nichts von dieser geänderten Disposition. Als daher um elf Uhr abends auf See Torpedoboote gesichtet wurden, die hell beleuchtet herankamen, hielt man sie selbstverständlich für die eigenen. Wer konnte denn ahnen, daß der Feind angreift! Erst die Torpedotreffer und die Alarmsignale auf den beschossenen Schiffen machten uns die Lage klar.«

»Der russische Schlendrian ist unglaublich«, antwortete Albert. »Er wird uns noch die Festung kosten.«

»Trotzdem – nicht der Geschwaderchef ist verantwortlich, auch wenn er jetzt abkommandiert wird.«

Sophie holte mit der Zange ein Bild aus dem Entwickler, ließ es abtropfen, legte es ins Zwischenbad, anschließend in den Fixierer. Szenen von heute morgen aus dem Hafen, der Mann auf der Jakobsleiter.

»Warum haben die Russen die Japaner fast bis in den Hafen einlaufen lassen, bevor etwas passierte? Da sind vielen die Nerven durchgegangen«, sagte Albert.

»Was glauben Sie, was wir auf der Angara ausgestanden haben – an äußerster Position direkt in der Schußlinie. Wir brauchten ja keine Signale mehr, sahen die Japaner schon kommen. Sie fragen, was der Grund war? Das kann ich Ihnen jetzt genau sagen. Der Statthalter hatte den Geschwaderchef wieder einmal zu sich befohlen, um ihm Instruktionen zu geben. Aber das wußten wir zu dem Zeitpunkt nicht. Es gab Tote und Verwundete bei uns an Bord, obwohl überhaupt kein richtiges Gefecht stattfand. Die Ruderleitung der Angara ist hin, die Boote der Backbordseite zerschossen und Schornsteine und Ventilatoren durchsiebt. Die einzige Granate, die uns direkt getroffen hat, zündete zum Glück nicht. Sie durchschlug die Bordwand und rollte schließlich in eine Kajüte der 1. Klasse. Die Koje ist völlig zerstört, die Granate blieb Gott sei Dank auf der Sprungfedermatratze liegen. Es klingt wie ein Witz ...« Er brach ab und schüttelte sich.

»Ich begreife nicht, daß man Alexejew nicht sofort Meldung ins Palais geschickt hat.«

Lapas lachte bitter auf. »Sie wissen doch, daß die Signalstation am Goldenen Berg alle Signale zuerst abnimmt, weil man von dort viel weiter sieht als von den Schiffen auf der Reede. Und die Signalstation hat direkte Telephonverbindung mit dem Palais. Sie haben Alexejew sogar als ersten in Kenntnis gesetzt, aber er wird gesagt haben: Ach nein, lieber noch nicht zurückschießen! Wenn der Chef des Stabes schließlich nicht eigenmächtig signalisiert hätte: Anker lichten! Kiellinie!, ohne auf den Admiral zu warten ... wer weiß, was noch alles passiert wäre.«

Das war für Sophie das Stichwort. Sie legte das Photopapier fort, knipste die Lampe an, zog das Bild mit Stark auf der Jakobsleiter kurz durchs Wasserbad und ging nach draußen.

»Hier. Genau diesen Augenblick habe ich erwischt.« Sie legte das noch tropfnasse Bild vor den Männern auf den Boden.

»Meinen Glückwunsch!« Lapas beugte sich erstaunt darüber. »Ein historischer Moment sozusagen. Diese Photographie wird in die Geschichte eingehen.«

»Und einen Abnehmer dafür habe ich auch schon«, sagte Sophie und genoß Alberts erstaunten Blick. »Eine amerikanische Zeitung.«

»Ich war bisher davon ausgegangen, daß Photographieren ein zwar teures, aber schönes Hobby ist«, sagte Albert abschätzig. »Ab heute muß ich wohl dazulernen.«

Lapas verabschiedete sich. Während Albert ihn zur Tür brachte, las Sophie das Telegramm, das auf der Kommode lag: »Port Arthur, 27. Januar (9. Februar) 1 Uhr 45 Min. nachts. Soeben attackieren auf der hiesigen Reede die Japaner unsere Eskader, wobei die russischen Panzerschiffe Retwisan, Zesarewitsch und der Kreuzer Pallada beschädigt wurden. 11 Uhr 25 min. morgens. In Anbetracht des Erscheinens der Feinde in den Port-Arthurischen Gewässern ist die Stadt in Kriegszustand erklärt.«

Albert kam zurück. Er war verstimmt. »In was habe ich dich da nur mit hineingezogen.« Er holte noch ein Glas aus der Vitrine und schenkte auch für sie einen Sherry ein. »Ich hätte es besser wissen müssen. Jetzt kann ich nur eines tun: Veranlassen, daß du so schnell wie möglich einen Platz auf der Bahn bekommst. Ich werde gleich mit Stössel sprechen.« »Nein, Albert, so sehe ich es überhaupt nicht.« Er lächelte, legte den Arm um sie und zog sie näher zu sich. »Ich weiß, was du sagen willst. Daß es ganz allein deine Entscheidung war. Aber Sophie. Ich würde mir nie verzeihen, wenn dir etwas passiert. Denk nur, was aus Lina werden sollte, mein kleiner Stieglitz.« Daß er sie bei diesem schon fast vergessenen Kosenamen nannte, verwirrte sie, und es fiel ihr noch schwerer, ihm etwas zu entgegnen. »Albert«, sagte sie schließlich, »hör mich doch erst einmal an.« Sie wand sich aus seiner Umarmung. »Natürlich bist nicht du für die Situation verantwortlich. Es war schließlich meine Entscheidung. Auch jetzt: Ich möchte nicht wegfahren.«

»Sophie!« Es klang gerührt und ein wenig komisch verzweifelt zugleich. »Wegen mir hierzubleiben ist wirklich Unsinn. Ich bin den ganzen Tag am Hafen, die Schiffsreparaturen sind dringender als je, und wer weiß, wann ich hier rauskomme. Dein Hierbleiben würde überhaupt nichts nützen.« »Davon bin ich durchaus nicht überzeugt. In einer Situation wie dieser gibt es alle Hände voll zu tun. Und ich könnte dir sicher eine Unterstützung sein. Aber...« Sie unterbrach sich, nahm einen neuen Anlauf. »Aber es gibt noch einen anderen wichtigen Grund, aus dem ich hierbleiben möchte. Ich habe tatsächlich einen Auftrag bekommen.«

Einen Augenblick kam sie sich wie eine Hochstaplerin vor, schließlich hatte sie noch nichts sicher. »Ein amerikanischer Journalist will meine Bilder haben.« Sie glaubte, verschiedene Regungen in Alberts Gesicht lesen zu können. Und als widersprächen diese einander, blieb er stumm. »Du weißt, das wäre die große Chance für mich. Es könnte mein Einstieg in eine richtige Karriere sein.«

Endlich schien er sich gefaßt zu haben. Er richtete sich auf. »Sophie – das ist ja wirklich großartig. Das gönne ich dir von Herzen. Aber...«, er schüttelte den Kopf. »Du solltest es vergessen, wirklich. Du bist eine Frau! Und eine Mutter. Ein Krieg ist grausam und gefährlich. Port Arthur ist kein Ort für dich unter diesen Umständen. Es ist viel zu riskant hier. Niemand kann dir Schutz garantieren. Nochmals: Denk an unsere Tochter in Riga. Was soll werden, wenn dir etwas zustößt.« Sie schwieg und sah ihn nur an. Spürte, wie die Enttäuschung ihr die Kehle zuschnürte. Fast wortwörtlich ihr Vater. Das brauchte sie sich von ihm nicht sagen zu lassen. War es nicht schließlich ihrer beider Tochter? Albert schien ihren Blick zu verstehen. »Und was soll ich machen, wenn herauskommt, daß meine Frau für die Amerikaner, die erklärten Feinde Rußlands, arbeitet?« setzte er hinzu.

Jetzt hatte sie gewonnen. Sie wußte, daß Albert von Beginn an Gewissensbisse geplagt hatten, weil er sich an den Vorbereitungen für einen Krieg beteiligte. Immer hatte er diese Tatsache ignoriert, weil die technische Seite des Auftrags ihn reizte. Wenn jetzt sie sich aber für die sogenannte Gegenseite engagierte, wäre die Verantwortung wieder ausgeglichen. »Mein und dein Einsatz«, sagte sie lächelnd, »erzeugen sie nicht eine wunderbare Neutralität? Du hilfst den Russen, ich arbeite für die Amerikaner. Außerdem, du hast einmal die Ewigkeitsmaschine bauen wollen und verfolgst diesen Traum im Grunde immer noch. Jetzt gib auch mir die Chance, meinen Traum zu verwirklichen. Warte, ich zeig dir was.« Sie trank ihr Glas mit einem Zug leer und ging in die Dunkelkammer, um die anderen Aufnahmen zu holen. Die Sikhs vor Ginsburghs Kontor, Menschen auf der Flucht – Kulis, Bürger, vornehme Chinesen, alle durcheinander, wie man sie sonst nie sah; das leere Effimoff und die aufgeregte Schar mit Nikobadze. Sie tippte auf Campbell. »Das ist der Mann, der meine Photos haben will.«

Albert betrachtete ihn eingehend, bevor er ihr das Bild zurückgab. »Ach, Stieglitz«, sagte er mit einem kleinen Seufzer. Ich bin machtlos. Sie tut doch, was sie will, hörte Sophie plötzlich ihren Vater. Albert war ihm ähnlicher, als sie es anfangs hatte wahrhaben wollen.

VI

Der Ehrgeiz hatte sie gepackt. Noch nie fühlte sie sich ihrem Ziel so nahe. Sie hatte sich für die Handkamera entschieden, da es jetzt so viele schnell wechselnde Motive gab, daß das Aufbauen des Stativs manchmal länger dauerte als der Augenblick, den sie photographieren wollte. Sie erwischte den Moment, in dem ein Soldat auf dem Dach von Baratowskys Wanderzirkus die Flagge des Roten Kreuzes hißte. Das blau-rot gestreifte Zelt wurde zu einer Krankenstation. Die kleinen Ponys, die zuvor jeden Abend mit roten Schleifen in der Mähne durch die Manege getanzt waren, wurden von den Soldaten für Militärzwecke konfisziert. Sophie folgte dem Troß bis in den Kasernenhof, wo sie geduldig warteten, während man sie mit schweren Säcken belud. Auf einmal begann die Militärkapelle zu spielen, und im selben Moment fingen die musikalischen Pferdchen in alter Gewohnheit an zu tanzen, warfen ihre Köpfe auf und ab, drehten sich im Kreis und brachten die Reihen der Soldaten durcheinander.

Jedes Maultier, jedes Pferd, jeder Esel im Umkreis der Stadt wurde beschlagnahmt. Manch ein Kutscher oder Rikschafahrer, dem es trotzdem gelungen war, sein Tier zu behalten, verdiente plötzlich bis zu hundert Kopeken am Tag. Ein Engländer rettete sein Pferd vor dem Zugriff der Soldaten, indem er den ganzen Tag auf ihm herumritt und sich nachts mit ihm versteckte. Sophie begegnete ihm in allen möglichen Verkleidungen, mal als Ordonnanzkosak, mal als Beschlagnahmer, mal als Laufbursche.

Die meisten Zivilisten waren beim Angriff auf die Stadt geflohen, doch als der Geschützdonner verklungen war, kehrten sie zurück. Einige, um ihre Geschäfte wieder zu öffnen, die meisten aber, um ihre definitive Abreise vorzubereiten. Viele brauchten plötzlich Geld und nahmen den Weg zu Moses Ginsburgh. Er verlieh, ohne Sicherheiten zu verlangen, ohne zu fragen, wohin seine Kunden reisen würden. Als sie Sophie mit der Kamera kommen sahen, verbargen sie ihr Gesicht.

Die Chinesenstadt belebte sich ebenfalls. Schon hörte man wieder die lauten Ayo-Ayo-Rufe, mit denen Wasserträger und Maultiertreiber Durchlaß forderten. In der ersten Panik waren fast alle Bewohner Richtung Dalni geflüchtet, dem Hafen vierzig Meilen nördlich von Port Arthur, unterwegs aber den Chinesen von dort begegnet, die auf dem Weg nach Port Arthur waren. Nur die japanischen Geschäfte blieben verwaist. Die Läden eines ganzen Straßenzugs, in denen zuvor Barbier neben Barbier gearbeitet hatte, wurden nun auf Anordnung von oben mit russischen Soldaten besetzt, damit man sich endlich wieder Haare und Bart schneiden lassen konnte. Sophie photographierte einen russischen Soldatenbarbier mit seinem gerade eingeseiften Kunden.

Am Hafen wurden die meisten Vergnügungslokale mit Brettern vernagelt. Das nächtliche Verdunklungsgebot ließ die Kunden ausbleiben. Die Bewohner in der Umgebung waren froh über diese Entwicklung. Ihnen war das gesetzlich verordnete Vergnügungsangebot, die Konzerte der Militärkapelle, allemal lieber.

Während man zuvor Offiziere frühestens gegen Mittag zum Tiffin in den exklusiven Kriegsmarine-Club hatte schlendern sehen, begegnete man ihnen nun schon früh am Morgen, eiligen Schrittes, Mappen mit Plänen und taktischen Varianten unter dem Arm. Disziplin war das Wort, das alle plötzlich im Munde führten. Um so erstaunlicher, daß man sich immer noch überall frei bewegen konnte. Sophie ebenso wie andere ausländische Journalisten, die durchaus nicht alle mit der russischen Seite sympathisierten, hatten zu ihrer eigenen Verwunderung Zugang zu den Docks, zu den Werkstätten und sogar zu den Soldatendrills auf dem Truppenübungsplatz. In mechanisch wirkenden Manövern wurden die Rekruten aus der Kaserne über den Paradeplatz gescheucht, immer wieder der staccatohafte Ruf: »Da zdravst – vujet nasch obo – zajemij car im – per – at – or ura! – Lang lebe unser hochgeliebter Zar und Herrscher!« Eine perfekte Bildunterschrift, wie Sophie fand.

Sie photographierte die ersten Passagierzüge, die Port Arthur verließen. Überfüllte Waggons, in denen die Menschen bis auf die Trittbretter und Plattformen hinaus standen – Sängerinnen und Tänzerinnen aus Rußland und Aserbeidschan, Köche und Musiker, Männer, die als Kellner oder Schauerleute gearbeitet hatten, einzelne Europäer, Paare und ganze Familien mit Kinderfrau und Vogelbauer. Insgesamt, so hieß es in der Stadt, wurden zwanzigtausend Plätze gebraucht, doch die meisten Züge blieben zunächst dem Militär vorbehalten. Zu kaufen waren ausnahmslos Tickets der ersten oder zweiten Klasse, auch wenn es im Zug nur die dritte Klasse gab. Nicht ein einziger Chinese befand sich unter den Reisenden. Auch hier hatte offenbar jemand ein Geschäft gewittert. Am Bund machte der deutsche Kreuzer Hansa fest, um so viele Landsleute wie möglich nach Tientsin zu bringen. Sophie photographierte die hastige Abreise der Deutschen, die Frauen, die mit ihren Kindern an Bord drängten. Eine Stadt im Kriegszustand.

»Sie benutzen Ihre Kamera ja wie ein Gewehr!« rief eine Frauenstimme plötzlich. Sophie ließ die Kamera sinken. Mrs. Snow, die Engländerin, kam auf sie zu. »Na, wie viele haben Sie schon erlegt?«

»Sie haben wirklich eine eigenwillige Art, die Dinge zu sehen. Ich töte doch nicht – ganz im Gegenteil. Ich verleihe einem solchen Moment eher Dauer, Leben. Ich möchte die Dinge so wiedergeben, wie sie sind.«

»Grauenhaft.« Sie wußte nicht, ob Mrs. Snow ihr überhaupt zugehört hatte. »Wissen Sie, eben will ich bei meinem chinesischen Schneider meine Kleider abholen – und jetzt verlangt der

Mann den dreifachen Preis. Aber, lassen Sie uns doch ein Gläschen trinken.«

Sie gingen zu Effimoff. Fast alle Tische in dem kleinen Speisesaal waren besetzt. Die meisten Gäste hatten sich wie in der Vorkriegszeit jetzt am Vormittag zu einer richtigen Sakuska niedergelassen, mit Schinken, Hering, Oliven, Salaten und vielen weiteren Schüsseln, dazu natürlich die unvermeidlichen Schnäpschen. Der Dunst aus Alkohol und Zigarrenrauch war beträchtlich. Sophie sah sich nach Campbell um, konnte ihn aber nicht entdecken.

»Und wann haben Sie eigentlich Ihren Mann kennengelernt?« Mrs. Snow setzte ihr Täßchen mit einem kleinen Knall ab, lehnte sich bequem in den Korbstuhl zurück und schnippte sich ein paar Krümel von der Bluse. Sophie begriff augenblicklich, daß die Engländerin darauf gebrannt hatte, ihr diese Frage zu stellen, ja, daß dies der ganze Grund für die Einladung gewesen war. »Vor drei Jahren. Wir lernten uns durch die Arbeit kennen.«

»Ah, gewissermaßen eine Geschäftsbeziehung also«, bemerkte Mrs. Snow spitz.

Geschäftsbeziehung. Welch ein herabsetzender Ausdruck! Sophie merkte, wie sie sich verkrampfte. Ihr fiel der Abend bei den Starks wieder ein. Die Engländerin war die geborene Zynikerin. Ihre Fähigkeit, auch bei fremden Menschen verborgene Ängste aufzuspüren, verlieh ihr Macht. »Aber durchaus nicht«, entgegnete sie fest, als müsse sie sich selbst vom Gegenteil überzeugen. Mrs. Snow registrierte ihre Reaktion mit einem kaum merklichen Beben der Nasenflügel. Ohne Kommentar nahm sie ihre Tasse und führte sie mit einer gezierten Bewegung zum Mund. »Man kann von hier aus das Meer sehen«, stellte Sophie fest, um irgend etwas zu sagen.

»Ja«, erwiderte Mrs. Snow. »Ein grauenhaftes Fleckchen Erde. Warum verschlägt es einen ausgerechnet hierher? Wenn es wenigstens Peking wäre. Oder Tokio. Aber dies ist weder Rußland, noch China, noch Japan. Sie sind also hier wegen Ihres Mannes?« Sophie nickte nur. »Und was für Kleider haben Sie sich nähen lassen?« Sophie wollte dem Gespräch eine andere Wendung geben, doch das war es nicht, was Mrs. Snow interessierte. »Ach, die kann ich überall wiederbekommen. Sagen Sie – die Dänin aus der Missionsstation, kannten Sie sich schon früher?«

»Johanna?« Mrs. Snow lächelte. Wer sonst, schien es zu bedeuten. Sophie war sich plötzlich sicher, daß die Engländerin etwas wußte, das sie selbst höchstens ahnte. Aber so einfach würde diese Frau ihr nichts erzählen. Ihr ging es um das Spiel mit der Macht. »Johanna ist eine alte Freundin«, sagte sie deshalb.

»Wie alt?« fragte die Engländerin. »Schließlich ist sie ausgesprochen jung – und hübsch«, setzte sie hinzu. »Eine Gefahr für die gesamte Männerwelt.« Sophie reagierte nicht. Sie dachte daran, daß sie morgen Campbell hier treffen wollte. Die Engländerin winkte dem Kellner. »Zahlen, bitte!«

Draußen hatte es zu schneien begonnen. »Ah, Schnee, Mrs. Snow!« Sophie warf übermütig den Kopf in den Nacken, ließ sich die Straße hinabtreiben mit den Flocken. In schrägen weißen Strichen fielen sie herab vor den japanischen Föhren, die dunkel waren wie angelaufenes Silber. Plötzlich stiegen sie vom Wind getragen wieder in die Höhe, wurden bleigrau gegen den Himmel, Verwandlung vom Negativ ins Positiv. Sophie versuchte, sie auf der Zunge zu fangen, so wie früher mit Corinna. Paradoxerweise fühlte es sich immer heiß an, trocken und im selben Moment schon vergangen. Unmöglich, die Kälte der Flocken zu schmecken. Mrs. Snow verschwand in irgendeiner Seitenstraße. Sophie war froh, sie los zu sein. Sie wollte endlich in ihre Dunkelkammer.

VII

Das Effimoff war fast leer. Noch immer hing der Rauch vom Vortag schwer in der Luft. Sophie sah sich um, ob womöglich Mrs. Snow irgendwo saß. Es war ihr zuzutrauen. Aber nur ein Mann, der eine französische Zeitung las, hielt sich im Raum auf. Sie legte die Mappe mit den Photographien vor sich auf den Tisch und bestellte einen Mokka. Sie war ein wenig zu spät, die letzten Bilder hatte sie erst heute morgen in aller Frühe fertig bekommen, sie trockneten so langsam. Immer wieder blickte sie sich um.

»Auf wen warten Sie denn, wenn die Frage erlaubt ist?« Der Mann legte seine Zeitung beiseite. Sie erkannte einen der Franzosen, die sich bei Madame Stark über das sogenannte Feuerwerk unterhalten hatten. »Ich bin mit einem der Amerikaner verabredet. Er wohnt hier im Hotel.« »Auf den können Sie heute lange warten. Vergangene Nacht sind sämtliche Ausländer, die zu feindlichen Mächten gezählt werden können, aus Arthur ausgewiesen worden.« »Was? Aber er kann doch nicht einfach …« Sie zögerte, zu verwirrt, einen klaren Gedanken zu fassen. »Doch, doch.« Er nickte. »Ich selbst war die ganze Nacht auf den Beinen, um eine Sondergenehmigung für mich zu erwirken. Es ging alles ganz schnell. Campbell würde eine hohe Strafe, wohl eher noch seine Verhaftung riskieren, wenn er sich jetzt hier zeigen würde.«

Feindliche Mächte. Amerika gehörte aus russischer Sicht seit langem dazu. Das Café verschwamm vor ihren Augen. Sie mußte an sich halten. Jetzt bloß nicht auch noch in Tränen ausbrechen, dachte sie. Was für eine maßlose Enttäuschung.

Ein hochgewachsener junger Chinese betrat das Lokal. Er kam direkt auf Sophie zu. »Are you the lady waiting for someone at ten o'clock?« Mit einem Kopfnicken deutete er an, daß er sie draußen zu sprechen wünsche. »I'll be with you.« Sie zahlte und folgte ihm hinaus.

Bei jedem Schritt schwang das schwarze Zopfende hin und her. Wortlos führte er sie durch die bekannten Straßen, aus dem Ort heraus zu den Hügeln hinter der Stadt. Campbells Kurier. Aber trotzdem war ihr unheimlich zumute. Die Sache mit Tung steckte ihr noch in den Knochen. Sein immer noch ungeklärtes Verschwinden. Als sie sich gerade entschlossen hatte, besser doch umzukehren, stieß der Mann einen kurzen Pfiff aus, und ein anderer Chinese – ebenfalls ungewöhnlich groß – trat hinter einem Felsen hervor. Auch er trug wattierte Stiefel und Kleider, eine Fellmütze mit Ohrenklappen tief ins Gesicht gezogen. Erst auf den zweiten Blick erkannte sie in ihm den Amerikaner.

»Campbell!« rief sie.

»Ich wollte Sie nicht umsonst warten lassen. Und außerdem brauchen wir die Aufnahmen. Heute mittag nehme ich den Zug nach Peking. Haben Sie die Bilder?« Sie reichte ihm die Mappe, er holte die Photographien heraus, breitete sie auf dem Felsen aus, der flach war wie ein Tisch. Er sah sich Bild nach Bild an, ohne etwas zu sagen. Endlos lange, so kam es ihr vor. Eine Unstetigkeitsstelle? fragte sie sich plötzlich. Je nachdem, wie er sich entscheidet, wird mein Leben in die eine oder andere Richtung verlaufen.

»Bei manchen Ihrer Bilder gewinnt man das Gefühl, daß sie mehr erzählen, als mit dem Auge zu sehen ist«, sagte er schließlich. »Dadurch entsteht eine große Spannung. Ich möchte sie alle mitnehmen. Das Geld werde ich Ihnen von Peking aus anweisen.« »Sie wollen sie also haben?« Sie konnte es noch nicht glauben. »Keine Frage. Sie haben es verstanden, Momente einzufangen, in denen sich der Krieg im Alltag spiegelt. Menschliches und Unmenschliches. Der typische Beginn einer Katastrophe. Und, so scheint mir, die Leute, die Sie photographieren, haben Vertrauen zu Ihnen. Sonst kämen solche Bilder nicht zustande.« »Wenn sie gedruckt werden ...« »... möchten Sie ein Exemplar der Zeitung«, ergänzte er ihren Satz. »Versteht sich. Wohin?«

Sie gab ihm ihre Anschrift in Riga.

»Und dies ist meine Kontaktadresse. Dorthin schicken Sie alles weitere, was Ihnen interessant erscheint.« Er gab ihr seine Karte. »Solange Sie in Arthur sind, müssen wir meinen Kurier bemühen. Er war von den Russen zu meiner Beobachtung gekauft – ich zahle ihm inzwischen das Doppelte. Eine sichere Nummer also. Sie finden ihn immer im Teehaus in der Chinesenstadt. Ich muß jetzt verschwinden«, sagte Campbell. »Aber wir werden uns wiedersehen. Leben Sie wohl! Und viel Glück bei der Arbeit.«

Der Kurier wollte sie zurückbringen, doch sie winkte ab. Sie wollte allein sein, wollte überlegen, wie sie es Albert erzählen sollte. Wie würde er ihren Erfolg aufnehmen? Sie lief die Straße zurück in die Stadt. Auf einmal hatte sie das Gefühl, fliegen zu können. Welche Möglichkeiten plötzlich. Sie malte sich aus, was sie tun könnte. Sie würde unabhängiger sein. Sie warf den Kopf in den Nacken, lachte laut auf. Endlich, endlich!

Ein Chinese am Straßenrand beobachtete sie verwundert. Sophie lief auf ihn zu. »Machen Sie ein Bild von mir!« rief sie und hielt ihm die Kamera hin. Er verstand. Sie stellte alles für ihn ein, zeigte ihm, wo er drücken mußte, und ging ein paar Schritte fort. Als sie sich umdrehte, sah sie gerade noch, wie er die Kamera auf den Boden stellte und davonrannte. Kopfschüttelnd ging sie zurück. Hatte ihn das Bild im Sucher so erschreckt? Vielleicht war sie ihm als einer der bösen Luftgeister erschienen.

*

»Die jungen Mannschaften auf den Schiffen drehen durch«, empfing Albert sie. »Die ständige Erwartung eines neuen Angriffs macht sie so fahrig, daß eine Katastrophe nicht auszuschließen ist. Als heute zwei Schiffe in Sicht kamen, feuerte ein Panzerschiff, ohne daß ein Kommando erfolgt war. Prompt ließ sich auch die Artillerie der anderen Schiffe vernehmen. Dann stellte sich heraus, daß der vermeintliche Feind zwei chinesische Handelsschiffe waren. Stundenlang wurden hinterher die Entschuldigungen und Erwiderungen per Telegraph gewechselt. Aber«, schloß er mit sorgenvoller Miene, »wenn die russischen Schützen nicht schnellstens dazulernen, wird es noch zum Konflikt mit China kommen.« Er versucht mit allen Mitteln, mich von der Gefahr der Lage zu überzeugen, dachte Sophie. Mein Erfolg kann ihn nicht wirklich freuen.

Sie erzählte ihm die Umstände der Begegnung mit Campbell. Albert zuckte die Achseln. »Die Ausweisung war natürlich abzusehen. Ich bin frühmorgens fort, du warst in der Dunkelkammer. Da wollte ich dich nicht stören.« »Du wußtest von diesem Gesetz?« Sie war enttäuscht. Albert hatte sie also nicht gewarnt. Hatte bis zum letzten Moment gehofft, ihre Pläne würden scheitern, so daß es für sie keinen Grund mehr gäbe, in Port Arthur zu bleiben. »Wie immer du auch darüber denkst«, sagte sie bestimmt. »Ich habe den Auftrag.« Einen solch scharfen Ton hatte sie selten angeschlagen. Albert schien davon unangenehm berührt.

Es klopfte. Ihr chinesischer Koch, der als einziger vom Personal nicht davongelaufen war, überreichte Sophie einen Brief. Sie riß das Kuvert auf. Eine rote Karte mit chinesischen Schriftzeichen. Auf der Rückseite in englischer Sprache: »Gern würde die Gattin des Direktors der Russisch-Chinesischen Bank die Frau des Ingenieurs in ihren Gemächern empfangen.« Ihr kam die kleine zierliche Gestalt einer Chinesin in Erinnerung, ganz in gelber Seide. Vielleicht ließe sie sich photographieren? Mit einem kleinen Lächeln des Triumphs sah sie Albert an. Nicht alle Frauen verließen also die Stadt!

»Du wirst einsehen, daß ich die Frau des Bankdirektors unmöglich versetzen kann. Es wäre ein weiterer Affront von russischer Seite gegen die Gastfreundschaft der Chinesen. Du hast doch selbst gerade gesagt, die Russen müßten alles tun, um den Konflikt mit China zu vermeiden.«

Alberts Gesichtsausdruck in diesem Moment wäre ein Bild wert gewesen. Kopfschüttelnd gab er es auf zu widersprechen.

Das Haus des Bankdirektors lag abseits der Chinesenstadt. Ein Diener geleitete sie durch labyrinthisch verschachtelte Räume, die auf einen inneren Mittelpunkt zuzuführen schienen. Alles war in sanftes, weißes Licht getaucht. Als sie die Orientierung vollkommen verloren hatte, bat er sie, Platz zu nehmen, und verschwand. Eine Wand des Raums ging auf einen Innenhof hinaus. Sie bestand aus einer hölzernen Schiebetür mit vielen kleinen Papierfenstern. In jedem dieser Rechtecke waren Schatten, als ob sich Staub abgelagert hätte. Draußen hatte die Sonne geschienen, im Wechsel mit Wolken. Hier drinnen blieb alles matt, sanft, gedämpft, ohne jede Veränderung. Unmöglich, den Stand der Sonne zu bestimmen. Als sei das schwebende Licht in diesem Raum kein gewöhnliches. Einen Augenblick spürte sie, daß hier mühelos alles Zeitgefühl verlorenging, daß unbemerkt Jahre verstreichen könnten.

Mit winzigen Schritten näherte sich die Hausherrin, begrüßte sie in nahezu perfektem Englisch. Jetzt erst fielen Sophie ein Tisch und zwei Stühle auf, Möbel, wie Europäer sie zu benutzen pflegten. In dieser Umgebung wirkten sie wie Fremdkörper, ein Zugeständnis an westliche Besucher. Sie registrierte, daß Me-Lyng sich nur auf der vorderen Kante ihres Stuhls niederließ. Der Diener reichte ihnen eine Schale Tee, der besonders duftete.

»Ich habe ihn selbst gepflückt und in der Sonne trocknen lassen«, sagte Me-Lyng. »Die gelben Jasminblüten darin vertreiben die Gedanken an Furcht und Tod. So wichtig in diesen Tagen.«

Sophie nickte. »Sie haben auch nicht vor, Port Arthur zu verlassen?« Me-Lyng schüttelte den Kopf. »Haben Sie Kinder?«

»Einen Sohn und zwei Töchter, alle gehen zur Schule.«

»Alle drei?« Sophie war überrascht. Chinesische Mädchen, so hatte man ihr erzählt, erhielten doch gar keine Ausbildung.

»O ja, eine englische Schule sogar. Ich halte es nicht unbedingt für gut, denn statt Laute zu spielen, hören sie jetzt Flöten und Geigen, statt chinesischer Literatur lesen sie Shelley und Wordsworth – aber es ist zu spät, man kann die Zeit nicht zurückdrehen.«

Während ihre Gastgeberin sprach, glaubte Sophie, im Hof ein Kind weinen zu hören. Dann wieder war alles still. Der Diener brachte Me-Lyng eine Schale mit goldgelben Früchten. Sie bot sie Sophie an: »Mögen Sie Persimonen?« Sie nahm eine der Früchte in die Hand. »Ich habe sie noch nie gegessen.« »Es ist eine Art Lotusfrucht«, sagte Me-Lyng. »Eine Frucht des Glücks.«

Sie hörte die Stimme von Stanton. Damals, in der Droschke in Sibirien, hatte er ihr von Persimonen erzählt und der Schneelandschaft damit einen Hauch von Sommer verliehen. Wie wenig diese Welt mit den Chinesen zu tun hatte, die ihr bisher begegnet waren. Bisher hatte sie fast nur Chinesen der untersten Schicht kennengelernt, Diener und Kulis.

»Viele Frauen aus dem Westen lehnen den Kontakt mit Chinesen ab«, sagte Me-Lyng unvermittelt. »Sie glauben, das chinesische Volk sei dumm und grausam und schmutzig. Aber sie verstehen uns nicht. Sie kennen unsere Literatur nicht, sie wissen nicht, daß die Gelehrsamkeit in China seit fünftausend Jahren vom Volk respektiert und in Ehren gehalten wird.« Jetzt war das Weinen ganz deutlich zu hören. »Dort draußen zum Beispiel.« Sie seufzte. »Für jedes Paar Goldlilien gibt es einen Krug voll Tränen.« Sophie verstand nicht. »Mein Diener, der seinem Mädchen die Füße binden läßt. Meine Töchter haben sich strikt verweigert. Und wer weiß, ob in diesen Zeiten ein Mädchen immer in Sänften getragen werden kann? Wenn sie gezwungen ist, harte Arbeit zu verrichten, dann wird diesem Mädchen jeder Schritt zur Qual.«

»Goldlilien«, wiederholte Sophie. In der Bezeichnung der schrecklich deformierten Füße mit einem solch schönen Wort offenbarte sich bereits die große Verschiedenheit der Welten. Es war inzwischen dunkel geworden, nur die Glut in dem kleinen Kohlebecken gab Licht. Eigentlich hätte sie jetzt gehen wollen, aber die neue Umgebung zog sie völlig in ihren Bann, produzierte unaufhörlich überraschende Bilder. Me-Lyng entzündete eine Kerze. Im Widerschein der schwankenden Flamme schimmerte eine schwarzrote Lackarbeit am Ende des Raumes auf, erzeugte eine unaussprechliche Resonanz. Die eingelegte Goldfarbe leuchtete von Zeit zu Zeit in abgründigem Glanz auf, als ob Rinnsale darüber flössen und sich zu einem stehenden Gewässer sammelten. Hier und dort wurde der Lichtstrahl aufgenommen, dünn, diffus und flackernd weitergeleitet. Welche Leuchtkraft das Gold in der Dunkelheit besaß. Wie sehr es die Düsternis eines Innenraumes mildern konnte.

Me-Lyng hatte ihren Blick bemerkt. »Wir Asiaten lieben die Dunkelheit«, sagte sie. »Wir versuchen das Licht fernzuhalten. Unsere schönsten Goldarbeiten stellen wir in die Dunkelheit. Im Dunkel sind sie entstanden, und im Dunkel erst leben sie. Anders als in Europa, wo man den Glanz der Helligkeit liebt. Wir bevorzugen den Glanz des Alters, die Patina. Unsere Sprache hat sogar ein eigenes Wort dafür. Handglanz nennen wir es. Er entsteht, wenn etwas von Menschenhänden während langer Zeit angefaßt und abgenutzt wird und die Ausdünstungen – der Schweiß, der Schmutz der Hände – allmählich ins Material eindringen. Wir lieben nun einmal Dinge mit Spuren von Menschenhänden, Lampenruß, Wind und Regen oder auch daran erinnernde Farbtönungen. Wenn wir in solchen Gebäuden, mitten unter solchen Gerätschaften wohnen, dann besänftigt sich unser Herz und unsere Nerven beruhigen sich.«

Während ihre Gastgeberin redete, entstanden für Sophie immer neue Eindrücke aus der Streuung des Lichts, dem Glanz der

Flächen und den Linien der Formen. O, so vieles noch hatte sie vor mit ihrer Kamera. Sie wurde plötzlich ungeduldig, hätte am liebsten sofort mit der Arbeit begonnen. Me-Lyng schien es zu spüren. »Es wird Nacht«, sagte sie. »Ihr Mann wird sich Sorgen machen um Sie.«

Würde diese Frau sich von ihr photographieren lassen? Vor dem Lackwandschirm oder dem Tuschebild mit den dunkelgrünen Gräsern im Wind, über denen ein blasser Mond aufging? Erst an der Tür getraute Sophie sich zu fragen. Me-Lyng lachte. »Wenn es weiter nichts ist.«

Vier Männer aus dem Hause warteten schon mit einem Tragstuhl. Sophie ließ sich vorsichtig darin nieder. Kaum saß sie, hoben die Männer die verschieden gelagerten Stangen, zwischen denen der Stuhl wie an einem Trapez hing, auf ihre Schultern und gingen davon. Sophie schwebte durch die dunkle Nacht, in ihrem Kopf bereits eine ganze Serie von Photographien: Me-Lyng, ihr Haus, ihre Dienerschaft, ihre Familie – Dokumentation einer Zeit, die im Aussterben begriffen schien.

VIII

Das goldene Aufglänzen eines Schuppendachs in der Sonne, mit plötzlicher innerer Leuchtkraft.

Das Auftauen zerbrechlich dünnen Eises über den ledrigen Blättern vom Vorjahr.

Der nässende silberne Schneerand auf sich wärmendem Kies.
Lichtspuren eines Augenblicks. Vorbei, vorbei.
Das Aufglühen einer Zigarette im dunklen Gang des Zuges.

Die flüchtige Berührung ihrer Hände, erschrocken schnell.

Das Klirren der Gläser. Champagnerregen.

Noch einmal seinen Atem im Nacken spüren. Noch einmal Stantons Lippen auf ihren. Asymptotischer Kuß. Verschmelzung der Hyperbeln in der Unendlichkeit.

Jede andere Chronologie als die der Erinnerung künstlich.

Der Besuch bei Me-Lyng hatte ihren Blick geschärft. Wann würde sie die Lichtspuren all dieser Augenblicke aus dem Fixierbad nehmen? War es nicht so, daß man diese kleinen Momente vielleicht ein Leben lang erinnerte, während die großen, die wichtigen Dinge schon verblaßten?

*

Japan hatte Rußland inzwischen offiziell den Krieg erklärt. Täglich kamen nun Züge mit Truppen und Waffen. Die Forts wurden nachgerüstet, die Schiffe repariert, Kohlelieferungen aus Wales angefordert. Die Fernschreiber tickten von Port Arthur bis nach St. Petersburg, zwanzig Telegraphiermädchen waren unterwegs aus dem Baltikum in den Fernen Osten und sollten zusammen mit den baltischen Werftarbeitern eintreffen. Der Vizeregal Alexejew hatte sich mit dem Diplomatischen Korps nach Mukden zurückgezogen. Als Ablösung für Admiral Stark war der kampferfahrene Vizeadmiral Makarow aus Kronstadt unterwegs.

Nach ihrer ersten überraschenden Torpedoattacke blieben die Japaner tagelang wie vom Meeresboden verschluckt, und überall breitete sich Zuversicht aus, daß dieser Krieg bald beendet sein würde. In dieser Zeit verunglückte die Jenissei. Bei rauher See riß sich eine der von ihr verlegten Minen vom Grund los und traf das Schiff. Fast zweihundert Mann gingen unter, und dazu die Karte mit dem Verzeichnis der bereits ausgesetzten Minen. Als wenig später die Boyarin auslief, um das Schicksal des Schiffes zu erkunden, traf sie auf eine der frisch verlegten Minen und sank am Strand der Insel Sanshandao.

Sophie war unterwegs, wann immer sie konnte. Nicht allein um die Photographien ging es ihr, wie sie sich selbst eingestand. Es war wie eine Flucht. Wenn sie arbeitete, konnte sie alles andere vergessen. Stanton. Albert. Lina.

Einige Tage lang war es ungewöhnlich warm gewesen, dann fiel das Thermometer auf mehrere Grad unter Null. Licht und Schatten grenzten sich in der klaren Luft scharf voneinander ab, und alle Dinge bekamen deutliche Konturen. Ideale Bedingungen zum Photographieren, und in Pelz, Zobelmütze und Muff, die Handkamera gut unter dem Mantel versteckt, überquerte sie bald die Gleise, um den Quail Hill hinaufzusteigen. Der Wind schnitt ihr ins Gesicht. Die Stunden schienen zu einem Block zu gefrieren. Vor ihr zeichnete sich im Schnee eine einzelne frische Spur ab. Immer in der Erwartung, auf einen Soldaten oder Ordonnanz-Kosaken zu stoßen, folgte sie ihr vorsichtig, denn für Zivilisten war es inzwischen verboten, der Festungslinie so nahe zu kommen – vom Photographieren ganz zu schweigen.

Die Sonne ließ die Landschaft frostig aufglitzern, das Meer unter ihr war eine riesige geöffnete Perlmuttmuschel. Bald erreichte sie die Mulde mit dem See, aus dem die Stadt ihr Trinkwasser bezog. Halb zugefroren lag er in der Sonne, die grauen Eisflächen, die in den letzten Tagen zu tauen begonnen hatten, waren in dieser Nacht wieder überfroren. An manchen Stellen hatte sich ein Muster zerbrechlicher Pflanzen aus Eis gebildet, Farne und Palmenwedel. Der Wind trug ihr von irgendwoher leises Klirren zu wie von einem chinesischen Windspiel. Ganz allmählich erst vernahm sie es über das Knirschen ihrer Schritte hinweg. Sie blieb stehen. Es kam von den kleinen Eisstückchen im Wasser, die wie eine Haut auf dem See lagen. Leise, mit jeder Welle, stießen sie gegeneinander.

Sophie suchte eine Stelle, wo sie die Kamera auflegen konnte. Von der Anstrengung des Gehens zitterten ihr die Hände zu stark. Dies war nicht nur ein Klang, es war auch ein Bild.

War da nicht eine Bewegung gewesen? In ihrem äußersten Blickwinkel. Oder hatte sie sich getäuscht? Sie behielt die Kamera vor dem Auge, tat, als habe sie nichts bemerkt. Wer auch immer hier oben sein mochte, das beste war, sie verhielt sich so ungezwungen, als wisse sie nichts von dem Verbot. Ihre Sinne aber waren nicht mehr auf das Motiv gerichtet, sondern auf die Bewegung hinter ihr. Jetzt erkannte sie deutlich: Ein Mann hockte neben den Bäumen, versuchte sich in einer Kuhle zu verstecken. Ein Lichtreflex. Beobachtete er sie durch einen Feldstecher? Sie wagte nicht hinzusehen. Statt dessen richtete sie die Kamera auf die Bäume neben ihm. In diesem Licht wirkten sie wie aus Glas. Jetzt kam er aus der Deckung, sah mit dem Feldstecher zur Küste hinunter. Sie beobachtete es durch den Sucher. Als hätte er ihren Blick gespürt, drehte er sich abrupt um und starrte sie an.

Ihr Herz schlug rasend schnell. Sie hatte plötzlich das Gefühl, keine Luft mehr zu bekommen. Der Mann war Japaner. Ganz eindeutig, sie hatte die Gesichter inzwischen zu unterscheiden gelernt. Schlagartig wurde ihr klar, was seine Anwesenheit so nahe den Verteidigungsanlagen zu bedeuten hatte. Es war bekannt, daß Spione sich oben über der Küste versteckt hielten: zwischen den Felsen irgendeines Kaps, eine Signallaterne mit Abblendvorrichtung dabei. Wenn es dunkel wurde, richteten sie den Lichtstrahl in einer verabredeten Peilung nach See hinaus und morsten ihre Nachrichten zu versteckten Aufklärungsschiffen. Die Küstenpatrouille war machtlos, wenn ihr nicht ein Zufall zu Hilfe kam. Da der Mann dort drüben sein Leben riskierte, mußte er, wenn er entdeckt wurde, zu allem bereit sein. Mit Sicherheit war er bewaffnet. Ohne daß sie hätte sagen können, warum, richtete sie sich auf, streckte sich, drehte sich ihm zu, lächelte, winkte und rief in ihrem besten Englisch, das Mister Ashton gelobt hatte wegen der angeblich akzentfreien Aussprache: »A beautiful morning, isn't it?« Dann ging sie ein paar

Schritte auf ihn zu, redete dabei weiter, über das herrliche Wetter, über die wunderbaren Motive, ob er die Eisblumen auch bemerkt hätte. Innerlich zitterte sie. Wie würde er reagieren?

Noch immer verharrte er in derselben Stellung, starrte sie an, wie um sich zu vergewissern, daß er tatsächlich nur eine etwas spleenige, aber harmlose Engländerin vor sich hatte, die in ihrer Begeisterung nicht bemerkt hatte, daß dies hier seit kurzem verbotenes Terrain war. Immerhin, schoß es ihr durch den Kopf, waren die Engländer Japans Verbündete. Im Plauderton fragte Sophie, ob ihm auch kalt sei, ob er nicht wüßte, wo sie hier einen Tee bekommen könnte. Jetzt verließ er sein Versteck, kam ihr ein paar Schritte entgegen, das Gesicht so gewendet, daß sie seine Züge im Gegenlicht noch immer nicht ausmachen konnte. Hatte ihre Schauspielerei ihn überzeugt? In fehlerlosem Englisch, das auf eine gute Bildung schließen ließ, rief er, der Morgen sei wie für den Kaiser gemacht, und verschwand auf der anderen Seite des Hügels. Sophie war schweißgebadet unter ihrem Pelzmantel. So schnell wie möglich nach Hause. Sie rannte den ganzen Weg. Unterwegs fiel ihr ein, wie wenig glaubhaft bei etwas Überlegung ihre Vorstellung gewesen war. Engländer, so wie die Angehörigen der anderen feindlichen Mächte, waren doch bereits vor Tagen ausgewiesen worden.

In der Dunkelkammer beruhigte sie sich allmählich. Im gewohnten Dämmerlicht des Glaszylinders arbeitete sie konzentriert. Schließlich der Moment, in dem die ersten Schatten über das Papier liefen: Aus dem undefinierbaren Grau traten immer deutlicher schwarze Linien hervor – der Umriß von Bäumen. Dann der Mann selbst. »Da ist er«, stieß Sophie schließlich so aufgeregt hervor, als stünde sie ihm wieder gegenüber. Sie hielt das Petroleumlämpchen dicht vor das Bild. Ein Glückstreffer. Schließlich fixierte sie, wässerte und machte das Licht an. Durch eine Lupe betrachtete sie den Mann. Sogar der abwartende Ausdruck auf seinem Gesicht war zu erkennen, schwankend zwischen Aggression und Unentschlossenheit. Dabei hatte er nichts von ihrer Aktion bemerkt.

Über dem Meer im Osten war es bereits Nacht, als sie das Haus verließ. Nicht eine Straßenlaterne brannte, nur wenige Fenster waren erleuchtet, doch die Lichter verloschen eins nach dem anderen. Verdunklungsgebot in Port Arthur. Der schnellste Weg zu Alberts Büro führte durch die Straße der Japaner, die meisten Schaufensterscheiben eingeworfen, die Geschäfte geplündert. Die Straße zum Bund hinunter benutzte man als Lagerplatz, eine ganze Waggonladung Säcke war zwischen den gespenstisch leeren Häusern aufgestapelt. Gerade wollte sie den Platz überqueren, da hörte sie einen Pfiff. Er wurde sogleich von mehreren Ecken aus beantwortet, und schemenhaft huschten plötzlich aus Straßen und Häusern ganze Scharen von Kulis in ihren grauen Jacken hervor. Sie liefen auf die Säcke zu, zerrten die Matten, mit denen man sie bedeckt hatte, herunter und begannen den Stapel Stück für Stück abzutragen. Einzeln, die Last geschultert, oder zu zweit, jeder an einem Ende zupackend, trugen sie sie mit schnellen Schritten fort. Erschrocken drückte Sophie sich in einen Toreingang. Es mochten an die hundert Männer sein, sie arbeiteten leise und schnell. Schon waren mehrere Schichten Säcke abgetragen, als das Licht eines Scheinwerfers von einer der höher gelegenen Straßen her über den Bund strich.

»Was ist da los?« rief eine russische Stimme. Als keine Antwort erfolgte, wurden plötzlich mehrere Lampen eingeschaltet, und man hörte eine Patrouille im Eilschritt näher kommen. Als sie sehr nah war, erscholl ein schriller Pfiff, auf den hin die grauen Kittel wie vom Erdboden verschwanden. Wenig später stand die Patrouille vor der halb abgeräumten Ladung.

Jetzt traute Sophie sich aus ihrem Versteck. Sofort richtete jemand den Strahl einer Laterne in ihr Gesicht, daß sie die Augen mit der Hand schützen mußte. »Wer sind Sie?« fragte eine befehlsgewohnte Stimme auf russisch. Sophie gab Antwort, die Laterne wurde abgeblendet.

Nun erkannte sie das wahre Ausmaß der Aktion: weiße Mehlspuren auf dem Platz und in den abzweigenden Straßen, überall aufgerissene oder halb geöffnete Säcke. Quer über den Bund verstreut volle Säcke, die die Chinesen im Fortlaufen abgeworfen hatten. Sie lagen da wie plumpe Körper. »Das Ganze hat keine zehn Minuten gedauert«, sagte Sophie. »Es schien gut vorbereitet.«

»Verdammtes Chinesenpack«, fluchte ein alter Soldat und verteilte mit der Stiefelspitze einen Mehlhaufen. »Nur das übelste Gesindel ist geblieben. Für ein bißchen Geld sind die zu allem bereit. Scheuen vor gar nichts zurück. Man weiß nicht, wo man seine Augen zuerst haben soll.« Einer der Männer begleitete Sophie zum Hafen. Zum Glück war Albert in seinem Büro. Sie flüsterte ihm zu, weshalb sie da war, er starrte sie entgeistert an. »Was hast du?« Sophie nickte, legte den Finger gegen die Lippen, der Soldat brauchte es nicht gerade zu hören. Natürlich wußte sie: Es war verboten, in die Nähe der Festungslinien zu gehen. Sie wußte, daß es nicht einmal in der Stadt erlaubt war, ohne ausdrückliche Genehmigung eine Kamera dabeizuhaben. Man hätte sie verhaften können. Aber war sie nicht unbeschadet herausgekommen?

Als der Soldat wieder fort war, holte sie ihre Photographien hervor. Albert starrte sie an, starrte Sophie an, starrte wieder auf die Bilder.

»Was ist? Kennst du ihn?«

Ganz langsam nickte er. »Dies ist der Mann, den ich dir als Reisebegleiter ausgesucht hatte. Ich hatte ihm damals sogar das Portrait von dir gegeben, das ich am Hafen in Riga von dir gemacht hatte. Er hat es offensichtlich an Tung weitergeleitet, weil er selber nicht abkömmlich war. Dein Photo legt nahe, daß er Spezialist für Port Arthur ist.«

»Glaubst du, er hat mich erkannt?«

»Schwer zu sagen. Mit deiner Pelzkappe siehst du schließlich aus wie getarnt.«

Sophie sah ihn mißtrauisch an. Sollte das ein Witz sein?

»Jedenfalls haben wir jetzt den Beweis für unseren Verdacht. Schon der erste Mann, an den ich geraten bin, ist also alles andere als ein Mandschure gewesen. Schon der Name Tung hätte mich stutzig machen müssen. Die mandschurischen Namen sind lang, meist vier, oft aber bis zu acht Silben. Alles scheint mir von langer Hand eingefädelt, auch wenn mir nicht ganz klargeworden ist, was für Absichten sie eigentlich verfolgen.«

IX

Arthur, 23. Februar

Muß die Ereignisse festhalten; so vieles ist in letzter Zeit passiert. Die Sache mit meinem Reisebegleiter wird immer mysteriöser. Albert hat den Mann, den er damals für so zuverlässig gehalten hatte, anhand meiner Photographie identifiziert. Er ist also kein Chinese. Das Unheimliche daran: Er hält sich noch immer in der Gegend auf. Wie es aussieht, ist eine ganze Reihe von Männern auf Albert angesetzt. Auch der vermeintliche Tung muß zu dieser Gruppe gehören, die von Irkutsk aus operieren soll. Die Aufklärung ist ausgesprochen schwierig geworden. Stössel hat zwar Fahndungsbefehle ausgegeben, aber natürlich hat man jetzt ganz andere Probleme. Trotzdem macht die Sache mir angst.

Sie blickte von ihrem Tagebuch auf. Draußen im Hafen war eben gefeuert worden. Jetzt lag alles ruhig und dunkel.

Albert bleibt inzwischen ganze Tage und Nächte auf der Werft, schrieb sie weiter. Gestern haben sie die Reparatur der Nowik beendet. Heute nacht, wenn Flut ist, wird die Pallada eingedockt. Wir sehen uns kaum noch. Eisige Kälte, alle sind gereizt und übermüdet. Überall Angst vor einem neuen Angriff, Makarows Ankunft wird sehnlichst erwartet.

Jetzt kam dumpfer Kanonendonner von draußen. Sophie stand vom Schreibtisch auf, öffnete das Fenster. Das Linienschiff Retwisan, seit dem ersten Angriff bewegungsunfähig draußen auf der Sandbank, suchte mit seinen Scheinwerfern das Wasser ab. Jetzt feuerte es. Feuerte wieder. Dann Stille. Das Schiff paßte nicht ins Dock, hatte Albert ihr erklärt. Deshalb bauten sie Unterwasser-Caissons, Senkkästen, die an die Bordwand geschweißt wurden, damit man von dort aus reparieren konnte. Wieder wurde gefeuert. Die Scheinwerfer der Festung huschten über das Wasser, in den nächstliegenden Batterien bewegten sich helle Punkte auf und ab. Offenbar lief man dort mit Laternen umher, um klarzumachen zum Gefecht. Doch von See aus kam nichts mehr. Die Luft war frostig, die Nacht ruhig. Solange die Kanonen nicht donnerten, herrschte eine bedrückende Stille.

»Flink, flink! Der Turm! Flink, flink!« klang plötzlich eine helle, markante Stimme über die Bucht. In der Dunkelheit auf dem Wasser war sie weithin hörbar. Vom ersten Berg der Tigerhalbinsel dröhnte ein Baß durch die Stille. »Schläfst du da am dritten Geschütz? Geh nicht vom Visier weg, du Fasan aus Irkutsk!« Die Worte wirkten bei der Anspannung, die sich auch auf Sophie übertragen hatte, grotesk. Von irgendwoher ein nervöses Lachen. Wahrscheinlich ein Sibirer, dachte Sophie. Sie waren bekannt für ihren reichen Wortschatz. Wieder setzte das Feuer mit verstärkter Wucht ein. Dann wieder Pause. Sie schloß das Fenster, legte sich aufs Bett. Eine ganze Stunde verging auf diese Weise. Feuer. Stille. Alles in der Stadt und auf dem Geschwader schien inzwischen den Atem anzuhalten, jedem Ton zu lauschen, der Aufklärung über die Vorgänge draußen auf See bringen konnte. Nach einer Weile stand Sophie wieder auf und öffnete noch einmal das Fenster. In dem Moment zuckte zur Meerseite des Goldenen Berges ein grüngoldener Blitz über den Himmel. Immer mehr Geschütze feuerten, die ganze Seefront entlang. Dazwischen Knattern von Gewehren. Die Retwisan wirkte im Schein ihrer ununterbrochen aufblitzenden Schüsse wie ein feuerspeiender Berg. Merkwürdigerweise von See her nichts. Noch einmal legte Sophie sich hin und versuchte zu schlafen. Kurz nach vier Uhr morgens wachte sie wieder auf. Vom Ostbassin her erklangen die Töne von Hörnern, gellend, ohrenzerreißend. Dazu die wirbelnden Tambours. Es klang, als blase jeder Hornist seinen eigenen Ansatz, unbekümmert um die anderen, eine schaurige Disharmonie, die das Blut gefrieren ließ. So sollte es schon zur Zeit Peters des Großen geklungen haben. Sophie spürte, wie sie eine Gänsehaut bekam, dieser Klang tötete wirklich jede Überlegung. Grausam und tierisch, so, daß man sein eigenes Menschsein vergessen konnte, dachte sie. Zum Angriff übergehen, nicht mehr denken, sich in die Orgien des Todes, der trunkenen Zerstörungswut stürzen wie in ein Fest, dem andern antun, wovor man selbst die größte Angst hatte. Sie merkte, daß sie am ganzen Leib zitterte. Jenseits des Leuchtturmberges stiegen auf See dichte Rauchwolken auf, purpurrote Flammen schossen empor. Der Pulverdampf, die Dunkelheit selbst – alles rötete sich, und im selben Augenblick brach ein wahres Feuerwerk los. Flammen züngelten in den Himmel, Funken flogen, und mächtige Qualmwolken zogen nach Süden ab. Hinter dem Leuchtturmberg mußten gewaltige Explosionen stattfinden, der Himmel ein einziger roter Widerschein.

An Schlaf war nicht mehr zu denken. Sie überprüfte ihre Kamera; die geklebte Stelle am Balgen hatte gehalten, der Auslöser hatte gehakt, funktionierte aber wieder einwandfrei. Sie legte Kassetten bereit, rieb sorgfältig das Objektiv mit einem weichen

Läppchen und bereitete Blitzlichtpulver vor, das sie in eine Blechbüchse schüttete. Kaum setzte die Morgendämmerung ein, war sie unterwegs zum Hafen. Auf den Schiffen standen Matrosen am Bug und signalisierten mit den Winkerflaggen. Am Ufer drängten sich die Menschen wie am Tag des ersten Angriffs. Kaum einer hatte in dieser Nacht noch ein Auge zugetan, aber niemand wußte, was eigentlich passiert war. Matrosen torkelten siegestrunken die Mole entlang und schrien: »Fünf Schlachtschiffe der Japaner sind versenkt!« Ihre Stimmung war ansteckend, und es dauerte nicht lange, bis die ganze Stadt sich im Freudentaumel befand. Als sei ein Bann gebrochen worden – die Angst, in der ein drohender japanischer Angriff sie alle gehalten hatte. Sie spürte förmlich, wie sich die Beklemmung der Menschen aufzulösen begann. Viele bedrängten sie, doch Bilder von ihnen zu machen, stellten sich zu zweit und zu dritt in Positur. Sophie photographierte: Lachende Gesichter. Übermütig spielende Kinder. Sich küssende Paare.

Sophie fragte einen älteren Mann, den sie gerade aufgenommen hatte, was genau eigentlich passiert sei. Sie erfuhr, daß gegen drei Uhr nachts fünf Dampfer von den Scheinwerfern der Festung erfaßt worden waren, die man, da sie direkt auf Port Arthur zuhielten, für die längst erwarteten Transporter mit Kohle und Kriegsproviant gehalten hatte. Doch statt in Kiellinie zu fahren, wie bei Handelsschiffen üblich, bildeten sie eine Dwarslinie, als wollten sie alle gleichzeitig nebeneinander in die enge Einfahrt einlaufen. Als man ihnen daraufhin einen Schuß vor den Bug feuerte und sie weder abstoppten, noch mit ihren Dampfpfeifen heulten, wußte man, es waren Japaner. Der Novy Kray habe die Erfolgsmeldung in die Residenz telegraphiert, und prompt sei ein Telegramm mit einem Lob vom Zaren persönlich zurückgekommen. So habe man es ihm jedenfalls erzählt, sagte der Mann.

Auf der Reede, am Weißen Wolfsberg und unter dem Goldenen Berg waren die Wracks zu sehen. Eines lag nur zweihundert Meter von der Retwisan, am Südabhang des Leuchtturmberges, noch immer stiegen riesige Qualmwolken von dort auf.

Albert gehörte mit zu der Kommission, die die Wracks untersuchte; er erzählte Sophie wenig später, daß es keineswegs Kampfschiffe gewesen waren, sondern Brander, alte Kähne bis zum Rand mit Explosionsmaterial und Steinen beladen, mit denen Kamikaze die Hafeneinfahrt zu sperren versucht hatten. Das Feuer der Retwisan sei vollkommen wirkungslos geblieben: Ein kleines Geschoß nur hatte die Porteur-Kette des Backbordankers zerschlagen, der daraufhin hinabrauschte, faßte und den Brander zum Stehen brachte. Ohne die Hilfe dieses Zufalls wäre er zweifellos auf die Retwisan geprallt und hätte das schwere Schlachtschiff in die Luft gesprengt.

Diese Meldungen ernüchterten die Feiernden auf einen Schlag. Erst, als an den Stränden um die Bucht im Laufe des Tages stark alkoholisierte japanische Matrosen gefangengenommen wurden und die Flut eine Unmenge leerer Cognacflaschen an Land spülte, fühlten die demoralisierten Russen sich wieder besser: Auch die todesmutigen Kamikaze kannten also Angst. So übermenschlich, wie der Feind sich den Anschein gab, war er offenbar doch nicht.

Mitten in diese Ereignisse hinein kam ein Brief für Sophie. Ein Brief aus Japan, natürlich verdächtig genug: Der Zensor hatte ihn öffnen lassen. Erschrocken versteckte sie das Kuvert, nachdem sie den Absender gelesen hatte. Albert stand im Nebenzimmer am Schreibtisch. In seine Post vertieft, schien er keine Notiz von ihr zu nehmen. Sie konnte den Brief nicht in seiner Gegenwart lesen, mußte allein sein. So stieg sie mit klopfendem Herzen die Stufen zum Schlafzimmer hinauf, zog die Tür hinter sich zu, lauschte einen Augenblick, ob er ihr gefolgt war, und zog dann das engzeilig beschriebene Blatt aus dem Umschlag. Sie begann hastig zu lesen, ihre Finger zitterten, die Wörter verschwammen vor ihren Augen. O Gott, was wagte er da zu schreiben.

Albert betrat das Schlafzimmer. »Also hier bist du. Ich habe dich überall gesucht.« Sie ließ die Hand mit dem Brief sinken, wie um ihn vor Albert zu verbergen. Er sah das Kuvert auf dem Nachttischchen. »Ah, Post?« Er nahm es in die Hand. »Charles Stanton, Tokio«, las er. »Wer ist das?«

»Ein amerikanischer Journalist«, gelang es ihr zu sagen.

»Der Amerikaner, der dir deine Photos abkauft?« Er wendete das Kuvert, betrachtete die Vorderseite. »Nein, dieser Brief ist ja schon vor längerer Zeit abgestempelt.« Verwundert sah er sie an. Sie wich seinem Blick aus. »Woher kennst du amerikanische Journalisten in Tokio?«

»Einer meiner Mitreisenden«, sagte Sophie in einem Ton, der so beiläufig wie möglich klingen sollte. »Er wollte nach Peking.«

»Und, was schreibt er?«

»Nun. Er wurde von Peking nach Tokio geschickt. Er schildert den Kriegsausbruch, wie er ihn erlebt hat ...«

»Dürfte ich das auch lesen? Das würde mich sehr interessieren. Hier bekommt man ja nichts zu hören. Es wundert mich ohnehin, daß der Brief die Zensur passiert hat.«

»Ich les' es dir vor«, sagte Sophie schnell und machte einen Schritt zum Fenster hin. Sie überflog die ersten Zeilen. Dann: »Am 6. Februar verließ Kurino St. Petersburg. Am Tag zuvor hatte Admiral Togo seine Order ausgegeben, die russische Flotte zu zerstören. Um 1 Uhr nachts wurde der kaiserliche Befehl an die See-Kommandierenden vorgelesen, die sich an Bord der Mikasa versammelt hatten. Es war makaber: Im polierten Mahagoniholz der Offiziersmesse spiegelte sich das Licht der Kerzen, der Schein der weißen Uniformen. Mit den Worten ›Der Krieg gegen Rußland hat begonnen‹ wurde eine Flasche Champagner entkorkt, und alle stießen miteinander an. Dann begleiteten Verwandte und Glückwunschbringende auf Schiffen die Flotte. In Tschemulpo, dem Hafen der Stadt Seoul, begann die Attacke gegen die dort vor Anker liegenden russischen Schiffe. Es blieb den Mannschaften keine Chance, und unter dem Jubel der koreanischen Massen, die mit Fackeln an den Hafen gelaufen kamen, sprengten die russischen Seeleute ihre eigenen Schiffe.« Albert stand auf einmal dicht neben ihr. Er hatte ihr über die Schulter gesehen. Jetzt blickte sie ihn an, unendlich langsam den Blick vom Blatt ihm zuwendend.

»Wer ist das?« fragte er in schneidendem Ton. »Woher kennst du ihn?«

Sie antwortete irgend etwas. Als spräche ein anderer für sie.

»Und wieso erfahre ich erst jetzt von ihm?« Albert griff nach dem Brief. »Du gestattest?«

Sie ließ sich das Blatt aus der Hand nehmen. Er las. Sie schwieg und blickte zu Boden. Unter dem Bett lag der Rest einer Eintrittskarte. Ein rosafarbenes Papier, und als hinge die Welt davon ab, versuchte sie zu lesen, was darauf stand. Das Billett für das Chinesische Theater. Wie lange schien dieser Abend zurückzuliegen.

Albert war beim Schluß des Briefes angelangt: »Sophie, du fehlst mir... So viele Momente. Ich vergesse nicht, wie du mir nachts im Dunkeln von Jurmala erzählt hast, von dem Fenster mit der Frau, den Erdbeeren darin. Es hat etwas in mir ausgelöst, eine Kindersehnsucht, ein früh erlebtes Glücksgefühl. Wie gerne würde ich jetzt einfach kommen.« Bleich geworden, sah Albert sie an. »Sag mir, was los war. Mit ihm bist du offensichtlich weniger schweigsam gewesen.«

Ging nicht etwas Giftiges aus von dem Meer dort draußen? Der schwarze Qualm der Kriegsschiffe; ununterbrochen rauchten die Schornsteine. Wie anders war das Meer in Jurmala. Wann war sie das letzte Mal mit bloßen Füßen über den Strand dort gelaufen, den Bögen der Wellen ausweichend, Muscheln aufhebend, nur um sie wieder fortzuwerfen ... »Sophie!« Sie sah seine braungebrannte Hand, die ihren Arm umfaßte und sie schüttelte. »Was ist?«

Was ist. Was ist. Statt des Strandes wieder der schwarze Rauch über der Bucht in ihrem Blickfeld. Die Sonne blendete. Albert stand vor ihr mit ungeduldigem Gesichtsausdruck. »Also? Ich möchte gerne wissen, was zwischen euch ist.«

»Gar nichts ist zwischen uns«, gab sie gereizt zurück. »Gar nichts.« Wenn da doch mehr wäre, setzte sie in Gedanken trotzig hinzu.

»Er scheint aber anders darüber zu denken, so wie er schreibt.«

Warum hatte der Brief ausgerechnet heute eintreffen müssen, an einem der wenigen Vormittage in diesem Monat, an denen Albert zufällig zu Hause geblieben war. Wieder der Zufall. Sie lachte in sich hinein. Wie hatte Charles ihn genannt: der Meister, der die geschickteste Rolle im Leben spielte.

»Ich glaube, du bist mir eine Erklärung schuldig. Also – wo habt ihr euch kennengelernt, wann, was ist genau passiert?«

Sie riß sich zusammen. Er hatte ein Recht, zu wissen. »Ich kenne ihn von der Reise. Wir haben uns im Zug kennengelernt.«

»Wo?« fragte Albert scharf. »Vor oder hinter dem Baikal?«

Wieso sollte das eine Rolle spielen? »Am Anfang, gleich zu Beginn der Reise. Er stellte mir die anderen Europäer vor. Sie waren gemeinsam nach Moskau gekommen.«

»Reiste er in deinem Abteil?«

»Das würdest du mir zutrauen?«

»Im Moment stelle ich die Fragen. Was für Momente zwischen euch meint er?«

Sie schwieg. Sein Kuß, seine Hände, sein Lachen. Das Weiß seines Rückens im Spiegel. Drachenblut. Seine weiche Haut. Zum ersten Mal dachte sie wieder so intensiv an ihn. Sie schien ihn zu spüren.

Albert lief wütend im Zimmer auf und ab. »Herrgott, Sophie! Ich will wissen, was los war, und du stehst da stumm wie ein Fisch.«

»Du hast keinen Grund zur Eifersucht. Nicht wirklich.« Das beste, wenn die Situation sich erst einmal beruhigte. »Da ist überhaupt nichts zu verbergen.«

»Dann verstehe ich nicht, weshalb du solch ein Theater machst und nichts erzählen willst.«

»Das gleiche könnte ich wohl dir vorwerfen. Oder sollte ich mich derart täuschen? Was ist mit dir und Johanna gewesen? Ich habe doch Augen im Kopf.«

Albert blieb stehen und sah sie erstaunt an. »Deine Eifersucht ist einfach lächerlich. Was du dir einbildest. Du glaubst wohl, Angreifen sei die beste Verteidigung. Nein, solche Spielchen lasse ich mit mir nicht machen. Dein Ablenkungsmanöver hat nicht funktioniert. Klipp und klar: Was war zwischen euch?«

Sie kannte ihn besser, als er glaubte. Seine Vorstellung war auch nicht überzeugend, im Gegenteil: Jetzt war sie sich fast sicher.

»Weißt du, daß du dich aufführst wie ein allmächtiger Gott? Du bestimmst, worüber gesprochen werden darf, du bestimmst überhaupt alles, wie es dir gerade in den Kram paßt. Wenn du plötzlich ein so fanatischer Wahrheitsverfechter sein willst, dann mußt du dich von mir fragen lassen: Hast du mir eigentlich je reinen Wein eingeschenkt? Dein ganzes Gerede, du wüßtest auch nicht, was passiert – dabei hast du längst alle Informationen gehabt. Deine Heimlichtuerei mit den Negativen. Mich als Kurier zu benutzen, ohne mir zu sagen, in welche Gefahr ich mich damit begebe. Du glaubst wohl, du kannst mich behandeln wie deine Untergebenen auf der Werft, aber, mein Lieber, da kennst du mich noch schlecht: Das mache ich nicht mit.«

Sie hatte sich in Wut geredet. Albert stand im Raum und schüttelte den Kopf, ein ungläubiges Lächeln im Gesicht, als sei sie übergeschnappt.

»Und damit du es weißt: Wir haben uns geküßt!«

Das Lächeln verschwand prompt. »Einmal?« fragte er heiser.

Als hinge alles von der Häufigkeit einer Handlung ab. Was stellte er bloß für Fragen. Sie nickte gequält.

Er trat ans Fenster, Hände in den Hosentaschen, sah hinaus. Lange. Sie stand drei Schritte hinter ihm. Diesmal sah sie seinen Rücken, seine Schultern, die kleinen Härchen im Nacken. An welchem Punkt waren sie jetzt angekommen. Zu vieles, das zu lange ungesagt geblieben war zwischen ihnen. Es hatte sich angestaut bis zu diesem Moment.

Jetzt hätte sie ihm am liebsten die Hand auf die Schulter gelegt. Unterließ es aber. Jede solche Geste von ihrer Seite würde er als Verhöhnung auffassen. Aus seiner Sicht stand fest: Sie hatte ihn betrogen mit einem anderen Mann, und das war alles, was für ihn zählte. Ob er ein Verhältnis mit Johanna hatte, das stand dabei für ihn auf einem ganz anderen Blatt. Auf einmal wurde ihr klar, daß sie diese Rollenverteilung kannte. Von den Eltern. Ihr Lebenspakt. Das letzte, was sie wollte, war eine solche Wiederholung. Sie trat einen Schritt zurück, verschränkte die Arme, wartete, daß etwas passierte. »Nun?« fragte sie schließlich. »Was erwartest du jetzt von mir?«

Albert hob den Kopf, bog ihn in den Nacken, schloß die Augen halb, atmete tief ein. Dann sagte er: »Da draußen ist Krieg. Und hier drinnen ... zwischen uns ...« Sie wartete darauf, daß er den Satz fortsetzte, doch er schwieg.

»Albert.« Wieder wollte sie ihn berühren, unterließ es aber im letzten Augenblick. Sie spürte, wie sie den Tränen nahe war.

»Sag mir, Sophie.« Seine Stimme klang rauh. »Könnten wir diesen Brief in Zukunft nicht als bedeutungslos betrachten?«

Sie blickte ihn scharf an, er bemerkte es nicht. War er wirklich so naiv, so auf äußeren Schein bedacht, dachte sie im ersten Moment ärgerlich. Sentimentalität, die ihn daran hinderte, die

Wahrheit sehen zu wollen? Oder Berechnung? Aber dann – es war schließlich ein Friedensangebot.

Albert wandte sich mit einer schnellen Bewegung vom Fenster ab. »Ich werde heute abend sehr spät nach Hause kommen. Du brauchst nicht auf mich zu warten.«

Er ging aus dem Zimmer. In der Tür drehte er sich noch einmal um. »Eigentlich war ich hochgekommen, um dir zu sagen, daß es sich lohnt, jetzt einmal in die Chinesenstadt zu gehen.« Er sah aus, als hätte er noch mehr sagen wollen, aber er schwieg, drehte sich abrupt um.

»Ich danke dir«, rief sie ihm nach. Schon ging er die Holztreppe hinunter, wenig später klappte die Haustür. Sie ließ sich aufs Bett fallen. Einsamkeit überfiel sie, die ihr die Kehle zuschnüren wollte.

Albert kam spät nach Hause, schlief sofort ein. Sie lag wach. Ihre Haut juckte, eine einzige weiße salzrauhe Fläche. Fischhaut, die sie am liebsten abgeschuppt hätte. Kleine Berge aus Schuppen auf dem Boden, die die Wege versperrten; Marktweiber saßen dazwischen, die Fische in ihren breiten Händen fest gepackt, damit sie nicht aus den Fingern glitschten. Mit einem Grinsen streckten sie sie ihr entgegen, fuhren mit Messern darüberhin, kratzendes Geräusch, weiße Flöckchen alter Haut. Wie sich das Laken füllte mit diesem grauen, unansehnlichen Zeug. Man müßte das Tuch ausschütteln, aber Albert lag dort, und sie konnte es nicht fortziehen unter ihm. Keinen Augenblick länger hielt sie es aus. Mit einem Satz war sie am Fenster. Albert drehte sich auf die andere Seite, seufzte tief auf, schlief weiter. Der Mond warf sein bleiches Licht auf das Meer. Umrisse von Schiffen, gelegentliches Feuer. »Krieg«, murmelte Sophie.

»Was sagst du?« Alberts benommene Stimme.

»Krieg.«

Er war schon wieder eingeschlafen. Sie hätte die Vorhänge

abreißen mögen, die sie zu ersticken drohten, die Luft eindickten mit ihrem schweren Gelb. Schließlich der erste Lichtstreifen, eine Helligkeit, die mit jeder Sekunde intensiver wurde. Aus dem Grau der Dämmerung das Braun der Hügel, die graumetallenen Maschinen auf der Werft. Bald schälte das Licht die Einzelheiten heraus, die Schornsteine der Dampfer im Hafen, die Drähte der Telegraphenstation, die Dächer der Handelshäuser. Mrs. Snow hatte recht. Es war eine durch und durch häßliche Gegend.

X

Die Kalebasse des chinesischen Zauberers.

Schlangenhäute und Federn.

Das weinende Mädchen im roten Kleid – das rote Kleid eines Mädchens. Die ersten Sommertage damals in Riga im Park ... ein Mädchen im roten Kleid, das seine Kreise lief ... die Braut ... ihr rotes Kleid, das man auf den Erdbeeren fand ... wie lange war das her. Sie war eine andere geworden inzwischen.

Tag für Tag ging sie in das Chinesenviertel, man kannte sie, begann sie zu grüßen.

Der Wasserträger. Der Zauberer mit dem großen runden Hut.

Ein alter Mandarin, würdevoll im vollen Ornat.

Im Schmutz spielende Kinder, ihre lächelnden Mütter dazu. Oh, wie sie lächelten, diese Mütter mit den winzigen Füßen, den streng nach hinten gekämmten, glänzenden, hochgesteckten Haaren. Wie sie in der Sonne saßen vor ihren kleinen, schmutzigen Häusern mit den zerfetzten Papierfenstern. Als weitere Telegraphenmasten zur Verstärkung der Festunglinie errichtet wurden, hatten die Frauen Angst. Jetzt können die guten Geister der Luft nicht mehr vorbeikommen! klagten sie. Sie würden womöglich auf den häßlichen Drähten bleiben anstatt auf den hübsch verzierten Giebeln ihrer Dächer.

Die Mutter, die Sophie verrät, daß sie ihren Lieblingssohn nur den Häßlichen ruft, den Dummen!, damit die Götter nicht neidisch werden. Welch eine verrückte Sehnsucht plötzlich nach Lina!

Der Straßenbarbier und sein Kunde, die beiden jungen chinesischen Priester.

Die ersten chinesischen Konfirmanden der Missionskapelle in Port Arthur, ein einfacher Holzraum, das Kreuz an der Wand.

Vier Arbeiter im Hof eines Werkzeugmachers, einer spielt die Flöte.

Tag um Tag lief sie durch die ungepflasterten schmutzigen Straßen mit den Garküchen an den Ecken, den Mauleseltreibern, den Lastenträgern und den Rikschafahrern. Diebe am Pranger, auf den Schultern ein Brett mit einer Öffnung für den Hals, die Hände neben dem Kopf ans Brett gekettet. Stunden um Stunden mußten sie in der Sonne knien, in der Kälte, niemand kümmerte sich um sie.

Auf dem öffentlichen Hinrichtungsplatz die an Pfähle gefesselten Verbrecher: Diebe, Spione. Das zahlreich erschienene Publikum. Feixend standen die Zuschauer und warteten, kicherten, aßen Sonnenblumenkerne. Die langen geschwungenen Säbel der mandschurischen Polizisten, auf denen die Sonne blinkte. Die Pferde. Die Schatten der beiden Scharfrichter auf dem Lehmboden vor dem knienden Mann, den man zum Tode verurteilt hat. Ein Mandarin, flüsterte jemand. Nicht hinsehen wollen und doch das Photo machen. In dem Moment, in dem der Kopf vom Körper getrennt wird. Blut spritzt. Auf der Mattscheibe fällt der Kopf nach oben.

Danach alles dunkel um sie her, der süßliche Geruch verwesenden Fleisches steigt ihr in die Nase, mischt sich mit dem Gestank von Urin, von Staub. Sie läuft und läuft, der Boden dreht sich plötzlich unter ihren Füßen fort, sie schließt die Augen. Mit flatternden Lidern an eine rauhe Mauer gelehnt, heftig atmend, ein Schweißausbruch, sie muß sich übergeben, staunende Kinder um sie her. Bis endlich wieder alles deutlicher wird, Schatten sich abzeichnen. Der Geruch verändert sich, ein Garkoch in Kauerstellung direkt neben ihr brät Fleischstückchen in seiner Pfanne, füllt sie in einen großen Topf mit Reis. Grüne Zwiebeln dazu, schälchenweise verkauft er vorbeihastenden Menschen davon, die sich für einen Augenblick auf die Straße hocken, das Essen mit den Stäbchen hastig in sich hineinschieben, weiterziehen.

Die Zeit aufheben mit der Kamera. Und in der Dunkelkammer ihre Wiederholung. Eine Verdopplung der Wirklichkeit. Campbell, der ihr wieder Bilder abgenommen hatte, meinte, sie solle statt der schweren Glasplatten lieber den amerikanischen Film verwenden, Transparentfilm auf einer durchsichtigen Zelluloidunterlage. Als sie nun die Negative gegen das Licht hielt, war ihr nicht klar, welches Motiv sie vor sich hatte. Helle Punkte wie Sterne zeichneten sich in einem dunklen Himmel ab, darunter eine weiße Figur. Aber wenn es Sterne wären, müßten sie schwarz sein. Sie versuchte, sich die hellen als dunkle, die dunklen als helle Flächen vorzustellen. Es gelang ihr nicht. Dann – im Bruchteil einer Sekunde – sah sie das Bild: Menschen mit Pelzkappen, Chinesen in wattierten Winterkleidern wie ausgestopft; bewaffnete Mandschus zu Pferd, auf ihren langen Säbeln blinkte die Sonne. Im Zentrum des Bildes, auf dem Boden kniend, die Hände auf dem Rücken gefesselt, der Verurteilte. Vor ihm ein Mann im schwarzen Seidenanzug, der ihm den Kopf an seinem langen dünnen Zopf nach vorn zieht. Neben ihm der Scharfrichter mit seinem breiten Schwert. Sie hatte genau in dem Augenblick belichtet, als die Klinge den Kopf vom Körper getrennt hatte. Das Loch des Halsansatzes kreisrund – als sei der ganze Leib mit dunkler Flüssigkeit gefüllt. Die Sterne in Wirklichkeit Blutspritzer, der Kopf im Bild fiel unaufhörlich. Erschrocken legte sie das Negativ auf Filzpapier, als könne es all das Blut aufsaugen.

In dieser Nacht, im Morgengrauen, schlief sie mit Albert. Zum ersten Mal seit ihrem Gespräch vor Tagen. Zum ersten Mal seit langem, weil sie es wollte. Seine Umarmungen, sein Geruch. Das einzige, was gültig war. Vergewisserung gegen den Tod.

Später an diesem Tag, auf dem Weg zu Campbells Kurier, die Erinnerung daran. Alberts Berührungen im ersten Licht. Die Hügelkuppen in der Dämmerung, die graumetallenen Dächer der Schuppen, seine weiße Haut. Wie das Licht die Einzelheiten herausschälte: die Schornsteine der Dampfer im Hafen, die Drähte der Telegraphenstation, die herzförmige Eichel seines Glieds.

*

Zwei, drei Abende später eine Katastrophe. Sie kehrt nach Hause zurück, sieht schon von weitem, daß eine Bahre aus ihrem Haus getragen wird, weißes Tuch mit einem roten Kreuz darauf. Ein Wagen fährt fort. Sophie läuft, so schnell sie kann, die Brust brennt ihr vom heftigen Atmen. Ein Diener steht im Eingang und glotzt, Johanna kommt ihr entgegen, ihre langen blonden Haare aufgelöst. »Eine Bombe! Eine Bombe ist in eurem Haus detoniert!«

Es war Albert, den man eben fortgetragen hat. Doch keine Angst. Leichte Verletzungen. »Er kommt zu uns in die Mission. Dort könnt ihr beide wohnen, Albert erhält die nötige Versorgung.«

Sophie glaubt es nicht, bis sie mit eigenen Augen sieht: Im

meergrünen Zimmer ist eine Bombe explodiert. Die Tür ist verschwunden, von den Mauern rieselt der Putz, die Treppe ist fortgerissen. Überall die Scherben ihres Spiegels, wie die Augen eines bösen hundertköpfigen Tiers. Auf ihren messerscharfen Rändern zucken die winzigen Fische mit den zarten Seidenflossen, vergeblich nach Luft schnappend, die grünbealgten Wände des Aquariums sind weit versprengt. Die Stühle sind umgestürzt, der blaue Plüschbezug des Sofas ist zerfetzt wie der abgespeckte Bauch eines Wals. Die Zimmerpalme entwurzelt, schwarze Erdbröckchen überall. Selbst der Vogelkäfig ist verbogen, im Windzug schweben die cremefarbenen und blauen Federchen des Papageis wieder in die Höhe.

Nur ein Gedanke: Ihre Photoplatten! Sie stürzt auf den Metallkasten zu, der noch unter dem Sofa liegt. Wie durch ein Wunder ist er verschont geblieben. Sie nimmt die Kamera. Jedes Detail, jede Spur festhalten. Dann endlich läuft sie zur dänischen Mission. Albert hat auf sie gewartet. »Sophie! Wir haben einen Schutzengel gehabt.«

Wenige Stunden nach dem Anschlag untersuchen die Inspektoren der Geheimpolizei das Haus bis in den letzten Winkel, kehren jede einzelne Scherbe um. Die Fenster, die Tür sind unversehrt. Wie ist der Bombenleger ins Haus gekommen? Ohne Gewalteinwirkung, so hat es den Anschein. Fast, als hätte jemand ihn hereingelassen. Der Koch gerät in Verdacht. Sophie hat ihn vor wenigen Tagen entlassen, da er sich Alberts Sachen genommen hatte und sie vor ihren Augen trug, als existiere der Hausherr nicht mehr. Beim Fortgehen hatte er ausgiebig von seinem in China geltenden Recht Gebrauch gemacht, innerhalb der Hausmauern seine Brotgeber beschimpfen und beleidigen zu dürfen. Er wird verhaftet. Bald ist klar: Ein Sprengsatz war in einer Bodenvase versteckt und mit einem Zeitzünder versehen. Aber wer hat ihn gelegt? Die Männer gehen durchs Haus, suchen nach Anhaltspunkten, sammeln die Scherben der Vase in einem Karton. Sophie, die am Türrahmen lehnt, wendet sich ab. Sie muß an die Tote aus dem Zug denken. Wieviel Gewalt ihr in wenigen Wochen begegnet ist! Schließlich stellt die Untersuchungskommission fest: Es kann sich nur um einen japanischen Sabotageakt handeln. Die Bedeutung des Anschlags liegt für die Militärs auf der Hand: Der Konstrukteur des Schwimmkrans und des neuen Docks, unentbehrlich für die Reparatur der beschädigten Kriegsschiffe, sollte beseitigt werden.

Sophie bringt die wichtigsten Sachen in die Missionsstation, in der sie ein eigenes kleines Zimmer bekommt. Jeden Tag nun kümmert sie sich um die Hausreparatur – eine Wand muß neu gemauert werden, die Treppe renoviert, die Tür ersetzt. Sie erledigt Botengänge für Albert, schreibt an die Familie in Riga.

Als sie an einem dieser Abende hinten durch die Gartenpforte zurückkommt, vorbei an den Beeten des noch brachliegenden Nutzgartens der dänischen Mission, Johannas Reich, zählt sie die Fenster des Hauses ab. Das dritte von links unten ist das Zimmer, in dem Albert liegt. Verletzungen an Wade und Knie. In diesem Moment wird dort eine Petroleumlampe entzündet, gleich darauf abgedunkelt; plötzlich zwei übergroße Schatten an der Zimmerdecke. Zwei Personen, die sich lange umarmen. Nach endlos scheinenden Minuten erscheint Johanna am Fenster, lächelnd, zieht die Vorhänge zu.

Unwillkürlich tritt Sophie zurück in den Schatten der Mauer. Das Blut rauscht in ihren Ohren wie ein unterirdischer Fluß. Wohin jetzt? Sie ist bereits umgekehrt, setzt Schritt vor Schritt. Kann jetzt nicht in das Haus gehen. Nicht durch die Gärten, die Johanna gehören, in denen sie gräbt und hackt und Pflänzchen zieht. Kann nicht Johanna, nicht Albert gegenübertreten. Jäh fallen ihr Momente wieder ein: Mrs. Snows Bemerkungen, ihre Andeutungen. Alberts Vertraulichkeit mit Johanna, diese dänischen Sätze, die sie nicht verstand. Die schöne, souveräne Johanna, in die man sich verlieben konnte. Sie hatte also recht gehabt. Sie war gerannt. Nur fort. Blieb jetzt stehen.

Sie würde mit Albert reden. Wenn er wieder gesund war. Eine Aussprache. Beide mußten offen miteinander sein. Wieso, fragte sie sich, verspürte sie eine derart quälende Eifersucht – gerade in einer Zeit, in der Albert und sie so weit voneinander fortgetrieben waren wie noch nie? Spürte sie erst in diesem Moment die ganze Konsequenz ihrer Handlungen? Sie fand, daß sie sich kindisch verhielt. Sie spielte mit ihrem Leben wie ein kleines Mädchen, das mit einer Puppe spielt, ohne sie zu mögen.

XI

Sechs reife Persimonen in einem türkisfarbenen Tuch. Goldfarbener Tee, mit Jasminblüten vermischt. Geschenke von Me-Lyng zur Rekonvaleszenz. Ihr erster gemeinsamer Tag im wieder hergerichteten Haus. Die pistaziengrünen Vorhänge aus der chinesischen Wäscherei zurück, eine neue Zimmerpalme, kein Aquarium, kein Papagei mehr. Schräg einfallendes Sonnenlicht auf den weißen Porzellanhenkeln ihrer Teetassen. Muster aus Gold, Türkis und Orange. Es war der 8. März geworden, bis sie endlich wieder in ihr Haus ziehen konnten.

Gleich nach ihrer Teestunde begaben sich Albert und Sophie an den Hafen, wo sich viele Menschen versammelt hatten. Sie kamen gerade rechtzeitig, um mitzuerleben, wie Makarows Flagge auf dem reparierten Kreuzer Askold emporging. Im gleichen Augenblick erfüllten Jubelrufe den Hafen, die Seeleute nahmen ihre Mützen vom Kopf und warfen sie vor Begeisterung in die Luft. Endlich würde alles in Ordnung kommen! Endlich würde Admiral Stark das Flaggschiff räumen und Makarow überlassen. Makarow verstand sich auf die Flotte, er war ein echter Seemann und Taktiker und würde endlich Taten folgen lassen.

Auf einen Schlag verspürte man Hoffnung in der Stadt. Die Menschen lachten, selbst das Wetter schien sich zu bessern, eine allgemeine freudige Erwartung überkam sie alle.

»Und morgen ist dein Geburtstag«, sagte Sophie zu Albert. »Ich glaube, das hast du ganz vergessen.« Er hatte tatsächlich nicht daran gedacht. Aber Sophie, angesteckt von der allgemeinen Stimmung, ihren eigenen Vorsätzen und den Aktivitäten, die Makarows Ankunft ausgelöst hatte, brauchte ihn nicht lange zu überreden: »Wenn wir schon unfreiwillig in diesen Krieg geraten sind, dann laß uns doch wenigstens die Feste feiern, wie sie fallen. Und bring deinen Bekannten aus Kronstadt mit.« »Du meinst Rauschebart selbst? Makarow hat wirklich andere Probleme, als ausgerechnet auf meiner Geburtstagsfeier zu erscheinen. Aber ich verspreche dir, du wirst ihn kennenlernen und kannst ein wunderschönes Portrait von ihm schießen.«

Wie gut er sie kannte. War sie wirklich so schrecklich, nichts als die Photographie mehr im Kopf? Sie sah ihm nach, wie er die Straße zum Hafen hinunterlief. An der Ecke drehte er sich tatsächlich kurz um. Sie winkte, merkte, wie sie schlucken mußte. Freude? Erleichterung? Seit Stantons Brief, seit dem Augenblick in der Missionsstation, hatten sie kaum mehr als die nötigen Worte gewechselt. Das Gefühl, durch Reden ohnehin nichts ändern zu können. Sie wußte nicht, ob Albert ihre Eifersucht bemerkt hatte. Sie hatte sich entschieden, nichts zu fragen, so zu tun, als habe sie nichts gesehen. Wurde nicht ihr eigenes Verhalten dadurch aufgehoben, weniger gewichtig? Manchmal wünschte sie, weniger unvorsichtig mit Stantons Brief gewesen zu sein. Gerne würde sie noch einmal die Zeilen lesen, die sie in ihrer ersten Aufregung nur hatte überfliegen können. Aber Albert hatte den Brief an sich genommen.

Voller Tatendrang ging sie in die Küche. Austern sollte es geben aus Tschifu, Ingwersuppe, Fisch, Ente und gewärmten Wein. So leicht war ihr schon lange nicht mehr zumute gewesen. Als sie auf einem Stuhl stand, um chinesische Lampions an einem Draht zu befestigen, hatte sie plötzlich ihre Mutter vor Augen. Jene Tage, an denen Gäste geladen waren und sie schon lange zuvor nervös wurde, das Silber putzte mit dem stinkenden Silberputzmittel, verschiedene weiße Tischtücher ausprobierte, die sauberen Gläser noch einmal abwusch. Wie sie den Vater bat, den Wein aus dem Keller zu holen. War sie der Mutter ähnlicher, als sie es wahrhaben wollte?

*

Der Schein der Lampions tauchte den Raum in dunkles, orangefarbenes Licht. Der neue Lackwandschirm glänzte, überall standen Tischchen mit Gläsern, die Gäste im ganzen Haus verteilt. »Makarows Buch über Seekriegstaktiken liegt auch in der Kajüte seines Feindes«, sagte zur Mühlen. »Endlich hat Admiral Togo einen ernstzunehmenden Gegner.« Zufrieden bediente sich der Ingenieur, dessen Haut so blaß war wie ein Stück Papier, aus dem kleinen Schälchen mit Melonenkernen.

»Nur fehlt Makarow eine ernstzunehmende Flotte.« Mrs. Snows Gatte, von seiner Geschäftsreise zurück, war Sophie vom ersten Moment an unsympathisch. »So manche Schiffsbesatzung setzt sich aus Bauern zusammen, die man in Matrosenuniformen gesteckt hat, und ihre einzige seemännische Praxis besteht in einer Fahrt von Wladiwostok nach Port Arthur bei gutem Wetter. Befehlen und Gehorchen ist ihnen fremd, statt dessen herrscht der patriarchalische Väterchen-Ton an Bord, so daß man sich mitten auf See vorkommen kann wie in einem Bauerndorf im tiefsten Rußland.« Mr. Snow gab sich russischer als ein Russe. »Und bei den einfachsten Übungsmanövern rammen diese Bauernschiffe sich gegenseitig«, ergänzte seine Frau. »Wie lange es dauert, bis die Flotte aus dem Hafen kommt!«

Sophie hörte mit, während sie die Tabletts mit den Austernschalen fortträumte, kleine felsige Eilande, die nun eine trostlose Küstenlandschaft bildeten. Wenn man von einer reinen Geschäftsbeziehung sprechen wollte, dann sicherlich bei Mrs. Snow und ihrem Gatten. Ob diese beiden etwas anderes verband als Geld? Johanna kam dazu. Sophie fing wieder diesen schnellen kurzen Blick der Engländerin auf. Diese Frau wußte sicher mehr, als sie sagte. Distanz zu Johanna war ihr im Augenblick am liebsten. Albert schien ihr keine besondere Beachtung zu schenken. »Man hat praktisch sieben Jahre lang versäumt, die Einfahrt auszubaggern«, sagte er gerade. »Das läßt sich jetzt auch nicht von einem Tag auf den andern nachholen. Tatsächlich braucht das Geschwader bald sechsunddreißig Stunden – zwei Tiden, bis alle Schiffe endlich auf See sind.«

»Wenn aber einer etwas ausrichten kann, dann ist das Makarow. Endlich wird Schluß sein mit Alexejews Devise vom Abwarten!« Es war Lapas, der so vertrauensvoll vom Oberstkommandierenden sprach. Er hatte es sich nicht nehmen lassen, als Vertreter von Alberts Männern auf diesem Fest zu erscheinen, um seinem Chef persönlich Glückwünsche zu überbringen. Sophie mochte den einfachen, aber würdevollen Mann. »Ach, sagen Sie«, Mrs. Snow trat näher, »Sie kennen den Admiral wohl persönlich. Woher kommt er eigentlich?« Lapas wandte sich um und taxierte die Dame mit einem Blick von Kopf bis Fuß, als habe er eine Ladung vor sich, die er an Bord nehmen sollte. »Ich habe ihn in Kronstadt gekannt, als er noch ein ganz junger Mann war. Er stammt aus Sitka in Alaska, wuchs später am Amur auf. Er hat sich von der Pike hochgedient.« Alaska. So wie Stanton auch, durchfuhr es Sophie.

Mitternacht war längst vorbei, als die Gäste das Haus verließen. Gläser mit Rotweinresten, leere Schälchen, Suppentassen, abgegessene Teller, zerknüllte Servietten. Wachstropfen auf den Tischtüchern, abgebrannte Kerzen, Berge von Geflügelknochen und Austernschalen in der Küche. Albert saß, ein letztes Zigarillo rauchend, im Sessel im meergrünen Zimmer, Sophie trat neben ihn, ein letztes Glas Wein in der Hand. »Und? Zufrieden?« »Ich hätte mir kein schöneres Fest wünschen können, Sophie. Das danke ich dir.« Er zog sie auf seinen Schoß, so wie er es früher manchmal getan hatte, sie ließ es geschehen. »Laß uns neu anfangen, ja?« flüsterte er ihr ins Ohr. »Ich will niemand anders als dich.« Einen Augenblick fühlte sie sich versucht, eine Bemerkung zu machen. Dann gab sie nach und lehnte sich ganz an ihn. »Ja«, sagte sie. »Ein neuer Anfang, Albert.«.

XII

Obwohl das Leben in der Stadt seit dem Kriegsausbruch wieder zu einem gleichmäßigen Rhythmus zurückgefunden hatte, konnte niemand die Angst vor einem weiteren japanischen Angriff ausschalten. Auch Sophie befand sich in einer Art erhöhter Wachsamkeit. Ähnlich wie ein Straftäter auf der Flucht, der seine Umgebung ständig aufmerksam auf jedes kleinste Detail hin registriert, um sofort reagieren zu können, nahmen die Leute jedes Signal, jede Veränderung wahr. Die ganze Bucht von Port Arthur erschien Sophie wie ein überdimensionales Ohr, mit dem die Stadt aufs Meer hinaushorchte.

Überall in der Stadt wurden die Kriegstaktiken beider Mächte debattiert. Die Japaner, so hieß es, fürchteten das moderne Geschwader, das in den baltischen Häfen Rußlands ausgerüstet und bald zur Verstärkung ausgeschickt würde. Den wunden Punkt der Russen aber kannte Admiral Togo aus eigener Erfahrung: die große Entfernung zum Kriegshafen Wladiwostok, die die russische Flotte unerbittlich immer wieder nach Port Arthur zurückzwang, und dort nur die eine schmale Hafeneinfahrt. Die Chance der Japaner war eben diese Zufahrt. Wiederholt versuchten sie, den Hafen durch Brander zu sperren und die Hafeneinfahrt zu verminen, um entweder die russische Flotte im Hafen einzuschließen oder ihnen große Verluste beizubringen. Als Gegenmaßnahme ließ Makarow vier Dampfer der Ostchinesischen Bahn, die gerade in Port Arthur lagen, vor der Einfahrt versenken. Ein schmaler Zufahrtskanal entstand vom Meer her, der den Brandern den Angriff erschwerte, zugleich boten die Wracks Schutz vor japanischen Torpedos. Obwohl die Russen in diesen Tagen ihr Torpedoboot Steregutschy verloren, dessen Kommandant von einem japanischen Matrosen mit dem Entermesser regelrecht abgeschlachtet worden war, begannen die Soldaten neues Selbstvertrauen zu gewinnen. Der Admiral schien omnipräsent. Seine Devise »Niemand kann wissen, wann der nächste Angriff der Japaner kommt – also ist der Einsatz jedes einzelnen gleich wichtig« wirkte belebend. Fehler, so wurde Makarow bald überall zitiert, macht jeder, Untätigkeit aber ist das schlimmste aller Übel. Unter der neuen Führung lernte die langsame Flotte schon bald innerhalb von zwei bis drei Stunden auszulaufen, und im Westbassin des Hafens, wo man bunte Schildscheiben auslegte, übten sich die Geschützführer im Zielen, Abkommen und schnellen Zielwechseln. Vom frühen Morgen bis zum Abend hallten die Kommandos der Offiziere über die Bucht: »Alle Geschütze auf die rote Scheibe feuern! Die Heckgruppe auf die schwarze Scheibe! Die Batterie auf die gelbe Scheibe! Alle Geschütze auf die blaue Scheibe!«

So wie die bunten Scheiben nebeneinander im trockenen Teil des Hafens lagen, erinnerten sie Sophie trotz der Kriegssituation an die gefärbten Ostereier, die es um diese Zeit in Riga an den Buden gab. Photographien, von denen eine ungewöhnliche Spannung ausging. Sie wollte sie von einem japanischen Künstler kolorieren lassen, bevor sie sie über den Pazifik schickte.

Mehrere der verantwortlichen Befehlshaber, die sich während des ersten Angriffs in Port Arthur aufgehalten hatten, waren auf Ukas des Zaren abkommandiert worden, und ungeduldig wartete man auf die neuen Leute, mit denen zugleich Hunderte ausgezeichnet geschulter Arbeiter der Baltischen Werft sowie große Mengen an Reserve – und Ersatzteilen für die havarierten Schiffe kommen sollten. Sowie sie eintreffen würden, wollte Albert mit Sophie zurückkehren nach Riga. Doch es wurde Ostern, und die Transporte ließen noch immer auf sich warten. Trotz des Krieges begannen auch in Port Arthur Vorbereitungen für das heiligste Fest im russischen Kalender, auf das die Mannschaften sich durch sorgfältiges Instandsetzen ihrer Schiffe und Uniformen vorbereiteten.

Am Ostersonntag erstrahlte der Morgenhimmel in einem irisierenden Licht aus Blau, Violett und Rosé, die Luft an diesem ersten echten Frühlingstag war perlend und frisch. Die Schneereste hatten sich endgültig in die schattigen Ecken oben auf den Hügeln zurückgezogen, durchs geöffnete Fenster kam das Zwitschern von Vögeln, fremd, anders als Amsel Drossel Fink und Star zu Hause. Wie sehr sehnte sich Sophie nun doch, endlich wieder dorthin zurückkehren zu können. Frühling! Ostern in Riga! Die seidigen Kätzchen, die gelben Himmelsschlüssel … die Föhrenwälder und die klare Luft von der Ostsee, die sauberen Gebäude der Stadt, das Konzert im Dom und die Haferschale … bersten zu müssen vor Sehnsucht. Dieses lange Warten. Als sei ihr Körper ausgestrichen übers ganze Land.

Solange sie sich erinnern konnte, waren Corinna und sie als Kinder zwei Wochen vor Ostern von der Mutter zur Mühle geschickt worden: »Holt bitte ein halbes Pfund Hafer!« Der wurde in einer runden flachen Schale in die Erde gesät, gegossen, in die Sonne getragen. Riesige Freude, wenn die fetten weißen Keime hervorkamen. Bis Ostersamstag standen die Hälmchen wie kleine grüne Lanzen eine Handbreit hoch in der Schale, und es begann das Eierfärben. Die Mutter kochte Zwiebelschalen, Rote Beete, Kamille und Blauholz auf, gab einen Schuß Essig dazu, um die Farbe haltbar zu machen, und Corinna und Sophie durften jeweils sechs weiße Eier in den Farbsud legen, drehen, wenden, bis das Rot, das Blau eingezogen war. Immer ragte der kleine weiße Eirücken aus der Flüssigkeit, »Eiland«, hatte Sophie gedacht. Schließlich wurden sie auf ein Papier zum Trocknen gelegt, und die Mutter rief: »O, nehmt schnell Zitrone, Kinder, sonst bekommt ihr die Farbe nicht mehr von den Fingern!« Immer blieb dort, wo das Ei aufgelegen hatte, ein häßlicher weißer Fleck, aber zum Schluß kam die Speckschwarte. »Damit reibt ihr die Eier tüchtig ein!« – und am Ostersonntag dann lagen sie in der Haferschale, rosa und blau, violett und gelb, poliert und frühlingshaft fröhlich.

Frühlingsstimmung zu Ostern auch in Port Arthur mitten im Krieg; das Läuten von Kirchenglocken übers Meer, festlich gekleidete Menschen. Überall Mädchen in rosa Kleidern und weißen Strümpfen, Jungen in blauen Matrosenanzügen. Die Schiffe zum Fest blank gescheuert, das Tauwerk kunstvoll aufgeschossen, das Messing geputzt, gelb wie Gold, die weißblau-rote Flagge des Zaren gehißt. Alle Männer trugen ihre beste Uniform, in den vielen gewienerten Knöpfen blinkte die Sonne.

General Stössel hatte zur Feier des Tages ein Konzert der Militärkapelle auf dem Bund angesetzt, und in erwartungsfroher Stimmung fand sich das Publikum zusammen unter weißen Wölkchen, die wie kleine Flaggen am Himmel wehten. Man hatte Speisen ins Freie gestellt, und die weißen Tischtücher reichten bis zur Erde hinab. Ein Ostermahl aus geräuchertem Schinken, Kulitchi und Osterquarkkuchen, Terrinen mit gesalzenen Pilzen, Gurken und Sauerkohl. Außerdem Teller mit dick geschnittenem Bauernbrot und mächtige Platten mit zu Bergen aufgehäuften Ostereiern. Bald lagen überall verstreut Eierschalen umher, blaue und rosafarbene, innen weiß, so wie der Himmel am Morgen, wie die Kleider der Mädchen und die Anzüge der Jungen. Unausgesprochen, wie etwas alle Elektrisierendes, lag es in der Luft: Bald würde die entscheidende Schlacht stattfinden und Makarow den Krieg beenden.

Wenige Tage später schlug das Wetter wieder um. Nebel und Regenböen, in die sich Schneeschauer mischten. Die Leichtigkeit, mit der alle in der Wärme gelebt hatten, verflog. Es war die Nacht des 12. April. Albert blieb wie so oft am Hafen. Er arbeitete wie ein Besessener in der Hoffnung, dafür in wenigen Wochen abreisen zu können. Sophie brachte ihm noch spätabends etwas zu essen. Natürlich hätte sie diesen Gang einem Boten überlassen können – aber es war die Gelegenheit für sie, mehr über die Vorgänge im Hafen in Erfahrung zu bringen. Albert, im ersten Moment ärgerlich, daß sie sich noch nachts allein auf die Straßen begab, begleitete sie ein Stück auf dem Weg zurück.

»Makarow ist an Bord eines Kreuzers«, erzählte Albert ihr. »Und zwar in einem Zustand wachsender Ungeduld. Seine vier Zerstörer, die er zur Rekognoszierung nördlich von Dalni ausgeschickt hat, sind noch nicht zurück, und die Ausguckposten, die bei diesem schlechten Wetter auf der aufgewühlten See kaum etwas erkennen können, haben vorhin Aktivität draußen vor dem Hafen gemeldet. Der Kapitän des Kreuzers, auf dem Makarow sich befindet, hat bereits wiederholt um Erlaubnis gebeten, das Feuer eröffnen zu dürfen, doch der Admiral ist sich unschlüssig.«

»Weil es sich bei diesen nicht identifizierten Schiffen um seine eigenen Zerstörer handeln könnte? Schließlich sind sie noch immer nicht ausreichend ausgebildet und finden die Hafeneinfahrt womöglich nicht bei dieser Sicht.«

»Ganz genau, meine Liebe. Du entwickelst dich allmächlich zur Expertin.« Er hielt einen Augenblick inne. »Nicht gerade das, was ich mir für meine Frau gewünscht hätte. Aber«, setzte er hinzu, »natürlich können es eben auch feindliche Minenleger sein. Auf jeden Fall muß man morgen bei Tagesanbruch das Gebiet nach Minen absuchen.«

Sie waren auf dem Bund angekommen. »Jetzt geh bitte direkt nach Hause, Sophie, und rühr dich am besten nicht fort, bis ich komme.« Er gab ihr einen flüchtigen Kuß auf die Wange, schnell war seine Gestalt im Dunkeln verschwunden. Langsam ging sie das kleine Stück nach Haus.

Tatsächlich stellte sich am nächsten Morgen heraus, daß sowohl japanische Minenleger als auch die russischen Zerstörer vor dem Hafen gewesen waren. Im ersten Licht des 13. April hatte der Ausguck auf der russischen Straschni zu seinem Entsetzen feststellen müssen, daß die Lichter, denen er sich in der Nacht angeschlossen hatte, zur japanischen Flotte gehörten. Die Japaner ihrerseits hatten auch nicht bemerkt, daß der Feind die ganze Nacht mit ihnen vor der Hafeneinfahrt auf- und abgefahren war. Bei Tageslicht erkannten alle gleichzeitig den Irrtum, und ein vernichtendes Feuer aus nächster Entfernung richtete sich auf das russische Schiff. Sophie hatte alles von Lapas erzählt bekommen, der Albert zu Haus vermutet und sie mit seinem Klopfen gegen die Eingangstür geweckt hatte. Als die Kreuzer ausliefen, um dem bedrängten Schiff zu helfen, war sie bereits mit ihrer Ausrüstung unterwegs an den Hafen. Nach einer Weile folgten die schweren, langsameren russischen Schlachtschiffe, Makarows Flagge auf der Petropawlowsk. Doch für die Straschni kam jede Hilfe zu spät.

Mit bloßem Auge waren die japanischen Kreuzer zu erkennen, die ständig die Hafeneinfahrt von Arthur aus sicherer Entfernung beobachteten und jede Bewegung per Funktelegraph an Admiral Togo leiteten. Sophie verfolgte, wie das russische Geschwader allmählich verschwand; ohne ein einziges Bild gemacht zu haben, ging sie nach Hause zurück. Auch Albert war inzwischen gekommen, übermüdet; er wolle sich für ein paar Stunden ausruhen. Gemeinsam tranken sie ein Glas Tee, stiegen in den ersten Stock hinauf. Als Sophie die Vorhänge im Schlafzimmer zuziehen wollte, um den Raum für Albert abzudunkeln, sah sie das russische Geschwader mit Volldampf wieder nach Port Arthur zurückkehren, verfolgt von dem Panzergeschwader Togos. Albert, der sich gerade ausgezogen hatte, stand sofort wieder auf, und gemeinsam liefen sie wenig später an den Hafen zurück.

Sie waren nicht die einzigen. Vielleicht an die dreihundert Menschen waren auf den Beinen. Einige kletterten auf die haushohen Türme aus Wodkakisten, andere hockten in den Rahen der Schiffe wie schwarze Vögel. Alle schienen die Vorgänge verfolgt zu haben und auf die entscheidende Schlacht zu warten.

»Offenbar haben die Funksignale Togo angezeigt, wohin die Flotte lief. Er hat wahrscheinlich gehofft, das russische Geschwader außerhalb des Schutzes der Küstenbatterie auf hoher See zum Kampf zu zwingen, weil er ihnen da an Stärke überlegen ist«, sagte Albert. Doch gerade erreichten Makarows Schiffe die Reede von Port Arthur, ohne unter Feuer genommen zu werden. Jetzt wandten sie sich gegen See, um in breiter Linie die eingeübte Schlachtordnung einzunehmen, wohl in Erwartung eines neuerlichen Bombardements. Sowie man die Japaner in die Sechs-Meilen-Zone vor der Küste locken könnte, würden die Geschütze der Forts sie treffen. Albert verschwand Richtung Werft, nicht ohne Sophie ans Herz gelegt zu haben, sich sofort in

Sicherheit zu bringen, wenn die Situation sich verschärfte. Sie hatte ihn beruhigt. Natürlich würde sie nichts riskieren.

Während die russischen Schiffe die befohlene Kampfposition an der Ostseite der Reede einnahmen, ertönte plötzlich eine ohrenbetäubende Explosion. Im nächsten Moment flogen Hunderte von Möwen kreischend über dem Hafen auf, der Himmel voller weißer Dreiecke. Jubelgeschrei erhob sich, verstummte aber schlagartig. Die Explosion war von der Petropawlowsk gekommen und erschütterte das ganze Flaggschiff. Im nächsten Augenblick schlugen Flammen bis hoch zum Mast empor. Eine zweite Explosion folgte, riß offenbar das Magazin auf, dann eine dritte, grüne Stichflammen loderten auf; anscheinend war die Sprengmunition an Bord detoniert: Hunderte von Granaten schwersten Kalibers, Pulverladungen aus brisanten Stoffen, die Zündungen für die Granaten, mehrere hundert Kilo Schießbaumwolle und scharfe Torpedoköpfe. Im Nu versank das Vorderteil der Petropawlowsk unter der Wasseroberfläche. Inmitten von Flammen und Rauch schob sich nun das Hinterteil hoch, und sekundenlang hoben sich die wildarbeitenden Propellerschrauben gegen den Horizont ab – dann legte das Schiff sich nach der Seite über und verschwand. Einen Moment später war das Wasser so glatt und ruhig, als sei nichts geschehen.

All die Menschen um die Hafenbucht waren Zeugen des Dramas geworden. Es hatte nicht einmal zwei volle Minuten gedauert. Sophie war überhaupt nicht auf die Idee gekommen, ein Bild zu machen. Bei jedem Knall war eine Welle des Erschreckens durch die Menge gelaufen, bei der letzten ohrenbetäubenden Detonation hatte sie ausgeatmet, ein tiefer gemeinsamer Seufzer. Wie betäubt starrten noch immer alle auf die Stelle in der See, wo eben noch die Petropawlowsk zu sehen gewesen war. Von allen Schiffen waren sofort Boote zu Wasser gelassen worden, die zum Flaggschiff ruderten. Alle kamen zu spät. Die Menschen an Bord konnten gar nicht mehr zur Besinnung gekommen sein. Bevor sie noch verstehen konnten, was passiert war, mußte der Tod sie ereilt haben. Admiral Makarow, sein Stab von über dreißig Offizieren und sechshundert Mann Besatzung waren untergegangen.

Als einen der wenigen Überlebenden fischte man den Großfürsten Kyrill Wladimirowitsch, der als Vertreter des Zaren angereist war, mit schweren Brandwunden aus dem Wasser. Er hatte bei der Explosion auf der Kommandobrücke in einigem Abstand von Makarow gestanden. Auch Kapitän Crown, dessen Schiff von den Japanern als Prise genommen worden war, hatte sich an Bord befunden, sowie der in ganz Rußland gefeierte Maler Vasili Verestchagin, der in Erwartung einer eindrucksvollen Seeschlacht hergereist war. Nicht einmal ihre Leichen konnte man finden. Das Schiff war auf eine der in der Nacht zuvor verlegten japanischen Minen gelaufen – Makarows Befehl, die Hafeneinfahrt abzusuchen und zu säubern nicht ausgeführt worden. Auch die Japaner stellten das Feuer ein und flaggten zu Ehren eines großen Feindes auf halbmast.

XII

Mit dem Tod des Admirals schwand die Hoffnung, die sich in der Stadt verbreitet hatte. Die Rückkehr des Vizeregals Alexejew aus Mukden, der kam, um das Kommando wieder zu übernehmen, bedeutete für viele bereits die Niederlage. Sophie erinnerte sich an die Gespräche im Zug. Cox und der Konsul hatten mehrfach vorausgesagt: Solange der Statthalter in Port Arthur weilt, ist man dort noch sicher. Empfindlich wie er ist, wird er die Stadt bei der ersten ernsthaften Gefahr verlassen.

Da tatsächlich sich nichts geheimhalten ließ, was von Bedeutung war, wußte jeder, daß der zaghafte Statthalter des Zaren bereits telegraphisch darum gebeten hatte, abreisen zu dürfen. Es könnte sich also nur noch um wenige Tage handeln, bis er Port Arthur fluchtartig mit einem Sonderzug verlassen würde. Offiziell natürlich auf Anordnung von oben, obwohl jeder wissen würde, daß in Wahrheit nur seinem dringenden Gesuch stattgegeben worden war.

*

Also würde sie fahren. Das Risiko war zu groß geworden. Man rechnete mit einer Landung der Japaner und damit, daß die Halbinsel vom übrigen Festland abgeschnitten werden würde. Aber sie mußte allein reisen. Albert konnte noch nicht fort.

Ein letztes Mal mit der Kamera unterwegs, ein letztes Mal die Stationen ihrer drei Monate hier: die dänische Mission und Johanna mit den chinesischen Konfirmanden, die jetzt den Gemüsegarten bestellten.

Johanna, die sie beaufsichtigte, in einem weißen, bezaubernden Kleid. Johanna, die bleiben würde.

Die großen flachen Gemüsekörbe am Quai, mit roten Bohnen, grünen Schoten, Knoblauch.

Die geschwungenen Ziegeldächer der Chinesenstadt von oben, ein unvergeßliches Muster.

Die zerrissenen Papierfenster der chinesischen Häuser.

Die großen Wasserbüffel, die jetzt ins Freie kamen.

Die langgeschwungenen hölzernen Passagierdschunken mit dem gebogenen Kajütendach aus geflochtenen Matten.

Die Rikschas. Die Trapezstühle.

Die mandschurischen Kaufleute mit ihren langen Pfeifen.

Der chinesische Tempel mit den Buddhafiguren, den dämonischen Fratzen.

Die an Holzstangen trocknenden Tücher einer Färberei.

Jeder Blick ein Abschied. Jedes Bild bewahrte etwas für die Zukunft.

*

Umarmungen, heftig, ein letztes Mal. Geflüsterte Versicherung. Du telegraphierst mir doch aus Riga. Ich komme bald nach. Und küß mir meine Tochter. Im Morgengrauen liebten sie sich. Ein letztes Mal die Schatten ihrer Körper auf dem Laken. Seine Silhouette im Morgengrauen vorm Fenster. Seine Haut – so warm, so kühl zugleich. Atem ihrer Haut. Nie, einander nie loslassen wollen.

Johanna kam frühmorgens zu ihr, um sich zu verabschieden. Sie hatte ein Geschenk mitgebracht, eine schwarze chinesische Lackdose, auf deren Deckel gelbrote Schmetterlinge gemalt waren, leicht, davonschwebend. Von Me-Lyng wußte Sophie: Schmetterlinge waren Symbole für Freude und eheliches Glück. Sie küßte Johanna zum Abschied auf die Wange, eines ihrer langen seidigen Haare verfing sich in Sophies Fingern. »Und«, flüsterte sie kaum hörbar, »paß mir gut auf Albert auf.«

*

Er brachte sie zum Bahnhof. Sie verstauten das Gepäck, gaben sich im Abteil einen flüchtigen Kuß. Albert ging wieder hinaus. Schon pfiff die Lokomotive, der Dampf aus den Zylindern hüllte ihn ein. Sie verstand nicht mehr, was er ihr zurief. In einer plötzlichen Eingebung riß sie ihre Kamera vom Sitz und machte eine Photographie aus dem Fenster heraus, wie er ihr nachwinkte. Dann eine Kurve – das Meer. Beim Anblick der im Licht flimmernden Weite ließ sie den Apparat sinken. Sie wußte nicht, ob das Bild in der Eile gelungen war. Aber warum, fragte sie sich, hatte sie diesen Impuls verspürt. Als ob ein letztes Bild ihn greifbarer machen könnte.

Mit lautem Klirren fielen Messer, Gabeln, Löffel in die Kästen. Ein junger Kellner trocknete mit weißem Handtuch ab. In hohem Bogen flogen die silbern blinkenden Bestecke. Immer lauter. Der zweite, ältere Kellner räumte müde die Tische ab. Als der Junge zu singen begann, die Bestecke immer lauter klirrten, klink, klink, zog er eine Augenbraue hoch, sah sich nach ihm um. »Man macht Musik!« sagte er, wandte sich wieder ab und räumte weiter, während der Junge nun lauter summte, zehn Gabeln auf einmal in die Schublade warf.

Wie viele Gläser Wein, wie viele weiße Tischtücher, die sich allmählich mit Flecken übersät hatten … Stationen auf dieser Reise. Der Baikalsee. Dieses Mal nicht umsteigen zu müssen in die Schlitten. Völlig veränderte Szenerie. Dann Irkutsk. Und – nein, das war keine Sinnestäuschung, es war nicht zu überhören: lachend und kreischend stiegen hier die Chansonetten in den Zug, dieselben dreißig Mädchen, die sie auf ihrer Herfahrt begleitet hatten, dieselbe fette Alte mit dem wogenden Décolleté. Auf einem kleinen Bahnhof der Blick auf ein Mädchengesicht. Lange. Verwundert. Zwei Frauen, die sich begrüßten. Alles so nah, so fern, zugleich so unmittelbar vertraut, daß ihr zumute war, als hätte sie diese Leute von jeher gekannt, als müsse sie ihnen nun durchs Fenster die Hand zustrecken und mit ihnen reden. Die helle Blüte eines Gesichts – vorbei, vorbei. Im Augenblick des Sehens schon entrückt. Und gehörte ihr nun doch auf ewig. Immer fährt der Zug weiter, fährt an diesen Gesichtern vorbei und läßt im Herzen des Reisenden eine Sehnsucht zurück. Blick auf eine stille Straße, Blick auf einen öden Bahnhof, einen leeren Stadtplatz, ein paar grelle Laternen und dann wieder die dunkle Erde.

Sie verließ ihr Abteil so gut wie gar nicht, brachte die meisten

Tage auf ihrem Bett liegend zu, überließ sich den Bewegungen, glaubte zu spüren, wie die Erde sich drehte unter ihnen.

Der Kondukteur auf dieser Reise war ein hagerer, hochgewachsener Mann. Wortkarg. Zum ersten Mal seit langem dachte sie wieder an ihren Kondukteur – den beleibten, gemütvollen Mann, dem es schwerfiel, sich von der Reisegesellschaft zu trennen; der auf jeder Strecke ein Stück seiner Seele zu lassen schien. Samara. Hier war Stanton zum ersten Mal mit ihr ausgestiegen, hatte von seiner Familie erzählt, hatte sie nach Tung gefragt. Tung. Albert hatte ihr versprochen, sich vor seiner Reise nach Riga um die Aufklärung des Falles zu kümmern. All diese Augenblicke so vollständig vergessen zu haben! Erst jetzt, beim Wiedersehen der Orte, fielen sie ihr ein. In Riga, in der Dunkelkammer, würde sie Teile dieser Welt noch einmal entstehen lassen. Schließlich auftauchen aus dem langen dunklen Tunnel der Abwesenheit. Moskau. Riga.

Der Bahnhof von Riga mit seiner Uhr. Der Zentralmarkt. Markttag heute, schon überall Blumen. Rote Pfingstrosen und rosafarbene Malven, weiße Levkojen. Im Gedränge der Menschen kein bekanntes Gesicht. Plötzlich – in dunkelroter Seide mit eingewebten Chrysanthemen – geht ein Mandarin im vollen Ornat vorüber. Grüßt er sie nicht? Hat sie wirklich diese Reise gemacht? Traumnah all dies. Der Rigaer Bahnhof geträumt, die Hallen, der Markt, das Gedränge der Juden, Russen, Letten hier am Bahnhof. Gleich würde sie aufwachen, die Schuppen am Quai, die Dschunken, die Rikschafahrer.

»Du träumst ja im Stehen, Schwesterchen!«

Sie hatte Corinna im ersten Moment nicht erkannt. So schnell konnten Gesichter sich verwandeln. Sie hielt ein kleines, mit weißem Sonnenhut bekleidetes Kind auf dem Arm. Sophie starrte es an.

»Hier. Nimm du sie. Ich trage deine Tasche.«

Sophie sah dem ernst blickenden Mädchen in die Augen. Das

also war ihre Tochter! Wie sie sich verändert hatte in den Monaten ihrer Abwesenheit. Soviel größer geworden, soviel schwerer auch. Ganz deutlich zeichnete sich jetzt die Ähnlichkeit Linas mit ihrem Vater ab: dasselbe schmale Gesicht, dieselben auseinanderliegenden Augen. Jeder Tag war wichtig gewesen, mit jedem Tag hatte Lina sich verändert, dazugelernt. Und sie, Sophie, war unerreichbar fern gewesen. Zu diesem Zeitpunkt, so erkannte sie nun, war sie fast Linas halbes Leben lang fortgewesen. Auf einmal kam es ihr ungeheuerlich vor.

»Lina«, sagte sie leise zu ihrer Tochter und berührte das weiche Ohr mit ihren Lippen. »Lina.« Plötzlich lächelte das Kind. Zeigte eine Reihe weißer Zähnchen. Wie, so begriff Sophie auf einmal, wie hatte sie so lange auf dieses Lächeln verzichten können.

»Oh, Corinna!« seufzte sie erleichtert und umarmte ihre Schwester erst jetzt. »Wie froh bin ich, wieder hier zu sein!«

»Das glaub ich dir aufs Wort.«

»Laß uns gleich Albert telegraphieren.« Sophie hatte es ihm doch versprochen. Corinna blieb stehen, sah Sophie bestürzt an.

»Ach du lieber Himmel. Du weißt von nichts! Wart ihr die ganze Zeit im Zug isoliert? Die Verbindungslinien nach Port Arthur sind seit dem 8. Mai unterbrochen! Seit dem 12. Mai soll die Bahnstrecke völlig zerstört sein. Die Japaner sind gelandet, niemand mehr kann herein oder heraus, auch keine Nachrichten.« Sophie sah die Schwester ungläubig an.

»Und du hast nichts mehr von Albert gehört?«

»Seine letzte Nachricht kam per Telegraph am 6. Mai, einen Tag nach deiner Abfahrt, um uns zu bestätigen, daß du unterwegs bist.«

Die Straße, auf der sie stand, schien nachzugeben. Unwillkürlich griff sie nach Corinnas Arm, um sich festzuhalten. Die lange Reise war zu Ende, aber noch immer hatte sie keinen festen Boden unter den Füßen. Albert eingeschlossen in Port Arthur! Sie selbst hatte ein geradezu unwahrscheinliches Glück gehabt. Benommen starrte sie ihre Schwester an.

Corinna legte den Arm um sie. »Komm, Sophie. Laß uns gehen. Du mußt dich unbedingt ausruhen.«

JURMALA, 1904.

I

Weißer Morgennebel verhüllte die Sichel der Bucht. In der feuchten Luft Geruch von Muscheln und Tang, der Duft eben erblühter Rosen. Mit bloßen Füßen lief sie über den noch kühlen unberührten Sand. Kleine Wellen schlugen auf den Strand, italienisch flaschengrün, mit winzigen weißen Krägen aus Schaum. Ein Boot fuhr dort draußen, nicht weit von ihr, sie hörte den leise tuckernden Motor. Die Stimmen eines alten und eines jungen Mannes. Jetzt wurde der Motor abgestellt, kurz darauf das Geräusch eines aufs Wasser klatschenden Netzes.

Sie streifte ihr Kleid ab, ging Schritt für Schritt in die kühle See, die über ihre Knöchel stieg, über ihre Knie, sie einhüllte, ihren ganzen Körper, als sie sich hineingleiten ließ, getragen wurde, schwerelos. In ruhigen gleichmäßigen Zügen schwamm sie, kleine Wellenringe aussendend, durch die gedämpfte Welt. Plötzlich ein strahlend weißer Schimmer um sie her – und im nächsten Augenblick lichtete sich der Nebel, hob sich vom Meer und verflüchtigte sich in der blauen Luft.

Das Fischerboot trieb nicht weit von ihr auf dem milchigen Wasser. Die Silhouetten von Vater und Sohn bewegungslos gegen den Himmel, übergroß die grünen gläsernen Schwimmkugeln des Netzes gegen das hellblaue Boot.

Die Rosen auf dem Strand blühten üppiger als im vergangenen Jahr, so schien es Sophie. Letzten Sommer erst hatte sie dort im Liegestuhl gesessen, bauchig und schwer. Schon tauchten zwischen den Föhren die ersten Kinder auf, sie hörte das Juchzen, gleich würden sie in ihren gestreiften Strandanzügen ins Wasser laufen, ihre Burgen suchen, die sie gestern gebaut hatten. Sie würden sie nicht wiederfinden, enttäuscht sein – wieviel schöner war die Burg in der Erinnerung … der Wind und der Regen und der weiche Nebel hatten zuverlässig ihr ewig neues Werk der Auflösung vollbracht, die Burg über Nacht ihrer klaren Linien beraubt.

Und so würden sie nach ihren kleinen blauen Schaufeln greifen und wieder neu beginnen. Sophie schwamm zurück, bis ihre Hände den Boden berührten. Aus dem Wasser steigen; alle Leichtigkeit zurücklassen. Morgen wieder schwimmen zu gehen. Der Versuch, anzuknüpfen an Erinnerungen der Kindheit, zurückzufinden in Zustände des Glücks.

Lina ist längst wach, sitzt auf dem Schoß des Kindermädchens in der Küche unten. Sie nimmt Marja die Tochter fort, trägt sie auf den Armen nach draußen, dorthin, wo die Johannisbeerbüsche stehen, dreht sich mit ihr durch den Garten so ungestüm, daß Lina leise aufschreit.

»Was ist, Töchterchen? Hab ich dir Angst gemacht? Du mußt mutig werden, Linakind.«

Sie nähert ihre Stirn der des Kindes. Es sieht sie unverwandt mit seinen großen Augen an. Beinahe bedrohlich, dieser aufmerksame Blick. Ihr fällt der Moment im Zug wieder ein, als Stanton in ihrem Abteil war und sie sich umarmt hielten. In dem Augenblick war ihr Linas Gesicht vor Augen getreten. Es hatte denselben Ausdruck wie jetzt. Damals war ihr ihr Verhalten mit einem Schlag zu Bewußtsein gekommen, sie hatte Stanton gebeten zu gehen. Das Mädchen starrte sie noch immer an. Sie erinnerte sich, daß auch sie ihre Mutter zuweilen so angesehen hatte. Ein stummer Vorwurf, wenn sie ungerecht behandelt worden war. Ihre Mutter hatte mit Schuldgefühlen reagiert, versucht, sie zu bestechen. Nachdenklich gibt sie ihre Tochter wieder bei Marja ab.

*

Mehrere amerikanische Zeitungen hatten ihre Photographien mit ihren Bildunterschriften dazu abgedruckt: eine Ansicht des Kriegshafens Port Arthur mit dem russischen Geschwader während der Schießübungen, das Bild von den Zirkuspferdchen beim Militär, die Soldatenbarbiere mit den eingeseiften Kunden, die Petropawlowsk mit der großen Andreasflagge am Heck und selbst ein Bild von Me-Lyng. Zusammen mit den Zeitungen kam ein Brief mit der Anfrage nach weiteren Bildern sowie ein Dollarscheck. Der Anblick erfüllte sie mit Stolz. Ihre erste Veröffentlichung. Doch zugleich trat ihr beim Betrachten dieser Bilder ihre Situation überdeutlich vor Augen. Albert war noch immer dort. Niemand hatte Nachrichten von ihm. Es war ungewiß, wann sie ihn wiedersehen würde. Im Schatten dieser Zweifel jener andere, den sie keinem aus der Familie anzuvertrauen wagte: Was, wenn er zurückkäme. Wäre ein Zusammenleben für sie beide überhaupt noch möglich, könnten sie sich je wieder vertrauen?

Mister Ashton hatte es sich nicht nehmen lassen, seinen Besuch für diesen Sommer anzukündigen. Mit der Beharrlichkeit des unglücklich verliebten Mannes, der eine vom Schicksal begünstigte Wendung der Dinge erhofft, blieb er länger als gewöhnlich. Sophie ließ es sich gefallen. Sie war froh, mit jemandem sprechen zu können. Wie in den Sommern vor ihrer Hochzeit unternahmen sie ihre ausgedehnten Strandspaziergänge, und wieder konnte Mister Ashton nicht umhin zu bemerken, wie schnell und bereichernd ihnen beiden doch die Zeit zusammen verging. »Wollen Sie mich nächstes Jahr nicht nach Spanien begleiten?« fragte er. »Auf die neue Finsternisexpedition?« »Als Sie uns zum ersten Mal besuchten, kamen Sie gerade aus Spanien von einer Finsternisreise zurück.« »Stimmt. Am 28. Mai 1900. Und nun am 30. August des nächsten Jahres. Die Vorbereitungen laufen.« »Jetzt schon?« »Ich hatte Ihnen von der Jumbo-Kamera erzählt ...« Er verstummte, vielleicht in Erinnerung an seine Niederlage. Damals hatte er sich in solche Begeisterung gesteigert, daß er glaubte, sie mit der Kamera zum Mitreisen und sogar zur Heirat verführen zu können. »Die tonnenschwere

Kamera, die man nicht mehr bewegen kann, sowie sie einmal an Ort und Stelle steht«, sagte Sophie, um das Gespräch nicht abreißen zu lassen. »Wie könnte ich das Monstrum vergessen.« Dankbar fuhr Ashton fort: »Ja, man baut nun zwei weitere derselben Art. Der Kernschatten des Mondes im nächsten August wird innerhalb von zweieinhalb Stunden von Winnipeg in Kanada über Labrador, den Atlantik, Spanien und das Mittelmeer nach Ägypten laufen. In allen drei Ländern soll diesmal eine Kamera stehen, denn die Forscher wollen wissen, ob sich die Korona im Laufe einiger Stunden verändert.« Suppenkorona, fiel es ihr plötzlich wieder ein. Sie mußte lachen. »Sie wissen doch«, bemühte sich Ashton: »Der dünne Flammenkranz um die schwarze Sonne. Überaus faszinierend.«

Sie schwieg, plötzlich wieder ernst. Nächstes Jahr. Soweit konnte sie gar nicht denken. Jeden Tag neu die Frage, was mit Albert geschehen würde. Auch war ihr plötzlich Ashtons Hochzeitsgeschenk eingefallen. Der chinesische Rachegott.

»Ich habe Angst wegen Ihnen ausgestanden, als Sie im Fernen Osten waren«, sagte Ashton nun. »Sie waren mitten in einen Krieg geraten, über den ich Schreckliches gelesen habe. So verstehe ich übrigens auch Ihre Photographien«, versetzte er zu ihrer Überraschung. »Ein Mittel, um gegen den Tod zu arbeiten. Ist es nicht so?« Sie hätte am liebsten seine Hand genommen, unterließ es aber, um ihn nicht auf falsche Gedanken zu bringen. Er war, fast Ironie des Schicksals, zur Zeit der einzige, mit dem sie so sprechen konnte. »Ja«, sagte sie. »Ganz genau. Obwohl man mir auch schon vorgeworfen hat, ich würde die Kamera benutzen wie ein Gewehr. Aber die Photographie kann eine Beziehung zu einem Objekt oder einer Situation herstellen, welche die historische Zeit kein Recht hat zu zerstören.« Sie dachte an ihren Besuch bei Me-Lyng. »Ein Versuch, gegen den Tod zu arbeiten. Ja, so könnte man es sagen.«

Eine Weile liefen sie schweigend nebeneinander her, schließlich zog der Engländer ein grünes Heft aus der Tasche. »Ich habe Ihnen etwas aus der Residenz mitgebracht. Einen Aufsatz von Leo Tolstoi gegen diesen unsinnigen Krieg. Eben erst erschienen. Ich möchte Ihnen zwei Briefe daraus vorlesen, den einer russischen Mutter und den eines Soldaten, die darin aufgenommen sind. Darf ich?« Sie nickte. »Alle sagen«, begann er, »Rußlands Vorteil besteht darin, daß es ein unerschöpfliches Menschenmaterial besitzt. Für Kinder, denen man den Vater tötet, für Frauen, deren Gatten, für Mütter, deren Söhne man tötet, ist dieses Material schnell erschöpft.«

»Einfacher kann man es kaum ausdrücken. Das ist die ganze Wahrheit.« Sie wartete darauf, daß er fortfuhr.

»Der Soldat schreibt: Ich war an Bord des Warjag vor Port Arthur. Überall lagen Stücke Menschenfleisch, Rümpfe ohne Köpfe, abgerissene Arme und ein Geruch von Blut, der selbst denen Übelkeiten verursachte, die an ihn gewöhnt waren. Die zusammengeballte Hand des jungen Offiziers am Geschütz ... das Instrument noch in der Hand, der Rest des Körpers zerfetzt, verschwunden ...«

Er brach ab. Sophie hatte ihm die Hand auf den Arm gelegt. Marja mit Lina war hinter ihnen hergekommen. Sie ging ein paar Schritte zurück, strich Lina über den Kopf. »Liebste Marja«, sagte sie, »bitte lassen Sie uns einen Moment allein.« Das Mädchen drehte um und ging zurück.

»Was schreibt Tolstoi selbst?« fragte Sophie.

Ashton, der in dem grünen Heft blätterte, schien auf diese Frage nur gewartet zu haben. Ohne Übergang las er weiter: »Soldaten sind Mörder. Ihr Beruf ist das Morden, denn ein christlicher Soldat ist sich der verbrecherischen Tat des Tötens bewußt und fühlt wie der verzweifelnde Mörder, der sein Opfer zu peinigen beginnt. Und weil er im tiefsten Herzen das Verbrecherische seiner Tat fühlt, versucht er sich zu betäuben oder zu erregen, damit er imstande sei, sein entsetzliches Werk zu vollenden.

Sowenig wie der Mörder, der sein Opfer zu schlachten begonnen hat, einhalten kann, so unmöglich erscheint auch den Russen heute die Möglichkeit, den Krieg zu beenden. Weil er begann, muß er zu Ende geführt werden.«

Ashton sah auf. Lina und Marja waren verschwunden, Sophie stand schweigend vor ihm. »Ein letzter Satz noch, Sophie. Hören Sie? Ich fasse für Sie zusammen: Die müßigen oberen Schichten der Gesellschaft werden gegeißelt, weil sie sich in eine unnatürliche, fieberhafte Erregung gesteigert haben. Ihre Reden von der Hingebung an den Monarchen sind frech und verlogen, immer sprechen sie von der Bereitwilligkeit, das Leben für ihn zu opfern – wohlgemerkt: das fremde, nicht das eigene Leben. All die Gebete sind sinnlos, die Betten und Binden, die Barmherzigen Schwestern, die Opfer für die Flotte und das Rote Kreuz. Vom Gefühl her wissen die Menschen genau: was sie da tun, dürfte nicht geschehen. Männer wie der Herr Murawjew und der Herr Professor Martens, die behaupten, der Russisch-Japanische Krieg widerspreche nicht der Haager Friedenskonferenz, zeigen nur, bis zu welchem Grade in unserer Welt das Wort verderbt ist und wie völlig zerstört die Fähigkeit klaren, vernünftigen Denkens ist.«

Schweigend zupfte sie einer Rose die Blätter ab. Weich, kühl, duftig schwebten sie zu Boden. Sie zerrieb eines der Blütenblätter zwischen den Fingern. Einen Augenblick lang ein intensiver Duft, dann der schale Geruch des Verwelkten. Sie ließ das Blatt los, grau geworden fiel es zu Boden wie ein kleiner schlaffer Körper. »Kommen Sie«, sagte Sophie plötzlich und zog den Engländer am Ärmel mit sich fort. »Lassen Sie uns gehen.« »Aber wohin wollen Sie denn?« »Irgendwohin. Fort. In eine Bar. Nach Spanien. Italien!« Mister Ashton schüttelte verwirrt den Kopf. »Sie haben sich nicht in allem verändert, Sophie. Es gab einen Abend, da wollten Sie auf der Stelle mit mir nach Mukden reisen.« »Wäre Ihnen das lieber gewesen?« »Nun, vielleicht hätten Sie sich dann doch irgendwann entschließen können, mich zu heiraten.« Sie lachte, warf den Kopf in den Nacken dabei. »Ach, wie froh bin ich, daß es Sie gibt auf dieser Welt, Ashton. Aber nie, niemals, glauben Sie mir, wären wir ein Paar geworden.« Auf eine komische, hilflose Art zuckte er die Achseln.

In dieser Nacht träumte sie zum ersten Mal seit langem wieder. Verwaschene rote und gelbe Häuser am blaugrünen Meer, unterbrochen nur von dem Schwarzgrün der gefiederten Palmen, der sanft glänzenden Kamelienbäume. Der betäubend süße Duft der Orangenblüten, Clivia, Camélia Japonais. Die Morgennebel in den grünen Hügeln; Glockenschlag einer Kathedrale am Meer, Möwen auf dem Zifferblatt der Uhr. Ein junger Mann turnt auf dem Dach und bringt Lichterketten an für das Fest des Schutzpatrons. Der Duft von starkem süßem Kaffee und Olivenöl, Mandelgeruch in den Straßen und Fisch – und das Singen der tausendstimmigen Küste: Möwen, Motorboote und Wellen, das Schwirren der Mauersegler um die Kathedrale und das Schreien der Katzen zwischen den aufgebockten Fischerbooten am Strand; die rauhen Stimmen älterer Frauen, die singenden Mädchen in den Bäckereien und Läden, das Gejohle von Schulkindern, die den anrollenden Wellen Steine entgegenschleudern, und das Hämmern und Klopfen der arbeitenden Männer. Plötzlich geht ein junger Mann an ihr vorüber im Schatten der alten Hausmauern, die sich direkt hinter dem Strand in einem dunklen Labyrinth den Hang hinaufziehen. Die schmalen gepflasterten Gassen uralt und stickig, nur selten fegt der Meerwind hindurch. Sie hat das Gefühl, er winke ihr zu, glaubt ein paar grüne Augen zu sehen wie die einer Katze.

Sie tritt, noch geblendet vom Sonnenlicht am Strand, in diesen Schatten, etwas streift die nackte Haut ihres Arms. Doch es ist nur eine Katze, die von einem warmen Stein herabspringt, im Halbdunkel einen fetten, kleinen, rosa und grün schillernden silbernen Fisch frißt, dunkles Fischblut um die Katzenschnauze. Und im Traum geht sie wie in einem Traum weiter die dunklen Kolonnaden entlang, in denen es süßlich nach Urin riecht, plötzlich nach dem Salz des Meers. Und da steht er, hat auf sie gewartet, steht da, mit nackten kräftigen Armen, die Schultern von einem Hemd mit abgerissenen Ärmeln verdeckt, ausgefranster Baumwollstoff, verwaschenes Blau, verblichenes Azurinum Ultramarinum, ein Blau wie von jenseits des Meeres. Und nur die Augen sind grün und die Haare rot und gelockt. Sein Gesicht so vertraut – kennt sie ihn denn, diese Züge, dieses Lächeln in den Augen? In dem Augenblick, als sie den letzten Schritt auf ihn zu machen will, verschwindet er, eine Treppe hinab zwischen den Häusern, an deren Fuß das grüne Meer liegt zwischen den Mauern, jetzt in der Sonne, mit weißen Schaumkränzen. Und es ist Stantons Gesicht, das ihr zulächelt von irgendwoher da draußen – Stanton, plötzlich mit roten lockigen Haaren und einer Katze, die einen silbernen Fisch im Maul hat. Sie läuft die Stufen der Treppen hinab, endlose Stiegen in einer schmalen Gasse, so schnell sie kann bis ans Wasser – aber als sie auf den Strand tritt, ist dort nur der Wind, treibt die Wellen auf den Steinstrand unter den weißen Wolken. Knirschen und Schlagen der Kiesel, Katzen dösen auf den Booten. Sie möchte es austrinken, zerstören, dieses ewig junge Meer, perlmutt und silber, jadegrün und so gleichgültig brutal. Könnte sie doch die Strände der Welt zu einem einzigen verbinden!

Ashton reiste ab, unverrichteter Dinge natürlich, wie er sich eigentlich vorher hätte sagen können, denn was sollte ein Mann in seiner Lage von einer Frau erwarten dürfen, die um die Rückkehr ihres Gatten aus dem Krieg bangte. Trotzdem gab er die Hoffnung nicht auf – ohne zu ahnen, daß bereits wieder ein anderer seinen Weg kreuzte. In demselben Wagen nämlich, in dem die Legationsrätin für eine Woche nach Jurmala hinausfuhr, auf halber Strecke an Ashton vorbei, reiste ein Brief mit für Sophie, dessen Absender ihr Herz höher schlagen ließ.

Kaum hatte Corinna ihr das in St. Petersburg abgestempelte Kuvert gebracht, erkannte sie Stantons Handschrift. Sie fing Corinnas Blick auf, die sie beobachtet hatte, doch trat nun die Mutter ins Zimmer, und sie mußten Fragen beantworten nach Dingen des Haushalts, dem Personal, dem Wetter. Es verging eine ganze Weile, bis Sophie sich zurückziehen konnte. Nicht lange allerdings, denn schon bald klopfte Corinna an der Tür. Ohne eine Antwort abzuwarten, trat die Schwester ein. »Ist das der Mann, den du in deinen Briefen ein paarmal erwähnt hast?« Sophie nickte, ins Lesen vertieft. »Bist du in ihn verliebt?« Sie nickte wieder, hielt inne, als sei ihr erst jetzt klar, was Corinna gefragt hatte. »Und?« Ihre Schwester zog die Tür hinter sich zu. »Was schreibt er dir? Denkt er noch an dich?« »Er würde gern nach Riga kommen.« »Sophie!« Diesmal war es Corinna, die über das ganze Gesicht strahlte. Jetzt erst fiel Sophie Corinnas geheime Liebschaft ein. Sie hatte die Schwester nicht einmal danach gefragt.

»Es ist anders, als du denkst, Corinna! Ich habe Albert längst von ihm erzählt. Er weiß alles.« »Was denn alles?« Sie schien enttäuscht. »Es gibt da nur wenig zu erzählen. Ein paar Umarmungen, ein Kuß...« sagte Sophie und schämte sich nicht, Corinna so wenig Vertrauen entgegenzubringen.

»Das ist für dich aber schon sehr viel, liebe Schwester.« Corinna ließ sich in den Korbsessel fallen, griff nach der blauen Porzellanschüssel auf dem Tisch, die mit roten Kirschen gefüllt war. »Die erste Zeit einer solchen Liebe ist die schönste; man schwebt wie eine federleichte Wolke durch einen strahlenden Glanz«, sagte sie in geradezu sachlichem Ton; »ich kann dir nur raten, sie zu genießen.« Sie nahm eine Handvoll Kirschen, suchte die doppelten heraus und hängte sie sich übers Ohr.

Das klingt ja fast wie eine Drohung, mußte Sophie denken.

Corinna stellte sich vor den Spiegel und begutachtete ihren glänzend roten Schmuck. »Wirst du ihn treffen?«

»Meinst du, ich könnte ihn nach Hause bitten?«

»Sophie!« Mit einer Stimme, aus der Sophie Neid und Bewunderung zugleich herauszuhören glaubte, sagte ihre Schwester: »Du bist ja noch viel schlimmer als ich.«

Stanton kam mit dem Expreß aus Petersburg. Sophie fuhr aus Jurmala nach Riga, ihn vom Bahnhof abzuholen. Er stieg fast direkt vor ihr aus. Ihre Hände, ihre Füße, alles wurde plötzlich eiskalt, obwohl es ein heißer Tag war. Sie mußte sich förmlich einen Ruck geben, um auf ihn zuzugehen. Sie schüttelten sich die Hände so förmlich, als träfen sie einander zum ersten Mal. Umständlich griff er nach seiner Tasche, wollte sich von ihr nicht helfen lassen, beinah stießen sie mit den Köpfen zusammen. Beide waren so nervös, daß sie nicht merkten, daß sie den Bahnhof durch einen Eingang verließen, der direkt auf den Zentralmarkt führte, so daß sie sich mit seinen Taschen zunächst mühsam einen Weg bahnen mußten vorbei an Marktständen und drängenden Marktleuten, die ihnen ihre Waren anpriesen. Schwitzend erreichten sie schließlich die andere Seite und konnten in den Aspasia Boulevard einbiegen.

»Goodness!« rief Stanton aus, als sie endlich nebeneinander herlaufen konnten. »What a beautiful day!« Sophie lächelte ihm zu. »Ja«, erwiderte sie. »Summer has finally come. Sie sind zu warm angezogen.« Er sah sie belustigt an. »Das hatte ich zwar nicht gemeint, aber es stimmt. Wunderbares Wetter.« Um Gottes willen, dachte Sophie verzweifelt. Was reden wir bloß. Jeder Satz so gestelzt. »Das letzte, was ich von Ihnen erfuhr, war, daß Sie gelernt hätten, mit Stäbchen zu essen. Davon wollte ich mich doch höchstpersönlich überzeugen.« Augenblicklich sah sie Campbell, wie sie ihm inmitten des Geschützdonners die Zeilen auf seinen Notizblock schrieb. »Der Kollege hat mir die Photos gezeigt, Sophie. Wirklich, ganz ausgezeichnet. Ich selber möchte ein paar Bilder für meine Reiseberichte.« »Deswegen also die lange Fahrt hierher«, sagte sie mit einem Anflug von Ironie. »Geschäfte.«

Er hakte sie unter, wie er es immer getan hatte, und augenblicklich hatte sie das Gefühl, sich wieder auf eine Reise ins Ungewisse zu begeben. Die Außenwelt schien zurückzuweichen, wurde zu einer bloßen Kulisse, ganz wie damals, in den langen Wochen ihrer Zugfahrt. Nur sie und er zählten noch, sein Arm in ihrem, der Stoff seines rauhen Wolljacketts unter ihrer Hand, sein Gesicht plötzlich so nah mit den blauen Augen.

»Wohin soll es diesmal gehen?« fragte er, als habe er wieder ihre Gedanken gelesen. »Nicht nach Port Arthur«, sagte sie wie aus der Pistole geschossen. Er lachte. »Bloß nicht. Aber wie wäre es mit Amerika? Einmal um die halbe Erde in die andere Richtung?« »Wie wäre es erst mal mit einem Hotel?«

Er nickte. Eine Weile gingen sie schweigend nebeneinander her. Dann fragte er: »Wo liegt eigentlich die Kirche mit dem Fenster auf dem Buchenhügel? Kann man sie von hier sehen?« Sophie blickte ihn überrascht an. Was er sich alles gemerkt hatte. »Das ist auf der anderen Seite der Düna«, sagte sie. »Wir könnten die Fähre nehmen, dann ein Stück laufen.« »Vielleicht nicht heute«, sagte er vage. Wann dann? fragte sie sich. Er mußte doch morgen schon wieder fort.

»Darf ich die Führung übernehmen? Ich habe hier von einem ausgezeichneten Restaurant gehört … Geheimtip eines Kollegen.« Sophie nickte. »Mal sehen, wohin Ihre journalistische Spürnase uns führt.«

Stunden später saßen sie ausgerechnet in den Wein- und Austernstuben von Otto Schwarz. Als gäbe es nicht hundert andere Restaurants in Riga.

»Können Sie sich daran erinnern, daß wir um einen Korb Sekt gewettet haben?« fragte er. »Aber ja! Im Speisewagen, irgendwo zwischen Baikal und Mukden.« »Und um was die Wette ging, das wissen Sie auch noch?« Sophie fehlte jede Erinnerung. »Ich leider auch nicht. Aber ich bin mir so gut wie sicher, ich habe gewonnen.« »Sie? Da, mein lieber Charles, täuschen Sie sich aber ganz gewaltig. Wetten?«

Sie stießen mit ihren Gläsern an. Auf ihre Bitte hin erzählte er von Tokio und Shanghai, von Peking und Seoul. Doch plötzlich legte er seine Hand auf ihre, wie er es oft getan hatte. »Waren wir nicht schon einmal beim Du? Let's go.«

In einer Art schlafwandlerischem Zustand folgte sie ihm durch die von Gaslaternen beleuchteten, aber jetzt im späten Juni ohnehin nicht ganz dunklen Straßen Rigas, als sei alles so verabredet. Der Pulverturm ragte gegen den Nachthimmel auf wie ein mahnender Wächter. Im Hotel Metropol gingen sie, Kopf abgewandt, am Portier vorbei durch die holzgetäfelte Eingangshalle, über die dicken Teppiche, unter dem Kronleuchter die Marmortreppe hinauf. Als hätten sie all die Monate auf diesen Augenblick gewartet, küßten sie sich, kaum daß die Tür seines Zimmers hinter ihnen ins Schloß gefallen war, fielen sich mit einer Leidenschaft in die Arme, die sie selbst überraschte. Sie streifte die Sandalen im Stehen ab, fühlte den warmen Parkettboden unter ihren bloßen Füßen, kam sich schwerelos vor, als sie ihr leichtes Sommerkleid auszog; mit einem leisen Geräusch fiel es zu Boden, neben seine dunkle, gebügelte Hose. Nackt standen sie einen Augenblick voreinander. Das harte gestärkte Laken tat fast weh auf der Haut, als er sie mit einer großen Umarmung an sich zog. Plötzlich wieder sein Geruch, so vertraut, als habe sie ihn die ganze Zeit in sich gehabt: bitter, wie der Geschmack mancher Nüsse. Seine Haut warm und salzig auf ihrer Zunge.

Stunden vergingen. Über ihnen an der Decke begann eine Spinne ihr Netz zu bauen. Wenn sie auf dem Rücken lag, sah Sophie den kleinen schwarzen Punkt sich hin und her bewegen:

erst grobe Linien; später ein immer feiner werdendes Netz. Irgendwann stand er auf, das Fenster zu öffnen. Der Umriß seines nackten Körpers gegen den Nachthimmel, der schon wieder eine Spur heller geworden war mit einem ersten Schimmer von Grün. So hatte auch Albert an ihrem letzten Morgen am Fenster gestanden. Katzen kreischten auf den Dächern, eine Brise vom Meer her. Als er sich wieder neben sie legte, fühlte er sich kühler an. Noch einmal zog sie ihn an sich, noch einmal berührten sie sich mit aller Sehnsucht, bis ihre Haut feucht wurde vor Erschöpfung, angespannt bis zum Schmerz.

Sie hatte kein schlechtes Gewissen. Sie empfand keine Schuld. Alles fühlte sich richtig an. Morgen schon reiste er fort, nach Amerika. Sie würde nach Jurmala zurückkehren. Es gab nur diese eine Nacht.

Corinna stand im dämmrigen Garten zwischen den Rosen, als Sophie aus der Droschke stieg, die sie vom Bahnhof Majorenhof aus hergebracht hatte. »Du siehst aber glücklich aus, meine liebe Schwester«, sagte sie, nachdem Sophie den Kutscher bezahlt hatte und die Pforte öffnete. Sah man ihr etwa alles an? Daß sie leicht errötet war, so hoffte sie, würde Corinna im Zwielicht nicht wahrnehmen. »Sind alle im Haus, Schwesterchen?« »Die Mutter ist heute zurück in die Stadt gefahren«, sagte Corinna. »Sie bestellt dir ihre Grüße.« Gott sei Dank. Sophie fühlte sich erleichtert. Sie hätte der Mutter jetzt nicht unter die Augen treten mögen. Ihr scharfer Blick hätte sofort etwas bemerkt. »Laß uns ins Haus gehen, Corinna. Ich bin durstig.« Sie schenkte sich ein Glas Wasser ein, trank es hastig aus, ein zweites. »Es war so heiß heute«, sagte Sophie, während Corinna sich an den Tisch setzte. »So staubig in der Stadt.« Die Schwester erwiderte nichts. Täuschte sie sich, oder hatte Corinna vorhin traurig geklungen? Aber sie konnte gar nichts erzählen jetzt, selbst Corinna nicht. Noch war alles zu farbig und frisch, als daß sie ihr

Geheimnis preisgeben könnte. Ihr Körper eine Frucht, mit glänzendem Kern und weicher Haut. Nie hätte sie geglaubt, daß man sich so fühlen konnte.

»Ich habe die neuesten Zeitungen dabei. Die Nachrichten sind überhaupt nicht gut. Es sieht ganz so aus, als befänden sich die Japaner auf dem Vormarsch.« »Wirklich?« fragte Corinna und fuhr mit dem Finger über das Muster der blauweißen Tischdecke. »Man rechnet damit, daß Port Arthur fällt.« Corinna erwiderte nichts, verfolgte weiterhin die ineinander verschlungenen blauen Linien auf dem Tischtuch. Sie verloren sich in Bögen, Portalen, immer wieder neu gespiegelten Innenräumen. »Was ist los mit dir, Schwesterchen?« Statt einer Antwort stürzte Corinna plötzlich davon, schluchzend, lief die Treppe hinauf in ihr Zimmer.

Sophie sah ihr nach. Im Grunde war sie froh, jetzt allein zu sein. Sie schenkte sich ein Glas Wein aus der Karaffe auf dem Büffet ein, trat damit in den Garten hinaus. Jetzt, bei Anbruch der Nacht, dufteten der Jasmin und die Rosen besonders stark. Licht fiel in einem schmalen Streifen aus dem Kinderzimmer auf die Büsche. Das Mädchen war bei Lina. Sie hatte kein Bedürfnis hinzugehen. Wollte ihrer Tochter jetzt nicht gegenübertreten. So wie ihre Mutter, glaubte sie, würde auch ihre Tochter spüren, daß etwas nicht stimmte. Am liebsten würde sie allem hier entkommen. Noch einmal zurück in das Hotelzimmer mit den Katzen auf den Dächern und dem Nachtportier. Es zog sie in die Dunkelheit unter den Bäumen. Ihr Herz klopfte. Gestern abend um diese Zeit ... sie ging noch tiefer in den Schatten des Gartens hinein. Als könne sie die gestrige Nacht, die bis in den heutigen Morgen gedauert hatte, auf diese Weise fortsetzen.

II

»In den alten Zeiten, wo das Wünschen noch geholfen hat, lebte ein König.« Die wohlklingende Frauenstimme verhallte in dem dunklen Raum, und ein prächtiges Farbenspiel begann: Wie in einem Kaleidoskop entstanden rote und blaue Farbsplitter, verwandelten sich in kleine Karos, zogen sich zu violetten Kreisen zusammen, fielen wieder auseinander – bis sich das Blau auszudehnen begann, weiter und heller, endlos wie ein Meer, das nun bald auf der Leinwand wogte und glitzerte. Ein Meer, wie Sophie es einst in Ligurien gesehen hatte, ein Meer so breit wie jenes, das Stanton gerade passiert hatte. Gestern war ein Brief von ihm eingetroffen. Aus Angst, daß er entdeckt wurde, trug sie ihn ständig bei sich. Er steckte in ihrer Jackentasche, immer wieder befühlte sie mit den Fingern das Papier, erschrak, wenn das Seidenpapier knisterte.

Lina auf ihrem Schoß hatte vor Staunen Mund und Augen aufgesperrt schon in dem Moment, als die Lichter im Zuschauerraum erloschen, die roten Plüschsitze in der Dunkelheit verschwanden und die Vorstellung mit der Laterna Magica begann. Sophie fragte sich, ob Lina nicht ein viel zu ernstes Kind war. Selten, daß sie lachte, selten, daß sie so vergnügt krähte wie ihr älterer Cousin David. Immer wieder fühlte Sophie sich schuldig, nahm sich vor, sich mehr um ihre Tochter zu kümmern. Sie versuchte, sich vor Lina zu verstellen, eine Ruhe und Gelassenheit vorzutäuschen, die sie nicht empfand.

Ein altes Segelschiff, eine Dreimastbark, kam näher. Delphine sprangen aus dem Wasser, begleiteten es. Lina zeigte verwundert mit dem Finger hin. Dann legte es an, um sie alle an Bord zu nehmen und über das Meer zu bringen, bis auf die andere Seite des Ozeans. Nach Amerika ... Von hoch oben an der Reling starrte Sophie plötzlich in das Wasser hinab, wie sich die weißen Schaumkrönchen vorbeischoben ... So hatte Stanton aufs Wasser gestarrt, tagelang auf dem Weg zurück über den Atlantik. Er hatte es ihr beschrieben in so vielen Einzelheiten, daß sie alles vor sich sah: die Linie des Horizonts, die Wolken, die Delphine, die ihm erschienen waren wie die Seelen der Toten, die aus der Tiefe des Meeres emporsprangen, zurück wollten ins Licht. Jeden Morgen bei Sonnenaufgang war er an Deck gegangen und hatte sich vorgestellt, sie stünde neben ihm.

In den Zeitungen mehrten sich die schlechten Nachrichten. Kurze lakonische Meldungen von immer schwereren Niederlagen der Russen. Verlust des Berges von Kuen-San. Von der Position am Wolfsberg vertrieben. Ta-ku-shan und Sia-gu-shan verloren. Auf ihrer Karte von Port Arthur verfolgte sie, wie die Stadt allmählich vom Land her umschlossen wurde. Am 16. August war es soweit: General Nogi gab den Bewohnern vierundzwanzig Stunden Zeit, um Frauen und Kinder aus der Festung zu bringen. Danach würde die Stadt bombardiert.

Die weißen und die schwarzen Steine. Amerika und Port Arthur. Zwei Herzen und zwei Münder. Sie sah die Alte auf dem Bahnhof in der Mandschurei vor sich, die angeschwollenen drei Linien ihrer Hand. Wie zerrissen ihr Leben ihr jetzt erschien. Sie war zwei Frauen in derselben Haut. Jeder ihrer Gedanken warf einen Schatten, wurde begleitet und unterlaufen von einem Gegengedanken. Wenn die eine Person träumte, sorgte sich die andere, wenn die eine sich freute, hatte die andere ein schlechtes Gewissen, wenn die eine hoffte, empfand die andere Angst. Die Tage mit ihren schier endlosen Stunden des Wartens auf Nachricht von Albert. Die Frage, wie lange Port Arthur den Angriffen der Japaner noch trotzen konnte, was mit den Menschen geschehen würde. Ihre Gewissensbisse. Ihr Bewußtsein, ihn betrogen, das Fundament, auf das er sich innerlich stützte, ausgehöhlt zu haben. Als hinge plötzlich sein Leben ab von ihrer Treue. Spätabends dagegen, kaum daß sie sich niederlegte, spürte sie wieder das Glühen ihrer Haut, Stantons Hände; als tauche sie Nacht für Nacht in ein dunkles, warmes Meer.

An einem der letzten Tage dieses Sommers, einem regnerisch kühlen Sonntag, mit dem sich der Herbst ankündigte, hatte die Köchin ein prasselndes Feuer im Salon entzündet. Der Legationsrat lehnte sich bequem in seinen Lederfauteuil zurück und sagte mit Genuß: »Nun, da wir gut gegessen haben, lieber Gast. Was sagen Sie zu der politischen Entwicklung? Glauben Sie, es ist sinnvoll, die baltische Flotte jetzt den ganzen langen Weg um Afrika herum nach Wladiwostok zu jagen?«

Und der Gast, ein nicht mehr ganz junger Kaufmann aus Berlin mit kurzgeschorenem Haar und einem stechenden Blick, drehte einen seiner vielen goldenen Ringe an den Fingern. Die Edelsteine so groß, daß Sophie unwillkürlich annahm, er müsse sie direkt im Ural gekauft haben. Rubine von der Größe einer Walnuß, hatte sie den Texaner plötzlich im Ohr.

»Das Geschwader kommt ohnehin nicht vor dem Winter durch die Krusensternstraße, um die Japaner zu stoppen«, stellte der Gast fest. »Bis dahin ist es vielleicht zu spät.« »Wenn sie überhaupt je ankommen«, ergänzte Jan, der es in der Kunst, durch skeptische Bemerkungen die Aufmerksamkeit auf sich zu lenken, ohne je Stellung zu beziehen, zur Perfektion gebracht hatte. Das war einer der Gründe, weshalb es Sophie immer wieder reizte, ihn zu provozieren. »Offenbar verfügst du über geheime Informationen, lieber Bruder.« »Du magst es glauben oder nicht, liebe Schwester. Ja. Das mit der Zarenfamilie eng befreundete und verwandte dänische Königshaus« – als ob wir dies nicht alle wüßten, dachte sie ärgerlich – »das dänische Königshaus, so vertraute mir ein Geschäftsfreund an, hat die Russen vor maritimen Unternehmungen der Japaner in den engen Gewässern von Kattegat und Skagerrak gewarnt.«

Ein leises, tiefes Brummen. Es war ihr Vater, der Legationsrat, der zu lachen anfing. Sophie stimmte ein. Fast feindselig sah Jan sie an. »Japanische Torpedoboote und Minendampfer sollen bereits unterwegs sein.« »Und wie wollen diese Boote bei der langen Anfahrt wohl unbemerkt bleiben?« fragte der Legationsrat. »Sie müssen doch Kohlen an Bord nehmen.« »Dafür können sie Kohlendampfer mitnehmen. Wenn sie abseits der großen Handelsstraßen fahren, könnten sie nachts in geschützten Buchten oder vor unbewohnten Inseln ankern, um aufzufüllen.« Jan tat so neunmalklug, als sei er sein Leben lang zur See gefahren.

»Außerdem bräuchte man nur ein wenig zu improvisieren, um ein Torpedoboot so zu tarnen, daß es sich selbst aufmerksamen Beobachtern nicht gleich als solches verrät«, sagte plötzlich der Berliner. »Wie denn?« Sophie sah den Gast an, der unablässig an seinen goldenen Ringen drehte. »Wie soll eine solche Maskierung möglich sein?« »Einfacher, als man denkt. Mit leichten Latten und Brettern imitiert man die Aufbauten eines Handelsdampfers. Den Rest tut ein bißchen Farbe. Oder gefärbtes Segeltuch. Man verlängert ganz einfach die Schornsteine, bemalt sie mit weißen oder roten Streifen, stellt ein paar schräggeneigte Masten auf, und fertig ist das Handelsschiff.« »Wenn man nicht gleich Handelsdampfer mit Torpedos ausrüstet«, ergänzte Jan. »Wenn sich die Russen nicht gleich selbst zusammenschießen«, sagte ihr Vater abschätzig.

In ihren Träumen siegte die Angst. Die Ungewißheit wegen Albert, ihr Versuch, die Sorge um ihn zu verdrängen, die Furcht dennoch vor dem Moment seiner Rückkehr. Mit dem Schiff war sie unterwegs über ein glitzerndes Meer, fuhr die afrikanische Küste entlang – Rio de Oro, Portugiesisch Guinea, Lüderitzland – während Soldaten einer unbekannten Nation ihre Säbel schärften. Sie landete in dunklen Buchten und auf ausgestorbenen Inseln, wo Männer mit grinsenden Totenschädeln sie empfingen. Einer kam direkt auf sie zu, lachte ihr schallend ins Gesicht, während er seine blitzende Klinge zog, um sie ihr ins Herz zu stoßen. Es tat nicht weh. Kaum berührte die Spitze ihren Körper, knickte sie um. Sie war nur aus bemalter Pappe.

Nachdem sie sich eine ganze Stunde lang hin- und hergewälzt hatte, stand sie schließlich auf, zog ihren Kimono an, in dem noch immer Charles Stantons Brief steckte. Sie suchte nach dem Bild, das sie so hastig aus dem fahrenden Zug heraus von Albert gemacht hatte. Sie wollte es vergrößern, als könne es ihn in einer Art magischer Beschwörung retten. Als sie die kleine Petroleumlampe entzündete, sah sie wieder ihr Vogelgesicht im Spiegel, Linien, die sonst nicht wahrzunehmen waren. Sie legte das Negativ ein. Schließlich schwamm das Papier in der Entwicklerschale, ein Augenblick, der sie immer noch in den Bann schlug. Schwang nicht beim allmählichen Entstehen des Bildes etwas mit vom Zauber der Wahrsagung aus dem Wasser?

Kaum bildeten sich Konturen, erschrak sie: Zwei Negative hatten sich übereinandergeschoben. Eine unbeabsichtigte Doppelbelichtung, wie sie bei einer Rollfilmkamera vorkommen konnte. Sie erkannte den Ausschnitt des Zugfensters, aus dem heraus sie Albert photographiert hatte. Er war zu sehen, die Hand zum Winken erhoben, aber sein Kopf, seine ganze Gestalt wirkte durchscheinend und jenseitig. Unter seinem transparenten Gesicht zeichnete sich der rauhe Putz einer Mauer ab, in der ein Fenster zu sehen war. Es überschnitt sich mit dem Zugfenster, als werde Albert von zwei Seiten beobachtet. Sie nahm ihre Lupe zu Hilfe. Plötzlich erkannte sie, um welche Mauer es sich handelte. Es war die Fassade des Hotels, in dem Stanton sein Zimmer genommen hatte, das Fenster des Zimmers, in das sie gegangen war.

Das war zuviel. Sie weinte. Spürte, wie ihr Tränen über das Gesicht rannen, unaufhaltsam. Sie ließ sich auf dem Rand der

Badewanne nieder, drehte den Wasserhahn auf. Schließlich atmete sie tief durch, trocknete ihre Tränen, stand auf und trat vor den Spiegel.

»Vogel«, flüsterte sie, »du hast brüchige, leichte Knochen, du hast Federn, Krallen, aber du wagst nicht zu fliegen.«

Noch einmal nahm sie das verdorbene Doppelbild in die Hand: Alberts zugleich versteinertes und durchsichtig zartes Gesicht. Wahrsagung aus dem Wasser, dachte sie. Sie warf es zum Wässern in die Wanne, es geriet unter den harten Strahl, wurde gegen den Boden gepreßt. Sie ließ heißes Wasser dazulaufen, zog sich aus. In der Tasche ihres Kimonos knisterte Stantons Umschlag. Sie hatte sich nicht entschließen können, ihn fortzuwerfen.

Als das Wasser zwei Handbreit an der weißen Porzellanwand emporgestiegen war, legte sie sich in die Wanne. Noch einmal fischte sie den Brief aus der Kimonotasche. Ihre feuchten Finger machten Flecken auf das Papier. »Komm zu mir nach Amerika. Wir fangen ganz neu an.« Sie schloß die Augen, ließ den Kopf nach hinten sacken, tauchte tiefer in das heiße Wasser. Der Brief entglitt ihrer Hand, ganz langsam sog sich das Papier voll. Die Tinte löste sich auf, bildete blaue Schlieren im Wasser. Die Worte schwebten davon, eins ums andere.

III

Campbell hatte seiner Reportage über den Fernen Osten mehrere ihrer Photographien beigefügt. Sie war nicht nur in einer Chicagoer Zeitschrift abgedruckt worden, sondern auch von einer Reihe kleinerer Blätter in den Vereinigten Staaten, viele davon deutschsprachig. »Bald werden Sie in Amerika so berühmt sein wie Ueno in Japan«, hatte Campbell ihr telegraphiert. Sie wußte, worauf er anspielte. Am 30. September war das erste Mal überhaupt eine Photographie in einer japanischen Zeitung gedruckt worden. Aufgenommen von dem Photographen Ueno, mit dem Titel »Nach der Eroberung des Hügels Shao San Sui«. Die Abbildung hatte durchschlagende Wirkung gehabt, hatte angeblich sogar die Damenkränzchen in Japan dazu bewegt, für die Soldaten im Krieg zu stricken. Um Sophie zu danken, hatte Campbell ihr eine Ausgabe der New Yorker Photozeitschrift Camera Work geschickt. Die Bilder in dem exklusiven Magazin waren genau konzipiert und arrangiert, als hätten die Photographen mit Licht gemalt. Und zugleich sahen sie doch aus, als seien sie zufällig entstanden. Eine neue Herausforderung für Sophie. Sie stand nun jeden Tag hinter der Kamera. Nichts, so stellte sie fest, leuchtete weniger als klare Luft. Um eine Atmosphäre entstehen zu lassen, brauchte sie Dunst, Nebel, Staub, Rauch. Me-Lyngs Bemerkung kam ihr in den Sinn, während sie auf der Suche nach Motiven war: Asiaten lieben die Dunkelheit, die Spuren von Lampenruß, die Farben von Regen und Wind. Unsere Goldarbeiten stellen wir in die Dunkelheit, dann erst leben sie. Mit ihren Photographien erging es ihr ganz ähnlich. Auch sie brauchte den Nebel, um das Licht auf ihren Bildern lebendig zu machen.

Der Herbst war eine günstige Zeit. Jeden Morgen ging sie hinaus in die Parks, an die Düna, zu den Buden am Markt, früh, wenn die Sonne den Dunst gerade erst zu durchstrahlen begann. In manchen Momenten schien plötzlich alles wie in Licht getaucht, und die Bilder, die sie nun machte, entwickelten eine eigene Leuchtkraft. Bewundernd sah sich Marja, immer ihr erstes Publikum, die neuen Photographien an. »Man glaubt, die Dinge viel klarer zu sehen als sonst. Dabei dachte ich, der Nebel würde alles verschleiern.« »Erstaunlich, nicht? Du siehst es vollkommen richtig«, erwiderte Sophie, froh über diese junge Frau, die sich so liebevoll um Lina kümmerte. »Aber der Nebel vereinfacht die Landschaft, schafft Ordnung und entwirrt die Strukturen. Die Aufnahmen selbst sind gut geworden. Mein nächstes Ziel ist, mehr Erfahrungen in der Dunkelkammer zu sammeln. Es gibt noch so viele Möglichkeiten.«

Über ihre Arbeit gelang es ihr, endlich auch eine Beziehung zu Lina herzustellen. Sie photographierte sie, wie sie im Gegenlicht auf der Türschwelle zur Küche saß und mit Marja sprach; wie sie mit Marja die Dolden einer Hortensie in ein Wasserglas stellte. Als die beiden die fertigen Bilder sahen, waren sie begeistert. »Viel schöner als in Wirklichkeit«, stellte Marja fest. Die papiernen Blütenblätter in vielen Grautönen, die Kontur des einfachen Glases schwarz, das Wasser klar, die Kante des weißen Holztisches traumhaft entrückt.

Lina fand Gefallen daran, ihre Mutter hinter der Kamera zu sehen, immer wieder bat sie, auch unter das schwarze Tuch schlüpfen zu dürfen. Dann stellte Sophie das Stativ niedriger und hob ihre Tochter hoch, die fasziniert auf die Mattscheibe starrte, auf der Marja sich kopfüber mit kupfernen Kasserollen durch die Küche bewegte oder die Möbel im Wohnzimmer mit einem weichen Tuch putzte. Der Staub, den sie dabei aufwirbelte und den sie bekämpfte wie einen persönlichen Feind, flimmerte zu Linas wie zu Sophies Entzücken in allen Regenbogenfarben, bevor er wieder auf die Möbel sank.

Und immer noch der Krieg. Würde er nie ein Ende nehmen? Es kam ihr vor, als sollten Kriegsnachrichten ihr ganzes Leben begleiten. Sie wollte nichts mehr davon hören, aber um Alberts willen konnte sie sich den immer neuen Meldungen nicht entziehen. Am 14. Oktober endlich lief die baltische Flotte aus dem Hafen von Libau aus, drei Monate später als geplant und ohne das neue, noch immer im Bau befindliche Kriegsschiff, an dem Albert vor seiner Abreise bereits mitgearbeitet hatte. Nach wenigen Tagen, bei der Einfahrt der Russen aus der Nordsee in den Ärmelkanal, kam es zu Schwierigkeiten. Jan triumphierte, hatte er mit seiner Theorie in manchem doch recht behalten: Als das Geschwader nachts bei leichtem Nebel die Doggerbank erreichte, entdeckten die russischen Bauern an Bord mit ihren Scheinwerfern Boote ganz in ihrer Nähe – und eröffneten einfach das Feuer. Fast zwanzig Minuten lang donnerten die Geschütze, dann gab der Admiral Befehl, Richtung Süden weiterzufahren. Erst die Tageszeitungen brachten Licht in das nächtliche Dunkel, und das Ergebnis war: ein britischer Fischdampfer versenkt, zwei englische Familienväter tot, fünf verwundet. Der vermeintliche Feind war eine Fischerflotille aus Hull gewesen, die vor ihren ausgebrachten Netzen trieb. Auf Wochen hin beschäftigte die Hull-Affäre die Weltpresse. »Dies könnte einen schönen Casus belli für Japans Verbündeten abgeben«, kommentierte eine der drei deutschsprachigen Rigaschen Zeitungen. Die Möglichkeit, daß tatsächlich japanische Schiffe sich in der Nordsee befinden könnten, wurde von fast allen Ländern als wilde Phantasie abgetan.

Corinna fand, ihre Schwester sähe schlecht aus. Abgemagert, Ränder unter den Augen. Ob sie sich ihr nicht anvertrauen wolle? Welcher Kummer sie denn bedrücke. Dabei, fand Sophie, sah Corinna selbst nicht besonders glücklich aus, wollte vielleicht nur ihr eigenes Herz ausschütten. Sophie zog es vor, allein zu bleiben. Sie hatte das Gefühl, nur noch in Ausschnitten, allein in Bildern leben zu können. Wenn sie im Café saß und hinaus aufs Meer blickte, wurde der Rahmen der Tür zum bestimmenden Bildausschnitt. Sie rückte ihren Stuhl solange hin und her, bis das Photo perfekt war. Was sie unbedingt zu vermeiden suchte: eine scharf abgeschnittene Horizontlinie und die Sinnlosigkeit eines weißen Papierhimmels.

Was denn, fragte sie sich – ob sie einkaufte oder mit Lina

spielte, ob sie Kaffee mahlte oder vor den Spiegel im Bad trat –, was bedeutet eine Veränderung wirklich? Zerrann ihr hier nicht wieder das Leben zwischen den Fingern? War ihr Warten auf Albert ein Vorwand, nichts für sich zu entscheiden? Sie stellte sich noch mehr Fragen wie diese. Doch immer blieben ihre Antworten unglaubhaft. Wieviel überzeugender die Reflexe des Lichts. Im einen Augenblick trifft es die obere Kante des hohen Hausdachs, ein metallenes Dreieck in den Wolken. Silbern glänzt der Streifen auf vor den graublauen Wolkenbäuchen. Im nächsten Augenblick verwandelt es sich in Quecksilber, dann in Späne einer Zinkplatte. Das Licht in seiner Flüchtigkeit. Dunkelgrün das Gefieder der Bäume davor. Wieviel das Licht verbergen konnte.

Sie holte nach langer Zeit wieder ihr japanisches Tagebuch mit dem rauhen apfelsinenfarbenen Einband hervor und schrieb, ohne ihre alten Eintragungen durchzublättern:

Ich lebe in einem Raum mit drei Fenstern, in denen man vom Boden bis zur Decke den Himmel sieht. Es ist ein Zimmer in den Wolken, ein Zimmer über der Welt. Die weißen Wände zeigen mir jeden Schatten, jede Verdüsterung sofort an. Ebenso das Licht: gleißend, weich. An die einzige fensterlose Wand habe ich einen Spiegel gehängt. Von einer bestimmten Position aus ist der Raum darin abgebildet. Die Wolken in den Fenstern neu. Seit geraumer Zeit betrachte ich dies Zimmer nur noch durch den Spiegel. Es ist die Abstraktion des Zimmers, verkleinert, klar, künstlich. All diese Tage sind jetzt aus Glas. Und alles scheint mir von Glas überzogen, so zerbrechlich, so gefahrvoll. Die Abgründe sind überall. Wie schafft es jemand überhaupt, sich am Leben zu halten? Glas um jede meiner Bewegungen. Die ständige Angst vor dem Absturz.

*

Auch Corinna flüchtete sich in eine andere Welt. Jeden Abend war sie unterwegs mit immer neuen Freunden. Schauspielern, Musikern, Nachtgestalten ... Sophie hatte das Gefühl, zwischen ihnen beiden sei eine feine Schicht, die sie unsichtbar, aber doch merklich voneinander trennte. Häufiger als früher tauchte morgens die Schwester bei ihr auf, müde von der vergangenen Nacht, bleich, die Locken noch ungeordnet, eine wächserne Orchidee. Sie roch nach Zigaretten und Alkohol, ließ sich in den Sessel fallen, ohne den Schwung, der sie einst ausgezeichnet hatte.

»Und wie geht es deinem Liebhaber?« fragte sie Sophie herausfordernd. »Nichts mehr gehört, alles vorbei, abgehakt?« Sophie antwortete nicht. »Liebhaber. Doch nicht meine verheiratete Schwester. Oh Gott!« Corinna übertrieb ihre Aussprache, um ihre Schwester zu reizen. In Sophie kam Wut hoch. Was fiel Corinna überhaupt ein, so mit ihr zu reden. »Denkst du überhaupt noch an ihn? Du kommst mir manchmal so kalt vor wie ein Fisch!« Feindselig sah Corinna sie an.

»Bitte, Corinna! Was soll denn das? Du bist ja noch betrunken.«

»Betrunken oder nicht, eines sehe ich jedenfalls ganz klar. Mit deinem Mann ist es vorbei.«

»Geh bitte, Corinna. Ich habe keine Lust, mich mit dir zu streiten.«

»Lust, Lust, Lust«, wiederholte Corinna mit schwerer Zunge. Dann zog sie sich widerwillig zurück. Sophie war zum Heulen zumute. Mit wem könnte sie reden? Nie hätte sie geglaubt, daß Stanton ihr dermaßen fehlen würde. Aber sie hatte auf seinen Brief nie geantwortet.

Der milchige Glanz der Wintersonne auf dem von Michail Eisenstein entworfenen Haus. Ein Photo, das sie an die Zeitschrift Camera Work nach New York schickte und das abgedruckt wurde. Die gepflasterte regennasse Straße – ein dunkler, glänzender Fluß zwischen baumbestandenen Ufern. Ein Bild, das von Stieglitz hätte sein können. Warum sollte sie nicht für eine Zeitlang die japanische Arbeitsweise übernehmen: ein als meisterlich eingeschätztes Vorbild so genau wie möglich zu kopieren.

Eine rote Baumwollgardine hinter einem Gitterfenster. Über die Jahre hin war der Stoff ausgeblichen, bildete nun das Gitter ab. Licht brachte Licht hervor.

*

Unter Corinnas neuen Freunden war ein Schauspieler aus Moskau. Ein jugendlicher Feuerkopf, der am russischen Theater in Riga eine Rolle in Gorkis »Die Sommergäste« spielte, das kurz vor Weihnachten gegeben werden sollte. Äußerlich erinnerte er an Johannes aus Odessa. Johannes, jener Sommergast, der eines Tages einfach fortgeblieben war. Zurück nach Odessa, wie Corinna ihr lakonisch zur Antwort gegeben hatte. Kein Wort darüber hinaus. Mit seinem Jungenlachen, seinen Hamletmonologen, seinem Schwärmen für den Dichter Gorki und seiner Maßlosigkeit, die er in nächtlichen exzessiven Gelagen immer wieder unter Beweis stellte, zog der neue Johannes ihre Schwester – deren finanzielle Großzügigkeit er schnell zu schätzen wußte – magisch an. Ohne sich große Mühe zu geben, es zu verstecken, blieb Corinna manchmal die ganze Nacht lang fort, zog mit ihm und seinen Schauspielerkollegen durch die Keller und Kneipen der Vorstädte Rigas, von denen sie all die Jahre nie vermutet hätte, daß sie existierten. Corinna entdeckte, daß es in der Mitauer und Moskauer Vorstadt Fabriken gab mit richtigen Arbeitern. Jeden Abend begleitete sie ihren Schauspielerfreund vor die Gitter der Fabriktore, wo er in großen Monologen von der politischen Krise, die Rußland befallen habe, deklamierte. Er tat es so schön und so feurig, versetzt mit so vielen Gorki- und Shakespeare-Zitaten, daß der Erfolg nicht ausblieb. Mit der Zeit fand sich ein immer größeres Publikum ein, und wenn er am Schluß seines Auftritts rief: »Es lebe Rußland! Nieder mit den Kriegstreibern!« jubelten ihm die Leute zu, allen voran Corinna.

Es war Winter geworden und noch immer hatte sie keine Nachricht von Albert. Rußland konnte den Krieg gegen Japan nicht beenden. Immer größer wurden die gemeldeten Verluste, die Aussicht auf einen Sieg schwand. Das baltische Geschwader lag gerade erst vor Madagaskar, noch hatten die Schiffe die halbe Fahrt vor sich.

Corinna war kaum noch zu Haus. Als Sophie sie in ihrer Wohnung besuchen wollte, kam Ludwig ihr entgegen, ein Pamphlet in der Hand. »Das habe ich gerade bei ihr gefunden. Eine Anklage von einem gewissen W. I. Lenin gegen den Zaren. Von Fäulnis der Selbstherrschaft ist die Rede, von leidgequälten Volksmassen und dem verbrecherischen Krieg. Das absolutistische Rußland sei von Japan besiegt. Da der schändliche Krieg so viele Opfer forderte, dränge das Volk zum Aufstand, eine Verlängerung des Kriegs verschärfe nur die Niederlage.« Er reichte Sophie das rote, bedruckte Blatt. Sie überflog es, las die letzten beiden Sätze halblaut vor: »Der beste Teil der russischen Flotte ist bereits vernichtet, die Lage von Port Arthur hoffnunglos, das ihm zu Hilfe eilende Geschwader hat nicht die geringsten Aussichten auf Erfolg, ja nicht einmal darauf, an den Bestimmungsort zu gelangen. Das von Kuropatkin befehligte Hauptheer hat über 200 000 Mann verloren, ist erschöpft und steht hilflos dem Feind gegenüber, der es nach der Einnahme von Port Arthur unbedingt vernichtend schlagen wird. Der militärische Zusammenbruch ist unvermeidlich, und damit zugleich ist auch unvermeidlich, daß die Unzufriedenheit, die Gärung und Empörung zehnfach stärker werden. – Und? Recht hat er doch.

Oder willst du sagen: eine Proklamation verbrecherischen Inhalts in deinem Haus? Grund für eine Verhaftung?« fragte Sophie spitz.

»Du weißt, Corinna hat sich nie für Politik interessiert.«

»Aber der junge Schauspieler.«

»Eben. Sie tanzt mir auf der Nase herum. Versucht nicht einmal mehr, mir Märchen zu erzählen. Macht mich überall unmöglich!«

»Das ist es, was dir angst macht, stimmt's?«

Er schüttelte den Kopf. »Darum geht es mir nicht. Obwohl ich weiß, daß ihr so von mir denkt.« Er brach ab, ging mit zwei Schritten ans Fenster. »Ich habe Angst um Corinna. Sie ist diesem Mann vollkommen verfallen. Er nutzt sie aus. Vielleicht merkt sie es, aber ich glaube nicht. Und wenn – es scheint ihr egal zu sein.«

»Soviel Edelmut deinerseits?« Sophie konnte sich den sarkastischen Ton nicht verkneifen. Ludwig hatte sich nie für Corinnas Seelenleben interessiert.

»Ich bitte dich, Sophie. Ich will, daß du mit ihr redest.«

Was sollte sie Corinna sagen. Ihre Schwester war schließlich alt genug, für sich zu entscheiden. Aber einerseits, weil es ihr selbst ein Anliegen war, und andererseits, weil sie dies Gespräch so schnell wie möglich beenden wollte, willigte sie ein.

IV

Über Nacht hatte der Frost den Wintergarten in einen weißen Kristallpalast verwandelt. Als Sophie die Wohnzimmertür öffnete, stürzte Lina mit einem kleinen Schrei der Begeisterung hinaus. Auf jedem einzelnen Fenster waren weiße Pflanzen gewachsen, Blätter und Farne, ein frostiger botanischer Garten, dem die aufgehende Sonne einen glitzernden rosafarbenen Schein verlieh.

»So schön«, sagte Lina und tippte mit dem Zeigefinger auf das Glas. An dieser Stelle wurde das Eis matt, verlor seine Struktur. Schnell zog sie den Finger fort. »Soll ich Bilder davon für dich machen, Linakind?« Sophie war schon unterwegs, um ihre Kamera zu holen. Stellte das Stativ auf, schraubte die Kamera fest und schob eine Platte ein. Sie hatte gerade eine einzige Aufnahme gemacht, als es klingelte. »Bitte gehen Sie an die Tür«, rief sie Marja zu. Einen Augenblick später betrat ihr Vater, noch in seinem langen schwarzen Wollmantel, den Wintergarten. Unvermittelt, ohne auch nur zu grüßen, sagte er: »Der japanische Mikado hat die Kapitulation Port Arthurs angenommen. Albert ist in japanischer Gefangenschaft. Du mußt sofort nach St. Petersburg in die dänische Botschaft.«

Sophie rührte sich nicht, blieb vor ihrer Kamera, belichtete, als habe sie nichts gehört. Dann sagte sie: »Bitte, Marja, nehmen Sie Lina mit in die Küche, kochen Sie ihr eine Tasse Kakao.« Es tat ihr leid, diesen Augenblick mit ihrer Tochter so abrupt abbrechen zu müssen. Aber ihr Vater hatte recht. Sie mußte unverzüglich handeln. Der nächste Expreß würde in einer knappen Stunde abgehen.

Schon in der Empfangshalle des Hotels de l'Europe sah sie, daß diesmal alles anders war als sonst. Etwas Besonderes mußte vorgefallen sein. Während sonst an den Abenden die schweren Fauteuils zwischen den Zimmerpalmen und Marmorsäulen besetzt waren und das Plätschern der Zimmerspringbrunnen die leisen Unterhaltungen übertönte, standen jetzt überall Gruppen von Menschen zusammen und debattierten lebhaft. Sie erfuhr, daß am gestrigen Montag bereits über zehntausend Arbeiter der Putilow-Rüstungsfabrik und der Französisch-Russischen

Schiffswerft für bessere Arbeitsbedingungen und höhere Löhne in Streik getreten waren. Und seitdem hätten sich immer mehr Fabriken angeschlossen – etwas nie Dagewesenes in dieser Stadt.

Obwohl es nach Mitternacht war, konnte sie unmöglich schlafen. Sie ging noch einmal an die Bar des Hotels. »Wenn ich mich nicht irre, trinkt die Dame einen Grappa?« sagte der Barkeeper zu ihr. Er hatte sie wiedererkannt. »Was für ein bewundernswertes Gedächtnis Sie haben«, sagte Sophie. Er hob die Augenbrauen, während er ihr das Glas randvoll goß. »Sich Gesichter zu merken, ist das Wichtigste in meinem Beruf.«

In dieser Nacht jagte ein Traumbild das andere. An der Bar des Hotels, die Flaschen spiegeln sich in den Regalen, versucht ein Fremder mit ihr ins Gespräch zu kommen. Sein Gesicht ist ein menschliches Gesicht mit dem Fell eines Schimpansen. Sie will schreien, gibt aber keinen Ton von sich. Da bleckt er die Zähne, springt auf sie, küßt sie und flüstert: Eine reine Geschäftsbeziehung, wirklich, mehr will ich nicht von Ihnen.

Als sie aufwachte, war das Zimmer eiskalt. Kein Licht. Im Dunkeln zog sie sich an, tastete sich zur Tür. In den Ecken des Flures brannten große Kerzen in den Leuchtern. Kurz vor dem Speisesaal kam ihr der Kellner vom gestrigen Abend entgegen, ebenfalls in einen Pelz gehüllt.

»Was ist denn los?«

»Stromausfall, meine Gnädigste. Die Gas- und Elektrizitätswerke der Stadt werden bestreikt. Aber kommen Sie – ein Frühstück für Sie gibt es trotzdem.«

Im Speisesaal war alles in ein Dämmerlicht aus Kerzen und Petroleumlampen getaucht, die Luft stickig. Ein weißer Kachelofen gab übermäßig viel Wärme ab. Der Kellner brachte ihr Tee.

»Und eine Zeitung bitte.«

Er schüttelte bedauernd den Kopf. »Auch die Druckereien werden bestreikt!«

Das Chaos war ausgebrochen in der Residenz. Ein Mann mit dichtem schwarzem Haar, der sie von hinten an Stanton erinnerte, erzählte aufgeregt, daß überall Arbeiterkolonnen durch die Straßen marschierten, die Zahl der Streikenden bereits auf über Hunderttausend gestiegen war. »Man hat Kosakensotnien angefordert, und in der ganzen Stadt sind Militärs im Einsatz«, hörte sie ihn sagen. Sophie ließ ihr Frühstück stehen. Wenn sie überhaupt etwas erreichen wollte, mußte sie so schnell wie möglich handeln.

Es gelang ihr nicht, eine Droschke aufzutreiben. Nachdem sie schon ein paar Straßen vom Hotel fortgelaufen war, fand sie schließlich einen Kutscher, der sie zu einem völlig überhöhten Preis zur dänischen Botschaft bringen wollte. Sie kamen nicht weit. In der Nähe des Newa-Ufers kam ihnen eine Gruppe von Demonstranten entgegen. Viele Frauen waren darunter, die Handzettel in ihren Muffs trugen, Kinder liefen mit ihnen, manche schienen die ganze Nacht unterwegs gewesen zu sein. Zwei Männer stellten sich dem Kutscher in den Weg und befahlen ihm abzusteigen. Sophie lief, froh, nicht weiter behelligt zu werden, zu Fuß weiter. Doch schon in der nächsten Straße riegelte ein Polizeikordon den Weg ab. An ihre Petition war nicht mehr zu denken.

In wenigen Minuten müßte ein Zug nach Riga abgehen. Kaum hatte sie ihr Billett, läutete die Glocke zur Abfahrt. Während die Lokomotive aus der Halle dampfte, sah sie die Demonstranten in die große Bahnhofshalle eindringen.

»Du kannst von Glück sagen, liebe Sophie, überhaupt noch aus der Stadt gekommen zu sein«, empfing ihr Vater sie. »Inzwischen werden die Fabriketablissements des gesamten Gouvernements bestreikt.« »Schrecklich«, sagte die Legationsrätin ein ums andere Mal. »Schrecklich.« »Was hast du. Die Forderungen sind doch nur recht und billig«, hielt ihr Mann dagegen.

»Höhere Löhne, verbesserte Arbeitsbedingungen. Nur wird niemand sie anhören, fürchte ich.«

Sophie verfolgte die Ereignisse mit Aufmerksamkeit. Ihr Vater behielt recht mit seiner Voraussage. Zwar stieg die Zahl der Streikenden weiter Tag um Tag, doch wurde ihrer Abordnung vom Innenminister Prinz Mirsky keine Audienz gewährt. Daraufhin entschied der Führer der Arbeiterschaft, Vater Gapon, man müsse, wenn das Väterchen solch schlechte Berater hatte, das Anliegen dem Zaren persönlich vortragen. So wurde für den kommenden Sonntag der Marsch zum Winterpalais angesetzt, auf dessen Ergebnis das ganze Reich mit Spannung wartete.

Am Montag lief der Legationsrat gleich morgens persönlich zum Bahnhof, um die neuesten Meldungen zu erhalten. Doch ärgerlich warf er das einzige Blatt, das zu bekommen war – wesentlich dünner als normal – auf den Tisch. »Der Zensor hat gründlichst gearbeitet. Von offenkundig revolutionärer Propaganda ist die Rede und von blutigen Straßen- und Barrikadenkämpfen. Das ist alles. In Berlin, Paris und London sollen die Schilderungen Entsetzen hervorgerufen haben. Wieder mal ist man überall besser informiert als vor Ort«, sagte er resigniert.

»Eines allerdings kann man diesen Meldungen doch entnehmen«, ergänzte Sophie, die ebenfalls sofort gelesen hatte. »Niemand hat die Arbeiter davon in Kenntnis gesetzt, daß Nikolaus sich gar nicht im Winterpalais aufhält, sondern schon seit Weihnachten in Zarskoje Selo. Anscheinend hat niemand der Offiziellen je die Absicht gehabt, die Abordnung überhaupt zu empfangen.«

»Stimmt, meine Tochter. Ihre einzige Antwort auf die ganze letzte Woche hat sich darin erschöpft, Truppen und Polizei in der Residenz zusammenzuziehen.«

»Ich melde ein Gespräch nach London an«, entschied Sophie. »Mister Ashton wird uns sagen, was passiert ist.«

*

Im Schlaf sah sie diesen schwankenden, vieltausendköpfigen Zug. Männer mit baren Häuptern, Frauen in bunten Tüchern und Kinder, ein wogendes Meer aus menschlichen Leibern, das mit Macht in die Straßen flutete. Russische Flaggen und Fähnchen mit religiösen Motiven, Bilder vom Zar und der Zarin tauchten daraus auf neben jahrhundertealten Familienikonen. Golden fiel das Sonnenlicht auf die alten Malereien, ließ goldenes Blut aus dem Leib des Sohnes der Maria fließen in den strahlend weißen Schnee. Erst auf dem Platz vor dem Winterpalais verschwand das Gestirn hinter den Wolken, umgab diese für einen Moment mit einem Heiligenschein. Dann verdüsterte sich der Himmel, schwarze Schatten fielen nun von allen Seiten, von nervös tänzelnden Pferden mit Reitern in dunklen Uniformen. Die Hymnen verklangen, und statt des Gemurmels und Singens erhob sich ein vielstimmiger Schrei. Schüsse übertönten ihn jedoch, und schon stürzten die ersten Leiber, schwarz auf weiß, in den Schnee, löste das Meer sich auf in viele einzelne Ströme. Verängstigt flüchteten schreiende Mütter und Kinder. Doch am Strand zurück blieb Blut, rotes, helles, sprudelndes, nicht mehr goldenes Blut, dunkelrotes, schwarz verkrustetes Blut, bis nichts anderes mehr zu sehen war, dunkel die Welt, zum Ersticken.

Fünf dünne Schläge von der Uhr am Kirchturm. Sophie war schon wieder wach. Gerade zwei Stunden vergangen im Schlaf. Wieder hörte sie Mister Ashtons Mitternachtsstimme: »Official figures say 94 civilians dead and 333 wounded, of whom 34 died in hospital. The police casualties were two dead. However, many more dead and wounded, some of whom may have to die yet, were undoubtedly removed by the strikers themselves.«

Sie stand auf, zu aufgeregt, um Schlaf finden zu können. Die Ereignisse ließen ihr keine Ruhe. Es war wie damals in Port Arthur. Sie mußte hinaus, mit der Kamera in der Hand, mußte sehen, was passierte. Bevor sie ging, riß sie das Blatt von dem kleinen Kalenderblock: Mittwoch, der 12. Januar. Drei Tage vergangen seit den blutigen Unruhen in der Residenz. Sie hatten die Menschen aufgewühlt, auch in Riga fanden überall Versammlungen statt, von der Polizei argwöhnisch beobachtet.

Kaum kam sie an diesem Morgen in die Stadt, erfuhr sie, daß der Streik der Arbeiter aus Petersburg auch hier sein Echo gefunden hatte. Schon morgens um sechs Uhr seien die ersten Streikenden in der Schloßfabrik von Hermingshaus & Voormann erschienen, um die Arbeiter zum Niederlegen ihrer Tätigkeit aufzufordern, hörte sie in dem Café, wo sie sich bei einem Glas Tee aufzuwärmen suchte. Inzwischen hätten sich die Arbeiter der Drahtindustriewerke auf der Dünamündeschen Straße und der Waggonfabrik angeschlossen, die Jüngeren immer sofort, die Älteren nach einigem Zögern. Jetzt sei der Zug unterwegs in alle übrigen Fabriken und Werke. Sophie machte sich auf den Weg in die angegebene Richtung, um den Zug der Demonstranten zu finden. Bald packte sie ihre Kamera aus und begann zu photographieren: die geschlossenen Kronsbranntweinbuden, die Arbeiter vor den Fabriktoren. Auf dem Ilgezeemer Marktplatz hatte sich eine ungeheure Menschenmenge versammelt. Es mußten mehrere hundert Männer und Frauen sein. Dunkel hob sich die Gestalt eines Mannes gegen den Himmel ab. Er war aufs Dach einer Marktbude geklettert und las der unten wartenden Menge die neuesten Nachrichten aus St. Petersburg vor. Jetzt gerade kam die Sonne hinter einer Wolke hervor und tauchte den Mann in ein Licht, das ihm etwas von einem Propheten auf den Bildern alter Maler verlieh. Sophie löste aus. Diese Aufnahme würde Campbell beeindrucken.

Danach bewegte der Zug sich über die Düna Richtung Marienstraße und hielt überall, wo noch gearbeitet wurde, an den Fabriktoren. In der inneren Stadt hatten sämtliche Druckereien ihre Arbeit eingestellt. Immer mehr Menschen folgten der Aufforderung, sich anzuschließen, viele Frauen und Studenten darunter. Auf der Suworowstraße kam es zu einem kleinen Tumult. Drei junge Männer hatten die Wagen der elektrischen Straßenbahn angehalten, doch bevor noch zwei Polizisten eingreifen konnten, hatte man ihnen die Revolver abgenommen. Den Passagieren, dem Kondukteur und dem Maschinisten wurde befohlen, auszusteigen. Sophie kam gerade dazu, als die Jungen begannen, die Scheiben des Wagens mit Eisenstangen zu zertrümmern. Nur mit Mühe konnten ein paar ältere Männer sie wieder davon abbringen.

Am Nachmittag reichte der Zug der Arbeiter aus der Moskauer Vorstadt von der Ecke Turgenjewstraße bis zum Zentralmarkt, und immer noch schlossen sich Menschen an. Es war schon dämmrig, als sie bei der Eisenbahnbrücke ankamen und plötzlich ein halbes Lehrbataillon von Unteroffizieren ihnen den Weg versperrte. Sophie, erschöpft, gerade dabei, ihre Ausrüstung zusammenzupacken, wurde unsanft von hinten gestoßen. »Vorwärts! Den Weg freimachen!« riefen immer mehr Stimmen aus den hinteren Reihen nach vorne, wo Polizisten versuchten, die Menge auseinanderzutreiben. Sophie bahnte sich den Weg zur Seite, aus dem Zug heraus und folgte einem jungen Mann, der auf die Eisenbahnbrücke zulief. Ein ganzer Teil der Demonstranten rannte jetzt ebenfalls zurück und auf die Brücke zu. Wenig später warfen sie von oben herab Steine auf die Soldaten, die nun auch von den Männern in den ersten Reihen angegriffen wurden. Während sie dem Trommelschläger des Lehrbataillons das Seitengewehr herunterrissen und sich auf die Unteroffiziere stürzten, wurden Revolverschüsse in die Luft abgegeben. Dann plötzlich – es kam Sophie vor, als sei sie aus dem Boden gewachsen – überall berittene Miliz. Im nächsten Augenblick ertönte das Kommando, scharf zu laden. Einige der Frauen, mit Kindern an der Hand, rannten bereits schreiend davon, da kam der Befehl »Feuer!«

Die Soldaten schossen. Die Menge stürzte auseinander, einige warfen sich auf die Soldaten. Noch einmal kam der Befehl, und die Schüsse krachten. Sophie riß die Kamera hoch. Als habe sie das alles schon einmal erlebt: schwarze Pferdebeine im Weiß, schnelles Wenden, zertrampelter Schnee, ein Wollmantel, der Schrei einer alten Frau, einer Mutter, die sich vor die Pferde wirft, der Hieb eines Soldaten vom Pferd herab, Blut, das unwirklich spritzt. Die dunkle Masse von Menschen, die zurückweicht auf den verschneiten Bahndamm ... die Schreie der Frauen, der Männer ... das Schnauben der Pferde, das Weiß im Auge, Wiehern, die scharfen Kommandos und noch einmal ... Schüsse. Krieg.

Sie war überall zugleich. Photographierte die Soldaten auf den Pferden, die weinenden Frauen, das Blut im Schnee. Plötzlich schlug ihr einer der Berittenen die Kamera aus der Hand, packte sie am Mantel, warf sie fast um. Sophie sah gerade noch, wie ein junger, dunkelhaariger Mann sich auf ihre Kamera stürzte und damit fortlief. Empört fuhr sie herum, hörte, wie die Naht ihres Mantel im Rücken der Länge nach aufplatzte, der Kragen abriß. Sie blickte in das Gesicht eines jungen verdutzt aussehenden Soldaten, der ihren Mantelkragen in der Hand hielt. Dann rannte sie fort, auf die Ecke zu, hinter der der Mann mit ihrer Kamera verschwunden war. Niemand folgte ihr. Gleich hinter der ersten Häuserecke wartete der Dunkelhaarige auf sie, sich immer wieder ängstlich umblickend. »Hier«, sagte er, außer Atem, und gab ihr den Apparat zurück. Seine Hände zitterten, sie erkannte einen Schauspielerkollegen von Johannes, Corinna mußte ihn einmal mit nach Hause gebracht haben. »Bringen Sie die Bilder in Sicherheit, das sind wichtige Dokumente, die der Welt gezeigt werden müssen.«

Vom Bahndamm war die Menge verschwunden. Fassungslos starrte Sophie auf die Menschen, die im Schnee liegengeblieben waren. Es mochten an die zweihundert sein. Tote, Verwundete, Frauen und Kinder darunter. Die Militärs begannen sich zurückzuziehen, in Richtung zum nahen Polizeipräsidium. Kaum waren sie fort, kamen von überall her die Leute zurückgelaufen, einige warfen sich schreiend über die reglos am Boden liegenden Körper. Nicht weit von ihnen tauchten zwei Berittene auf. »Verschwinden Sie schnell«, drängte der junge Mann, und Sophie gehorchte, rannte die Straße hinab Richtung Düna-Markt, rannte, bis die kalte Luft ihr den Atem nahm.

Als sie das Haus ihrer Eltern betrat, saß Lina auf dem Teppich im Wohnzimmer und spielte mit den bunten glänzenden Weihnachtskugeln. Der Weihnachtsbaum, normalerweise am Dreikönigstag auf die Straße geworfen, stand in diesem Jahr noch immer. Keiner hatte daran gedacht, ihn fortzuschaffen. Sophie trat ein, noch keuchend von der Anstrengung des Laufens in der kalten Luft. Sie sah, wie ihre Tochter erschrak, doch sie konnte in diesem Moment nichts zu ihr sagen. »Corinna«, rief sie durchs Haus. Bleich tauchte ihre Schwester aus dem Schlafzimmer auf.

»Wie siehst du denn aus, Sophie! Was ist denn um Gottes willen passiert! Dein Mantel!«

»Mir geht es gut«, erwiderte sie kurz, noch immer völlig außer Atem. »Aber wieso bist du hier? Ich dachte ...« sie brach ab.

»Ich habe geschlafen, hatte solche Kopfschmerzen.«

»Corinna! Sie haben am Bahndamm Hunderte von Menschen erschossen. Mindestens doppelt so viele verwundet!«

Jetzt erst fing sie an, wirklich zu begreifen. Im nächsten Moment standen die Schwestern weinend, eng umschlungen im Wohnzimmer. Keine von beiden bemerkte, wie Lina ganz leise die Tür öffnete und hinauslief in die Küche zu Marja.

V

Schwärme winziger, glänzender Vögel flatterten am Himmel. Ließen sich herabfallen auf die Erde, blieben liegen im Schnee. Lina lief auf sie zu, da huschten sie fort, gerade so weit, daß sie wieder ein paar Schritte laufen mußte. Da saßen sie und rollten mit ihren kleinen grünen Smaragdaugen, bis sie wieder auf sie zulief. So hatten sie Lina mitgelockt, immer weiter fort von zu Haus. Als sie aufsah, war sie in einem anderen Land. Auf dem Schnee wuchsen rosafarbene Orchideen, von irgendwoher kam Schlittengeläut. Sie rieb sich die Augen. Nun tauchte der Schlitten auf, dessen Glöckchen sie gehört hatte. Er war zierlich und ganz aus Glas, und ein weißer Hirsch zog ihn. Ein Kind saß darauf, ein Mädchen im rosafarbenen Blütenkleid, eine Orchideenelfe. Es lächelte sie an, ganz sanft, kam näher und näher. Schließlich war es so nah, daß sie sich in die Augen sehen konnten. So nah, daß sie den Atem spürte auf ihren Wangen, eine Hand, die sie niederdrücken wollte, und unruhig bewegte sie sich hin und her.

»Lina!« sagte das Mädchen zu ihr. »Lina!«

Noch einmal rieb sie sich die Augen. Da war es die Mutter mit dem Märchenbuch in der Hand, die auf der Bettkante saß und ihr die kühle Hand auf die Stirn gelegt hatte.

»Lina, Lina. Du mußt doch gesund werden.« Sophie sah Marja an, die neben ihr stand. »Marja, ich bitte Sie. Wenn das Fieber wieder steigen sollte, holen Sie mich sofort.«

»Natürlich, gnädige Frau. Ich bleibe in Linas Nähe.«

Seit dem Tag der Erschießungen, war Lina krank. Sie war so empfindlich, jede Aufregung schlug sich bei ihr sofort körperlich nieder. Die Angst, die sich so in ihrer Tochter Ausdruck verschaffte. Vielleicht würde für Lina der Geruch von Tannennadeln und Lebkuchen, von Bienenwachskerzen und Zimt immer mit einem vagen Gefühl der Bedrohung verbunden bleiben, dachte Sophie manchmal.

Und noch immer keine Nachricht von Albert! Als Sophie um die Mittagszeit auf die Straße trat, tauchte im gleichen Moment aus einem der verschneiten Gärten gegenüber ein Mohr in seidenen, rot und grün gestreiften Pluderhosen auf, der einem Sultan einen Schirm aus Pfauenfedern über den Kopf hielt. Der Sultan selbst trug einen prächtigen Mantel und einen Turban, in dessen Mitte ein Smaragd funkelte, gerade so, wie in den Augen der glänzenden Vöglein im Märchen. Im ersten Augenblick glaubte Sophie an eine Sinnestäuschung. Verwundert sah sie dem Paar nach, wie es durch den Schnee in Richtung Innenstadt ging. Erst als sie ins Schaufenster des Papiergeschäfts von Merkel blickte, wo eben eine große weiße Schnabelmaske ausgelegt wurde, verstand sie: Es war Karneval. Die Zeit der Masken. Bald Februar. Vor einem Jahr um diese Zeit war sie in Port Arthur gewesen. Ein Jahr schon her seit Kriegsausbruch! Und noch immer hatte dieser Alptraum kein Ende.

Wie jeden Tag ging sie als erstes am Schaukasten des Tageblatts vorbei, wo immer wieder das Verzeichnis der Personen ergänzt wurde, die sich aus Port Arthur gemeldet hatten. Sie kannte die Liste schon auswendig – Kapitän 2. Ranges Julissejew, Oberstleutnant Malygin, Kapitän Gobiato, Unterleutnant Nikoliski, Doktor Slutschewski. Kein neuer Name hinzugekommen seit Tagen. Dann entdeckte sie die Meldung der Agentur aus Tschifu: »Eine Dschunke mit 27 Nichtkombattanten, alles Kaufleute, darunter fünf Frauen, ist heute aus Port Arthur eingetroffen«, las sie. »Die Mehrzahl sind Angestellte der russischen und ausländischen Handelsfirmen, auch Handwerker darunter. Sie berichten, daß der Jägermeister Balaschow, die Ärzte des Roten Kreuzes, der Vorsitzende des Stadtrats, Werschinin, der Rentmeister Nejelow und viele russische Kaufleute sich noch in Port Arthur befinden.« Auch unter diesen Namen war Albert nicht vermerkt. Aber es war möglich, daß er sich noch in der Stadt befand. Diese ständige Ungewißheit!

Sie seufzte. Am Ende der Straße konnte sie schon den Herrn auf- und abgehen sehen, dessen Kinder sie zu Weihnachten portraitiert hatte. Er trug einen schwarzen Zylinder und einen Gehrock, stocherte ungeduldig mit seinem Stock im Schnee herum. Ein Kaufmann der Gilde von seinem Äußeren her, als sei er kostümiert. Alles maskiert, die ganze Welt. Er hatte angeboten, ihr ein kleines Atelier zu vermieten. Ein nach Norden gelegenes helles Zimmer im obersten Stockwerk seines Stadthauses, eine kleine Kammer dazu, die sie als Dunkelkammer einrichten konnte. Sie besichtigte die Räume und unterschrieb einen Vertrag. Endlich würde sie Gelegenheit haben, in Ruhe zu arbeiten. Auf dem Rückweg malte sie sich aus, daß sie nun endlich die Raffinessen und unterschiedlichen Effekte von Kohledruck, Öldruck und Brom-Öl-Verfahren ausprobieren könnte. Sie würde die Wirkung verschieden fetter Öle kennenlernen, die Behandlung des Gelatinepapiers im Pottaschebad, die Pigmentierung auf einem Silberbild, das Einfärben mit Kohle – endlich einmal mit den zahlreichen Möglichkeiten der Retusche experimentieren können. So viele Bilder hatte sie gemacht, gestochen scharf, das schien eine unabdingbare Voraussetzung. Jetzt aber wollte sie eingreifen in den Prozeß, das Bild verändern, die Spielarten der Manipulation ausreizen.

Als sie zu Hause ankam, lag dort ein Telegramm. Ihre Hände zitterten, als sie es nahm. Es kam von Albert. Er lebte. Er war bereits in Mukden und würde in spätestens sechs Wochen bei ihnen sein. Sie atmete tief durch. Dann stürmte sie in das Zimmer ihrer Tochter. »Lina! Du mußt gesund werden. Der Papa kommt und will dich sehen.«

Mit großen Augen sah Lina sie an. Papa? Im gleichen Augenblick wurde Sophie bewußt: Lina kannte zwar den Klang des Wortes, aber an Albert konnte sie sich ja unmöglich erinnern.

Und sie selbst. Jetzt mußte die Entscheidung fallen, die sie zugleich gefürchtet und herbeigesehnt hatte. Es war ihr, als würde sie einen Zug besteigen, der sich mit rasender Geschwindigkeit durch unbekannte Länder bewegte. Wann würde er anhalten? Wo würde sie dann sein?

VI

Der Bahnhof kam ihr an diesem kalten Märztag von weitem vor wie eine graue Riesenkrake. Die Fangarme der Züge, der gefräßige Bauch der Halle. Auf dem Weg von ihrem Atelier dorthin hatte sie das Gefühl, ihr ganzer Körper schwinge auf und ab, nur das Herz mit seinem festen Hammerschlag blieb an seinem Platz. Sie würde Albert von ihrer neuen Arbeit erzählen. Sie versuchte, sich sein Gesicht vorzustellen. Damals in Port Arthur, als sie ihn nach langer Zeit wiedergesehen hatte, war sie von seinem Äußeren überrascht gewesen.

Noch während der Zug in den Bahnhof rollte, entdeckte sie ihn hinter einem der Fenster des Speisewagens, mit einer Frau im Gespräch. Plötzlich, ohne daß sie hätte sagen können, warum sie sich so sicher war, glaubte sie zu wissen, daß es Johanna war. Als Albert aber ausstieg, war von der anderen Person nichts mehr zu sehen. Sophie verschluckte sich vor Aufregung, als sie ihn begrüßte. Auch er wirkte nervös. Ihre Umarmung eckig.

Umständlich griffen sie nach den Koffern. Als sie eine Tasche fallenließ, konnte sie sich des Eindrucks nicht erwehren, all dies schon einmal erlebt zu haben. Die gleichen Worte fielen, die Personen standen im gleichen Abstand voneinander unter den gleichen Lichtverhältnissen – bis ihr einfiel: Die Wirklichkeit war es, die sich wiederholte. Ebenso förmlich und unbeholfen hatte sie hier Stanton empfangen. Als könne Albert ihre Gedanken sofort erraten, geriet sie einen Moment lang aus der Fassung und fragte schnell: »Und wie lange bist du schon unterwegs?«

Bloß nichts anmerken lassen. Zuhören. Konzentration. Wie schlecht er aussah. Abgemagert, grau im Gesicht, krank. Zog er wirklich sein rechtes Bein nach? Eine Verwundung, von der sie noch nichts wußte.

»Das ist nichts«, sagte er, ihrem Blick folgend. »Das kommt wieder in Ordnung.«

Vier Monate lang hatte man ihn in einem japanischen Straflager festgehalten. Albert ersparte Sophie die Einzelheiten. Nur, daß er von einem britischen Ingenieur dort nach ihr gefragt worden sei. Cox sei sein Name gewesen.

»Cox?« Sie konnte sich kaum mehr entsinnen. »Er ist mit dir im selben Zug gereist.« Jetzt kam das Gesicht des Briten ihr wieder vor Augen. Am Baikalsee, angesichts des Eisbrechers, war er plötzlich redselig geworden.

»Er ist ein erfahrener Schiffbauingenieur«, bestätigte Albert. »Als Brite arbeitet er mit den Japanern zusammen. Ich konnte mich gelegentlich mit ihm unterhalten, ganz von Fachmann zu Fachmann. In dieser Hinsicht hat man mich gut behandelt.« Er brach ab. »Jedenfalls: Ich war entsetzt zu hören, wie viele Einzelheiten er mir über die Schiffe der russischen Flotte erzählen konnte, selbst über das neueste, das noch auf der Werft liegt. Er sagte, er habe die Information von einem japanischen Geheimdienstagenten. Auf der russischen Seite muß es riesige Vertrauensdefizite geben.« »Hat das auch mit Tung zu tun?« »Genau das wollte ich damit ansprechen. Tung gehörte wohl zu diesem Spionagering. Wie du richtig vermutet hast, ein Japaner. Einer von den vielen Hunderten, die Rußland unterwandert haben. Er wurde auf dich angesetzt, nachdem ich damals meinen vermeintlichen Mandschuren in Port Arthur mit deiner Reisebegleitung betraut hatte. Der blieb, wahrscheinlich weil er Spezialist für Werftspionage ist, in Port Arthur, leitete aber alle Informationen nach Tschemulpo, von wo aus, wie man jetzt weiß, die Fäden gezogen wurden. Man suchte statt seiner Tung zu deinem Begleitschutz aus.« »Wieso Schutz? Schickte man wirklich jemanden, um mich zu beschützen?« »Ja«, Albert zögerte jetzt. »Ja – allerdings aus anderen Gründen als ich. Man wollte nicht, daß du dich beobachtet fühltest. Also war es am unauffälligsten, dir den Agenten direkt an die Seite zu geben. Du wußtest nicht, wie der Mann aussah. Jemand muß meine Briefe nicht nur abgefangen, sondern auch noch entsprechend präpariert haben.« »Ich habe mich immer gewundert, weshalb deine Briefe damals alle gleichzeitig eintrafen.« »Ich muß von Anfang an, während meiner Arbeit in Kronstadt schon, auf ihrer Liste gewesen sein«, sagte Albert kopfschüttelnd. »In St. Petersburg müssen bereits die ersten Drahtzieher gesessen haben.« »Deshalb vielleicht sollte ich Tung in St. Petersburg treffen«, setzte Sophie hinzu. »Und nicht erst in Moskau.« »Das Spionagenetz der Japaner ist mehr als perfekt.« Unruhig lief Albert im Zimmer auf und ab. Sophie sah ihn plötzlich wieder wie damals, in Dänemark, als er in seinem Kinderzimmer mit der niedrigen Decke, den Kopf zwischen die Schultern gezogen, hin- und herlief und ihr von den Entwicklungen im Flottenbau erzählte. Damals schon war er nicht ganz aufrichtig mit ihr gewesen. Aber sie hatte es noch nicht gewußt, war verliebt in ihn, hatte gerade seine Zeichnung von der Ewigkeitsmaschine gesehen. Was war aus seinen wunderbaren Plänen geworden! Schwimmkräne für einen Krieg. Reparaturarbeiten, seine Ideen von den Mühlrädern der Verwaltungen zerrieben.

»Es war geplant, daß Tung die Zeichnungen, die du dabei hattest, an sich bringen sollte, und zwar spätestens bis Irkutsk, um dann zu verschwinden. Aber er fand nicht, wonach er suchte.« »Dank des dicken Holzbauchs der Matruschka«, sagte Sophie. »Weil Männer eben von außen und nicht von innen denken«, wiederholte sie Stantons Bemerkung von damals. Albert brauchte einen Augenblick, um zu begreifen, was sie meinte. »Tung fand nichts und geriet in Panik, erstattete den Verbindungsmännern, die auf den Bahnhöfen postiert waren, Bericht. Man beschloß, einen Spezialisten anzusetzen und gegen Tung auszutauschen.« Er zögerte. Sophie sah ihn verwundert an. »Woher weißt du das alles?« Albert war deutlich anzumerken, daß er sich höchst unwohl in seiner Haut fühlte. »Nun. Nachdem Cox von mir erfahren hatte, daß du in seinem Zug mitgereist warst – denn davon und von Tung wußte er damals nichts – hat er sich meinetwegen darum bemüht, mir eine möglichst lückenlose Aufklärung zu liefern. Er konnte sich nämlich – im Gegensatz zu dir – sogar sehr gut an dich erinnern«, sagte Albert mit Nachdruck und musterte sie einen Augenblick so genau, daß sie plötzlich dachte: O Gott. Cox hat mich immer nur mit Stanton gesehen. Was wird er Albert erzählt haben?

»Nach allem, was passiert ist«, fuhr Albert in einem Ton fort, daß Sophie überzeugt war, darin eine Anspielung auf ihren eben gedachten Gedanken heraushören zu müssen, »glaubte er wohl, mir das schuldig zu sein.« Wieder machte er eine Pause. »Und?« drängte Sophie, ihrerseits nervös geworden. »Ja. Also: Der Spezialist bekam deine Beschreibung. Eine alleinreisende, deutsch sprechende Frau, um die dreißig, dunkle Haare, groß. Tung verschwand wie geplant vor Irkutsk von der Bildfläche. Und dann kam es, verzeih, ich muß dir das sagen, zu einem entscheidenden Fehler – vielleicht wegen der überperfekten Organisation der Japaner.« Fast unhörbar setzte er hinzu: »Der Mann erwischte das Abteil der Berliner Modistin.«

Er hatte den Satz noch nicht ausgesprochen, da hielt Sophie sich die Hand vor den Mund, unterdrückte ihren Aufschrei. In solcher Gefahr hatte sie also geschwebt! Sie hatte Tung von Anfang an mißtraut. Ihr Gefühl war richtig gewesen. Der schrecklich sinnlose Tod der jungen Berlinerin. Ein Fehler und aus!

Diese ganze brutale Maschinerie. Sie sah das Abteil so gestochen scharf vor sich, als hätte sie es photographiert: den aufklaffenden Hals der Frau, ihre Speiseröhre; das Blut auf dem Laken, auf dem Teppich. Die Abendsonne, die den Fleck plötzlich aufleuchten ließ. Warum bloß redete Albert schon wieder ohne Unterlaß? Wieso nahm er sie jetzt nicht in die Arme, versuchte sie zu trösten?

»Es ist mir allerdings ein Rätsel, wie das überhaupt passieren konnte«, sagte Albert statt dessen. »Selbst wenn die Beschreibung von dir auf die Berlinerin gepaßt hätte – sie reiste schließlich in Begleitung ihres Bräutigams und du allein.«

Er redete wie ein Automat. Wie hatte er es wagen können, sie einer solchen Gefahr auszusetzen. Stanton! Sie war in Stantons Abteil gewesen, fiel ihr jetzt ein. Sie verdankte Stanton ihr Leben! Sie spürte Tränen aufsteigen. »Allerdings – auch auf diese beiden war, wie man mir sagte, jemand angesetzt. Auch sie wurden beobachtet – wenn auch aus völlig anderen Gründen. Es ging um irgendwelche Holzgeschäfte in Korea.« Es gelang ihr nicht, die Tränen zurückzuhalten. Stanton! Die Berlinerin! Albert brach ab, verunsichert über ihr Weinen. »Nun denn, im Krieg herrschen eben eigene Gesetze«, sagte er in erzwungen ruhigem Ton.

Sollte dieser Satz sie etwa trösten? Er schien den Fall als abgeschlossen zu betrachten. Kein Schuldeingeständnis seinerseits. Der Tod der Frau für ihn bereits abgehakt? Er kam ihr so viel kälter vor als früher. Sie weinte, er schwieg. Ja, sie war in Stantons Abteil gewesen. Ja – und zum Glück! setzte sie in Gedanken nun trotzig hinzu. Eine Verwechslung hatte also sehr nahegelegen. Der kranke Bräutigam einerseits. Ihr Aufenthalt in Stantons Abteil andererseits. Albert hatte sie in Todesgefahr gebracht. Stanton hatte sie gerettet. Nein, sie würde Albert nicht über die Einzelheiten aufklären. Es war zu spät.

Jeden Morgen verließ sie frühzeitig das Haus und ging in ihr

Atelier. Manchmal, wußte sie, stand Albert hinter der Gardine und sah ihr nach. Umkehrung der Verhältnisse. Es fiel ihm sichtlich schwer, sich an seine neue Rolle zu gewöhnen.

Systematisch sichtete sie die Negative von der Reise. Cox. Eine Aufnahme von der Berlinerin. Sophie lief ein kalter Schauer über den Rücken. Wenn sie selbst nun in ihrem Abteil, der Bräutigam der Berlinerin nicht krank gewesen wäre. Sie nahm die Lupe zu Hilfe, vergrößerte den Ausschnitt. Im Hintergrund entdeckte sie Stanton. Ihr Herz schlug höher. Er war ihr Retter gewesen. Sie vergrößerte seinen Kopf, einmal und noch einmal, bis das Bild so körnig wurde, daß man die Züge nicht mehr erkennen konnte. Ihr Versuch, sich ihm zu nähern, zum Scheitern verurteilt.

*

April. Mai. Juni. Monate der Rekonvaleszenz. Albert brauche Ruhe, hatte der Arzt verordnet. So verbrachte er die Zeit zu Hause. Saß gelegentlich an seinem Schreibtisch im Arbeitszimmer, der bedeckt war mit Konstruktionszeichnungen. Erfahrungen aus Port Arthur könnten sich verwerten lassen. Verbesserungvorschläge. Während er Sophie nur an den Abenden sah, verbrachte er mit der Tochter ganze Tage. Kaum, daß das Wetter schön wurde und die Sonne sich zeigte, lief er ins Kinderzimmer hinüber, in dem ein chinesischer Fächer, den Sophie ihr aus Port Arthur mitgebracht hatte, neben einem Hampelmann aus Buntpapier hing. »Möchte meine schöne kleine Tochter vielleicht mit mir nach draußen gehen?« rief er.

Sie war begeistert von diesem großen Mann, der ihr auf seinen Spaziergängen manchmal übermütig seinen Hut auf den Kopf stülpte, der ihr Eis kaufte, soviel sie wollte, und der sie, wenn sie nicht mehr laufen konnte, auf seine Schultern setzte. Und Albert, glücklich über diese neue, wiedergeschenkte

Tochter im weißen Kleidchen und Lederstiefelchen, mit einem breitkrempigen Strohhut auf dem Lockenkopf, führte sie aus, zeigte ihr den jungen Tanzbären, den sein Besitzer, ein dicker Mann mit einer Melone auf dem Kopf, mit dem Milchfläschchen großzog.

Nach ihren Ausflügen landeten sie oft in der Küche bei Marja, die ihnen Kakao und Kuchen vorsetzte, manchmal Flickerklops, Rigaer Manna oder ein Glas von den eingemachten Blaubeeren. »Wie habe ich es so lange ohne die Tochter ausgehalten?« fragte er das Mädchen. Die lachte zur Antwort. »Linatschka, Linetschka, was hat sie für ein Glück!« Und Lina schrie übermütig: »Linetschka Einglück!«

Die Abende dieses Sommers, dem ersten, in dem sie nur für wenige Tage nach Jurmala fuhren, da Sophie zuviel zu arbeiten hatte, saßen Sophie und Albert im Wohnzimmer zusammen. Das Pendel der Standuhr schwang regelmäßig. Albert rauchte, sie tranken eine Flasche Wein, lasen. Manchmal glaubte sie gar daran, alles könne wieder so wie früher sein. Als gehörten Stanton und Johanna in die Geschichte zweier anderer Menschen.

Aber dann, kaum hatte die Uhr halb zwölf geschlagen, verspürte sie eine Unruhe. Wollte um jeden Preis vor Albert zu Bett gehen, bereits schlafen, wenn er das Schlafzimmer betrat. Sie fürchtete den Augenblick, in dem er sie berühren würde. Ertrug seine Umarmungen nicht, ein Widerstand ihrer Haut, gegen den sie machtlos schien. Mit der Zeit. Mit der Zeit würde vielleicht alles wieder normal werden. Aber wollte sie das denn? Schon die bloße Vorstellung daran bedrückte sie. So vieles hatte sie noch vor im Leben. Auch wenn sie nicht genau wußte, um was es ihr eigentlich ging. Nur in manchen Augenblicken eine Ahnung, flüchtig wie der Schatten einer schnell dahinziehenden Wolke, daß es etwas mit dem zu tun haben könnte, was das Leben eines Künstlers auszufüllen vermag.

Im September traf ein langer Brief von Ashton aus Spanien ein. Leider hätte eine dünne Dunstschicht die Sonne bedeckt, und so seien nur mäßige Aufnahmen der Korona entstanden. Der nächste Termin sei im Januar 1907 in China. Seine Einladung an Sophie halte er aufrecht.

Albert hatte wieder zu arbeiten begonnen. Bald schon kam ein Auftrag für das neue Jahr, zwei Monate in Kopenhagen. Weihnachten feierten sie noch gemeinsam, doch schon zum Dreikönigstag mußte er fort. Kurz vor seiner Rückkehr, einem naßkalten Märztag, an dem Schneeschauer durch die Straßen fegten, traf ein Brief für ihn ein. Ein weißer Umschlag mit dem Siegel des Zaren. Als Sophie das Kuvert auf das Messingtablett für die Post stellte, so, wie schon einmal, hatte sie das Gefühl, das Leben drehe sich im Kreis.

Albert sah den Brief bei seiner Ankunft sofort, las ihn aber nicht gleich, als scheue er selbst davor zurück. Ging erst in Linas Kinderzimmer, hob seine Tochter auf den Arm, wirbelte sie durch die Luft und rief: »Ich habe dir etwas mitgebracht.« Erwartungsvoll setzte er sie wieder auf dem Boden ab und gab ihr sein Geschenk. Sie packte es aus, eine bunt bemalte Holzmarionette kam zum Vorschein. Albert nahm sie Lina aus der Hand und zeigte ihr, wie man sie zum Leben erwecken konnte. Die Tochter schien ihm zurückhaltender als früher mit ihrer Freude, bedankte sich artig. Enttäuscht fragte er, ob sie ein Eis essen gehen wolle?

Sie schüttelte den Kopf.

Was, nicht? Sei sie etwa krank? Sie antwortete nicht. Ratlos stand er in ihrem Kinderzimmer, das Spielzeug in der Hand, plötzlich selbst eine hölzerne Gliederpuppe, die niemand bewegte. Was sollte er jetzt mit ihr anfangen? Sophie, die die beiden beobachtet hatte, schwieg. Er mußte seine eigenen Erfahrungen mit der Tochter machen. Sie wußte, Lina ließ sich nicht mehr bestechen.

Sophies Ahnungen sollten sich bestätigen. Dieses Mal Sewastopol. Ab Juli, ein großes Bauvorhaben im Hafen auf der Krim, für mindestens ein halbes Jahr, möglicherweise ein ganzes. Nach Wochen erst sein Versuch, mit ihr darüber zu sprechen. Sie wich ihm aus. Schließlich fragte er sie vorsichtig: »Wirst du mit mir kommen?«

»Nein, Albert«, entgegnete sie.

»Unser Leben dort könnte sehr schön werden. Du könntest photographieren. Motive finden, die du anbieten kannst. Vielleicht eröffnen sich für dich ganz neue Perspektiven.« Er wußte genau, womit er sie reizen konnte.

»Ich habe mir gerade das Atelier aufgebaut. Ich will nicht wieder fort.«

»Aber bedenk doch, Sophie. Wie viele Jahre kennen wir uns, wie viel Zeit haben wir miteinander verbracht, wie vieles gemeinsam durchgestanden. Willst du denn das alles aufgeben?«

Sätze der Beschwörung, dachte sie. Und sie klangen so verdächtig geläufig. Eingeübt beinahe, als habe er sie sich selbst mehrfach vorgesprochen. Mit diesen Worten mochte er sich von Johanna getrennt haben. »Nein, Albert. Ich bleibe. Auch wegen Lina.« Ihr war nicht wohl zumute. Albert spürte, daß all dies nicht die wirklichen Gründe waren. Vorgeschobene Vernunft. In Wirklichkeit – sie wagte es nur nicht auszusprechen – wußte sie, daß das Ende gekommen war. Sie empfand nichts mehr für ihn. Leere. Die Ewigkeitsmaschine war stehengeblieben.

*

Albert tat, als sei nichts geschehen. Im Juni fuhren sie noch einmal gemeinsam in ihre Sommerresidenz nach Jurmala. Kaum dort, bekam Sophie den Auftrag, Hochzeitsbilder zu machen – in der kleinen Kirche auf dem mit Buchen bestandenden Hügel. Sie holte die Diaphanie hervor, die sie damals vom Fenster gemacht hatte, hielt sie gegen das Licht. Gerade kam die Sonne hervor und ließ das rote Kleid der Frau aufleuchten. Lina war begeistert, Sophie schenkte ihr das Bild. Gleich lief ihre Tochter damit in die Küche, um es von Marja bewundern zu lassen. Wenig später, als sie an der offenen Küchentür vorüberging, hörte sie, wie das Kindermädchen Lina von der Legende des Bräutigams ohne Braut erzählte. Von nun an vielleicht, dachte Sophie, würde ihre Tochter träumen von der Frau im roten Kleid.

Sie fuhr zurück in die Stadt. Doch an dem Vormittag, an dem die Hochzeit stattfand, trübten dunkle Wolken den Himmel und bald fiel der Regen in langen dünnen Fäden. Ungenügendes, diffuses Licht herrschte im Innern der Kirche, so daß Sophie sogar ihren Blitz einsetzen mußte. Bis zum nächsten Jahr würde das Paar im Fenster nun weiterhin verborgen in dem blinden Glas zwischen den Bleistegen warten müssen.

Wenige Tage nach Johannis kam endlich der Sommer. Die Regenwolken lösten sich auf, und der Himmel blieb noch lange hell vom Licht der Dämmerung. Ein lauer Wind wehte, der sehnsüchtig machte. Von einer Unruhe erfaßt, lief Sophie in den Garten, verließ ihn wie oft an anderen Abenden zuvor, folgte einem der weißen Feldwege entlang der duftenden Wiesen. Auf den kniehohen Gräsern glänzte das Sonnenlicht wie rötliches Kupfer; der Wind trieb grüne Wellen durch das Meer der Gerstenfelder.

Ihr war zumute, als solle alles direkt in sie hineinfließen, als würden die Lerchen, die jetzt überall von den Feldern aufstiegen und sangen, sie selbst mit in den Himmel ziehen wollen, fort von hier. Sie blieb stehen. Weit erstreckten sich die Wiesen, die Felder; der Föhrenwald die ganze Küste entlang. Der weiße Feldweg hinter ihr verlor sich in einem Bogen, der Mond stieg rötlich über den Horizont. Vor ihr im Gegenlicht der untergehenden Sonne wurde eine einzelne Dolde hervorgehoben:

Schwarz, übergroß erschien sie in dem millionenfachen Wachsen in der Wiese. Dann verschwand die feurige Kugel, hinterließ einen goldenen Rand in den Wolken, ließ die Farben von West nach Ost auslaufen, orange, violett, blau. Die Dolde war verschwunden. Ein erster Stern, Venus mußte es sein, am Abendhimmel. Schon wurde es kühler, bekam alles einen metallischen Glanz. Sie schritt aus. Diese Farben. Dieses Licht.

Während ihrer Abwesenheit hatte Albert im Garten gestanden und zugesehen, wie die Sonne unterging, die Nadeln der Föhren rötlich vergoldete. Hatte gesehen, wie der Mond seinen Glanz auf den Rhododendron warf und jedes einzelne Blatt der wuchernden Kapuzinerkresse hervorhob. Venus. Auf einmal war ihm bewußt geworden, daß er an diesem Abend alles mit Sophies Augen sah. So, in diesen Einzelheiten, die das Licht spiegelten, hätte sie alles photographiert. Und so sicher, als hätte sie es ihm gesagt, wußte er: Sie würde nie mehr zurückkehren zu ihm. Und er würde für immer gehen.

Aufgewühlt lief er zurück ins Haus, spürte, wie sein Herz bis zum Halse klopfte, wollte im ersten Impuls ins Kinderzimmer hinauflaufen zu Lina – und hielt mitten auf der Treppe inne, ging langsam zurück. In diesem Moment entstand Sophies Abbild auf seiner Netzhaut: wie sie aus dem Schaukelstuhl der Veranda aufstand, die bodenlangen Vorhänge vor die Fenster zog, eine Kerze anzündete und in ein Windlicht stellte. Wie sie ihnen aus der Weinflasche in die kleinen Gläser mit den schlanken grünen Stielen, die seine Eltern ihnen zur Hochzeit geschenkt hatten, eingoß, Rheingauer Riesling.

Wie sie später die leere Flasche auf den Boden setzte, die Verandatür schloß, die Holztreppe hinaufstieg, ganz leise noch einmal die Tür zu Linas Zimmer öffnete, wieder schloß. Dann in ihr – ihr gemeinsames – Schlafzimmer ging und sich vor dem Spiegel das Haar kämmte. Er lief. Lief und lief, den Weg weiter, der sich von nun an fortsetzen würde in die Welt. Und wußte: Der Ausgangspunkt war auf immer dieses kleine Holzhaus unter den Föhren am Strand von Jurmala, das er einmal so geliebt hatte.

Als Sophie das Haus betrat, waren die Vorhänge vom Fenster zurückgezogen, die Kerze im Windlicht herabgebrannt. Sie setzte sich in den Schaukelstuhl. Albert. Sie konnte nichts anderes denken. Albert war heute abend fortgegangen. Sie spürte es mit derselben Gewißheit, als hätte er es ihr ins Gesicht gesagt. In dieser Nacht blieb sie sitzen auf der Veranda, sah zu, wie der Mond über den Himmel wanderte, unterging. Sie schenkte sich aus der Flasche ein, die Albert noch aus dem Keller geholt hatte. Ganz langsam, Schluck für Schluck, betrank sie sich – an diesem Abend, dieser Nacht, diesem Wein.

Einmal noch telephonierten sie. Noch einmal trafen sie sich in ihrem Haus in Riga. Albert fast stumm bei dieser Begegnung. Er betrachtete sie, als glaube er ihr die Entscheidung noch immer nicht. Es tat ihr weh, besonders in diesem Moment. Glaubte er denn, sie habe diesen Entschluß treffen können ohne Schmerz, ohne Verwundung? Sie mußte sich am Türrahmen festhalten, als er ging, die Beine wollten ihr wegsacken. Sie fühlte sich fortgerissen in ein strudelndes dunkles Meer, alles in ihr schrie: Halt, kehr um, du bist verrückt, Sophie! Dies ist das endgültige Ende, ist dir das klar? Aber durfte man ein Leben leben, das an dem, was man eigentlich wollte, vorbeiging – auch wenn es sich nicht klar abzeichnete, auch wenn vielleicht nur knapp? Kein Ton kam aus ihrer Kehle. Sie hätte ihn nicht wieder begleiten können. Aber sie konnte auch nicht wieder auf ihn warten. Zu fremd waren sie sich geworden. Dieses Mal mußte er allein gehen.

»Wir müssen beide tun, was wir tun müssen«, sagte sie. »Du kannst nicht anders handeln – und ich auch nicht.« Albert erwiderte nichts, packte seine Koffer.

Am nächsten Tag nahm er den Zug. Vielleicht, dachte Sophie, war Johanna schon bei ihm.

VII

Schon von draußen durchs Fenster konnte Sophie ihre Eltern im gelben kreisrunden Schein der Stehlampe im Wohnzimmer sitzen sehen, zwischen sich eine Flasche Wein; die Mutter in eine leichte Handarbeit, der Vater in eine Zeitung vertieft, fast reglos die beiden grauhaarigen Köpfe. Der Spiegel ihrer Ehe mit Albert; sie war froh, daraus entkommen zu sein.

Sie betätigte den Türklopfer und sah im selben Moment, wie die beiden sich überrascht anblickten – wer mochte um diese Zeit noch unangemeldet kommen? –, dann erhob sich ihr Vater, und sie hörte seinen Schritt den Flur entlangkommen. Sie nahm allen Mut zusammen. Kaum war sie ins Wohnzimmer getreten, teilte Sophie den beiden ihre Entscheidung mit. Albert sei bereits fort.

Ihre Eltern waren entsetzt. Der Vater ließ sich schweigend in seinen Sessel sinken, während die Mutter ärgerlich aufbrauste. Ein Schwall von Vorwürfen. Sophies Dummheit. Ihre Sturheit. Sie würde sich noch ganz schön umgucken. Wie konnte sie bloß! Der arme Albert. Während der Vater schließlich fragte, ob sie wirklich wisse, was sie tue, wandte die Mutter sich ärgerlich schweigend von ihr ab. Wollte ihrer Tochter nicht einmal die Hand geben zum Abschied. Verweigerte sie demonstrativ mit den Worten: »Nein, Sophie. Das kann ich nicht.« Sophie hatte nicht auf ihr Verständnis gehofft. Sie wußte: Die Mutterliebe dieser Frau war einer Pflichtauffassung entsprungen. O ja, ihre Pflicht nicht getan zu haben, konnte niemand ihr vorwerfen.

Und mehr war es eben auch kaum gewesen. Wenigstens herrschten jetzt klare Verhältnisse.

Allein fuhr Sophie nach Jurmala zurück zu Marja und Lina. Noch nie war ihr das Sommerhaus so trostlos erschienen. Sie versuchte sich einzureden, daß es an dem regnerischen Sommer lag, daß niemand aus der Familie sie in diesem Jahr dort draußen besuchte. Doch nicht das kühle Wetter war die Ursache. Als sie wieder in Riga waren, erkannte Sophie, daß alle sich von ihr zurückgezogen hatten. Corinna, die als einzige sie wohl verstanden hätte, war auf Ludwigs Drängen schon seit Monaten in der Schweiz zu einer Kur.

Zum ersten Mal in ihrem Leben wurde ihr bewußt, daß sie ganz und gar allein war. Eine neue Erfahrung. Und sie begriff, daß ihr Leben alles war, was sie hatte. Daß es enden würde mit dem Tod. Nichts darüber hinaus. Eine Erkenntnis, die ihr auch Kraft verlieh.

Das Alleinsein in diesen Monaten half ihr, die Erwartungen an andere niedriger zu schrauben. Ein neuer Schritt auf dem Weg, sich in den Menschen nicht mehr allzusehr zu täuschen, schrieb sie in ihr Tagebuch. Die Selbsttäuschung anderer klarer zu durchschauen und sogar Mitleid zu empfinden für diese verzweifelten Hoffnungen, das Leben möge mehr sein als dieses Tag-für-Tag, möge über den eigenen Tod hinausreichen, möge sich irgendwie durch irgendeine Kraft über sich selbst hinausheben.

»Heute«, sagte sie sich jeden Tag aufs neue. »Heute und heute und heute. Heute ist ein wichtiger Tag, vielleicht der letzte.« Was morgen kam, wußte man nicht.

Arbeiten. Den eigenen Garten bestellen. Immer wieder dieser Satz aus dem Buch, das sie zu Beginn ihrer Reise nach Port Arthur gelesen hatte. Ihre Arbeit das einzige, was jetzt noch zählte. Durch die eigene Arbeit zu einem eigenen Leben zu kommen, das hatte sie sich vorgenommen. Nicht mehr von anderen abhängen. Und zum Glück war die Nachfrage nach guten Bildern groß. Die Klarheit ihrer Arrangements, in der die von ihr Portraitierten eine gewisse Ruhe und Würde ausstrahlten, begann schon, ihr Erfolg einzubringen. Sie brauchte sich um Aufträge keine Sorgen zu machen.

Lina sah ihm so ähnlich. Und nur wegen Lina hatte Sophie ein schlechtes Gewissen. Aber dieser Zustand führte nicht zu mehr Nähe zwischen ihr und der Tochter, im Gegenteil. Die schrecklichen Mahlzeiten. Der leere Stuhl am Eßtisch. Das Schweigen zwischen Mutter und Tochter. Nur das Klappern ihrer Messer und Gabeln auf den Porzellantellern, das dumpfe Aufsetzen der Wassergläser aufs Tischtuch. Vielleicht würde dies einmal zu Linas frühesten Erinnerungen gehören. Aber auch das Mädchen auf der Schaukel, rote Schuhe vor hellgrünen Birken; Schwänefüttern mit Marja im Wöhrmannschen Park, eine Tüte voll alter harter Brotrinden, die sie zu kauen begann, mit viel Spucke, da wurde die Rinde weich. Kalt war es, trotz des Vorfrühlingstages, die Hände schnell wieder in den kleinen Muff gesteckt. Kind, du erkältest dich noch! Der Muff aus weichem Kaninchenfell, strenger Geruch von Mottenpulver. Ein kleiner Kragen paßte dazu, Iltis, manchmal hatte sie Angst vor den braunen glänzenden Glasaugen und der gespaltenen Zunge, die der Kürschner in die scharfe kleine Schnauze geklebt hatte, mit der das Tier sich selbst in den Schwanz biß.

*

Monate, nachdem Albert fort war, schrieb sie an Stanton. Wenige Wochen später, Ende November, stand er vor der Tür. Sie hatte gerade eine Familie zu einem Phototermin erwartet, glaubte ihren Augen nicht zu trauen. Vor Überraschung brachte sie kein Wort heraus.

»Du wirst mich doch wenigstens hereinbitten?« fragte er, sichtlich amüsiert über ihren Gesichtsausdruck.

Sie trat zurück, in diesem Moment waren von unten Schritte auf der Treppe zu hören, Mädchenlachen. Eine Frau rief: »Bitte nicht so albern, Kinder!« Das mußten ihre Kunden sein.

»Ich brauche noch eine Stunde. Kannst du so lange warten?«

»So lange du willst«, sagte Stanton. »In den Wein- und Austernstuben.« Sein Versuch, die Vergangenheit heraufzubeschwören?

Die Portraitsitzung wurde zur Katastrophe. Erst vergaß sie, die Platte in die Kamera zu schieben, dann stieß sie gegen das sperrige Stativ. Schließlich war nicht nur sie selbst, sondern auch die Mutter vollkommen entnervt, die beiden Mädchen spielten Fangen.

»Wie lange bleibst du?« lautete ihre erste Frage. Sie spürte noch immer ihr Herz klopfen, als sie sich in dem dunkel getäfelten Restaurant Stanton gegenüber an einen weißgedeckten Tisch setzte, so schnell war sie hergelaufen, geflogen fast, in einer Mischung aus besorgter und froher Erwartung. Womöglich ging sein Zug noch heute abend, wenn er nur auf Durchreise war

»Solange, bis du mit mir kommst.« Er wirkte ruhig und entschlossen.

»Du willst doch nicht sagen, daß du wirklich meinetwegen den ganzen Weg gekommen bist? Kein Auftrag, der dich zufällig vorbeiführt?« Er erwiderte nichts, betrachtete sie aufmerksam. Er schien sich überhaupt nicht verändert zu haben. Sie hatte das Gefühl, ihre kleine Welt, die sie sich eben erkämpft hatte, komme gleich zum Einsturz.

»Hast du Zeit in den nächsten Tagen?« Mühsam versuchte sie sich auf seine Worte zu besinnen. »Jetzt vor Weihnachten? Gerade jetzt wollen alle möglichen Leute Portraits, um sie ihren Familien zu schenken. Bei mir reiht sich Termin an Termin«, wich sie aus. Schließlich entsprach es ja auch der Wahrheit. »Und ein Wochenende? Wir könnten fortfahren.« »Dies Wochenende ist ganz und gar unmöglich. Schlag dir das aus dem Kopf. Irgendwann muß ich in die Dunkelkammer.« »Und das nächste?« Sie mußte plötzlich lächeln, es wurde warm in ihrem Innern, als beginne eine kleine Sonne von innen her zu strahlen. Mit seiner Beharrlichkeit hatte er sie an der richtigen Stelle getroffen.

»Und wohin soll es gehen?« Er lächelte sie an. »Wir fahren also«, sagte er siegessicher. »Ich möchte zuerst an den Ort, von dem du mir im Zug damals erzählt hast. Du weißt schon – die alte Kirche auf dem kleinen Hügel draußen am Meer.« Er goß ihr Wein ein mit jener Selbstverständlichkeit, die sie schon so oft an ihm bewundert hatte, aber, so dachte sie im selben Moment, auch an Albert. Es ist keine Lösung, Sophie, setzte sie für sich selbst scharf hinzu, andere für ihre Sicherheit zu bewundern. Du selbst mußt dahin kommen.

»Und wenn ich nein gesagt hätte?«

»Ich kann jederzeit weiterarbeiten. Aufträge, mehr als ich bewältigen kann. Reizvolle Projekte. Bei vielem könnte ich eine Photographin an meiner Seite gebrauchen.« Sie schwieg. Er hatte ihr ein Geschenk mitgebracht. »Goldene Kugeln – errätst du, was für welche?«

»Hoffentlich nicht solche, die einen Frosch herbeilocken«, sagte sie mit plötzlicher Ironie. »Was meinst du?« Statt einer Erklärung fragte sie: »Kennt man das Märchen vom Eisernen Heinrich nicht in Alaska?« Als sie den weißen Kasten öffnete, lagen darin sechs kandierte Persimonen.

Sein Zimmer diesmal in einem kleinen Hotel an der Düna. Wenn sie den Kopf hob, konnte sie im Spiegel die Nachttischlampe und den Schatten ihrer Körper an der Wand darüber sehen. Das karge Zimmer, der gelbe Bezug des Lampenschirms wurden ihr mit jeder Nacht vertrauter.

Am ersten Tag führte Sophie ihn zu der kleinen Kirche, die jetzt grau und uninteressant zwischen den kahlen Buchen stand. Das Fenster war natürlich dunkel, Stanton bat sie, ihm noch einmal die Legende, die sich darum spann, zu erzählen.

Dann fuhr er für ein paar Tage nach St. Petersburg. Einen Tag nach seiner Abreise kam ein neuer Brief von Ashton. Er habe von ihrer Scheidung erfahren. Nichts würde ihm mehr bedeuten, als sie zu trösten. Er gehe davon aus, daß sie seine Einladung zur Finsternisreise nach China diesmal annehme. Ein Zimmer im besten Hotel in Peking sei reserviert, auch die Tickets für die Bahn 1. Klasse. Anfang Januar käme er nach Riga, dann könne man alles weitere besprechen. »Alles weitere« hatte Ashton unterstrichen. Nur eine Stunde später wurde ein riesiger Strauß weißer Orchideen bei ihr abgegeben. Von Mister Ashton. Aus London. Sie rochen so süßlich wie sein Rasierwasser, und Sophie stellte sie hinaus in den Wintergarten.

Nein, nicht das noch. Verzweifelt warf sie den Brief ins Feuer. Auf einmal fühlte sie sich von allen Seiten her in die Enge getrieben, ihrer Freiheit beraubt. Warum verfügte man einfach über sie, über ihre Zeit. Warum erkannten Männer wie Ashton die eigenen Selbsttäuschungen nicht. Er würde es nie begreifen. Und du selbst? dachte sie. Oder Stanton? Sie wußte nicht einmal, ob sie sich auf das Wochenende mit ihm freute.

*

Es begannen die kühlen, grauen Wintertage. Sie hatten sich in einem der oberen Zimmer eines Gasthofs am Meer einquartiert. Sophie erlebte die Zeit wie herausgelöst aus dem üblichen Gefüge ihrer Welt. Jedesmal schien sich dieser Zustand mit seiner Gegenwart einzustellen. Sie liefen landeinwärts. Immer noch war das Rauschen des Meeres zu hören, obwohl die Bäume nun dichter standen. Tannen, ihre Äste bogen sich unter dem Schnee, der in der letzten Nacht gefallen war.

»Hörst du?« fragte er sie, und sie trat näher zu ihm. »Wenn wir über die Hügelkuppe gehen, wird es still werden.«

Vielleicht lag es an dem Pfad, der so schmal war, daß sie nicht nebeneinander liefen, er war schneller als sie. Immer wieder sah sie ihn schon ein ganzes Stück entfernt vor sich auf dem Weg. Nasses, braunes Laub lag am Boden. Manchmal grüne Pflanzen, die im Schnee besonders frisch aussahen. Plötzlich dazwischen ein Bild: eine chinesische Teebude, irgendwo auf der Strecke nach Port Arthur. Stanton brachte ihr eine Tasse dampfender heißer Suppe, hellrot, scharf gewürzt. Dann sah sie den Lichtspalt unter der Tür seines Kinderzimmers, seine junge Mutter. Er hatte ihr tatsächlich von Tokio aus geschrieben. Sie war gestorben, bevor er sie wiedersah. Seinen Brief aber, so hatte sein Bruder ihm erzählt, habe sie ständig bei sich gehabt.

Wie viele Schichten von Erinnerungen waren bereits zwischen ihm und ihr entstanden.

Er wartete auf sie an der Gabelung eines Weges. »Hier entlang«, sagte er und ging weiter. Dann drehte er sich noch einmal um, als wolle er etwas sagen, unterließ es aber.

Es war das letzte Mal, daß sie hier entlanggingen. Es war das letzte Mal, daß sie überhaupt zusammen liefen. Morgen würde sie ihn zum Bahnhof begleiten, er würde allein die Bahnfahrt über Berlin nach Hamburg antreten, von dort mit dem Schiff über den Atlantik. Amerika. Vielleicht würde er ihr noch einmal schreiben, ihr sagen, daß er gut angekommen sei. An sie denken. Danach würde sie vielleicht nie mehr von ihm hören. Es war ihre Entscheidung gewesen. Die ganze Zeit hatte er versucht, sie zum Mitkommen zu überreden. Was sie denn eigentlich zurückhielte?

Sie blieb ihm eine klare Antwort schuldig. Aber sie konnte nicht mit ihm gehen. Es würde mit ihm sein wie mit Albert. Ihr eigenes Leben passend zu machen für die Pläne eines Mannes – sie konnte es nicht. Ebensowenig wie Stanton sein Leben ändern könnte. Die Trennung von Albert war ihr schwerer gefallen, als sie erwartet hatte, war über ihre Kräfte gegangen. Kräfte, die sie nun dringend für sich benötigte. Jetzt zu gehen hieß, sie würde sich selbst verraten. Vielleicht, wenn der Zeitpunkt ein anderer wäre. Aber nach drei Wochen bestand Stanton auf einer Entscheidung.

Die Dämmerung hatte eingesetzt. In diesen Dezembertagen wurde es bereits gegen drei Uhr dunkel. »Und neblig«, sagte sie zu sich selbst. In der feuchten Luft klangen ihre Worte gedämpft. Es würde später sicher noch einmal Schnee geben. Keinen einzigen Weihnachtseinkauf hatte sie gemacht. Konnte niemanden beschenken in diesem Jahr, selbst Lina nicht, so sehr war sie mit sich selbst beschäftigt gewesen und mit diesem Mann, der vor ihr ging. Die Welt fortgetaucht. Wir werden uns nie wiedersehen. Wie zur Probe sagte sie seine Worte vor sich hin: »Wir werden uns nie wiedersehen.« Sie konnte es sich nicht vorstellen. Alles schien gleichermaßen bedeutungslos, bedeutungsvoll.

Die Stille kam plötzlich. Ohne daß sie es bemerkt hatte, war sie auf die Rückseite des Hügels gelangt. Das Rauschen des Meeres abgeschnitten. Sie schreckte zusammen, als mit dumpfem Klang ein Stück Schnee von einem Zweig auf den Boden fiel. Der weiße Boden, auf dem sich keine Entfernungen ausmachen ließen: Irgendwo ging er in den weißen Himmel über.

An der nächsten Gabelung blieb sie stehen. Ihr Blut pulsierte in den Schläfen. Sie hatte das Gefühl, ihr Kopf öffne sich, werde weit und lasse an einer seitlichen klaffenden Wunde die Kälte eindringen, schmerzlos. Die Stämme gerieten in Bewegung. Tanzten sie nicht, dort vor ihren Augen, lehnten sich zu zweit zusammen, in Gruppen zu dritt, wiegten sich hin und her?

In der Höhe der Wipfel über ihr ein langgezogenes Pfeifen,

wie von Straßenjungen. Wiederholte sich in unregelmäßigen Abständen, klagend und fragend zugleich. Dann der Schatten eines großen Vogels zwischen den Bäumen, ein Bussard. Ohne Flügelschlag glitt er zwischen den Stämmen dahin. Was mochte er suchen? Selten sah man diese Vögel allein. Auch wenn die Entfernung über einen Kilometer betrug, gab es immer irgendwo einen zweiten Bussard.

Die Feuchtigkeit kroch in die Kleider, der nasse Schnee weichte ihre Schuhe durch. Du mußt Lederfett nehmen, hörte sie plötzlich überdeutlich Alberts Stimme.

Wie lange hatte sie so gestanden? Sie kniff die Augen zusammen, um besser sehen zu können. Von der Anstrengung begannen sie zu tränen, der Wald verschwamm. Mit dem rauhen Wollhandschuh fuhr sie sich über die Lider. Alles glasklar für einen Augenblick. Seltsam, daß er an dieser Gabelung nicht auf sie wartete. Hatte er sie etwa bereits in die Vergangenheit verbannt? Ihre Trennung schon vollzogen, so daß sie jetzt, obwohl sie bei ihm war, nicht mehr für ihn existierte? War er innerlich vielleicht schon vorangeeilt, saß an dem Strand mit dem Holzhaus, von dem er ihr erzählt hatte, und würde gleich hinaussegeln mit seinem kleinen Boot zum Krebsefangen? Abends im Dunkeln, während in den Büschen die Zikaden sirrten, würde er die Meerestiere im Wasserdampf kochen, bis sie orangerot waren. Dann krachend die harten spröden Krebspanzer zertrümmern mit dem Schaft eines schweren Messers und das Fleisch, das so gut und weiß war, essen. Sie konnte ihn sehen im Gegenlicht aus der Küche, wie er sich auf die Stufen zum dunklen Garten hinaus setzte.

Mehr kann ein Mann für eine Frau nicht tun, hatte er schließlich gesagt. Und er hatte wahrscheinlich recht damit.

Sie sah den dunkleren Weg entlang, dessen von einem Fahrzeug aufgerissene Furchen nicht vollständig zugeschneit waren. Stand dort nicht jemand, etwas höher den Weg hinauf? Sie versuchte, genauer zu sehen. War das nicht seine Gestalt, die dort vor ihr ging? Dann plötzlich wieder im Nebel verschwunden. Er mußte es sein. Er hatte dort auf sie gewartet, es war ihm kalt geworden sicherlich, jetzt, wo sie endlich auftauchte, ging er weiter voran. Ich möchte mit dir reden, rief es in ihr, aber verhallte, ohne daß er es hätte hören können.

Warum willst du mit ihm reden? fragte sie sich selbst. Was gibt es noch zu sagen? Vielleicht durch das Reden Momente heraufbeschwören, die sonst unwiderruflich verlorengehen?

»Weißt du noch«, rief sie.

Er schien sich umzudrehen, nickte mit dem Kopf beim Gehen. Als wolle er sagen: Natürlich, bestimmte Dinge vergißt man niemals.

Nun war er doch stehengeblieben, um auf sie zu warten. Sie holte ihn ein. Schritt für Schritt.

Kurz bevor sie ankam, sagte er: »Wir könnten uns ein Haus kaufen, irgendwo an der kalifornischen Küste. Wir werden glücklich sein.«

Sie schwieg bedrückt. Plötzlich schien ihr der Wald in seinem Schnee wie ein Gefängnisgitter. Lief nicht ein unsichtbares Band von ihm zu ihr? Sie sah: Er glaubte daran, unerschütterlich, immer noch.

Deshalb blieb sie stehen: zuzuschauen, wie er sich abdrehte mit einem Schwung, langsam verschwand.

Fühlte sich nicht alles wärmer an plötzlich? Die Warmfront, die angekündigt worden war?

»Es tropft doch«, sagte sie laut. Tropft grau, der Stein, und springt. Wie möcht ich laufen jetzt, loslaufen, lassen, alles was dein ist und mein und recht, und es tropft, du, dunkelgrün, und die Brust ist uns weit und alles dahin, dahin.

Als sie den Gasthof betrat, die kleine Holztreppe zu ihrem Zimmer emporstieg, war sein Koffer aus der Ecke verschwunden. Nur seine Jacke, die nicht mehr hineingepaßt hatte, hing am Garderobenhaken und täuschte seine vorübergehende Abwesenheit vor. Sie wußte, er haßte theatralische Situationen. Kein Abschied. Kein Brief. Es gab nichts mehr zu sagen. Sie warf sich auf das frisch bezogene Hotelbett, vergrub das Gesicht in den Kissen. Heiß war es, wurde immer nasser, während sie weinte, hemmungslos. Sie spürte die Leere des Zimmers um sie her wie die Leere in sich selbst. Jetzt hatte sie es geschafft. Sie war allein. Wie das Wort nachhallte. Nichts folgte darauf. Immer deutlicher hatte sie das Gefühl, einen Fehler gemacht zu haben.

RIGA, 1914.

I

Schneeschauer begruben die Stadt. Niemand ging vor die Haustür. Die im Wind hin- und herschwingenden Äste der Birken die einzige Bewegung in den Straßen. Sophie katalogisierte ihre Bilder. Eine Galerie in St. Petersburg hatte sie zu einer Ausstellung eingeladen mit dem Thema: Morgen ist Heute Gestern – Photographien von 1900 – 1910. Zum ersten Mal seit langem betrachtete sie ihre frühen Bilder – das Mädchen im Park, die Pferdekutscher am Bahnhof und am Baikalsee, Schnappschüsse aus Dänemark, ihre Reportagephotos aus Port Arthur und die Portraits, die sich so gut hatten verkaufen lassen. Ihre ersten Versuche mit der Kamera, die vielfach retuschierten Arrangements von Dingen und Personen: Lina und Marja als weichgezeichnete Schatten, das Grau der papierenen Hortensien im Wasserglas. Unendlich lang schien diese Zeit zurückzuliegen. Wie anders ihre Arbeiten aus den letzten Jahren dagegen: Klare Linien bestimmten den Bildaufbau. Die Spannung zwischen Subjekt und Objekt, die sie am meisten interessierte, wurde förmlich spürbar. Im Nebenzimmer hörte sie Corinna. »Du kannst mir helfen, Schwesterchen«, rief sie und legte verschiedene Bilder auf den Boden.

»Was soll ich tun?«

»Komm und sag mir, was dir am besten gefällt.«

Mit einem schnellen Seitenblick auf Sophie trat Corinna ein. Obwohl es früher Nachmittag war, trug die Schwester noch immer ihren Morgenmantel, war unfrisiert. Langsam schritt sie die Reihe der Bilder entlang, blieb schließlich vor einem stehen, das Sophie erst vor kurzem gemacht hatte: die Häuser ihrer Straße im Schnee mit den kleinen Holzveranden davor – auf dem Bild schienen sich die Veranden bis ins Unendliche fortzusetzen. Sie hatte auf die Mittagssonne gewartet, um die schärfsten Kontraste von Licht und Schatten zu bekommen.

»Ich bin bestimmt schon tausendmal daran vorbeigelaufen.

Aber so wie auf diesem Bild habe ich die Häuser noch nie gesehen. Durch deine Lichtbildnerarbeit wirken sie vollkommen verwandelt – eine neue Konstruktion, es sind keine Veranden mehr.«

»Das freut mich. Ein größeres Kompliment könntest du mir nicht machen. Früher habe ich gedacht, es reiche aus, die Wirklichkeit in wenigen Augenblicken einzufangen. Ich wollte die Welt in möglichst lebendigen Bildern begreiflich machen. Aber die Kameralinse bietet unendlich viel mehr, faszinierende Möglichkeiten der Täuschung.« Sie trat neben Corinna und betrachtete das Bild. »Ich bin dabei, ständig Neues zu entdecken. Heute würde ich sagen, das Bild muß von sich aus leben – nicht nur durch seinen Bezug zur Wirklichkeit. Es geht mir jetzt um die Spannung der Tonwerte, die Textur einer Fläche, die Eleganz von Konturen. Das Objektiv ist fast so etwas wie ein künstliches Auge, durch das ich ganz neu sehen lerne.«

Corinna hörte schon gar nicht mehr zu. »Es hört sich fast so an, als würdest du über dich und nicht über deine Photos reden. Ich wünschte mir jedenfalls, auch ich hätte etwas, für das ich mich so begeistern könnte.«

Sophie sah ihre Schwester an. Wie alt Corinna wirkte. In ihrer Art, ihrer Ausstrahlung. Welch gelangweilte Miene, welch müder Blick, wie nachlässig sie mit sich geworden war. Die vielen monatelangen Kuren über all die Jahre hatten ihr nicht gut getan. Wieso bemerkte sie es erst jetzt?

»Menschen scheinen dich nicht mehr besonders zu interessieren«, sagte Corinna, als hätte sie ihre Gedanken gelesen. »Wieso?« Sophie merkte, daß ihre Stimme ärgerlich klang. »Sieh doch hin: Du photographierst sie einfach nicht mehr.« »Und all die Hunderte von Portraits?« »Das machst du bloß fürs Geld, aber nicht, weil es dich etwa interessieren würde.«

Sophie wußte nichts zu erwidern. »Ciao, Fischblut«. Mit diesen Worten verschwand Corinna wieder nach nebenan.

Hatte ihre Schwester den Punkt getroffen? Tatsächlich hatte sie vor einiger Zeit aufgehört, Menschen in den Mittelpunkt ihrer künstlerischen Arbeit zu stellen. Weil ihre Portraitaufträge diesen Bereich vollkommen abdeckten, so hatte sie es sich erklärt. Aber sie ahnte, das war nicht der eigentliche Grund. Vielmehr das Gefühl, daß alles sich fast zu schnell veränderte – unvorhersehbar, irreversibel, zufällig. Nicht nur die Menschen, auch Beziehungen. In ihren neueren Photographien hatte sie versucht, die Kompliziertheit, Veränderlichkeit und widerspruchsvolle Natur der Dinge widerzuspiegeln. Corinna hatte es auf ihre eher zufällige Art genau erfaßt. Ohne daß es ihr selbst bewußt gewesen war, offenbarten ihre Arbeiten, daß Menschen kaum noch eine Rolle in ihrem Leben spielten. Wie sollte Corinna verstehen, daß sie es aufgegeben hatte, Übereinstimmung mit einem anderen zu suchen.

Nachdenklich packte sie die Bilder wieder ein, das war nicht der richtige Moment, eine Auswahl zu treffen. Ein paar Schritte laufen, einen klaren Kopf bekommen. Corinnas Feststellung hatte sie aufgewühlt. Ihr eigener Gedankengang ließ sie nicht los. Sie mußte an Stanton denken, wie so häufig in letzter Zeit. Ein paarmal über die Jahre hatte er geschrieben. Kurze Zeilen, nüchterne Mitteilungen, wo er sich befand, was er tat. Sie hatte ebenso knapp geantwortet. Dann der unermüdliche Ashton. Er würde sie bis an ihr Lebensende auf jede Finsternisreise einladen. Albert dagegen war seit Jahren nur noch eine Erinnerung, ein Name, so vollständig hatte er die Verbindung abgebrochen. Als habe er nur in ihrem Bewußtsein existiert, dachte sie jetzt manchmal. Sie hatte den Stolz eines Mannes verletzt, und das bedeutete die Unmöglichkeit der Fortsetzung jeder Beziehung. Nur Lina bekam Geburtstagsgrüße, und Sophies Mutter schrieb er zum Weihnachtsfest. Ausgerechnet. Bunte Karten, Jahr für Jahr – von der Krim, aus Stockholm, aus Arabien. Er reiste durch die ganze Welt. Als sei es ihre Mutter, mit der Albert verheiratet gewesen war. Die Mutter, die ihr die Trennung auf Jahre hinaus verübelte, weshalb sie sich nur noch zu Familientreffen sahen. Keine offene Feindschaft zwischen ihnen, aber auch kein Jota mehr als bloße Konvention. Die Mutter, die sich über Alberts Karten freute wie über die eines fernen Geliebten. Zufällig nur hatte Sophie von diesen Grüßen aus der Fremde erfahren. Die Mutter erzählte ihr nichts von sich aus. Warum nicht? hatte Sophie einmal wissen wollen. Gott ja, das habe sie ganz vergessen, sagte die Mutter achselzuckend und holte Alberts Karten der letzten Jahre, die sie alle gewissenhaft beantwortet hatte, wieder aus dem selbstgebauten Rosenholzkästchen hervor, in dem sie alles sammelte, was ihr an kleinen Dingen wichtig war.

Ein-, zweimal hatte Lina wissen wollen: Warum denn der Papa gegangen sei. Sie sagte tatsächlich Papa. Sophie war zusammengezuckt bei dieser Frage und das Mädchen hatte es zweifellos bemerkt. Wagte sie es deshalb später nicht mehr, noch einmal zu fragen? Was konnte der Tochter von diesem Papa im Gedächtnis geblieben sein? Ein lachender großer Mann, der sie auf Spaziergänge mitnahm und ihr Eis kaufte. Ein Mann, der immer nur fortging ... Sophie sprach Lina nie darauf an. Damals, als Albert aus Japan zurückgekommen war, seiner kleinen Tochter, die ihn nicht erkannte – wie hätte sie ihn erkennen können? – im Übermut seinen Hut auf den Kopf gesetzt, sie dann durch die Luft gewirbelt hatte –, da hatte Lina plötzlich gelacht über diesen stürmischen blonden Mann. Wollte mehr von ihm, bat ihn, bei ihnen zu bleiben.

Sophie stellte sich vor, daß manches Mal, wenn Lina sich allein im Haus glaubte, sie an den Schreibtisch der Mutter ging und die oberste der drei Schubladen aufzog. Neben Briefen lagen dort seine Photos. Das Bild von Albert, wie er stolz das Modell seines Schwimmkrans präsentierte. Albert in Port Arthur. Das mißglückte Portrait von Albert mit dem grauen Hut. Heimlich würde die Tochter die Bilder herausziehen, sie lange betrachten, bevor sie sie wieder fortlegte. Das Bild mit dem Hut gefiel ihr am besten.

Marja nahm Lina mit zu ihrer Freundin in der Nachbarschaft, einer Köchin der Familie von Ehrenberg. Ehrenbergs hatten ebenfalls eine Tochter, Ingrid, kaum zwei Jahre älter als Lina. Und während die jungen Lettinnen in der Küche redeten, spielten Ingrid und Lina die alten Kinderspiele. Im Schatten unterm Fliederbusch im Garten. Der Duft der vierblättrigen blaßlila Blüten betäubend. Bitter schmeckte ihr Saft, wie Gift. Er bringe die Träume, erzählten die Nachbarskinder. Am liebsten verkleideten sich die Mädchen mit den hellen Tüchern aus der Kommode von Ingrids Mutter, mit dem Goldgewirkten, das von Corinnas Abendkleid übriggeblieben war; drapierten Stoffbahnen chinesischer Seide um die mageren Mädchenkörper, mit Drachen bestickt, den Göttern der Meere, und winzigen rosa Pflaumenblütenzweigen vor blaugrünen Pagoden; schöne weiche Fäden auf der Rückseite der matten, bronzefarbenen Stoffe, die Sophie ihnen von ihren Seidenballen aus China gab.

Wenn sie die Mutter im Atelier wußte, stellte Lina sich im Schlafzimmer vor den dreiteiligen Spiegel und probierte Sophies Kleider aus. Den Fächer aus roten Straußenfedern, den die Mutter bei ihrem ersten Sylvesterball getragen hatte. Erregung ging aus von den weichen langen Federn, alles lag ihr im Spiegel zu Füßen, als sie den Fächer auseinandergleiten ließ. Bis sie plötzlich vor ihrem Gesicht im Spiegel erschrak. Es war dämmrig geworden draußen, und das Glas begann grünlich zu schimmern. Ein Gesicht mit weitaufgerissenen Augen starrte ihr entgegen, weiße runde Augenbälle, schrecklich wie die herausgelösten Kalbsaugen, die sie vor kurzem im Schlachthof gesehen hatte. Für Sekunden wie gelähmt diesem fremden Blick gegenüber, als sie plötzlich die Mutter bemerkte, die hereingekommen war. Die drehte das Licht an. »Was machst du denn hier?«

Jedes Jahr im Sommer machte Sophie Aufnahmen von ihrer Tochter. Ein Ritual, das sie beide liebten. Es hatte sich eingespielt, daß Lina vorschlug, wie sie photographiert werden wollte: im Garten, in der Küche, mit ihrer Freundin. Dann baute Sophie das Stativ auf, richtete die Kamera ein, stellte sich selbst an die Stelle, wo Lina stehen wollte, und ließ ihre Tochter zuerst durch den Sucher blicken. Schließlich stellte Lina sich in Positur, und Sophie machte das Bild von ihr. Meistens bestand Sophie anschließend auf weiteren Aufnahmen, die Lina – geschmeichelt von der Aufmerksamkeit der Mutter – willig über sich ergehen ließ. Eines dieser Bilder hatte Sophie »Die Klavierspielerin« genannt. Lina liebte es über alles. Man sah sie in ihrem dunkelblauen Kleid mit dem weißen Kragen von hinten am Klavier sitzen – die Linie ihres Nackens, das blonde, hochgesteckte Haar, die leicht nach vorn gebeugten Schultern –, und zugleich war ein Ausschnitt ihres Gesichts in dem kleinen runden Spiegel an der Wand zu erkennen. Ihre Augen, Brauen, die Nase, ihr geschwungener Mund. Das Licht der Abendsonne umfloß die Gestalt, machte die Schatten und Linien weich, Linas Hände schienen auf den Tasten zu schweben, man glaubte, die Musik zu hören. Schon jetzt spielte sie auf eine Weise, daß man aufhorchte.

Immer war es ein Tag kurz vor Linas Geburtstag, an dem Sophie die Tochter photographierte, einer der wenigen heißen Junitage, an denen das Licht durch das Laub der Birken ins Fenster fiel und ein Muster aus filigranen Schatten auf die weißen Wände des Zimmers malte. Am Abend gab es die ersten duftenden Erdbeeren, und gemeinsam bastelten Mutter und Tochter die Tischkarten für das Fest. Würden wenigstens die Sommer in Linas Erinnerung heiß und voller Licht sein?

Als sie an diesem Geburtstagsmorgen die Treppe herunterkam, noch im Nachthemd, war der Tisch nur für sie mit einem weißen Tuch gedeckt. In der Mitte des kleinen Marmorkuchens, den Marja ihr gebacken hatte, eine einzelne große Kerze. Das Flämmchen schien durchsichtig in der Sonne. Geschenke lagen, in buntes Seidenpapier gewickelt, auf dem Tisch neben dem Blumenstrauß, den Sophie wie in jedem Jahr von den gerade im Garten erblühten Rosen und Lilien für sie geschnitten hatte. Und wie in jedem Jahr lag da die Pralinenschachtel mit einem weißen Umschlag. Ohne, daß Lina ihn aufmachen mußte, wußte sie, was er enthielt: eine Geburtstagskarte und einen großen Geldschein, den die Mutter für sie verwahrte. Vom Vater. Für später einmal. Zum ersten Mal aber stand nicht mehr der hellgrüne, mit Marienkäfern bemalte Holzring mit den vielen kleinen Kerzen auf dem Tisch. Marja mußte sie trösten: »Du bist doch jetzt ein großes Mädchen. Elf Jahre! Zu groß für den kleinen Kranz!«

Sophie hatte ihr einen Federhalter und neue Klaviernoten gekauft, Marja für sie ein veilchenblaues Kleid genäht, das unter einem gesmokten Oberteil in Falten herabfiel. Kaum sah Lina es auf dem Bügel hängen, erkannte sie den Stoff wieder; es war derselbe, den sie – barfuß in der Mitte des Wintergartens stehend – schon Tage vor ihrem Geburtstag mit lose zusammengehefteten Nähten hatte anprobieren müssen. Er hatte noch nach dem Geschäft von Rothfels gerochen, nach dem Holzboden und den hohen Regalen, in denen die Stoffballen gestapelt waren, und Marja hatte vor ihr gekniet, den Mund voller Stecknadeln, und gemurmelt: »Das Mädchen, für das ich das Kleid nähen will, ist genauso groß wie du.« Lina hatte sich beklagt, daß die Stecknadeln im Saum kalt gegen ihre nackten Beine piekşten, und überlegt, für welches Mädchen das Kleid wohl sein könnte.

Am Nachmittag kamen die Großeltern Legationsrat und die Tanten Lisa und Corinna, Linas Cousin David, ein paar Freundinnen aus der Nachbarschaft und schließlich Ingrid, die jetzt im Ballett der Oper mittanzte. Die Mädchen trugen weiße Kleider und bunte Bänder im Haar, brachten Blumen und Geschenke mit. Nach Kuchen und Kakao spielten sie Verstecken wie große Kinder, liefen dann plötzlich mit gesetztem Schritt durch den Park, kleine Erwachsene. Sophie, die sich diesen Tag freigenommen hatte und mit den Verwandten im Wintergarten saß, servierte allen am Abend eigenhändig Schaumwaffeln mit Erdbeerschnee. Zum Abschied spielte Lina etwas auf dem Klavier. Ingrid tanzte dazu, und Lina spielte, immer nur für Ingrid.

Kurze Zeit danach, wie in jedem Sommer, folgte die Geburtstagsfeier der Tante Lisa in deren großer weißer Wohnung mit den Stuckdecken in der Gertrudstraße. Dieses Mal aber sprachen alle nur von der Ermordung des Thronfolgers in Sarajewo. Die aufgeregten Stimmen, der Zigarrenrauch der Herren drangen zu Lina, die ganz allein im Nebenzimmer auf dem Boden saß und in den Modemagazinen der Tante blätterte. Da dachte sie noch, Sarajewo sei der Name eines Mädchens.

Als dann der Winter kam, das Gefühl: Jetzt beginne die wirkliche Zeit wieder. Kälte und Dunkelheit, die alle in ihre Häuser verbannte. Im Winter kam es Sophie vor, als sei der Sommer nichts weiter als ein Schauspieler, der mit ein paar gleißend hellen Tagen eine kurze, fast unwirkliche Vorstellung gab.

II

Wenige Monate nach Kriegsausbruch erhielt Sophie Post von Campbell aus New York. Sie erkannte seine Schrift auf dem Umschlag sofort wieder. Militärs bestimmten das Bild der Städte in Europa, schrieb er, und er wolle wieder Bilder von ihr, die den

Kriegsalltag bei ihnen zeigten. Sie wisse schon. Seinen Auftrag im Kopf, lief sie also durch die Straßen, fuhr in die Vorstädte. Aber dieses Mal konnte sie keine Begeisterung aufbringen wie damals. Es interessierte sie nicht mehr wirklich.

Während sie abwesend die Mädchen photographierte, die den Soldaten Blumensträuße schenkten, die Offiziere, die den jungen Damen zuwinkten, die Panzer an der Düna, war sie in Gedanken damit beschäftigt, wie sie die Bilder verändern könnte durch das Ausrichten auf einen neuen Blickpunkt, einen Ausschnitt, die Akzentuierung einer Einzelheit. In der Dunkelkammer probierte sie verschiedene Himmel aus, um die Bilder zu beleben. Aber nichts schien ihr wirklich zu gelingen. Ihre Aufnahmen kündeten von dem, auf das sie wartete: das Ende des Krieges. Sie wollte fort.

Es war im Sommer des zweiten Kriegsjahres, im August 1915. Sophie arbeitete wie gewohnt in ihrem Atelier unterm Dach, in dem die Luft an diesem heißen Tag sich staute, als sie jemanden in aller Hast von unten das Treppenhaus heraufstürmen hörte. Es war Marja. Schon von unten rief sie Sophies Namen. In ihrer Stimme schwang so viel Angst mit, daß Sophie alles stehen und liegen ließ, und auf die Gefahr hin, das Bild, an dem sie gerade arbeitete, damit zu zerstören, aus der Dunkelkammer rannte.

Außer Atem stand Marja vor ihr und berichtete ihr in abgehackten Worten, ihre Familie sei verhaftet worden. Eltern, Geschwister, deren Gatten und die Kinder. In der ganzen Stadt seien Soldaten unterwegs. Sie würden die Deutschen aus ihren Häusern holen und auf Lastwagen aus der Stadt fahren. Die Köchin von Sophies Eltern habe bei ihr angerufen, um es ihr zu sagen, und sie sei sofort hergerannt.

»Und Lina?« Sophie war außer sich. Marja konnte noch immer kaum sprechen. Lina sei in Sicherheit. Sie habe sie zu ihrer Schwester gebracht.

»Wir müssen uns beeilen«, rief Sophie, schon auf dem Weg die Treppe hinab. Marja folgte, so schnell sie konnte. Sie liefen in die nahegelegene Gertrudstraße, wo Lisa und Jonathan ihre Wohnung hatten. Niemand öffnete. Auch bei Corinna und Ludwig nahm niemand von ihrem wilden Hämmern gegen die Tür Notiz. Sophie ließ die Fäuste sinken, sah verzweifelt Marja an. Alles mußte ganz schnell gegangen sein. Sie konnten nichts ausrichten.

Sophie erfuhr, daß man dabei war, fast alle Baltendeutschen aus Riga in ein Zivilgefangenenlager nach Rußland zu bringen. Sie solle sich aber nicht solch schreckliche Sorgen machen, hatte ihr der wachhabende Russe in der Stadtverwaltung gesagt, es gehe dort ganz human zu. Wologda, ein Ort nördlich von Moskau, östlich von Petrograd, wie St. Petersburg inzwischen hieß. »Warum?« wollte Lina wissen. »Weshalb dürfen wir bleiben, und die anderen nicht?«

»Weil Krieg ist zwischen Rußland und Deutschland«, erklärte Sophie ihrer Tochter. »Jetzt haben die Russen die Macht, ihr sprecht russisch in der Schule statt deutsch. Aber wir beide, du und ich, haben die dänische Staatsbürgerschaft, weil dein Vater Däne ist. Und deshalb können wir bleiben.«

Wologda. Für Lina klang der Name wie ein schwarzes Loch. Ein Gebiet mit Wäldern, Sümpfen und Flüssen. Es ginge ihnen eigentlich nicht schlecht dort, schrieb Jan. An den Ufern des silbernen Flusses gelbe Schwertlilien und große Libellen. Linas Cousin David angelte jeden Tag Weißfische und Hechte mit dem alten Legationsrat, die Tante Lisa habe das Kettenrauchen angefangen. Gegen die Mücken, wie sie Lina bestellen ließ. Nur von Corinna schrieb er nichts. Sophie machte sich Sorgen um die jüngste Schwester. Gefangenschaft – und dazu noch in jener abgelegenen Gegend – mußte sie in schlimmste Depressionen stürzen. Verzweifelt versuchte Sophie, mit Albert Kontakt aufzunehmen. Schrieb seinen Eltern nach Kolding, erhielt eine

Adresse in Odessa. Es war die einzige Möglichkeit: Mit ihm zusammen könnte sie die Freilassung ihrer Familie erwirken. Lina begann zu glauben, die dänische Staatsbürgerschaft sei so etwas wie die drei Wünsche aus dem Märchen. Sie wußte genau, was sie sich gewünscht hätte beim dritten Mal: drei weitere freie Wünsche.

Sophie war nicht im Haus, als Albert tatsächlich kam. Mit dem Zug aus Odessa. Lina saß gerade im Garten und pflückte die ersten Johannisbeeren in der warmen Sonne. Winzige Lichtpunkte spiegelten sich in den glänzend roten Kugeln, die so sauer waren, daß sich der Mund zusammenzog. Immer blieben die kleinen Kerne zwischen den Zähnen stecken. Da stand er plötzlich neben dem blauen Rittersporn und hatte sie offenbar schon eine Weile betrachtet. Ein Ruck ging durch ihn, er mußte den Ausdruck selbstvergessenen Betrachtens abstreifen, als sie ihm direkt ins Gesicht sah. Beide warteten. Dann sagte er: »Lina, mein Mädchen. Wie groß du geworden bist.«

Sie nickte sehr erwachsen. Er sah ganz anders aus, als sie es sich vorgestellt hatte. Seine Haare zwar blond, aber so dünn, im Gesicht viele Falten. Nur der Ausdruck seiner Augen war so wie auf dem Photo in der Schublade der Mutter.

»Warum bist du gekommen?« erkundigte sie sich ganz sachlich.

Er konnte unmöglich wissen, daß sie gezittert hatte bei dieser Frage, fast den Satz nicht herausbekommen hätte vor Aufregung, ihn zu sehen. Konnte nicht ahnen, daß im selben Moment, als sie ihn sah, die Hoffnung in ihr aufschoß, er kehre vielleicht für immer zu ihnen zurück. Wie nüchtern sie ihn begrüßte, diese kleine Person, dachte Albert. Als hätte man nie im Leben etwas miteinander zu tun gehabt. »Ich bin auf Bitten deiner Mutter gekommen«, sagte er. »Wir müssen die Familie aus Wologda zurückholen. Es geht ihnen nicht gut. Sie sind in Gefahr. Du weißt, was das bedeutet?«

Lina nickte, obwohl sie es nicht wirklich verstand. Von nichts anderem hatte die Mutter in den letzten Wochen gesprochen. Aber nicht von Gefahr. Als die Eltern am nächsten Tag gemeinsam fortfuhren, stand Lina neben Marja im Garten und sah ihnen nach.

Alberts Intervention hatte Erfolg. Man ließ die ganze Familie wieder nach Riga reisen. Die Legationsrätin war bei Alberts Anblick in Tränen ausgebrochen; Albert hatte sie befreit.

Corinna und Ludwig packten noch am selben Abend ihre Sachen und fuhren mit David nach Wien, wo Ludwigs Schwester wohnte. Albert blieb einen Tag bei Sophie und Lina. Sophie verspürte einen Druck wie jemand vor einer Prüfung. Jetzt, wo Albert ihrer Familie so geholfen hatte, empfand sie Schuld ihm gegenüber. Zugleich konnte sie nicht umhin sich zu befragen, ob sie damals mit der Trennung von Albert die richtige Entscheidung getroffen hatte. Er war allein geblieben wie sie auch; das hatten beide nicht voneinander geglaubt. In etwa einem Jahr, so meinte er, würde er sich in Kopenhagen niederlassen. Vielleicht, daß sie sich dann öfter sehen könnten. Schließlich hatten sie eine Tochter zusammen, die den Vater brauchte.

Am nächsten Morgen begleitete sie ihn in aller Frühe zum Bahnhof, winkte ihm lange nach. Der Zug löste sich ganz fern am Horizont in eine feine Wolke auf; ohne daß sie hätte sagen können warum, nahm er auch ihre Erinnerung an Albert mit sich fort, hoch in die dünne blaue Luft.

Die Zeit verging, und sie schrieben sich nicht. Lina, die anfangs oft zum Postkasten gelaufen war in der Hoffnung auf einen Brief, sprach irgendwann nicht mehr von ihrem Vater. Zu ihrem dreizehnten und schließlich zu ihrem vierzehnten Geburtstag kamen wie gewohnt der große Pralinenkasten und der weiße Umschlag mit Geldscheinen darin. Lina trug alles wortlos in ihr

Zimmer. Erst im Winter des Jahres 1917 – seit dem Herbst hatten deutschkaiserliche Soldaten die russischen in Riga abgelöst – erhielt Sophie einen Brief aus Kolding. Sie war gerade dabei, den Weihnachtsschmuck fortzuräumen, hatte Lina die silberne Kugel geschenkt, die ihr so gut gefallen hatte. »Die behältst du für dich. Und im nächsten Jahr ein neues Stück, mit jedem Jahr ein weiteres, bis du deinen eigenen Baum schmücken wirst.«

»Post aus Dänemark«, sagte die Legationsrätin, die zu Besuch war. Sophie nahm das Kuvert, das in einer fremden Schrift addressiert war, und begann zu lesen. Was da stand, klang wie aus einem Roman. Sie brauchte lange, bis sie begriff, wovon der Brief berichtete. Albert war in Schweden mit dem Zug unterwegs gewesen. Zwischen Stockholm und Norrköping hatte die Lokomotive plötzlich Feuer gefangen. Albert hatte vergeblich versucht, den Heizer zu retten. Nach der großen Hitze war er anschließend der eisigen Nacht in einem ungeheizten Waggon ausgesetzt gewesen und hatte sich eine tödliche Lungenentzündung geholt. Vor drei Tagen hatte man ihn nahe dem väterlichen Hof bestattet.

Ihre Mutter hatte ihr schräg über die Schulter geschaut, nahm nun Lina mit sich aus dem Zimmer. Sophie aber schloß sich ein, wollte niemanden sehen. Lina hörte, daß die Mutter weinte, durfte aber nicht zu ihr.

Lisa kam, um mit ihr zu spielen. Halma. Mühle. Eile mit Weile. Als habe die Tante nicht gemerkt, daß Lina älter geworden war, keine Freude mehr hatte an diesem Zeitvertreib. Und die Tante paßte ohnehin nicht auf, verlor jede Partie. Rauchte eine Zigarette nach der anderen, wie sie es jetzt weiterhin jeden Tag tat, auch nachdem sie aus Wologda zurück war. Dabei war es Winter, und in der Stadt gab es sowieso keine Mücken.

III

Lina und Ingrid waren unzertrennlich. Sophie mochte das junge Mädchen, das seinen Eltern die Erlaubnis abgerungen hatte, ihre Tanzausbildung in Petrograd machen zu dürfen. Lina, die sich auf die Aufnahmeprüfung für das Konservatorium vorbereitete, begleitete sie oft am Klavier.

»Chopin, Lina! Wenn du Chopin für mich spielen könntest!« rief Ingrid manchmal schwärmerisch. »Diese Musik ist einmalig, ich könnte fliegen dazu!«

Und Lina übte Chopin, die Mazurken, die Préludes, die eigentlich noch zu schwer für sie waren. Beim Spielen beobachtete sie aus den Augenwinkeln die Freundin: ihre feingliedrigen Füße, die Linie im Nacken, die Wölbung ihrer kleinen Brüste. Sie kannte keine andere, die so wunderbar tanzte. Lina spielte, bis ihr der Rücken schmerzte. Irgendwann klappte sie den Klavierdeckel zu und ließ sich auf Ingrids Bett fallen. »Ich werde traurig sein, wenn du nicht mehr in Riga bist, Ingrid. Was fang ich ohne dich an? Petrograd ist so weit, wir werden uns nur selten sehen können.«

»Ach, Lina, es ist doch erst im nächsten Jahr!« sagte Ingrid, als sei das noch eine Ewigkeit. »Und Musik kann man dort wunderbar studieren.« Lina fuhr mit der Hand über die seidene, silbern durchwirkte Überdecke.

»Du mußt Nijinsky tanzen sehen, Lina! Ach, ich kann es kaum erwarten!«

Wie oft hatte Ingrid diese großen Namen beschworen: Nijinsky und Dhiagelev, Tamara Karsawina und Felia Doubrovska. Sophie hatte Photographien von einigen der Tänzer für sie gemacht. Ein Bild von Nijinsky hatte Ingrid aufgehängt: einer seiner wunderbaren Sprünge, mitten in einem Hotelzimmer. Sein Körper schwebte einen ganzen Meter über dem Boden.

Wie vertraut ihr Ingrids Raum über die Jahre geworden war.

Das Mahagonitischchen mit den zerlesenen Ausgaben von Tolstoi und Shakespeare, die große gläserne Flügeltür, die sich zum Garten hin öffnen ließ, wo sie manchen Sommertag verbracht hatten. Jetzt waren die schweren Vorhänge zugezogen. Im Erker der Glastisch mit den beiden Sesselchen. Wie oft hatten sie dort gesessen mit einer Tasse Tee oder Pfirsichen und Gespräche geführt; Ingrids Zweifel, ob sie die Erlaubnis ihrer Eltern bekäme, Tänzerin zu werden; Linas Ängste, die sie nur Ingrid eingestanden hatte, seitdem der Vater verunglückt war. Und das Bild, das Ingrids Vater von einem russischen Maler gekauft hatte, weil das Mädchen darauf seiner Tochter so ähnelte. Eine junge Frau in Schwanengestalt brach zu einer Insel im Hintergrund auf. Sie hatten sich vorgestellt, die Insel müsse das Land der Träume sein, das Land, das alle Welt umspannt. Vor allem wegen der Augen des Mädchens, die aussahen, als gehörten sie einer der Feen aus den Sagen und Volksmärchen ihrer Kindheit.

»Weißt du noch, Ingrid, wie deine Kinderfrau uns vorgelesen hat?« Ingrid nickte, ihre Haarnadeln zwischen den Lippen. Kaum hatte sie die letzte aus dem Mund genommen, um sie festzustecken, rief sie: »Ich werde all diese Geschichten tanzen, Lina! Tanzen, daß du unsere Träume darin wiederfindest. Und du spielst mir die Musik dazu!«

Lina mußte lachen. Ach, Ingrid konnte so schwärmerisch sein! Wie ein kleines Mädchen immer noch, dabei war sie doch schon siebzehn. Aber warum sollte sie nicht recht behalten? Ingrid würde eine große Tänzerin werden! Eines Tages würden sie um die ganze Welt reisen, von Moskau nach Paris, von London nach New York. Und sie, Lina, würde mit Ingrid gehen bis ans Ende der Welt, um sie auf dem Klavier zu begleiten.

Ein paar Monate später spielte Lina bei den Ballettproben in der Oper von Riga die Orchesterpartien am Klavier. Was Sophie nicht wußte: An vielen dieser Nachmittage saß in der zehnten

Reihe des dunklen Zuschauerraums ein Mann, der nur noch Augen hatte für ihre Tochter. Lange bemerkte Lina nichts von diesem blonden, russischen Adligen – bis er begann, ihr teure Orchideen zu schicken. Als sie sich schließlich kennenlernten, war Lina, mit ihren fünfzehn Jahren leicht entflammbar, bezaubert von seinen blauen Augen, seinen blonden Haaren und der vollendeten Art, mit ihr zu sprechen. Er lud sie ein in kleine Cafés, zu Spazierfahrten in seinem Landauer. Die Orchideen stammten aus seinem eigenen Gewächshaus. Sie liebte die wie aus Porzellan wirkenden Blumen, die sie an die rosafarbene Orchideenelfe mit dem gläsernen Schlitten erinnerten. Sie wagte nicht, sie mit nach Hause zu nehmen aus Angst, die Mutter würde sie nicht dulden. Sie schenkte sie Ingrid, die ihre Freundin nicht verriet.

Im Laufe des Jahres 1918 verließen auch Sophies Eltern und der Rest ihrer Familie die Stadt. Der Legationsrat ging mit seiner Frau nach Paris zu seinem Bruder Heinrich; Jonathan und Lisa nach London, Jan und seine Familie nach Berlin. Alle – bis auf Corinna, die in Wien von ihrem Mann getrennt inzwischen mit einem Schauspieler zusammenlebte, – schrieben ihr lange Briefe nach Riga. Ihre Geschwister wollten sie überreden, sie solle nachkommen, solle zu ihnen ziehen – als könne Sophies Kommen die Sehnsucht stillen, die sie nach Jurmala, nach ihrem Sommerhaus am Meer, nach Riga empfanden. Doch Sophie hatte längst andere Pläne im Kopf. Sie wußte, sie würde bis zum Kriegsende warten müssen, und versuchte sich in Geduld zu fassen. Der Sommer dieses Jahres brachte wunderschöne heiße Tage, und an das dumpfe Kanonendonnern im Süden der Stadt hatten sich alle längst gewöhnt.

Als der Herbst begann mit Stürmen, Schnee und Eisregen, kam der Vorstoß der deutschen Armee zum Stillstand, die Offensive gegen Petrograd wurde gestoppt. Wie ein Lauffeuer verbreitete sich die Nachricht von der Novemberrevolution, und bald lösten die Heere sich auf, die Führung ging an die Soldatenräte. Schon vor Weihnachten kamen halb Estland, Kurland und fast ganz Livland wieder unter russischen Einfluß, und am 18. November wurde mit Unterstützung der Engländer im Nationaltheater von Riga die lettische Unabhängigkeit ausgerufen. Hunderte baltendeutscher Familien flohen zu dieser Zeit aus dem Süden des Landes an die Küste, um sich von dort auf dem schnellsten Wege ins Deutsche Reich einzuschiffen. Während die Quais an der Düna und im Dünamünder Hafen um den Jahreswechsel herum überquollen von Flüchtlingen mit notdürftig zusammengenagelten Kisten, Körben und Kartons, gingen ihre Gutshöfe in Flammen auf. Sie berichteten, daß die Soldaten alles fortschleppten, immer betrunken vom besten Champagner, während die Bauern die Flüchtlinge, die um ihre Hilfe baten, so übervorteilten, daß sie vor lauter Wohlstand bereits ihre Schweineställe mit kostbaren Teppichen auslegen könnten. Sophie konnte nicht entscheiden, was an diesen Gerüchten stimmte.

Im Dom zu Riga jedenfalls feierte man den Neujahrsgottesdienst dieses Jahres 1919 zwar feierlicher und ernster als sonst, aber doch mit Zuversicht. Kirchen, in denen die Kruzifixe herabgerissen wurden, um sie durch rote Fahnen zu ersetzen, schienen Lina weit fort von hier. Neben Ingrid saß sie an diesem Morgen auf der Holzbank im Dom, Lina mit dem grünen Seidentuch, das Ingrid ihr zu Weihnachten geschenkt hatte, die Freundin trug Linas silbernen Armreif. Die Wärme ihrer Körper ließ ihnen den hohen Raum kleiner erscheinen. Hinter den Bleiglasfenstern stürmten Eiswolken über den Himmel, hier drinnen aber brannten die weißen Kerzen in den Silberleuchtern mit ruhigen Flämmchen.

Schon in der übernächsten Nacht verließen die beiden

Kriegsschiffe der britischen Flotte, die zum Schutz der Stadt zurückgelassen worden waren, ohne Ankündigung und ohne Signal zu geben, den Hafen. Am Morgen des 3. Januar zogen die Soldaten der Roten Garde in die Stadt ein, begleitet von jubelnden Esten und Letten.

»Das mußte ja so kommen!« Sophie stand hinter der Gardine und blickte auf die Straße. »Wer Gewalt sät, wird Gewalt ernten. Es ist einfach zuviel Unrecht geschehen.« Jetzt hinauszugehen war zu gefährlich. Die Männer waren bewaffnet und wie im Rausch. Durch das dichtgewebte weiße Muster der Gardine sah sie die Soldatenreihen vorbeiziehen, dazwischen Frauen mit Babys auf dem Arm, Kinder, die dem Zug vorausliefen und wieder zurückkehrten. Sie trat einen Schritt zurück, das Bild draußen wurde unscharf, vor ihr das Gitter aus winzigen gewebten Rechtecken, einige durchsichtig, andere dichte weiße Karos, die das Muster bildeten. In der Ecke stand – wie in jedem Jahr – der Weihnachtsbaum, geschmückt, die Kerzen halb heruntergebrannt, damit man noch einen weiteren Abend etwas von ihnen haben würde. Wie wenig hatte ihre Welt zu tun mit jener Welt hinter der Gardine.

Irgendwo klirrte eine Fensterscheibe. Sie lief durchs Haus. Auf dem Boden des Wintergartens Glassplitter, ein Loch in einer Scheibe. Jemand hatte einen Stein in die Glasveranda geworfen. Sophie wurde mit einemmal der Ernst der Lage bewußt. Wo war Lina? Sophie lief zurück, die Treppen hinauf in den ersten Stock, in das Zimmer ihrer Tochter. Es war leer. »Lina!« rief sie verzweifelt durchs Haus, keine Antwort. »Marja?« Aber nichts rührte sich. Das lettische Mädchen war verschwunden. Konnte sie sich den Menschen draußen angeschlossen haben? Nichts war unmöglich in dieser Zeit. Aber Lina. Wo war Lina? Sophie rannte die Treppe hinab, zur Garderobe. Linas Mantel war weg. Sie stürzte ans Telephon. Wieder klirrte Glas, und im nächsten Moment wurde mit einem schweren Gegenstand gegen die Eingangstür gedonnert. »Jetzt bleib ruhig«, redete Sophie sich zu. »Es kann dir nichts passieren, wenn du nur die Ruhe bewahrst.« Wieder donnerte es gegen die Tür, wütende Stimmen. »Ich komme ja schon«, rief sie auf russisch und ging, um aufzuschließen. Ihre Hände zitterten, ihr Herz flog. Lina. Wo war Lina?

Ein ungeordneter Haufen Soldaten stand vor der Haustür, mitten unter ihnen eine zahnlose alte Frau. Offenbar waren sie dabei, die Tür mit ihren Gewehrkolben einzuschlagen, waren völlig überrascht, daß ihnen jemand öffnete. Sophie sagte: »Treten Sie ein, meine Herrschaften.«

Nur einen kleinen Augenblick zögerten sie. Dann betrat der vorderste, ein Mann von kräftiger Statur, das Haus. Die anderen folgten. »Führen Sie uns durchs Haus und – ich warne Sie – versuchen Sie nicht, etwas vor uns zu verstecken.«

»Bitte nehmen Sie zur Kenntnis, daß ich Dänin bin«, sagte Sophie. »Ich und meine Tochter haben einen dänischen Paß.«

Verunsichert sah er sie an, dann aber machte er eine kurze Kopfbewegung zu einem der Männer hinter sich. Der schob Sophie zur Seite und ging voran in das Wohnzimmer. Die Frau, deren bloße, von der Kälte geröteten Füße in Filzpantoffeln steckten, spuckte auf den Teppich aus, drückte im nächsten Moment Sophie den Lauf einer Flinte gegen die Schläfe. Sie spürte das kalte Metall auf ihrer glühenden Haut.

»Zeig uns dein Haus.«

Als sei ihre Wirbelsäule vom Nacken abwärts plötzlich aus Stein und ihr Kopf könne bei der kleinsten Bewegung abfallen, ging Sophie steif voran. Kaum, daß sie zur Seite blickte, drückte die Alte ihr den Gewehrlauf gegen die Schläfe. Sie hatte sich eine Zigarre angezündet und blies blaue Qualmwolken in Sophies Richtung. Die Männer durchwühlten alles. Rollten die Teppiche ein, schnitten die Federbetten auf, nahmen Bilder und Porzellan mit. Den chinesischen Jadegott von Mister Ashton ebenso wie die gußeiserne Pferdeplastik aus Irkutsk, die ihnen der Kutscher zur Hochzeit geschenkt hatte. Sie rissen die Schubladen mit den von der Mutter für sie so ordentlich in Samt gebetteten Silberbestecken heraus, schütteten den Inhalt in große Säcke, die sie mitgebracht hatten. Ein Raum nach dem anderen wurde auf diese Weise geplündert, Ladung um Ladung begannen die Männer nach draußen zu tragen. Stoffe, Seidenkissen, Gläser, ihre Handkameras. Schließlich die Möbel, Lampen, das Ehebett. Achtzehn Fuhren zählte Sophie, die draußen auf immer neue Pferdewagen aufgeladen wurden. Während zum Schluß noch einer der Männer das Telephon vom Kabel schnitt und ihre alte Kamera, die auf dem Boden in der Ecke stand, erst prüfend ansah, sie dann mit der Stiefelspitze wieder zur Seite schob, hatte Sophie nur einen einzigen Gedanken: Wo war Lina?

Ihre Tochter hatte sich, während Sophie durch die Gardine alles, was draußen vorging, beobachtete, heimlich, gegen das ausdrückliche Verbot ihrer Mutter, durch den Wintergarten fortgestohlen und war unter den knorrigen Apfelbäumen hindurch, an denen letzte verschrumpelte Äpfel hingen, durch die Gärten hinter den Häusern zu den Ehrenbergs gelaufen. Sie öffnete die nie abgeschlossene Hintertür und gelangte in den Flur, als ihr plötzlich ein bewaffneter Soldat aus einem der Zimmer entgegentrat.

»Wohin denn so eilig?« rief er, und hielt sie einfach fest. Wütend machte Lina sich los. »Was haben Sie hier zu suchen?« stieß sie hervor. »Das müßte man wohl erst mal dich fragen. Marsch, raus, den anderen hinterher.« Damit ließ er sie los, tippte sie mit seinem Gewehr an und schob sie aus der vorderen Haustür. Draußen, am Ende der kleinen geschwungenen Treppe, stand eine ganze Gruppe von Leuten aus der Nachbarschaft, zwanzig Menschen vielleicht, von Soldaten bewacht. Sie erkannte ihre ehemalige Klavierlehrerin, Fräulein Modigel, neben ihr der kleine Sohn von Ingrids Schwester, die Nachbarn der Ehrenbergs, Ingrids Eltern, Ingrid selbst. Doch alle blickten zu Boden. Als der Soldat jetzt Lina ebenfalls zu der Gruppe schicken wollte, kam eine Lettin aufgeregt auf sie zugelaufen. Lina erkannte eine der Frauen vom Markt.

Auf lettisch redete sie auf den jungen Soldaten ein, der Lina hinausgebracht hatte. Zweifelnd sah er von der Frau zu Lina, die nicht verstand, um was es ging. Schließlich schob er die Marktfrau unsanft zur Seite und sagte zu Lina: »Auch wenn du nicht dazugehörst – erst mal bleibst du bei mir.«

Es hatte wieder zu schneien begonnen. Der Winterhimmel hing tief in die Straßen herab. Als dämpfe der Schnee jeden anderen Laut, waren nur die Tritte der Soldaten und das beständige Weinen eines kleinen Mädchens zu hören. Am Südende der Stadt blickte eine Frau hinter einem Vorhang hervor und versuchte, jemandem Zeichen zu geben. Einer der Männer brüllte, sie solle verschwinden. Als sie keine Anstalten machte, schoß er einfach hinauf.

Sie erreichten die Gärten, in denen die Sommerlauben verlassen dalagen. Zaunspitzen und Büsche ragten aus dem Schnee. Bald dahinter die überschwemmten vereisten Wiesen am Fluß.

»Los, vorwärts!« Immer wieder trieben die Soldaten das Grüppchen frierender Leute an. Manche hatten sich in der Eile nicht einmal einen Mantel übergezogen. »Warum bleibt ihr stehen! Weitergehen!«

Eines der Kinder hatte sich aus Angst vor dem Wasser zu Boden geworfen. Seine Mutter hockte neben ihm und versuchte, es zu beruhigen. Der kommandierende Soldat ließ anhalten. Die Männer mußten vortreten. Zögernd nur stiegen sie auf den hartgefrorenen Wall, der mit vertrocknetem Kraut überwuchert war, jetzt weiß und starr vom Frost. Die Soldaten, die bis hierher Hacken und Schaufeln in einem Karren mitgezogen hatten, warfen sie den Männern vor die Füße. Jeder mußte sich eine nehmen, dann scheuchte man sie über den Wall hinab auf das Eis des Flusses.

Die Frauen und Kinder blieben zurück. Ingrid stand neben ihrer Mutter und hielt ihre Hand. Vom Fluß herauf scholl bald das Hacken der arbeitenden Männer. Eis splitterte. Scharfe Kommandos. Etwas Schweres, das ins Wasser plumpste. Lina versuchte, näher zu Ingrid zu gelangen, aber der Soldat riß sie zurück. Ob sie den Verstand verloren habe, fragte er auf russisch. In seinem rötlichen Schnurrbart hingen kleine Eistropfen.

»Aber ich möchte zu meiner Freundin«, flüsterte sie. »Dort drüben steht doch meine Freundin«, setzte sie hinzu, ohne zu wissen, ob er sie gehört hatte mit seiner grauen Kaninchenfellmütze über den Ohren. Sie hatte das Gefühl, er müßte ihr Herz klopfen hören, so laut schien es ihr selbst. Sie wartete. Er sah sich unruhig um. Plötzlich spürte sie, daß er mindestens so viel Angst hatte wie sie selbst. Er war keine zwanzig Jahre alt. Im nächsten Moment schob er sie näher an Ingrid heran.

Lina suchte den Blick ihrer Freundin, aber die hielt den Kopf gesenkt. Jetzt verstummten die Geräusche auf dem Fluß. Die Soldaten begannen, die Frauen und Kinder über den Deich an den Fluß hinunterzutreiben. Bevor Ingrid hinter dem Wall verschwand, blickte sie sich ein letztes Mal nach Lina um. In ihren Augen derselbe Ausdruck, den das Schwanenmädchen auf dem Gemälde in ihrem Zimmer hatte. Augen, die in das Land gehörten, das alle Welt umspannt.

Einen Augenblick später waren alle fort. Der junge Soldat stand stumm auf dem Wall und starrte ihnen hinterher. Lina wandte sich ab. Als sie die Schüsse aus den Flinten hörte, hatte sie das Gefühl, alles um sie her zerreiße in Fetzen. Widerliche, leblose Weltfetzen, über und über mit Blut besudelt. Langsam, unendlich langsam, fielen sie kopfüber in das schwarze Wasser des Flusses, der sie schnell mit sich nahm unter dem Eis.

*

Die weißen Vorhänge bewegten sich ganz leicht, helle Schatten im Dunkeln. Wenn man sie eine Weile betrachtete, konnte man in ihnen die Bewegungen von Tänzern erkennen. Schwerelose Körper, leichter als Licht. Sie zogen ihre ineinanderverschlungenen Bahnen, verdichtete Muster einer unsichtbaren Welt. Sophie horchte nach nebenan ins Zimmer. Dort lag Lina und schlief. Regelmäßig ihr Atem, ein kleiner warmer Hauch über dem Schnee ihres Kissens. Lange war sie krank gewesen. Hatte hohes Fieber gehabt, dazwischen Schüttelfrost. Immer wieder diese Reaktion auf seelische Erschütterungen. Als könne ihr Körper sie auf diese Weise vor der Welt bewahren. Lang hatte Sophie in den vergangenen Wochen an ihrem Bett gesessen. Hatte ihre Hand gehalten, ihr Wasser zu trinken gegeben und ihr Suppe eingeflößt. Hatte ihrer Tochter erzählt, daß der Krieg endlich zu Ende sei, daß nur im Baltikum die Kämpfe noch andauerten. Daß lettische und deutschbaltische Truppen Kurland eingenommen hatten, die Niederlage der Russen in Riga kurz bevorstehe. Doch Lina nahm keinen wirklichen Anteil. Das einzige, was sie an sich heranließ, war die Musik. Kaum fühlte sie sich wieder etwas kräftiger, begann sie, Klavier zu spielen; manchmal stundenlang. Bis Sophie in ihr Zimmer kam und befahl, aufzuhören.

*

In dieser Zeit, im Frühjahr 1919, kam ein Brief von Ashton aus London. Erneut lagen Billetts bei, eine Stunde später kam der Blumenstrauß, rote Rosen diesmal, und wieder rochen sie zu süß. Er lud Sophie ein auf eine Finsternisreise ganz besonderer Art. Ein Weltgeistmirakel! Zum Glück sei der Krieg gerade rechtzeitig zu Ende gegangen. Kopfschüttelnd las sie seine schlecht getippten Zeilen. »Zum ersten Mal in der Geschichte, seit der Voraussage einer Sonnenfinsternis durch Thales von Milet, ist nicht nur die genaueste zeitliche Vorhersage, sondern auch die präziseste Lozierung möglich«, schrieb er, »zum ersten Mal ist der Stand der Phototechnik ausgereift und zum ersten Mal ist Einsteins Theorie der Allgemeinen Relativität zu beweisen.« Der Royal Astronomer Sir Frank Dyson persönlich habe ihm zwei Plätze an Bord des Schiffes zugesichert, das mit der Jumbo-Kamera unterwegs zur Insel Principe vor der Küste Westafrikas sei.

Sie meldete ein Gespräch nach London an. Ein anderer sollte ihren Platz haben. Ihr Entschluß, so erzählte sie Ashton am Telephon, stehe schon lange fest: »Ich verlasse dieses Europa und gehe nach Amerika. Mit dem Schiff nach New York.« »Aber mit welchem Schiff denn, Sophie!« rief er verzweifelt in den Hörer. »Alle Liniendienste aus dem Deutschen Reich sind doch eingestellt worden. Und sämtliche Dampfer und Handelsflottenschiffe als Reparationsgut requiriert!« »Auf eben einem solchen Reparationsschiff werde ich fahren«, sagte sie. »Sowie ich Nachricht von meinem amerikanischen Agenten bekomme.« »Um Himmels willen. Was denn für ein Agent, Sophie? Jetzt sagen Sie nicht, daß Sie wieder in einen Spionagefall verwickelt sind!« Sie lachte, hörte das Echo in der Leitung. »Ich rede von Campbell. Der Mann, der meine Photographien in Amerika für mich verkauft hat. Er wird mir weitere Aufträge verschaffen und hat alles für meine Überfahrt arrangiert. Ich weiß, für Sie, Ashton, klingt es wie ein Wunder.«

Als sei dies sein Stichwort, sagte Ashton beschwörend: »Aber noch nie standen so viele helle Sterne nahe der Sonne, Sophie! Die Hyaden und der rote Aldebaran! Sie wissen doch: Das ist die Voraussetzung, um die Krümmung des Lichtwegs durch Einwirkung von Masse überhaupt feststellen zu können.« An seiner Stimme hörte sie, daß er sich im Zustand höchster Aufregung befand. »Einsteins Thesen sollen überprüft, das Licht gewogen werden. Die Versetzung von Sternenörtern hart am Rande der Sonne läßt sich nur mit diesen hellen Sternen bei gleichzeitiger totaler Finsternis photographieren. Das muß Sie doch interessieren, Sophie! Sie als Mathematikerin!«

Er konnte ihr Lächeln nicht sehen. Wie lange kannten sie sich nun schon. Die Sympathie war gegenseitig. Weshalb war sie nicht mit ihm gegangen, der so vieles an ihr schätzte, mochte er sich noch immer fragen. Es war ihr nicht möglich, ihm die wahren Gründe zu nennen, sie wollte ihn nicht verletzen.

»Sie sind meine einzige wirkliche Verbindung in die Vergangenheit«, sagte sie statt dessen in die Muschel. »Das hätte ich gerade von Ihnen, als wir uns vor fast zwanzig Jahren begegneten, am wenigsten geglaubt. Sie nehmen einen sehr wichtigen Platz ein in meinem Leben, lieber Mister Ashton. Wenn auch nicht den, den Sie sich wünschen. Leben Sie wohl.«

Sie hängte ein. Dann nahm sie noch einmal den Hörer ab und lauschte dem Rauschen in der Leitung.

*

Campbells Telegramm kam am 23. Mai, einen Tag, nachdem die russischen Truppen Riga verlassen hatten und nun die deutschbaltischen Truppen die Unabhängigkeit der Stadt proklamierten. Sie solle nach Bremen fahren. Von dort würde in wenigen Tagen ein Dampfer des ehemaligen Norddeutschen Lloyd als Reparationsschiff nach Southhampton abgehen. Er sei bereits an die White Star Line verkauft und würde anschließend New York anlaufen. Ihr Name und der ihrer Tochter seien dem Kapitän gemeldet. In New York würde Campbell sie an der Hoboken-Pier erwarten.

Lina aber weigerte sich strikt mitzukommen. »Ich möchte eine Ausbildung, meinen Abschluß am Konservatorium machen. New York kommt für mich nicht in Frage.« Aber das, notierte Sophie in ihrem Tagebuch, sagt sie, um mich zu täuschen. In

Wirklichkeit, ich spüre es, denn ich habe sie zusammen gesehen, in Wirklichkeit ist es Juri, der ihr den Kopf verdreht hat. Dieser russische Adlige, ein interessanter Mann, das will ich ja gar nicht leugnen. Er lebt jetzt in Italien, ruft jeden Tag bei uns an, will Lina nach Venedig holen, sie dort heiraten – diese ganze romantische Inszenierung. Dabei sieht jeder, daß er viel zu alt für sie ist. Er befindet sich bereits auf dem Weg hierher, Linas Geburtstag mit ihr zu feiern. Und die Verlobung? Davon sagt sie nichts. Liebe nennt sie es jedenfalls, und denkt, ihr Entschluß sei der Beweis dafür, daß es auch wirklich Liebe ist. Sie möchte um jeden Preis eine heile Welt, wer könnte ihr das verdenken nach allem, was war? Und sie sehnt sich – ihr selbst wohl nicht bewußt – nach einem Vater. Was also könnte ich dagegen sagen? Aber hierbleiben kann ich deswegen auch nicht. Also lasse ich ihr ihre wunderhübsche Liebe. Lasse ihr auch das Haus und den Schmuck, wenn sie will, kann sie alles verkaufen. Mit ihren sechzehn Jahren, immer ein frühreifes Kind, ist sie wohl alt genug, selbst zu entscheiden. Ich bin ohnehin machtlos, sie tut, was sie will. Ich bin nur froh, daß Marja mir versprochen hat, sich um sie zu kümmern. Es ist mir eine große Beruhigung, daß sie mit Lina im Haus wohnen wird. Dieser Frau vertrauen wir alle beide. Und dann – Amerika ist schließlich nicht aus der Welt.

Trotzdem graute ihr vor dem Abschied. Vielleicht, dachte sie auf dem Weg zum Schiff, auf dem Lina sie im Taxi begleitete, vielleicht wird sie sich in letzter Sekunde entschließen, mitzukommen. Doch als sie auf dem Quai neben dem kleinen Dampfer hielten, bat Lina den Fahrer, auf sie zu warten. Sie half der Mutter, ihre Reisetasche an Bord zu bringen und stand dann unbeholfen, Sophies Blick ausweichend, neben ihr.

»Willst du wirklich nicht mit, Lina, bitte, überleg es dir noch mal«, sagte Sophie beschwörend. Doch Lina schüttelte stumm den Kopf. »Ich möchte, daß du weißt, daß diese Möglichkeit dir immer offensteht. Falls du es dir anders überlegst.« Sophie küßte sie zum Abschied, spürte, daß es Lina viel Kraft kostete, nicht zu weinen. Ihr ging es nicht anders. Sie strich der Tochter über das weiche blonde Haar. »Linakind, du mußt jetzt mutig sein. Du wirst schon herausfinden, was das Beste für dich ist«, fuhr Sophie fort, »ich weiß, da kann ich dir vertrauen.« Sie sagte es, um es Lina nicht so schwerzumachen. Aber, fragte sie sich zugleich, klang sie jetzt nicht genauso wie damals ihre Mutter, bevor sie selbst auf ihre große Reise ging?

Wenig später stand sie an Deck des Küstenschiffs, das sich schnell entfernte. Linas winkende Gestalt am Quai bald nur noch ein kleiner Fleck, dann ganz verschwunden. Erst allmählich wurde Sophie sich der Tatsache bewußt, daß der Entschluß ihrer Tochter ihr auch vieles erleichterte.

Der Quai mit den Verladekränen, die Schiffe im Hafen – alles tauchte bald ein in den weißen Dunst über der Küste. Die vor wenigen Augenblicken noch so gestochen scharfen Umrisse der Türme und Dächer Rigas lösten sich auf, die hellen Linien zuerst, dann die dunkleren, als sei alles nur eine Täuschung gewesen. Auch Jurmala lag irgendwo dort. Um diese Zeit blühten die Rosen auf dem Strand, mischte sich ihr Duft mit dem Geruch der Muscheln. Dazwischen ihr kleines helles Holzhaus am Meer, das sie jetzt verkauft hatte, das Geld angelegt für Lina. Verlassen hatte es die letzten Jahre zwischen den Föhren gestanden, der Garten verwilderte, längst hatten die Katzen sich die Sonnenfleckchen zurückerobert. In diesem Sommer also würden andere Leute darin Familie spielen, andere Kinder in roten und blauen Strandanzügen den Weg ans Meer laufen, den Corinna stets als erste hinabgelaufen war bei ihrer Ankunft, andere Mütter hinter ihnen aus dem dunklen Föhrenwald treten, die Augen mit der Hand beschatten, um sich an die blendende Helligkeit des Sands zu gewöhnen. Nur das Meer würde rauschen wie immer und die kleinen Wellen durch die Sichel der Bucht auf den Strand treiben. In der Dunkelkammer würde sie sich alles zurückholen. Mit chemischer Kunst das Licht zwingen, die Konturen bis in die zartesten Einzelheiten wieder scharf zu umgrenzen. Dann hätte sie diese Stadt, dieses Land auf ewig.

Ohne ein Abschiedsbild gemacht zu haben, verstaute sie ihre Kamera. Ausgerechnet ihr ältestes Modell, das sie nun begleitete. Aber auch mit einer alten Kamera würden sich neue Bilder machen lassen.

IV

Alle schliefen noch, selbst den Nachtportier mußte sie aufwecken, damit Sophie ihr Hotel in der Bremer Innenstadt verlassen konnte. Ein Kraftwagen fuhr sie über nasses Kopfsteinpflaster zum Überseehafen hinaus. Ein einziges großes Schiff lag am Quai. Es mußte der Dampfer sein, der sie nach New York bringen sollte. Alle anderen großen Schiffe waren den Siegermächten bereits übergeben. Es fiel ihr nicht schwer, in dem leeren Hafen das Büro des Norddeutschen Lloyd zu finden, zwei beleuchtete Fenster in einem kleinen Backsteinbau. Kaum betrat sie die unterste Stufe der Treppe, flog die Tür auf, als habe man die ganze Zeit nur auf sie gewartet.

»Frau Utzon?« Ein schmaler, zerbrechlich wirkender Mann streckte ihr seine Hand entgegen, als wolle er sie an Bord ziehen. »Cornelius«, stellte er sich vor. »Ich freue mich sehr, Sie zur Reise mit unserem Schnelldampfer begrüßen zu können! Ich bin der Funker. Aber – wollten Sie nicht mit Ihrer Tochter kommen? Mir sind beide Namen durchgegeben worden, Sophie Utzon und Lina, ihre Tochter.«

»Ja«, sagte Sophie, »das ist richtig. Aber meine Tochter Lina ist ... ich meine, sie hat«, sie geriet ins Stocken. »Was ich meinte, ist: Lina kommt nicht mit. Sie wird mit einem späteren Dampfer fahren.«

»Dann sind Sie unser einziger und letzter Gast an Bord! Wir werden alles tun, damit Sie sich wohlfühlen!«

»Ich bin sehr froh, diese Passage mitfahren zu können«, sagte Sophie. »Sicher brauchen Sie meine Papiere für die Einreise in die Vereinigten Staaten?« Sie suchte in ihrer Tasche nach Campbells Unterlagen. Cornelius' schmales Gesicht nahm einen traurigen Ausdruck an, als sie ihm den Umschlag in die Hand gab.

»Sie wissen ja, unser Dampfer ist von den Engländern bereits in die Staaten verkauft. Für die Reedereien ist dieses Friedensjahr das schlimmste aller Kriegsjahre.« Er schloß das Büro ab, nahm ihre Reisetasche und ging neben ihr über die Pier. »Wann immer Sie übrigens eine Nachricht von See aus verschicken möchten – ich und die drahtlose Telegraphie stehen gerne zu Ihren Diensten.«

»Das ist sehr freundlich von Ihnen. Ich werde darauf zurückkommen.« Obwohl sie, noch während sie es sagte, nicht wußte, wem sie hätte telegraphieren sollen. Lina vielleicht?

Haushoch ragte die schwarze Wand des Dampfers vor ihnen auf. Sie mußte den Kopf in den Nacken legen, um die vier gelben Schornsteine zu sehen, aus denen bereits dichter Rauch quoll. Seile so stark wie Baumstämme führten von den Pollern zum Schiff. Der Name am Bug war mit schwarzer Farbe übermalt. Dort hing jetzt ein Brett von der Reling herab mit einem Mann darauf. Er hatte einen Pinsel in der Hand und malte mit weißen Lettern »Wabash« darüber. Vielleicht wollten die Engländer nicht, daß das Schiff unter seinem deutschen Namen in Southampton einlief.

»Trotzdem sind Sie nicht allein an Bord«, nahm Cornelius das Gespräch wieder auf. »Unsere Mannschaft zählt normalerweise über sechshundert Köpfe, und auch wenn auf dieser Fahrt natürlich Küchen- und Bedienungspersonal reduziert sind, sind es immer noch beinahe fünfhundert Leute. Allein die Männer für die Maschinen und die Kessel machen über die Hälfte der Besatzung aus.«

Doch obwohl das ganze Schiff erleuchtet war und so viele Menschen darauf, wirkte es wie ausgestorben. Die Männer, von denen der Funker gesprochen hatte, arbeiteten irgendwo unsichtbar in den verborgenen Räumen des Schiffes. Niemand war an Deck, niemand an der Reling zu sehen. Sie folgte Cornelius, der bereits die Gangway hinauflief. In der Mitte blieb sie einen kurzen Augenblick stehen. Unter ihr das ölige Wasser zwischen Kaimauer und Schiffswand. Im Augenblick noch eine schmale Grenze zwischen zwei Welten, in wenigen Stunden unüberbrückbar.

An Bord übergab Cornelius sie einem Steward in weißer Weste. »Ich habe Ihnen eine Staatskabine hergerichtet, der Wichtigkeit der Person angemessen«, sagte der ohne die mindeste Ironie. »Schließlich sind Sie die einzige Frau an Bord.« Er führte sie über eine breite Treppe hinauf zum obersten Deck. »Die Staatskabine kommt im Luxus gleich nach dem Kaiserzimmer«, erklärte er ihr unterwegs in sachlichem Ton. »Aber da es keinen Kaiser mehr gibt, habe ich es auch nicht über mich gebracht, das Kaiserzimmer herzurichten.« Er öffnete die Tür zu einer richtigen kleinen Wohnung. »Vorsicht bei der hohen Türschwelle«, sagte er und stieg ihr voran in den Raum. »Voilà – Salon, Schlafzimmer und Bad – alles zu Ihrer Verfügung. Sie können sich das Frühstück hier servieren lassen – aber die anderen Mahlzeiten, die, dachte ich, werden Sie lieber in Gesellschaft einnehmen.«

Sophie dankte ihm.

»Wenn Sie etwas benötigen, rufen Sie mich über das Bordtelephon oder drücken Sie die elektrische Klingel dort.« Er verbeugte sich, sie gab ihm ein Trinkgeld, und er verschwand.

Sie sah sich ihr neues Reich an. Einen solchen Luxus hatte sie nicht erwartet! Die Wände des Salons waren mit gepreßter Ledertapete bespannt, deren Bronzeton grünlich schimmerte. Schwere Vorhänge aus rotbrauner Chinaseide hingen vor den Fenstern, das satte Rot der Möbel aus Palisander harmonierte wirkungsvoll mit dem Elfenbeinton der Bettgarnitur. Sie fühlte sich an ihre lange Reise durch Sibirien erinnert. Den Zug damals konnte man ebensowenig verlassen wie dieses Schiff, oft war ihr die Weite des Landes erschienen wie der Ozean. Und auch wenn diese Reise sich unendlich viel angenehmer gestalten mochte – damals wie heute war sie losgelöst von allen vertrauten Dingen, allein der Gegenwart ausgeliefert. Nichts anderes als die Bewegung zählte; am Ziel war sie damals eine andere gewesen als noch bei der Abfahrt, hatte mit ihrer Reise einmal um die halbe Welt Richtung Osten Entfernungen zurückgelegt, die mehr waren als geographischer Natur. Was mochte sie jetzt, einmal über den Atlantik Richtung Westen, am Ziel erwarten?

Ihre Koffer mit ihren Tausenden von Negativen – das einzige, was sie außer ihrer Kamera mitgenommen hatte – waren bereits oben auf dem Schrank verstaut. Jetzt hätten hundert Matruschkas nicht mehr ausgereicht. Aber dieses Mal würde es auch niemand auf ihre Bilder oder ihr Leben abgesehen haben.

Das tiefe Signal, das Abfahrt bedeutete. Sie stieg hinunter aufs Promenadendeck, stellte sich an die Reling. Gerade ging die Sonne auf, tauchte die weißen Aufbauten des Dampfers, die Schuppen, die Kräne, die wie Zyklopen auf den Quais standen, in grelles Rot. Keine Bordmusik, keine winkende Menge mit Blumen und Tüchern, wie sie sich sonst zur Abfahrt eines Ozeanriesen zu versammeln pflegte. Unten auf dem dunklen Quai nahmen Männer die Trossen von den Pollern, warfen sie los, die Enden klatschten aufs Wasser, versanken, Wasserschlangen, tauchten wieder auf, krochen die Bordwand hoch. Alles spielte sich erstaunlich leise ab, die Kommandos von der Brücke wurden über Telephon durchgegeben, vor Ort dirigierte jemand mit knappen Anweisungen. Sophie spürte die Vibration der Maschine bis ins Mark. Sieben Schlepper bugsierten den Dampfer aus dem Hafenbecken auf den Fluß hinaus. Vier zogen vorn, drei hielten hinten dagegen. Dann wurden die Trossen gelöst, und lautlos glitt der Dampfer die Weser hinab, eine dunkle Rauchschleppe hinter sich herziehend. Auf der anderen Seite des Schiffs entdeckte sie den Schatten, den er aufs Ufer warf: ein zweites gigantisches Geisterschiff, das sie begleitete.

Der Dampfer glich einer schwimmenden, unbewohnten siebenstöckigen Stadt. Den ganzen Tag begegnete sie niemandem, obwohl Hunderte von Männern irgendwo im Innern bei der Arbeit sein mußten. Sie wanderte über die Decks, die leeren Gänge hallten wider von ihren Schritten, und manchmal sah sie sich erschrocken um, weil es ihr vorkam, als sei jemand in ein höhnisches Gelächter ausgebrochen. Im Turnsaal auf dem Sonnendeck warf die leere Sprossenwand ein streifiges Schattenmuster, die Turnringe schaukelten sanft hin und her, ein Pferd und ein Trampolin standen wie Zirkustiere. Durch die Fenster sah sie vom Promenadendeck aus in die beiden Salons des Wiener Cafés: zahllose blankpolierte Zuckerdöschen und Sahnekännchen aus Alpaccasilber standen auf dem Tresen Parade, die Likörflaschen in der Pantry schimmerten in allen Schattierungen von Bernstein, Johannisbeerrot bis Blau, doch kein Wasser brodelte in den Samowaren, kein Kaffeeduft durchzog den eleganten Raum. Alles blieb wie ausgestorben. Die Laube, in der man seinen Mokka auch bei ungünstigem Wetter im Freien schlürfen konnte, war geschlossen. Saubere Aschenbecher standen im Rauchsalon auf den kleinen runden Messingtischen, in den alten Lederfauteuils, die zum Sitzen einluden, und in den Tapeten hing noch der Geruch von Pfeifentabak, Zigarren. Sie stellte sich vor, wie der Raum zu den besseren Zeiten des Schiffs ausgesehen hatte: Männer wie ihr Vater saßen dort mit übereinandergeschlagenen Beinen, in Gespräche vertieft, eine Zigarre in der Hand, das Glas Cognac vor sich. Sie betrat den Gesellschaftssalon, an dessen Wänden einladende Sofas standen, ein glänzender schwarzer Flügel in der Mitte des Raumes, wie der Klavierstuhl am Boden festgeschraubt. Sie starrte auf das Instrument, fuhr erschrocken zusammen: Saß nicht Lina dort, ihr Nacken wie Porzellan, die leicht nach vorn geneigten Schultern? Sie spielte, ihre Hände glitten über die Tasten wie weiße Vögel. Ein metallisches Knarren, ein Schwingen erklang – als habe eine der Saiten in dem Instrument aufgestöhnt. Schnell verließ Sophie den Raum, warf die Tür hinter sich zu, mit einem lauten Knall wie ein Schuß, erst im Schreib- und Lesesalon beruhigte sie sich, dort war es hell und voller Licht, ein kostbarer Smyrnateppich dämpfte jedes Geräusch. Neben der Bibliothek eine Glaskabine mit Schreibmaschinen. Unzählige Buchstaben, die nur darauf warteten, auf weichem Briefpapier zu Worten und Sätzen geprägt zu werden. Und plötzlich saß Ashton dort an einer der Schreibmaschinen und verfaßte seinen Finsternisbericht. Weiter hinten kehrte ihr ein Mann den Rücken zu. Sein blondes Haar war schütter. Panik befiel sie, und sie verließ den Raum, stieg hinunter zu den menschenleeren Zwischendecks, auf denen sich sonst an die zweitausend Auswanderer gedrängt hatten. Die Kammer des Wärters dort wie eine kleine Polizeistation – Schutzwall gegen die Menschenbrandung auf dem Zwischendeck. Sie schritt die holzverkleideten Säle ab. In einem fand sie auf dem Boden eine kleine Stoffpuppe. Kopf und ein Bein fehlten ihr. Sie trug ein veilchenblaues, sorgfältig von Hand genähtes und besticktes Kleid. Nicht weit davon ein winziges, jedoch exakt gearbeitetes Segelschiffchen aus Kork. Ausgesetzte Zeugen eines längst verschwundenen Lebens. Wo waren ihre einstigen Besitzer jetzt? In den wogenden Kornfeldwüsten Nebraskas oder den Zitronenhainen Kaliforniens? Sie hob die beiden Spielzeuge auf und steckte sie behutsam in ihre Tasche. Im selben

Moment erinnerte sie sich: Auch Lina hatte einmal ein solch veilchenblaues Kleid gehabt. Marja hatte es ihr genäht und zum Geburtstag geschenkt. Wieder glaubte sie ihrer Tochter leibhaftig zu begegnen, aber sie wußte, es war nur ihre Phantasie, die sie zum Narren hielt.

Noch ein Deck tiefer die Schlachterei und die Bäckerei. Blanke Stahltische mit Schüsseln, Messer, Beile und Sägen hingen säuberlich an den Wänden aufgereiht. Hackklötze, mit den typischen Spuren der Arbeit, Mulden voller Kerben, die immer noch nach Blut rochen, eine Teigknetmaschine. An den verschlossenen Türen Schilder »Kühlraum für Obst«, »Proviantraum«, »Arzt II. Klasse«. Dann ein Schild, das den Zugang zu den unteren Decks für Unbefugte verbot. Hier ging es hinab zu den Kohlenbunkern, zum Kesselraum, zur Gebläsemaschine – irgendwo dazwischen die Kammern für die Heizer und Maschinisten, ihr unterirdisches Leben mit dem Herzen des Schiffes, der Maschine, eng verknüpft. Sie schaute sich um. Auch hier niemand zu sehen, und so kletterte sie trotz des Verbots die Leiter ein paar Stufen tiefer. Plötzlich öffnete sich unter ihr in dem Schacht eine Tür. Ohrenbetäubender Lärm und der rötliche Widerschein gewaltiger Feuer drangen herauf. Rußverschmiert und mit nackten Oberkörpern traten Männer unten auf die Plattform, blickten nach oben, entdeckten Sophie. Ihre Augen in den schwarzen Gesichtern ovale weiße Seen mit blauen runden Inseln. Schnell zog sie sich zurück.

»Hello, Lady.« Sie erschrak heftig. Ein kleiner Mann, ein Chinese offensichtlich, ebenfalls rußverschmiert, trat aus einer Seitentür. Sie hatte das Gefühl, den Halt zu verlieren, in den Schacht hineinzufallen, tiefer und tiefer, wie in einen Kraterschlund.

»Are you okay, Lady?«

Sie fing sich. Dies war nicht Tung. Vielleicht ein Engländer oder Amerikaner mit chinesischen Eltern. Ein chinesisch-britischer Heizer an Bord. Aber sie konnte ihre Panik nicht mehr bezwingen, stürzte wortlos davon. Immer neue verschlossene Türen, Laderäume, Kühlräume für Fleisch. Ein Labyrinth von Gängen, die sich weiter und weiter zu verzweigen schienen. Und irgendwo immer noch dieses ohrenbetäubende Heulen und Fauchen des riesigen Feuers. Sie hatte sich ganz und gar verlaufen. Erschöpft lehnte sie sich gegen eine Tür. »Beruhige dich«, sagte sie sich selbst. »Mach dich doch nicht lächerlich.« In dem Moment sprang die Tür, gegen die sie sich gelehnt hatte, mit einem Ächzen auf, und sie stolperte rückwärts, fiel beinahe über die hohe Schwelle in einen gekachelten Raum mit metallischen Geräten. Ein weißes Eisenbett stand an einer Wand und eine Bahre. Auf den Tischen an den Wänden Operationsgeschirr – Kreißsaal, Notoperationsraum, Geruch von Desinfektionsmitteln. Sie flüchtete, warf die Tür hinter sich zu, rannte eine Treppe hinauf, vorbei an der Kammer des Barbiers. Plötzlich ein junger Mann in Küchenschürze, einen Eimer mit Gemüseabfällen in der Hand, Düfte von Braten und Kardamom, Zitrone und Vanille. Wie erlöst blieb sie stehen und starrte auf das Bild, das sich ihr bot: Durch die offene Tür erblickte sie einen wirklichen Koch mit seiner hohen weißen Mütze. Er hantierte mit ruhigen Bewegungen an einem riesigen Tafelherd, auf dem große silberne Töpfe standen, zischender Dampf entwich. Völlig in seine Arbeit vertieft, schlug er mit einem Schneebesen eine gelbe Masse in einer Kupferkasserole. Mehrere Küchenjungen waren mit dem Putzen und Schneiden von Gemüse beschäftigt, eine Gewürzreibemaschine spuckte einen Hügel von Muskat aus, aus einer anderen flossen Ströme dunkelgrüner gehackter Petersilie; ein Haufen leerer Eierschalen türmte sich neben einer gläsernen Schüssel, in der an die zweihundert Eigelbe schwimmen mochten. In den Grillöfen an der Wand rotierten Spieße mit Hähnchen und Braten, eine Maschine fabrizierte mit ihren Drahtquirlen eine quellende und schäumende Eiweißmasse. Einer der Jungen schärfte die großen Küchenmesser, ein anderer bediente einen riesigen elektrischen Fleischwolf. Auf dem Tisch Wannen voller geschälter rotgelber Karotten und hellgrüner Artischokken, in einer Schüssel in Rotwein gefärbte Birnen. Sie erinnerten an nacktes Fleisch in dem hellen weißen Licht. Schließlich auf einer Stahlplatte die silbernen und rosafarbenen aufgeschlitzten Leiber von Fischen: Salme, Hechte, Barben, sogar Hummer, Muscheln, daneben ein Fasan. In einer Holzkiste ein Haufen Zitronen und Orangen. Jetzt erst wurde man auf sie aufmerksam.

»Heute nacht gibt es das letzte Menü auf diesem Schiff«, rief der Weißbemützte ihr gutgelaunt zu. »Das letzte Menü von mir, denn morgen sind wir in Southampton – heute abend feiern wir den letzten Abend ohne englische Besatzung an Bord. Ein Essen von besonderer Art, gewissermaßen unsere Henkersmahlzeit!« Er lachte ihr zu, mit einem tiefen hallenden Lachen, das sie verwirrte, seine starken weißen Zähne blitzten. »Ich habe lange dafür gebraucht, all die Zutaten rechtzeitig bis zur Abreise zusammenzubekommen. Habe alle meine Beziehungen spielen lassen und Himmel und Hölle in Bewegung gesetzt!« In diesem Moment stieß einer der Dampfdrucktöpfe eine weiße Wolke aus und umnebelte ihn. Sie schloß die Tür. Jetzt fiel es ihr auf einmal ganz leicht, den Weg zurück zu finden.

Sie legte ihren Schmuck an. Die Goldkette ihrer Großmutter, mit dem kleinen Anker, dem Herz, dem Kreuz – Glaube Liebe Hoffnung – das wenige, was sie behalten und nicht Lina gelassen hatte vom Schmuck, den sie gerade noch rechtzeitig im Garten vergraben hatte. Sie trug ihr rotes Samtkleid, die einzige Abendrobe in ihrem Handgepäck. Der Steward hatte angekündigt, man werde sie abholen, aber fünfzehn Minuten vor der Zeit verließ sie ihre Kabine, ging allein zum Speisesaal. Die Flügeltür stand weit offen, kein Mensch war zu sehen. Durch den großen, kunstvoll verglasten Lichtschacht fiel der Widerschein des Abendhimmels. Der Speisesaal darunter erstrahlte im Glanz von hundert Lichtern. Nicht nur von den Kristalleuchtern an der doppelstöckigen weißen, mit Blattgold verzierten Galerie, die in der Höhe um den ganzen Raum lief und das Gefühl vermittelte, man beträte eine barocke Kirche oder ein Opernhaus, auch von einer Vielzahl brennender Kerzen, die auf den mit weißem Damast gedeckten Tischreihen standen. An ihnen blaugepolsterte Drehstühle, Platz für einige hundert Passagiere. Die zahllosen Flämmchen spiegelten sich in den auf Hochglanz polierten Kristallkelchen, Porzellantellern und Silberschüsseln auf den Tischen. Dieselben Messerbänkchen, wie sie sie in Jurmala gehabt und als Kinder zu langen Zügen zusammengebaut hatten, trugen auch hier die Bestecke, und die weißen Dreiecke der gestärkten Servietten blähten sich wie Segel von Regattabooten vor dem Start. Alles schien sich in der Spannung jener Sekunden zu befinden, in denen die grüne Leuchtkugel, als Startschuß abgegeben, bereits im Himmel verglüht und nun der Augenblick gekommen ist, in dem die Schar der Gäste über die Startlinie in den Saal stürmt, um hinauszusegeln auf ein Meer aus Damasttischdecken voller Kristallschüsseln mit rosafarbenen Krabbensalaten und schwarzglänzendem Malossol, Platten mit glaciertem Fasan und Lachs, Papayas, Ananassorbet und Sternfrucht. Auf jedem Tisch schmale hohe Glasvasen mit duftig zarten Liliensträußen, deren blaue, violette und rosafarbene Töne die Farben des Abendhimmels, wie sie durch den mit Jugendstilmotiven verglasten Lichtdom fielen, noch einmal aufnahmen. Und während sie aufgeregt die langen Reihen der leeren Sessel abschritt, glaubte Sophie die fünfhundertsechzig geladenen Gäste in schwarzen Smokings und glitzernden Abendkleidern tatsächlich eintreffen zu sehen, ein lachendes fröhliches Heer von Menschen, angeregt plaudernd in der Erwartung des Diners. Doch am anderen Ende des Saals, in den schweren, goldgerahmten Spiegeln, wollte niemand erscheinen. Dort sah Sophie nur eine verschwindend kleine Gestalt, sich selbst.

Spielte ihr die Phantasie einen Streich? Ein Mann in weißer Uniform mit goldenen Armstreifen kam die imposante Treppe herunter. Sie führte auf der Stirnseite des barocken Speisesaals von der Galerie herab. An ihrem Ende zwei lebensgroße Statuen, antike Göttinnen, nackt, die Unterarme lässig auf das auslaufende Geländer gelegt. Zwischen diesen beiden Aphroditen schritt der Kapitän hindurch, lächelnd, gefolgt von den Offizieren.

»Erweisen Sie mir diese Ehre!« rief er, schritt zum Kopf der mittleren Tischreihe, rückte den Sessel rechts neben sich für sie zur Seite. Sie folgte der Einladung, setzte sich, während die Offiziere und der Kapitän hinter ihren Stühlen warteten, bis sie Platz genommen hatte. Insgesamt waren sie zwölf Personen. Sie erkannte den Funker unter ihnen.

»Die zwölf Apostel beim letzten Abendmahl«, bemerkte der Mann links neben ihr, dessen zwei Goldstreifen am Jackenärmel ihn als Zweiten Offizier auswiesen. »Fragt sich nur, wer hier wen verraten wird.« Er hatte einen starken britischen Akzent. Offenbar gehörte er zu dem englischen Personal, das die Überführung des Schiffes überwachte.

»Der Verrat ist längst geschehen«, bemerkte der Kapitän und blickte dem Zweiten Offizier direkt in die Augen. »Wenn der Hahn zum dritten Mal kräht, sind wir in Southampton.« Der Offizier schwieg.

Währenddessen stellten junge Stewards gleichzeitig sechs Wasserkaraffen mit langem, schlankem Hals auf die Tafel, in deren runden Bäuchen unten dicht gedrängt Goldfische schwammen. Die rotgoldenen, schimmernden Seidenflossen, die helleren Leiber waren in ständiger Bewegung. Ein unwirklicher Anblick, der in dieser Situation jedoch fast schon wieder normal wirkte. Als letzter erschien der Koch selbst. Er trug die frischgestärkte Mütze wie eine Krone auf dem Haupt und hatte einen Korb mit Flaschen dabei.

»Die Karaffen sind für diejenigen unter Ihnen, die unbedingt das Wasser dem Wein vorziehen wollen. Denn noch sind die Keller gefüllt, noch lagern im Bauch unseres Schiffes viele verstaubte Flaschen mit altem, bernsteinfarbenem Champagner. Tun Sie mir den Gefallen, und überlassen wir sie – ich bitte dies zu entschuldigen«, sagte er und verbeugte sich lächelnd in Richtung des britischen Offiziers, »nicht alle dem Feind!«

Während der Kapitän eigenhändig die Flasche öffnete und unter dem Beifall der Anwesenden die Gläser füllte, sah sich Sophie an Bord des japanischen Flaggschiffs Mikasa. Admiral Togo entkorkte eine Flasche Champagner und schenkte aus mit den Worten: »Der Krieg gegen Rußland ist eröffnet.«

»Trinken wir auf den Frieden, auf unsere gedemütigte Nation und auf die Liebe«, sagte der Kapitän und streckte sein schäumendes Sektglas Sophie entgegen. Sophie mußte sich anstrengen, wieder in die Gegenwart zu finden, spürte, daß sie jetzt etwas erwidern mußte. »Auf die Zukunft«, sagte sie, etwas zu leise. Dann setzte sie, mit lauter Stimme hinzu: »Auf ein neues Leben.«

Jetzt wurden die Gerichte hereingetragen. Foie gras, Austern in der Schale, Jakobsmuscheln, dazu ein spanischer Weißwein. Als nächstes wurde eine Krebssuppe serviert, anschließend Hechtklößchen. Während am unteren Ende der Tafel Cornelius den neuesten Klatsch aus aller Welt zum besten gab, herrschte ein melancholisches Schweigen am oberen Tisch. Nun wurden Fischgerichte gebracht, Seewolf in rosa Pampelmusensud und Seezungen in einer Sauce aus Muscheln und Krabben. Dazu wurde ein junger, leichter Rotwein gereicht, anschließend ein halbtrockener, weißer Bordeaux. Es war Sophie recht, sich so ganz und stillschweigend auf ihr Essen konzentrieren zu können. Der britische Offizier neben ihr war der einzige am Tisch, der keinen Alkohol trank. Immer wieder betrachtete er die Wasserkaraffen mit den Goldfischen darin, trank schließlich einen winzigen Schluck aus seinem Weinglas. Als nun gebratenes Geflügel und gegrillte Steaks aufgetragen wurden, dazu ein dunkler Medocwein in die Gläser geschenkt wurde, lockerte sich auch die Miene des Kapitäns. Während er sich eine gebratene Wachtel nahm, fragte er Sophie: »Ist dies Ihre erste Schiffsreise, oder sind Sie ein – wie wir sagen – seebefahrener Passagier?«

Nein, bislang sei sie nur auf Küstenschiffen unterwegs gewesen. In Europa, in Rußland, in China.

»Dann wird es Sie interessieren, daß es durchaus nicht dasselbe ist, ob ein Salon und ein Speisesaal in einem Schiff für den Nordatlantik ausgerüstet sind oder für die Tropen – gerade auch, was die Innendekoration anbelangt. So merkwürdig das in Ihren Ohren klingen mag – aber fragen Sie unseren Briten hier, er wird es Ihnen bestätigen: Schon die Farbe der See und des Himmels spielen dabei eine entscheidende Rolle. Der Charakter des Atlantischen Ozeans – bis auf den Sommer vielleicht – verlangt den warmen Ton, keine grellen Farben. Die Amerikaner aber werden dieses Schiff natürlich fahren lassen, wo es am meisten Geld bringt. Ohne Sinn und Verstand, ohne Gefühl oder Geschmack.« Sophie nickte abwesend. »Da haben Sie sicher recht.«

Während Cornelius davon erzählte, daß er den ganzen Krieg hindurch mit Privatleuten aus Neuseeland, Brasilien und China in Kontakt gestanden hatte wie in Friedenszeiten, wurde nun der Braten aufgetragen. Lamm, sieben Stunden gegart, wie der Koch ihnen versicherte, und Hasenragout in Rotwein und dunkler Schokolade. Immer wieder erschien er im Speisesaal, um sich persönlich davon zu überzeugen, daß sein Henkersmahl genossen wurde. Nun reichte man Schüsseln mit grünem Spargel und jungen feinen Erbsen, Bohnen, Brussel sprouts und Yams. Nachdem sie einen schweren Burgunder aus dem letzten Jahrhundert getrunken hatten, gab es einen Salat aus verschiedenen grünen Gemüsen – Spinat und Artischocken, Blattsalat und winzigen grünen Tomaten. Schließlich kam eine Auswahl von über zwanzig verschiedenen Käsesorten und Obst, dazu wurde ein süßer weißer Wein gereicht. Anschließend trug man die Desserts herein, die in tropischen Farben leuchteten. In Whisky marinierte Orangen, Sabayon, Curaçao-Creme – während die Goldfische in den Karaffen, deren Flüssigkeit inzwischen rosafarben war, weil man sie mit Wein versetzt hatte, immer schneller und schneller im Kreis umeinander schwammen.

»So hat der Krieg doch auch sein Gutes gehabt«, sagte einer der Offiziere am Tisch und lehnte sich zufrieden zurück. Sein Versuch eines Witzes verklang ohne Reaktion.

Als sie schließlich bei Kaffee und Likör angekommen waren, fragte der Kapitän Sophie: »Und was für ein neues Leben haben Sie vor in der Neuen Welt?«

»Ich werde photographieren«, sagte sie. »Man hat mir eine Stelle freigehalten bei einer Photoagentur in New York. Von dort aus, so hoffe ich, werde ich das ganze Land bereisen.«

»New York«, brummte der Kapitän, und sie wußte nicht, ob es zustimmend oder ablehnend klingen sollte. Dann lud er sie ein, bei der Einfahrt nach Southampton auf die Brücke zu kommen. »Dort«, so sagte er mit schwerer Zunge, »werden Sie meinen Rosengarten bewundern können.«

»Er spricht von seinen Kompaßrosen«, klärte ihr Gegenüber sie auf.

Als das Morgengrauen den Lichtschacht erhellte und den gläsernen kaiserlichen Adler dort scharf hervortreten ließ, erhob sich die Gesellschaft. Sophie schwebte am Arm des Kapitäns über das Deck. Die naßkalte Luft roch gut. Auf der Brücke starrte sie auf die Kompaßrose, die dort in ihrem Alkoholbett leicht hin- und herschwankte.

*

In Southampton nahmen sie Ladung über für New York, vor allem englische Post für die Vereinigten Staaten. Fast die gesamte Besatzung wurde durch Engländer und Amerikaner ersetzt. Cornelius, der Funker, mußte bleiben, weil er sich als einziger mit den deutschen Funkgeräten auskannte. Sophie schlief, sie versäumte die Abfahrt aus dem englischen Hafen, wachte erst auf, als sie sich bereits weit draußen auf dem Atlantik befanden.

Es war Nacht, als sie an Deck trat. Neumond, der Himmel sternenklar. Sie mußte an Ashton denken. Sonnenfinsternisse fanden nur bei Neumond statt. Wenn der Himmel auch über Principe so klar wäre wie hier, dann müßte er morgen, am 29. Mai, für die kurze Zeitspanne, in der der Kernschatten des Mondes mit seiner Kegelspitze auf die Erde traf, die Sonne über der Insel schwarz sehen können. Das Weltgeistmirakel nahm seinen Lauf. Hier aber, über dem Nordatlantik, würde die Sonne über den Himmel wandern wie jeden Tag. Sie suchte den roten Stern Aldebaran, der den Plejaden folgte, war sich nicht sicher, ob sie ihn gefunden hatte. Rieb sich schließlich die Augen, drückte die Fingerkuppen gegen die Lider. War nicht jeder Augapfel ein kleiner Globus? Kaum ließ der Druck nach, schoß eine rote Sternenfontäne aus dem Dunkel hervor. Wenn der Aldebaran eines Tages erlosch, würde sein Licht von der Erde aus trotzdem noch jahrelang zu sehen sein.

Als sie über das unbeleuchtete Deck wanderte, huschten Schatten vor ihr her. Es war Corinna, mit Lina auf dem Arm, um sie abzuholen am Ende der Reise.

Sie suchte keinen Kontakt zu der neuen Mannschaft. Sie hatte Zeit im Überfluß. Stunden verbrachte sie damit, aus dem kreisrunden Bullauge der Kabine aufs Meer zu starren wie durch die Linse einer Kamera. Ich bin eine Kamera, dachte sie. Draußen die grauen schaukelnden Wellen, der Atlantik eine überdimensionale Entwicklerschale. Bilder stiegen daraus auf, die sie vor langer Zeit einmal photographiert hatte. Erinnerungen, von der

Zeit in ihr Gedächtnis geschrieben: das Aufglänzen des Lichts auf den Teeschalen von Me-Lyng. Der geköpfte Mandarin. Die blitzenden Säbel der Mandschuren. Albert am Hafen. Die Frau im flammend roten Kleid. Ob die Kirche mit dem sagenumwobenen Fenster das Brandschatzen überstanden hatte? Doch je weiter sie nach Westen kamen, desto undeutlicher wurden die Bilder – als hätte man vergessen, sie nach dem Entwickeln auch zu fixieren. Sophie war froh darum. Wieviel lieber wollte sie nun Neues sehen.

Das Wetter blieb während der ganzen Überfahrt stabil. Oft saß sie in einem Liegestuhl auf der Leeseite, in der Nähe des Schornsteins, dessen Stahl von den Abgasen heiß war und die Luft erwärmte. Ab und zu kam Cornelius, um sie zu besuchen. Nach und nach erfuhr sie seine Lebensgeschichte: Er hatte lange Jahre kein festes Zuhause gehabt, sondern mal in Rio, mal in Shanghai, mal in London gelebt, bei Freunden, mit denen er unterwegs auf seinen Reisen in Funkkontakt stand. Inzwischen, so hatte sie es herausgehört, verband ihn so etwas wie eine Ehe mit einem Filipino, doch sie konnten sich nur selten sehen, da der Mann bei einer anderen Reederei zur See fuhr.

»Aber Sie kennen ja das Gefühl, so ganz allein zu sein.«

Cornelius hatte es fertiggebracht, daß sie ihm fast ihre gesamte Lebensgeschichte erzählt hatte. So, wie sie es nie zuvor getan hatte. Es war regelrecht aus ihr herausgebrochen, ein Wort hatte das nächste nach sich gezogen, eine Erinnerung die andere mit sich gebracht; Cornelius' wunderbare Art zuzuhören, im richtigen Augenblick zu fragen oder zu schweigen, hatte viele vergessen geglaubte Momente noch einmal heraufbeschworen, und auch wenn er längst wieder in seiner Funkerkabine war, tauchten die niemals mit der Kamera festgehaltenen Bilder noch auf: die Festtafeln ihrer Mutter in Jurmala und das Lachen ihrer übermütigen Schwester Corinna; die kleinen gelben Stoffrosen, die ein Student des Polytechnikums ihr einmal geschenkt hatte, und die Suppenkorona ihres Vaters auf dem Tischtuch. Der bunt flimmernde Staub – Sternenstaub hatte sie als Kind gedacht – auf den Sonnenbahnen im Speicher und seine dunklen Winkel, das All, das man mit einem gedachten Gitternetz überziehen konnte, Linien, die sich weiterdenken ließen in die Unendlichkeit bis weit hinter die letzten hellen Sternenhaufen.

Sie waren drei Tage unterwegs, da fragte Cornelius, als er auf eine Zigarette bei ihr stand, wie beiläufig: »Wollen Sie denn nicht endlich eine Nachricht an Ihre Tochter funken? Zum Beispiel: An Bord steht ein Bösendorfer. Wunderbarer Klang, aber keiner nutzt ihn.« Sie lachte unsicher. Cornelius wußte genau, an welchem Punkt sie verletzlich war. Dann stand sie mit einem Ruck aus dem Liegestuhl auf und fragte: »Wo ist die Funkkabine?« Ein kleiner Raum, überhitzt durch die Wärme, die die Geräte abgaben. Das ununterbrochene monotone Piepsen der Morsesignale, ein seltsamer Vogelkäfig, eine Art akustischer Faradayscher Käfig. Dicke Kupferrohre, die großen Ampère- und Voltmesser mit zitterndem Zeiger, rotglühende Senderöhren, das schwarze magische Kästchen mit der Morsetaste auf dem Tisch, Schlüssel zu schier unendlichen Weiten. Sie sah Lina vor sich – in diesem Augenblick vielleicht blickte sie aus dem Fenster und versuchte sich das Schiff auf dem Atlantik vorzustellen. Cornelius setzte sich und legte zwei Finger auf die Morsetaste – so sah die Verbindung zu ihrer Tochter aus. »Was wollen Sie schreiben?« fragte er Sophie. Sie wußte es nicht. »Telegraphieren Sie ruhig Ihren schönen Satz vom Flügel«, sagte sie zögernd. »Und setzen Sie hinzu, ich werde sie anrufen, sobald ich in Amerika angekommen bin.« Lina wird sich wundern über diese Botschaft, dachte Sophie. Und vielleicht erleichtert sein. Oder auch nicht. Vielleicht aber würde sie sich doch noch entschließen, nachzukommen.

An einigen Tagen begab Sophie sich zum zweiten Frühstück in den Salon des Wiener Cafés, der inzwischen geöffnet hatte. Sie bemerkte zum ersten Mal, daß es außer ihr noch andere Passagiere gab. Englische Geschäftsleute, wie es schien, auch Militärs. Sie suchte kein Gespräch, saß abseits auf den weißen Stühlen unter der durchbrochenen Laube bei einem Portwein mit Muskatnuß gewürzt, den Blick auf den Horizont gerichtet, diese Linie, die sie jetzt Tag für Tag einmal um den ganzen Gesichtskreis begleitete, Nahtstelle zwischen Himmel und Erde.

Zuweilen führte sie eine lautlose Unterhaltung mit einem imaginären Nachbarn. Manchmal auch war ihr, als rufe sie jemand. Unwillkürlich wandte sie dann den Kopf. Noch einmal glaubte sie, Lina zu sehen, wie sie fern vom Horizont her auf sie zukam, ein junges Mädchen in weißen Sommerschuhen und einem hellblauen Kleid. Sie winkte ihr zu, ihr langes, fast weißes Haar leuchtete in der Sonne, dann verschwand sie, ohne ihr Lebewohl gesagt zu haben. Einmal stand am Ende des Sonnendecks wieder dieser Mann, mit schütterem blondem Haar. Er hatte ihr den Rücken zugekehrt, drehte sich plötzlich um. Sie meinte, Albert zu erkennen, erhob sich, ging auf ihn zu. »Beautiful day, isn't it?« sagte der Mann mit amerikanischem Akzent.

Die Stunden verrannen ineinander. Das einzige wirkliche Ereignis, das diesen Zeitfluß unterbrach, bestand in einer Feuerwehrübung, an der auch Sophie teilnehmen mußte. In ihrer Rettungsweste trat sie auf dem Passagierdeck an. Der neue britische Steward kam mit einem Clayton-Apparat in der Hand und simulierte das Löschen eines Großbrands. Feuerlösch-, Rattenvertilgungs- und Desinfektionsapparat las sie auf dem Gerät. Gleich im Anschluß fand eine »Mann über Bord«-Übung statt, und Sophie sah zu, wie eine Boje am Ende des Schiffes zu Wasser fiel; weithin sichtbar trieb sie, zeigte den Standort des Schiffes zur Zeit des Unfalls an. Nachts würde sich eine selbsttätige elektrische Beleuchtung in Betrieb setzen. Das Bild der Boje in der endlosen Wasserwüste verfolgte sie bis in den Schlaf.

In der fünften Nacht seit ihrer Abfahrt von Southampton passierten sie das weiße Blinkfeuer des Nantucket-Feuerschiffs. Der Horizont an diesem letzten frühen Morgen mit einem dicken weichen Pinsel zwischen Himmel und Erde gemalt. Als die aufgehende Sonne ihn rosa aufleuchten ließ, montierte Sophie ihre große alte Kamera auf das Stativ. Jetzt würde sie neue Bilder machen. Und schon entstand, fast unsichtbar noch, eine zweite zarte Linie: die Küste. Mit zunehmender Durchsichtigkeit der Luft kamen immer neue helle Linien dazu, die schnell nachdunkelten, bald schon eine Art von Schattenbild zu projizieren schienen: Erde und Himmel, das strömende Wasser eines Flusses, eine sich in den Wolken verlierende Berglandschaft – Ankündigung einer neuen unbekannten Welt, so präzise und gestochen scharf, als belichte jemand die Platte einer unendlich großen Daguerreotypie.

»Ist das nicht aufregend?« sagte eine Stimme in gebrochenem Englisch hinter ihr. Sie zuckte zusammen, hatte sie sich doch allein geglaubt. Es war wieder der kleine chinesische Heizer, er nutzte, wie sie schnell erfuhr, jede freie Minute, um frische Luft zu schöpfen. »Es ist erst meine zweite Reise auf einem Schiff«, sagte er wie zur Entschuldigung für seine Vertraulichkeit. »Ich finde es ganz faszinierend.« Gemeinsam sahen sie zu, wie sich die Küste vor ihnen abzuzeichnen begann. Hudson Bay. Bald New York. Als die silbergrauen Gebäude aus dem Horizont emporwuchsen, bat sie ihn: »Würden Sie ein Bild von mir machen? Sie müssen nur noch die Kassette einschieben, wenn Sie mich richtig auf der Mattscheibe haben.« Er stellte sich auf Zehenspitzen an das Stativ, tauchte neugierig unter das Tuch. Dann belichtete er, noch bevor sie überhaupt ihre Position bezogen hatte. Sie mußte lachen. »Ich gebe Ihnen eine neue Kassette, aber diesmal gehen Sie etwas weniger stürmisch vor.«

Sie stellte sich an die Reling, rückte ihr weißes Hütchen zurecht. Obwohl sie sich nicht sehen konnte, wußte sie, sie strahlte in die Kamera. Dieses Bild mit der Freiheitsstatue und der Skyline New Yorks würde sie als Beweis ihrer Ankunft auf der anderen Seite des Atlantiks allen schicken: Ashton und Lina, ihren Eltern und Geschwistern.

»Können Sie nicht noch ein bißchen weiter nach rechts gehen«, rief der Chinese. Sie stellte sich einen Schritt nach rechts. »Ich meinte nach links. Jetzt sind Sie ganz verschwunden.«

Sie machte zwei Schritte nach links. Natürlich, er sah alles seitenverkehrt. Und auf dem Kopf stehend, hatte wohl noch nie mit einer solchen Kamera gearbeitet. Immer wieder legte er den Kopf schief, als versuche er so, Sophie auf die Füße zu stellen. Schließlich hörte sie das metallische Gleiten der Platten. »Ich weiß nicht, ob ich nicht den Kopf abgeschnitten habe«, sagte er entschuldigend. »Bitte, Lady, auch ein Bild für meine Mutter.« Nein, dieser Mann hier war ganz und gar nicht wie Tung. Er stellte sich an der Reling auf, wo sie eben gelehnt hatte, und fuhr sich noch einmal durchs Haar. Sie stülpte sich das Tuch über den Kopf, blickte auf die grünlich milchige Mattscheibe. Gerade verschwand er mit einer blitzschnellen Bewegung aus ihrem Blickfeld. Erstaunt sah sie wieder hoch. Im nächsten Moment machte er einen Kopfstand an der Reling. Als sie wieder auf die Mattscheibe blickte, stand er aufrecht vor ihr, mit hochrotem Gesicht. Zum ersten Mal in ihrer ganzen Laufbahn sah sie den photographierten Gegenstand auf der Mattscheibe richtig herum – und die ganze übrige Welt stand kopf. »Damit meine Mutter mich auch erkennen kann«, rief er ihr zu, während sein Hemd ihm vom Bauch rutschte und einen blauen tätowierten Drachen freigab.

»Wunderbar«, rief Sophie zurück. »Bleiben Sie so, ich mache gleich zwei Bilder.«

Schließlich die Freiheitsstatue ganz aus der Nähe, dahinter Ellis Island in der New York Bay. Der Dampfer verlor an Fahrt. Die Gangway wurde bereitgestellt. Sophie die einzige, die hier von Bord ging. Ein Teil der Besatzung stand im Halbkreis um sie herum, während das Schiff festmachte. Der chinesische Heizer war ebenfalls dabei. »Denken Sie an meine Mutter!« rief er. »Sie wohnt in Tsingtao.« Er steckte ihr einen fleckigen Zettel mit einer Adresse zu. Seine weißen Zähne im schwarzen Gesicht wie eine Klaviertastatur. Als sie schon auf halbem Wege von Bord war, kam Cornelius angerannt.

»Ein Telegramm!« rief er ihr von oben aus nach. »Man wird Sie von Ellis Island abholen.«

Er lief auf die Gangway, sie lief wieder ein Stück zurück und nahm das Formular von ihm entgegen. »Viel Gück!« sagte Cornelius, von dem sie sich bereits zweimal verabschiedet hatte. »Und grüßen Sie Lina von mir!« Noch einmal umarmten sie sich, küßten sich auf die Wangen. Dann ging Sophie von Bord.

Sie holte ihre Einwanderungspapiere, ihren Paß, ihr Visum, ihre ärztlichen Bescheinigungen aus der Handtasche und schob sie einem jungen Beamten in blauer Uniform zu. Er nahm sie durch einen Schlitz in der dicken Glasscheibe entgegen. Auf dem Boden hinter ihm an einem Holzständer die amerikanische Flagge. Aufmerksam las er alles durch. »Sie sind Dänin?« fragte er schließlich. Sie nickte und machte sich auf ein längeres Verhör gefaßt. »Meine Großmutter kommt auch aus Seeland«, sagte er zu ihrer Überraschung. »Es ist alles in Ordnung. Aber die drei Tage Quarantäne kann ich Ihnen leider nicht ersparen.«

Sie wurde in einen kleinen, barackenartigen Bau gebracht. Auf dem Weg dorthin erfuhr sie, daß sie noch Glück gehabt hatte. In diesen Zeiten würden Gesunde bis zu fünf Tagen in

Quarantäne zurückgehalten, ganz zu schweigen von denen, die unter dem Verdacht einer Krankheit standen. Da könne es Monate dauern, erzählte der schwarze Wärter ihr.

So fand sie sich in einer einfachen Kammer ohne Fenster wieder. Eine ideale Dunkelkammer, dachte sie. Nicht gerade das, was sie sich unter Amerika vorgestellt hatte. Aber wenigstens würde Campbell sie abholen. Vergeblich versuchte sie, sich sein Gesicht zu vergegenwärtigen. Immer nur fiel ihr seine Verkleidung ein bei der Übergabe ihrer Bilder, der wattierte Chinesenkittel und ein langer schwarzer Zopf. Jetzt erst dachte sie an das Telegramm. Sie holte es aus ihrer Tasche und las: »Hole dich übermorgen ab. Trage rot.«

Was war das für eine seltsame doppeldeutige Botschaft? Würde er rot tragen, oder war sie gemeint? Auch er würde kaum Erinnerungen an sie haben und befürchtete vielleicht, sie sonst nicht zu erkennen. Auf den vielen Photos, die er von ihr hatte, war sie natürlich nie selbst zu sehen. Wie gut, daß sie ihr rotes Samtkleid dabei hatte. Sie packte ihre Tasche aus und zog es an. Dies war ein besonderer Tag – ihr erster Tag auf dem amerikanischen Kontinent.

Der Schwarze klopfte an die Tür und steckte den Kopf herein.

»Someone has come to see you.«

Jetzt schon? Da war er entschieden zu früh gekommen. Sie konnte doch noch gar nicht von hier fort. Schnell fuhr sie sich mit den Fingern durchs Haar, strich das Kleid glatt und folgte dem Beamten über einen von der Nachmittagssonne hell beleuchteten Korridor. Von einer Doppeltür, an deren einer Seite ein Schild »Visitors Only« angebracht war, öffnete er die Seite mit dem Schild »No Access« und bat sie in einen düsteren Raum, dessen einziges Licht von einem fliegenverdreckten kleinen Skylight kam.

»Take a seat!« sagte er. Sie setzte sich auf einen Holzstuhl an der Wand, die an den Nebenraum mit der Tür »Visitors Only« grenzte. Zwei große Fenster waren darin eingelassen, durch die sie hinübersehen konnte. Sie wartete, entdeckte auf einmal sich selbst schwach in der Glasscheibe gespiegelt, gerahmt wie eine Photographie. »It'll be just a minute«, sagte der Schwarze nun und verließ sie wieder. Als er die Tür öffnete, fiel das gleißende Sonnenlicht von draußen in einem langen Streifen herein, wanderte über die Bohlen des Holzbodens bis zu ihrem Stuhl, stieg an ihr hoch, ließ ihr Kleid im Fenster rot aufleuchten. Ein Bild, das mit dem Schließen der Tür wieder verschwand.

Geduldig wartete sie. Endlich wurde die Tür drüben geöffnet. Das Sonnenlicht blendete so, daß sie nur den Umriß eines Mannes erkennen konnte, groß, mit gewelltem Haar. Stanton! Sie griff sich mit der Hand an die Stirn: Du bist ja verrückt, Sophie – in jedem Mann in diesem Land gleich Stanton sehen zu wollen. Sie wunderte sich über sich selbst. Jetzt ließ er sich gegenüber im Fensterausschnitt nieder. Graumeliertes Haar, blaue Augen, Moustache. Sie gewöhnte sich ans Licht, konnte deutlicher sehen. Er war es tatsächlich! Und auch wieder nicht – so wie manche Gesichter im Traum bekannt und unbekannt zugleich sind. Aber unverändert seine Augen. Sie hatte das Gefühl, sie müsse in immer schneller werdenden Schritten die Jahre durcheilen zwischen damals und heute, einem Ende entgegen, das sie nicht verstand.

»Charles?« Ihre Stimme klang zögernd. Seine hörte sie gedämpft: »Du siehst gut aus. Komm näher, laß dich genau anschauen.«

Benommen rückte sie an die Glasscheibe heran. Auch er näherte sich ihr. Ein großer beschlagener Fleck entstand, von ihrer beider Atem gehaucht. Sie wich von dem blinden Glas zurück. All dies nicht wirklich. Sie schloß die Augen. Einfallswinkel gleich Ausfallswinkel, hatte einmal ein anderer Mann gesagt. Der einfallende und der zurückgeworfene Lichtstrahl liegen in einer Ebene, die auf der spiegelnden Ebene senkrecht steht.

Sie öffnete die Augen wieder. Gerade begann sich der Kondensfleck auf der Scheibe aufzulösen. Die rosa Spitze eines Zeigefingers wurde sichtbar. Sie malte ein winziges Herz auf das Glas. Dann wieder die gedämpfte Stimme auf der anderen Seite: »Ich habe dir etwas mitgebracht.«

Sie sah, wie er dem Wärter etwas in die Hand gab. Gleich darauf kam der Schwarze herein und reichte ihr eine braune Papiertüte. Ohne sie zu öffnen, wußte sie was es war. Ein unverkennbarer Duft. Erdbeeren. Die Scheibe war jetzt klar bis auf das verschmierte Herz. Seine Augen schienen zu fragen, weshalb sie sein Geschenk nicht aufmachte. Der Schwarze öffnete die Tür, um zu gehen. Noch einmal fiel das Licht wie vorhin in den Raum, wanderte über die Bohlen, glitt an ihr empor, ließ ihr Spiegelbild aufleuchten. Einen Augenblick lang sah sie sich und Stanton gleichzeitig, eine Doppelbelichtung, vor und hinter dem Glas, der Blick durch den Spiegel und zugleich zurückgeworfen – dann fiel die Tür ins Schloß, ihr Spiegelbild wieder schwach, während sein Bild deutlicher zu sehen war als zuvor.

»Ist überhaupt Zeit vergangen seit unserer letzten Begegnung?« fragte er. »Mir ist, als hättest du mir erst gestern im Dunkeln vom Meer und dem Brautpaar im Fenster erzählt.«

Sie starrte ihn an, ohne zu antworten. In ihrem Kopf wirbelte alles durcheinander, ein ausgekippter Kasten mit tausend Aufnahmen. Doch aus dem Chaos formte sich allmählich ein einziges klares Bild: das Fenster. Es leuchtete wie nie zuvor. Der Zeitpunkt war da, an dem das Versprechen aus der Kindheit eingelöst werden sollte. Jener Tag, an dem das Dunkel ein Ende haben würde.

Vorsichtig, wie um den Zauber der Legende nicht zu zerstören, nahm sie nun eine der Erdbeeren, biß hinein. Sie war süß und voller Sonne. So leise, daß er nah heranrücken mußte, um sie zu verstehen, sagte sie: »Nein, Charles, es ist keine Zeit vergangen. Dies ist die Zukunft. Hier und jetzt.« Unhörbar für ihn setzte sie hinzu: »Und endlich bekommt der richtige Bräutigam seine Braut.«

Sie nahm eine andere Erdbeere und zerquetschte sie ganz langsam an der Scheibe. Erschrocken fuhr er zurück, dann schien er allmählich zu begreifen und lächelte. »Ich weiß, Sophie«, rief er, »das Kirchenfenster.« Er rückte wieder näher. »Sophie, ich habe sie überzeugen können, daß du – zumindest in gesundheitlicher Hinsicht – keine Gefahr für unser Land darstellst. In einer Stunde bist du hier raus.«

Jetzt warf sie den Kopf in den Nacken und lachte. »Charles«, rief sie und legte ihre Handflächen gegen die Scheibe. »Du wußtest schon lange, daß ich komme?«

Statt einer Antwort legte er seine Handflächen von der anderen Seite genau gegen ihre, daß sie das Gefühl hatte, die Wärme seiner Haut direkt zu spüren, als sei das Glas dazwischen aufgelöst.

*

Die Barkasse durchschnitt die Wellen, jede einzelne trug ein Schaumkrönchen wie einen Hochzeitsschmuck. Starker Wind wehte vom Meer.

»Rückenwind aus Europa«, sagte Stanton und legte seinen Arm um Sophie. »Ein gutes Zeichen.«

Die Stadt wuchs und wuchs in den rötlichen Abendhimmel. Hier und da flimmerten Lichter auf in den Wolkenkratzern, reflektiert im Wasser. Wie Meeresleuchten. Ihr Boot näherte sich der Quaimauer. Zwei Männer fingen die Leinen auf, die man ihnen von Bord aus zuwarf, und legten sie um die Poller. Gleich, in wenigen Sekunden, würde sie festen Boden betreten, ihr Leben dem Schwebezustand für immer enthoben. Sophie spürte, wie die alten Zweifel zurückkamen. Unwillkürlich griff sie nach ihrer Kamera. Im selben Moment fühlte sie Stantons Hand auf ihrem Arm. »Es gibt Bilder, Sophie, die sich nicht photographieren lassen.«

Stumm blickte sie vor sich hin. Da war es wieder. Dieses Gefühl, das ihr so lange abhanden gekommen war. Die Übereinstimmung mit einem anderen Menschen. Er hatte recht. Sie mußte sich darauf einlassen, auch ohne die Hilfe ihrer Kamera.

Als sie über die Gangway an Land gingen, merkte sie, daß sie heftigen Hunger hatte, aber fast schämte sie sich dieser körperlichen Reaktion auf die Quarantäne. Genau in diesem Moment sagte Stanton: »Ich habe einen Tisch für uns reservieren lassen. Ein kleines Lokal in Chinatown, es gibt dort mehr Chinesen als in Arthur. Schließlich schuldest du mir immer noch den Beweis, daß du gelernt hast, mit Chop-sticks zu essen.«

Dankbar sah sie ihn an und sagte lächelnd: »Du scheinst nicht nur Gedanken lesen zu können.«

*

Das Lokal lag mitten in der Chinesenstadt. Dicht drängten sich Geschäfte und Restaurants, in deren Schaufenstern rotlackierte Pekingenten hingen; Chinesen in weiten Hosen und Strohsandalen liefen auf den Straßen, schleppten Säcke mit Reis, Geruch von Zwiebeln und getrockneten Pilzen erfüllte die Luft. Vor vielen Häusern wurden gerade die Lampen angezündet, rote, grüne und violette Punkte in der Dunkelheit. Zwischen zwei hohen Gebäuden ein kleiner Bau mit einer hölzernen Pagode auf dem Dach. »Hier ist es«, sagte Stanton.

Aus dem schummrigen Raum schlug ihnen warmer Dunst entgegen, der Geruch von Knoblauch und Ingwer, roten Bohnen und Fisch, gemischt mit dem säuerlichen Geruch von Menschen. Vielstimmiges Geschnatter, Gesichter wie Lampions, gelb und rund. Um zwei große Tafeln saßen Alte und Junge, Zweijährige auf dem Schoß von Greisen, junge Mädchen, Männer und Frauen an Tischen, die mit Töpfen, Tellern, Schüsseln, Gläsern und Schälchen bedeckt waren. Viele aßen gemeinsam aus einer großen Suppenschüssel, so daß sich zu jedem Platz eine Tropfenspur wie eine Perlenkette über die Tischplatte zog.

Ein Stück Asien mitten in New York. Sie konnte sich einbilden, Port Arthur überhaupt nicht verlassen zu haben. Stanton nahm sie bei der Hand und führte sie an einen freien Tisch. Kaum saßen sie, kamen Kellner, brachten ihnen unaufgefordert grünen Tee, tulpenförmige Gläser mit Reisbranntwein, Erdkastanien, Kuchen, kleine apfelähnliche gelbe Früchte und Melonenkerne, gaben ihnen feuchte, dampfend heiße Tücher, mit denen sie sich die Hände abrieben. Stanton bestellte, ohne in die Speisekarte zu sehen. Dann hob er sein Glas. »Auf deine glückliche Ankunft!« sagte er. Sophie versuchte ihre Benommenheit abzuschütteln. Heißer Reisschnaps rann wie Feuer durch ihre Kehle, augenblicklich fühlte sie sich besser. Sie tastete nach seiner Hand. Sie war warm und trocken. »Arbeitest du noch immer für das Reutersche Bureau?«

Er schüttelte den Kopf. »Ich schreibe jetzt für kleinere Zeitungen. Inlandspolitik«, sagte er. »Der Krieg in Europa ist zu Ende – jetzt scheint er bei uns zu beginnen, in den Kneipen und den kleinen Backalleys der dunkleren Stadtviertel. Die Hälfte der Bundesstaaten hat bereits die Prohibition eingeführt. Striktes Alkoholverbot. Der Schwarzmarkt wirft Millionengewinne ab für das organisierte Verbrechen.«

Man brachte ihnen Schälchen mit gedünstetem Gemüse, Fisch, Huhn, gebratenen Reis, Eier. Eine Schüssel mit Suppe, in der man etwas Weißes schwimmen sah. Sophie zögerte einen Moment, sie sah wie Stanton lächelte. Wie ein kleiner Junge sah er aus dabei. Sie bemerkte, daß sie noch immer seine Hand hielt. »Sind das etwa ...?«

Er nickte. Sie ließ seine Hand los, packte die Stäbchen und fuhr damit in diesen kleinen Teich. Ein Hühnerfuß, vollständig entschuppt, kam zum Vorschein. Sie hielt ihn Stanton hin. »Du stellst meine Liebe auf eine harte Probe!« sagte sie lachend. Dann legte sie die vierzehige Kralle in ihre Eßschale und nahm sich Reis und schwarze Bohnen dazu.

»Sophie«, sagte er und nahm ihr die Stäbchen wieder aus der Hand. »Ich weiß, daß sie jede bestehen würde.« Er zog sie zu sich, sein Gesicht plötzlich ganz nah. Als ihre Lippen sich berührten, schloß sie die Augen.

Im selben Moment wurden die Stimmen am Nachbartisch lauter, sie hörte das Lachen der Mädchen und Frauen, der jungen und der Greisinnen. Stanton ließ sie los, beide sahen hinüber. Alle Gesichter drüben waren ihnen zugewandt und lächelten. Nur ein kleines Mädchen stand direkt vor Sophie und starrte sie mit offenem Munde an.

Irkutsk
Kabansk
Transbaikalien
Werchne-Udinsk
Zagan-daban
Zagan-chuntei
Tschita
Nertschinsk
Ukyrskoje
Petrowskij
Doroninsk
Onon
Aginskaja
Chr. Saganskij
Chr. Malchanskij
Kjachta
Maimatschen
Tschikoi
Selenga
Orchon
Kentei-Geb.
Mensinskij
Sochondo
Baldshikanskij
Akscha
Borun-torei-S.
Sun-torei-S.
Abagaitui
Mandschurija
Kulun-See
(Dalai-nor)
Chailar
Durojewskij
Dutulun-Gb.
Brewen-Kid
Urga
Dsegil-Gb.
Gangyn-Gb.
Tola
Kerulen
Kyrylun
Jekure chalcha
Lager d. Tsetsen Chans
Tsetsen-Chanat
Per-See
(Puir-nor)
Nula
Schabortai-Gobi
Nokuter-daban
Chetu-
Chanat
Gulutai-S.
Gultu-Guntu-Steppe
Suerin
Torym
Dugonty
Zagan-tugurjuk
Argali-ula
Ichin-elesu
Sugurin
Butyn-Niederung
Gaschun
Janty-Steppe
Sair-ussu
Salatu
Ude
Tulyn-chobu
Mongolen
Gobi (Wüste)
oder Gobi
Iren-See
Salzsee
Steppe Iren-tala
Boroldschi
Bogdy-ola
Dalai-nor
Tsin-pöng
Honitschi
Schibuktai
Steppe Gün-schandak
Tschau-ha
Mangan
Zagan-nor
Golbyn-Gobi
Sudshi
Suniut
Schan-tu
Dolon-nor
Urotten
Durbot
Tschachar
Bumu-ba
Ulan-choto
Anguli-nor
Chara-Narin-ula
Scheiten-ula
Muni-ula
In-schan
Kwei-hwa-tschöng
Kalgan
Suma-chada
Schara-chada
Da-gou-örr
Föng-ning
Tschöng-te
Hsüen-hwa
Kupei-kou
Ta-tung
Sö-ping
Hwang-jang
Peking
Tung
Tien-Tsin
Ho-kou
Ordos
W. Kusuptschi
Chan-king
Edshen-choro
Sudshi-nor
Bo-mu S.
Bain-nor
Fu-ku
Pau-tö
Ning-wu
Wu-tai
Pau-ting
Ho-kien
Tschili
Tsang
Hsing
Schan-Si
Tai-juen
Jü-lin
Ling
Hwa-matschi
Hu-jan-pu
Lu-kwan-schan
Sui-tö
Tsing-juen-tschöu
Jü-tsze
Tai-ku
Ping-ting
Ping-jau
Fönn-tschou
Tschang-lan-tschönn
Schun-tö
Tschung-kia-kou
Wu-ting
Lin-tsing
Tung-tschang
Tsi-nan
Kwang-ping
Jen-ngan
Tapasch
King-jang
Lu-ngan
Ping-jang
Tschang-tö
Tai-ngan
Schan-
Hwang-ho